池井戸潤

『空飛ぶタイヤ』：事実をモチーフとした大企業の理不尽と横暴。

《飞上天空的轮胎》取材自真实事件，再现了大企业的蛮横无理。

文治
© wénzhì books

飞上天空的轮胎

空飛ぶタイヤ

[日] 池井户润（いけいど じゅん）——著
邱香凝——译

浙江人民出版社

目录

主要登场人物

赤松货运……………

赤松德郎	社长
宫代直吉	专务
谷山次郎	维修科长
门田骏一	维修技师
高岛泰典	总务科长
太田秋枝	总务职员
鸟井	业务部长
安友研介	司机

柚木家……………

柚木雅史	丈夫
柚木妙子	妻子
柚木贵史	长子

神奈川县警……………

港北警察局

高幡真治	刑警
吉田	刑警

赤松家……………

赤松史绘	妻子
赤松拓郎	长子
赤松萌	长女
赤松哲郎	次子

尾山西小学……………

仓田望	校长
坂本美津子	拓郎的班主任
真下彻	拓郎的同学
片山美香	拓郎的同学
片山淑子	家长会校外委员

儿玉通运……………

儿玉征治	社长

潮流社……………

榎本崇	《周刊潮流》记者

东京希望银行……………

东乡直弼　总裁

卷田三郎　专务

总行营业部

滨中让二　部长

纪本孝道　副部长

井崎一亮　职员

融资部

今中郁夫

自由之丘分行

田坂茂　分行长

小茂田镇　代理科长

东京希望汽车经销公司……

益田

榛名银行蒲田分行…………

中村桂子　分行长

进藤治男　融资科长

希望汽车……………

狩野威　常务董事

销售部

花畑清彦　部长

野坂明义　代理部长

泽田悠太　科长

北村信彦　副科长

质量保证部

柏原　部长

一濑君康　代理部长

室井秀夫　科长

杉本元　副科长

车辆制造部

小牧重道

人事部

滨崎

财务部

三浦成夫

序章　永远不会风化的，关于你的记忆

你是一个安安静静的人。

热闹的酒席之上，你虽不会主动炒热气氛，但总会带着仿佛十分开心的微笑，注视着正在开玩笑的朋友们。看到你那一脸幸福的模样，就连一旁的我都会觉得很满足。

每当我烦恼时，你总是在我身边。而当我痛苦时，你总会约我去看场电影。你不会对我说“加油哦”，只是默默地一直握着我的手，陪伴在我身边。你就是一个如此温暖的人。

直到现在，我还是好爱这样的你。

那是什么时候的事了，你还记得吗？我们在公园里扔纸飞机那次。

应该是刚结婚没多久的时候吧。你瞧，在我们当时住的公寓附近，有一处在高地上的公园。我们用夹在报纸里的传单，折成了纸飞机。

明明我和你都努力想让纸飞机飞得远一点，可是飞机却怎么也不听话，逗得我们哈哈大笑。不过后来，也不知怎的，你的那架纸飞机却突然乘上一阵风，远远飞到看不见的地方去了。

“飞走了！飞走了！”

我从没看过你那么雀跃的模样。而后——

你说了这样一句话：

“不知道我们俩，能不能一起飞到那么远的地方？”

那时你所展露的笑容，是我的宝物。

那是我永远的宝物。然而这样的你却……

当我赶到时，你躺在医院的病床上，白色的床单包裹着你。

“妈妈睡着了吗？”

贵史这么问我，我将他的小手放在你被床单裹住的手上。

“是不是很温暖？”

不知道贵史是否察觉到了什么，只见他抬起头看了我半晌，接着转头凝视着你的侧脸。趁着你的手还没有失去温度，我也用自己的手，握住你的掌心。

“这是妈妈的手哦。永远永远都不可以忘记，妈妈的温暖。你和爸爸最重要、最重要的人……就是妈妈。”

贵史贴近你的脸颊，磨蹭着你的耳畔，哭了起来。然而，你已经不可能再伸手抚摩他了。永远不可能了……

“怎么哭了呢，小贵？”

直到现在我还觉得你会睁开眼睛，对贵史这么说。可是那样的奇迹并没有发生。

我想好好看着你，让那仿佛仍然活着一般的侧脸烙印在脑海之中。但眼泪却止不住地溢出眼眶，模糊了视线。

怎会如此不甘心，怎会如此悲痛？

温柔的你，总是在我身边微笑的你，给了我和贵史许多爱的你——

我绝对不会忘记你，你永远和我们在一起。

永远在一起。

所以我不说再见。

我爱你。

第一章　那段跌到人生谷底的日子

1

“说什么有梦想的人最美……”

赤松德郎在心底恨恨地咒骂着。

“这世道，什么梦想，还不都是白日梦。”

对赤松而言，人生就像是一连串陡峭难行的漫长坡道。

尽管年轻时，他也拥有过称得上梦想的东西，然而现在，面对毫不留情地降临到自己头上的残酷现实，过往那些关于梦想的记忆，都已变得模糊不清。

赤松刚参加完一场守灵式。

自菊名站搭上东急东横线的快车后，赤松便一路随着车身摇晃。晚上十点过后的上行电车里，一片空空荡荡。面前的车窗里，映照出一个愁眉不展、双手抱胸的矮胖身影。赤松这才发现，本以为自己还年轻，却早已在不知不觉间过了不惑之年。变得稀疏的头发，疲惫不堪的表情，额头还泛着油光……

虽然不想承认，但再怎么看，自己都是一副大叔模样。

不只如此，现在的赤松，就算再怎么恭维，也都称不上是个体面的大叔。虽说是社长，但也只是家规模甚小的中小企业，而且和时下流行的计算机或其他五光十色的创新产业全然沾不上边，是土里土气的运输业。就连公司名称“赤松货运”都是那么无趣，或许当初应该取个“赤松物流”之类的名字，至少听起来会比较酷吧！然而，就算改掉公司的名称，也无法让业绩就此好转，或是解决入不敷出的难题。

话说回来，刚才的守灵真是令人难受。在赤松过往的人生当中，还未曾经历如此煎熬的守灵夜。

赤松之所以参加刚才的守灵式，是为了去赔罪。

往生的人，是一位今年才要满三十三岁的年轻主妇。

那位家庭主妇，丧生在赤松货运的货车车轮之下——不，准确来说，是从货车上脱落的轮胎，正好击中了走在人行道上的那位主妇。

主妇当场死亡。

“非常抱歉。”这句话，赤松今天一整天不知说了几次。

再多的悔恨都已于事无补。这一点不只对死去的主妇来说是如此，对赤松而言亦然。

遗照中的主妇，脸上挂着开朗的笑容望向远方。在赤松看来，她仿佛是在凝视着远方的梦想。

那位主妇，叫作柚木妙子。

这位女性所拥有的，一定是赤松所不曾抱持的梦想吧！

当这次意外事故发生时，妙子正牵着一个小男孩一起散步。虽然男孩只是跌倒擦伤，算是不幸中的大幸，但当赤松看见守灵夜上整晚哭泣不止的孩子时，那种强烈的悔恨就仿佛要撕裂身体一般，不断地折磨着赤松的良心。

赤松货运的这场轮胎意外脱落事故，在一瞬间打碎了这对幸福母子的梦。

而肇事的那辆货车的名称，就叫“美丽梦想家”。

那是由知名汽车大厂“希望汽车”所生产的大型货车。

“这算哪门子的美丽梦想家啊！”

赤松原本以为自己只是在脑海中自言自语，没想到坐在附近的乘客却吃惊地把目光瞥了过来。

看样子，自己是在不知不觉中脱口而出了。

“美丽梦想家”所运送的，就算真的是梦，恐怕也是人生中最糟的一场噩梦。

电车开始穿越夜色昏暗的多摩川，在脚下发出敲击轨道的规律声响。不久后，驶过铁桥的电车开始慢速滑行，驶入高级住宅区“自由之丘”车站的月台。

赤松拖着沉重的身体起身，从大井町线的月台下车后，换车到等等力车站。赤松货运的公司办公室，就在距离这里徒步十分钟的地方。

还没打开玄关的玻璃门，赤松就看见宫代直吉慌张地从座位上起身。宫代是老员工了。按照规定，从事运送业的公司必须有一位专业的运输管理人，宫代便身兼赤松货运的运输管理人及专务[1]的职务。

“社长，您辛苦了。情况如何？”

赤松深深地叹了一口气。

“没有什么好说的。”

“这样啊……”

宫代闻言也跟着叹了口气，“那么，和对方谈得如何？”

“没辙。我虽然试着向对方赔罪，但除此之外根本无法进行任何对话，再说毕竟是守灵夜……”

宫代一脸苦涩地紧咬住下唇。

“门田那家伙呢？”

赤松连外套都没脱，一边疲倦地颓坐在椅子上，一边问着。

“还留在公司。我叫他留下来等的。”

赤松用手揉搓着膝盖到小腿一带的肌肉。由于在吊客络绎不绝的葬礼上全身紧张地持续站立了三个小时，现在他的两条腿肿胀得不得

1　专务：专务董事。日本公司的高级主管，负责辅助社长统筹公司的全体业务。

了。他伸手将念珠放在桌垫上后，用手摸了摸额头。冷汗直流的触感，透过指尖传了过来。明明已经空腹了许久，但他却一点食欲都没有；明明是疲惫不堪，却因为神经过分紧绷而睡意全无。

“警方来消息了吗？”

“没有，我想可能还需要一点时间。在事态没完全弄清楚之前，虽然无法断言什么，但总觉得势头有些不对。”

这场意外发生在两天前。当时，赤松正在市里一位客户的会客室中商谈着重要公事，因而无法接听电话。但当他与客户告辞之后，看见不到一小时内来自公司与宫代手机的未接来电竟高达七通之多，赤松便知道一定出事了。

告辞客户之后，他马上打回公司，手机中，接电话的宫代明显声音慌乱。

“社长，对不起。发生意外了。情况很糟，是人身事故。”

“什么！”赤松只吐出这句话，就再也说不下去了。宫代接着说道：

“是安友的货车。刚才他打手机联络过我，声音听起来相当慌张，根本不知道在说什么。现在我先派高岛过去了。目前只知道对方被送到了医院，但具体是哪家医院还不清楚……安友目前似乎正独自在警方那里接受侦讯。”

安友研介，赤松货运新来的司机，刚被聘用了半年。根据他的履历，这几年来他都担任货车司机辗转于各地，年纪三十好几了，还没有结婚。至于宫代提到的另一个人——高岛泰典，则是位身兼总务科长、深受公司信赖的司机。

“总而言之，社长，请您先赶紧回公司来吧！”

于是赤松取消所有预定行程，急忙赶回公司，但人还在半路，坏消息便已传来。就在赤松加紧脚步，从最近的车站跑回办公室的路上，他接到了噩耗，整个人就像停止的发条般愣在原地。

“过世了？你说过世了吗……”

赤松喘着气，仿佛地球上所有的氧气都消失了似的。视野中的一切纷纷失去了色彩，呼吸越来越困难。他低声呻吟，举起拳头用力朝自己的额头捶去，口中发出“啧”的一声。接着，他沮丧地垂下头，双手撑在路旁的护栏上。快要崩溃的赤松，好不容易强打起精神，这时一辆卡车从他身边呼啸而过。

尘埃飞扬，刺激着他的喉咙。

“怎么会这样……”

分不清是悔恨还是绝望，仿佛跌入了灵魂的深渊。这既不是梦也并非谎言，而是事实。面对这残酷又无可救药的现实，赤松只有不断喘息。

回到办公室后，他马上听取宫代转述来自高岛的报告。

“意外是发生在货车离开相模机械，前往横滨市内工厂的途中。据高岛刚才告诉我的情况是，安友才刚踩下刹车，左前轮的轮胎就飞了出去，击中了走在人行道上的被害人后背。虽然马上叫救护车送医急救，但据说是当场死亡。安友人还在警察那边，但事情光是这样，就已经很不妙了。”

那时宫代望向赤松的视线里，隐含着敏感警戒的目光。

“你说轮胎，飞出去……”

赤松眼神空洞地望向宫代。

“问题就出在这里啊，社长。”

宫代回以沉着的视线，朝赤松身后一瞥。那个地方是赤松货运的停车场，以及公司附设的维修厂。轮胎不可能说飞就飞出去，一定是因故脱落了。

“没有超载方面的问题吧？”

赤松小心翼翼地确认着。所谓的超载，指的是货车上装载了超过法定重量的货物。若真有超载的情形，那么就不只是货车本身，而是整家货运公司都将遭到勒令停业的命运，再加上最终致人死亡，凡此种种，简直可说是最不想见到的糟糕状况齐聚一堂。

“这方面应该不用担心，不过仍有可能是维修不当。”

即使是这样的话，归咎到公司的责任也还是很重的。

“那，到底是怎么回事？”

“目前还不清楚。”

宫代没有给出直接的回答。

接下来没过多久，管区港北警察局便来了通知，要赤松前去接受问询。

负责和赤松对话的不是身着制服的高级警官，而是港北警察局一位名叫高幡真治的刑警。这时赤松才意识到，这件事并非被当作意外事故来处理。

之后历经了数小时的侦讯，警方详细询问了赤松货运车辆维修的状况、维修技师的经验、工作环境，同时也问及过去是否发生过事故。

赤松也和被警察带出来的货运司机安友说上了话。

“当时我正开在从纲岛往大仓山方向的平缓弯道上。当我踩下刹车时，忽然感到一阵强烈的冲击，瞬间我握紧了方向盘，接着整个驾驶室就这样猛地撞上了道路一旁的人行道。当时我已经搞不清楚是什么样的情况了……”

安友说的这情形发生在轮胎脱落之后，而他似乎也没目睹到轮胎飞上人行道、猛烈击中被害者的那一瞬间。事发现场与港北警察局距离相当近，安友用几乎细不可闻的声音，讲述着当时的情况，整个人已是面如死灰，嘴唇也失去了血色。

“那时你的时速大概是多少公里？”

“我想应该是四十左右，因为当时前方也还有其他车辆……”

刚好符合法定限速，而且当时跟在安友后方的车辆的驾驶员也证实了安友并无超速的情形。

“事发之前有察觉任何异常吗？像是轮胎松脱之类的？”

“不，完全没有。一切都来得很突然。”

负责侦讯的刑警用质疑的眼光，望向低垂着头、面无血色的安友。

“事情发生前，有没有撞到什么东西？”

赤松这么问，但安友只是摇摇头。

这突如其来的情况，实在令人难以置信。

再怎么样，轮胎都不可能毫无理由地脱落。这时，赤松甚至已做好了会因业务过失致人死亡的罪名而被逮捕的心理准备，想必安友一定也是这么认为的吧！

然而，出乎意料的是，不管是开车的安友或是社长赤松都没有遭到逮捕。

理由是无法“当场确认”犯罪事实。如果今天是货车直接撞死了人，毋庸置疑一定会被逮捕的，可是轮胎脱落所造成的事故，当中的责任归属光看结果是无法判定的。高幡对赤松如此说明了不予逮捕的原因。

“对不起，社长。”

走出警察局后，面对深深低头的安友，赤松全然无法发怒。

“没办法，那是意外。”

赤松这么说，“究竟是哪里出了错，至今还无法下定论，不是吗？”

然而，自事故发生到现在已经过了两天，事情的结论还是没有找到。

一方面要替死者验尸，接下来则是今天要整夜守灵，明天要举行葬礼。说起来，真正在循序展开的，也就只有这些人死后必须进行的无聊程序罢了。

这起事故受到媒体极大的关注，相关新闻不断地播出，还被刊登在了隔天的早报上。虽说尚未得出明确的结论，但车辆所属公司的赤松货运不论怎么看都是“加害者”。

在这世上没有什么是比人命还要来得更贵重的了。虽然早已明白这个道理，但今晚参加了守灵夜之后，赤松对这句话有了更深刻的体会。

如果问题不是出在司机身上的话，原因只可能有一个，那就是维修不当。

“叫门田过来。”

望着宫代离开的背影，赤松沮丧地低着头，将脸埋进双手之中。

2

赤松从原本服务的大型货运公司离职，转而进入赤松货运，是在三十二岁那年。当时，是父亲的病，致使他做出了这样的决定。

说起来，赤松其实并没有特别想继承家业，但在升上大学四年级时，他总觉得自己就某方面来说，“有点讨厌匆匆忙忙的工作”，对于璀璨的未来也没有多大的展望。于是，当他这样想的时候，脑袋里所浮现出的就业场所，就只有自幼以来所熟悉的运输业了。

那时，刚好大学柔道社的学长为赤松介绍了一份工作。“要来吗？”“那么就请多多指教了。”简短几句寒暄之后，他只经过一次面试，就轻松决定了任职的公司。大学毕业之后的十年，赤松都过着大企业上班族的生活。虽然自己这么说似乎有点老王卖瓜，但赤松自认为工作相当地勤奋。在他三十岁前，便已经拥有代理科长的头衔，公司也很放心将重要的工作交给他负责。渐渐地，赤松自身对工作的热情也增加了。然而，就在作为上班族正要开始冲刺的时期，父亲却病倒了。那是赤松三十二岁那年夏天发生的事。自昭和三十年代[1]白手起家以来，用人生将近四十年的岁月撑起赤松货运的父亲，在病倒之后仅仅一个月便过世了。

公司的员工也需要照料，而且赤松也一直明白总有一天自己必须继承公司。只是说老实话，他从没想过这一天会来得这么快，让他不禁有点惊慌失措。

没人能让自己有样学样，也根本不知道怎样当一社之长。赶鸭子上架的赤松为了肩扛起拥有九十个员工的公司，只好从基本的“所谓的公司究竟是什么”这样的学习开始，摸索着坐上了社长的位子。

经营货运公司所需要的，与其说是头脑，不如说是体力。出身体育社团的赤松，将从社团中学到的本领发挥在此。脑袋还搞不清楚的事情就用身体力行去记住，赌上一切体力去拼出胜负。

经营中小企业的困难之处，没有实际经历过的人是无法体会的。

1　昭和三十年代：指一九五五年至一九六五年这十年。

客户与老员工的背离、营业额的减少、成本的增加——遇到的艰难险阻多如牛毛。每次遇到这种状况时，赤松总是打掉牙齿和血吞地努力到底，才终于走到了今天这个地步。

当上社长后，赤松体会到的第一点就是“社长真不是人干的”。这个职位有如地狱。不管怎么努力，每次的结算报告都只是勉强打平而已。只要不背负赤字，就算是值得庆幸了。

然而，当赤松猛然意识到“要靠运输业这行过活真是难啊”的瞬间，他不禁感到吃惊。

因为回想起来，自己过去从未在父亲口中听到过这样的怨言。父亲总是默默工作、咬牙苦干，供自己念书，以及给员工发薪水。就是因为他太努力工作，导致连体检的时间都抽不出来，以致发现身患癌症时已经是晚期了，结果因此辞世。在为家人及员工鞠躬尽瘁的同时，父亲的身体就像公司里那些货车一样，不断地耗损折旧着。

“谢谢你，老爸。”

当员工们都下班回家后，赤松独自在寂静无声的办公室里这么低语着，眼泪夺眶而出。那是他当上社长之后的第一个结算日，接近六月底的某个深夜。时逢梅雨季节，办公室外下着绵绵不断的细雨。

拥有八十辆货车，年营业额七亿日元，员工九十人，位于世田谷区等等力的中小型货运公司。

当上社长这十年，虽然艰难与困苦不断接踵而来，但至少公司本身并未发生重大纠纷或事故。他也想过要是被卷入更麻烦的事件的话，公司是否能承受得住，但，唯有这次的事件，并不像以往那样顺利。

面对警察一而再、再而三针对“维修不当”的质问，赤松一方面不断否定，另一方面内心却也感到迷惘。他无法从心底说出“绝对没有那回事”。

说老实话，这也是他对负责维修的作业员的工作态度并没有自信的缘故。也正因如此，在接受警察侦讯的过程中，负责维修车辆的那位员工的脸，一直不断地浮现在赤松脑海中。

这时，宫代一脸严肃地回到了办公室。

在宫代身后，跟着一个不敢正眼看向赤松的金发男子。

他就是这次出问题的卡车的维修技师，门田骏一。

赤松从放置待处理公文箱的架子上，抽出了资料，当时应该是宫代放进去的。

那份资料，是三年前二十岁的门田进公司面试时的简历与自我简介。

虽然门田拥有在专门学校取得的维修技师资格，但赤松当时对于是否录用他这件事，也着实烦恼了一阵。除了门田给人吊儿郎当的印象之外，他在面试时那全然不曾正眼直视赤松的样子，也令赤松心存芥蒂。

“社长，我带他来了。喂，门田！”

被宫代这么一叫，门田才畏畏缩缩走上前，用着依然带点叛逆的眼神望向赤松。眼前挑染金发、戴着耳环的门田，就赤松看来，的确是属于难以沟通的那种异次元人种。

“我应该说过，不准染金发吧？”

赤松一开口就是这句。这已经是在责难对方了。门田没有回答，赤松只好又补上一句：“没听见我说的话吗？”

赤松脑海中浮现起一个月前的一幕。当时他看到门田莫名其妙染了发，就骂了他几句。当时，门田的表情也和现在一样桀骜不驯。

结果，连宫代都发飙大吼“好好回话”，门田这才勉强应了一声“哦”。

即使忍住纠正“不是‘哦’，要回答‘是’才对”的冲动，赤松还是禁不住生气地怒斥他：“在公司里就该把你那耳环摘掉！”

问题就是出在这家伙的维修上吗？

这样的疑问充斥在赤松心中。这时，谷山次郎手中紧抓着沾满油污的工作帽，满脸歉意地走进了办公室。谷山身为维修科的科长，是公司登记在案的维修管理负责人。虽是挂着科长的头衔，但在过去很长一段时间里，他的手底下没有任何一名部下，是个光杆科长。赤松也是考虑到他已近退休年龄，才会在三年前聘用门田作为他的下属，打算等门田见习几年之后，就让他们交接。

相较于门田，反倒是眼前的谷山表情更加颓丧，甚至令人担心他会不会因过度自责而崩溃。这两天，谷山憔悴得形容枯槁，整个人都变了样。毕竟，若这次事件的问题真的出在维修，第一个会被移送法办的不是别人，正是身为维修管理负责人的谷山。当然，轻信了谷山维修报告的赤松，被逮捕的可能性也很高。

而且问题还不止警方，从明天开始，陆运局[1]的人也将涉入调查，要是演变成最坏的情况，甚至会勒令公司停止营业。

“真的很抱歉。”

谷山代替门田赔着罪。

“这次可不像往常，说句‘下次注意’就可以算了啊，猴田！”

“猴田”，这是长了张猴子脸的门田的绰号。

1　陆运局：日本中央省厅——运输省的下属机构。分设在日本各地，负责管理当地的陆地运输事务。

但门田回应赤松这句话的，却是燃烧着熊熊怒火的眼神。从那眼神中，赤松感觉到年轻人特有的叛逆，连带使得他的内心也开始溅起了火花。与此同时，完全不做任何辩解也不道歉的门田，更让人觉得毛骨悚然。

货运这一行最重要的基础，就是货车的维修。而门田这样的男人，是绝对不值得被委以如此重任的，哪怕只是一部分而已……面对如今的结果，赤松感到无比后悔。他瞪着门田说道：

“迄今为止，我一直等着看你什么时候会改掉这种态度，但老实说，我感到很失望。染头发、戴耳环，就你们年轻人来说，或许会觉得是展现自我个性，没什么大不了的，可是公司这种地方，并不是只有年轻人而已。抱持着敷衍了事的态度工作，会造成什么严重的后果，你明白吗？”

门田依然不搭腔，只是用更忤逆的眼神望向赤松。

“我才从死者的守灵式回来，在那里看到了过世被害者的遗照。我说你啊，对于夺走了一条人命这件事完全没有反省吗？不能站在失去母亲的孩子的立场想想吗？要是听懂了，就改改你那态度！”

“咚”的一声巨响响起。

那是门田用力踹了赤松的桌子一脚。

“你这家伙，这是什么态度！”

在谷山这么怒喝之下，门田才终于开口，但一开口，却是出言不逊地顶了一句“啰唆”！

“你这是什么态度！”

就在宫代上前揪住门田的领子时，谷山也气得用力挥了门田一拳。

门田单薄的身体就这么飞了出去，乒乒乓乓撞翻了办公室里的椅子。

“公司不需要你这种人，给我走！你被开除了！”

赤松对着倒在椅子中间、用手背抹去口角血迹的门田这么大喊。在一触即发的气氛之中，两人的眼神一阵对峙，最后是门田先移开了目光，撂下一句：“哼，走就走！”这个赤松货运的问题员工，就这么冲出了办公室。

“社长，真的很抱歉，我给您赔罪。”

“这不是谷老的错。”面对痛心地闭上双眼、用力捏紧了手上帽子的谷山，赤松也只好不再追究。

“都是我没教好他……”

“不，这也是没办法的事。”

维修科最近工作太繁重了。按照规定，货运从业者每三个月必须进行一次车辆维修，除了新车之外，每十二个月必须做一次车况检查，而上个月正好遇上车辆维修与车况检查的时间重叠，谷山和门田都忙得不可开交。和赤松货运同等规模的公司，很少像这样在公司内部自行雇用维修师。多半的货运公司都采取与维修工厂签约，然后每三个月委托对方维修一次的方式。赤松货运这么做，是希望能借此拥有委托外部工厂时所没有的融通性，同时也是为了节省经费。除此之外，谷山和门田也都拥有大型货车驾驶员的资格，因此，万一驾驶员人手不足，他们也能随时支持。更何况门田进公司已经三年，算得上是老手了；无论谷山是多么有能力的维修技师，要是还得一一检查部下的工作，事情根本做不完。

“要追究管理责任的话，应该是我来负责，而不是谷老你。”

看着脸部表情变得更加扭曲的谷山，赤松以仿佛要驱散沉重气氛的轻松口吻说着。

“这也是没办法的事啊，毕竟你们两位都辛苦了。今天就先这样，你们也下班吧。我也要回去了，太累了啊。”

“您辛苦了。”宫代轻声致意。赤松微微点头，拖着仿佛鞋子里装了铅块似的沉重脚步，走进无云的夜空之下。

3

“社长，方便打扰一下吗？”

这是几天之后的早晨发生的事。这天一大早，赤松先去拜访过几位客户，上午十一点多才进公司。似乎一直等着他的宫代，随即来到赤松座位附近，以其他员工听不见的低沉语调询问。

“是有关门田的事。”

赤松不发一语地点了头，指了指兼作会客室使用的社长办公室。

陆运局的调查一直到昨天才结束。赤松为了应付那些调查，早已累得筋疲力尽。陆运局对于运输管理和维修管理的部分虽然做了彻底的调查，但结果却是“未见疏失”。正因为是重大事故，所以陆运局监察官信心满满，认为“总会调查出什么重大疏失”，但事到如此，他也不得不称赞赤松货运说：“你们做得不错嘛，真令人意外！”

赤松从办公桌前起身，率先坐上沙发，想要点烟的手伸到一半，又停住了动作。明明已经戒烟不知多少年了啊，身体却无意识地恢复了当时的习惯，这一点让赤松自己都吃了一惊。看样子，这阵子疲惫累积的程度确实超乎自己想象了。宫代不明就里地看着露出惊讶表情的赤松，继续说道：

“是这样的，昨天我在监察官调查的过程中，发现了这件东西。”

宫代递出的是一本装订成册的活页夹。绿色的封面沾满油污，用马克笔字迹拙劣地写着“维修手册”，下方还写着“维修科门田骏一”的名字。

“请您看一下这个。”

翻开活页夹，里面记载的是约莫一周前的记录。车辆编号是十五号车。

“是那辆车吗？”

赤松抬起头望向宫代，宫代默默地点了点头。十五号车，就是发生那起事故的大型货车。

“谷山从维修场那边，门田桌子的抽屉里找到的。您怎么看？”

活页夹内装订的，看起来应该是门田自制的“检查项目表”。除了法定的检查项目之外，还另外加入多达五十个项目。在那上面有门田的笔迹及打钩的检查确认记录。

“这根本比法定的检查内容还要严密多了。”

赤松一页一页翻着手册，发现第一页的记载日期大约是一个月前。

“那家伙，一个月前听了社长的训斥后，做了他该做的事啊。”

“糟糕，那天错骂他了！”

赤松皱起了眉头。

那晚之后，门田就再也没有出现在公司里了。这也是理所当然的吧，毕竟是赤松当着门田的面，亲口说要开除他的。

“以防万一，我还检查了其他由门田经手维修的货车，他真的做得很好。如果做到这种地步还要被说是维修不当的话，肯定会想‘那还要我怎么做’吧！”

赤松不禁倏地站起身来。

“我去去就回。”

“您要上哪儿去？”

“门田家啊。可以给我住址吗？”

宫代赶忙站起身，从人事档案夹中取了一份资料复印件回来。赤松将那张写着位于上池台地址的纸张塞进口袋，一头钻进停在办公室旁的业务用小货车，发动引擎。

“您要开这辆车去吗？”

“是啊。回来时需要我顺便载什么货吗？”

“不，不是什么货啦。”

说完这句话，宫代咧嘴一笑道，“请您只要把门田那家伙载回来就好。”

“真是笨啊，”赤松心想，“我真是个笨蛋！”

明明过去在大企业上班时，最让自己觉得不爽的事情之一，就属关于人事的安排了。

那是个没有水平的家伙飞黄腾达、真正有实力的人却总被当成笨蛋的世界。看到这种情况时，赤松的心中就会隐约燃起一种“上司也好，人事部也好，到底大家的眼睛都长到哪里去了”的愤慨。

结果呢？看看现在的自己，跟那些愚蠢的人事部又有什么两样？

门田是不是在试探我呢？此时赤松在心里这样想着。

不、不，事情难道真的是这样吗？赤松一边握着方向盘，一边思考着。小货车驶出等等力住宅区后，通过环状八号线，切入开往羽田方向的卡车行列之中。

“工作的实力才是胜负的关键。”这是赤松经常告诫员工的一句话。所以那个时候，门田才不去改变被赤松纠正的“表面”，而是遵照赤松这句话，打算以工作上的实力来一决胜负？或许门田也想要知道，是不是自己只要好好完成工作，就真的能够获得赤松的认同？

也许，门田他是想确认赤松是否只是个空口说白话的上司。

“若真是如此，那我根本不及格啊。”

赤松感到非常懊悔，不断地责备自己。

车行过中原街道后，路上车辆开始减少，也变得容易行驶多了。赤松避开预测可能塞车的路线，从北岭町附近左转后，开着小货车在住宅区之间穿梭，朝门田家的地址驶去。

“是这附近吧。”

一边放慢车速，一边确认着电线杆上的地址牌，赤松的目光落在视野前方的一栋公寓上。

门田登记的住所资料上，写着这里的门牌号。

将货车靠着公寓的水泥围墙停妥后，赤松抬头望望这栋有八户住家的建筑物，从右边的水泥阶梯走上楼。

伫立在门田家门外，赤松脑中只想着，见到他后究竟该说什么才好。

他按下电铃，挺直背脊站好。

本以为前来应门的会是一贯不耐烦的门田，却出乎意料地传来一个年轻女性的声音。

“呃，那个……不好意思，我是赤松货运的人，敝姓赤松。”

“啊……是，请稍等一下！”

对方用带点惊慌的口吻挂上了对讲机后，很快地前来应门。那是一位二十出头、身材娇小的女孩。她和门田一样染着一头金发，脸上带着天真无邪的表情。由于门田尚未结婚，因此赤松心想，这个女孩应该是门田的同居情侣吧！不过他还是不动声色地问道：“门田君在家吗？”

“他出门工作了。”

“工作？”

距离门田被开除还不到一个礼拜，难道他在这么短时间内就已经放弃赤松货运，找到新工作了吗？看到赤松一脸惊讶又失望的表情，女孩客气地问道：

“要不要打他手机？”

“不了，工作中怎么好意思打扰……他，已经找到新工作了啊？”

“嗯，算是吧。”

女孩给了一个模棱两可的答案，“现在刚好是午休时间，我想他应该在吃饭，您就打给他看看吧？”

这下该如何是好？就算打通了，在电话里为了上次的事情道歉，感觉也很尴尬。说起来，这原本就不是可以轻松带过的事。再说，门田若已经找到新的工作，那赤松货运对他而言就已经是过去式了，事到如今再旧事重提，又能怎样呢？

看赤松似乎犹豫不决，女孩说：“不然，请您直接去找他吧。他见到您，一定会很高兴的。”

“是这样吗……那么，请问门田君现在在哪家公司高就呢？”

赤松小心翼翼地询问之后，女孩便返身入屋拿了一张传单，就着空白的背面画了一张简单的地图。

“不是什么公司，只是领日薪的零工。我想，他人现在应该就在这附近。”

在地图下方，写着位于品川区内的一个地址。那漂亮的字迹，实在很难和女孩的外貌联系在一起。她弯身鞠躬，对赤松说声“门田就拜托您了”之后，忽然轻笑了起来。

“怎么了？”

“不好意思，因为您就跟门田描述的一模一样。”

女孩对一头雾水的赤松说：“门田他，经常对我提起社长您的事。”

“他似乎很喜欢社长您，还说很感激您愿意包容、雇用他这种人。他从专科毕业后没有一家公司愿意用他，是赤松货运收留了他。”

“没这回事……”

赤松不禁为之语塞。当他低下头时，不经意间瞥见女孩微微隆起的腹部。一抬头，正好对上女孩圆亮的眼眸。

“啊，那，门田他有跟你说过什么吗？关于这次的事。”

“他说自己没有做错。不过他虽然很生气，却也很沮丧。请问，他真的被开除了吗？应该不会吧？他真的很喜欢赤松货运，或许外表看不出来，但这一点我很清楚。”

她原先笑着的脸上，突然间掺进了哭泣的表情，同时以恳求的眼光望着赤松。赤松顿时领悟到，眼前这个女孩，毫无疑问是门田的亲属，同时更是自己必须守护的员工家属。

“那当然，我怎么会开除他呢！”

赤松咬住了下唇，无法再继续说下去。“那么先告辞了。”赤松这么说完之后，便向女孩鞠躬告辞，快步走下公寓的楼梯。

天上满是厚厚的云层。发动车子再次向外驶去时，便滴滴答答地下起雨来。那是十月冷冷的雨。

小货车再度穿梭在上池台的住宅区内，转出夫妇坂后，沿着车辆拥挤的环状线，一路朝品川驶去。雨忽强忽弱地下着，赤松只好一面反复打开又关上雨刷，一面专注地盯着挡风玻璃。

周遭的风景，从住宅区慢慢转变为工厂林立的单调地带。穿过国道，越是靠近海边，周遭景色中的工业区色彩就越是强烈。放眼望去，窗外尽是和天空一样灰扑扑的颜色。

女孩交给他的地址，应该是在与厂房林立的大井地区一线之隔的地方。

“应该就是这附近了吧……”

这时，在赤松眼前出现了一面写着“道路施工中”的广告牌，广告牌前面站着一名身穿雨衣的警卫，手上正挥动着单向通行的诱导灯。

赤松将货车停上前方的人行道。用警示灯和黄色封锁线围起来的工地里，没有半个人影。

停下脚步的赤松瞬间迟疑了一下，不过看见前方三十米处有个公园，便缓缓朝那里走了过去。

雨水再次啪嗒啪嗒地落在脸上，但赤松并没带雨伞。他心想，反正雨马上就会停了，却没料到才往前走了十米左右，雨势就变得更强了。这样的天气，似乎正暗示着赤松那不平静的前途。

小公园里只有小小的秋千、滑梯、沙坑和一间厕所，看不见孩子们游玩的身影。把公园建在连住宅区都没有的地方，未免也太不合适了——就在这样想的同时，赤松的眼角瞥见了一个弓着背、坐在公园一隅长椅上的身影。

那个人影穿的好像是工地提供的蓝色制服雨衣，背上嵌着V字形的反光条。只见他抬起头，愤恨似的望了天空一眼，然后很快地将身旁的粗布手套收进雨衣口袋里，以防被雨淋湿。接着，他便弓着身子，开始吃起放在膝盖上的便当。赤松走近他身边，看见便当盒里沾了酱汁的炸牡蛎，和那张沉默寡言的侧脸，以及闪闪发光的耳环。

“喂，门田。”

仅仅这么一句，就让正将半颗炸牡蛎送入口中的门田停住了拿着筷子的手，神情惊讶地回头望向赤松。两人就这么互相看着对方，但谁也开不了口。前来此处的路上，赤松不断思索着见了门田该说什么才好，但却只觉脑袋一片空白，完全想不出什么好的开场白。于是他干脆想着，就等到碰面再说吧！要是和门田碰了面的话，在那情况下总是能够脱口说出一些什么吧。没想到这样的期待也落了空，开口的第一句话就连自己都觉得糟糕：

“便当……好吃吗？”

“社长……”

门田将吃到一半的便当放在长椅上，望向赤松的脸上写满疑惑。

“抱歉。”

赤松脱口而出的第二句话，已是道歉之辞，“上次是我弄错了。你能回来吗？是我不好，我向你道歉。”

赤松这么说着，对门田低下了头。

这或许是自己第一次对员工低头。然而，这种不自在的感觉根本不算什么。不分青红皂白地误解并赶走了认真工作的员工，犯下这种过错的自己更叫人难以忍受。

“可是，总该有人负起责任不是吗？”

听见门田出乎意料的回答，赤松不禁抬起头。

“没了一条人命啊，社长，这不是金钱能解决的问题吧！既然如此，就让我来担这个责任，不是比较好吗？赤松货运能够平安无事的话那就够了，我无所谓，再去找其他工作就好。”

“笨蛋，这种事还轮不到你来操心！”

没想到门田这家伙为公司想了这么多，从外表一点都看不出来。赤松内心不禁感到一阵激动，他告诉门田：“第一，根本就还没认定问题出在维修不当，警察那边也还没做出定论。你没来公司的这段时间，我们已经通过陆运局的审查了。更何况，该做的工作你不是都好好完成了吗？”

“话是这样没错……”

“听着，废话少说，快给我回来就对了！不，该说是我拜托你，请回来吧。本公司需要像你这样的家伙啊！”

门田没有搭腔，只是咬紧牙关沉默着。拼命尝试说服他的赤松，凝视着他的表情。这时，门田突然笑了出来。

“本公司……”

赤松马上明白门田这句话的含意，苦笑了起来。

“的确，我们的规模还配不上‘本公司’这种说法呢。”

“不，我不是那个意思！”

“没关系，说实话很好。既然如此，就让我们一起把它搞大吧。让赤松货运成为一家更大的公司，直到我们可以抬头挺胸地说‘本公司’为止。你说是吧？”

赤松拍了拍凝望着前方的门田的肩膀，留下一句“等你回来啊”，便转身离开。走出公园时回头一看，门田仍旧动也不动地坐在原地。

4

隔天，面对一如往常出勤的门田，宫代和谷山都若无其事地迎接了他。

经过办公室前时，门田轻轻低头示意，赤松则朝他挥了挥手。

“他收敛许多了呢。”宫代说道。

“是啊。”赤松轻声回答，并啜了口茶。

然而，温暖的感觉也仅是一时片刻。在宫代接了一通电话后，一声“刑警好像要过来”，很快将赤松拉回了现实。

事故调查也差不多到了该得出一个结论的时候了。

“对方还说了什么吗？”

宫代摇摇头。

“什么都没说。不过，不管怎么说……”

宫代的话虽然没有说完，但意在不言中，想必那通电话给了他不好的预感吧！说实话，赤松自己也和宫代有着一样的感觉，因此也没办法昧着良心去安慰对方说“情况其实不坏”。无论如何，他内心的波澜都难以平静。

港北警察局的高幡刑警是在上午十点过后造访赤松货运的。

先前的侦讯便是由他负责，所以赤松对此人的性格也已相当熟悉。高幡是个阴沉的人，即便是谈话也没有笑容，总是摆着一张臭脸。虽然尚未定罪，但高幡肯定已经认定了侦讯对象有罪吧。

“关于事故发生的原因，我们将委托希望汽车公司协助调查。”

高幡才刚坐上会客室的沙发，开口就是这句话。赤松原以为他会单独前来，但今天他还带了一个年轻的刑警同行，或许这是警方办案时的惯例也说不定。这名年轻刑警名叫吉田，而高幡刑警则是年纪五十岁上下的老练前辈。

不明对方来意的赤松保持着缄默，高幡刑警则率先开始说起事故发生时的状况，只不过那都是些不用一一说明、赤松也早已知道的内容，所以他继续保持沉默。

事故现场位于横滨市内的国道。当赤松货运的载货司机安友研介所驾驶的拖挂车拖着十三吨重的货柜，以法定限速四十公里的时速行进时，前方左侧的轮胎突然脱落。轮胎的直径一米，重量大约一百四十公斤。脱落的轮胎飞过国道旁的缘石滚上了人行道，并因为斜坡的加速度而继续向前滚动了约五十米后，猛烈撞上正巧走在人行道上的家庭主妇——柚木妙子的后背。柚木女士在送医之后不久便宣告死亡。至于车祸发生当时柚木女士手中牵着的六岁长子，则只有跌倒时的擦伤。

另一方面，赤松货运发生事故的这辆货车经过现场勘检后，由该车辆的贩卖经销商，也就是希望汽车经销公司做回收，并送往制造商希望汽车公司进行检修。

高幡此行即是来告知赤松货运，警方将委托希望汽车对这辆车的送修零件展开鉴识调查。

“虽然调查结果尚未出炉之前无法断言，但按照我们的推测，这起事故是由维修不当所导致的可能性相当高啊，社长。如果你有什么想说的话，还是趁现在快说比较好哦。”

高幡的目光忽然变得锐利起来，眼神之中传达出“调查结果出来很有可能让你吃不了兜着走”的言外之意。看样子，他今天走这一趟并非有何要事，只是想利用报告搜查过程的借口，牵制一下赤松罢了。

“我这边没有什么想说的。一直以来我们都是按部就班地做好维修工作。您要不要看看我们的维修记录呢？”

赤松让门田去拿维修科的“维修检查记录簿”。门田随后带着微妙的表情回到社长办公室，摊开出事货车的记录簿走向刑警，鞠了个躬后便离开。目送门田离去的高幡说：“这里面的检查项目的确很细，也都做了检查完毕的记号，不过，贵公司的维修是那位年轻技师负责的吧？或许他错过了零件更新的时期，这也是非常有可能的吧？”

“既然您提到这一点，我可以告诉您，零件更新的部分已经通过陆运局的监察了。您这么说难道有证据吗？”

赤松的语气略微激动了起来。

“如果不是这样的话，那您倒是说说看，轮胎怎么会脱落呢，赤松社长？”

高幡语带讽刺地说着。

“您也不知道嘛，对不对？”

“刑警先生您口口声声说零件如何如何，那可否请您具体指出是哪一个零件？敝公司这边无暇也无法仔细检查那辆事故货车，可否烦请您告知呢？”

一直针锋相对的高幡，这时却忽然噤口不语。

“是轮毂。”

回答的人是吉田。

“轮毂？”

轮毂是连接车轴与轮胎，说得更具体点，是连接车轴与刹车鼓的零件。

“请等一下！”赤松提出反驳，“轮毂并不在每三个月例行性检查的项目内啊！即使如此，责任归属还是算在我们头上吗？”

赤松货运每三个月一次的例行性检查由谷山负责。例行性检查的内容依照法律规定，并不包含轮毂的检查。轮毂的部分应该是属于车检的检查项目，不过在这方面，赤松货运向来的做法是委托维修公司处理。如果这次的问题真的出在错过更换新轮毂的时期，那么责任归属将会是维修公司，而非赤松货运。然而……

“我们也调查过东山汽车那边了。”

高幡的回应令赤松吃了一惊。东山汽车便是赤松货运委托进行车检的汽车维修公司。虽说是维修公司，但他们以关东地区为中心，拥有数家汽车修理厂，可说是相当有规模的中型企业。

“我们也调出了事故车辆的维修记录，的确没有发现检查遗漏的项目。以东山汽车的维修状况来判断，也不可能发生检查阙漏的失误。”

“既然如此，那么事故原因若是出在轮毂，就不该把责任归属推给我们吧？”

“那辆车出过事吧？”高幡严苛地补上了这么一句，“那辆发生事故的货车，不是在三个月前曾因司机的驾驶失误，撞进路旁侧沟导致轮胎脱落吗？警方这边可是还留有记录哟，社长！”

真是出其不意的一招。正如高幡所言，三个月前那辆车确实发生过意外事故，撞进路旁水沟，导致左前轮脱落，并致使附近民房围墙毁损。赤松并非不记得这事，只是未曾想这两件事会有什么关联性而已。

“或许在当时，那辆车的轮毂就因此而受损了呢？你刚才说轮毂不在法定检查项目内，可是那仅限于一般状况吧？一旦发生事故的话，检查内容也应该有所改变，这才是正确的吧？然而，明知这辆车出过事却没有送去检查，这除了说是维修不当，还能说是什么呢？”

“这……”

赤松完全说不出话。面对他的窘状，吉田嘲弄似的开了口：

“包括这些在内，我们都会查明的。毕竟，这起事件很受社会大众注目，就算想推卸责任，也是不会被社会大众所接受的哟！”

“我并没有要推卸责任的意思！”

面对着激动的赤松，吉田只是冷冷地回答：“若不是良心不安的话，您又何必这么愤慨呢？冷静一点如何？”

"这件事广受社会大众关注，这点我很清楚。可是，这句话我也要原封不动地还给你们警方。"赤松接着说，"你们要怎么怀疑敝公司随你们便，但像这样先入为主地认定我们有罪并进行搜查，如果查到最后发现我们赤松货运是清白的，那丢脸的不就是你们警方了吗？我也请你们不要忘了这一点。"

吉田一脸不在乎，就像根本没听见赤松说的话，高幡则是愕然地叹了一口气。

"我看以社长您这种态度，客户都要跑光了。"

"不劳费心，敝公司客户都很信任我们。"

赤松自信满满地说着。发生事故之后，至今还没有客户说要重新评估与赤松货运的生意。

"总而言之，关于事故原因还在调查，就是这样，社长。您也别愤愤不平，我们彼此都等结果出来再说吧！我言尽于此。"

"我们走。"丢下这句话，高幡和吉田便快步走出了赤松的办公室。

5

在那天傍晚，赤松接到了一通电话。

打电话来的是，相模机械的配送负责人平本末嗣。平本在电话中表明欲前往赤松货运拜访商谈，且不由分说地自行决定了隔日上午的到访时间后，便挂上了电话。

那个时段赤松本有其他预定行程，但只好取消了。相模机械是公司的大客户，说什么也不能拒绝。

“对方直接找社长您是吗？是好事的话就好，但……”

平常负责和相模接洽的宫代，对这通电话颇为在意。和说出口的话正好相反，他的表情显得忧心忡忡。

“这个嘛，谁知道呢？”

两人的表情都不乐观，或许是因为赤松自己也感觉到了某种祸不单行的味道吧！

负面连锁这种事是确实存在的。

“对相模机械的赔偿没问题吧，宫老？”

赤松不安地询问着。

“没问题，已经接到保险公司的联系了。”

“这样啊……”

赤松稍微安心地喃喃说着。发生事故的货车上载的，其实正是相模机械委托运送的工业机械。

机械都保了意外险，保险金额是每台三千万日元。

事故发生时，货车上正运送着三台该种机械，结果造成了货物掉落的状况。

机械外观上虽没有发现破损，但毕竟是使用于最尖端领域的工业用机械，这种机械对碰撞是很敏感的。因此，这些货物不能就这么运送到目的地，必须先送回相模机械的制造工厂进行检查。不出预料，相模机械认为无法保证今后机械的操作不出问题，而决定将三台机械都解体处理，至于包含处理的各种相关费用在内，约九千万日元的赔偿金额，自然由赤松货运负担。

幸好机械都上了保险，否则现在赤松货运就要濒临破产了。

赤松将在柜台后方接待区等待的平本请到会客室。

“真的很抱歉。”

一开口就这样说的平本，连招呼都没打便单刀直入地切入正题。

“事实上由于前些日子的那件事，我们接到来自客户那边的损害赔偿请求。”

赤松直觉认定对方接下来所要说的话必定不是什么好事，于是不禁坐直了身子。

“虽然那三台机械贵公司也都予以赔偿了，但事实上替代的机械却赶不及生产。不论怎么说，那些都是最新型的尖端机种，每一台都是定做生产的特制型号，不是说坏掉了就可以立刻调得到另一台机器来替代的，这方面我想您应该很清楚才对吧？”

掌握赤松货运工作命脉的关键人物平本，用仿佛不太高兴的语气这么说着。

“目前预定暂且可在两周后生产出新机械来交货，但这么一来比起当初的计划将会延迟半个月，对敝公司的客户来说，等于整个生产计划都被打乱了。”

“真的非常抱歉。”

赤松深深低头赔罪，但平本只以不带感情的眼神凝视着他。

“也因为这样，我这次来其实是有两件事情要谈：第一，是关于因客户方面的损害赔偿而连带产生，由于生产进度落后而必须付出的调度金。”

“调度金是指？”

“简单来说，就是弥补对方业务上的损失。客户那头也还有他们的客户要应对，或许他们也是被对方要求的吧。”

“那么额度是多少呢？”

赤松战战兢兢地问。保险金是否足够支付，令人相当担心。

“目前还没接到正式的申请书，但口头讨论的结果大概会是六百万。这笔钱，敝公司希望能由赤松货运承担。”

“这样啊……”

赤松不禁皱起眉头。他在内心计算着，至少要达成亿日元单位的营业额，才能赚得到这个数字的净利。但没办法，这笔钱说什么都要付给人家。

“既然是我们公司发生的事故，我们一定会负起责任、赔偿到底的。给贵公司添了这么多麻烦，真的很抱歉。今后敝公司对于内部管理也会更严格执行，一定不会让这种事情再次发生——”

“我说，赤松社长。”

平本打断赤松的话，劈头说道，“其实，这也是我今天来的第二个目的——关于今后的合作，敝公司董事有些意见，因此希望能暂时终止对于贵公司的委托。”

赤松感到一阵天旋地转。

“平本科长，这、这话怎么说啊？”

“唉，就是这么一回事吧！我都说得这么明白了，目前，您就别期待我们这边的发包了。别摆出这副表情，我也不想这样，但毕竟我们也有社会舆论的压力啊，不是都闹上新闻了吗？这种事，对我们来说也觉得很困扰呢！”

“请等一下，平本科长！”

赤松慌忙提出反驳，“那起事故的原因还在调查当中啊，还不能断言就是敝公司的责任！”

“难道不是你们维修出了问题吗，社长？”

平本露出每当不耐烦时便会出现的小动作，不断地眨着眼，表情也愠怒起来。

“我可是不想说得这么直白的哪，真是的！”

“我不认为是敝公司在维修上出了问题，能否也请您这样代为向贵公司董事转达呢？一切都是误会。现在若失去了相模机械的合约，对敝公司来说真的会很困扰。我拜托您了。”

只有求人了。

要是真的失去相模机械这个客户——事态将会严重到不行。

不只是营业额缩减这么简单而已。为了承接这个客户而添购新货车借的款尚未还清，现有的人力也会投闲置散。就算抱着赔钱的打算卖掉新货车或遣散员工，那些费用对赤松货运而言，依然不啻为一大致命伤。

平本却毫不留情地转过头，点燃了一根香烟。

“就算你求我也没用啊。”平本态度坚决地应道。

“这十年来，敝公司一直非常努力地在为贵公司服务。”赤松拼了命想说服他，“贵公司要求降低运费时，我们也二话不说接受了。至今敝公司有任何一点对不起贵公司之处吗？还有，请您想想看，还有哪家公司比赤松货运更了解贵公司的制品呢？工业用的精密机械，和一般重物货运的运送方式不同，个中自有其诀窍在。敝公司具备了这项专长，而这也是其他公司无法轻易胜任的，所以，您能不能再考虑一下呢？”

“你的意思我很明白。”平本一边吞云吐雾一边说，“可是，这是高层下达的指令，我也没办法。”

“事情都还没分出是非黑白就踢开我们，这太过分了啊！可以烦请科长您向董事方面再次说明吗？”

赤松一再地死缠烂打，令平本露出明显不耐烦的表情，伸手捻灭了香烟。

“我说啊，赤松社长，轮胎脱落这种事故，摆明了就是货车维修不当啊；再怎么说，总不会是货车本身制造上的问题吧？这种事情根本没必要等调查结果出炉，我们董事就是很清楚这一点才会这么决定的。说老实话，你自己心里应该也很明白吧？”

还有比这段话更严重的侮辱吗？赤松顿时说不出话来，而平本也站起身。

“那么，刚才提到的调度金，我会另外寄账单过来。”

“科长！”

赤松还想起身追上前，不过平本却露出严峻的表情看着赤松，和之前的态度简直判若两人。

“言尽于此！”

会面就这样，在对方强行中断的情况下结束了。

赤松颓坐在一旁的沙发上，双臂抱头。

他心里只不断地想着，这下糟了。恐惧从脚底往上窜。心脏就像被揪住般呼吸困难，额头上也冒出冷汗。

迄今为止，赤松货运的营收也只是勉强打平而已。一旦少了相模机械的生意，造成的损失更有可能直接将公司逼入困境。而在这当下，又到哪儿去找足以取代相模机械的大客户呢？

这样一来，资金的周转也不知道能不能撑得过去！

一旦浮现了这个念头，“破产”两个字也开始闪现在脑海中。

赤松继承父亲传下的家业十几年了，其间也曾经历过艰困时期。然而和眼前这桩事件相比，那些不过都是“小巫见大巫”。现在，赤松所要面对的是不折不扣的危机，如果不能跨越，公司将不再有未来；然而，就算跨越了这一关，接下来必须面对的，也只是更严苛的现实。

“社长，相模那边怎么说？”

见赤松带着沉重的表情回到办公室，宫代立刻开口询问。听完赤松述说的状况，事态严重得连宫代都说不出话来，仰头陷入沉默。

“这不是太过分了吗？调查结果都还没出炉啊！”

“说是对方董事的意思。”

这只是大企业常见的说辞罢了。“上头的人不答应”“得不到总公司同意”，应对的接洽人总是哭丧着脸，说着这些大企业在拒绝对方时的老套说辞。

“这真的是对方高层的意见吗？总觉得有点奇怪呢。”

宫代和赤松似乎有着相同看法。“搞不好是平本那家伙为了在上司面前求表现，用这种做法来强调自己深思熟虑也说不定哦！”宫代说道。或许真是如此吧，但无论真相如何，都已于事无补了。

“现在这时候说这个真的很抱歉，但是社长，能不能请您明天跑一趟银行？”

“不够是吗？”

宫代面有难色地点点头。

“到这个月底勉强没问题，但下个月就……”

“要多少？”

“我想，有三千万的话就可以撑到年底了。”

三千万啊。对现在的赤松货运而言，要获得这笔金额并不容易。即使是银行那边，也不是这么容易地说借就借吧！正因为非常清楚这一点，宫代才会面露难色。

“这真是困难的时期啊，宫老。”

赤松喃喃说着，宫代也默默点头。

6

“老公，你还好吧？看起来好像很累呢！”

深夜回到家的赤松一把将西装外套丢在沙发上，自己也跟着躺了下去。虽然听见妻子史绘的问话，但他只是不置可否地挥了挥手当作回应。史绘皱着眉头，似乎想问“为什么这么累，都在忙些什么”，但最终她还是没有问出口。

赤松已经累得连开口说话的力气都没有了。

“你要吃饭吗？还是在哪儿吃过了？”

“不，我还没吃。”

赤松边说着，边撑起仿佛千斤重的身体移坐到餐桌边。

但是，他已经连肚子究竟饿不饿都感觉不到了。

“最近你是不是工作过头了？”史绘说道。

“就是啊。”

只可惜，工作是工作，却没有任何成就感可言。

越工作，只是越消耗身心而已，这就是现在赤松的工作状态。

那场事故，让赤松的家庭也笼罩在一片阴影里。史绘对事故的“后续”，从不主动开口询问，想必是体贴的史绘，看到在外受尽责难、身心俱疲地回到家里的赤松，不忍再为他多添负担吧！

事故发生以来，无论是精神或肉体上，赤松都未曾有一天好好放松过。在那有如烂泥裹身的疲倦之中，赤松能感觉到的，就只有无止境的焦灼。无论是赤松货运，还是赤松本人，现在都仿佛被人不由分说地推入浊流之中，挥舞着手脚徒然挣扎。这让赤松体会到，和庞大的现实相比，自己只是个多么微不足道的渺小人类。

报纸新闻记载着赤松货运的名称。无形的毁谤中伤，不只是针对赤松，也使得家人和公司员工遭到无言的轻蔑。他脑中浮现出受害者的遗照、死者身后留下的幼子哭泣的模样，以及刑警穷追猛打的目光。

事到如今，诅咒这悲惨的命运已经没有意义。失去的是一条人命，这意味着无法天真地认为时间将会解决一切，而是唯有接受这残酷的现实。

这个道理他固然明白，但——

“爸爸。”

就在这时，从背后传来这一声。厨房与客厅之间的门被打开来，探头而出的是长子拓郎小小的脸蛋。

“你还没睡啊，拓郎。”

赤松疲倦充血的眼睛，瞥了一眼墙上的钟。

不理会史绘在一旁叮咛着“赶快去睡”，拓郎直直地朝赤松走来：“爸爸，我问你，爸爸你不是杀人凶手吧？”

赤松惊讶地与史绘面面相觑。“你在说什么呢，当然不是啊！”赤松勉强装出开朗的样子，好不容易才挤出了这样一句。

“可是，真下同学那么说了啊。大家也都那么说。”

真下彻，是拓郎的同班同学。

“真的吗？”

这句话虽是朝着拓郎询问，却也有一半是对着史绘说的。

“有个小孩的妈妈死掉了，不是吗？换成是我，也不想要妈妈死掉啊。可是，爸爸你的货车一定不是故意做出那种事的，对吧？”

“那是意外啊，拓郎。”

赤松将手搭在拓郎的肩膀上，委婉地告诉他，“那是谁都没办法的事。货车的轮胎掉下来了，打到走在路边的人了，虽然真的很可怜，可是那当然不是故意的。所以，爸爸不是杀人凶手呀。”

拓郎没有回答。

“早点睡吧。不用担心，没问题的。”

这么说完之后，赤松将拓郎抱进怀中，拍拍他那小小的背。

“我睡不着。”拓郎顽固地说。

“那，爸爸陪你一起睡吧。这样就睡得着了。”

抬头望向赤松的那张小脸上虽然还带着犹豫，但赤松一站起身来，他还是默默跟随在后。

史绘似乎还想说些什么，不过赤松以手势制止了她。他带着拓郎上到二楼的小孩房，哄着儿子入睡。他关掉日光灯，只留下一盏灯泡的亮光，很快地，拓郎就开始发出鼾声。可以的话，赤松多么希望自己也能就这样睡去；然而，尽管处于昏暗的房间里，赤松依然十分清醒。就算现在躺下，一定也睡不着吧！现在的赤松害怕黑暗。望着儿子熟睡的脸，视野里浮现的却是与那场事故有关的人、事、物。

“睡着了。儿子真是可爱啊。”

回到厨房的赤松再次在餐桌边坐下，开始拿起筷子用餐。史绘隔着餐桌坐在他对面，双手握着茶杯。

看她的样子，赤松马上就知道她有话想说。

“听我说，是家长会的事情啦。”

赤松停下筷子，看着史绘的脸。

“好像有些人说，既然发生了这种事，那你还是辞掉会长的职务比较好……”

赤松接下拓郎就读小学的家长会会长一职，是今年春天的事。当时因为没有比赤松更适合的人选，所以他才勉勉强强接下了这个职位。拓郎今年小学五年级，长女小萌四年级，而次子哲郎则是二年级。当了家长会会长之后，赤松最常做的事就是不断说服自己，毕竟三个孩子都在这所学校就读，不贡献点力量也说不过去。

家长会会长这个职位意外地忙碌。接手之前，本以为这是个闲差，只要开学典礼和运动会、毕业典礼时去致个辞就行，不料这想法却是大错特错。不但一个月必须出席一次学区的联络会议，还得频繁参加各种家长会举办的活动。当学校和家长之间发生争执时，家长会会长的责任就是出面调停。即便如此，劳心劳力的结果还是被背后指责为“那个家长会会长还真是不中用”。

虽说这不是心甘情愿主动扛下的工作，但既然接手了，其他家长也是不会对你客气的。要承受这一切，需要极大的耐性。

“这太不讲理了吧！”

察觉到赤松的视线，史绘低下头看着手中的茶杯。赤松明白，史绘才是对这件事最生气的人。

“辞职就辞职，我随时都可以卸任啊！”

“不是这样的。”史绘吞吞吐吐地说，“只是某人到处这样跟别人讲而已。德山太太打电话给我，叫我当心一点，说对方似乎怀有恶意。”

“某人是谁？”

伴随着意有所指的眼神，史绘说：“片山太太啦。”

赤松不由得叹了一口气，原来是片山淑子。她是以难搞出名的五年级校外委员，不但爱出风头，对于自己看不顺眼的妈妈，也是毫不留情地造谣抹黑，是个需要多加提防的人物。

年初时的校外委员会上，有个妈妈表示自己家事繁忙无法接下委员的工作时，片山淑子马上不满地出言嘲讽：“搞什么啊，既然成为委员，不就应该以这边的工作为最优先吗？”但另一方面，平常搞活动时迟到早退，或毫无理由就缺席的人，也正是这位片山太太。这种时候，她倒是连一声抱歉都没有，就算偶尔参与活动，也总是摆出一副自以为是的嘴脸到处指挥旁人，因此私下被其他家长取了个“女王蜂”的外号。

既然是这么一号人物，可以想见，和学校之间自然是摩擦不断。“赤松先生，无论如何请您想想办法。”对她头疼不已的校长前来拜托赤松调解，也不是一次两次的事了。

“那个人啊，不找个谁开刀，她是不会善罢甘休的。”

史绘抛下这句话后，迅速瞥了房门一眼。确认拓郎不在那儿之后，她才露出松了一口气的表情。

“那也是她干的好事吗？杀人凶手那件事。”

“我想大概是她对孩子这么说的。”

“记得没错的话，片山家的孩子是女孩吧？”

赤松在学校里遇见过一次片山母女。那是个身材娇小、看起来像小大人似的女孩。

“那孩子的个性跟她妈一模一样呢。”史绘说，“长得那么可爱，心机却很重，听说欺负同学的手段也很阴险，可是在师长面前却又很会做样子，因此老师也拿她没办法。再说，要是没有证据就责骂她，女王蜂马上就会出面袒护呢！”

“喂喂，留点口德啦。”

赤松一边提醒着史绘，一边夹了一口小碗里的鹿尾菜。

“对不起，让你操心了。”

在这顿气氛不佳的晚餐最后，赤松这么说。

“我怎样都不打紧，问题是孩子们，他们在学校里都得对抗很多风风雨雨，所以你也——”

史绘抿着嘴的表情，让赤松不禁感到心头一阵刺痛。无言的压力来袭，就像在对他说：“这一切都是因为你不够振作……”

“我知道。为了不让你和孩子们丢脸，我也会努力去做的。”

赤松费了好一番力气才说出这句话。

只不过他也明白，努力去做，并不等于事情就会好转。现在需要的不是过程，而是结果。然而赤松却不知道，能够获得完美结果的方法究竟是什么。

7

第二天，离开家门后的赤松并没有直奔公司，而是先前往自由之丘。

坐落于自由之丘车站前黄金地段的东京希望银行自由之丘分行，就是赤松此行的目的地。它最早是由希望财阀挹注所成立，之后历经与其他同等规模都市银行的合并，成了整个庞大金融集团的一分子。

在尚未接手公司的经营事务时，所谓银行，对赤松来说，只是个要提领薪水时才会前去的地方罢了。

干净的落地窗玻璃上张贴着银行代言人的宣传海报，空气中弥漫着某种沉稳却不食人间烟火般的气息。或许正是这种氛围使然，银行内的人、事、物，总是会令赤松感觉相当不自在。不过，当时的他一直认为，无论如何那都是些与自己无关的事。

然而，成为赤松货运社长之后，就不能再抱持这样的想法了。不仅如此，以赤松现在的立场，他还必须去对抗那些令人不自在的人、事、物才行。

赤松的友人当中，不乏任职银行的人，不过他们在聚会场合喝酒聊天时给人的印象，和在银行会客室里的嘴脸可以说是截然不同。

一言以蔽之，对赤松而言，银行这地方是个难以理解的存在。换句话说，或许也可以说是一个令人不悦的存在。

“欢迎光临。”

一看到赤松现身，负责赤松货运业务的银行职员小茂田镇连忙上前迎接，并领着赤松进入后方的会客室。

“这阵子生意如何啊，社长？”

“这阵子”，简单来说就是指事故发生之后的这段时间。小茂田三十出头，任职代理科长，听说这一带有几十家公司都由他负责。别看他身材清癯颀长，态度彬彬有礼，在工作上，他可绝对是个不好应付的劲敌。

待赤松开始说明事故始末，小茂田脸上顿时失去了笑容。只见他板着一张脸，拿着笔飞快做起了笔记，安静的室内，只听见沙沙的书写声与赤松说话的声音。

小茂田没有提出任何问题。在赤松冗长的说明过程中，他除了适时地搭腔之外，一直都是沉默地聆听着，偶尔也投以惊讶的眼神。

其实，赤松他们在事故发生后，早已将此事知会过银行。这是宫代做的判断，反正既然都会上报，倒不如主动通知比较好。赤松认为当时已对银行详述了事故原因，对方也应该能够谅解，却不料隔天新闻一见报，马上就又接到小茂田的电话，表示想再次了解详情。小茂田的理由是“上面的人想知道详情”，由此也可知，银行方面将事态看得多么严重。

“关于事件的真相，还有待警方查明。”赤松最后以这句话总结，急着想切入下一个主题，“其实我今天来，是想申请融资的。”

小茂田听了这句话，立时面有难色。他用手中的圆珠笔盖轻抵下唇，沉默了半晌。

“是哪方面的资金呢？”接着，他才开口询问资金用途。

只要去向银行借钱，第一个被问的多半是这件事。而大多数的情况下，第二个问题则会是：“为什么需要借这么多呢？”

赤松从公文包中取出昨晚熬夜加班赶出的资料，滑过桌面递给小茂田。

“作为资金周转使用。不知道能不能让我融资三千万呢？”

“三千万，是吗？”

小茂田只是喃喃自语般地应了这么一句。赤松赶紧表明，自己过去的借款都有陆续归还，因此希望这次也能给予通融。但小茂田仍旧不发一语，只顾翻阅着桌上的资料。

赤松心想，对方这样一直沉默下去也不是办法，于是便对小茂田坦白了与相模机械中止合作一事。

“什么！”小茂田露出了略显夸张的惊讶表情。他一边直盯着赤松的表情，一边用试探性的言语问道：“您的意思是，贵公司失去相模机械这个客户了吗？”

“可以这么说。但这个缺口我们会以其他公司的业绩来填补。”赤松苦涩地解释着。

要是轻易就能拿其他公司来填补缺口，赤松货运的业绩早就蒸蒸日上了。这点想必小茂田也很清楚，因此他根本不为赤松这近乎狡辩的说辞所动，而是回以一句十分现实的感想：“这样很不妙哪。”

“虽然这次我向贵行申请三千万日元的融资，但就算加上尚未还清的部分，其实仍未超过迄今为止融资金额的上限。虽然要填补相模机械的缺口，或多或少可能需要花上一点时间，但我想应该还是有办法清偿款项的。”

“社长，您的意思是已经认定，敝行一定会一如往常给予融资吗？”

“啊，我是这么认为的。”小茂田冷淡的语气，令赤松不禁有些狼狈，“这是当然的啊，小茂田先生。如果无法继续获得贵行的融资，敝公司将会陷入困境。毕竟我们和贵行都这么多年的交情了，不会连这点都办不到吧？”

“敝行和贵公司的确有多年的交情，”小茂田这句看似肯定的话，其实却是表达否定的开场白，“但问题可不只是业绩哦，社长。我们做银行的，还得顾及是否合规啊。我们分行长也很在意这点呢。”

“什么？”赤松错愕地望着小茂田，“为什么突然提到合不合规了？”

所谓的合规，也就是英文的“compliance”。简单来说，就是企业为了提倡遵守法律，防止道德沦丧而设下的行为规范。大多数的大型企业都设有“合规室”，负责监督员工是否有违反法令的行为，当然银行也不例外。

“也就是说呢……”小茂田从扶手椅里将身子前倾，开始对赤松说明，“银行是很注重社会观感的企业，所以对融资客户的资金用途方面是很挑剔的。”

“资金用途就是周转，这有什么问题吗？”

“所以说啊……”小茂田伸出中指推了推银边眼镜，又搓了搓脸颊，露出“到底要我说到什么地步你才懂啊”的表情说道，“如果向与犯罪扯上关系的公司融资，我们东京希望银行的授信态度将会遭到质疑啊。”

“犯罪？”迅速理解小茂田话中之意后，赤松的怒火也被点燃，“敝公司哪里犯罪了？”

“不，我只是举例而已嘛。”小茂田马上从话里找了个漏洞招架，“不过，话说回来，以贵公司的个案而言，现在既然成为警方搜查的对象，那么敝行在应对上，也就不得不小心谨慎哪。”

“我应该说过，维修方面没有问题吧！”赤松气得声音发抖，“发生这样的事故，敝公司上下也深感遗憾与难过。没错，被害者过世了，这一沉重的事实我们不会逃避，可是，怎能因此就断定我们犯了罪呢？”

看见赤松气急败坏的模样，小茂田连忙摊开双手，做出安抚的动作。

“我明白。可是，万一调查结果确定是业务过失致死的话，敝行在合规的原则之下，就很难继续对贵公司进行融资。再说，如果犯罪者只是员工的话还好说些，但若连社长都涉嫌的话，这问题就……”

“你别太过分了！”赤松再也难以按捺从心底涌上来的怒气，愤而说道，“尽力保证合规的并不是只有贵行，无论哪家公司都理当如此遵守；然而，你却满口将敝公司说成无法无天的黑心企业！我刚才也说过了，维修方面没有任何问题！事故原因出自敝公司失误的说法，恕我无法苟同！”

“社长啊，什么失误都没有，这轮胎会无故脱落吗？”

小茂田和高幡说了一样的话。

“所以，我也认为事有蹊跷啊！”

“好吧好吧，社长您的意见我们十分了解了。只是以本行的立场来说，这件事现在的确受到社会关注，在这种状况之下，我们不得不承认融资给您实在有困难。”

最后，小茂田还再次重复了一句“毕竟有合规的问题嘛”。

“请等一等！”赤松急忙强调着，“没有贵行这笔融资，敝公司真的很难渡过这关。能不能请您先把合规什么的事放在一边呢？否则还没等到事情水落石出就来不及了。能否请贵行先退一步，评估一下融资的可能性呢？”

小茂田双手抱胸，陷入思考。

“警方的搜查到什么时候会告一段落，您也没法拿个准，是吗？”

“那种事我们哪里会知道呢？如果能知道就不必这么麻烦了。一如我刚才的说明，问题零件目前正送回原厂调查，过一段时间，结果应该就会出来了吧！”

当然，调查结果也可能导致赤松货运必须背负业务过失致人死亡的罪名，必须接受警方的正式搜查，而身为经营者的赤松更可能要背上某些刑责。不经意间，拓郎那张不安的小脸浮现脑海。赤松甩甩头刻意不去想他，最后留下“总而言之，能否请您和上面再考虑一下”这句话，便离开了银行。

“小茂田先生怎么说？”一回到办公室后，宫代立刻上前询问。

“说是有合规方面的问题。”

宫代似乎不明白这是什么意思，露出茫然的表情。

“意思就是，他们不能对犯罪企业进行融资。我请他们别这么说，再好好考虑考虑。不过，我想能通过的可能性应该很低吧。”

“这下可就糟了啊……”宫代压低了音量，用不让其他员工听见的声音小声说着。

“宫老，要不要试着接洽一下其他银行？”为了让宫代冷静，赤松只好这么说，“或许会有哪里愿意帮忙也不一定，毕竟失之东隅，总会收之桑榆嘛！”

“但我们如果擅自找其他银行合作，东京希望银行知道了不会说话吗？”

“那种事，到时候再说吧。”赤松的回答很干脆，“再说现在这时代，早就不再拘泥于只与单一主力银行合作的陋习了。顾不了那么多了，你这边应该也还留有几家以前来访过的银行人员的名片吧？”

“明白了，社长。我去试着联络看看。”

“万事拜托了，宫老。”

结束这段对话后，赤松随即打了一通电话给希望汽车的经销商——东京希望汽车经销公司。

本次发生意外的货车便是从希望汽车经销公司购置的。连同这家公司在内，赤松货运向来与多家经销商都保持频繁的联系，毕竟经营货运业，最重要的吃饭家伙就是货车，而货车每隔几年就得汰旧换新，所以和经销商之间必须维持良好的关系。

“哟，是赤松社长啊！承蒙您关照了。”

即使隔着电话还是很容易想见，话筒另一头经销商益田搓着手的巴结模样。

“那之后，事情进展得如何了？差不多该告一段落了吧？”

发生那起事故之后，益田曾一度到公司来访，半是出于慰问，半是出于打探情况。只是，当时他们并没有时间好好细谈，于是赤松便向他表示，等事情告一段落时会主动联络。

“想告一段落还早呢！事实上，我今天找你呢，是有事想拜托。我那辆出事的车现在送去检修，同时警察也委托了希望汽车对车子进行事故原因的鉴识工作，这件事你应该有所耳闻吧？”

“是啊，是啊。听说是这样没错，您也挺折腾的吧！”

跑业务出身的益田即使当上了科长，说话的态度依然一贯轻佻。他那副事不关己的语气虽令赤松内心感到不满，但也只好先按捺下来。

“那边没有通知你什么吗？”

“通知我？没有啊，什么联络都没有哟。”

益田用夸张的语气强调着他的惊讶。这是这个男人说话时的毛病，无论说什么，听起来都像是在演戏般夸张。

“不知道现在鉴识调查的工作进行得如何了，能不能由你这边来不动声色地探听一下？”

“这个嘛，我是可以试试看啦……不过要给我一点时间哦。还有，敝公司毕竟只是经销商，和希望汽车算是不同公司，因此或许无法完成您的请托，到时候也请您多多见谅哦！”

“这我知道。”赤松一边在脑海中想象着益田那张狐狸脸，一边说道，“只是，这事关系到我们公司的将来，因此希望你能尽快给个答复。”

“这样啊，我明白了。如果我真能帮上忙的话，我一定尽力。”

挂上电话后，赤松不禁叹了一口气。

银行也要等，经销商也要等，而且等待的结果全都吉凶未卜。唯一可以确定的就是，目前形势确实相当不利。

但是，在这之后又过了两天的等待，不管是银行还是经销商益田，都没有任何消息。

好歹银行还是不能得罪的，因此赤松也不敢再打电话催促，不过他倒是打了几次电话给益田，只是，每次他打电话过去时，都只得到“现在正在托人居中询问”之类的模糊回应。

对于整件事，赤松依旧一筹莫展。在这段时间里，赤松几度带着鲜花到事故现场吊唁，也陪同肇事司机安友前往柚木家探访，但每次都吃了闭门羹不说，就连带去的礼物也原封不动地被退了回来。失去了相模机械的订单，公司营业出现大洞，照理说，此时赤松应该身先士卒去努力开发新客户才是，但他却觉得力不从心。

第三天早晨，赤松提早出门到了公司，心里正盘算着再给益田拨通电话吧。就在此时，两个人影连一声招呼都不打，径自进入了赤松的办公室。

那是港北警察局的高幡与吉田。

高幡看着眼前的赤松，扬起手来。赤松不假思索地站起身。

当赤松看到不知何时出现在办公室外那群素未谋面的男人之后，马上明白了今日这两人的到访，有着和过去不同的目的。

公司员工此时也全都停下了手边的工作，纷纷朝这里注视着。高幡直朝着赤松走去，劈头便拿出一纸公文。

那是搜查令。

当高幡快速朗读着公文上的内容时，一旁的吉田也大声对员工喝令："全都不准动！"看着员工们投射而来的胆怯视线，赤松这才好不容易迸出一句："这是怎么回事？"

"希望汽车那边的鉴识报告出来了呀，社长。结论就是，事故的原因出自货运公司，也就是贵公司的维修不当。"

"怎么可能！"

这时，在静寂无言的赤松书桌上，移动电话的铃声骤然响起。高幡瞥了一眼电话后，将它拿起来递给赤松。

"不好意思啊，社长。上次你要我去问的那件事……"益田的声音已经超出轻佻的范围，可以称得上轻浮了。

"我想尽办法托人去问了啊，可是到处都说还在调查中，对进展也都不清楚耶。”

“那件事已经不必问了。我都知道了。”

“咦？社长，这到底是怎么一回事……”

按下按键终止通话，赤松瞪视着高幡。

“要怎么搜都悉听尊便。只是，我也说过很多次了，我们无愧于心。只有这点必须要事先强调。”

高幡“哼”了一声，向背后等着展开搜查的二十几人下了指令。

刑警们纷纷开始行动，赤松货运正面临着创业以来最大的危机。

第二章　希望与梦想

1

这份文件，看来应该是在泽田悠太外出的这几小时中，被谁放进待裁决事项活页夹里的吧。泽田今年三十七岁，进入公司已经十五年了，目前是销售部客服策略科的科长。其实泽田原本擅长的是营销，但最近半年来，在企管顾问公司的提议下，公司对内部组织进行了大幅改组。因此，原本一直负责营销策略的泽田，虽然职位提升至科长级，却必须开始接手麻烦的客服应对工作。

泽田讨厌这份工作。对于那位哈佛毕业的顾问提出的什么“平衡计分卡”[1]理论，泽田打心眼里认为是多余的提议，一点都不想弄懂。

泽田的办公桌，就位于大手町的希望汽车总公司大楼的七楼一隅。夕阳下山后，俯瞰了一会儿没入寒冷夜色之中的办公大楼街景，泽田的目光才落在从活页夹中抽出的档案封面上。

反正一定又是来自顾客的投诉吧。

“客服策略科”这名字听起来似乎很了不起，其实只是理念与现实无法一致之下，所产生的“挂羊头，卖狗肉”的部门罢了。“今后大企业该做的是，将顾客满意度看得与产品开发一样重要”，顾问公司的话说得好听，但实际上不过是做样子罢了。最好的证明就是，这个部门现在的工作，和过去由消费者服务中心处理的投诉报告，根本就没有什么两样，而这样的东西，自然也不可能称得上是多“重要”……

1 Balanced Scorecard。常被使用于经营管理上的绩效衡量。此方法要求经营者由“顾客”“内部业务程序”“学习与成长”及“财务绩效”四个方面评估组织表现。

本案件由东京希望汽车经销公司提出申请，客户投诉窗口也已多次予以回应。唯本日，身为客户的公司社长，再次强硬要求重新调查。站在本公司立场，因已对港北警察局做出正式回答，故本案件视同处理完毕，实不须再回应此客户。

文章到此虽未结束，泽田的目光却受到“警察局”一词吸引。他在心里嘀咕着：“这是怎么回事？”

翻回文件封面一看，“原来是关于那起事故啊！”泽田如此自言自语着。

那起事故，正是日前发生的横滨母子死伤意外事故。

事故发生当时，泽田便已听闻造成这起死伤事故的大型货车是本公司生产的“美丽梦想家”车型。近年来，货运业的业绩普遍不佳，于是在收益减少情形下，那些原本基础不够稳固、只能勉强苟延残喘的公司所必须面对的议题，就是该如何缩减经费。有些公司采取减少司机人数的方式，有的则采取削减修缮经费的方式，甚至有些从业者使用再生轮胎，或是因过度削减经费而导致车油劣化、零件耗损等等。他们未免太小看了一根生锈的螺丝钉会对货车造成什么影响。既然如此，数万辆货车之中有一两辆发生轮胎脱落的情况，实在也不足为奇。

而关于这起案件，希望汽车公司已经做出结论了，那就是“维修不当”。

正因泽田打从心底里认为对方是一家无可救药的堕落公司，所以当文件上那句“贵公司在应对上的不负责任”映入眼帘时，他便无可言喻地产生了一股怒气。那位社长寄来的投诉书上，确实那么写着：

车辆的维修状况没有任何问题，这是可以确定的。然而在轮胎脱落的原因不可能出自维修不当的情况下，贵公司却依然只进行表面功夫的敷衍调查。对汽车制造商，除了说是不负责任的应对外，没有其他说法了。

“开什么玩笑！”泽田愤愤不平地脱口而出，“真是无理取闹的顾客！”

接着，泽田确认了文件的发送者。

“赤松货运，是吗？”

看着下方标注的负责人赤松德郎的名字，泽田内心暗暗想着，得多加提防这号人物。这家伙的投诉已经几近于敲诈谋财的程度了。明明是自己公司维修不当导致的事故，竟然想把责任赖到车辆制造商的头上，就算是推卸责任，也该有个限度吧！

听说希望汽车交出“维修不当”的调查结果报告后，警方便进入了赤松的公司展开搜查。虽然目前还未正式逮捕，也还在搜查当中，但仅仅如此便已经可以想象得到那家公司现在的处境了。

这封投诉书，很明显只是无谓的挣扎而已。

泽田在文件上盖章后，还加上了“请经销公司善尽彻底向顾客说明之责”的批注，接着便出气似的将文件用力塞进已裁决事项活页夹之中。

虽然的确发生了不幸的事故，但那和我们希望汽车毫无关系。

2

“事情就是这样，所以请您别再为难我了好吗，赤松社长？”益田的两道浓眉往下弯成了八字形，一脸歉意地说着。

“开什么玩笑！”在公司的会客室里，赤松双手抱胸，用那双因睡眠不足而满是血丝的眼睛怒视着益田。

“要不然，你叫希望汽车把提交给警方的报告也给我看吧！等看过内容，我才能决定要不要接受。”

“赤松社长……”益田那张无奈至极的脸，整个儿皱成了一团，“正如我刚才所说，那是不可能的。毕竟提交给警方的就是所谓搜查资料啊，那种东西再怎么说也不可能外流吧？”

“但是调查的对象可是我们公司的车。”

“话虽如此，可调查是由警方委托的。”

赤松觉得自己的情绪似乎快不由自主地爆发了。

“我说益田啊，如果由警方委托的调查结果不能让别人看，那为何不接受我的委托重新调查呢？”

“这是制造商那边的判断，我不能做主。”益田是在企图推卸责任。

感受到大企业里工作的人那一贯的狡猾，赤松不禁怒从中来。

“别跟我打马虎眼，你要知道，这可是事关我公司的前途啊！”

“这一点我很明白，可是……”

“如果不能把调查结果也给我看，那现在就应该马上接受我的要求重新调查才对，不是吗？”

“这点实在办不到啊，社长。”益田露出为难的态度。

“那，就把调查内容交给我。”赤松依然如此坚持着，但益田翻来覆去，终究只是一句“那是不可能的”。

赤松瞪视着益田，发现自己竟气得连握拳的手都在颤抖。

“既然如此，那就算了。不需要你了，我自己去和希望汽车交涉！你只要告诉我对方是哪个部门、叫什么名字的人就行了！”

“请您别这样，社长。要是您这么做，后果会……”

“闭嘴！你快说就是了，对方是谁？”

震慑于赤松汹涌的怒气，起初不愿吐实的益田，终究还是给了赤松销售部门负责人的名字。

“我知道了，那没你的事了。”

赤松随即拨打了希望汽车负责人的电话，对接电话的总机小姐表示要找“泽田”。

然而，他的电话却没有马上转给泽田本人。在销售部内辗转了几个人之后，好不容易电话那端才传来一个男人的声音：“您好，这里是销售部。”这个部门号称销售部，却不直接面对客户，这种傲慢的态度，也从接电话这人的声音里表露无遗。

“这个嘛……您找泽田是吗？请再告知一次公司大名。”

看样子在刚才那场转接游戏之中，赤松货运和赤松的名字途中被谁给遗漏了。赤松再次报上早已告诉过总机的公司名称后，随着“请稍等”的回复，话筒中也同时传来保留通话时的背景音乐《蓝色多瑙河》。

接着便是一段漫长的等待。

或许是自己太过性急了也说不定，但只不过是确认那个叫泽田的负责人在不在，真的需要这么久时间吗？正当赤松这么想时，刚才接电话的男人再次接起电话。

“不好意思，泽田现在不在位子上。”

为什么需要确认这么久呢？赤松吞下这句抱怨，只告诉对方“那么可否请泽田先生回电给我呢？是有关委托调查意外事故的那件事，只要这么说，他应该就知道了”。说完之后，赤松便挂上了电话。

当他抬起头来的时候，才发现益田竟然还站在一旁。看见赤松最后仍无法联系上希望汽车销售部的负责人，似乎让他松了一口气。明明季节已将近冬天，益田仍拿出手帕，擦拭起额头上冒出的大颗汗珠。

在这之前，赤松并不知道原来汽车公司与经销商之间有如此明显的阶级关系。照理说，汽车公司制造的汽车还需要由经销商来帮忙销售，因此对汽车公司而言，经销商的地位几乎应该等同于客户才对；然而，或许因为对象毕竟是希望汽车，所以经销商员工的态度也显得格外地戒慎恐惧。

面对鼎鼎大名的希望汽车，经销商与其说是在帮忙销售车辆，倒不如说是求他们赏口饭吃，所以态度才强硬不起来吧！

“我要对方回电给我了。”

赤松这么一说，益田只得一边讪然说着“真是不好意思”，一边离开了办公室。

可是，之后不管怎么等，就是等不到希望汽车的联络。过了中午，下午三点左右，赤松外出了一趟。当他在将近五点赶回办公室后，第一件事就是询问总务阿姨太田秋枝“有希望汽车打来的电话吗”；然而，他所得到的是“不，没有接到”这个令人失望的回答。

下午五点，赤松再次拿起电话，拨打了希望汽车负责人的电话。在销售部那里，与上午同样的男人接了电话，只丢给赤松一句“泽田今天不会再来办公室了”。

“我应该托您转告过他，请他回电给我吧。”

赤松语气微愠地抱怨，不料对方只是淡淡地说："有吗？"声音听起来应该是上午那个男人，但赤松也无法百分之百肯定。

"那么，泽田先生明天上午会在吗？"

对方依然冷淡地说了句"我想应该会吧"，这句话终于彻底激怒了赤松。

"你想应该会？会在还是不会在，难道连这点都不能够确认吗？"

"呃，那请你等一下。"

男人似乎总算察觉出赤松的怒意，露出了狼狈的语气。话筒另一端再次传来保留通话的音乐，没过多久，男人再次接起电话。

"如果是明天早上，那他会在。"

"那好，请他明天一早打给我。"

赤松以不快的口气说完自己的电话号后，也不等对方回应，便用力将话筒挂上。

"挂断了。"

北村信彦以一副难以置信的样子望望电话，又看看泽田。

"这样好吗？不接他的电话？"

"无所谓。公司已经做出确定的结论了，就算我接了电话也改变不了什么。"

"这样啊……"

北村收回原本想问的问题，没有再继续说下去。泽田看着部下的侧脸，上面明显写着"不想再继续和这件事扯上关系"。他叹了一口气，随即打了一通电话到东京希望经销商世田谷营业所。

"到底是怎么一回事？赤松货运刚才又打电话来了。"

泽田的语气，简直就像是对学生说教的老师一样。接电话的益田诚惶诚恐，从话筒中传来“是、是”的唯唯诺诺的回应。

“真的很抱歉。”

“我可不是来听你道歉的。”泽田先是刻意大叹一口气，接着说，“再怎么说，这种事情都不应该由我直接出面才对，你们经销商不好好应对的话，可是会造成我们的困扰！你到底是怎么跟对方说的？真的跟对方讲清楚了吗？”

“真的很抱歉。不过，我今天早上刚去过对方公司，只是说什么他都听不进去……”

“反正那种人马上就要被逮捕了。”泽田傲慢地补上一句，“我不认为只要买了希望汽车的人，就都有必要被视为客户来对待。”

“赤松社长和我们公司也算是交情不浅，那个，就我们营业所的立场。”益田反驳的口吻毫无说服力。

“总而言之，”泽田马上以更高分贝的声音，阻止他继续说下去，“今后请你好好应对，不要再有像今天一样的事发生了，可以吗？”

还没听见益田无奈的回答，泽田就已粗鲁地将电话挂上。

3

“社长，怎么了？”

注意到赤松挂上电话后依然叉着手，怒气冲冲地瞪着电话，宫代走近赤松的办公桌这么问道。

“这么多年来，我们用的一直都是希望汽车的货车，可是宫老，仔细想想，谁都没去思考过，希望汽车究竟是怎么样的一家公司。”

望着站在身边的专务宫代那张黝黑的脸，赤松继续说：“所谓的财阀，似乎有种不可思议的魔力，好像只要一讲到财阀，就像提起贵族似的，毫不怀疑地便会油然而生一种伟大的感觉；相形之下，我们这种小公司就是平民百姓，平民百姓哪有资格去对贵族表达自己的意见呢！我总觉得就是因为这种错觉，所以没人想到去看清楚对方的真面目。”

“您是指重新调查那件事吗？”

“是啊，因为被拒绝了，所以我想直接找对方负责人交涉，却一直不得其门而入。”

本以为宫代听了这番话也会发愁，没想到他却拉过一把椅子，隔着书桌坐下。这时，总务阿姨秋枝刚好离开位子，附近没有半个员工，看样子，宫代是看准时机过来的。

“其实，我这边听到一些传言。据说之前不久在群马那边，发生过一起类似这次事故的案件。”

“真的吗，宫老？”

被挑起了兴趣的赤松，不禁直起身来询问。

“今天我去拜访太平洋产业的藤田社长时，他刚好提及这件事，于是在回公司的路上，我就绕道图书馆试着查了资料。”

一边这么说着，宫代一边拿出一份报纸复印件放在桌上。

是半年前连续假期[1]结束后的新闻，日期是五月七日。

六日下午三点二十分左右，于群马县高崎市道路上，发生了一起大型货车冲撞路旁水泥墙的事故。货车司机高木利之因此身

---

1 日本宪法纪念日、绿之日、儿童节等数个法定节日都集中在五月初，形成了一个连续的假期。

负重伤，双腿必须截肢。警方正在调查该起事件的原因是否由于高木超速行驶。

只有区区几行，很普通的新闻内容。

单从这则新闻来看，并不能将这起案件与赤松货运的事故做出任何直接相关的联系。赤松感到疑惑，对宫代投以探询的目光。

“事实上，这辆货车所属的货运公司平常就和太平洋产业有所往来，在太平洋产业公司内，也有认识这位受重伤司机的人。”

赤松听得睁大了双眼，而宫代则继续说着：“事实上，那位受伤司机似乎说了一些事，是这篇报道中没有写出来的。”

“没有写出来的事？”

宫代用一个别具深意的眼光望着赤松，代替了回答。

“当时的车速确实超过了法定限速，但并不是真的那么快。最重要的是，货车在出事的弯道附近，发生了轮胎脱落的情形。”

赤松霎时说不出话来。宫代则是沉默着，静待赤松的反应。

“那，关于这件事，警方怎么处理？”

“警方似乎曾展开调查。发生事故的车辆轮胎脱落是事实，但问题是轮胎究竟是事故前脱落，还是事故后才脱落的。如果事故前轮胎就已脱落，就必须再查出轮胎脱落的原因。”

这一连串的调查过程，正是赤松现在着手进行的事。

“那么，调查有结论吗？”

“有。”宫代的表情暗了下来，“说是维修不当。”

赤松倒抽一口气，凝视着宫代。

“维修不当”……这四个字，就像被绑上重物丢弃在大海里的招牌般，随着海浪载浮载沉，而赤松的心情，也随之沉落进深深的海底。

正当赤松因失望而扭曲了表情时，宫代的一句话却又直冲脑门。

“而且，当时的调查结果，也是由希望汽车提出的哦，社长。”

“希望汽车？这么说来，那辆发生事故的货车也是希望汽车生产的吗？”

宫代直视着赤松，默默颔首。

“社长，要不要试着联络那家货运公司，打听当时的状况？”

4

希望汽车的泽田完全没有任何消息。

正当赤松气愤地想打电话质问对方时，他接到了益田的来电，并且明白了个中缘由。

“社长，制造商那边其实跟我这里有联络，说很抱歉还让您打了电话；但是，关于重新调查这件事，因为再做几次结果都还是一样，所以恕难从命，希望您可以谅解一下啦。”

益田不断重复着昨天说过的话。

“我是要他们和我联络，而不是你。是泽田那家伙打给你的吗？”

“算是啦。”

益田的回答模棱两可。

“那好，你就这样转告泽田：‘关于贵公司的调查，敝公司无法接受。别仗着自己是大企业，就把客户当笨蛋！’”

不顾益田似乎还想辩解些什么，赤松马上挂断电话，披上外套走出办公室。

他的目的地是高崎。

昨天听了宫代那番话后，他马上和那家公司的社长取得了联系。对方的联络方式也是宫代事前就调查好的。

那是位于高崎市内，一家叫作“儿玉通运”的同行。社长名叫儿玉征治。一听到赤松的话，儿玉便表示自己也知道赤松货运那场事故，当赤松表明想造访儿玉时，他也爽快地回答：“既是如此，我们就当面谈谈吧！”

赤松搭乘私营铁路换山手线到东京车站后，再转搭上越新干线到高崎车站下车。从车站到儿玉通运，还需要再搭乘二十分钟的出租车才能抵达。电话中的谈话并未提及，原来儿玉通运在郊区拥有占地广大的停车场，里面停满了成排的大型货车。看来，这家公司的规模远在赤松货运之上。

“在您百忙之中还来打扰，真是不好意思。”

“别这么说，有困难时就是要互相帮忙嘛！”面对低头致歉的赤松，满面笑容回应的儿玉社长，外表看来将近六十岁，是个和蔼可亲的人。

当赤松在会客室中，简单叙述了事故发生的始末后，儿玉社长便提议：“要不要去看看上次的事故现场？”并且站起身来。

“就在这附近吗？”

“是啊，很近。一起去看看吧？当时警方认定事故是因为车子在过弯时速度过快，但我想您只要亲眼看过现场环境，就一定能明白是否真是如此。”

一起搭上儿玉社长的Celsior轿车，沿着高崎市内道路行驶大约十分钟后，便来到一条笔直往前延伸的国道。

这条单侧双线的道路一开始是直线车道，没多久便出现缓弯道。

此时，儿玉社长将车停了下来。

“就是这里吗？”

面对难以置信的赤松，儿玉指了指道路的前方说：“请看那里。”

道路沿途是一堵约莫五米高的水泥防护墙，前方还有护栏，护栏与水泥防护墙之间形成一条走道。走道上铺着石块，石块缝隙间杂草丛生。上方是一道呈现弯曲状的隔音墙，墙上花花绿绿的满是飙车族的恶作剧涂鸦。

“你看，有一道护栏看起来很新吧？那边就是事故现场。”

这么一说，的确有一段长约数米的护栏比较新。

“在这里……”

虽说是弯道，但弯曲的角度其实是非常平缓的；就算速度再怎么快，也没有理由会转不过去啊！

“当时，货车的车速是多少呢？”

“据司机说，大概是六十公里吧。开到那附近时他踩了刹车，车子却突然失去平衡向路旁打滑。我想，大概就是因为轮胎脱落的关系吧。”

就算踩了刹车，这种程度的缓弯道，怎么想都不至于会是危险的紧急刹车。弯道固然会对轮胎产生负担，但负担的程度理应不太大。

“结果，希望汽车制造商那边的调查结果却说是敝公司的维修不当，老实说，我实在不能接受。”

回儿玉通运的路上，儿玉社长在车内这么说。

“只是，敝公司的维修确实不能称得上是完美无缺，所以我也无法坚持到底。但是，话说回来，又有谁能有那样的自信，能够肯定绝对完美呢？轮胎的确有所磨损，毕竟这些都关乎公司经营上的成本问题。虽然我不知赤松先生您那边的情况如何，但以敝公司这种中等规模的经营来说，着手节省这方面的成本是很常见的。然而，若因此被指为维修不当，我们却也难以提出反证。”

经营货运公司的难处，不管哪家公司都是类似的。赤松虽然自信维修上没有问题，但并非对每辆车都能抱定如此自信。这次只是刚好因为那辆事故车买来只有三年，而且日前才刚进厂修理过，重新上路不久。若是这次事故遇上的是旧车，或许赤松也很难坚持到底。

“那对方有否具体提出，是哪些项目的维修不当吗？”

“有的。”

儿玉答道，“打官司时，原告那边将那份调查结果当作证据提出，所以我也知道内容。”

“官司？”赤松惊讶地问。

儿玉握着方向盘点了点头：“出事司机提出的诉讼。因为调查结果认定事故原因出在维修不当，所以司机便要求赔偿。”

儿玉难过地叹了一口气：“结果我方败诉，而我也不打算继续上诉，毕竟和过去的员工打官司，会影响公司现有员工的士气。调查报告的内容说问题出在轮毂过度磨损却没有实时更换，才导致轮胎脱落，但真是这样吗……”

赤松抬起头。又是轮毂。儿玉通运是旗下拥有超过五百辆货车的中型规模的货运公司，体制也更完整，所以不只是一般维修，就连车况检查都是交由自家公司内部的维修厂进行。但也正因如此，一旦出了事故，即使情况不如赤松货运的事故那么特殊，肇因也很容易被归咎为维修不当。

“您一定无法接受吧。”

“老实说的确如此。只是，就连我自己对于希望汽车的调查报告，也丝毫不曾怀疑，直到接到你的电话。”

儿玉最后语带深意地加上了这么一句。

“儿玉社长，您认为事故真正的原因是什么呢？”

既然无法接受“维修不当”这个结果，那么就应该有其他原因。可是事实上，赤松对于事故的原因却是毫无头绪。这么一来，他就更加迫切想要知道，对结果难以接受的儿玉社长，内心究竟是怎样的想法。

“可以想得到的原因并不多。例如，路上出现司机没注意到的障碍物。若真是这样也罢，但实际上并没有这样的东西。那么剩下的，就只有一种可能了。”

儿玉停顿了一会儿，才一边凝视着挡风玻璃，一边继续说了下去，“我认为，这是车辆本身构造有所缺陷所致。”

赤松目不转睛，惊讶地注视着儿玉。

“就算是希望汽车，也不可能什么都完美吧？无论是什么样的制造商，都可能出现缺陷和召回，不是吗？车辆的损坏究竟是因为维修不当，还是因为车体构造不良，原因不同，责任归属也会完全不同。我很难不去猜测，原因会不会其实是后者。说老实话，我对他们的调查结果是半信半疑的。赤松先生，这次能认识您，对我来说或许是上天的旨意吧！”

赤松不禁发出了低低的呻吟声。

轮胎脱落但维修方面却没有问题，如此一来，问题会出在哪里？这究竟是单纯的巧合，还是自有其因？赤松不断地在内心，寻找着问题的答案。

而如今，即使只是一个假设，眼前却有人突然提示了另一个可能的答案。

“托那个轮胎的福，我现在可正陷入濒临被逮捕的困境呢！”

赤松语带自嘲地低声叹道。没想到儿玉却出乎意料地说："真的这么简单就能将你逮捕吗？"

"您的意思是？"

"警方到你们公司展开内部搜查后，已经过了多久了？"儿玉问。

"那是上周的事，所以大概有一个星期了。"

"可是，你却还在这里。你认为这是为什么？"

这一点也正是赤松的疑问所在："老实说，我也不明白为什么。"听赤松这么一说，儿玉先是表明一切只是自己的推测，然后才接着说："在我想来，应该是因为罪证不够确凿吧！"

"也就是说，是不是警方即使进行了内部搜查，依然找不到足以将赤松先生定罪的证据呢？再怎么说，那些收押的证物过了一个星期，也早该分析结束了吧。"

是这样吗？但，就算如此，事故原因仍旧不明。

"别放弃希望。这场战役，现在才正要开始呢！"

在儿玉出乎意料的鼓励下，赤松感觉自己终于找到了一位值得信赖的伙伴。

5

"如果车体构造原本就有缺陷，那责任归属就应该在希望汽车吧？"史绘侧着头思索着，"会有这种事吗？那可是鼎鼎大名的希望汽车，怎么会有缺陷呢？那家公司不是从原本制造战车和飞机之类的重工业公司中独立出来的吗？这样的公司所生产的货车轮胎，怎么可能会脱落？这不就等于是说，战车的履带或飞机的机翼会脱落吗？"

“是啊，就是这样。”

赤松一边将茶泡饭送进嘴里，一边对妻子的话表示赞同。这晚，他刚造访完儿玉社长回到家里。

也难怪史绘会抱持这样的疑问，毕竟，这个想法连赤松自己都难以置信。

“如果不是这样，你觉得还会有什么原因？”

“你问我，我怎么会知道呢？”

史绘噘起了嘴。

仔细想想，所谓的维修不当，听起来也越来越像是因为找不到其他原因，不得已才被选中的结论。或许，车体构造的缺陷，本该也是选项之一，尽管那是希望汽车的研究员们永远不会选择的选项……

“你向警方提了吗？”

“还没。”

“就算只是对我们一点点有利也好，像这样的事不是该告诉警方吗？”

赤松摇摇头。这种毫无根据的假设，那个高幡是不会相信的。听了赤松这么解释后，史绘突然说：“其实有一点，我也觉得很奇怪。”

“怎么奇怪？”赤松问道。

已过了晚上十点，孩子们都睡了之后变得安静的家，对赤松而言是唯一能获得心灵平静的场所。

“希望汽车的人去过你公司吗？”

“我们公司？”对于史绘出乎意料的疑问，赤松摇了摇头，“没来过啊。”

“这么说来，他们根本没有实际看过维修的状况，就下定论说是‘维修不当’了吗？这可是事关一条宝贵性命的事件啊。再说，赤松货运再怎样也是希望汽车的顾客吧，可他们竟然只是草草调查，就断定自己顾客发生事故的原因是维修不当，这不是很奇怪吗？”

确实，史绘说得很有道理。

“今天那个销售部的人和你联络了吗？”

“没有。”赤松不得不再次摇头。

至少，他从约好的那天早上开始就没有打电话来。白天赤松不在公司时，也没有接到任何对方打来的电话。从儿玉那边回来之后，赤松又主动打了一次电话，但那个泽田又不在办公室。虽然赤松再次留言要他回电，结果却还是音信全无。

“这根本就是故意对你视若无睹嘛。”史绘肯定地说，“他没打给你，却打给东京希望汽车经销商的益田先生对吧？这一定是因为，他觉得没有必要直接跟你谈。”

“他以为他是谁啊！”

对着发怒的赤松，史绘投以怜悯的眼神。

“这家公司架子很大啊，毕竟人家是财阀集团嘛！”

“什么财阀啊，把人当傻瓜看！”

赤松怒吼着，把茶杯用力放回餐桌，温热的茶水溅了出来。此时，赤松心中原本对希望汽车只是隐约感到的猜疑，也开始变得具体了起来。

6

隔天，赤松便再度致电经销商益田，要求他安排与销售部泽田会面的时间。如果泽田不肯通过电话交谈，那就只有直接去找他了，这是昨夜入睡前赤松得出的结论。

说服心不甘情不愿的益田，为了避免他敷衍了事，赤松还小心翼翼地选出好几个自己有空的时段，要益田转告给希望汽车那边，然后再继续等益田回复。

“对方说可以见面。”将近傍晚时，益田来了消息，“但是可以请您跑一趟到他们公司吗？我也会陪同您去的。”

“你就不必一起去了。”

虽然赤松拒绝了，但益田却说“这样怎么行呢”，坚持着不肯同意。

“那就随便你吧！”赤松也懒得继续争执下去，便答应了他。

约定的时间，是隔天下午两点。

虽然受到了儿玉那样的鼓励，但警方也可能巧立其他名目展开逮捕。在随时都有可能遭受逮捕的状况下，每一天对赤松而言都是弥足珍贵。

到了约定的日子，赤松和益田在大手町车站碰头后，便一同前往希望汽车。他们向接待人员表达了来意，便被引进会客室。

“社长，真的对您感到很抱歉。”

等待时，益田又对正眺望着窗外办公大楼街景的赤松这么说道。打从今天见面开始，益田便一直不停地道歉。

“你是做了什么亏心事吗，干吗一直道歉？”

“不，没有这回事……”遭到赤松如此指摘，益田急忙否认。

“那就别一直哈腰鞠躬啊！”正当赤松这么说着，并不耐烦地转过身时，一个矮胖的男人敲了敲门，直接走了进来。

“我是副科长北村。”

“我约的应该是科长泽田才对吧？”

北村一脸若无其事地应道：“很不巧，泽田先生有急事外出了，今天就由我代替他。请坐。”

无可奈何之下，赤松只好先入座。

“那么，请问您今日来有什么事吗？”

脖子上挂着员工证的矮胖男人，用一副事不关己的表情说着。

“我寄了好几次这种投诉信到贵公司来，您不知道这件事吗？”

赤松取出那份要求重新调查的书信复印件，一把甩到北村的面前。北村只是默默地拿起复印件，快速浏览了一遍。

“这是什么？”

从北村的回答中，看不出他对此事是否早已知情。那不动如山的态度，冷漠得有如冰砌的要塞一般。在他的表情中，仿佛无言地说着“何必为了这种微不足道的小事来麻烦我”，北村的傲慢态度，点燃了赤松心中的怒火。

“我希望贵公司能够重新调查。”

“关于这一点，我想我们已经做出答复：重新调查是不可能的。”

“我的确接到了你们这样的回答。”赤松继续说，“但就是因为无法接受，所以我才会像这样来拜托啊！”

“恕我失礼，但是，赤松先生，能不能接受是贵公司自己的问题。以敝公司的立场来说，已经仔细调查过一次了，就没有理由再重复做一次相同的调查。”

“既然如此，那请让我看看那份调查报告。”赤松开口说道。

“您说什么？”本来铜像一般的北村也不禁挑动了眉毛。

“我说，请让我看看那份调查报告的内容。”

北村那双凝视着赤松的眼睛里，仿佛听得见精密机械启动时的声音。接着，那双眼睛望向了在赤松身边不断叹气的益田，仿佛无言地要求他做个说明。

“这个嘛，那份报告已经提交给警方了，所以应该……”益田吞吞吐吐地开了口。

“敝公司被告知的只有结果，而且还是维修不当这种理由，对此我完全无法接受。托这份报告的福，现在我被警方当成了嫌疑犯，公司内部还被强制搜查。如果不知道调查内容，即使想反驳也无从反驳起，这种状况岂不是对敝公司太不公平了吗？”

“就算您认为不公平好了，”北村脸上浮起轻蔑的微笑，“那也和敝公司无关。”

“你说无关？”赤松大声抗议，“怎么可能无关！那可是贵公司做的调查报告。到底是什么样的调查，让你们得出维修不当这种愚蠢的结论？”

“我认为，那应该是根据科学验证得出的结果。”

“科学验证？”赤松难以置信地反驳，“连敝公司的维修情况都没有过来看一眼，这种调查称得上符合科学验证吗？这种蠢话，你还真敢说啊！”

这句话，是赤松今天自认为保留到最后的致命一击。没想到，北村闻言依然是一副无关痛痒的模样。

“或许因为您是外行人，所以才会有这样的想法吧。但事实上，不需要特地前往贵公司查看，一样能够判断出原因出在维修不当。只要检视事故车辆的损坏部位，维修不当这种原因轻易就能一目了然。”

“你满口维修不当，那你倒是具体说说看，究竟是哪个部位的维修出了问题？”

“那不是该由我在这里说明的事。只是，有一点我必须申明，敝公司在接受这类调查委托时，一定会抱以慎重态度，进行最正确的调查，因此，如果没有足以说服我们的理由，那么对于重新展开调查的要求，也请恕难从命。”

北村的回答等于是断然拒绝，并且暗示着话已至此，无须多言。赤松不愿就此放弃，咬紧牙根怒视着他说：

“我们公司多年来，都持续购买贵公司生产的货车，至少可以称得上是希望汽车的忠实顾客。我不但不曾讨价还价，需要购买新车时，也一定以贵公司的车为最优先考虑。这样的顾客第一次对你们提出拜托，你们给的却是这种答复吗？这就是贵公司对待老顾客的态度吗？”

北村哼了一声，不耐烦的心态表露无遗。

“恕我失礼，听您这么说，我才发现赤松先生您似乎不是很清楚自己站在什么样的立场。我很明白您为了摆脱贵公司维修不当的嫌疑，而企图主张敝公司调查结果有误的心情，不过这是不对的吧。”

“你知不知道自己在说什么？现在是你们连个调查内容都拒绝拿出来示人的！原来希望汽车，是这么一家不知变通的公司吗？”

“您高兴怎么想，那是您的自由，赤松先生。”

一来一往之间，北村似乎也激动了起来，语气更是变得尖酸刻薄。

“你对待客户的态度这么恶劣，难道贵公司不在乎顾客满意度吗？”

北村露出不以为然的表情。

“当然在乎，也很看重！我们一定会致力于让真正的客户满意。不过，敝公司当然也有挑选客户的权利，您说不是吗？”

“你说什么！”

赤松不禁挺直背脊，整个身子愤怒地往前靠了过去。“社长！”一旁的益田赶紧拉住他的手臂制止。

“少啰唆，这里没你的事！”

“社长，不好意思，但是不是请您先冷静一下？我拜托您，算我拜托您了……”

说着，益田把头低得几乎碰到了桌面。即使看到这幅画面，北村却依然一脸无关痛痒的冷漠表情，仿佛益田做这一切都是理所当然的。

这家汽车公司，到底是怎么回事？

在轮胎脱落前，这些家伙的内心一定早就丢失了更重要的零件吧！

7

“结果如何，对方接受吗？”

看到北村结束与赤松的面谈回到座位，泽田便这样问道。在回答之前，北村先是从鼻孔里发出一声嗤笑，接着才不屑地说：

“根本是个白痴。”看来他相当火大，气得脸色都发青了，“不管我怎么说明，他就是不肯接受。跟他见面只是浪费时间而已。”

听完北村简单交代了与赤松面谈的经过后，泽田对赤松货运这家公司原本抱持的坏印象是更加恶劣了。

“反正，既然已经应他要求当面谈过了，那接下来我们也没有义务再受理他的投诉。要是他还继续提出重新调查的要求，我们也不必理会。”

“我也这么认为。追根究底，那种打心底抱持着‘顾客永远最伟大’错误观念的人，根本从一开始就不需要理会他。我们的工作不该是这样的，做这种事哪称得上是营销呢！”

北村用他一贯自信的口气断言着。

“不过，科长，这件事我早就想提了，我们客服策略科是不是应该调整一下方针啊？这样下去，只会变成单纯处理投诉的消费者服务中心啦！”

察觉到北村的发言已经开始趋向体制批判，泽田赶忙制止了他：

“你的心情我很明白。我也是这个想法，不过公司组织才刚变更，现在提出意见，时机未免还太早。”

不管怎么说，这家公司的“根底”仍是一个彻头彻尾守旧的组织，同时也是个自视甚高的组织。它只管一味容忍陈腐的框框架架，却对企图尝试创新的改变抱持着明显的抗拒反应。虽然请来经营顾问大笔一挥进行组织变更，但究竟能顺应这样的变化到什么地步，着实还有待观察。泽田认为按兵不动，静待社内其他异议先行发声，对自己会比较有利。

“与其抱怨，倒不如先提升业绩吧。”

听泽田这么一说，北村又皱起了眉头。

客服策略科的业绩考核办法，是由顾客填写问卷来统计“顾客满意度”，借此判定业绩优劣。问卷调查一年四次，每隔三个月实施一次。当初这个办法开始实施前，公司内部就充满“这种办法真的能正确衡量吗”的疑问声浪，可是实施过两次调查，而其结果都令人失望时，众人却又纷纷指责起“客服策略科到底在搞什么鬼”。

业绩不如上头预期的时候，如果还朝“业绩考核办法本身有问题”的方向去辩解，只会落得直接被盖上“无能”的烙印而已吧！

“您是要我怎么提升业绩啊？”

看着北村叹着气回到自己的座位，泽田也只能告诫他“暂时只有忍耐了”，只不过，这句话一半是说给自己听的。而这时候，世田谷那家渺小的货运公司，早已在泽田的脑中消失无影，赤松货运接下来的命运是生是死，说到底不但和泽田，也和希望汽车毫无关系。

没想到，泽田这样的判断，却在当天晚上就引起意想不到的风波。

加班过了九点还在公司的泽田，看见出现在销售部走廊上的某个人影时，不禁停下了敲打键盘的双手。

对于那个微胖的男人，泽田并不陌生。他不仅外表看来阴沉，实际上就是个阴险的人。男人正一边左顾右盼，一边伸出右手食指神经质地将眼镜往鼻梁上推。当他的目光搜寻了整个楼层之后，视线很快就落在泽田身上，并笔直地朝他走来。

“你这边有没有接到世田谷区赤松货运的投诉？”

这男人是质量保证部[1]的室井秀夫，在科长级以上必须出席的联席会议中，泽田经常会碰到他。泽田和他并不是特别亲近，但也看得出眼前的室井显得有些慌张，和平常比起来少了几分冷静。

“赤松货运？”

泽田下意识地望着室井回应道，“是啊，他是来过。你消息还真灵通。”

“没有啦……其实我是刚从销售部的熟人那里听说这件事的。”

“哦。然后呢？”对于室井的来意感到一头雾水，泽田这么问着。

“不是，我是想问一下，他来投诉什么事啊？”

“他要我们重新调查一件完全没必要的事。怎么，有什么好在意的吗？”

事故原因的调查，应该是质保部的工作。被泽田这么一问，室井

1　又称质保部或者 QA，制造业内部负责质量管理、制品检验，以及相关标准认证等事务的部门。

只是含糊着说：“没有，不是你想的那样啦。”

可是，质保部的人会对一份早该结案的调查报告如此在意，这件事本身就很不正常。说起来，质保部的工作应该是站在监督制造部门的立场，因此，质保部的人多半属于令人避之唯恐不及的“唠叨鬼”，而对他们来说，找别人的碴儿、看着对方狼狈不堪的模样，似乎已经变成了一种乐趣。室井这个人当然也不例外。然而，现在他看起来完全失去了平日的威严，天气明明不热，却拿着手帕猛擦汗。

“那对方怎么说，接受了吗？”

泽田按捺住心中涌现的猜疑，望着室井说：

“我是不知道对方愿不愿意接受啦，总之我已经拒绝他重新调查的要求了，毕竟那根本没有道理嘛！怎么，难不成那份调查报告真有什么问题吗？”

最后一句话在室井听来或许是挑衅吧，这时的他才终于恢复了质保部那一贯高傲的嘴脸睥睨着泽田。只是，他却没做出任何反驳。

“怎么可能呢！打扰了。”

只丢下这么一句，室井举起右手随便挥了挥，便转身离开了。泽田一直目送着那背影从楼层消失，才带着某种难以消化的情绪，回到座位拿起电话。

电话是拨给任职于车辆制造部的友人——小牧重道。泽田原以为小牧可能已经下班了，没想到才响一声，他就接了起来。

“刚才室井来过我们这里，看他的样子，我总觉得有什么地方不大对劲。”

“室井？你是说‘质保’的室井？”

质保，就是质量保证的略称。

“我想你应该也听说了吧，‘美丽梦想家’的轮胎脱落那起事故。

对，就是那件事。关于那件事，你有没有听到什么风声？”

“哪起事故啊？没有啊！”

小牧简短地回应后，又突然很感兴趣地追问，“为什么这么问？”

泽田将赤松货运要求重新调查的事告诉小牧后，若有所思地加上一句：“那家伙，该不会在隐瞒什么吧？”

“隐瞒什么？会是什么？”

“这我就不知道了。例如……调查报告有什么错误之类的。”

“喂，说话小心点哪！”电话那头传来小牧惊讶的声音，“别开这种玩笑啦！”

听到小牧这么一说，泽田却咧嘴一笑说道：

“小牧，你认识质保的村野对吧？能不能帮我探听一下，说不定这次能让质保尝点苦头。看那个室井的表情，我觉得事情一定不简单。”

话筒里传来小牧发出叹气般的“哦哦”声，但听得出他对这件事也开始感兴趣了。

泽田在意的，当然不会是那起事故的真相，而是公司内部的权力结构。万一真的是质保出了差错，泽田就能趁机揪住他们的小辫子，同时挫挫他们的锐气，好一扫平日被质保欺压的怨气。

希望汽车的公司风气，有时比政府更加官僚主义，因此员工的注意力也尽是集中在内部斗争，而非对外的开疆拓土。

照这样说来，泽田这个几乎与“处理投诉的客服中心”无异的客服策略科科长，又哪有资格抱怨“做这种工作不是真正的营销”呢！不过，凡事只挑对自己有利的方向解释，同样也是希望汽车公司的另一种风气。

“那就给他们个好看吧，等着！”

一听小牧这么回答，泽田才掩不住满脸笑意地挂上了电话。

像是找到心灵支柱般、充满干劲的泽田，这才重新把注意力拉回到原本手边的工作，双手再次敲起键盘。

8

同一时间，在赤松货运的会议室里，一群表情严峻的男人正围绕会议桌议论着。

“现在这么看来，对方几乎是不可能答应为我们重新调查了。”

听了赤松的报告之后，谷山维修科长失望地说道。

这是临时召开的公司内部紧急会议。

围着会议桌的人除了赤松和专务宫代以外，还有以谷山为首，一共七名科长职以上的高级干部。

“要是无法改变由于我们公司维修不当导致事故的这个结论，那该如何是好？”总务科长高岛这么问。

在赤松货运这群一本正经的员工当中，体型瘦高像根豆芽菜似的高岛，在工作态度上相当严肃，但他的缺点就是有时太顽固而不知变通，明明年纪还轻，却过于一板一眼，简直就像个绷得太紧的方向盘一样。当下，他也在听了赤松的发言之后，马上反射性地投以极度凝重的眼光。

“现在有两个问题。”像是为了压下高岛的过度反应，赤松刻意将说话的节奏放慢，“其一是对受害者的赔偿问题。虽然上了保险，但若确定问题出在维修不当，是否真能获得理赔就很难说。而另一个问题正如各位的担心，是警方接下来的动向。目前虽然还在调查当中，但必须先设想最糟糕的状况。”

当赤松从口中吐出“最糟糕的状况”时，在场全体都倒抽了一口冷气。

“不好意思，我也想补充一下。”赤松身边的专务宫代开了口，“很抱歉尽是让大家听到些不好的消息，但银行那边也受到很大的影响。”

听宫代这么一说，绷紧了脸的众人全都面面相觑。

“其实今天我去了一趟东京首都银行，之前那边负责开发新客户的人来过公司，也留了名片，但今天商谈的结果，对方却表示目前难以提供融资给我们。”

稍早宫代已向赤松报告过这件事。就算姑且不论事故的调查结果，光是失去相模机械这个客户，导致未来业绩动向不明，就足以使银行打退堂鼓了。

“那么，原先向东京希望银行申请融资那件事结果如何呢，社长？”高岛发出不安的疑问。

“对方还没给回复。”

赤松的声音听起来相当无奈。

“这就表示还有希望吗？”高岛紧接着又这么问。

看见众人满怀希望的目光，赤松不禁为之语塞。

“老实说……我想很困难。虽然对方还未做出最后决定。”

在那之后，赤松当然曾再次询问东京希望银行的小茂田，但也只得到“还在审理中，但并不乐观”的回答。小茂田甚至还建议赤松“可以找其他银行申请融资了”，不过赤松认为这件事先不要说出来比较好；虽然实际上，当东京希望银行这么说的时候，就等于承认融资的可能性接近于零了。

“公司资金的周转没问题吗，社长？”

被这么一问，赤松再次感到无言以对。如果说“没问题”，等于是欺骗员工，更何况就算撒这个谎，大家也不可能就此放心。然而，赤松还是考虑着，不能让员工背负不必要的烦恼，于是他回复道：

“周转这部分，大家不用担心。我和宫代专务会想办法。”

全场一片静默。熟知内情的宫代紧抿双唇，只是低头俯视着桌面沉默不语；其他干部也一样，所有人都低着头，脸上挂着担忧的表情。大家全都心知肚明，现实的状况并没有赤松说的那么简单。

“希望汽车的那份调查报告，果然还是一大打击啊。”

宫代低声说出这句话，会议室内才终于像是打破受诅咒般的沉默，响起一片叹气声：“真的没有其他解决之道了吗？”

如果真的这么简单就能解决就不用烦恼了啊，众人脸上的表情仿佛都如此说着。然而就在此时，有个人迟疑地举起了手。

那是维修科科长谷山。

“如果由我们自行着手调查呢？”在一片惊讶与骚动之中，谷山继续说着，“当然，或许希望汽车那边有很多优秀的研究员。可是，今天只不过是要调查事故的原因，这种事就算不委托希望汽车也办得到。如果认为由我们公司自行调查不妥当的话，那么委托其他车厂或研究中心来做鉴定报告，不也是一个办法吗？”

赤松半是愕然地抬起头。

谷山说得很有道理。

听谷山这么一说，赤松才发现，他们只因为事故车辆是由希望汽车出产的货车，所以便产生了非由希望汽车调查不可的错觉。但事实上，正如谷山的意见，如果只是想调查事故原因，一定还有许多其他单位可以委托，就算多花点钱也没关系。

“有意思。”过了一会儿，赤松这么说。

“不过，这也还有一个问题。”谷山的话语，再次吸引了众人的注意力，“要展开调查，最重要的是必须取得车轴部分的零件；可是现在，我们手上却没有那个零件。”

“没有？”负责业务的鸟井大感惊讶。鸟井平时是个乐观开朗的人，今天却一直愁眉不展，“谷兄，你说没有，这是怎么回事？”

“警方展开事故调查之后，零件被委托检修的希望汽车取下，就这么一去不回，没有还给我们。”

“这么说来，可能有问题的零件还在希望汽车手里？”

谷山点了点头，转而对赤松说：“社长，不好意思，可以麻烦您去向希望汽车要回我们的零件吗？”

“好，这件事交给我，待会儿我就去向希望汽车提这件事。对了，和儿玉社长谈过之后，我还发现了另一件事。”赤松将内心的疑问说出口，“如果轮毂破损真的是造成这次事故的原因，那么我应该早已因维修不当而被逮捕了才对，然而不知道为什么，一直到现在警方都没有这么做。”

“答案很简单。”回答的还是谷山，“那辆货车自从发生撞进路边侧沟导致轮胎脱落的事故之后，一直到这次发生轮胎脱落事故之间，又做过三个月一次的例行维修。请看这个。”

谷山一边说着，一边拿出事故货车的维修记录簿。

那是门田自行制作的维修记录簿复印件。正本已经被警方当作证物收押，不在手边。

赤松望向谷山手指的维修记录项目，赫然发出惊呼。

在一般维修项目之后，门田还自行制作了一个名为“其他”的检查项目。在那里可看到门田用拙劣的字迹写着：“事故后轮毂是否磨损龟裂。”而映入赤松眼帘的是，这条项目旁，代表检查无缺陷的打钩记号。

“我……”好不容易，赤松才终于能够发出声音，“我们——因为门田而得救了是吗？”

“正是如此。”

谷山说着，满布皱纹的脸庞露出了微笑。

9

“偶尔一起去喝一杯吧。”就在泽田打电话探听消息的隔天，小牧主动对泽田提出了这样的邀约。

小牧抵达约定碰头的丸之内 OAZO 大楼内居酒屋门口时，还带了另一个人来。那是个年纪比泽田略轻、三十出头的男人。当那人点头致意时，泽田注意到他身上西装的领口也别着希望汽车的社徽。那么，他应该也是公司里的人。

“我问了质保的村野，但他说那件调查工作不是他负责的，所以今天我先请这位加藤老弟一起来。加藤刚进公司、还在销售部门的时候是我带的，之后也一直保持着不错的交情。加藤，这位是销售部的泽田科长，你应该听说过他吧。”

三人一边说着，一边在店员的引导下进入包厢就座。

“哦，这边视野可真好呢！从这里看起来，我们公司还真气派哪！”

包厢位于可俯瞰整个大手町附近的窗边位置，由这里看出去，正好面对着希望汽车的办公大楼。小牧笑着这么说道。

“气派的也就只有外观罢了。”

加藤应了这么一句。不愧是小牧带出来的人，连说话方式都一样毒。

不过，这话倒也算是道出事实。希望汽车的业绩已经低迷很长一段时间了，尤其是这十年来，从未推出热门又畅销的车款。年轻的加藤或许未曾见识过希望汽车风光的年代，但对泽田他们这个世代的老员工而言，却是一面疑惑着“怎么可能”“这太奇怪了”，一面眼睁睁看着公司业绩像溜滑梯般不断下滑。

点了生啤酒干杯之后，光是陪小牧一阵闲聊，就已经过了快要一个小时。

和酒量差的泽田不同，小牧是个千杯不醉的大酒桶。加藤也相当能喝，不但早已从啤酒换成了清酒，不知不觉间桌上也堆满了空酒瓶。

“看，这家伙酒量不错吧？”小牧拍着加藤的肩膀，露出得意的笑容说道，“所以我今天才会带他来啊！”

“您说这话是什么意思呢，小牧前辈？”

泽田和发问的加藤一样，都不明白小牧话中的含义，醉眼之中也浮现了问号。

“哎呀，这种事情清醒的时候不大好开口嘛！”小牧露出刻意的微笑，开始说了起来，“其实啊，我是听到了一些风声。听说质保部的部长和干部……对了，应该还有研究中心的所长吧，这些人聚在一起，召开了一个秘密会议呢！”

一听见小牧这段别有意味的话，加藤的脸上瞬间失去了笑容，取而代之的是惊愕与警戒的表情。

“这事，您是听谁说的？”

“这是秘密。你只要告诉我们，这件事到底是有，还是没有？”

眼见加藤默不作声，小牧更是恩威并施，“我说加藤啊，我都已经知道这么多了，你再隐瞒也没用不是吗？更何况我是什么人？我可是公司里一手栽培你的老大哥啊，你忘了吗？”

加藤依然沉默了好一会儿，才终于露出一脸为难的表情说道：“这件事，您在这里听听就好，好吗？”

“我不会告诉任何人的，你放心，我们俩口风都是很紧的啦！”

小牧一边打着哈哈，一边这么说，同时却送了个暗示的眼神给泽田。很明显，小牧并没打算让这件事在此听过就算。

“没错，正如小牧前辈您听说的，的确有这么一个会议。”

“召开会议的目的是什么？为何要如此避人耳目？”

“没有刻意避人耳目啊。只是……”

“只是什么？”

“只是，会议内容里有涉及一些比较敏感的部分。”

“你说什么？”小牧似乎对加藤如此的说法不满，语气也变得激动了起来，“什么敏感的部分？你这家伙，一阵子没见怎么也学会打官腔了？”

“小牧前辈，您就饶了我吧！能出席T会议的，基本上都是制造部和质保部的主事者，同时也是不对外公开的。”

“T会议？”泽田复诵了一次。

“‘T’就是轮胎（Tire）的‘T’。”加藤解释。泽田脑中同时浮现质保部室井的身影。

“关于轮胎的会议吗？”小牧问道，“为什么要特地为轮胎召开会议？轮胎有什么问题吗？”

加藤在小牧的追问之下，先是沉默了一阵后才开口说：“请别再追问我了。虽然我也隶属研究中心，但负责的事务不同，因此会议的详细内容我真的不清楚。”

“你想逃避吗，加藤？开什么玩笑！”

面对小牧一再施加压力，加藤露出为难的表情。

虽说一开始的目的只是想抓到质保部的把柄，但听了加藤的话之后，泽田开始对整件事产生了兴趣。如果轮胎真有什么被隐藏的问题，那么身为营销部门科长的泽田被蒙在鼓里，本身就是件相当不寻常的事情。

于是，泽田开口问道：“加藤老弟，那是单纯技术部门的问题呢，还是会影响到公司全体的问题呢？”

加藤咬紧牙根迟疑了一会儿，才终于说：“我想，那是会影响到公司全体的问题。”

“既是如此，那你就说了吧！毕竟我们都有权利知道。”

小牧这么说着，做出“快说吧”的手势催促加藤。加藤在前辈的瞪视之下，只好放弃坚持，皱起了眉头说：“据我所知，那场会议是半年前召开的，起因是发生在群马县货运公司的那起事故，而事故原因，有可能是因为我们公司生产的货车有某种缺陷。”

泽田之前从来没听说过这件事。他原本以为只要是与希望汽车有关的事故资料，身为销售部门人员的自己应该全部知情才是。小牧一定也抱持着相同的想法，所以他接着又问：“所谓的缺陷，评估结果等级是？”

“是 S3 等级。”加藤说。

“那应该没什么大不了啊。”小牧喃喃说道。

在希望汽车，所有可能产生缺陷的产品信息都会集中到质保部，再由该部门进行危险性评估，依照评估结果将缺陷程度分为 S1 到 S3 三个等级。

最需要紧急解决的是 S1 等级，被归类为 S1 等级的问题产品会立刻举行召回会议，讨论是否需要进行召回；尤其是引擎、刹车与驱动系统等，只要被认为有可能因缺陷引起意外的情况，必定都会归类到 S1。而归类于 S2 的多属于危险度较低的零件缺陷，至于 S3 则是轻微的零件缺陷，危险度又更低，也不需要举行召回会议。

“听说更早之前也发生过类似的事故，所以便召集了公司内的相关人士开会商讨对策。那场会议之后演变为不定期举行的例行会议，应该就是小牧前辈您所听说的会议了。”

“喂喂，这话听起来颇有问题啊！”小牧马上抓出加藤话中的盲点，“不是说只是 S3 吗？如果确定只是这种程度的零件缺陷，评估结果应该没有太大危险性，没道理为了这种小事而召开秘密会议吧？”

“评估结果，再怎么说也只是评估结果。”加藤的回答听得出话中有话。

“这是怎么回事，你倒是说清楚啊！”小牧犀利的目光直盯着加藤，逼得他更是无处可逃。

“也就是说，等级评估再怎么说，也只是质保部做出的报告，而评价的基准，也完全出自主事者的主观。”

加藤这句话代表的意义，泽田也渐渐开始明白了。

“换句话说，就算是本来应当被评估为 S1 等级的危险缺陷，只要质保部的人从中动手脚，就能降为 S2 甚至是 S3，对吗？”

在泽田这么一问之下，加藤才终于露出沉郁的表情，松口承认道：“就是这样，没错。”

泽田与小牧不禁面面相觑。

“群马县发生的，究竟是怎样的事故？”

加藤略为说明了那是货车撞上国道旁水泥护墙的事故，而最后的一句“就我看来，造成那场事故的原因，应该就是轮胎脱落……”，却令泽田愣住了。

“那么最后，公司是怎么向国土交通省[1]报告的，该不会没有提及这件事吧？”面色凝重的小牧提出了这个质疑。

“因为评估结果是S3等级，所以也没有必要对国土交通省报告。再加上群马那次的事故，警方已经判定肇因是车速过快，所以并未聚焦在车辆缺陷上。”

“喂，等一下！”

泽田紧张了起来。加藤的这番话，让他发现事态的严重性远远超乎自己的想象。现在已经不是“揪出质保的小辫子好让他们好看”那么简单了。

本来应该归类为S1等级的缺陷，却被当成S3等级处理。

做出这种事，等于身为汽车制造商的道德观已荡然无存。更别说还发生了相关部门人士为隐瞒此事而召开秘密会议的异常事态。

“T会议是吧？这么说来，对外发表的评估根本不可信任，事实上公司产品的缺陷已到达相当危险的地步咯！说真的，情况究竟严重到什么地步？”

“听起来似乎很不妙啊。”小牧也说。

加藤回答：“简单来说就是，那些车辆都是需要召回的对象。”

“什么！”小牧不自觉地喊出声来，惊讶地张大了嘴巴。泽田也一样。

“加藤，你这家伙知道自己现在在说什么吗？窜改本该召回车辆的评估等级，并在公司内部秘密召开对策会议，这不就等于是……”

1　日本政府机关名称。相当于我国交通运输部。

"蓄意隐瞒召回问题。"

泽田斩钉截铁接口丢出的这句话，仿佛铿锵有声地砸落在眼前三人吃得杯盘狼藉的桌上。

此时，泽田脑海中浮现了一家货运公司的名字。

那就是赤松货运。

"欸，小牧，你知道室井的手机号吗？"

"不知道。"

一听小牧这么回答，泽田马上站起身来。

"抱歉，我得回公司一趟。我忽然想起，自己有件事情处理到一半。"

不理会小牧与加藤露出一头雾水的表情，泽田从钱包中抽出一张五千日元钞票放在桌上，就匆匆走出店外，搭上电车离开了。

小跑回到公司之后，泽田马上拿起办公桌上的电话拨往质保部。

"您好，这里是质保部。"

铃声响了五次之后，接起电话的男人声音听起来很不耐烦。

"我是客服策略科的泽田，对产品缺陷的评估过程有些疑问想请教，请帮我转接给负责人。"

"负责人吗？不好意思，他已经下班回去了。"

"那这样好了，请帮我接室井科长。"

在等待电话转接时，泽田的脑袋终于从酒意中清醒过来，也发现了一个事实：室井那个家伙对一切都是知情的。

轮胎脱落的事故，根本就不止赤松货运这一起案例。

只是，以前发生的事故都由质保部门对评估结果动了手脚，因此事实都在不为人知的情况下，被埋葬在黑暗之中。想必这次的事件，质保部也想采取同样手法来解决吧！

然而——

接下来的思考，虽是出自泽田长年以来在这个业界累积出的直觉，不过这次的事件和过去发生的，有个决定性的不同之处。

那就是话题性。

赤松货运在横滨发生的那起意外事故，脱落的轮胎击中一对母子，导致了母亲死亡的悲剧。也因此，这起事故成为媒体注目的焦点，轮胎脱落的原因一定会被追究的。

而除了一般媒体与社会大众之外，还有一个单位也将会关注这一事件。那就是汽车行业最需要审慎应对的对手——国土交通省。

“针对那起事故，国土交通省一定给出了提出报告的要求。”

泽田如此推断。

既然是国土交通省的要求，希望汽车就必须遵循《道路运输车辆法》提出回复报告，而公司内负责做出这份报告的就是质量保证部，回复报告的内容也必然都是经过董事审核认可的。

从电话中传来“请稍等”之后，已经等了不算短的时间，室井却迟迟没有接起电话。

失去耐性的泽田愤而用力摔下话筒，走出销售部。

他快步穿过希望汽车总公司的走廊，搭上电梯前往质保部。虽然并不常来这里，不过泽田一打开门，马上就看见了室井的身影，于是直接朝着他的座位走去。

不顾桌旁还围着的几名室井的部下，泽田走到他身边，开口说道：

“我有话找你谈，过来一下。”

室井阴沉的表情中蒙上一层不悦，抬头望向泽田。

“如阁下所见，我们正在开会。你可以等一下再来吗？”

“不行。就是现在。”

泽田那蛮横不逊的语气，连一旁的部员听了都皱起眉头。

“是紧急事件。”

室井先是瞪了泽田一眼，才对其他部员说声“失陪一下”，从座位上站起来。

“怎么，你喝了酒吗？”

“少啰唆，那种事不重要！”

像是被小牧传染似的，泽田的语气也变得尖酸了起来。走进一旁的会议室后，他随即将门关上。

“什么紧急事件啊？”室井面露不悦地问着。

“是有关赤松货运那件事。”

泽田这么一说，室井马上就噤若寒蝉，脸上浮现出一层警戒之色。

“国土交通省那边是否要求提出报告了？”泽田眼神直视室井，如此问道。

室井没有回答，凝视着泽田的眼神中写着猜疑。

“我问你有还是没有！”

泽田握紧拳头，“咚”的一声捶向会议桌。瞬间，两人之间的气氛也变得剑拔弩张；在明显的敌对状态下，他们冷冷地望着彼此。

“首先我想请问，你是基于什么理由，想要知道这件事？这和你们销售部的业务有何关联？”

可恶的家伙，别把人当成傻子了！面对室井这种带着质保部一贯上尊下卑心态的傲慢回应，泽田终于按捺不住满腔的怒火：

“你还敢问我理由？不知道是谁先慌慌张张跑到我那边打探消息

的？我可不相信你会没事就随随便便跑到我这里来！在想问别人的理由之前，先报上自己的理由给我听听好吗？”

“我已经说过了，那是质保部调查之后，关于维修不当的……”

“是 S3 吗？”被打断话头，室井望向泽田的眼神难掩内心的动摇。看来似乎是被说中了，“那原本应该是 S1 等级才对吧？”

“你是什么意思？”

“我的意思就是，你们最好别擅自窜改缺陷等级。”

“我、我不懂你在说什么！”

泽田毫不理会，继续说下去：“赤松货运那件事，你们是怎么对国土交通省报告的啊？该不会又将肇因归咎于对方的维修不当吧？”

室井阴沉的脸上，炯炯的目光像是着火般熊熊燃烧着。

“你是不是也参加了 T 会议？”

对方没有回应。

“今天你之所以会慌慌张张地到我那里去，应该是你们的调查出了什么纰漏吧？被赤松货运那么一闹，万一其他有类似遭遇的被害者也群起抗议，那事情可就不妙了，对吧？而如果被敏感的媒体察觉到这些相同的事故车辆都是希望汽车生产的，一定会有人开始怀疑该事故是否真的都是由维修不当所造成的，这样一来就伤脑筋了呢！室井先生啊，麻烦事最好在萌芽阶段就铲除才能杜绝后患，是不是啊？”

“你这是醉汉的胡言乱语吗？”

“别岔开话题！”

泽田伸手抽走室井嘴上叼着的香烟，将它折成两半扔掉。室井恶狠狠地盯着泽田。一向给人阴郁印象的室井，就连发怒时的表情都带着一股阴险。

但室井因怒气而涨得发红的脸上，却又很快地浮上一层诡异的笑容。

“我奉劝你最好别插手质保部内部的事情，泽田。”

室井刻意以一副上对下的口吻说着。他似乎是想借此提醒泽田，自己是比他年纪大上五岁的前辈。

“你别会错意了，笨蛋！”

泽田不甘示弱地回应着。事到如今，已经不需要在乎什么前辈后生的关系了。“这件事不是质保部内部的问题，否则你以为谁愿意插手管闲事啊！你们质保部将 S1 等级的缺陷刻意窜改为 S3 等级，难道不是企图隐瞒需要召回的事实吗？”

室井望向泽田的眼神之中，开始呈现出杀气。

事实上，对希望汽车而言，召回这件事有着特别的意义。

三年前，希望汽车公司明知生产出有缺陷的产品，却迟迟不向政府监督机关提出报告。不仅如此，他们更是串通经销商，持续进行台面下的窜改。直到这件弊案遭到内部告发后，事实才被公开在光天化日之下。

在那之后，希望汽车这家名门财阀公司的品牌形象也就此一败涂地。

累积信用需要漫长的时间，但失去信用却只在一瞬间。在这起隐瞒召回事件过后，消费者之中开始浮现对希望汽车的责难声浪，品牌支持者纷纷离去，销售状况更是一落千丈。毫无疑问，那就是造成今日希望汽车业绩依然不见起色的原因。

低迷的业绩所造成的恶性循环，让公司开始采取更加不切实际的销售手法，例如在北美市场，公司就展开了以“三零”，也就是零审查、零利率、零头款来购买希望汽车的宣传手法。实施此手法的头一年，业绩的确出现飞跃性的增长。然而，“希望汽车于北美市场重生”

所引起的话题，也只是昙花一现罢了。到了第二年，公司因为审查的草率导致融资拖欠以及呆账问题丛生，业绩也瞬间滑落，变为赤字。结果只是落得让同行看好戏的下场。

“别说得一副你很了解内情的样子。”室井用低沉的声音威吓着，“你真的明白所谓的召回是怎么一回事吗？你们销售部可好，只要打着营销策划的旗帜，高喊着‘消费者至上’的口号就行了；但事实上，这些只不过是骗小孩的把戏而已。那些号称站在消费者立场所展开的营销，不过就是些对外的宣传手法罢了。产品一有缺陷就召回是理所当然的吗？想要经营一家汽车公司，靠这种头脑简单的思路是不可能成功的。话说回来，我还真羡慕只拥有这种脑袋的销售部呢。连同你在内，你们这群人的日子过得可真轻松啊！”

一旦确定进行召回，公司就需要付出相当高的经费，室井想表达的应该就是这一点吧！

“看样子，我们的想法截然相反呢。”泽田反驳道，“别忘了若隐瞒召回的事实被揭穿，公司将承受多大的损失？和那相比，对消费者发出召回令，施行免费修理所需的花费还算是少的吧！只有笨蛋才会再次犯下相同的错误。当然，这些笨蛋也包括你在内！”

“你根本什么都不知道，泽田！”

“那是因为你们隐瞒事实啊！若握有重大情报，本来应该立刻对公司内部公开并共商对策才是，选择偷偷摸摸地掩饰，绝对是错误的！质保部，就是一切错误的根源！”

泽田斩钉截铁地一说完，室井也脸红脖子粗地回应：

“随便你怎么说，反正我没什么好跟你说的。我既没必要告诉你，你也最好不要知道那么多。你们只要闭嘴，乖乖卖车就对了。只会拍消费者马屁的人，少来插手干预需要高度经营知识的判断！”

“你说什么！给我等一下，室井！”

然而，室井只是投以一个冰冷的眼神，接着便很快地站起身，朝会议室门外走去。泽田急忙想跟上，却因起身过急，小腿猛烈撞上会议桌：“哎哟！好痛啊！”

室井就这样，在用手压住小腿的泽田面前用力地摔上门，消失在他的视线之中。

10

“哎呀，你怎么了，表情这么吓人？”

过了晚上十二点才回到家的妻子英里子，一看到泽田的脸，忍不住睁大双眼这么说。穿着白色短版西装外套搭配贴身牛仔裤的英里子，虽然年龄已经超过三十五岁，身材却还维持得和二十几岁的时候一样苗条。

“你回来啦。今天还好吗？”

泽田整个身体深深地陷入客厅的沙发里，手中握着一杯苏格兰威士忌。看到昏暗的室内只开着一盏餐桌灯，英里子伸手打开天花板的大灯，炫目的光线令泽田眯起了眼睛。英里子知道，当酒量不好的泽田喝起酒时，就是他情绪不佳的时候。

“还好啦，就跟平常一样啊。反倒是你看起来不大好呢！”

“是啊。”

泽田和妻子两人住在世田谷区的公寓。

大学时代因参加同一个音乐性社团而认识的妻子，现在是位于调布某 FM 广播电台的节目主持人。

英里子原本就是个相当健谈的人，大学时不管是课业讨论会或喝酒闲聊时，她都一定是引导话题不断进行的人物。相对于多半扮演倾听众人发言角色的泽田，英里子则擅长积极陈述自己的意见，也总是能高明地将每个人的不同说法整合起来。在团体中，她是个好的领导者，组织乐团时也担任主唱。他们的业余乐团每次表演，最获好评的往往不是歌曲本身，而是英里子的脱口秀。

两人的关系很自然地从朋友发展为恋人，结了婚之后的相处模式，也比较像是一对各具个性的男女同住一个屋檐下的关系。英里子男人般的豪爽性格，直到现在依然不变。在和泽田结婚时，她顺势表示“要去做自己想做的事”，便将当时在知名电台的工作辞掉了。随心所欲地旅行了大半年之后，才再度就职于现在的小电台，而且从幕后工作人员摇身一变，选择成为电台节目主持人。

老实说，泽田一开始并不看好英里子能在这个位子上做多久，没想到后来英里子的人气越来越高，主持节目七年来，她已经成为那家地方性电台的当家主持人，活跃于广播圈了。

“吃过饭没？”泽田问着。

“吃过才回来的。你呢？”

“不算吃过吧，不过也搞不清楚自己到底饿不饿就是了。”

“通常这种时候啊，吃了就会胖哦！”

听英里子这么一说，泽田才“扑哧”一笑。英里子一边脱掉上衣外套，露出里面醒目的黄色衬衫，一边从冰箱里拿出罐装的百威啤酒，拉开拉环。她打开音响，放进喜爱的 CD 之后，也坐上泽田身边的沙发：“来吧，烦恼咨询室开张咯！”

泽田又被逗笑了。英里子就是这点最好。

“让我猜猜哦，你被公司开除了？”

"倒还没到这地步。"

虽然笑了，但泽田马上又恢复了严肃的表情，因为那个问题一直充塞心里，挥之不去。

如果——

如果，隐瞒召回那件事是真的——

一想到接下来可能发生的事，泽田就感到可怕。

同时伴随而来的，还有难以抑制的愤慨。

明明因为同样的事吃过苦头，为什么还要犯下相同的错误？简直是愚蠢得无可救药！

按照加藤的说法，T 会议是以质保部与研究中心为主的秘密会议。这样说来，这种会议完全是罔顾公司利益、自作主张的肆意妄为。

"难不成，是客服策略科的业绩又下滑了吗？"

不知内情的英里子毫无心机地问着。这个本该触怒泽田的问题，却不知为何从英里子口中说出来并不那么令人气恼。真是不可思议；或许可以说，自己就是因为这样，才和英里子结婚的吧！

"那个嘛，现在还在勉强低空掠过的状态吧。"

"那么，是发生了什么会让我这个商业白痴很难理解的事吗？"

"嗯，也可以说我现在正对抗的，就是所谓公司的经营逻辑吧！"

"不好意思哦，所谓'公司经营逻辑'，是不是就是俗话常说的'公司里的常识，往往和社会的常识背道而驰'啊？"

"或许是吧。"

泽田颔首认可。说真的，这次的事件，完全符合了英里子这句话。

"毕竟贵公司出身太高贵了，总是有点不食人间烟火的地方嘛！"

面对英里子的玩笑话，泽田却笑不出来，因为这是事实。

"英里子，我想请你用一般消费者的身份回答我的问题。告诉我，在你心目中，希望汽车是一家什么样的公司？是值得信赖的品牌吗？”泽田坐正了身子，认真地对妻子这么问道。

“虽然有点危险，不过还算是勉强可以信任的品牌吧。”英里子稍稍思考后如此回答。

“你所谓的危险指的是？”

“毕竟，过去曾经发生过那件隐瞒召回、暗中窜改评价的丑闻，在消费者之间也掀起了轩然大波啊。”

“这样啊……”

泽田踌躇着是否该继续问接下来的问题，最后还是忍不住开口了。

“如果，这家公司再次传出隐瞒召回的话，你会怎么想？”

这下就连英里子也笑不出来了。她压低了声音问道：“真的有这种事吗？”

“不确定。或许有，又或许没有，但是不排除有这个可能。”

“喂，你说话要小心点哪！”

英里子说这话的表情虽然夸大了些，但却是百分之百的认真。

“若真如此，那可不妙了呀，泽田科长。不能想想办法吗？要是真有这种事，希望汽车这次真的会玩完了啊！”

泽田叹了好长的一口气。

“我知道。可是啊，所谓组织这种东西，不是靠我一个人努力就能改变的。”

“你说这话是在骗自己吧。”英里子毫不留情地反驳。

“无论是怎样的组织，都要有人先发出声音才会动起来。要是每个人都抱持着‘光靠我一个人没办法’的心态，那可就真的是没救了。如果你们公司真面临这样的问题，你不是应该挺身而出，揭发它才对吗？”

“你说得或许有道理，可是啊……”

“可是？”英里子催促着泽田回答。

“或许一切都已经太迟了。”

结束一早的会议才刚回到座位上，泽田的专线电话就响了起来。

“泽田，你过来一下。”

电话那头传来的是野坂明义代理部长[1]不悦的声音。泽田转头望向同一楼层的另一个角落，望见手中握着话筒的野坂正看着自己。

“我马上过去。”

放下写到一半的日程簿，泽田快步朝野坂的座位走去。才一靠近，野坂就是一阵怒吼：“这究竟是怎么回事！”

“啊？”

“上周末，你喝醉了酒，闯到质保办公室去干扰人家工作不是吗？”

室井那家伙，一定是去向上级告状了。不过，这个发展对泽田来说未尝不是一件好事。

“我并不是去干扰他们工作的，那天是有重要的事商谈。”

“你商谈重要事时，都是喝醉了才去的吗？”

“关于这一点我很抱歉。”

泽田选择先道歉。

“那是因为我当天在喝酒的场合，得知了一项重要的情报，也因

---

1 日本企业通常会在部长与副部长底下设有“代理部长”一职，负责处理比较一般性的事务，并作为管理人才的储备之用。

此，我才马上赶回公司找室井谈。”

“重要的情报？”

不出所料，野坂挑着眉提出质问。当泽田详述两起货车事故与T会议的始末之后，野坂的神情也越来越凝重。

“泽田，这件事你告诉过任何人吗？”

途中，野坂改变了谈话场所，走进无人使用的会议室。

“没有。不过，若真有隐瞒召回的情况发生，实在非同小可。将S1等级的缺陷刻意减轻危险程度窜改为S3，质保部竟然会做出这么愚蠢的决策，我认为这已经不是该关起门来密谈的事了。”

野坂双手抱胸，陷入沉思。

“目前还不了解具体的缺陷内容，因此是不是真的隐瞒了召回也不能确定；不过，有这个可能性。”

野坂收起怒意，压低了声音说：“我很明白你想说什么。我会委婉地对质保部提出抗议，但我得提醒你，组织有组织的运作方式，你最好牢记这一点，毕竟你已经当到科长了。”

“我很抱歉。”

泽田只能先低头道歉。这种做法，也是所谓“组织的运作方式”之一吧！

当天下午稍晚，泽田再次被野坂约谈。一进了会议室，野坂马上开口说道：“关于今天早上那件事……”他的脸上带着比早上更凝重的神情，目不转睛地注视着泽田。

“泽田，忘了它吧。”

“什么？”

“我只再说一次。听好，忘记那件事吧。”

“这是怎么回事，代理部长？”

野坂只是紧抿嘴唇，默不作声。泽田在野坂手下的时间不算短，自认为很熟知他的为人。这个男人既有工作能力，又很照顾部下，一方面拥有直率的性格，另一方面也不失理智，是这家公司里的实力派。这样的野坂，没有道理说出这么不合情理的话。由此可知，这不是出自他的本意，只是站在代理部长的位置不得不做的发言。

“不要再深究了，泽田。我也有我的立场。”

“所以，这是部长的指示吗？”

野坂转开视线：“可以这么说。”

“我们公司这样，真的没问题吗？”

打破令人不快的沉默，泽田这么问道。野坂双手环抱胸前，紧闭双眼仰起头。

“没问题的。要相信上面的人。”

又是上面的人。

泽田在内心嘀咕。

英里子，这个组织似乎不像你所想的那么简单啊。泽田在心里这样想着。说来惭愧，在受到英里子指摘之前，他根本没发现自己其实也在逃避。

没有人挺身揭发，就不会有所改变。然而，只有堂堂正正的组织，才会因为这样而产生改变。

希望汽车这家公司，早已从根子里腐烂到无可救药的地步了。

维修不当是吗?

质保部那些人，真是太可笑了。维修不当的不是别人，而是希望汽车这个庞大的组织。

而泽田自己不但是这腐败组织中的一分子，还是站在中坚主管的立场。

就算再怎么腐败，也还是自己隶属的公司；就算想要放弃它，事到如今却也没有其他安身立命之处。仔细想想，“希望汽车”，这还真是个讽刺的公司名称啊。可是，即使这里早已失去了希望与梦想，自己却仍只能紧紧攀住这个组织不放，只能在这里做着被给予、被命令的工作。这就是身为上班族的悲哀。

“命运共同体，是吗……”

野坂听着泽田的喃喃低语，没有做出任何回应。

第三章　温室栽培群像

1

东京希望银行总行营业总部的井崎一亮得知发生于横滨的赤松货运货车撞人事故，是在隔天的时候。

那天早上七点左右，井崎搭上由代代木上原发车的电车。找了个比较空的车厢坐下，等待电车开动时，他摊开了手中报纸的社会版。霎时，一行斗大的标题——“货车轮胎脱落直击母子”，映入了他的眼帘。

“哇！太惨了！”

尽管内心这么想，但井崎还是只看了一下标题，便草草将它略了过去；不过，就在这时，井崎的目光忽然停驻在报道旁那张占据了好大一块篇幅的照片上。

“是希望汽车的货车啊……”

照片中，货车冲上了路旁的缘石，冲击力使得挡泥板都歪斜了。无人的驾驶座旁，正在进行现场勘验的鉴识员身上的制服背后，有着三个椭圆交叠的图案——没错，那正是希望汽车的社徽。

井崎低头望向自己西装的衣襟，那里也别着一个相同设计的徽章，正在朝阳的映照下闪闪发光。这“三椭圆”设计的社徽，可以说是希望集团这个高傲财阀的象征。

井崎低下头，开始专注地读起这则新闻。

> 一辆行驶于横滨市港北区国道公路，由隶属赤松货运（东京都世田谷区）的司机安友研介驾驶的货车，其轮胎（重约一百四十公斤）忽然脱落，并直接击中步行于路旁人行道上的主妇柚木妙子（33 岁）的后背。柚木女士随即被送往邻近的医院，

但因全身受到强烈撞击，不久便宣告不治身亡。当时与死者同行的长子贵史（6岁）则受到轻伤。港北警察局正着手调查该货运公司相关人士，查证事故是否为肇事货车维修不当所导致。

比起同集团中由自己负责接洽的希望汽车公司，井崎心中涌现的同情，更多是针对那位不幸罹难的主妇而来。她才三十三岁，和井崎的妻子香织同龄，而她那受到轻伤的长子贵史，也与井崎的独生子一宏年纪相仿。

如果遭到这种意外过世的是香织，独自留下的一宏和井崎，一定会被强烈的悲伤所打倒吧！那种内心的创伤或许一辈子都无法抹灭，更别说继续正常工作了。

这种令人心如刀割的悲剧，虽说是发生在与自己毫无关联的陌生家庭，但确实是发生了。

人生啊，真的是不知道会在何时何地发生什么事。

每当听闻这类猝死或意外事故的新闻时，井崎脑中总会浮现一则印象深刻的电视广告。

广告中，穿着西装貌似上班族的男子正走在一座巨大的撞球台上。男子看来似乎只是若无其事地在散步，但在他身边却不断地有许多撞球惊险地滚过。

没记错的话，那应该是某人寿保险公司的广告吧。广告中想要表现的是乍看平稳的生活之中，其实潜藏着许多意想不到的危险，也因此，井崎对这则广告留下了深刻的印象。

“我也得多注意才行啊。”

电车动了起来，井崎在心中这么告诫自己。虽然他也明白，有些事不是只靠注意就能避免的……

一方面感叹意外身亡的主妇与家属令人同情的厄运，另一方面，同属希望集团的职员，井崎脑中也很快浮现出这样的感想："话说回来，希望汽车还真是不走运啊！"当然，这也包括了他对于自己现在职务的感慨。

井崎隶属的营业总部所应对的客户都是大型企业，其中井崎直属的这个小组，由于肩负应对同一资本集团其他企业公司的责任，更是精英分子云集。

直到一年前，井崎都还以小组当中的一员而感到自豪。但现在却必须老实说，这份骄傲在开始接手希望汽车的业务之后，早已荡然无存。

和那些不断接手许多大规模计划，因此老是不分昼夜地辛勤工作的同仁正好相反，井崎负责的希望汽车所带给他的，一直都是些充满负能量的工作。

希望汽车业绩低迷，投入市场的新车销售成绩又无法提升，渐渐失去死忠客户。这些恶果所造成的下场就是资金不足，为了解决资金不足，他们只好来向银行申请追加融资。

虽说希望汽车是个上市公司，又和希望银行系出同门，但现在已经不再是银行愿意盲目给予融资的时代了。为了帮助这个业绩低迷的客户名正言顺取得融资，井崎必须花上许多心力。当然，为客户找出融资的正当理由，以博取银行上级许可，这不管怎么说都是井崎的职责，但以现在希望汽车的景况来说，实在不是件容易的事。更何况，希望汽车公司原本就存在的问题已是根深蒂固。

尽管希望汽车早在三十年前，就已经从日本首屈一指的大企业"希望重工"车辆部门独立出来，但经过了这么多年，他们却依然不改依赖老大哥的心态，总以母企业的一部门自居，充满了无谓的自尊与惰性。

这种心态导致他们一方面对银行态度傲慢，另一方面又从不去反省经营不振的原因。

面对银行时，他们自始至终只有一种态度，那就是："老子就是需要这么多钱，快拿出来吧！"他们仿佛傲慢地认定，同属一个企业集团的银行，给予融资是理所当然的。

"要不是同属一个企业集团，根本就没人会支持你们！"井崎不止一次地这么想。

但想归想，最后井崎还是不得不扭曲信用原则，为了帮他们获得融资而尽力奔走。

"银行可不是你们希望汽车的专属钱包啊！"

这才是井崎内心真正想说的话。身为第一线的银行职员，像希望汽车这种客户不啻是个烫手山芋。追究起来，或许错就错在三年前希望汽车发生重大弊端时，银行就不该出于莫名的同情而通过他们的融资申请吧！

这个错误的决定，使得希望汽车的首脑群在日后对银行融资彻底产生了误解，认为"就算经营出现危机，也还有银行会出钱"。

走到这般田地的公司，明明应该要抱定背水一战的决心着手改善经营策略，然而，希望汽车至今仍然是一蹶不振。究其原因，不正是因为如此傲慢的态度仍在那家公司里蔓延着吗？

希望集团的企业一向擅长企业之间的折冲斡旋，在面对个体消费者方面就显得较弱。过去该公司虽曾一度尝试夺回消费者的信赖，但因经营方针无法持久，结果很快又故态复萌，恢复原本高姿态的经营方式。

以这样的方式来卖车，行得通吗？

面对企业时，或许是可以端出“我们希望集团”的架子，但面对一般消费者，财阀的光环是不适用的。

井崎脑中思绪奔腾。

不过，这或许是集团全体的通病吧。毕竟，希望集团原本就是在明治时代以重工业起家后，一边带领日本产业发展，一边打下事业基础的财阀。由重工业、商社、银行这“三巨头”共同支撑起的企业群，在和对手企业折冲斡旋时尽管能够发挥压倒性的强势，但面对个体消费者时却起不了作用。

所谓“财阀的常识，往往和社会的常识背道而驰”。

在一般人眼里，财阀的经营逻辑只不过是种自私任性的想法罢了。

要如何填平这两者间天壤之别的差距，井崎自己是完全无法想象的。

事实上，以一般消费者为对象的希望电机等公司，就已完全甘于落居其他知名电器公司的下风，根本不打算脱离落后集团的地位。想必希望汽车也是一样的吧！

尽管从制造战车改为制造汽车，但或许，希望汽车制造出来的东西，只是徒有汽车的外皮而已，制造者的心态，始终未曾从制造战车的时代脱离……

通往绫濑的电车驶出车站后潜入地下，行至明治神宫站和表参道站时上来了许多换乘的乘客，使得车厢内渐渐变得拥挤起来。到达大手町约需十八分钟，希望银行总部就位于下车后再步行五分钟左右的地方。

一到公司，井崎马上打电话给希望汽车。

他的谈话对象是三浦成夫。三浦是希望汽车总公司财务部副科长级的人物，负责和银行接洽。

“我看到那起货车事故的报道了，对销售不会有影响吧？”

毕竟是负责和银行沟通的，三浦上班的时间也很早。三浦拥有的副科长头衔，和井崎的调查委员职称在地位上算是相当，只是三浦的年龄要比井崎大上十岁。

“哦，那件事啊？没问题的啦！反正原因是维修不当，对我们公司没有影响啦！”

三浦的口吻听起来相当轻松。

“原来如此，没影响就好……话说回来，我看报纸上的新闻照片，虽说是现场报道，但让事故车辆的车身商标被拍得那么清楚，这样未免不太妥当吧？”

“你说得没错，报社的确是太欠考虑了。不过我想，应该不会有读者光看这张照片就联想到那件事的啦。”

“那件事”，也就是三年前发生的隐瞒召回事件。那是希望汽车创立以来，不，应该说是希望集团有史以来所发生的最大的丑闻。

井崎撇了撇嘴角。

听三浦的语气，他已经把那件事视为尘封往事了吧！没错，想忘记不好的记忆是人之常情，可是，能决定隐瞒召回事件是否已属“过去”的是一般消费者，而非希望汽车。有过瑕疵的品牌形象想要恢复谈何容易，三浦未免太小看这件事的严重性了。不，或许不只是三浦，希望汽车大多数的员工都是抱持着这种轻率的看法吧，而这才是井崎最担心的事。

“如果真是这样就好，可是……”

“井崎先生，你未免操心过头了吧？”

似乎不满意井崎的回答，三浦的语气中带着点嘲讽。最后，他再次断言："总而言之，这件事不会对销售产生任何影响。"

接下来，两人谈话的内容一转，开始就今后资金需求的移转和其他银行的动向等各方面，交换彼此手头的情报。

说是其他银行的动向，其实以现在希望汽车业绩之低迷，根本不可能有其他银行主动表示愿意提供融资。当希望汽车进行债务重整与组织重组，并产生资金需求时，提供融资的主力银行还是希望银行。这是金融界的惯例，所以希望汽车看起来也没有与其他银行接触的打算。

"啊，还有一件事。我们公司的狩野最近应该会去拜访卷田专务，请代为转达！"

最后，三浦像是忽然想起似的提及了这件事。

"应该是要来告知中期计划的期中报告吧？"

"真不愧是井崎先生，你猜对了。"

三浦接着又开玩笑地说："还请手下留情哦！"

"我们才想这么说呢。"

井崎的回答一半是玩笑、一半是发自内心的由衷之言。

希望汽车的常务董事狩野威，是被视为下任社长热门候选人的有力人士。而希望银行的卷田三郎专务则是国内融资授信的最高负责人。去年，希望汽车着手进行公司重建计划时，为融资进行斡旋并最终使之过关的，正是这号人物。当时，卷田不仅整合了行内各方意见，也发挥了他对各分行的影响力，以八面玲珑的手腕贯彻协调路线，给了希望汽车很大的帮助。

卷田的决策究竟是好是坏，目前尚且无法断言，然而，让他做到这个地步的希望汽车重建计划是否能有实际的进展，这件事不仅对卷田，对整个东京希望银行而言都是极大的赌注。

“听说大概的内容了吗？”

井崎担心地问着，但三浦只是含糊其词地说：“关于这个，就交给狩野自己说明吧。”

业绩的期中报告不可能乐观——老实说，井崎也很明白，希望汽车的业绩根本就是糟糕到不行。

然而狩野是个狠角色，恐怕现在他已经将眼光放在本年度结算上了。业绩不好有业绩不好的办法，他一定是想取得金融机关的协助，同时向下修正业绩目标吧。从这点也可看出希望汽车高层不愿让公司股价继续下滑的考虑。

“是这样吗？那么，我们这边也会静心等待狩野常董的报告。”

放下话筒，井崎内心涌现出一股不祥的预感，不自觉皱起了眉头。

2

狩野威通过秘书询问卷田三郎合适的到访时间，是在井崎与三浦通话那天的下午。同一时间，井崎也接到副部长的通知，要他出席卷田与狩野的面谈。

“对方可能会提出新的融资要求，但看目前收到的期中报告，希望汽车今年的业绩实在是不怎么好看啊。”

副部长纪本孝道露出为难的表情，长长地叹了一口气。一直以来，东京希望银行所收到的希望汽车业绩报告数字都会随时呈报给纪本，所以他大致也能想象得出希望汽车现在的景况。

“一切当然要先等和对方谈过才能决定，不过看起来不太乐观啊。何况这是第二次了，根本就是放羊的小孩（不负责任）嘛。”

“我的想法和副部长一样。”

纪本口中的“第二次”，指的是希望汽车对业绩目标的向下修正。在今年年度过半时已经修正过一次了，这次如果再修正，那就是第二次。

这种事情若太过频繁，希望汽车将会被认定为草率设定业绩目标的公司，如此一来，往后就很难再得到信任了，而这也是纪本会说对方是“放羊的小孩”的缘故。

在商场上，对业绩的评估与预测，以及是否能达成计划目标，就和用支票付款一样，最重要的是能否真正兑现。更别说像希望汽车这种拥有许多一般投资者的上市公司，一举一动造成的利害影响范围相当大，当然更得要求确切按照计划执行。

约定的面谈时间是下午三点。狩野不但迟到了五分钟，还一脸悠闲地晃进专务办公室。

“哎呀，卷田专务！百忙之中打扰您啦，真是不好意思！”

外表潇洒的狩野乍看之下给人一种知性派的印象，但只要一开口说话，总会让井崎觉得他活像个乡下地方的政客。既然明白对方是在百忙之中抽空会面，那不要迟到不就好了吗？这个人永远言行不一致，而且对此完全不以为意。狩野这个人的个性，就是以为全天下的人都会无条件顺从他。

在希望汽车公司内部，似乎认为这是他出身上流社会的表现，但就井崎这个外人眼里看来，那只不过是温室里栽培出来、不知人间疾苦的公子哥儿习性罢了。

如果只看出身的话，狩野的家世背景的确很出色。

狩野的伯父是已经退休的前东京希望银行总裁狩野博重，而狩野的岳父过去曾担任希望重工专务一职，可说一家子都是希望集团的重要人物。如此显赫的出身，让狩野向来被称为希望集团的“王子”。

狩野坐上沙发后，也不征求旁人同意便径自抽起香烟，天南地北地闲聊了好一会儿，才终于切入正题。

“对了，我今天是特地来向您报告期中业绩的。”

卷田与副部长纪本隔着桌子与狩野对坐，井崎则按辈分，坐在最靠近门口的位子。终于切入正题了！听狩野这么一说，井崎握住钢笔的指尖，也不自觉地用力握紧了起来。

狩野身旁坐着希望汽车财务部的三浦，一直到刚才都像个装饰品的他，此时才拿出一份资料递上。

那份资料是截至本年度第三季，对照希望汽车的业绩预测与计划进度所做出的简单报告。

一看资料内容，井崎身边的纪本便情不自禁地发出一声呻吟。纪本会这样也无可厚非，毕竟就连井崎自己都差点惊呼出声了。

“这，和原本的计划差太多了吧。”

卷田专务说这话的口吻虽然平静，但从他紧皱的眉头，可以看出他内心真正的情绪。

“主要是关于 JET 的预估出了比较大的差错。该怎么说呢，消费者似乎难以理解这款新车的创新概念呢！”

JET 是希望汽车于本季新推出的策略性小型车款，以崭新的外形设计、追求更高燃油效率等特点，企图打造未来系车款的形象，但销售数字却大大不如原先的预期。

毕竟比起只能提高燃油效率的 JET，市面上已有的油电混合车不但能节省燃料，还打着节能环保的旗帜，因此消费大众给予油电混合车的评价更高。和其他竞争对手相比，希望汽车原本在节能这块领域的研究起步就比别人晚。既然如此，与其强调燃油效率，倒不如以其他概念为销售重点才是正确的做法，虽然现在说这些已经都太迟了。

“我们也不是没有努力，但现状就是不得不将目标营业额向下修正百分之二十五，这一点也请你们务必理解。”

“那么，改善业绩的具体方针应该已经拟定了吧？”

面对态度积极的卷田所提出的问题，狩野却是一派悠哉地说：

“因为新车的开发晚了别人一步嘛，所以本年度想提升业绩是不太可能了。我们打算明年提早新车款的上市日期，到下半年度应该就能看得出成绩了哟。还有，BAROQUE 也打算改款上市。”

BAROQUE 这款四轮驱动车，可以说是希望汽车的代名词。一提起希望汽车，大多数消费者脑中浮现的就是这款车，井崎也不例外。不过，就在上次小幅改款时，原本大量使用流线型的 BAROQUE，却因对消费者爱好的判断失误，导致了市场占有率的严重下滑。

改款后的 BAROQUE 有着厚重的挡泥板与颇具分量的车体，让人联想起 20 世纪 70 年代的美制卡车。或许设计者的本意是想向过去的美好时代致敬，但在当今消费者的眼中，它却成了品位低下的代名词。

策划那次 BAROQUE 改款的设计者，可能是想模仿曾拯救过克赖斯勒汽车的道奇车“Dodge Ram”吧。

然而，比起复古得近乎丑陋却大获成功的 Dodge Ram，BAROQUE 带给希望汽车的，却只是低迷的销售业绩，以及甚至只要消费者下单马上就可交车的窘境。

“已经两年了啊，希望这次的改款能让 BAROQUE 恢复往日的人气吧！”

一听卷田这么说，狩野脸上顿时失去笑容，语气严正地纠正：

“卷田专务，BAROQUE 还是一样受欢迎哦。只是不管做出多好的车子，也敌不过低迷的市场景况哪！”

井崎不禁认真地盯着如此说着的狩野，想知道他是否当真这么想。

市场整体差虽是事实，但其他竞争车厂照样能推出销售成绩出色的人气车款。

与其说是 BAROQUE 不受市场欢迎，不如说是庞大笨重的四轮驱动车已经跟不上时代了。现在的家庭房车概念，早已从过去的四门房车式轿车转移至休旅车或面包车。没有大幅改革的过时款，要产生足够的冲击性，并将已经转向面包车市场的消费者找回来，根本不太可能吧!

“竞争对手也一样吧，现在不管哪里都经营得很吃力啊。”狩野又说。

“原来如此。”卷田沉默了一会儿，才缓缓开口说道，“对了，横滨那起事故没问题吧？”

井崎抬起头瞥了一眼卷田专务，又望了望对面的三浦与狩野。

原本一直很悠哉的狩野脸上顿失笑容，露出苦涩的表情说：“嗯，算是没事吧。”

“事故？什么样的……”只有纪本不明就里地开口问道。

“你不知道横滨发生的那起车祸吗？脱落的轮胎撞上人行道上的一对母子，母亲当场死亡……”

“啊，是那件事啊！”纪本这么说了之后，狩野又迫不及待地补上一句：“肇事原因是货运公司的维修不当啦，对我们来说真是无妄之灾。”

“那么，这件事算是已经了结咯？”

卷田像是要再次确认似的询问着。

“是啊，和我们无关。”

不知为何，井崎心中涌现出一股不快的情绪。但他还没来得及找出这股情绪的缘由，狩野便闪躲似的说了句“接下来谈谈融资的事吧”，改变了会议的方向。

3

那天晚上，直到过了深夜十一点，井崎才忙完当天的工作。不过，总行营业部的业务毕竟是出了名的繁重，即使已经这么晚了，办公室里还留着不少加班的同事。

白天狩野与三浦的来访，又为井崎增添了不少负能量的工作。

希望汽车提出的是，两百亿日元的信用额度。意思是只要在这个额度内，他们想借多少钱都可以。

“能不能给我们这个信用额度呢？”

当狩野这么说时，井崎在内心暗自期待卷田能说出拒绝的话。“这恐怕有点困难吧……”就算是推托也好，若卷田能这样说的话，那就再好不过了。

若是业绩成长看好的公司当然没有任何问题，然而对象可是业绩低迷的希望汽车啊。即便并非毫无上限，但答应给他们一个能够随意融资的信用额度终归是不妥。

这样的信用额度对那些温室里长大的人来说，只不过是“有了这个就暂且可以喘口气”的数字罢了。

“我们非得提供这笔信用额度不可吗？”

当狩野等人回去之后，井崎站在卷田面前这么问。

“你想说什么？”

这时卷田的态度和面对狩野时截然不同，他摆出了上司的威势，以严厉的眼光望着井崎。

“我不认为应该提供给业绩如此低迷的公司这么高的信用额度。”

“正因为业绩低迷，所以才要提供。”卷田的理论是个几近自相矛盾的悖论，“只有这么做才足以强调本行支持客户的用心，也只有做到这个地步才有意义。”

这也要客户是扶得起的阿斗才有意义吧！井崎内心暗想。

但他忍住了将这句话脱口而出的冲动，不再对上司提出反驳。

反正说了也是白费唇舌。

眼前这个人，也一样是从温室中长大的。井崎愕然理解了这一点，和纪本一起回座位时，他连一句话也未说出口。

“我知道你心里怎么想，不过，既然专务都那么说了，你还是快点准备提案书照办吧。就是因为这件事接下来不好办，公司才会要你来负责。好好干哪！”

虽然纪本这么说着，并拍拍井崎的肩膀表示鼓励，井崎依然无法释怀，只是瞪着眼前用来制作提案书的资料。

每次一开始犹豫是否该给予融资时，井崎内心总会产生一个疑问，那就是：“所谓公司，到底是一个什么样的地方？”

该提供融资，还是该拒绝呢？

这道二选一的习题，就像哈姆雷特中的那句经典设问，经常困扰着井崎。

要是希望汽车的经营就此一蹶不振，那会发生什么事？

不仅将会有数万人直接失业，希望汽车的股东及相关人士也都会蒙受偌大损失。然而，就算希望汽车能够苟延残喘下来，这家公司的存在意义又在哪里？

抱持那种罔顾消费者心理的企业体制，这家公司究竟还有多少存在于社会上的价值？

若说企业的存在意义是在于为社会创造价值的话，以希望汽车所能提供的价值，还有必要继续存在于社会上吗？

在这天的面谈之中，狩野好几次将公司的股价总值挂在嘴上。

井崎虽然想反驳“股价并不代表一个公司的一切”，不过几度话到嘴边，都还是吞了回去。

希望汽车这家公司的招牌，早已信用扫地了。

股价真的那么重要的话，为了维持股价，经营者该做的并非请求银行支持，而是设法提升品牌形象吧！

在现今社会里，要想将商品销售出去的话，要么就是价格便宜，要么就是商品与其他产品有所区隔。

事到如今才想进军低价车市场已经来不及了，既然如此，希望汽车现在所能做的就只有培养自家商品的特殊性，借以和其他产品做区隔；也就是说，他们必须推出别人所没有的商品，才可能重获消费者“希望汽车果然不同，果然是值得信赖的品牌”的评价。

而要想达成这种区隔性，没有什么比良好的品牌形象更重要。

轻视真正重要的东西，光是满嘴股价又有什么用？连这点道理都不懂的公司，谈什么股价总值，别笑掉人大牙了！就是因为这样，井崎才会觉得自己被分配的这项任务只是在帮希望汽车擦屁股，一点意义都没有。

姑且不论狩野的想法是否能代表整个希望汽车，但身为高层经营者的他不去执行真正该做的事，只知一味要求结果，其浅薄无能可见一斑。或许他的确拥有被称为“王子”的显赫出身，不过对底下几万名员工而言，有这样的高层干部，还真是令人同情。

“干脆交给我来经营算了！”

就算是这样，也绝对比那些家伙强。

这次的融资申请案通过与否最后当然要看董事会裁决，而能否通过裁决最重要的关键，就是希望汽车的业绩目标。

可是别的不说，光看三浦这次带来的资料，从里面完全看不到任何确切的未来展望。

“照这份资料设想的话，的确是能达成获利，问题是……”

井崎一边搔着头，一边喃喃自语。资料里确实记载了可以达成获利的原因，那就是车子能够畅销，同时也有写着为此所订下的销售目标。

不过，最重要的一点却没有写在资料里。

那就是，为何车子能够畅销?

真的能这么顺利按照计划达成目标吗?

“这样是无法达成的。”井崎将内心的想法说出口，“这份计划，只是纸上谈兵……”

当然，井崎的想法只是出于自己的判断，说起来毫无根据，也无法提出数据证明。硬要说的话，就只能说是他身为银行职员的直觉罢了。

无论怎么想，他都想不出理由说服自己应该通过希望汽车的融资申请。

当晚十点过后，井崎的手机接到一通电话。那是来自大学时代的友人，榎本崇。

井崎离开营业部的办公楼层，走到走廊上重新回拨给榎本。

接电话的人粗鲁地讲了句“这里是《周刊潮流》”之后，才将电话转接给了榎本。

“哎呀，井崎！真是不好意思，这么晚了还打电话给你。”榎本用全然听不出在道歉的轻松语气说着，“不知道今天有没有时间见一面啊？”

“今天吗？”井崎看了看手表，皱起眉头，“我现在还在公司，走不开呢。”

“那明天之后，你能抽点时间出来吗？任何时段都可以，我有点事想请教你。”

“如果是关于银行内部的事，我是不可能透露的哦，现在上头对这种事抓得很紧，采访都需要通过公关室，否则闹出事情来，谁都担待不起。”

“不是那样的，别担心啦！如果我真的想打听银行内部的消息就不会找你了，多的是其他门路可以问。严格来说，这次我是想听听井崎你个人的意见。”

“我的意见？关于什么的？”

“这个嘛，还真一言难尽呢！电话里不方便说这么多，所以才希望你能抽空和我见个面。”

“很急吗？”

“可以的话，越快越好。”

说起来，井崎也没有理由拒绝。

“这样的话，明天傍晚左右我应该有空。三点到五点中间你方便吗？我想最多只能抽出一个小时，这样时间够吗？”

“很够、很够了。”

于是榎本留下自己的手机号，要井崎空出时间来就打给他，然后便挂上了电话。

4

到了约定碰面的地点，榎本已经等在那里了。那是位于大手町某栋大楼地下室的咖啡厅。

井崎离开东京都内的客户办公室时是下午三点多。他和榎本通上话后，便和对方约在这里碰面。

“抱歉抱歉，百忙之中还要你抽空出来。”

榎本连忙站起身迎接井崎。他那有些生疏客套的态度让井崎意识到，现在两人与其说是大学时代的友人，不如说是受访对象与采访编辑的关系。

“别客气。如何，最近好吗？”

上次与榎本见面都已经是一年前的事了。

“托你的福，还是一样忙。你呢？我听田沼说你调到总行营业部了。”

田沼是井崎与榎本共同的友人。

接过井崎递出的新名片，榎本盯着瞧了半天。

“你现在这部门，经手的客户都是哪些企业啊？”榎本这么问着。

“同一个集团内部的公司，还有其他的相关公司吧。”

“这样啊。”

榎本一边若有所思地点着头，一边将那张名片慎重地收进名片夹。接着，他开口问道：“都市银行的数量减少了，会影响你的业务吗？”

本以为这就是榎本今天要问的主题，但看他连笔记本都没打开，井崎就知道一定不只如此。

井崎在不泄露公司机密的范围内回答了几个问题后，榎本又询问了井崎一些关于最近金融新闻的感想。

就这样进行了将近二十分钟的经济会谈后，井崎开始按捺不住了。

“如果你只是想问这些老生常谈的话，应该有更多值得采访的对象吧？”

“别这么说嘛，井崎老师，你的解说对我来说很受用呢，非常值得参考。”

说完这句话，榎本沉默了几秒。

“其实今天耽搁您这段宝贵时间，是想特地请教井崎老师关于某件个案的意见。”

“个案？”

井崎正想着榎本这话听来似乎不单纯，就看到他终于摊开了手中的笔记本。

“没错，是件个案。”

“和我们银行有关系吗？”

“大概吧。”榎本身体向前探出，“接下来我在这里所说的话，希望你能替我保密。”

“怎么了，突然这么严肃？”

井崎虽然疑惑，但仍笑着想打哈哈。不过，当他听到榎本的下一句话时，脸上的笑容一下子僵住了。

“我们收到了来自希望汽车内部员工的告发。”

不知该做何反应，井崎只好凝视着榎本。

“据说该公司发生了隐瞒召回的事情。刚才，井崎你说你现在负责的是同一个集团内部的公司对吧？对于这件事，你有听见什么风声吗？”

“怎么可能，我什么都没听说啊！”

榎本以认真得不能再认真的表情直视井崎的双眼，似乎想借此判断他说的是否为实话。

“三年前，希望汽车已经因为隐瞒召回而得到一次惨痛教训了吧。当时他们的销售量急剧下降，濒临经营危机，都是靠希望银行的融资才得以渡过难关，但是受到余波影响，业绩仍然不见好转。”榎本继续问道，“说真的，希望汽车到底有没有着手改善公司内部的体制啊？我想知道这点。不，井崎，我想听听你的看法。”

这家伙一定早就知道了！井崎回望着榎本注视自己的眼睛，心里骤然涌现了这样的直觉。虽不知他是从何处得知的，但榎本铁定知道，井崎正是负责希望汽车融资申请案的调查委员。

“你所谓的内部告发，内容是怎样的？”井崎企图回避榎本的问题。

“那个还不能说，我只能说一旦那内容公布了，希望汽车也就完蛋了；毕竟，不管怎么说，人都已经死了。”

“你说什么？”

榎本最后这句话挑起了井崎的强烈反应，惊呼，“真的吗？”

果然是和横滨发生的母子死伤意外事故有关……他的脑海间骤然掠过这样一个念头。

“看来你真的什么都没听说。”

似乎读出井崎的心思，榎本这么说。

“是希望汽车的员工，向你们杂志社的编辑部告发的吗？”

"我们收到了员工的投书，里面花了很长的篇幅，罗列希望汽车的种种贪腐事实。说起来，这类投书我们编辑部经常收到，其中大半都是单纯的抱怨或捏造的黑函，只是这次恐怕并非空穴来风。它的内容相当具有冲击性，也很具有报道价值，同时，我们也和告发者本人见面确认过了。"

"你们打算报道出来吗？"

"只要找到决定性的证据，就打算这么做。"

"等等，榎本。能不能再保留一段时间？我也想着手调查，无论如何，能否请你先按兵不动，不要公开这件事？"

忖度了好一阵子之后，榎本才回答："也好，反正无论如何，这件事都还需要一段时间进行调查。"

"对我们编辑部来说，只要一掌握证据就会写出来。目前看来，告发者应该只有投书到我们这里，但如果不见反应，难保他不会去试别家杂志社。就我们的立场来说，绝不愿意把到手的新闻拱手让人。"

"你说需要一段时间，大概是多久？"井崎又问道。

"我们的搜证工作是很彻底的，所以直到掌握决定性证据之前，我都不会把它撰写出来。总而言之，我只会写能够让我信服的消息。你听好了，这件事你得保密，我也相信你不是那种会去和希望汽车打小报告的人。不过，万一我们察觉到希望汽车得知被内部告发一事并开始采取动作的话，那这篇报道就会毫不犹豫，马上被刊登出来。"

榎本说完之后，便伸出右手拿走账单，起身走向咖啡店柜台结账。面对强自压抑内心激动的情绪、从身后追上来的井崎，榎本最后说了这么一句：

"我不说丑话，只是奉劝你，如果可能的话，最好不要插手希望汽车的事，井崎。"

“如果对先前提出的资料有什么疑问的话，我都愿意洗耳恭听。”

和榎本会面的隔天，希望汽车财务部的三浦来到了公司。昨天一整天，井崎的脑中都不断思考着榎本说的那件事，却得不出任何结论。而此时来访的三浦坐在会客室里，完全不知道发生了这些事，还一副怡然自得的模样。

井崎还没有将内部告发这件事告诉任何人。话说回来，以目前得知的情报，就算他想呈报主管，也不知该从何说起。

“疑问是吗？”井崎叹了一口气，“我想问的是，贵公司的业绩进度真的是按照这个计划在推进吗？”

三浦当然听得出井崎话中夹带的讽刺意味，瞬间变了脸色：“你要追究这一点的话，那就没完没了了嘛！”看样子，井崎的话让他相当不满。

“计划这种东西，说到底就只是个计划而已啊，井崎老弟！”

听到这句话的瞬间，井崎几乎怀疑起自己的耳朵，三浦却无视井崎严厉的目光，仍旧摆出一张若无其事的脸。

“三浦先生，你该不会误以为只要有困难，我们银行就一定会伸出援手吧？我必须告诉你，你到现在为止一直抱持的这种想法，绝对是大错特错。”

眼前这位希望汽车的财务部副科长，突然呵呵地笑了起来。

“哟，上司不在，井崎老弟就放起狠话啦？”

“问我意见的话，不管谁在场，我的回答都一样。你知不知道，为了收拾上次支持你们融资的烂摊子，我们银行花费了多大的功夫？你们明知这一点，却还随随便便做出绝对无法达成的中期计划书，然后又轻易地向下修正目标数字，这样做像话吗？”

“这是你个人的意见，还是东京希望银行的意见呢？”

三浦一脸不在乎的强势表情，似乎说着“敢拒绝的话你就试试看啊”，卷田专务偏袒希望汽车的立场让他占了上风，因此他料定井崎根本无法改变上司的决定。

“前几天会面时，提到了横滨那件意外事故吧？”井崎唐突地转换话题，“你们说那是维修不当，实际上真的是这样吗？”

三浦露出“你这家伙在说什么”的表情，语气强硬地说着：“我们应该说过，那件事完全没有问题吧！”

“你能肯定不会再发生以前那种事吗？”

在井崎接二连三地询问之下，三浦副科长的脸上不禁浮现狐疑的表情。

“你到底想说什么？”

“我在问你，希望汽车该不会再次隐瞒召回事实吧？”

“井崎，你说这话是瞧不起希望汽车吗？”

面对抓狂的三浦，井崎语带深意地说道：“要知道，银行这种地方，时常会有各种情报汇集而来。当中有些固然不值一提，但有时也会听到一些足以影响企业兴废的消息。”

三浦转动着眼球，不知在思考些什么。

“虽然我完全不明白你想表达什么，不过倒是可以听听看。你就把话说得更具体一点吧！”

然而，井崎却在此时断然将话题告一段落。

“既然您已经断言绝对不会有隐瞒召回的事实，那这件事就没什么好说的了。那么，关于信用额度的事，请再稍候一段时间吧，敝行会进行审慎评估，再择日告知贵公司结果。”

从三浦的表情可以看出他不满的情绪。那表情仿佛写着：“择日告知？开什么玩笑！”

“我只再确认最后一件事。”三浦说，“井崎先生，你可曾认真想对敝公司的重建工作伸出援手？”

“那是当然。如果真能重建，我当然乐意协助。不过，不用我说您也该知道，案件一旦进入审查阶段，就不能预设提案书会有怎样的结果。如果经过本行审慎评估之后，确信贵公司毫无疑问具备重建的能力，那么得出的，自然就会是协助融资的结论。”

三浦只停顿了一下，便冷冷地说：“井崎老弟，你还年轻，分不出理想和现实的不同，不过，我想总有一天你一定会明白的。或许我不该多嘴，不过我奉劝你，最好揣摩一下卷田专务的想法，早点将这件事做个了结，这也是为了你自己好。”

看着眼前这个可说是财阀弊害活生生写照的男人，井崎皱着眉头，目送对方走向电梯。

真是个让人极端厌恶的家伙。

“喂，你和三浦副科长说了什么吗？刚才我在电梯那边跟他擦身而过，他看起来不是很高兴呢？”

井崎才刚回到座位，因公外出的纪本也正好回到公司。他一边看着门口，一边开口问着。

“是上次那件事吗？”

“我说还需要一点时间，他似乎不太满意。”

“我说你啊！”纪本双手叉腰，低头看着井崎说，“慎重当然是好事，但尽快将案件完结也是一种做事方式啊。再怎么说，这个案件继续压在你手上的话，就没办法往下进行了吧。”

“其中的问题多如牛毛啊！”井崎心一横，继续说了下去，“就我的拙见，实在不应该让这个案子通过，而我也无意送出提案书。”

“你说什么？”纪本愕然无语，只是定定地望着井崎，“你是认真的吗，井崎？”

两人改变交谈场所、走进办公楼层的会客室后，井崎开口阐述自己的想法。

“首先，今年都还没过完，这就已经是第二次向下修正业绩目标了，这样的公司在信用上已经不值一文。再说，过去本行早已对他们进行了充分过了头的融资支持，以希望汽车的现状，继续对他们予以支持，恐怕会引起金融厅[1]的注意。”

“你这样说当然没有错。”纪本一脸苦涩地认同井崎所言，“不过别忘了，专务已允诺会给予支持了啊！”

“专务的想法太守旧了。”井崎断然地说，“现在已经不是那种无条件支持同集团企业的时代了，副部长您不也这么想吗？东京希望银行又不是卷田专务一个人的。”

“注意你的用词，井崎。”纪本表情凝重地提出警告，但也陷入了沉思。

井崎跟着纪本做事很久了，这位优秀的副部长现在正想些什么，井崎也很清楚。纪本的政治嗅觉是很灵敏的，也因此，他虽然看似对卷田应允希望汽车增加信贷额度一事抱持积极支持的态度，但事实上，这只是表面的做法而已。

“我们就打开天窗说亮话吧，副部长。在现阶段提供希望汽车两百亿日元的信用额度，怎么说都太超过了不是吗？”

1　日本政府机关。主要职责是维护金融体系稳定、为金融参与者提供保障与服务、维护市场公正透明等。

纪本没有马上回答，而是露出了沉思该如何回答的表情。一阵沉吟之后，他终于放弃似的大叹一口气说道："你和我，终归都是正统派的银行职员哪！"

"我也是这么认为的。"井崎微微一笑，下定决心继续说，"其实，还有一件事。"

接着，他便将榎本那里听来，关于《周刊潮流》的消息告诉了纪本。作为不打算提出提案书的前提，和副部长分享手头情报是绝对的必要条件，否则将无法取得副部长的理解。

听了井崎的报告，纪本的表情显露出前所未有的严肃。

"那三浦怎么说？"

"他是说绝无隐瞒召回一事。不过我也没告诉他有内部告发的事。"

"万一内部告发的事被公开了，又会如何？"

纪本这句话与其说是问井崎，倒不如说是问自己。

"如果隐瞒召回真的是引起死亡事故的原因，这次希望汽车一定会失去仅存的社会信用。别的不说，销售铁定会掉几成，到那时候，就不是下修业绩数字能解决的了。说严重点，这个问题关系着希望汽车的存亡与否。"

虽然露出茫然的表情，纪本总算点头认同了井崎的话。尽管室内冷气开得很足，他还是从裤子后袋里掏出手帕，按压着额头上不断渗出的汗水。

"我想所谓的死亡事故，或许就是发生在横滨的那件事。"

纪本擦汗的手戛然而止，神色僵硬地转过脸来。

"你说什么？"

"不但隐瞒召回事实，还因此造成母子死伤的惨剧。如此一来，还有谁愿意相信希望汽车呢？就算现在我们借出两百亿日元的支持，也只不过是杯水车薪。还不只是这样，本行借给希望汽车，包含过去的出资额总共是三千亿日元，很有可能这些将全部化为不良债权，难以回收。”

纪本的表情更加凝重了。

“井崎，你可否再次向那位编辑确认内部告发一事的真伪？”

“我可以问他，但不保证他会不会对我吐露实情。”

“想办法撬开他的嘴就对了！”纪本激动得口沫横飞，“我们得靠自己把这件事先弄清楚。提案书的事可以之后再说，不过时间不多了，要快！”

井崎没想到，竟然一开口就碰壁。

“就算对象是你，这要求也太无理取闹了吧。”

从榎本那里，什么都探听不出来。

当天晚上过了十点，井崎终于和榎本取得联系。听他的声音，似乎早已料到井崎会打电话来了。一派悠哉地听完井崎的要求后，榎本立刻斩钉截铁地这样回应。但井崎仍不死心，继续追问着：

“那这么办好了，内部告发的真相我来帮你查，这样应该会比你自己查还要快吧！调查结果我绝对会告诉你，如果你要写成报道，我也不阻止你。”

“不行。一旦决定要写成报道，就一定得亲自搜证才可以，光靠从你那里得来的二手信息，如何取信于读者？你是不是太小看周刊杂志啦？身为记者是不可能这么随便就完成一篇报道的，要报道一条内幕，一定要先经过采访，掌握经得起考验的相关证据才行。不这么做，万一希望汽车提出诉讼怎么办？到了法庭上总不能说，我的报道内容都是听你转述的吧？”

榎本说得的确没错。

“我老实告诉你，希望汽车做的事相当有问题。你知道为什么我会找上你吗？那是因为你们是希望汽车的主要往来银行，而你又是希望汽车业务的负责人，我想确认你对这起弊案是否知情。不过，看来你应该是清白的，只要看你的神情就知道了。既然如此，更可断言希望汽车连属于同一集团的主要往来银行也一并欺瞒了，并且正在犯下与三年前相同的过失！”

榎本顿了一顿，才又对井崎提出警告，“既然你一无所知，那就不要去探究比较好。井崎，我是为你好。”

“我办不到。”井崎从喉咙里勉强挤出一丝声音。

“你说什么？”

“你才是太小看银行职员了吧？你听好，不管有什么理由，一旦得知客户有可能出现重大问题，我就不可能当作自己不知情。我们银行职员，对于坏消息如果真能不知道，那是再好不过了；但一旦知道了，从那一刻起就背负了责任。这就是银行职员的工作啊！而今天我必须如此，都是你造成的，榎本。”

井崎越说越生气，声音也激动了起来。

“那还真是令人同情哟。不过，我也得提醒你，选择从事这份工作的人是你自己。还有，连客户都已经遭到被内部告发了，你们都无法看破，还傻乎乎地继续融资给对方，东京希望银行也真是够颟顸了呢！不好意思，我还有事要忙，先挂电话咯。”

榎本丢下这句话后，不等井崎回话便挂上了电话。

可恶！

井崎用力摔下话筒，气愤得双手抱胸陷入沉思。

虽然不甘心，但榎本说的字字句句都是那么正确。没错，如果真是那么重要的客户，就更该细心注意他们内部的动向。之所以做不到这一点，是因为银行的工作向来只偏向与客户的财务或会计部门联系，甚少接触企业核心部分。

“我去一下图书室。”

对组员这么交代过后，井崎便前往公司的地下图书室，打算查阅有关希望汽车三年前的弊案资料。

图书室里的资料数量虽然非常庞大，但在专人整理下井然有序，想要的资料也轻易就找到了。

抱着那批资料返回座位后，井崎便埋头研读了起来。

根据资料内容，希望汽车生产的货车被发现有决定性的缺陷，是在三年前的八月。而他们不但隐瞒了本该施行召回的事实，还暗地里持续进行评估的窜改。

当时这起名门车厂的弊案震惊了社会，媒体也广为报道，致使希望汽车在市场上的信用度大幅滑落。受到事件的影响，车辆的销售数字大幅减少，当时的社长田岛岩夫更为此下台；现任的社长冈本平四郎，就是在那个时候紧急走马上任的。

冈本早年活跃于技术层面，耕耘多年之后才当上董事，一直到弊案发生临危上任之前，他都没有受到太大的注意。他属于那种调整型性格的领导人，而非具有强烈领袖风格的CEO。如果不是发生了那场弊案，他大概也没机会坐上社长的宝座，最后应该会在某家关系企业里一直干到老吧！

当时有关本案的新闻报道剪报，用了好几个档案夹保管着，然而，其中记述的多半是冈本针对这起丑闻发出的诸如“致力于恢复公司信用”“再度检讨公司内部检查体制”“与过去歪风诀别”之类的陈腐言辞。

不过，就在这时，其中一小段记述吸引了井崎的目光。

“本公司除了聘请外部律师设置事故调查委员会之外，公司内部也将设立伦理委员会，由质量保证部长狩野威就任委员长，重新检视社内的监督体制。”

“是那个狩野常务董事？”

脑海中浮现狩野毫无危机意识的表情，井崎骤然感到一阵嫌恶，皱起了眉头。

希望汽车那种得过且过的风气正是由狩野这种人一手造成的，找他来主导伦理委员会究竟有没有效果，井崎虽然不得而知，但至少现在希望汽车上下一贯的态度还是依然故我。井崎甚至听说，应酬时若同时邀请科长和副科长出席同一场合，做科长的还会刻意刁难，这样的传闻到现在仍然层出不穷。

希望汽车原本是由希望集团的核心企业——希望重工的汽车部门独立出来创设的公司，或许就是因为承袭了希望重工心高气傲的“传统”，所以才会如此毫无底线，却又自以为是地怀抱着“我们是精英分子”的态度吧！

追根究底，希望重工本身就是个自以为是的大本营。每逢希望集团召集各企业召开集团大会时，会议的主席大抵都由重工的人来担任。在会议上，他们往往会称呼东京希望银行的出席者为“你们银行”，希望商社的出席者为“你们商社”，希望纤维则为“你们纤维”，但相对地提到自己公司时却不是“我们重工”，而是趾高气扬地自称“我们希望”。这意思其实就是说：“我们希望重工的地位，在集团中才是最正统的。”把这个称呼看得比什么都重要这一点，事实上正显露了这个集团的病根。

结果，希望集团留给希望汽车的，充其量只有这种令人不愉快到极点的所谓“传统”，而在这传统之下培养出来的，则是资本主义中的共产主义。说得更清楚一点，就是在资本的温室下，养出了不管做出什么事，都不必担心没饭吃的公务员心态。

或许，井崎想做的就是去掀开这座温室的屋顶，让世间的冷风吹进去吧！他想知道，届时像狩野或三浦这种从温室里培养出的人，究竟会有何反应。

尽管只是想象，仍不难想见他们届时会展现出怎样的丑态。一思及此，井崎不由得再次皱起了眉。

第四章　把轮毂还来！

1

赤松德郎再次打电话给经销商益田的那个早上，天气一扫前日冷雨的阴霾，是个难得的大晴天。

从窗口带着闪闪发光的细微粒子，映入办公室的刺眼阳光，让赤松眯起了眼睛。“如果我的心情也能像这天气一样晴朗该多好啊！”他暗自叹息着这么想。

如果要用天气来比喻赤松的心情，现在大概就是地震过后绵绵不断的漫长雨季吧，阳光完全没有丝毫露脸的迹象。

“哎呀，是赤松社长！前几天辛苦您了，也真的是很抱歉！”

赤松还什么都没说，益田就连忙开口道歉。他当然是为希望汽车恶劣的态度而代为道歉，但这语气也未免太轻浮了些。赤松向来认为轻易显露卑微态度的人不值得信任，现在也一边握着话筒，一边露出厌恶的表情，轻咳了几声。不过，话又说回来，前几天在希望汽车时，面对那些傲慢官僚员工的益田神情之狼狈，甚至已经超越了卑微，达到一种令人不禁油然而生同情之心的地步。

“那天的事就算了，反正也不是你的问题。先别管那个了，今天我是有件事想拜托你。”

“拜托我？不晓得是什么贵事呢？”

益田操着微妙的敬语回答。

“是关于我公司那辆事故车的事。最关键的部分，也就是损坏的零件，我想要取回来，可以吗？”

“啥？”益田不由得惊呼失声，“您说什么？”

“我说了，我想拿回那样零件。”

这个笨蛋听不懂人话吗？赤松这么想着，又重复说了一次。

“您是说零件吗？”

“是啊。”

赤松不耐烦了起来，语气中也流露出足以震慑对方的杀气。敏感的益田应该是察觉到这一点，果然畏缩地说着：

“我、我明白了。那就由我来向希望汽车那边确认一下吧。可以给我一点时间吗？”

“一点时间是多久？只不过是要他们把零件还给我，为了这点小事不可能花上两三天吧？”

“这我当然知道。”

“那就拜托你了。”

挂上电话后，赤松重重叹了一口气。

从希望汽车取回零件的目的是，要将零件送到别的研究机构重新检验。前几天在公司内部会议上，谷山提出的意见无异于当头棒喝，狠狠敲醒了赤松——希望汽车制造的车，肇事原因未必一定要由希望汽车来鉴定。

的确是这样，没有错。

明明有可能是希望汽车本身车辆性能的问题，竟然还委托当事者希望汽车来进行事故原因的鉴定，警方也真是莫名其妙。

不但不去考虑发生事故的所有可能性，还一口咬定原因是赤松货运的维修不当。港北警察局的高幡和吉田这两个刑警，也是令人相当火大。

不过，只要再稍微忍耐一下就行了。

等到取回零件，一定就能查出足以反驳他们的证据吧！

“社长，十一点拜访东京希望银行的事，时间已经跟对方敲定了。”

宫代的声音让赤松回过神来，低低地应了一声“好”。进展状况一直暧昧不明的，除了鉴定之外还有银行事务，此时该是赤松跑一趟银行、关心融资状况并强烈表达敦促之意的时候了。

这次的拜访非常重要，绝对不容许有任何差错。这不仅是为了保护自己的妻子和三个稚子，也是为了守护员工和他们的家人。

赤松按照约定时间到了东京希望银行，不过对方却以“正在打电话”为由拖延了将近五分钟，然后负责接洽的小茂田才走出来。

“是关于融资那件事吗？”小茂田一上来就摆出一副为难的面孔，“老实说，这恐怕有点困难呢，毕竟我们银行也是有各种考虑的……”

“融资困难的原因，果然还是因为那起事故吗？”赤松问道。

“是啊，勉强要说的话，的确如此。”

看着小茂田难以言喻的复杂表情，赤松一如往常地，在内心里涌现起对于这些银行职员全然无法理解的思绪。业绩一帆风顺时，他们往往仅以客套而浮泛的态度应对；然而一旦遇到这种情形时，却又展现出一副深思熟虑的模样。这种时候，银行职员心里究竟想些什么，又会采取什么样的行动，赤松完全猜不透。

“为什么那起事故会造成融资困难呢？有嫌疑并不代表一定有犯罪事实，这应该是一般常识吧？虽然我的公司遭到警方搜查，但那只是他们一厢情愿的误解罢了。”

“话虽如此，但您的意见也只是片面之词，没有确定的证据证明，不是吗？上次我也跟您提过了，我们银行必须思考的还有合规的层面。”

赤松不禁怒从中来。

“银行从什么时候开始变成法庭了？我不是还好端端站在你面前

吗？如果敝公司真有犯罪事实，我应该早就被逮捕了吧？”

“可是如果您真是清白的，一般来说，警方也不会进入公司搜查吧？”

小茂田所说的每一句话，听起来都是那么刺耳。

“我说啊，小茂田先生，这次的事件敝公司也算是受害者，结果你们银行却宁愿不相信自己的客户，而选择相信警方的马虎搜查吗？”

面对语气激动的赤松，小茂田望向他的眼神仿佛写着“真是难以置信的家伙”。

“话不是这么说的吧，赤松社长。我不认为警方会马马虎虎展开搜查。”小茂田脸上浮现出令人作呕的微笑说道，“就一般常识而言，都已经遭到警方搜查的公司却还坚称没有过失行为，这才是叫人难以置信吧！”

“谁在跟你讨论什么常识不常识的，这根本不是法治国家的银行该有的想法！”赤松愤怒得几乎要七窍生烟，“只有嫌疑没有证据的话，是不能够处罚的吧！”

“银行可是不一样的哦。只要有嫌疑，就无法提供融资。”

小茂田无情的回答令赤松顿失言语，只能恶狠狠地怒视着他。

“你知道自己在说什么吗？”好不容易赤松才开口说道，“没有这三千万，我们公司将会走投无路啊，你懂吗？”

“走投无路？”抬起头来的小茂田，脸上的表情仿佛写着“那又如何”。

“赤松社长，看来您似乎误解了什么哪！走投无路与否，那是贵公司自身的问题吧？银行所要做的，只是判断提不提供这笔融资而已。”

“你们这么做，和地下钱庄又有什么两样！”

正当赤松大发雷霆时，门口突然传来了一阵敲门声。伴随着一声“社长，您来啦”，探进头来的是分行长田坂茂。

“真不好意思啊，这次无法达成您的期望。”

“请等一下！”听田坂茂的语气，融资的事竟似已拍板定案。赤松不禁颤抖着声音说，“这件事已经确定了吗？审查结果究竟怎么样了？我完全没有接到你们的审查中间报告啊！”

“啊，是这样的吗？”田坂斜眼看了部下小茂田一眼，表情却并非责难，“不过就现在的状况看来，我也只能说爱莫能助了。”

“理由是什么？敝公司经营既非赤字，我自认为业绩也还有发展空间。”

“就一如我刚才所说……”小茂田从旁插嘴说道。

“我不是问你！”

赤松毫不留情地一吼，注视着田坂茂那张细长的马脸。担任分行长的田坂茂年近五十，在银行界打滚许久的他想必见多了这类大风大浪，此刻完全不为所动。

“其实我们银行内部也为这件事讨论许多次了，然而以现状来看，贵公司毕竟已经遭到警方的搜查，老实说，以我们的判断，对于贵公司将来的发展，实在无法抱持乐观态度。这就是拒绝融资的理由。”

“请你等一下，分行长！”赤松挺直身体、极力陈诉，“敝公司和贵行往来这么久了，至今我曾有过任何欺瞒贵行的行为吗？每一次借款时的还款，可曾有过任何拖延？至于利息部分，也都是在到期日前一分不差地缴清，不是吗？当贵行来拜托我们帮忙提升业绩时，我们不但尽力配合存入一定金额，成立电子银行和网络银行时，我们也都乐于加入契约；我甚至连你们银行的股票都买了，银行业务员说希望我帮忙买投资信托基金，我也不顾损益地帮忙了啊！那时候，贵行的人是怎么说的？‘经营有点困难，能不能请您帮帮忙？’你们应该就是这样说的吧！既然我都尽心尽力协助贵行了，难道对贵行来说，这些信用的累积，此刻全都不值一提了吗？”

即使如此，田坂依然面不改色。

“既然您要这么说的话，那就请您将投资信托基金解约吧，我们无所谓。”

“你别太过分了！”至此，赤松的怒气已完全爆发，“做人不是这么说话的吧，分行长！自己有难时尽是求助于人，当别人有难时却袖手旁观。这就是你们银行的经营之道吗？”

“赤松社长，我看您似乎弄错一件事了。”田坂的语气相当不悦，“您说的那些和这件事根本就不该相提并论。融资不是您想象中这么简单的！”

“我想说的只是，贵行宁可相信警方错误的侦办方向，也不愿相信长年与贵行往来、值得信赖的敝公司，这根本上就令人难以理解！”

“站在我们的立场必须考虑合……”

“不要再跟我提什么狗屁的合规了！”赤松愤而大吼，“我倒是想要请教，敝公司现在哪里已经被认定是犯罪企业了呢？只不过是警方进入敝公司搜查，就说因此无法给予融资，贵行是否反应过度了呢！万一我真的被逮捕，就算卖掉自己家的房子，我都一定会将贵行的融资金额全数奉还的！”

“您这么说就不对了，赤松社长。问题不是这样子的嘛！”田坂这么说着，毫不掩饰脸上的不耐烦，“只不过是依本行的判断，目前稍微有点融资上的难处而已嘛。”

“有什么难处！”

“这是本行综合性的评估判断结果，也只能请您多多体谅了，社长。”

语毕，田坂瞧了一眼时钟便站起身来。“不好意思社长，我还有事，那就先告退了。”

“你等一下！”赤松不愿就此放弃，“能不能再评估一次看看呢？贵行是敝公司唯一有往来的银行呀！”

“这一点我很明白，但并不是本行强迫贵公司只能与单一银行往来的吧？”

这冷漠的言辞令赤松愕然失声。不再理会赤松，田坂很快离开了会客室。

“那么，事情就是这样。”

有什么样的分行长，就会教出什么样的部下。眼见小茂田也起身打算离开，赤松再次出声拦阻：“等等！你们现在所做的事，等于是对一个公司见死不救。公司这种地方，是由人所组成的。每个员工都有家人，也有小孩。只为了你们银行对外的面子，为了那么自私的理由，这些人都会被牺牲掉。你明白吗？”

小茂田用不带感情的眼神望着赤松，只留下一句“那还真是抱歉”，便关上会客室的门离开了。

2

“泽田科长，那个叫赤松的货运公司老板又来了。”

在被野坂纠正的隔天，部下北村皱着眉头前来报告。

从手中正在检阅的资料中抬起头的泽田，用没好气的眼神望向眼前这个体脂率肯定超过百分之三十的部下。

“这次他又说了什么？”

“说要我们把坏掉的零件还他。”

“要我们归还零件？”

泽田合上笔记本电脑，让计算机进入休眠状态，然后开口问北村，“他是直接来找你谈的吗？”

“不，是通过经销那边的负责人益田来说的。虽然我完全搞不懂对方这么做的意图何在，不过就算取回已经损坏的零件也不能怎样，只能说完全是想恶整我们吧！”

相对一脸不胜其烦说着的北村，泽田则双手抱胸，思考了起来。

不对。赤松货运原本一直要求的是重新调查。既然如此，来要回零件，一定有他的原因，而那原因不用说，绝对是想自行重新展开调查。

“话说回来，那零件真的在我们公司里吗？”

“谁知道呢，这得问质保部才知道。”

“那就去问问看如何？”

对于泽田的反应，北村似乎感到相当意外。

“难道您不打算拒绝赤松吗？”

也难怪北村会这么问。一直以来，泽田对赤松货运提出的重新调查要求，都是理所当然地一口回绝，也丝毫不把这家小公司放在眼里；然而，现在他却为了一个零件，要大费周章地跑到其他部门查询，前后态度未免也相差太多。这一点泽田自己也很清楚。

不过，这件事至此早已不可同日而语了。

泽田无论如何都想知道质量保证部拼命想隐藏的轮胎事故真相。

虽然代理部长语重心长地要泽田“忘了这件事”，而泽田当场也只能回以“明白了”，但是又怎么可能忘得了呢！

对于在野坂代理部长的叮嘱之下，无法继续追查质量保证部的泽田而言，眼前赤松货运提出的这个新的要求，无异于提供了一个让他重新展开调查的契机。

这是个好机会。虽然最初泽田只是怀着想挫挫质量保证部锐气的私心，但现在除此之外更增添了几许危机意识，于是他所表现出的态度就变得更加神经质了。

“说起来，有件事情让我蛮在意的。”泽田这么对部下指示着，“总之，你先去质量保证部弄清楚零件是不是在那里。先知道这点，才能决定如何应对赤松货运的要求。”

“是，我这就去。”

目送一脸难以理解表情的北村回到座位后，泽田马上拿起电话拨给小牧。

“关于上次那件事……”

“什么嘛，我还以为你早忘了呢！”

电话那头的小牧嬉皮笑脸，泽田却笑不出来。

“造成母子伤亡事故的货运公司，要求我们归还损坏的零件。”

“零件？”小牧压低了声音询问。

“我已经派人去问质保了，不过我想事情比想象中的还要棘手哦。对方的态度相当执拗。”

“难道，你打算把那个零件还回去吗？”小牧低沉的嗓音里，掺杂着好奇心与恐惧感。

“不。”泽田回答，“何必搬砖头砸自己的脚呢！”

“我想也是。”小牧也像是松了一口气般，继续说道，“只要能让室井受到教训就好了吧。”

“你不认为我们公司内部的权力结构，在平衡上出了点问题吗？”泽田说着，“说起来事态会演变成这么严重，原因就出在这里。我觉得这次的事件，或许能够好好利用来整顿一下现在这腐败的结构。”

“有意思。”可以想见小牧在电话那头一副摩拳擦掌的模样，“一方面匡正不公，另一方面还能打击自己看不顺眼的家伙。你这想法不错哟，我看你说不定是当社长的材料呢！不过，你可得干得漂亮点啊。”

“干得漂亮”，换句话说，就是在政治手段上干得干净利落。在希望汽车这一充斥官僚腐败气息的组织之中，能够控制整个组织方向的人，必须是很懂得如何保持权力结构平衡的人。前几天一时冲动跑到质保兴师问罪，算是犯了一点程序上的错误，不过也算是学到一个好的教训，让泽田更懂公司内部的游戏规则了。

“就交给我吧。”

放下电话，泽田一边等待北村回复，一边在脑中筹划起他的作战策略。

一待北村放下打到质保询问的电话，泽田便马上问他：“结果如何？”北村的回答则是“质保说会再回复”。

看样子，对方应该是不会轻易做出回复了。不过泽田知道这个问题，已经直捣事件的核心。

如果质保真有心虚之处，一定会将这个零件作为证据牢牢抓住。这么重要的东西，想必他们是不会轻易交出来的。

那么，就让我看看室井会如何接招吧！

真是令人期待啊，今后的发展。

3

回到自己办公室的赤松将身体重重甩进椅子里，闭上眼睛。

银行的态度令人火大；然而，更令人生气的是，自己对此毫无反击的能力。

全身无力，就像是被人丢进了黑暗的深海里一般。失魂落魄地离开银行之后，赤松感觉精神受到了严重的打击。如果将身上沉重的压力具象化，呈现出的肯定是一块张牙舞爪的鬼瓦[1]吧！

三千万啊。无论如何都要想办法筹出这三千万。

从刚才开始，赤松脑海里就只剩了这个念头不断盘旋着。万一筹不出三千万，公司会就这么倒闭吗？还是说，即使筹出了这笔钱，也依然无法挽回公司呢？渐渐地，他的内心越来越茫然不安，连眼前该做什么都不知道了，也没有力气去想。

“社长，社长……”

微微睁开眼，只见宫代专务一脸担心地站在办公桌前，“社长，我们谈谈吧。”

赤松默默点头，两人一起走进办公室后方的小会议室并关上门。

“让我抽根烟。”赤松这么说着，接过宫代为他点着的烟，目光追随着吐出后随着空调的风袅袅环绕的烟雾。

“东京希望银行那边不行了，是吗？”

赤松发出沉重的叹息。

“说是因为那场事故的关系。”

听完赤松的叙述后，宫代嘀咕着：“这实在是太过分了。”

1　日式屋脊两端装饰用的大瓦，多半雕刻成狰狞可怖的鬼面。

“可是宫老啊，说真的，我开始觉得，就算借到三千万又能怎样……”赤松终于忍不住说出丧气话。

“再说，失去相模机械这个大客户的损失也还没补上……”

“这方面鸟井已经在努力了。”

“但还看不出成绩啊。”

赤松想着鸟井目前为止的业绩。鸟井虽然挂着业务部长的头衔，但还无法完全独当一面；事实上，目前一肩扛起赤松货运业务责任的不是别人，正是赤松自己。如果赤松真因事故身陷囹圄，公司的业绩将会陷入比现在更糟的苦境，甚至因此落入无法挣脱的恶性循环之中。

然而，赤松自己也已经眼看就要撑不下去了。

“你说我该如何是好，宫老？”

“这个嘛……”宫代露出严肃的表情沉吟着。

赤松知道宫代想说什么。“如果是老社长遇到这种情形的话……”

这也是赤松内心不时浮现的想法。如果是父亲的话，他会怎么做？

从小到大，赤松从未听过父亲说出一句丧气话，他总是坚定地守护着家人与员工。对多年来追随父亲奋斗的宫代而言，现在的赤松充其量只是第二代，或许在他眼中看来，还是个靠不住的社长吧！

“这家公司已经走过将近五十年的历史，快要半个世纪了呢。”宫代望着赤松，突然这么轻声说了起来，“这段漫长的岁月中，当然不是一路顺利走来的哟，社长。在老社长的时候也经历过很多风风雨雨，甚至曾有好几次濒临破产的危机。”

“真的吗，宫老？”

宫代眼神凝望着远处继续说着。

“虽然我不记得是什么时候的事了，不过有一次，到了该付钱给厂商的前一天，银行还迟迟不肯答应融资。对了，那时候的金额也差不多是三千万。那应该是社长您还在就读中学的时候发生的事情吧！”

“那么，当时是怎么解决的呢？”

宫代似乎回忆起什么往事，轻声笑了起来。

“老社长做的第一件事，居然是跑去和银行断绝往来，还大骂对方，要他们别瞧不起人。”

“那，钱的事又怎么解决？”

“当时他根本没想那么多，老社长的个性就是这样。他的原则就是绝不原谅做事不讲道理的人。他始终把这个原则放在优先地位，个性可顽固了呢！”

“没错，爸的确是这样的人。”

宫代也怀念地笑了起来。

赤松的父亲寿郎，是个骨气十足的男子汉。身为宇都宫乡下农家的次子，他没有继承家业的压力，顺利从大学里毕了业。也当过一阵子上班族，但很快就察觉自己不适合公司的环境而辞职，最终自行创业投身于货运界。从某些角度来看，的确是个与众不同的人。

听说打从大学时代起，寿郎便是个性格磊落不羁、情感丰富容易落泪的人。赤松就是看着这么一位人情味十足的父亲背影成长起来的。

一旦见人有难，绝对要拔刀相助。拜父亲如此教导所赐，赤松家的教育方针一向都主张，用功读书那是次等重要的事，在那之前最重要的是不可以带给别人困扰，并且一定要珍惜朋友。“父母不可能永远在你身边，所以遇到困难时能依靠的就只有朋友了。你要结交许多朋友，并且好好珍惜对方。”这是寿郎最常挂在嘴上的话。他自己也是靠着良好的人际关系，才能顺利地经营着赤松货运。

相信他人，为人尽善。但话说回来，只要遭到背叛，一定马上翻脸，毫不留情。

“我记得当时，老社长是靠跟地下钱庄借钱渡过难关的。”

“真是令人难以置信。”

赤松继任社长时，父亲千叮咛万交代的就是“绝对不可向地下钱庄借钱”。或许父亲真正想告诉赤松的是，“不要让公司沦落到需要向地下钱庄借钱的窘境”也说不定吧！

“总而言之，赤松货运五十年来的经营都是如履薄冰，不止一次两次面临危机。可是啊，最后终究都渡过了难关。”

“公司居然曾经面对过这样的困局，我完全没听说呢！”

在家中的父亲虽然总是非常威严，但对孩子们却很温柔。一定是因为就算公司经营得很辛苦，他也不愿轻易让自己的困苦感染到家人吧！

“就连对我们这些员工他都是如此。”宫代这么说。

“无论如何，我从老社长身上看到的就是身为社长，不管面对多少不安危惧，都会一肩扛下所有责任。”

这句话对赤松而言无异于当头棒喝。他想着，这难道是宫代刻意透露给自己的信息？

然而，这位身为资深专务的老员工，却只是一脸若无其事地叼着香烟说：“只要社长努力，员工就会愿意跟随。”宫代点醒了赤松，“相信我们吧，社长。在还周转不到钱的这段时间内，我会去向厂商低头拜托，请他们通融稍候的。”

“这么做会不会失去我们公司的信用？”

“都是些老交情的厂商了。更何况任何公司都有可能面临经营不善的困局，在这种时候不能互相体谅的厂商，日后也没有继续往来的必要。再说，其中也有不少过去困难时受过我们照顾的对象啊。”

“也是，你这么说也有道理。”

宫代咧嘴一笑，又继续说着：“将近五十年的历史可不简单哦，社长。现在这个时代，新成立的公司有七成不到一年就会倒闭，展开新事业的则有八成的失败率。在这样的景况之下，赤松货运却能持续经营了五十年。虽然这次面临的挑战特别大，但如果说这样就走投无路，那就是骗人的了。一定能渡过难关的，社长。无论多么苦，一定都能找到解决之道，这个世界不就是这么回事吗？”

宫代这番话有着他长年的经验做后盾，听在赤松耳中更有说服力。

“谢谢你，宫老。”赤松长叹一口气，接着伸出双手拍拍膝盖。

“我太没用了，竟然只是这样就灰心丧志。不过，今后我一定不会轻言放弃了。”

赤松在内心对自己发誓。

“总有一天情势会改变的，在那之前只能咬紧牙关承受了。现在的我能做的，就只有这样而已。没错吧？”

“就是这样，没错。”宫代沉稳冷静的回应，深深触动了赤松的心。

4

来自质量保证部的回应，出乎意料地以抗议的形式传回到泽田这里。即使泽田已经演练过各种可能，也自认为做好了万全的准备，不过他还是没想过，对方竟会突如其来地使出这一招。真是意想不到。

“听说赤松货运要求公司归还我们质保调查完的零件，这件事你知道吗？”

“你是指北村向你们提的那件事吗？”

面对刻意装出若无其事语气的泽田，室井也不客气地指出：“别装了，不是你命令北村的吗？”

“这先姑且不论，即使是你们销售部也该知道，那种东西是不可能归还的吧？不要客户说什么都当真，一一来要求我们，这样只是为我们增添不必要的工作而已！”

“不必要的工作是吗？”泽田在内心冷笑了一声，“你说那种东西不可能归还，这是什么道理？”

“分析过的零件早就被拆解了。那种东西要回去也不可能再拿来用，归还也没有意义吧？”

“你的看法似乎太天真了吧。”泽田反驳道，“只要是卖出去的车辆零件，就属于该顾客的所有物吧？不管是弄坏了还是拆解了，只要对方要求归还就必须归还，否则说不过去。因为不能用了所以就不还，这种理由我想对于要求归还的顾客来说，是不可能接受的。”

“话说回来，为什么对方会突然要求归还？”

“那当然是因为他们想自己重新展开调查啊。”

明显感觉得到电话那端的室井陷入了沉思，泽田总算稍微出了一口怨气。

“这是对方说的吗？”

“没有。不过，依事情一连串的发展来看，赤松货运要求取回零件的原因，除了这点不可能还有别的吧。难道说，对方自行展开调查，会对质量保证部的立场产生什么不利之处吗？”

室井没有回答这个问题，而是反问泽田：“这件事野坂代理部长知情吗？”

“当然，这可是我们销售部在向质量保证部请示该采取的行动呢！”

不怀好意笑着回答的泽田，听见室井在电话那头不耐地“啧”了一声。

这件事泽田当然已经事先知会过野坂了。

当他报告完赤松货运提出希望取回零件的要求时，野坂代理部长只是露出困惑的表情回了一句“是吗”。但是，如果是其他案件，他一定会毫不犹豫做出“拒绝掉”的指示。在这件事上野坂没有这么做，就表示他有他的对策。

将这个烫手山芋丢回质保部，让他们做出指示，才是能让销售部明哲保身的方法。在上下关系分明的希望汽车之中，一件事情“最后的结果出自谁的判断”这点，向来比什么都重要，更别说这次的案件特别棘手。

野坂这样的做法正中泽田下怀。想必野坂对社内利害关系的看法也和泽田一样，不愿意让与高层经营者关系密切的质量保证部好过吧。

“那，是还呢，还是不还？你的决定是？”

“不还。”室井断然拒绝。

“理由呢？”

“这种事你们那边随便编一个就行了吧。”

“喂，你是要我们对顾客说谎吗？这可办不到哦！请给一个确切的理由，我会照实转达给顾客的。”

室井再次“啧”了一声。

“没想到你们销售部这么死脑筋！站在顾客的立场之前，请你们先多为公司利益想想行不行啊？”

“顾客至上这可是社长一向的训示，难道你忘了吗？”

此时的泽田根本也忘了自己从未正视过赤松的要求，只是不住冷笑着。事实上，在泽田的思考中从来不曾有“顾客至上”这件事。说得更清楚一点，泽田所思考的甚至不是公司整体的利益，而是怎样才对销售部最有利；换句话说，也就是该怎么做才对自己最有利。希望汽车这家公司的体制向来如此，虽然顶着同一个招牌，不同的部门之间却是钩心斗角、用尽权谋，而这么做的目的，都只是为了确保自己部门的利益而已。

“还有，请做一份书面资料给我啊。”泽田又接着说，“要是没有书面资料，事后你们一口否定，把责任都推给销售部，那我们可就麻烦了。对了，赤松的要求我已经做成报告书上呈了，所以请你们质保也把为何无法归还零件的理由做成正式的书面资料交给我，可以吧？”

“为什么这次你这么大费周章？”室井质问的声音中明显听得出警戒心。

“因为我不认为这件事有那么单纯。不管怎么说，那可是跟轮胎有关的问题哪。我才想知道是否有什么内情，否则质保为何如此坚持不配合呢？”

室井撂下一句“我会再联络你”，就把电话挂了。

然而，之后室井就一直没有回电。到了下午，泽田外出回办公室后，留言本上也不见任何信息。只看到北村留下的备忘，上面写着经销商的人询问赤松货运的案件目前情况如何了。

室井该不会是想蒙混过去吧？正当泽田这么猜疑时，背后传来野坂的声音：“有时间过来一下吗？”

一脸不悦的野坂对着双手交叠的泽田这样说完之后，便将他拉进了会议室。

“关于那件事，上头决定由销售部来负责决定零件是否归还。”

“由我们负责决定？”

“你下午外出的时候，质保的柏原部长把我叫去训了一顿。”

看来是室井眼见说不过泽田，一如往常去向上司哭诉了。

“请等一下。那无法归还的理由该怎么说？”

“说是只有我们最清楚顾客的情况，所以该由我们以适当的理由去说服顾客。”

“话虽如此，但老实说，我根本不知道该怎么去说服顾客啊！”

对于野坂，泽田也感到失望，他以轻微的反驳表达抗议。就算对方是质保的部长，也不能就此退让，还接受这种不成理由的理由啊！野坂望向窗外，遥望着万里无云的晴空下，远方模糊的东京铁塔。或许野坂在台面下，自有其保持权力平衡的手段，只是泽田不明所以而已……他不由得感到焦虑了起来。

在这件事上，质量保证部这堵高墙，或许对野坂而言也是难以超越的吧？野坂刚才提到质保的柏原部长，不过出手干涉的一定不只有他。泽田忽然回忆起那天晚上加藤曾说，参与T会议的还有公司的高层干部，这更让他很难不去猜疑。倘若真是如此，那么对销售部做出这个指示的，一定是比柏原更高层的人。只不过，这种种揣测，目前都还无法得出定论。

“你就别管这些了，上面叫你这么办就照办吧，泽田。我相信以你的能力，这种小事根本不成什么问题。事情解决后再向我报告。”

野坂陷入沉思的表情仅是短短几秒钟，之后很快就换上若无其事的样子这么说着。他拍拍泽田的肩膀，表示这段简短的对话告一段落。

“北村。”

野坂离开后，泽田突然感到一阵不愉快。叫来部下后，他下达了关于赤松货运零件归还与否的指示。

“零件没办法归还，叫经销商就这么跟对方说吧。”

“哦，果然还是这样。”

对内情一无所知的北村，露出“那种要求本来就不必理会”的表情，理所当然地接受了这样的指示，连理由都懒得问。北村回到座位之后，远远地就能听见他拿起电话拨给益田的声音，泽田内心却渐渐感到苦闷。

“被室井这家伙将了一军啊。”

虽然不想承认，但这却是不容否认的事实。

5

“啊，是赤松会长吗？其实，有件事想麻烦您处理……”

电话那头传来的是仓田望有气无力的声音。仓田望是尾山西小学的校长，赤松的孩子们就读于那所小学，同时他也担任着该学校的家长会会长。虽然自己正忙得焦头烂额，根本无心理会家长会的事务，但因为这样就拒绝对方却也说不过去。

“怎么啦？”

“是这样的，学校里发生了窃案。”

“怎么，这次是窃案吗？”

赤松也傻眼了。

“电话里不方便说，能否请您来学校一趟？”

霸凌、由学童间的吵架发展成的家长对立，甚至是对营养午餐调味的意见，都得屡屡出动他这个家长会会长出面仲裁，至今已不知道被请到学校几次了。赤松握着话筒，不禁叹了一口气。

“很急吗？”

“可以的话，最好今天就来。”

看看时钟，已经下午三点多了。学校里的课已全部结束了。

“那我现在就过去。”

“不好意思，百忙之中还这么麻烦您，但还请您多多帮忙了。”

仓田用被逼到走投无路的声音这么拜托完之后，便挂上了电话。

尾山西小学位于被环状八号线所围绕，靠近尾山台车站的住宅区内，是一所约有六百名学生的学校，每个学年各有三个班级。由于校区位于高级住宅区内，学童家境也以富裕阶层居多，即使父母是上班族，也多半是上市企业中拥有高学历的员工。正因如此，大部分的学生升学时都不会选择当地的公立高中，而是选择进入升学率高的私立完全中学初中部就读。

赤松会被选为家长会会长，说起来也是很自然的事。其实校内多的是高收入、高学历又热衷教育的家长，赤松也认为由他们来担任家长会会长会更适合，但这所小学的家长会却有个不成文的规定：“会长必须出身学区，而且是较能自由运用时间的人。”如此一来，一般的上班族就不可能接下这个任务了。

在人选有限的情况下，很快地赤松便获得了提名。赤松家从上一代开始就住在这区，职业又是公司的社长，在其他人眼中看来或许是个有钱又有闲、最适合接下家长会会长职务的人选吧！

学校位于公司徒步十分钟的地方，赤松将风衣的领子立起来，决定走路过去。

来到教职员室，熟识的教师一见到他马上说："啊，赤松会长，请到校长室来。"

当赤松将脱下的风衣挂在手腕上，跟着那位教师走进校长室时，才发现里面已经先有来客了。

还没完全踏进校长室，一听见那人以歇斯底里的高分贝嗓音嚷嚷着："校长先生，话可不是这么说的哇。"赤松就有种想马上转身离开的冲动。

校长仓田以一脸痛苦的表情看着赤松，像是无言地说着"救星终于来了"似的。他一边连连说着"啊，是会长先生。等您很久了，快请进"，一边起身拉把椅子请赤松坐下。

"这件事，我希望会长先生您也要好好了解一下才行哪！"

一位穿着和年龄一点也不相符的粉红色香奈儿套装的学童母亲，挺直背脊这么说着。她就是女王蜂，片山淑子。

"我正是为此而来的，究竟出了什么事呢？"

注意着不让自己显露出不耐烦的语气，赤松率先开口问道。

"这位真下太太，她儿子的钱在学校里被偷了。"

片山清了清嗓子这么说，一旁的真下太太则是生气得涨红了脸。如果要比喻的话，她就像是女王蜂麾下的宫女吧。

话说事件的始末是这样的：

昨天中午过后，真下就读五年级三班的儿子发现书包里的钱包不见了；之后钱包虽然在厕所中被找到，但里面的钱已经不翼而飞。真下的儿子马上就向班主任老师报告，但班主任老师却没有妥善处理就让其他学童下课回家。当然，直到现在那些钱都还没找回来。

“失窃的金额是多少呢？”

“五千日元。”

听见这个回答，赤松不禁瞠目结舌。

“我说呢，两位妈妈。关于这件事……”

仓田校长想要插话，却被片山一口挡下：“这么大一笔钱被偷了，却没有好好处理，这实在太过分了吧，会长！”她的目光中充满了对赤松的敌意，而且完全无视一旁的校长，仿佛赤松这个家长会会长才是学校的代表者似的。

“就算是这样，让孩子带这么多钱到学校来，这也未免太……”

如果是私立小学那就算了，尾山西小学却是所有学生都住在附近学区的公立小学。在这样的小学里，一般家长是不会让孩子带现金出门的。

“没办法啊，那孩子早上要出门了才说要买笔记本，我身上刚好没零钱，只好给他五千。结果孩子说早上没时间去买，留着钱想等放学时买，没想到钱却被偷了。”

“为什么您昨天没有向其他孩子们询问这件事呢？”

赤松用和缓的语气，对坐在一旁的班主任老师坂本提出疑问。这位坂本美津子老师，也是赤松家长子拓郎的班主任。也就是说，片山和真下的孩子，和拓郎是同一个班级的。

“真的很抱歉，但是我也不是没有采取任何措施。昨天放学前开班会时我问了班上其他孩子，可是大家似乎都不知情……”

“怎么可能不知情！”

片山尖锐的声音，打断了一边颤抖一边诉说的坂本老师。片山的态度令赤松感到相当不愉快，身边年轻的坂本老师更是吓得快哭了。校长仓田软弱的脸上一阵铁青，只有真下太太一人用力点头附和着片山的话。

“那么您又怎能肯定，孩子们一定知情呢？”

赤松一方面感到更厌烦，另一方面也只能这么问。当真下正打算回答时，片山又继续说了起来。不愧是爱出风头的女王蜂。

“那是一定的啊。真下同学最后一次看到钱包是在吃完午餐，从书包里拿出水壶来的时候。当时刚好下着雨，所以虽然是午休时间，但教室里一定有其他人在。之后第五堂课社会、第六堂语文都在教室上课，也就是说教室里一直都有人在。意思就是说，偷窃行为可以说是在光天化日、众目睽睽下进行的哦！这样看来，偷钱的犯人，只可能是班上的某个人。”

片山越说越激动，情绪似乎难以平复地继续说着。

“才小学五年级就偷别人的钱，光想想都令人心寒。如果那天坂本老师能确实检查过每个人的东西才放他们回家，早就能将这种危险分子从学校里排除了！”

“片山太太，说危险分子是不是太过分了？”

仓田原本是想安抚片山，不料却遭片山恶狠狠的眼神瞪视，只好再度噤口不语。要软弱书生型的仓田来应付女王蜂确实是强人所难，就连赤松也想尽可能不和片山淑子扯上关系。

“总而言之！”片山再次提高了声音，“请好好查出犯人，并做个了断。一定要做个了断哦！”

在片山威吓的眼神注视下，仓田校长开了口：“其实，今天坂本老师已经问过班上同学了，是不是啊，坂本老师……”软弱的校长很快又将责任丢给坂本。

坂本迟疑了一下，然后接着说：“我问班上同学有谁知道真下同学带了那么多钱来学校，结果几乎所有人都知道。”

“这是怎么一回事？”赤松问。

“昨天早上，是真下同学自己把钱拿出来给同学看的。”

余光之中，真下太太正露出心虚的表情，反倒是她身边的女王蜂脸上写着“那又如何”，瞪着年轻的班主任老师。

“他为什么这么做呢？”

“我也问了真下同学，他似乎是想向同学炫耀才这么做的。”

这该说是小孩子的天性使然吗？不过对赤松而言，还是难以接受拿金钱作为炫耀的工具这种行为。赤松不认识真下的儿子，但既然是男孩子，或许曾到家里来玩过吧。只是最近的小孩就算到同学家玩，也尽是弓着身体坐在电视机前埋头打游戏或是玩掌机，因此赤松对哪个孩子都没留下深刻印象。

“真下同学的书包里有钱包的事，几乎所有的孩子都知道，但当我问是否有人看到谁打开真下同学书包时，大家都说没看见。”

“我从刚才就说了，这是不可能的！”片山越发歇斯底里地插话，“说什么谁都没看过，这怎么想都不可能吧！是老师你问问题的方式太嫩了，才会被孩子不当一回事！而且你连这种东西都没试着做做看，不是吗？”

片山一边这么说着，一边用涂了指甲油的手指敲着桌上的一张纸，上面画的是教室里的座位配置图。

配置图下方仔细地以每十分钟为一个单位做区隔，标示出在不同时段真下同学所处的位置，并以箭头标示出来。

标示为午餐时段的图示之中，教室里的桌椅分成几组并排起来，让全班同学分组用餐。其中一张桌子被涂成红色，表示这是真下的位置。而其他的座位上，也都各自写有每个孩子的名字。这张图应该是片山太太和真下太太调查后做成的吧。

此外，图中教室后方的置物柜，属于真下的那个也被标示为黄色。看来，这就是真下放置书包的场所了。而离这里最近的一组则用红笔圈起来，注明“嫌犯组”。

“说真的，我们也不想做到这个地步啊，老师。可是，只有一点我必须说明，根据真下同学表示，这个小组的人始终围着他的置物柜不曾离开。你知道这件事吗？”

片山淑子歪着嘴角，诘问坂本老师。

“不，我并没有查到这种地步……”坂本吞吞吐吐地回答着。

“就是因为你这种处理的态度，才会该问的都问不出来啦！我是不知道，但或许你碍着谁的面子不敢放手处理吧，希望只是我想太多了吧！”

片山一脸得意的表情看着赤松。

而赤松的视线，正盯着那被红笔圈起的“嫌犯组”。

在这组人之中，离真下的置物柜最近的一个位置上，写着“赤松拓郎”的名字。

那是拓郎的位置。

拓郎不可能做这种事。

赤松当然如此深信，但仅仅如此是无法说服片山的。

身旁的校长察觉赤松正在强忍即将爆发的怒气，赶紧开口表示“学校方面也会再次深入调查这件事”。片山与真下的母亲似乎接受了这个结果，趾高气扬地离开了校长室，留下满室令人不愉快的空气。

“真的很抱歉，让会长您承受这样难堪的场面。”

面对低头道歉的仓田，赤松也只能勉强回应：“这也是没办法的。而且不只是我，坂本老师不也平白无故遭受了诘难嘛。”跨出学校大门时，他只觉得身心俱疲。

走回公司的路上，赤松拿出刚才调成静音的手机确认来电记录。看到有来自东京希望经销的益田来电，于是他便边走边拨了回去。

“啊，是赤松社长。终于等到您了。”

益田讲话的语气，简直就像是好不容易找到遍寻多年不着的对象般。

“你刚刚打电话给我是吧，有什么事吗？”

“这个嘛……事实上，非常抱歉地告诉您一个不好的消息。有关上次那件事，似乎没办法如您所愿。”

赤松握着电话，不知该如何回应。

“为什么啊？”

好不容易挤出的声音，因为强自抑制怒气而带着微妙的颤抖。虽然不是没有预测到这种可能，然而，当“零件无法归还”的事实真的摆在眼前时，赤松还是气得说不出话来。

“呃，这个……听说是因为检验的关系，零件被切割分解，已经成为无法归还的状态了。”

“那又如何？”赤松说着，“不管是四分五裂或是被粉碎了都无妨，叫他们还给我就是了！”

“可是啊，赤松社长……”益田的语气相当不知所措。

“无论零件变成怎样都没关系，总之还给我就对了，你是听不懂吗？”

“可是，就说已经成为无法归还的状态。”

“我说啊，益田。”赤松用力握紧电话，愤怒的语气让路上的行人也不禁转过头来，看看究竟发生了什么事，“我已经说了，零件变成什么状态都无所谓，总之还给我就对了！负责人是谁，是那个叫北村的草包吗？”

“唉，是啊。就是那个草包。”

“那你就去告诉他，零件变成什么样子不必他操心，只要赶快还给我们就对了。我急着要，明天就亲自去拿，叫他把那四分五裂的零件给我准备好！”

挂断电话之后，赤松愤愤然地抬起头。晚风轻抚过他的脸颊，住宅区里的天色已经完全暗下来了，西沉的夕阳低低掠过天际，细如一道柳眉的上弦月，正要浮上天空。

北村一脸烦恼，束手无策。

无法归还零件的事明明已经叫益田去说得很清楚了，赤松那家伙却偏要大唱反调。泽田暗暗打量着北村的表情，心知他一定是为了事情不如预期而恼羞成怒。

“这件事你怎么看？”

“我看他就是个奥客。”

北村的看法，是完全把责任推到赤松身上的；然而，事实上这个问题并非如此单纯。

“科长，该怎么办才好？看样子，这家伙明天真的会找上门来呢。”

“由我来应对。”

“什么？科长您亲自应对吗？”北村露出惊讶的神情。

“是啊，这样不是比较快吗？反正依我看，你也无心继续处理这件事了。”

“不……没有这回事……”

北村尴尬地回答着，泽田则举起手轻轻挥了挥，表示要他不必在意："你去帮我问问赤松社长什么时间方便，由我过去拜访他。"

"这样好吗，科长？有必要做到这个地步吗？"

"这也是无可奈何的事啊，毕竟这是野坂代理部长的指示。"

"野坂代理部长？怎么会这样？"

北村鼓着那张原本就已经圆滚滚的脸走回座位，很快向赤松询问了泽田方便拜访的时间。

泽田打开日程簿，从赤松提出的时间中选了自己有空的时段。时间是星期四上午，地点则仍是希望汽车。虽然是泽田提出拜访的要求，不过赤松还是坚持前来。看样子，他是抱定取回零件的决心了吧。

熟知内情的泽田，实在是无法非难赤松的。这件事固然是拿来当作攻击质保部的绝佳材料，但对外却是必须隐瞒到底的丑闻。换句话说，泽田在面对这整件事时，心中其实是有两套标准存在的……

6

"希望汽车竟然拒绝归还零件。"

听见赤松回到公司后说的这第一句话，宫代也不禁皱起了眉："怎么会这样？"

"这太过分了吧。他们用了什么借口？"

"说是零件因为检验的关系，已经被切割分解成无法归还的状态，还给我们也没用。"

"这样的话，"宫代满布皱纹的喉头动了一动，"我们要就此放弃吗？"

“怎么可能呢！”

听赤松这么一说，宫代咧嘴一笑。

“不愧是社长。”

“管它被切割分解成什么样子，都一定要拿回来。星期四我会再去希望汽车一趟。”

“对方竟然还要您特地跑这一趟吗？”

“是我自己要求过去的。否则，你认为对方难道真会乖乖把东西带来吗？”

“我想恐怕不会。”

“你看，就是这样没错吧？所以我才要走这一趟。”

说完，赤松便朝仓库后方的维修科走去。仓库里并排停放着两辆货车，前面那辆驾驶座部位的车底，露出一双穿着工作服的腿。

“谷老。”

赤松一脚跨过那双腿，朝正蹲在另一辆车引擎前方的老员工开口。

“关于你上次提议那件事，我这周四会到希望汽车去一趟。”

“希望汽车愿意把东西还我们吗？”

“不，目前还在推托，所以我才要去交涉这件事。”

“不想也知道，他们一定不会爽快同意的。”

谷山过去曾在其他知名汽车公司的维修部门工作。赤松心想，这种事情果然不管到哪儿都一样。将自己已经做出结论的事交给第三者再次评论时，多半获得的都是挑剔和指责的意见，毕竟，找出缺点比找出优点要容易多了。

谷山用还戴着工作手套的手摘下帽子，弯身朝下喊着：“喂，门田！”

货车底下露出的那双腿，打从刚才赤松过来时就一直僵着不敢动，直到此时才终于动了起来。在谷山这么一叫之下，身手灵活地从挡泥板下钻出的那张沾满油污的脸，正是门田。

“您说对方在推托，是怎么个推托法？”

也不掸掸背上的泥尘，从刚才开始就一字不漏偷听着赤松与谷山对话的门田这么问道。当赤松将益田的说辞重复一次后，门田大骂了一声“混账”，露出凶狠的眼神并伸出脚，仿佛要将空气中看不见的敌人给一脚踹飞似的。看样子，他那冲动易怒的个性还是和以前一样。

“如果那些家伙真的不把零件还给我们怎么办啊，社长？”

门田带着怒气未消的表情，向赤松问了这个问题。

“不还的话……我还没想过这个问题。为了不让公司就此结束，无论如何都需要这个零件，我现在就只想着这个。”

门田听了这番话，先是嗫嚅着似乎有话想说，却又说不出口，最后，他才下定决心似的这么说道：“社长，有什么我帮得上忙的地方吗？”

“谢谢你。”

门田只不过是赤松货运里的一介小员工，在这件事上分明帮不上什么忙，然而，这句话却令赤松的胸口骤然流过一股暖意。

“你有这份心意就够了，现在你只要做好自己分内的工作就好。”

“是……”

门田还不放弃地想说些什么。这时，谷山突然深深弯下腰对着赤松说：“社长，一切就拜托您了。”见状，门田也赶紧低下头来跟着说：“拜托您了，社长！”

“你们两个别这么小题大做啦！”

虽然感到些许难为情，但看到两人认真的眼神，赤松也郑重地做出回应："我一定会好好去交涉的，你们放心吧。"

约定见面的那天早晨，赤松从公司驾驶小货车出发，沿着环状八号线开上国道，最后开进东京车站的地下停车场。之所以不选择搭电车而自己开小货车出门，主要是考虑到回程可能需要载运货物；毕竟，该如何抱着大型货车的车轴零件搭电车，也是个问题。

在希望汽车门口与益田会合后，两人便前往前台登记，并在之前来过的同一间候客室里等待。一直等到约定的时间，也就是时针刚好指着十点时，仿佛配合这一刻到来似的，从门口传来一阵敲门声。随后，两个男人一起走进了室内，其中之一便是日前见过的北村；另一个高个子男人来到赤松面前后，自我介绍说：

"我是科长泽田。"

"我是赤松。"

既没有道歉，也没有道谢。旁边站着的北村，脸上的态度与其说是紧张，倒不如说是写满了不悦。接着，益田一边对泽田说"我和您通过好几次电话"，一边动作僵硬地和对方交换了名片。

"不好意思，让您特地跑这一趟。"

在如此致意之后，泽田继续说："这次的事真的让人很遗憾。"从他的遣词用字中，听不出谁该对这次的意外负责，甚至可以解读成事不关己。或许，他是想借由这种方式，暗示事故的发生与希望汽车无关吧！只是，先前无论怎么联络都避而不见的这位销售部科长，竟然愿意像这样和赤松当面会谈，令赤松又不禁忖度着或许事情可能有什么进展，一时间内心感到五味杂陈。

"那么关于这件事，敝公司委托益田先生传达的信息，不知您是否都了解呢？”泽田单刀直入地开口说道，“不如由我再次为您说明……”

“不必了。”赤松也简洁地制止对方，“不管说明几次都一样。我今天登门叨扰，目的只有一个，就是要取回敝公司货车的零件。”

“零件以其目前的状态，已经无法归还了。”

“那，请先让我看看到底是变成何种状态。”

赤松这么回应。商场上经常需要面临棘手的谈判，这种时候一点都不能大意，必须睁大眼睛，仔细观察谈判的对手是否露出破绽，在言语中是否别有深意，同时小心自己的论点是否确实站得住脚，而赤松认为今天这场面谈，毫无疑问正是这样的谈判。

“关于这个要求，我现在无法马上回答您，必须先向有关部门确认过才能答复。”

“那请您现在当场确认吧，我可以在这里等。”

赤松说完之后，端起茶杯啜了一口。

泽田凝视着赤松，刚才那副气定神闲的表情也从脸上消失了。现在的他，满脑子不断思考的，就只有该如何说服赤松而已。

“那么我这就去确认，请在此稍候。”

泽田这么说着，正打算起身离开，却被赤松一句话给叫住：

“请等一下，泽田先生。您为何不就在这里用电话确认呢？”

赤松的意思很明显，就是不希望对方在自己看不见的地方动手脚。

“不，有些话不好让公司外部的人知道……”仓促之余，泽田也只能这么回应。

“没做亏心事的话，又何必怕人知道？”

赤松脑海中忽然浮现先前的电话，以及日前来访时北村傲慢不逊的态度。他勉强装出平静的表情说："我只是要你们把我的零件拿出来看看而已，这要求应该一点也不困难才对吧？"

"就是没这么简单哪，赤松先生。"泽田温和地提出反驳，"毕竟是警方委托敝公司检验的零件，再怎么说也算是搜查资料的一部分啊。"

"警方应该没要求贵公司负起保管零件的责任吧？"赤松终于按捺不住心中的怒气，"我想警方要的，应该就只有检验结果而已吧！"

"真的很抱歉，不过和警方之间的联络并非由敝部门负责，所以关于这些我也不甚清楚。"

泽田的话更加激起了赤松的怒意。

这些家伙，完全是官僚体系的做法。先是摆出一副高高在上的态度，想借此逼人打退堂鼓放弃要求，而一旦被追问得无法招架，就反过来利用大公司组织上下各司其事的弊害，作为逃避回应的借口。

不出所料，暂时回到座位后，泽田口中马上滔滔不绝地吐出各种借口。

心知赤松对这种大企业中研究机构的性质一窍不通，泽田便开始扯起一大串又是公司规定、又是守密义务之类冠冕堂皇的理由。他表示，零件一旦进入研究所的保管范围，未经允许无法擅自携离公司，最后甚至还做出了"必须先向警方确认才能有所动作"的结论。

"或许您觉得哪需要这么麻烦，可是其实这么做不是为了我们公司，是为了保护赤松先生您啊。请您理解，敝公司就是以这么严正的态度在保管这个零件的。"

最后，泽田更是加上仿佛天经地义的一句："就算能办理这些手续，至少也需要好几天的时间跑流程。"

赤松打开日程簿。

“我能等到下周一。在那之前请把一切手续办妥。”

“我只能说，会尽最大努力。”

面谈就这么结束了，赤松开着空无一物的货车踏上归途。

7

“这样至少算是有点进展吧，社长。”

傍晚，一待外出的宫代回公司后，赤松马上召开紧急会议。

听完赤松报告前往希望汽车交涉的情形后，会议桌旁的高岛露出担忧的表情。

“那么下周一，社长您就直接去对方公司取回零件吗？”

高岛的询问还是一样重视细节。

“对方说，若是零件到手的话会通知我，所以，我们这边最快要等到下周一之后，才能展开重新调查的工作。已经决定委托哪里进行调查了吗，谷老？”

“我想，干脆交给国土交通省调查如何？”

穿着沾满油污的工作服的谷山，坐在会议桌的最角落。他摘下帽子放在桌上后这样说：“上次的会议之后我想了很多，觉得交给民间研究机构调查，或许说服力会稍嫌不足。毕竟对手是警方，因此不但交出的检验报告要能让警方信服，还必须考虑到之后可能进入司法程序的需要，所以，还是应该委托正式的机关来调查比较妥当。以前我在书上读到过类似的例子，也是将事故零件交给国土交通省评估的。”

谷山的意见也正是赤松心中所想的，所以他交代谷山搜集详细信息后，便暂时结束了会议。

看着部科长们纷纷走出会议室后，赤松转身对宫代说：“你那边办得怎么样了，宫老？”

这天除了赤松前往希望汽车之外，宫代也前往赤松货运主要的三大转包厂商，请求推迟付款期限。

“花轮运输果然没有那么干脆答应，不过昭和货运及海滨通运都暂且先答应通融。这样一来，至少到年底为止，公司的资金就周转得过来了。不过，虽说答应推迟付款期限，顶多也只能再拖一个月左右，在这个期限之内，一定得想出办法才行。”

“一个月的关键时刻啊……”赤松表情也凝重了起来。

“社长，您可别先泄气了啊。这种时候一定要相信自己能渡过危机，不能想其他的。”

尽管是理所当然的道理，但不知为何，只要一由宫代口中说出，就能令赤松获得一股安心的力量。真是不可思议。

这天，赤松难得较早离开公司。回家途中尽管走在冷冷清清的住宅区，心情倒还不差，不过才一打开玄关大门，就听到孩子的哭声，中间还夹杂着妻子大吼“你给我说清楚”的声音。听那哭声，应该是拓郎吧。没有什么比拖着疲累的身躯回家时，却还听见妻子斥骂孩子的声音更叫人难以忍受的了。

“我回来了。”

赤松独自在玄关轻轻说了声，接着便走进吵得不可开交的客厅。

“哎呀，你今天怎么回来得这么早呢。”

迎面而来的却是妻子史绘冰冷的声音。

拓郎正坐在餐桌边，一双眼哭得红肿。面前餐盘上的晚餐，他几乎一口都没有动过。

史绘双手叉腰站在餐桌边，只瞥了刚回到家的赤松一眼，就继续对拓郎怒目相向，其他两个孩子则胆战心惊地躲在一旁，看着妈妈责骂拓郎。最小的儿子哲郎怯生生地滑下椅子，跑来抱住赤松朝他身后躲去。

“发生什么事了？”赤松问史绘。

“你还问我发生什么事了！德山太太打电话来，说学校里有孩子看到拓郎偷了别人五千日元，而且这件事已经传遍整个五年级了！是不是，拓郎？”

“不是我偷的！”拓郎握紧小小的拳头生气地敲向桌面。大颗的眼泪沿着脸颊滑下，一张小脸已经哭花了。

“拓郎都说不是他了。”赤松打从心底相信拓郎是不会做出这种事的孩子。而连日的疲累，也让赤松无法克制自己声音中夹带的棘刺。

“那你倒是说说看，这是什么！”

史绘叉着腰的手中握着的，竟是一张货真价实的五千日元钞票。赤松惊讶地望向拓郎：“你的抽屉里为什么会有这种东西，你解释清楚啊！”

“不是我！”拓郎依然一个劲儿地叫喊着，露出生气的眼光和母亲对峙。

“那你就说清楚啊，为什么你会有这么多钱呢？”

“我不知道啦！”

“拓郎，听我说。”赤松拉过一把椅子在拓郎身边坐下，对顶嘴的拓郎这么说，“你一直说不知道，爸爸妈妈也不明白这是怎么回事啊。能不能从头到尾好好说给爸爸听呢？我相信拓郎绝不是会偷钱的坏孩子。”

最后一句话是对着史绘说的。拓郎从小就是个没让人操过心的孩子，这样的拓郎竟然会哭成这个样子，光是这件事就让赤松相当惊讶了。事情一定比想象中还严重许多。

“是钱自己跑进书包里的啦。”过了一会儿，拓郎才抬起头来这么说。

“为什么会在里面呢？”

“我不知道。发现的时候就已经在里面了。”

“那你是什么时候发现的呢？你说清楚啊！”

史绘这么说。然而听出史绘不信任的语气，拓郎只是抬眼瞪着母亲，不发一语。赤松制止妻子，站起来对拓郎说：“不然你跟爸爸说吧。我们到二楼去。”

拓郎一边瞪着还想说些什么的史绘，一边站起来走到赤松身边。两人一起上了二楼，在拓郎房间的床上坐下。

“没关系，不要怕。呐，拓郎，你可以相信爸爸。”抱着拓郎小小的肩膀，赤松感觉得出他在点头，“因为爸爸也很相信拓郎哦。不管发生什么事，爸爸都会站在你这边，也会全力帮助你。现在如此，以后也都会一直这样下去。所以，你不要隐瞒什么，把事实告诉爸爸好吗？要是觉得自己有做错的地方，只要诚实道歉就好了。”

拓郎点点头，小小的身体颤抖着。赤松问他：“你说书包里有五千日元，那是什么时候发现的呢？”

拓郎抬起眼睛望向墙上的日历说：“这个星期二……不对，那天是去补习所，所以是星期一。”

今天星期四，那么是三天前的事了。

“星期一的什么时候呢？”

“放学前。我收书包的时候看到的……”

“那上星期六的时候，钱还不在你书包里咯？”

“不知道，因为不是在放课本的那一层里面。我根本没发现，被联络簿压在最下面了。”

“那为什么当时不报告老师呢？”

拓郎低下头小声地说：“因为，我怕被怀疑……”

“所以你就把钱藏在抽屉里了吗？为什么不跟妈妈说呢？”

“我才不想跟妈妈说呢。”

“为什么？”

“因为妈妈很啰唆。”

“这样啊……”

拓郎也到了开始嫌父母烦的年纪了。

“那，你本来打算怎么办呢？”

拓郎先是沉默了一会儿，才接着说：“我想早点去学校，趁大家都还没来时把钱放到其他地方去。”

“原来如此。可是啊，大家都在找这笔钱啊。爸爸觉得，把钱藏到其他地方的做法不大好。就算有可能被怀疑，还是应该诚实告诉大家才对。”

“对不起。”

拓郎点点头说着。虽然如此，但这件事绝对还是大有蹊跷。

“问题是到底是谁放进去的，还有是什么时候放进去的。”

“我想应该不是星期五，”拓郎说，“因为那天老师有检查我们的东西。”

那就是星期一了吗？

赤松拿出口袋里的手机拨到学校去。虽然已经是晚上七点多了，不过运气很好，坂本老师还在学校。

“不好意思，有些事情想请教学校方面，现在过去方便吗？”

“啊，好的。那我就留在学校等您。”

接到电话的坂本似乎有些讶异，但还是爽快地答应了。

二十分钟后，赤松带着拓郎来到校长室与坂本会合。

校长室正中央的桌子上，放着那张皱巴巴的五千日元钞票。

“拓郎说他没有偷。”赤松说道。

“对啊，”一旁的拓郎也跟着强调，“不是我！”

听他们这么说了之后，坂本也点了点头，这让赤松稍微安心了一点。

“我很了解拓郎同学的个性，也很明白他不知该如何开口的心情。不过，如果拓郎你能早点告诉老师就好了。”

坂本这么说着，温柔地斥责拓郎。赤松想起当时那个被女王蜂攻击得差点落泪的坂本老师，和眼前的她判若两人。

“我想一定是有人故意放进拓郎书包栽赃的，不过事到如今才要揪出那个人，只会让事态变得更加复杂……还有，我听说班上有人散布看到拓郎偷钱的谣言，这件事坂本老师您知情吗？”

“是的，这件事我也听说了。”

坂本露出微妙的表情。赤松追问：“究竟是谁，为什么要做出这种事？”坂本老师却一时语塞，欲言又止。

“老师，难道您知道是谁在散布这种谣言吗？”

面对赤松的质问，坂本只是含混地说了句“目前还不是很清楚”，然而——

“是片山。”

听见拓郎如此斩钉截铁地回应，赤松不由得心头一惊。坂本也睁大了眼睛望向拓郎。

“为什么你会这么想呢，拓郎？”

“因为今天德山同学跑来问我了啊。他说是片山告诉他的，还说一定是我偷的。大家都好过分！”

话才说完，拓郎眼里便滚出大颗大颗的眼泪，“大家都说是我偷的，都不跟我玩了。大家都好过分！”

“老师……”

赤松不知该说什么才好，只好求助于坂本。可是看到这样的拓郎，又让他心乱如麻，既不知道自己究竟希望老师怎么做，也不知道自己希望听到怎样的回应。自己的孩子受到同学霸凌，这个事实令赤松大受打击，再想到这几天拓郎默默承受的内心煎熬，心头又是一阵不忍。而与此同时涌现的，还有对片山家女儿的愤怒。

“很抱歉，孩子们之间有这种谣言的确是事实。可是还不能肯定是谁说的……”

“还不能肯定？你是指没有确实证据吗？”

赤松脑中浮现出过去史绘说的话，“……欺负同学的手段也很阴险。可是在师长面前却又很会做样子，老师也拿她没办法。再说，要是没有证据就责骂她的话……”

“要是如此，女王蜂马上就会出动，是吗？”坂本一头雾水地望着赤松。

“这太奇怪了，老师。”赤松说道，“这种事情一定得查明清楚才行。更何况，我想老师您大概也隐约能够察觉是谁做出这种事的吧。”

“我试着若无其事地问过片山同学了，但她的回答是没有看到偷钱的人，也没听过这种谣言。”

“她一定是在说谎啊。”

坂本紧咬双唇，无言地低下头。

赤松深深叹了一口气。

为什么偏偏是拓郎？为什么拓郎非得被人这么欺负不可？

在拓郎班上，到底发生什么事了？

这时，拓郎开口了。

“一定是片山同学说的。她明明知道是谁偷了真下同学的钱，却还赖到我身上。”

坂本无力地说：“可是，没有证据……”

“赤松先生，能不能将拓郎这件事交给我来处理呢？我也不认为拓郎偷了钱，既然如此，把钱偷放进拓郎书包的一定另有其人。我想再好好问一次片山同学。至于这五千日元，明天我会当成是在其他地方捡到的，再交还给真下同学。请您放心。”

除此之外，目前也没有其他办法了。“那就万事拜托了。”赤松只得低下头，再次慎重地拜托坂本，但内心还是无法完全接受。

“不能原谅，真是太过分了！”

听完赤松的叙述后，史绘紧抿着嘴，抬起头仰望着天花板。看见史绘强忍的泪水，赤松又是一阵心痛，伸手搂住一旁拓郎的肩膀。

气得脸色发白的史绘，不甘心地望着天花板说：“可是，拓郎你自己也有不对。为什么瞒着妈妈不说……”

“别再说了！”赤松不耐烦地打断了史绘的话，“总之坂本老师已经答应再去和片山同学谈一次，我们就等老师的结果吧。”

话虽如此，赤松脑海中却又浮现起那个高傲的女人大闹校长室的模样。

“话说回来，片山美香为什么要这么说呢？”

史绘也转头问拓郎：“拓郎，你和美香吵架了吗？”

“才没有。可是片山同学，她一直乱讲话。她们女生聚在一起，都在说我的坏话。”拓郎这么说。

“乱讲话？她都说些什么？”

“呃……”拓郎吞吞吐吐地欲言又止。

“是怎么样，你就说啊！你不说我们怎么知道？”

史绘的语气又凶了起来，使得拓郎再次低下头去。

“拓郎，”赤松伸出手，轻轻搭在拓郎肩膀上说，“没关系，你就说说看。”

拓郎带着一脸悲愤的表情，望着脚下的地板。

“她们说，爸爸很快就会被抓走了。”

闻言，赤松脸色一僵，史绘也变了表情。

“她们还说爸爸的公司快倒闭了，我们家很快就会没钱，我也不能再去上学了。”

“是片山美香这么说的吗？你确实听到了？”

“没有，”拓郎摇摇头，“是下川同学跟我说的。他说是片山同学她们这么说的。”

“我现在就打去问片山太太！”

赤松制止了霍然站起身的史绘。

“她那种人，怎么可能老实承认呢！”

赤松敢断言，片山淑子那种人，只要是对自己不利的事，一定会马上否认。不仅如此，她还有可能反过来指控史绘以前就看她不顺眼，现在只是故意找碴儿。事实上，过去片山淑子在家长会里引起事端时，如果有其他家长看不过去对她反击的话，事后一定都会遭到她“阴险且加倍”的报复。这个女人不只是坏心眼，甚至可以说是到了心理变态的地步。

“可是！对方做了这么过分的事，我们就要默默挨打吗？我们可以告她们毁谤名誉吧！”愤怒令史绘的声音颤抖，“老公，你难道一点都不生气吗？”

“我当然生气。”赤松说，“我现在整个人都快要被气炸了。可是啊，如果我们现在冲动行事，才会正中她的下怀呢。”

“那难道就这样放着不管？这样孩子太可怜了！”

“不……”赤松毅然决然地摇摇头。他咬紧牙根，拼命忍住不断翻涌的怒气，“当然不会就这样算了。我一定会让事情有个了断的。”

8

“真的要把零件还他们吗？科长。”

送走赤松，紧紧跟在益田身后的北村这么问。

“代理部长不是指示了要我们拒绝吗？是不是应该采取更强硬一点的态度？”露出些许不服气的表情，北村如此说道。

“对方不是那么容易应付的。”

“可是他只是在无理取闹吧？事到如今，怎么可能归还零件呢！”

就北村看来，赤松货运的做法摆明了是对希望汽车的“挑衅”。从头到尾，北村对赤松货运都没有抱什么好感。北村是一个高傲的男人，自诩背负着财阀集团的使命，然而说穿了，他所引以为豪的自尊，只不过是把和自己站在不同立场的人都当作敌人来看待的狭隘心理罢了。

“您打算怎么处理？还是按照代理部长的指示，说服对方放弃吧。”

“嗯，是啊……”

从泽田叹了口气的态度中似乎察觉到了什么，北村挑起半边眉毛。

“下指示的人不必弄脏自己的手，倒是很轻松啊！”泽田叹道。

“科长，您该不会真的想照赤松的要求，把零件还……”

一语未毕，北村就因泽田脸上苦恼的表情而把后面的话咽了回去。

“要是真能还给他的话，说不定还更轻松百倍呢。只不过，有不能归还的苦衷啊。”

“有苦衷？”

在回答北村的疑问前，泽田边摇头边叹了口气。

“很复杂的苦衷啊。老实说，连我都不是非常清楚内情，甚至不知道该不该弄清楚。或许……”

或许不知情的人，才是最幸运的。

然而，泽田并没有继续说下去，只是简洁地催促着北村：“走吧！”

“接下来如何应对，交给我来考虑。反正无论如何，这都不会是件好差事。”

听了泽田这番充满疲惫的话语，北村语带讽刺地说：“这就是我们客服策略科的策略吗？真是了不起的策略啊！”

“你现在才知道啊。”

泽田很快钻进电梯，回到销售部所在的楼层，直接来到野坂办公桌前。一脸不怎么感兴趣地听着泽田报告的代理部长，得知无法说服赤松之后，露出了不甚愉悦的表情。

“你是怎么办事的，泽田？这么一来，我们的立场要往哪儿摆啊？”

野坂只差没有直接指责泽田办事不力了，他那冰冷的语气直刺进泽田心底。不过，现在双手交握，望着销售部空洞天花板深思的野坂，也一样必须把这次交涉的结果往上呈报，而他呈报的对象，十之八九是质量保证部的柏原部长。

面对区区一个顾客的投诉却总是感到有所顾忌而拿不出解决问题的正确办法，这正是希望汽车软弱的地方。

“赤松那个人，你说东他就扯西。老实说，我没想到他这么难对付。”泽田继续着像是借口的话，“话说回来，是不是应该改变做法？对我们部门来说，能把零件归还顾客反而轻松，不是吗？”

野坂露出不愉快到极点的态度说：“就是因为办不到啊。”

“这是为什么呢？”

泽田根本是明知故问。野坂没有回答，而是站起身来背对泽田。对着野坂的背影，泽田又说：

“的确，有责任直接面对赤松的是我们部门，然而在不了解真正理由的情况下，我实在无法随便想个借口打发他。所谓的交涉在某种意义上就像是交易，如果不知道我们希望汽车的底线，我也很难顺利完成需要交涉的任务。”

野坂依然背对着泽田，一动也不动。不知道这样僵持了多久，最后，露出疲惫至极的表情回过头来的上司，再次拉过椅子坐下。

“你想说的我很明白。”野坂语气沉重地继续说道，“可是，我现在还无法回答你的疑问。”

“是因为牵涉到公司的最高机密吗？”

“不，是因为真正的理由，就连我都不知道。”

“您不知道？”

泽田望着野坂充满智慧的眼神，顿时领悟了。野坂所谓的“不知道”，并不能按照字面意义来解释。以野坂在公司里的人脉，不可能掌握不到质量保证部的秘密。因此，与其说他“不知道”，倒不如说他“没有被告知”。换句话说，他是被剔除在共享秘密的小圈子之外的。

“没错，我不知道。或者应该说……”

泽田用带着弦外之音的目光望向野坂：“您也不想知道吧。”

没想到，原来野坂与自己得出的结论是一样的，这个发现使得泽田对野坂产生了一种莫名的共鸣。不过，共鸣是另一回事，泽田还是有自己必须顾及的立场。那就像是一种根据，让自己足以在许可范围内对抗上司甚至组织。

“可以的话，我也不想知道这么多啊。”泽田温和地提出反对意见。

“可是不去插手，事情就能解决吗？现在我们要面对的，可不是那种用‘不知情’的理由就可以轻松打发掉的对象啊！质保那些人是不是太掉以轻心了？”

泽田不动声色地将矛头调转方向。这种利害关系上的微妙均衡，或许就是希望汽车的中间管理人员所必须掌控的吧。

原本感觉自己在遭受下属的批判而燃起警觉心的野坂，脸上的表情也开始缓和了下来。泽田乘胜追击，继续丢出疑问：

“部长知道这件事了吗？”

“还不知道。”

原来如此。泽田也慢慢开始掌握事情的全貌。质保部长柏原或许是利用了和野坂代理部长私下的交情，想暗中解决这件事吧。

“我认为应该要将这件事报告部长。当然，赤松货运那边我会尽全力去说服，但对方的底线十分明确，因此我们能影响的部分其实并不大。然而，万一事情没有办妥，日后却要由本部门承担所有责任与批评。”

面对泽田的指摘，野坂却只表示：“就算报告了部长，你该做的事也不会改变。”

在泽田发出“为什么”的疑问之前，野坂很快地接着说：“因为质保部那边的内情，部长应该是心知肚明的。”

“换句话说，这不是谁对谁错的问题；现在最重要的是让顾客不再提出投诉和要求，而这件事只有我们，也就是只有你才做得到。”

泽田不禁在内心咋舌。

他打内心厌恶这种表里不一却又交互运用真实与谎言的企业内政治手段。他一向擅长判断权力关系，公认也自认是个懂得处世之道的人；然而，即使是这样的泽田，也已经受不了一年到头都必须面对这些异常的逻辑。

“既然您这么说，那么我可以站在客服策略科的立场，要求质保将零件交出来归还给顾客吗？”

听见泽田毅然决然地说出这句话，野坂顿时惊讶得不知该做何回应。

野坂的眼中仿佛看得见一副齿轮，那连接着权衡自身利益与组织内权力关系天平的齿轮，正在“销售部对质保部的权力关系”以及“和柏原之间的人际关系”这水火不容的两极间不断拉锯着。

“我会以客服策略科的名义做成报告提出，报告制作者与提案人，以我个人名义来署名。如此一来，野坂代理部长您对柏原部长那边也可以有所交代。”

“你以为这么做，质保就会有所回应吗？”

“这个嘛……”泽田缓缓摇头，“这么做会有什么结果我不知道。

我只知道，我不希望这次无法满足客户要求的责任，最后落在我们部门的头上。虽然这只是我个人的意见，但是我认为将零件归还给车辆所有人是天经地义的事。如果不能归还，理由却要我们客服部门随便编造的话，在应对上会出问题的。不过，如果理由是质保部拒绝归还的话，那又另当别论了。”

野坂沉吟不语。

泽田心想，现在双手抱胸沉思的代理部长和自己一同构成的这幅画面，简直就像是古装片里出现的贪官与奸商嘛！

“原来如此。也罢，虽然对柏原部长过意不去，但还是必须以我们部门好做事为主。”

“考虑到还有后续应对的部分，我认为这是最好的方法了。”

“我明白了。”野坂爽快地说，“你马上把报告做好呈上来。部长那边我去说。”

“谢谢代理部长。”

正当泽田要离开时，野坂在他身边低声说了句：

“泽田，你的心肝也蛮黑的嘛！”

“不不，我怎么比得上长官大人您呢……”

泽田背对着野坂，趁他不注意偷偷撇了撇嘴。

泽田在当天下午两点，将以客服策略科科长名义做成的《针对顾客要求归还事故调查之零件一案》报告书用电子邮件方式发出。三十分钟后，这份报告就已由代理部长野坂转交给销售部部长花畑清彦请示裁决了。

而就在泽田发出报告短短一个小时之后，花畑也已做出裁示。

原以为至少会被部长叫去问几个问题的泽田，完全没想到这件事会进展得如此迅速。这虽然毫无疑问是野坂从中斡旋之故，但一定也是因为泽田提出的报告里，明显可以看出是将此案丢给质保部，对销售部本身所能产生的充分利益。

乍看之下，事情似乎进展得很顺利。直到当天傍晚——

“泽田，把五点之后的时间空下来。我们要和质保的人开会，就是关于那件事的。”

终于来了。

到了五点，当泽田他们来到质保指定的会议室时，已经有人先到一步了。那是质量保证部的室井，而双手抱胸坐在他身边的则是质保的代理部长一濑君康。事情发展至此，终于有机会正式和质保展开谈判了。

“你们到底是在想什么啊？关于这件事，我想柏原部长应该已经出面请贵部门协助了吧？”泽田才刚坐下，一濑立即就极其不悦地劈头说道。

“室井先生要我们随便想个理由拒绝顾客，但对方并没这么好应付。”

“该不会是你们在应对客户的技巧上有问题吧？”一濑说道，“如果顾客是来投诉的，应对的大前提就是不能刺激对方。”

“托您的福，顾客对客服策略科应对投诉时的评价一向很高。”泽田也不甘示弱地针锋相对，“所以我想应该不是这个问题。”

“那是什么问题？”一濑依然没有好脸色。

“问题出在权利关系上。”泽田也不掩饰语气中的怒意。

“权利关系？”

“没错，我们的确可以拒绝答应赤松货运提出重新调查的要求，那是因为调不调查，决定的权力在我们公司身上，不需要听命于顾客，这也是之前能够一直对他爱搭不理的原因。当然，赤松货运也没有不接受的道理。然而，现在的问题是，我们并没有权力拒绝归还零件，因为零件不管怎么说，都属于货车的一部分，而那辆车的所有权隶属于赤松货运。”

“这种事还要你说吗！”室井毫不掩饰自己脸上的不耐烦，“就是因为这样，才叫你们想办法搞定啊！”

“这是不可能的。”泽田冷冷地一口回绝，“室井先生，你对客户服务这环真是完全没有概念啊。我看下次跟顾客交涉时你也一并列席，见习一下如何？尽管用你这种态度去应对顾客看看吧，后果有你瞧的。”

泽田一边看着室井心有不甘的样子，一边继续说着，“现在对方要求的，只是要我们归还用来调查事故的零件而已，在我呈上的报告书中也提到了这点。虽然只是我个人的浅见，不过我认为应该立刻将零件归还，毕竟这本来就是属于顾客的东西。不是吗，一濑代理部长？”

一濑双手依然插在胸前，表情肃然。他目不转睛地盯着泽田放在会议桌中央、打印整齐的报告书。

此时，泽田身边的野坂轻咳了两声。

“我想今天两部门特地在这里开会，目的也不是指责对方吧？大家应该做些更有建设性的讨论才对吧！”

野坂这句话，好不容易才让现场白热化的气氛冷静下来。接受野坂的建议，一濑开口说道：

“事实上，关于这件事，我们这边还有一些不甚明白的地方。简单地说，事到如今才叫我们把调查过的零件归还，实在令人感到困扰。”

“感到困扰的理由是指什么呢？”泽田问道。

身材矮小的一濑瞥了室井一眼，头上那稀疏的头发似乎因激动而微微竖起。泽田也做好了接招的准备，等着看他们将丢出什么说辞。

“如果赤松货运委托其他地方重新调查，对我们来说就会有点困扰。”

泽田瞪了室井一眼。几天前还信誓旦旦调查结果一定没有问题的他，现在已不复当时的气势，眼神游移不定。

“无论如何，一定要想出不用归还的方法。”一濑激动地向前探出身体，“这不仅是敝部门的问题，希望销售部也能把它当成整个公司的问题来看待。”

“一濑代理部长，您是不是跳过最重要的部分没有说明呢？您说‘会有点困扰’，到底是怎么个困扰法？为什么那会是公司全体的问题，请您说明清楚。”

且看质保如何回应。刻意摆出事务性口吻的泽田眼角余光，马上看见那两人露出紧张的表情。泽田很清楚，对这两人来说，其实只要说出一句话就能解决他们眼前的窘境，那就是“公司正在隐瞒召回事实”。但同时这也是绝对不能泄露的秘密，否则事情将会一发不可收拾。

好不容易，一濑才勉强挤出声音说道：“事故原因调查之中，最困难的就是‘如何解释’。要是我们的调查报告流到外部，又被想对希望汽车不利的研究员取得的话，对方只要稍微更改解释方式，就能造成我们公司的信用受损。泽田，要是事态真的演变成这样，受影响最大的应该是销售部吧。”

这真是最冠冕堂皇不过的谎言。泽田锐利的视线朝一濑望去。

“真的只有解释的问题吗？”

“你这是什么意思？”一濑故意装出一脸不明究竟的样子问道。

“就是字面上的意思。不过，本来想问你们最重要的部分，现在听了一濑代理部长这么一说，其他的都无所谓了。”

看着室井几乎快要爆发的表情，泽田又补上了一句：“简单来说，我们公司绝对没有任何过失，对吧？”

说完之后，泽田毫不放过任何一丝细节地观察着两人脸上表情的变化，只不过，最后还是没有看到自己预测会出现的模样。

“你够了吧，泽田！”室井藏不住怒气的声音极力否定着，“当然不可能有任何过失啊！你是在愚弄我们质量保证部吗？”

“怎么会呢？”泽田冷静的声调正好与室井成对比，“不过，现在我们在这里谈到的内容，希望能由质保部做成正式的答复书提供给客服部。这是为了方便将来确认事实之用。”

室井闻言难以置信地睁大双眼，一旁的野坂则是沉稳地说着“别激动，别激动”，真不愧是公司里的演技派。

“虽然不知道质保部如何看待，不过我们销售部是很重视这件事的。这也是为什么泽田老弟还特地做了书面报告呈上去，毕竟留下记录总是比较安心嘛！那就劳烦质保配合了，这也是我们花畑部长的意思，希望你们能谅解。”

“喂，野坂。我们柏原部长之前都那样拜托你了……”

一濑自以为抓住了野坂的弱点，却不料野坂早已转换了立场。

“现在状况和之前不同了啊。刚才我也已经和柏原部长通过电话说明了。总之，如果真的无法将零件归还给赤松货运，就请提出足以令对方信服的理由，并告知我们贵部门希望的应对方式。接下来面对顾客的部分，就交给我们处理即可。”

质量保证部那两个人，只能不甘心地瞪着野坂。此时他们似乎也领悟到，在这里坚持下去，事态也不可能朝他们希望的方向改变。一濑代理部长叹了一口气，用力靠回椅背上。

“虽然实际作业程序由泽田科长进行，不过既然是出自花畑部长的指示，那也没办法。就让室井提出书面回复吧。这样可以吧？”

室井虽然露出不满的表情，但泽田当然不会对这个结果有任何异议。如此一来，即使是历代高级干部辈出、称得上是希望汽车不可动摇的“圣域”的质量保证部，在这场交手里也算败下阵来了吧。泽田内心一边窃笑着，一边也明白今后不免要再次面对与赤松货运的种种谈判交涉了。

室井应该会提出拒绝归还零件的书面答复。本来只能按照野坂的指示面对赤松货运的销售部，今后将能以代表希望汽车的立场去说服对方了。

然而，尽管如此……离开会议室后，泽田这样思索着。不过就是关于一个零件归还与否的问题，竟然需要如此大费周章，这家公司到底是怎么一回事？

想给质保部来一个下马威的销售部，以及虽然否认过失但明显隐瞒某种事实的质保部，两个部门错综复杂的心思考虑，最后发展成部门之间的钩心斗角，这未免太滑稽了。希望汽车的官僚体制，从三年前爆出隐瞒召回事件之后，至今没有丝毫改善。那毫无根据的精英意识，以及遇到不利情势时就选择以隐瞒代替改善的态度，这些都是希望汽车唯我独尊思想的体现，而且在“没有希望汽车就没有员工个人”的傲慢资本主义集团庇护之下，根本不要期望过去发生的丑闻能够如此简单改变这陈腐的体制。

另外，尽管自己唾弃公司的腐败，却依然在不知不觉间，巧妙地利用了这样的体制投入部门之间的斗争，一想到这里，泽田不禁苦笑了起来。

包括自己在内，这家公司里的员工都是无可救药的笨蛋。

如此自嘲着，泽田仍在下周一收到了来自室井的书面答复，并接到花畑“前往赤松货运直接交涉，务必说服对方”的直接命令。

9

赤松的手机直接接到希望汽车泽田的来电，是在隔周的周一上午。

“不好意思，这么晚才跟您联络，是关于上次那件事的结果。”

泽田这么说着，和赤松约定了隔天，也就是周二下午进行会面。对赤松货运来说事态紧迫，已经没有太多时间可以耽搁了。

那天，到了约定的下午两点，一辆面包车载来了泽田。赤松虽然表示自己可以前往位于大手町的希望汽车公司，但这次泽田却坚持亲自造访赤松货运。在他身旁一脸紧张地握着方向盘的，是经销公司的益田。看样子，泽田是先和益田会合了之后，再由熟门熟路的益田带他前来。面包车开进赤松货运后，缓缓打了个转，停进了办公室前的停车格。

当天天气特别冷，步出驾驶座的益田原本还缩着脖子打哆嗦，一看到赤松，便赶紧用宛若机器人般的僵硬动作弯腰鞠了个躬。赤松从办公室里就可以看见益田打开后备厢，先拉出一台推车后，卸下了一个巨大的箱子，泽田也在一旁帮忙。很快地，他们便卸下了箱子，关上车厢门，推着推车进入赤松货运的办公室。

“前些日子真是失礼了。”

一走进会客室，泽田便郑重地低头行礼，并和随赤松一起出席的宫代互换名片之后，才在沙发上坐下。

“花了一点时间才拿到零件。”

没有任何客套话，一上来就是这句。

“无妨，只要能将零件还给我们就好了。”

赤松这么说着，瞥了一眼那个放在办公室一角的纸箱。他心想总算是拿回来了，一方面感到安心，另一方面想到竟然得花费这么大一番功夫才取回零件，内心还是有些许的不满。

“其实今天我来这里，也是为了这件事，想和赤松社长您商量一下。”

“商量？”

莫非他们想插手重新调查吗？眼见室内的气氛似乎又要开始充满火药味，益田赶紧转过自己那张狐狸脸，轻咳了几声打圆场，让泽田继续说下去。

“由我们销售部这边询问了质量保证部之后，结果虽然很抱歉，但归还零件这件事还是有困难。”

“你这话是什么意思？”

赤松的语气激动了起来，瞪着穿了一身高级西装的泽田。泽田先是摆出一副不得已的表情，接着用仿佛诉苦般的语气说着：“不好意思，但我想请问赤松社长，取回零件之后，您是否打算重新调查？”

“想怎么做是我的自由吧？”

面对愤然作色的赤松，泽田又说：“若是如此，那敝公司将会相当困扰的。”

“困扰？有什么好困扰的？”赤松清楚感觉到自己的怒意，大声地询问着。

“关于事故原因既然已由敝公司着手调查过一次，零件当然也就在调查过程当中经过了某些处理，不再是最初的状态。而在状态已改变的情形下，如果被带到其他研究机构中进行再调查，不排除有可能出现错误结果的可能。如此一来，敝公司的信用或许将会蒙受损伤……”

“这未免太自私了吧？”

怒吼出这句话的不是赤松，而是一同出席的宫代。看他难以置信、对泽田怒目相向的模样，就知道他的想法和赤松一样。赤松自己也是惊讶得瞠目结舌。

“我说啊，泽田先生。”赤松身体向前屈了屈，“刚才我也说过，取回零件后想怎么做是我方的自由，不劳贵公司多费心。顺便告诉你，这个东西要不要还我们，也不是贵公司能擅自决定的。”

“您这么说就不对了，赤松社长。”泽田提出反驳，“敝公司有义务对国土交通省提交报告，相对地，也必须保证调查结果的可信度。因此敝公司无法支持任何有可能损害这份调查结果可信度的行为，否则将很有可能因此被国土交通省质疑我们的专业度。”

“怎么会有这种事啊，这未免太可笑了吧！”赤松立刻否定泽田的说法，“你现在口口声声说的，都是‘有可能’‘或许’不是吗？拿这种空泛的假设当作理由，拒绝归还我们的零件，我敢肯定一定有其他原因，那才是真正的理由。”

本以为泽田会回问理由何在，没想到他却默不作声。泽田总是能巧妙地将谈话焦点模糊，借以操纵谈话方向。察觉到泽田这狡猾的一面，赤松不禁怒从中来，几乎有种冲动，想冲上前狠狠揍他一顿。

“赤松社长，我可以问个问题吗？”泽田向前探出身体，暗示着接下来的询问将是重要关键。

"我很明白您的心情，您会生气也是理所当然的。虽然我也不想这么做，但我也有我的立场，这点还望您能谅解。其实，我个人是很希望能将零件归还的。"

泽田巧妙地运用怀柔的言辞。

"不过，关于要不要还，就算我们在这里各持己见，也不会有任何建树。我当然了解赤松社长您想查明事故责任归属的心情，但是就算那样，也无法令往生的人复活。再说，因为这场事故而受到打击与损失的不只是贵公司，对敝公司而言也是一样。所以我有个提案，不知道您是否愿意开始考虑下一步的做法？"

"下一步，什么意思？"

看着双手抱胸的赤松，泽田眉头一皱，仿佛请求似的继续说下去。

"我今天带来的是全新的零件。此外，我也听益田说，贵公司还有其他和日前事故车辆一样车型的货车正在使用中。如果贵公司愿意的话，我们也可以免费为那辆货车更换新的零件。我知道事情不是这么简单，在这件事的应对上敝公司也做了很多失礼的事，关于这一点，我愿意在此表达最深的歉意。可是社长，我们是不是差不多该往前看了呢？继续陷在这场事故里，也无法改变已经发生的事实和结果，不是吗？"

赤松不发一语，默默地注视着眼前这鼓动如簧之舌、拼命想说服自己的男人。

泽田说完之后，刻意顿了一顿，以询问的眼神看着赤松。

"那场事故改变了一切。"赤松说，"我同意事到如今，已经无法扭转既成的事实；可是，人有时候就是必须跨越一些障碍，才能继续向前走。公司也是一样。对我们公司来说，只有先查明事件真相，才有可能往前看。”

“您就不能相信敝公司的调查结果吗，赤松社长？”

“这我办不到。”赤松不客气地一口回绝，“要是我这么做，就愧对我公司所有员工以及家人了。我有我的信念，就像你对你的公司抱持着信念一样。像我们这样的中小企业想要生存是很困难的，所以无法轻易忘记发生过的事，随随便便往前看。已经发生的过去即使无法扭转，但至少可以重新评价，而现在我们需要的就是这个。那场事故夺走了一条人命，死去的人也不可能再度复活，这么沉重的责任现在正由敝公司承担着。你刚才说继续拘泥下去也无法改变结果，那是不对的。如果不去面对‘过去’发生的这场事故，敝公司将会撑不过‘现在’。所谓的中小企业啊，就像这样时时刻刻都走在钢索上啊！”

一旁的宫代紧闭着眼睛，双手交叉在胸前，凝重地听着赤松这番话。赤松看见他的脸颊微微颤抖，或许他也在咬紧牙关忍耐着吧！

“请接受敝公司的诚意吧，赤松社长，我拜托您！”

泽田低下头，额头几乎要磕在桌子上了。益田见状也跟着说：“我也拜托您了！”看样子，他们是想动之以情了。这是谈判时的常用手段，然而赤松要的并不是这个。

“请抬起头来，泽田先生。你这么做只会让我觉得很困扰而已。”赤松冷冷地说，“与其道歉，不如快点归还零件吧。”

“所以说就是因为无法……”

“你以为那是谁的零件！”赤松突如其来的大吼，让泽田吓了一跳。益田更是差点从座位上跳起来，两眼睁得大大的。“也好，我现在就把话说清楚：那个零件来自敝公司的货车，也就是说那是赤松货运的所有物，今天敝公司既然不是委托你们修理，所以自然也就没有交换零件这回事！”

“您说得没有错，但能不能请您就接受交换零件的解决方式呢？”

简直没完没了。

“办不到。”赤松斩钉截铁地说，“要不要归还，不是由希望汽车来判断的。不管零件是否损坏，它都还是属于敝公司的东西。你们坚持不归还零件，难道不怕违反法律吗？”

泽田用力咬紧嘴唇，沉默不语。

“还是说，要我采取法律手段来解决？”

面对赤松的撕破脸，一直沉默以对的泽田终于低声说道：“您不愿意接受敝公司的诚意，实在令人遗憾。”

“最晚明天，将零件还给我们。明白吗？”

“这一点，无论如何都办不到。”泽田坚持不让步。

“零件的所有权属于我们。”

“这我明白，可是……”

“那不用说了，只好采取法律手段来解决，可以吧！”

先是沉默了半晌，泽田才放弃似的叹了一口气说：“那也没办法了。不过，赤松社长您要知道，做出这种事，受到伤害的可是您的公司。一旦闹上法庭，将耗费多少时间和金钱，我想这不是贵公司负担得起的哦？”

“你说什么！”

赤松怒视着泽田正想动手，一旁的宫代睁开眼睛，伸出手制止了他。赤松气愤地跌坐回椅子上，用气得发抖的声音说：“贵公司不归还零件，想必有其他原因吧。被你们断定为维修不当的车辆，老实说维修上一点问题都没有，这一点我有绝对的把握；因此，一定有什么不可告人的理由，让你们非得用‘维修不当’来栽赃我们不可。我说错了吗？”

一改方才拼命想说服赤松时的低姿态，泽田此刻挺直背脊，傲然地与赤松对峙。

“我完全不知道，您说这种话的根据所为何来？”

“就根据你们坚持不归还零件的态度。你就老实说吧，泽田先生，其实是你们希望汽车本身车辆的结构有所瑕疵，对吧？”

“怎么可能？”泽田否认，“绝对不可能有这种事！”

然而，赤松接下来的驳斥之词，却动摇了泽田脸上坚定的表情。

“真的没有当然最好，可是啊，希望汽车出品的货车发生事故，可不只有我们公司这次。好比说半年前，在高崎也发生了类似事故吧？那场事故让货车司机受了必须双腿截肢的重伤，听说，当时也是在转弯时轮胎脱落。轮胎这种东西是这么容易脱落的吗，泽田先生？贵公司的轮胎难道长了翅膀，会自己飞上天空吗？”

凝视着赤松的泽田脸上，渐渐失去了血色。

“那个新零件你带回去。回去之后，跟你上司再好好谈一次吧。如果你们认为自己真能拒绝归还零件，那就大错特错了。别以为对手是中小企业，就瞧不起对方！”

赤松说着，用力踹了椅子一脚。

离开赤松货运后，坐在面包车副驾驶座上的泽田，始终一脸不悦地沉默着。

交涉结果不顺利也是原因之一，然而最让泽田忧心的，却是赤松提起了群马高崎的那场事故。

赤松不但已经得知那场事故，而且还认为那件事与这次的母子死伤事故之间必有关联。事态发展令泽田大受打击。

这一状况也代表着，原以为泽田能说服赤松接受零件不归还事实的质保部……不，该是说希望汽车打的如意算盘失算了。

这两件事故都被当成独立个案处理，本来不应该会被联想在一起的；然而，这样的联想偏偏就从赤松的口中说了出来，这使得原本就打心底不信任质保部的泽田，更加感到危机重重。

面包车载着沉重的零件，穿梭在世田谷的住宅区间。泽田一边望着车窗外不断流逝的高级住宅区，一边思考起现在希望汽车所处的状况。

乍看之下，希望汽车或许像是航行在风平浪静海面上的大船，但事实上海面下的旋涡早已越卷越大。突然，赤松的话在他的脑海中苏醒。

所谓的中小企业啊，就像这样时时刻刻都走在钢索上啊!

然而，对一直难以忘怀三年前那场噩梦的泽田来说，走在钢索上的并非只有中小企业啊。

大企业其实也一样，时时走在危险的深渊边缘。就像现在，如果被社会大众发现公司和三年前一样隐瞒召回的话，那么本来就已面临业绩不振的希望汽车，铁定会马上完蛋。身为直接面对顾客的客服策略科科长，泽田比谁都能深刻感到这种切肤之痛。

现在这个社会，企业的生存之道确实正在改变。

当发生对公司不利的事时，与其一味隐瞒，不如诚实公开反而能博得顾客的信任。这个道理不只限于汽车产业，而是所有企业都适用。相反，一旦有舞弊、失误、产品缺陷等情况发生，要是遭到外界揭发的话就没救了。如果不能在那之前自行公开并且谢罪，将会遭到严厉的批判。

回到公司后的泽田，对北村交代一声“我去一下质保部”后，就快步离开了销售部办公室。

来到位于不同楼层的质保部办公室，泽田粗鲁地打开门，直接朝最里面的室井座位走去。

正在阅览文件的室井一察觉泽田的身影，脸上便露出嫌恶的表情。

“那件事办得如何啦？对方接受我们的条件了吗？”

泽田狠狠地瞪着室井说：“赤松那家伙已经查出群马那件事了。看样子，他也发现了那件事和他那场事故之间有所关联。”

室井脸上的表情消失了，似乎很不安地伸出中指推了推眼镜。

“这两件事又没有关联。”过了一会儿，他才勉强挤出这句话。

“只是表面上看来如此吧？”泽田又冷淡地接着说，“不过，我丑话先说在前头，就我个人看来，那两件事是有关联的。”

泽田这么说完之后，便转过身背向室井，询问其他人事故调查报告放在哪个柜子，然后走到那柜子前。

“你想做什么？”室井的询问中充满了戒心。

“我想确认一下过去发生过哪些事故。我的个性就是不亲自确认就不放心。”

“随便你。”

泽田没理会室井口中吐出的这句话，联络了北村要他带推车和空纸箱到质保部，接着便用推车将装满资料的纸箱带走了。

那天晚上过十一点，几乎所有员工都回家了之后，泽田独自茫然地环视着空荡荡的楼层。

办公桌两侧，堆满了从质保带回来有如小山一样高的资料，书桌上除了一台用来做记录的笔记本电脑之外，几乎完全被散乱的资料给淹没。

泽田调查了过去三年间发生过的轮胎脱落事故，总共有二十四件。

其中仅仅只有七件的调查结果是车辆本身的问题，而且七件全部都被质保评估为“S2”甚至“S3”的轻微程度，并下了不需要召回的结论。至于包括高崎那场事故在内的十七件事故调查，得出的结果都归咎于使用者本身的维修不当。赤松货运的事故也属于其中之一，调查内容也已经呈报给国土交通省了。

泽田心想，之所以其他事故都不像赤松货运一样形成纠纷，一方面或许是社会普遍对希望汽车这个品牌的信赖使然，另一方面则是对使用者来说，“维修不当”这个结论很难推翻的缘故。

因为维修不当导致轮毂断裂。

这句话多次反复出现在交给国土交通省的报告书中。

被资料淹没的泽田如今已经可以确信。

当隐藏在这堆资料中的事实被告知于世之时，就是希望汽车万劫不复之日。

10

赤松对“齿轮”这个词，向来没什么好印象。

组织的齿轮，失去控制的人生齿轮。用在这些比喻上的齿轮，就像是没有自由也没有自我意识，但又不可或缺的必需品。它只是一个不断消磨耗损、微不足道的零件，一旦消耗殆尽了，就只有被舍弃一途。

不过，不管结果怎样，大家都一样，都是齿轮。

每个人不管是在公司里，还是家庭中，都是不可或缺的齿轮，都是被要求持续转动的齿轮。赤松对齿轮的印象是渺小的、无力的，可是担负的任务却又是重大的，而它被要求的，则是精准不失控的精密节奏。

被卷入那场事故之后，原本支撑着赤松不断运行的齿轮就乱了节奏。

真是不可思议。

一旦齿轮开始失去控制，原本顺利的一切都会瞬间跟着变得错乱。不只是公司，就连家庭也受到波及。

员工们都下班回家后，赤松一个人待在空荡荡的办公室里陷入沉思。他一边听着窗外不时传来风吹枯叶的声音，一边摊开宫代做好的资金周转表。

和泽田的面谈只能算勉强表达了这边的意思，而且事态也并没有因此获得任何进展，赤松货运的处境甚至可以说反而恶化了。

希望汽车的做法真的很卑劣，但若真要采取法律途径展开诉讼也的确太花时间，更何况资金也周转不过来。

就算能马上争取到新客户，等到货运费进入公司户头，最快也需要两三个月的时间。

这样一想，赤松就发现，自己这个货运公司已经陷入了退无可退的境地。

为了渡过这个难关，就只有向别人借钱了，否则公司将无法经营下去。

然而，现在根本不可能有哪家银行会愿意借钱给赤松货运。

从刚才开始，赤松就拼命地设法打消脑中浮现的念头。

地下钱庄。

“真的要向地下钱庄借钱吗……不行。绝对不能和地下钱庄扯上关系。”

两难的抉择，让赤松陷入挣扎。

赤松货运的获利率，只占总营收的几个百分点而已。换句话说，就算完成一项营收百万的工作，公司最终的获利也就不过几万日元罢了。

相较之下，地下钱庄的利息就算便宜一点的也要百分之十几，以正经的经营者的角度来看，实在是高得不像话。这样借来的资金即使周转顺利，不仅接下来的获利全部要拿来还款，一个弄不好，说不定连自己的薪水都得赔进去。

“不过，只要付得起员工薪水的话，倒还是可以考虑……”

赤松如此对自己说着。

这时他脑海中浮现的，是面恶心善的门田和他家那挺着大肚子的女孩。她的名字叫作千夏，门田都叫她小千。等她平安生下孩子后，他们就要举行结婚典礼了。

如果自己不能保护他们，还有谁能保护他们呢？赤松在心里这样想着。然而，现在去向地下钱庄借钱，真能称得上是保护员工吗？门田他们挥洒汗水努力的成果，就要变成高利贷的利息，白白落入地下钱庄的口袋了吗？身为经营者，自己就只有这点能耐吗？

赤松感到万分懊恼。

就在此时，办公室的电话突然响了起来，将赤松的思绪拉回现实。

“前几天让您远道而来真是不好意思，我是高崎的儿玉。”

儿玉？一瞬间赤松还搞不清楚对方是何方神圣，不过一听到“高崎”两个字，他就想起来了。原来是高崎市内那位儿玉通运的儿玉社长，也就是那起货车事故的……

“啊，我才不好意思，前些天谢谢您了。”

赤松握住话筒，挺直了背脊。

“是这样的，中午接到贵公司人员打来的电话，不过我刚好外出不在。”

“电话？”赤松并没有打这通电话，那会是谁呢？

“是一位鸟井先生打来的。我公司负责业务的人接了电话，然后问我能不能跟您联络一下。”

鸟井……他怎么会打电话到儿玉通运去呢？赤松一头雾水，只能先含糊回答：“原来如此，不知道鸟井打电话到贵公司是为了……”

儿玉的回答出乎赤松意料。

“他是打来询问敝公司可否外包业务给贵公司的。听起来，鸟井先生似乎已经跑了许多家和敝公司规模差不多的公司询问过了。刚好敝公司的业务负责人知道您上次来访的事，于是便向我报告，让我和您联络一下。”

“是这样啊……”

赤松愕然无语。儿玉通运和赤松货运并无业务往来，过去也只有在社内会议中略微提过几次而已。没想到鸟井这么努力争取业务，一定是除此之外没有别的办法了。

“儿玉社长，明知您这么忙还让您特意跟我联络，真是非常抱歉。”赤松隔着话筒，深深地对儿玉鞠躬致意，“说来丢脸，由于事故的影响，敝公司的业务量大减，所以我才吩咐业务员多去外面争取单子，没想到会到贵公司叨扰。实在是很抱歉……”

“我才必须向您道歉呢。”儿玉说着，“前几天赤松社长您来访时，我自作主张建议您去查明事故的真相，却没顾及才刚发生那样的事故，贵公司一定正处于十分艰难的阶段。如果您不介意的话，我想请贵公司那位业务人员再来我这里一趟，我会尽可能协助贵公司扩展业务的。”

完全没想到儿玉会提出协助的意愿，赤松不禁感到诚惶诚恐，打心底发出感谢之辞：“真的太谢谢您了！”

“虽然不能说是交换代价，不过我倒真的想请您务必对希望汽车这件事追查到底。原本说起来应该是由我自己来做这件事的，结果现在却来拜托您，所以我一定会尽可能给贵公司提供协助。虽然敝公司出事时我没能调查到最后，但这次我相信，您一定能查明真相的。电话里不好说，总而言之，还是和贵公司的业务当面详谈，看看能从哪里着手吧！”

“真的非常感谢您，我也会偕同鸟井一起出席，还请您多多指教。儿玉社长，太谢谢您了！”

赤松以颤抖的声音这么说着。

儿玉社长打算提供给赤松货运的，是从前桥到川崎之间路段的大型货物运输工作。虽然这是儿玉通运的大客户所委托的运送货件，但因为车辆调配的关系，儿玉通运无法自行承担，所以需要外包。赤松当然二话不说，隔天便陪同鸟井一同前往儿玉通运接下这份订单。

然而，儿玉社长给赤松的支持还不止于此。

“对了，赤松社长，还有一件事。事实上，和敝公司有往来的银行，也正好拜托我介绍新客户，不知道您有没有意愿？”

赤松再度愕然。别说有没有意愿了，根本是求之不得。

只是，虽然介绍人儿玉通运是足以信赖的优良企业，但对方银行愿不愿意和现在的赤松货运往来还是个问题，毕竟连过去主要往来的东京希望银行，都已经弃赤松货运于不顾了。

隔天，正当赤松还半信半疑时，他接到了由儿玉社长介绍的榛名银行蒲田分行打来的电话。

第五章　名门企业混乱的罪与罚

1

好像有谁，正呼唤着自己的名字。

抬起头，正好看到英里子一副很感兴趣的样子，直盯着自己的脸。

“你跑到别的世界去啦？”

“对哦，好像是这样子呢。”

瞬间搞不清楚自己身在何方的泽田，举起手中的红酒杯啜饮一口后放回桌上。

回到家时已近深夜，然而亢奋的神经显然让他无法立即入眠，于是他便打开红酒，邀妻子英里子一起喝一杯。然而，他却始终难以专注在眼前的对话上，不知不觉中，脑子又开始思考起同一件事。

萦绕泽田脑海中的是那些事故调查的报告。

将这三年来发生过的二十四起事故调查报告都详阅一遍后，泽田有种预感，当中必然隐藏着某个真相，心情渐渐忐忑不安了起来。还有就是，社内复杂的派阀意识依然不断地扰乱心思，使得泽田迟迟无法决定身为希望汽车的一分子，同时也是身为与质保部对立的销售部一员，接下来究竟该采取何种行动。

无可否认，希望汽车所属的希望集团企业群，在某种程度上的确引领着日本经济；然而，那些出自温室栽培的领导者，似乎一直在缺乏危机意识的情况下持续着混乱的经营，这也是不争的事实。

“下面我要说的只是假设。”泽田对妻子如此说道，“有某一群人明明隐瞒着某个秘密，却坚称没有这个事实的存在。可是这群人所隐瞒的事实一旦被揭露，将有可能导致整个组织崩坏。面对这种情形，如果是你会怎么做？”

“你说的，该不会是上次那件事的后续吧？”英里子脸上失去了笑容，“真的发生这种事了吗？”

洞察力敏锐的英里子问着，泽田则是别开目光说道：“还不确定。”

“这样啊……”英里子说着，陷入沉思之中，“确实很难抉择。我认为不管是人还是公司，不可能一直都不出错。是人都会有犯错的时候嘛，就连你我也一样经常做错事，有些时候甚至是不可告人的错误。面对这些，谁都会想企图隐瞒的，这是人之常情，我也不会觉得是不应该的；相反地，如果刻意去揭穿这种错误，在我看来反而才是不对的行为。”

“但我现在说的，可不是这种一时鬼迷心窍，或是粗心大意犯下的小差错哦。”

“如果是这样的话……”英里子凝视着泽田说，“那就有必要揭穿秘密了。公司会变成什么样，不该是由你来操心的问题。”

“是吗……”泽田再次举起酒杯。

“你又不是经营者，做员工的只要善尽身为员工的职责就好了，不是吗？听你这么一说，让我想起上次有位社长来上我节目当嘉宾，那位社长说‘我都叫我的员工要把自己当成社长来做事’，结果我就问了他：‘那么，您的公司每位职员都领和社长一样的薪水咯？’那位社长当场被我问得哑口无言呢！”

泽田不禁失笑。

“公司这种地方啊，不过就是公司罢了。”英里子这么说。

“公司之所以能够成立，前提是顾客的存在哦。我虽然不知道你想揭穿的是什么秘密，可是如果那是对顾客有利的，我认为你就应该去揭发它。就算公司将会因此破产倒闭，该做的事还是得去做。无法承受这一点的公司，就算一时能够苟延残喘，日后也必定会土崩瓦解。毕竟，无论如何都不能对最重要的人说谎啊。以公司来说，那个最重要的对象就是顾客，不是吗？”

泽田目不转睛地看着英里子。她这番话，让泽田想起了某些早已被遗忘的事。

“我觉得你好像帮了我一个大忙。我看啊，你也别当什么电台主持人了，去当心理咨询师可能更适合哦！”

“你别小看电台主持人好不好？心理咨询师一次只能帮上一个人的忙，但我可是一口气可以为几万人甚至是几十万人带来心灵疗愈。如果是你，你选哪一种啊？”

又被英里子将了一军。

2

过了深夜十二点，办公楼层一片鸦雀无声。

电梯停在希望汽车十楼，步出电梯后，放置在横贯楼层左右两侧通道上的沙发上，已有个人影等在那里。早已空无一人的楼层，除了小夜灯，再无任何灯光。

此时，沙发上的人影动了起来，站起身举起右手打了一个暗号。

“走吧！”泽田说。

“要是被炒鱿鱼都要怪你哦。”小牧半开玩笑半认真地说。

“要是放任 T 会议就这样发展下去，你我迟早得露宿街头。”

小牧这次没有回嘴，反而率先走向位于走廊中段附近的质量保证部入口。

隔着落地玻璃可见到门内一片漆黑。小牧转了转门把，确定门是上锁的。

“好！那么，要开始上工了吗？”

嘴里说着看似玩笑的话语，小牧伸手从口袋里取出一把连着白色号码牌的钥匙。这是小牧从总务科借来的备用钥匙。打开门锁后，两人潜入室内。他们靠着小夜灯的光线穿过整个办公室，来到目的地的办公桌前。泽田打开那张桌上的笔记本电脑，按下开关。

计算机开机的声响开始回荡在安静的楼层里面，那是室井的计算机。画面显示需要输入密码。

小牧取出口袋中写着六位数密码的纸片，解除了密码锁定。

那天傍晚，小牧探听出质保部的密码被统一管理的事之后，便开始大显身手。首先，小牧调查到能进入管理员计算机的几部计算机之中，包含了研究中心加藤的计算机。紧接着，他便通过一连串的死缠烂打，硬是说服了加藤协助侵入管理员计算机，偷偷取得室井的密码。这对自认为是计算机阿宅的小牧而言，是再擅长不过的把戏了。

室井计算机发出的光线，在小牧的衬衫上投射出不规则的图案。

“要是有与T会议相关的议事录就太完美了，可惜好像没有啊！”

昏暗之中，小牧睁大眼睛，仔细浏览着画面，最后终于发现了线索。

T会议参与人员的电子邮件名单。

“好，让我们来瞧瞧，有哪些大人物参与吧？”

打开档案夹前，小牧先兴奋地搓了搓手，然后很快地按下鼠标；瞬间，画面上便显现出参加人员的电子邮件名单。

泽田站在小牧身边，一起检视着这份名单。

“不会吧……”小牧喃喃自语着。

成员名单的最上面一行，记载的人名是——

“狩野常董……”

“喂。”泽田戳了戳小牧的手臂，示意他取出随身碟。接着，小牧迅速地将人员名单拷贝到随身碟里，注销并关闭计算机。

离开质量保证部之后，泽田与小牧装出若无其事的表情搭上电梯，回到各自的办公室楼层。

返回销售部之后，泽田马上打开计算机，盯着画面等待。这时几乎所有员工都下班回家了，整个楼层空无一人。很快地，计算机传来收取信件的提示音，小牧夹带档案的邮件已经发来了。泽田迫不及待打开了档案。

小牧发来的档案，是将拷贝的文件改以电子表格方式另存的格式。表上的人员总共二十三名，不过泽田对质量保证部与研究中心部长级以下的主要参与者并没有兴趣。这份人员表的最上端，列出几位参与了T会议的公司干部名字，这些干部都是高层经营者，是董事级别的高管。如果只有质量保证部长与研究中心负责人参加的话还可以理解，然而看到有很大希望成为下任社长的狩野常董也在其中，泽田内心的危机感不禁大增。这个T会议，说是质量保证部与高层经营者联手缔结的秘密沟通热线也不为过。

“档案，打开了吗？”小牧很快地打来电话询问。

“打开了。”泽田简短地回答之后，便因思绪紊乱而长叹了一口气。

“看到这个，你打算怎么办……你是怎么想的？”小牧问道。

“怎么想啊。总之，看到狩野先生的名字让我太惊讶了。换句话说，这代表连高层经营者都牵扯进了这个T会议当中。照这情况来看，事情的发展已经到了我们难以想象的地步了。”

“在那之前，我们得先确认会议内容啊，总不能只是因为怀疑，就把事情闹大吧？有没有什么好办法？”

“还是我们试着从名单上的人开始一个一个打听？”小牧说着。

“以调查的起手式而言，这招并不太好。”泽田说，“第一，我不认为这些人会轻易把事情说出口，反而更有可能什么都还没查出来，就被上头察觉我们的行动。还是想想别的办法吧。”

“别的办法？”

“既然可以偷到室井的密码，那么侵入这些成员当中哪个人的计算机找寻会议记录，应该不难吧？”

“喂喂喂。”小牧在电话那头一定吓得睁大了眼睛吧，“你话说得倒简单哦，知不知道自己在说什么啊？”

“当然知道啊。不过，这已经是目前我能想到最快的办法了。”

小牧没有回应。过了一会儿，他才开口说道：“找出会议记录后，你打算怎么做？”

“那还用说，当然是打垮质保啊！之后就是你我的天下了。”

泽田这句话，一半是出自面对小牧时一贯的吊儿郎当，但另一方面，其实他自己也不知道究竟该如何打算。说白一点，他的目的就只是“想要揭发公司内部的弊端”吧！但，凭良心说，泽田知道自己的行动并非受到如此纯粹的正义感所驱使。果然，他还是无法否认自己依然存有趁机改写公司内部权力结构的野心。

无论如何，当前最重要的任务是先去搞清楚T会议上发生了什么事，至于之后该怎么走下一步，可以到时候再考虑。

“你打算把狩野董事斗下台吗？”小牧半是惊讶地问着。

“只要那个人在位子上一天，公司就只会是质保的天下。他的私心太明显了。”

或许这就是希望汽车的本质也说不定。

重内不重外，比起公司繁盛与否更关心派阀的地位，这就是狩野的做事方法。

从技术工程师领域起家的狩野，曾经担任质量保证部部长，但在专业领域上的成绩，却比不上他统整内部的政治手腕。权谋策略，正是他的强项。

从质保部到高层经营者，他布下了密如渔网般的人脉网络，而这些人都信奉赏罚分明的信条，彼此之间的联系坚不可破。这也是泽田认为从这些人口中问不出事实的原因之一。在这些人眼中，最重要的不是公司的兴旺，而是部门的繁荣。至于销售部也好，制造部也好，甚至顾客会变成怎样，都不是他们关心的对象，“自扫门前雪”才是他们根深蒂固的信念。不仅如此，他们的脑袋里，还天真地深信唯有这么做，才能使公司永续经营。或许该说从头到尾，这些人抱定的就是希望集团一贯的处世态度，眼中根本没有顾客的存在吧！

“现在不做，就只有等着自取灭亡了。”

“不用等到灭亡啊，我现在日子就不好过了。”小牧一如往常地大吐苦水，顿了一顿之后接着说，“计算机那件事，我这边会去试试看。不过，我可以负责钓鱼，料理可就要交给你啦，没问题吧？”

“那是自然。”泽田应了一句，然后又赶紧问道，“你打算什么时候进行？”

“越快越好吧？明天我就先想办法试试看，不过你可别太期待结果哟！”

泽田与小牧的密谈就此告一段落。

3

赤松转搭东急线到蒲田车站下车，他此行的目的地，是从站前商店街走到底便能看到的榛名银行蒲田分行。

他一边等红灯，一边隔着马路端详十字路口另一端的蒲田分行。说起对榛名银行的印象，老实说，他只记得是曾有一段时间被收归国有的弱小都市银行。现在，它说起来算是大型银行的一个分支，依附在主要往来银行集团底下经营，换句话说，就是金融自由化浪潮下的受害者。

这样的银行真的会愿意提供融资吗？

就以那栋此刻出现在赤松眼前的蒲田分行来说，它也比不上希望银行美轮美奂的簇新建筑，只是一栋有点老旧的两层楼建筑物而已。也不知是因为蒲田地区本来就是都市化较慢的老旧小区，所以才连带给人这种印象，还是真的是因为榛名银行曾有一段时间连给职员的奖金都发不出来，所以连建筑物也无法翻新。当然，更有可能是赤松陷入前所未见绝境的心理状态，导致他对榛名银行产生这样的评价。但，无论如何，现在的赤松不管在时间和金钱上，都根本没有资格去挑剔银行的外观，只能硬着头皮试试了。

他比约定的十点半早到了一点，若对方没打算提早会面，那也只能等了。在负责总务的职员招呼下，赤松强打起精神走上二楼。

职员引领他进到柜台内侧的分行长室。

榛名银行也是经历过合并的银行，所以这家分行所在建筑原本可能属于其他银行，会客室豪华得和榛名银行完全不搭调，令人想起昔日泡沫经济时期的风采。

没等多久，门外传来一声“不好意思，让您久等了”。伴随着这个声音走进会客室的，出乎意料是一位穿着深灰色套装的女性。乍看之下，赤松还以为是总务科中年资较长的职员送茶来。

然而，女性接下来的一句话，马上就让赤松知道自己想错了。

“我是分行长，敝姓中村。”

“啊，打扰了。”

看着慌忙起身的赤松，中村桂子依然笑脸迎人。

“请多多指教，您的来意我已经听高崎分行的行长说过了。”

打过招呼，重新坐回座位的赤松坦言道：“在我印象中，融资这个行业应该都是男人的天下才对，没想到竟会出现一位女性分行长，真是令人意外啊。”中村也笑着回应：“银行这个职场的确是男性的天下，不过倒也不至于禁止女性投身其中啦！”从应答中可以感受得到她开朗的个性。

毕竟是初次见面的对象，也不好一上来直接提商量融资的事，于是两人先从经济状况开始谈起，慢慢地交换彼此的立场和想法。这段谈话虽然看似无关紧要，却足以让赤松察觉中村桂子实为一位非常优秀的银行职员。

蒲田这个地区遍布许多中小企业与错落的商店街。赤松很快就认定，再也没有比中村更适合担任这个地方分行长的人了。然而不只如此，随着谈话内容的范围扩大，赤松更渐渐发现中村除了拥有知性与优雅的一面，更拥有坚定独到的见解。榛名银行虽然尚称不上一流银行，但中村桂子这个人却毫无疑问是一流人才。

一阵交谈之后，门口传来敲门声，进来了另一位银行职员。借着这个时机，中村开始将话题导向融资。

“这位是敝行的融资科长进藤。我打算让他负责对接赤松货运，请多多指教。”

这位名叫进藤治男的融资科长怎么看都比中村年长，是位年近五十的中年男子。他有着令人印象深刻的五官，尤其是鼻子和浓眉都叫人联想到冲绳的风狮爷雕像。虽然自己也没资格评断他人长相，不过赤松心想，这位进藤科长乍看之下还真是位不起眼的“老爹”啊。不料……

“敝姓进藤。您的来意我已大致听说了，最近您一定很辛苦吧。我一定会尽全力协助您，也请您多多指教。”

他的态度却是意外地充满诚意。

“不，我才是要请您多多指教。”

赤松也低头致意，并从皮包内拿出带来的资料放在桌上。

今天和过去拜访银行时不同，不能只提自己的来意。毕竟是第一次的合作，必须先让榛名银行了解赤松货运是个什么样的公司。

于是，赤松开始从头简单说明赤松货运的经营状况。不过，要扭转“因为发生人命事故而上了新闻的公司”这种负面印象并不是一件容易的事，即使是第一次的合作，对赤松而言甚至不能算是“从零开始”，而是“从负开始”，这一点赤松比谁都清楚。虽然在场的三人谁都没有提起，但在谈论融资的可能性之前，很明显地，厘清这件事绝对是必要前提。

“那场事故带来的影响有多大呢？”

终于就在赤松开始说明最近业绩状况时，由进藤提出了这个疑问。

“原本的主力客户相模机械，对我们提出暂时中止合作的要求。正因如此，本月的业绩呈现赤字。老实说，若不是儿玉通运转了包大单给我们，可能都无法渡过这个难关。儿玉社长真的帮了我们一个大忙。”

“可是，因为失去主力客户的关系，贵公司目前还是需要一笔周转的资金吧？”

中村的脑袋动得很快，简直像是脑中有一个过滤网，能从谈话中马上筛出问题的核心所在。

“正是如此。所以，这次我们至少需要贵行支持三千万的融资额度。”

“三千万是吗？”进藤重复一次金额数字，和头发一样花白的眉毛动了一动，“因为我们是第一次合作，还款期限可以设定得短一些吗，比方说六个月左右？”

“这一点没有问题。请务必考虑融资的可行性。”

赤松想也不想地探出身体，用期待的眼神望向中村与进藤。

“我们会好好考虑的。”中村这么说，“只不过，现阶段还无法马上给您答复。想必您也明白银行的程序就是如此，必须先经过规定的审查手续。”

“但是……”插话的是进藤，“我认为赤松先生拥有出色的经营能力。现在无论哪里的货运业都是惨淡经营，敝行也有好几位客户都撑得很辛苦。”

很快地看了中村一眼，进藤继续说：“再加上您是儿玉先生介绍的，敝行一定会最优先审理您的融资申请。在结论出来之前，就烦请您稍候了。”

融资申请本就无法立刻得知结果，根据常年的经验，这个道理赤松当然懂，然而他还是感到莫名地焦虑。如果可以的话，他甚至愿意一直坐在这里，等到榛名银行给出结论。不过事实上他当然无法这么做，于是在约莫一个小时之后，便结束了这次面谈。

“今天辛苦了。面谈结果如何？”一回到家，史绘就迫不及待地这么问，“银行愿意提供融资吗？”

“哪有这么快知道结果的！只是因为我是儿玉社长介绍的，对方当然不会给我吃闭门羹，而且看来也是愿意评估融资的可能性。”

“真希望可以赶快知道结果。”

史绘一脸暗淡地说。融资不是那么简单的事，身为经营者的妻子这么多年了，她当然也很清楚。但即使如此，史绘还是希望能早日脱离目前的苦境。她期待奇迹发生的那份心情，赤松也很了解。别说史绘，赤松自己都是这么想的。只不过，现实当然不可能这么轻松；不，甚至必须说是相当沉重……

“今天，学校有跟你联络吗？”

听史绘这么一说，赤松正在脱外套的动作也停了下来。

“没有，为什么这么问？”

“听说片山太太去要求校长召开班级会议。”

“班级会议？”

“她好像已经说服好几个家长赞成了。”

“是关于偷钱那件事吗？”

关于那件事，班主任老师坂本并没有再做任何联络，而赤松也认为不好为此一直催促老师，打算先观察一阵子再说，所以也没有主动向学校询问后续发展。

“那之后老师不是又问了一次全班同学吗？听说那时好像又发生了什么事，‘女王蜂’杀到学校大发雷霆。那个人本来就不中意坂本老师，不趁此机会整惨人家，她是不会善罢甘休的。”

“不仅仅是班主任老师吧，我看她大概也想借这个机会换掉家长会会长哦！”

赤松说得仿佛事不关己一样。

“可是她还是继续拿拓郎当嫌疑犯对待，我看这件事交给学校也无法解决吧。”

“喂，话不要这样讲。”赤松将脱下的外套挂在衣架上，轻声责备史绘，“学校是从事教育的地方，总不能希望老师们像警察办案一样粗暴吧？”

“这我当然知道，可是，现在对手却比警察还要恐怖，简直就像是黑道找碴儿啊！”

明知这时无论回应什么对史绘而言都是火上浇油，赤松只好保持沉默。

“话说回来，老师问话时又出了什么问题吗？”

“我也是听德山太太的转述所以不甚清楚，只知道场面很火爆。片山太太昨天还到处打电话给其他家长，我看迟早你也会接到校长来的电话吧。”

一如史绘的预言，几天后赤松果然接到校长的电话。在电话中，仓田校长以一贯微妙的客气口吻说着：“是这样的，上次偷钱那件事，现在变得有点棘手哪。不知您那边有没有听说什么？”

“我是听说有些家长抱怨老师的问话方式，不过具体情形如何我不清楚，也没仔细追问，所以还是有关偷钱那件事吗？”

“是啊。一部分家长很严厉地批判了学校。”

“很严厉的批判？对方是怎么说的？”

“这个电话里有点不方便提……”仓田含糊其词，“如果有时间的话，不知道是否能请您跑一趟学校？”

“好吧，毕竟我儿子也和这件事有关系。”

于是赤松便和校长约定在下午三点学童放学后前往。

那一天相当忙碌。除了堆积如山的工作之外，还发生了很多令赤松挂心的事。一方面，他必须着手准备接受儿玉通运转包的大型货物运输订单；另一方面，赤松也没忘记答应儿玉要查明真相的事。

泽田到公司来访是上周的事，在那之后，关键的零件归还一事，就像触礁般完全没有进展。

在校长约定的时间抵达学校后，仓田校长立刻迫不及待地出来迎接。

“片山太太和真下太太，对学校做了一些严厉的批判。”

仓田校长这么说着，用双手握住眼镜镜架向上一推，眨着眼睛的表情仿佛说着“真是受够了”。或许因为校长总是穿着大一号的衬衫，露出松松垮垮的颈部，所以才看起来是一副软弱靠不住的样子。

仓田校长又继续说：“拓郎同学在书包里找到钱的事，我已经听坂本老师说了。老师也问了好几个学生，是不是知道拓郎偷钱的谣言是谁散播的，听说当时好几个孩子都提到片山同学的名字。”

赤松仰头望着校长室的天花板说道：“然后，这件事就传进片山太太的耳朵里了，是吗？”

仓田用手按压着微秃的前额，满脸歉意地说：“就是这样啊。”

“真的很抱歉，都是我太不小心了。”一旁的坂本老师也这么道着歉。

赤松长叹了一口气。

“那么，老师您调查的结果究竟如何呢？”

总之先把片山淑子的事放一边，赤松姑且这么问着。

“问了好几个学生，得出的结论果然还是片山美香在散播谣言。”

坂本说。

“只是她本人坚决否认。我本来想把那几个提到片山美香的学生集合起来再确认一次，但还来不及这么做，事情就变成这样了。”

“那这件事有告诉片山太太吗？”

仓田边露出一副“那怎么敢”的表情，边挥着他那瘦骨嶙峋的手。

“毕竟真相还不能确定，当然不能告诉她。”

“但从好几个学生口中供出片山美香的名字这是事实吧？至少可以请片山太太好好和自己的女儿谈谈，不是吗？”

代替讷讷地低下头不敢面对的仓田，坂本老师在一旁说道：“片山太太现在根本不是愿意冷静听人说话的状态。”

“结果，片山太太就说她不能接受这种事，所以要求召开临时班级会议。”

“召开班级会议不是问题。可是，校长先生，”赤松语气不耐烦地说，“就算片山太太再怎么不讲道理，现在已经有那么多证词摆在眼前了。只要好好说明，我认为问题不是不能解决。相反地，我希望学校务必问清楚片山美香为什么要散播这种谣言。”

感觉到自己才是受害者，赤松的语气也不容反驳，然而校长却只是一个劲儿地道歉。意识到自己说什么都没用，赤松无奈之余，也只好答应了召开班级会议的要求。

回到公司之后，他试着拨了电话给希望汽车的泽田。对方又是不在公司。内心依然焦虑不安，只有时间徒然流逝。

心念一转，赤松决定试着打电话到港北警察局。

“不好意思，我这里是赤松货运。请问高幡刑警在吗？”

对方表示高幡外出了，于是赤松说明自己是横滨母子死伤事件时的货运公司经营者，请对方转告高幡回电。

“听说您打电话来？”没过多久，高幡就回了电话，电话里的语气冷淡得令人联想到拘留所的墙壁。

“关于那场事故，不知道之后的调查进展得如何了？”

“还在搜查中。”

“到底要搜查到什么时候？”赤松刻意挑衅地说，“高幡先生，警方那样大动作地到我公司内部搜查，之后却连个动静都没有，请问这是怎么一回事？”

毫无回应。就算是刑警，也不该连声道歉都没有吧！警方喜欢秘密行事是他们的事，但事情演变成即将把赤松货运逼上绝路就另当别论了。光是蒙上“嫌犯”之名就会导致公司信用扫地，这个警察到底懂不懂，公司现在面临的是什么样的情况啊？

“对了，不知高幡先生您是否清楚高崎那场事故？”

高幡很快就做出反应。

“高崎？”

“高崎市内有家叫作儿玉通运的货运公司。大约半年前，他们的货车在转弯时轮胎突然脱落，导致货车猛烈撞上山壁。司机身受重伤，导致双腿必须截肢。这件事您不清楚吗？”

高幡思考了一会儿才丢出一句“不知道”，这让赤松不禁怒上心来。

“那场事故，也被负责调查的希望汽车归咎于维修不当。你去调查看看，我知道你们毫不怀疑希望汽车的调查结果，但也不应该是这样的吧？你可知道希望汽车拒绝归还我那辆事故车的零件？那是因为他们的调查结果禁不起重新调查吧！”赤松激动得胸口不住剧烈起伏，“预设立场的调查，对我们来说只会造成伤害而已。这可是攸关我们往后的生计啊！”

电话那头，高幡似乎说了些什么，但却听不清楚。想来，他是在和搭档吉田刑警对话吧。

“总之，你提供的消息我们会去确认，只能说目前没什么可以跟你报告的。”

“哦？是吗？”赤松用力扣上话筒。

他的肩膀因激动而不住地起伏。齿轮还是一样不受控制。一点好事都没有。究竟，我会变成什么样子？

赤松坐在社长室的桌前抱着头。

这时，门口传来敲门声。

他抬起眼睛，视线正对上从门口探进头来、一副小心谨慎模样的宫代。

“社长，榛名银行来了电话。融资审查的结果出来了……”

赤松骤然仰起头来，脸上写满了紧张的神色。

“这么快？这么快就做出结论了吗？结果怎么样，宫老？”

宫代此时的表情充满难以言喻的柔和。

“通过了，社长。”

“太好了……”

赤松感到全身的力气，似乎在这一瞬间都消失殆尽。

4

拒绝了一早公关室打来询问的杂志采访后，参加了部内会议的泽田一回到办公室，就看到桌上十几张便条纸留言。虽然一眼就瞥见了正中央那张写着“赤松货运来电询问事项待回复”，但只看了那么一眼，泽田就毫不犹豫地将这张便条纸丢进了垃圾桶。

现在没有必要联络赤松，更不需要回电，泽田马上就做出这样的判断。更何况比起赤松，更重要的是放在最上面那张来自小牧、写着“请尽快与我联络”的便条纸。

拨了电话后才响了一声，小牧就已经迅速接起电话。

“偷连进质保计算机网络的事可能被发现了。”

“你说什么？”泽田倒抽了一口气，“发生什么事了吗？”

“质保部的网络管理人发函，请制造部调查部内是否有人盗连质保部的计算机。我想你们部门一定也接到同样通知了。你没听说吗？”

“没有。”泽田简洁地回答，接着又问，“怎么会被发现呢？”

“我哪知道啊。”电话那头的小牧压低了声音。

“有什么发现吗？”

“没有，完全行不通。我试着潜入好几个人的计算机，但什么都没找到。本来还以为用质保的密码连过去，一定会有什么发现的。”

“还有可能继续调查下去吗？”

“看这情况应该无法继续下去了吧。质保部一定会加强戒备，现在最好暂时按兵不动才是上策。”

泽田咂了咂嘴，说声“好吧”，就挂上了电话。

之后没多久，泽田果然接到了参加部内会议的通知。

“事实上，从昨天开始，质保部内的网络就已发现遭到不明人士的盗连。”

在集合了销售部中间管理职的紧急会议上，负责质保部网络管理的杉本元目光炯炯地说着。杉本长得一副娃娃脸，整个人像是放大版的小学生。

“前几天，质保部内的计算机出现遭人盗用的情形，质保部认为此事严重违反了公司内部的资管安全，所以一定会彻底找出违规者，也请销售部这边多多配合了。如果得知什么线索，也请务必告知我。麻烦各位了。”

“可以请问一下吗？”泽田开口发问，“为什么会知道有人盗连呢？”

杉本凝视着泽田，似乎想看穿这个问题背后是否有隐情。

“因为出现了双重登录的记录。换句话说，同一个时间内同一个密码，却在不同地方同时登录了。可想而知，其中之一一定是部外的入侵者。”

泽田皱起眉头。为了避免双重登录，小牧还特地挑了晚上九点过后行动。现在看来，只能说运气太差了。

“你有什么线索吗，泽田科长？”杉本这么问道。

“没有。”泽田也只简短地应了一句。在杉本猜疑的目光之下，泽田没有机会追问其他问题，紧急会议就结束了。

“这下事情可不妙了，小牧。照这样下去，我们恐怕会露出马脚。”

会议结束后，泽田马上跑到制造部找小牧。小牧眉头深锁，只是用焦灼的声音不断重复着“我知道，这个我知道”。

“那个杉本，到底是何方神圣？”

据小牧的调查，杉本毕业于关西地方某大学的研究所，进入希望汽车后专攻的是金属相关的领域。之所以会成为网络管理者，是因为他在计算机方面造诣甚高，因此在金属研究的工作之外顺便兼任。

“我已经尽可能消除联机痕迹了。登录记录是一定会残留的，不过光靠这个要查出从哪台计算机登录应该不容易。”

“那就好，不过还是不能大意啊。”

“我知道啦，真是麻烦呢！”

小牧鼓着腮帮子大叹一口气，接着便站起身来准备去开会了。

“情况相当不乐观。”

晚上八点之后，泽田再度接到小牧打来的内线电话。他压低声音的语气里，散发着一股异样沉重的气氛。

“关于盗连那件事吗？”

“杉本跑来找我，说关于盗连的事情有问题想问我。我本想装傻，但没有用。那家伙一定全都知道了。”

泽田握着话筒，倒抽了一口气。

“那是什么时候的事？”

“今天，等一下他就要来跟我谈了。我想我可能要完蛋了。”

“抱歉，把你扯进这种无谓的蠢事里。”

泽田充满愧疚地向小牧致歉。一旦盗连网络的事被发现，至少社内处分是一定躲不掉的，如此一来将大大影响小牧将来的升迁。

“没办法，毕竟也是我自己对这件事有兴趣才插手的。我等一下还是会尽量装傻，不过我想对方手里应该已经握有某些资料了。你今天的行程怎么样？”

“没有特别行程。面谈结束后随时和我联络，我等你。”

放下话筒后，泽田才察觉到自己陷入了极度紧张的状态。焦虑不安的情绪，使得他无法好好完成手上的工作。他不断地抬头望向墙上的时钟，接着又叹起了气，整个人如坐针毡。就在沉重的时间不断流逝之中，他终于等到小牧再度来电。那时，已经是当天晚上将近九点了。

“情况怎么样？”

“说不上到底是怎样，我到现在还搞不清楚究竟是怎么一回事。”

小牧说着，约泽田到公司附近的居酒屋见面。

“到那边再慢慢说吧。我现在就可以走了，你呢？”

一直无心工作的泽田，这才察觉到自己办公桌上散乱一片的模样。

“我整理一下就去，直接店里见。”

5

到了店里，泽田才发现来的不止小牧一个人。

四面被墙壁所围绕，能容纳四个人的小包厢里，除了小牧之外还有另一个不速之客。

看到这个人的瞬间，泽田吞回原本正要开口对小牧说的话，脸上露出警戒的表情。

“抱歉，泽田，我对你稍微隐瞒了一些事情。”

即使如此，泽田依然无法松懈。他不知如何是好，只好姑且先入座。在向店员点生啤酒时，泽田一直目不转睛地看着那位不速之客。

“这是怎么回事？”泽田问小牧。

“还是由我来说明好了。”说这句话的是杉本。

“我从小牧那边得知你们盗连网络的目的是调查 T 会议，所以才想约你们出来。”

泽田不明就里，只能继续注视着杉本。啤酒送上来后，三人也没干杯，就这么直接喝了起来。

“我不懂你的意思，可以说得更明白些吗？”泽田问道。

“也就是说，杉本其实也觉得质保的T会议大有问题哦。”

泽田半信半疑，望着一头薄薄的头发就像茄子蒂般紧贴在头顶上的杉本。不同于白天会议上那桀骜不逊的模样，眼前的杉本用专注而认真的表情面对泽田。

“大有问题？”

“身为质保部的一分子，或许我不该这么说，但是我依然认为T会议的存在，本身就是一个错误。”

杉本以平稳的语气这么说着，诚恳地正视着泽田。泽田一时还无法相信事态竟会出现这样的发展，表情中透露着不放心。即使小牧在一旁说着“我想我们可以信赖杉本”，他也只能勉强点点头。不过，刚才因紧张而僵硬的身体总算放松了一些，口中的啤酒突然感觉特别地呛。

“我想请教一件事，泽田先生，你开始对T会议抱持怀疑的动机是什么呢？”

“因为我和室井科长起了一点小冲突，你没听说吗？”

杉本摇摇头。

“我们为了要不要将轮毂还给客户而产生了争执。”

一听到“轮毂”这个字，杉本那张娃娃脸突然有了反应：“是横滨发生的那场事故吧？”

“我始终不明白为何质保不愿归还轮毂，然而不管我怎么问，室井科长都无法给出令人心服口服的答案。”

“我就说说我的意见，让两位参考看看吧。”杉本凝视着手中的啤酒杯说，“先说轮胎的构造。为什么轮胎会脱落呢？一般来说，轮胎之所以会脱落，主要都是因为防止轮胎脱落的螺丝出现破损的情形。

在这种情形下，只会有轮胎脱落，而刹车鼓依然会留在轮上。问题来了，横滨那起事故却是连轮胎带刹车鼓一起脱落了。”

“连刹车鼓一起？”小牧扬起眉毛。

汽车的轮胎可不像组装廉价塑料模型时那样，直接将轮胎套在车轴上就算了事，中间必须夹入轮毂。轮毂这种零件的形状，简单来说就像一顶竖放的巴拿马帽，帽缘的部分和车轮紧密贴合。

“不，其实说是脱落有点不对。正确来说，是帽缘的部分连根折断了。”

“连根折断？”小牧露出难以置信的表情，重复了一遍杉本说的话，“为什么会折断呢？”

“我想，应该是因为金属疲劳吧。”

“既然如此，把原因归咎为维修不当，不也算是正确的吗？”小牧提出了自己的疑问。

“不，也不能这么说。”杉本提出了相反的意见，“因为还牵涉到强度的问题。就算是金属疲劳也分程度，如果原本金属强度就低的话，本来不该折断的地方也会折断。所谓‘轮切事故’[1]的原因，往往就是如此。”

“什么是轮切事故？”泽田提出对这个陌生名词的疑惑。

“那是暗语，只有我们质保内部的人才知道意思。质保部内对这种事故都称为‘轮切’，此外还有‘腰斩’[2]等说法。”

“那又是怎么一回事？”小牧问。

“那是指离合器产生缺陷。不是有朝后轮传导动力的传动轴吗？

1　质保人员内部的行话，意指由轮毂缺陷导致轮胎脱落的事故。

2　同样是质保部门内部的行话，形容零件断裂成 V 字形的样子。

有时候若遇上金属强度不足，这东西就会脱落，脱落时有时会切断刹车线，如此将会导致刹车失灵，然后就……”

小牧听后脸色大变。

“真的有过这样的事故发生吗？”

“有的。”杉本斩钉截铁地说，“可是明明发生了，却没有展开召回。这就是我认为T会议大有问题的理由。”

“可是如果真的发生了那么重大的事故，国土交通省理应不可能没发现才对啊！难道只凭我们公司的判断，就能避免召回吗？”

“究竟要不要展开召回，有时只要懂得和国土交通省交涉的办法，是可以避免的。”杉本说，“另外必须一提的就是，这与其说是我们公司的判断，还不如说是某个人独断的判断更准确。”

“独断的判断？”

“就是狩野常董。”

泽田和小牧对望了一眼。

“这是他的直接命令。说是因为召回耗资甚巨，必须极力避免将事故评价为‘希望汽车公司本身的过失’；剩下的，就只要懂得如何和国土交通省交涉，搓搓汤圆就行了。这些都是在T会议上秘密讨论的内容。”

实际上，希望汽车的召回次数的确少于其他汽车公司。表面上看，这或许是有鉴于三年前的丑闻，着手改善了公司体制的成果，然而……

小牧手中拿着未喝完的啤酒杯，就那么悬在半空中，哑口无言地看着杉本。

“那么，横滨那起母子死伤的意外事故，真相又是如何？”泽田问道。

杉本思索了一阵后回应："那个案子因为不是由我直接负责的，所以我也不敢肯定，不过看起来和所谓的'轮切'事故非常相似。"

"也就是说，起因是我们公司制品本身的缺陷？"

"不，这一点不能肯定。关键在于轮毂的磨损程度。"杉本解释着，"既然金属都有可能因为疲劳而断裂，当然轮毂这种零件也必须在磨损之前及早换新。只不过，究竟磨损到什么程度才必须更换，这点并不容易判断。以我们公司的基准来说，T 会议里提到的是磨损量到达零点八毫米以上才需要更换，对国土交通省提出的报告应该也是这么写的。"

"那，赤松货运那辆货车的情形又是如何？"

泽田紧张得身体不自觉靠了过去，然而杉本的回答却是："这个，不是负责人就无从得知了。不过话说回来，所谓的零点八毫米这个标准也并非有什么确切的根据，只能说是自由心证，大概抓的数字罢了。所以，虽然不好声张，但是确实也发生过只磨损了零点一毫米就发生事故的例子。"

"那么以更换时期来说呢？例如，新车购买三年后便该更换轮毂之类的？"

赤松那辆货车购买正好满三年，所以泽田才这么问。然而杉本又摇了摇头说："这又太夸张了。轮毂这种零件不是那么容易磨损的。如果三年没换轮毂就被称为维修不当的话，那全世界的货车都得说是维修不当了。"

"换句话说，我可以认为质保部不愿意归还轮毂，有可能是企图隐瞒公司的过失咯？"

"至少除此之外，我个人想不出其他可能性了。"杉本平静地说着。

"问题是，现在我们知道这个状况后，该怎么面对处理。泽田先生，你调查了T会议后，原本打算怎么做呢？”

“那得视调查结果而定，所以我也还没决定怎么做。你又打算怎么办？”

“或许只是无谓的抵抗也说不定，但我已经着手做了一些事了。”

杉本含糊其词地一语带过，“我想我们会这么做，都是因为对希望汽车这家公司有感情才会如此。这次盗连网络的事件，我这边会找个理由搪塞过去。也请两位今后多注意，不要再发生这类事情了。”

虽然感到心里老大不痛快，不过泽田也只能轻轻地回答声“好”。

从大手町乘车到新宿后，泽田转搭上小田急线。

今晚喝的酒说实话并不算多，但或许是因为情绪突然从紧张转换为惊讶，使得酒精成分在体内作用得也特别快。

“是泽田先生吗？”

就在回到自家公寓楼下入口处时，泽田突然被一名陌生男子叫住。泽田停下脚步转身，眼前出现的是一名穿着风衣、年龄和自己差不多的男人。他留着稍长的头发，戴着一副胶框眼镜。

“不好意思，请问您是希望汽车的泽田先生吗？”男人问道。

“我是，请问有什么事吗？”泽田困惑地看着对方，确定自己之前从没见过这号人物。

“我是《周刊潮流》的记者榎本。我从下班就一直在这里等着您回来。能否惠赐一点时间，好让我请教您几个问题呢？”

深夜的寒气已经覆盖了整条街。男人或许是想博取同情吧，只见他垂着两道八字眉，仿佛在说如果泽田拒绝了他，那他等待一晚的辛苦就白费了。另一方面，泽田微醺的脑袋，也想起了早上公关室询问是否接受的那个采访。

明明被拒绝了，竟还如此肆无忌惮地跑来埋伏等候，这种做法令泽田感到愤怒。

“请您照规矩来好吗？敝公司的公关室传达给您的信息，应该不是请您像这样跑到我家楼下来吧？”

“这一点我很抱歉，请您见谅。”

榎本摆出了一副彻头彻尾的低姿态。

“所有采访请都通过公关室安排，我会再考虑是否接受采访。”

说着，泽田便迈开步伐打算离开。然而，听到对方接下来说出的这句话，他却不由得停下了脚步：

“我是想请教您一下，有关轮胎脱落事故的事情。”

“轮胎脱落事故？”

泽田一开始还想勉强装傻推托，但他马上就霍然醒悟，明白了为什么这名记者不惜这样等待，也要采访到自己的理由。

不过，泽田的心思并未暴露在脸上，相反地，他所展现出的只有怒意。记者盯着泽田的眼睛，眼中带着希望泽田改变心意的期待目光。

“就是横滨的母子死伤事故。听说贵公司的调查结论是货运公司的维修不当，但该货运公司却不认同。我调查了一下，发现在其他地方也出现过相同事故，而事故车辆几乎都是希望汽车生产的大货车与拖车。”

榎本一口气说明了来意。

“你想说什么，我一点都听不懂。”

泽田再次踏出脚步，将钥匙插入公寓入口的感应锁。榎本却毫不理会，追在泽田身后继续说着：

“负责应对顾客投诉的是泽田先生您吧？能不能跟我谈谈您是如

何回应赤松货运的呢？”

“不好意思，你再跟进来的话，我就要叫警察了！”

泽田用严厉的口吻说着，径直走向电梯。

电梯偏偏就是这种时候来得特别慢。隔着一道玻璃门，榎本依然不放弃地对着泽田说话。

好不容易电梯打开了。就在泽田搭上电梯后，门正要关上的瞬间，榎本记者洪亮的声音传进泽田耳中：

“您是否听过‘轮切事故’这个名词呢？贵公司其实是隐瞒了需要召回的事实吧？希望汽车……”

泽田搭乘的电梯开始缓缓上升，然而与此同时，他却感到体内血液正急速地下降到脚底。

轮切事故……就连泽田都是今晚才刚从杉本口中听见的这个暗语，那名记者却早已知道了。不仅如此，他还知道发生过类似的事故，以及希望汽车有可能正在隐瞒召回的事实。

为什么情报会泄露出去？不仅如此，他又是如何查出泽田家的地址，也令人匪夷所思。公关室的家伙不可能告诉外人这种事，一般人也不应该知道泽田是应对顾客投诉的负责人。

没想到公司内部的情报已经遭人泄露了。

电梯来到泽田家所在的五楼，走出电梯时，他的全身因为明显感受到的危机而颤抖不已。他一边喝着在新宿买的瓶装矿泉水，一边掏出手机将刚才的交谈告诉小牧。

还在搭电车的小牧听了这件事后说道：“事情已经开始动起来了。”

“和我们自身的意志无关，社会也即将开始发现事情的真相了。要是再拖拖拉拉下去，会死得更不明不白。”

恶意与正义往往只有一线之隔。虽然对公司多有不满，再怎么说还是自己的公司。

尽管，从现在开始挽救，也可能已经来不及了。

这时，泽田脑中浮现了一个想法。

6

这天，赤松不到八点就离开家门转搭了几次电车，在法事开始十分钟前来到横滨市内的某处寺庙。他在最近的车站与专务宫代会合，改搭出租车抵达寺庙山门前下车。从山门步行到大殿的这段石板路上，赤松都默默无语。

虽然他在事前曾联络事故身亡的主妇柚木妙子丈夫，表达今天的来访之意，但得到的就只有“你们来了也只会造成困扰”的拒绝反应。

通常这七七四十九天的法事只会有亲族参加，但柚木妙子因为是事故身亡的被害者，所以大殿前已经聚集了许多相关人等，其中也有不少人已经脱了鞋子走上殿内。

正在对参列者一一答礼的柚木雅史，一见到赤松与宫代的身影便变了脸色，毫不掩饰脸上不愉快的表情。

“不好意思，我们还是来打扰了。请至少让我们上个香……”

咬牙切齿的柚木雅史朝大殿看了看，对出来探视情况的一位年长女性说声“这边先麻烦您”后，便领着赤松他们离开。那位年长女性身后跟着一个貌似小学生的男孩，正不安地看着柚木离开的背影。

走到寺庙一脚的藤花棚下，寒冬之中只有藤蔓沿着柱子缠绕着。

柚木在花棚下停住脚步说："老实说，我一点也不想看到你们。我怕看到你们，自己会做出不可控制的事，我很痛苦。"

"真的非常抱歉。"宫代代替赤松深深低下头致歉。

没有回应。抬起头来，只见柚木愤怒得脸色苍白，双手环抱在胸前。

往生的主妇很年轻，柚木也只是三十岁左右的年轻人。听说他任职于横滨市内的某电子零件公司，负责跑业务。

"你为什么要道歉？不是一直在否认犯罪事实吗？"

没想到柚木会有这种反应，赤松一时间只能说着"不，不是这样的"。

"就算道再多的歉，也只要动动嘴就行了嘛！你这个人就是这副德行，不是吗？"

柚木穷追猛打。原本比起西装更适合休闲打扮的温和长相，现在却因对赤松怒目相向而扭曲。面对激动到不可自抑的柚木，赤松正忍不住想出言辩解时，背后忽然传来一声怯怯的呼唤："爸爸？"

不知什么时候，刚才那个孩子也跟过来了，望着赤松与宫代。

"你好，贵史。"赤松知道这孩子的名字，"受伤的地方已经好了吗？还会痛吗？"

"请你不要这样！"柚木阻止赤松，"法事差不多要开始，我们就先告退了。也请两位不用过来烧香，你们来了会害妙子无法安心离开的。我们走吧，贵史。"

语毕，柚木牵着孩子的手就要离开。

"唉。"宫代深深叹了一口气。

"这也没办法。"

赤松这么一说，宫代也回应"是啊"。

在柚木父子离开后，两人一直戴着佛珠，在大殿外等待法事结束。读经和拈香仪式都结束后，目送来吊唁的宾客陆续离开，最后当柚木家的人露面时，赤松再次向前开口呼唤："柚木先生。"

柚木本想无视赤松与宫代直接离开，但一看到母亲朝这边走来，便说了声"还是我去"，制止了她。

再度和赤松面面相对的柚木，眼中泛着泪光。赤松的心像是被揪紧似的痛了起来。

"真的只能说很抱歉。"赤松语气坚定地说着，"经营货运公司，就靠这几十辆货车每天载货维持生计。没想到结果却因为我的货车，导致您失去了重要的人。对于这个事实，除了抱歉之外，我实在不知道还能说什么才好。"

柚木涨红了脸，脸上的表情与其说是哀伤，不如说是悲愤，咬牙切齿地瞪着赤松，什么回应都没有。

"或许我说的话您很难相信，但敝公司对车辆的维修真的很用心。虽然遭到希望汽车公司指控肇事原因是维修不当，但那并非事实。"

"如果不是这样，那为什么会发生事故呢！你这种理由叫人如何相信！一条人命就这样没了啊！"

"尊夫人过世这件事，我们也甚感悲痛，也打算用最大的诚意应对后续处理。只是，关于事故原因，真的不像外面认为的那样，我们真的不是那种草菅人命的公司。我敢发誓，一定不是那样。"

"这就是你所谓的诚意吗？"柚木不屑地说，"一边说着要负起事故责任，一边却用不明事故原因这种理由否认自己的过失。这种态度哪里有诚意了！你这个人脑袋里到底在想什么啊？"

"如果真的是我们的过失，我绝对不会隐匿，也不会逃避。可是轮胎脱落的原因，我无论如何都不认为那是敝公司的过失导致的。"

“说什么蠢话！”柚木说着，气得用力踹着地面上的沙砾。

“其实，敝公司已经向希望汽车提出归还事故车零件的要求。”

柚木抬起头来，脸上依然满是愤怒。赤松则继续说：“在高崎也发生了类似尊夫人这样的事故，肇事车辆同样是希望汽车出厂的。究竟真的是因为维修不当导致的还是有其他原因，我们认为应该再请正式调查单位重新展开调查，并因此向希望汽车提出归还零件的要求，却遭到他们拒绝，甚至对我们不予理会。”

“那又怎么样，对方可是希望汽车啊！这么大一家公司的调查结果，凭你这种小公司提出的异议，谁会愿意受理？就算你坚持维修没有出问题，叫人如何相信？”

“柚木先生，我知道对于我们不认同过失的态度，您生气是理所当然的。可是，难道您就不想查明事实真相吗？导致事故发生的真正原因是什么，就算只有一点怀疑，都应该去弄清楚。这不但是敝公司的责任，为了过世的尊夫人，这也是现在我们最应该去做的事。”

赤松强忍着内心的激动，继续说下去：“只有这么做，才能抚慰故人在天之灵。也只有阻止相同事故再次发生，才足以向已故的尊夫人赔罪。或许在您眼中看来我们像是死不认错，但是如果过失真的在敝公司，我绝不会推卸责任。”

“也请您听我说两句话吧。”一直默默站在旁边的宫代也开了口，“我是赤松货运的专务，敝姓宫代。敝公司一直以来都诚心诚意为客户服务，甚至可以说除了老实之外就没有其他优点了。否认犯罪事实看起来似乎有推托之嫌，但我认为承认自己没有犯下的过错，才是不负责任至极的行为。赤松他不是一个会钻漏洞耍心机的人，这一点请您千万要理解。”

柚木没有给出回答，依旧双手抱胸涨红了脸，低头盯着脚边。

过了好一阵子，他终于抬起了头，目光却不看赤松也不看宫代，只是茫然地遥望大殿方向，看得出他内心的混乱。

“为什么偏偏是我们……”柚木好不容易开了口却说出这样的话，令赤松顿时无以回应，“为什么偏偏是我们家遇到这种事呢？世界上人这么多，苟延残喘混日子的家伙、想死的家伙也那么多，为什么死的偏偏是妙子……”

柚木那张还年轻的侧脸颤抖着的，泪水夺眶而出，沿着脸颊不断滑落。举起袖子擦拭眼泪，柚木继续说：“试想如果出事的是你的家人吧！这样，你或许就能理解我的心情了。”丢下这句话，他便转身快步离开。

寺院门外有个停车场，在那里正停着一辆面包车。柚木坐上驾驶座后，后座的窗户被摇了下来，露出男孩的脸。另一边坐着一位老妇人，看样子应该是祖母吧。赤松看着他们，深深地低下了头。

面包车发动后，向前驶了一会儿却突然停了下来。

赤松讶异地看着车门被打开，刚才那个小男孩跑了下来。来到赤松身边之后，男孩伸手递出手中的东西：“这个，请收下。”

“谢谢。对不起啊，贵史。”

贵史只是露出腼腆的笑容，没说什么就又回到祖母与父亲等着的车上。

猛一看，赤松以为贵史拿来的是法事的回礼，但拿在手中掂了掂，却是沉沉的有些重量。

目送着面包车离开视线后，赤松才从大信封中取出那件东西。

“是追悼文集啊……”

《纸飞机》。

赤松开始翻阅起写着这个标题的文集。在大部分都是打印的原稿中，唯独有一页手写的页面；在看到这一页时，赤松不禁停下了手上的动作。

如果可以向老天爷许一个愿望的话

柚木贵史

在这句手写标题的后面，接着写道：

我希望，可以再和妈妈说一次话。

当看见旁边那张以拙劣的笔迹，画着与母亲牵着手的孩子画像时，赤松终于按捺不住内心的悲伤，望着画像的视线渐渐在泪水之中变得模糊。赤松咬紧牙关，望着天空在心中呐喊：

为什么，上天偏偏让这样的人出事呢？

第六章　抵抗

1

“调查委员，希望汽车的三浦先生来电。”

一听到这句话，井崎不由得一边叹气，一边伸手按下电话上闪着“未接来电”指示灯的按钮。

自从提出两百亿日元融资的要求后，三浦打电话来询问审查进度，几乎已经变成了每天的例行公事。

虽然觉得每次都得回复很麻烦，但也不能因此就拿进展顺利的说辞去搪塞。

除了下修业绩致使希望汽车在未来展望性方面的审查上难以合格之外，来自《周刊潮流》的榎本记者，关于隐瞒召回那件事也不容忽视。

副部长纪本在一周前下令井崎调查真相。调查的中间报告昨天才刚提出，结论是“真相目前仍然隐没在黑暗之中”，换言之，就是一无所获。可能的话，井崎真希望能断然拒绝希望汽车的融资要求，然而事实是因为必须顾及卷田专务的意向，导致审查进度陷入了胶着状态。

“进展得如何了啊，井崎先生？我想审查到今天，也差不多该有个结果出来了吧？”

这个男人到底在说什么啊！

井崎厌烦地叹了一口气。

别说审查结果了，就连希望汽车提出的事业计划书内容，都还卡在持续验证是否可行的程序当中。这情况昨天明明就已经对三浦说明过，他应该很清楚才是，然而相隔一天，他却像是忘了昨天的事似的执拗来电。

或许三浦自以为这样做就能对银行施压吧，只可惜这对井崎而言，除了厌烦之外没有别的效果。一想到三浦那副装模作样的表情，井崎就觉得全身上下像是荨麻疹发作一样不舒服。

“关于审查进度的情况，我想昨天已经为您说明得很清楚了。”

“你们到底要考虑到什么时候啊，井崎先生？你这个人真是伤脑筋啊！”

三浦一边用做作的口吻说着，一边刻意地长叹了一口气。

“其实昨天，连我们狩野常董都来追问我融资的事到底处理得怎么样了呢！”

这次想改用威胁的吗？“因为你们都没有一点进展，我也只好帮着你们向他道歉了。可别说我没替你们说好话啊！”

本来就没人拜托你帮忙说好话了……井崎虽然想这么回应，但终究还是只简短应了一句“这样啊”。不管狩野说了什么，那都不是井崎需要知道的事。

在银行这种组织里，业务负责人的看法是很重要的。今天希望汽车这笔融资是否通过，负责写下“确定通过”的不会是别人，正是业务负责人井崎，而一旦亲手写下了这句话后，客户端发生任何问题，也都必须由他负起责任。就算是顾及高层意愿或指示而不得不同意融资的情形，最终责任还是落在业务负责人身上。所谓银行组织的运作就是这样。

“井崎先生。”三浦顿了一下，以不耐烦的语气又说，“你也该够了吧？我们狩野常董可是相当不高兴哦。你说该怎么办啊？”

“什么该怎么办？”

三浦的话实在太可笑了，令井崎不禁如此反问。

“所、以、说……唉，怎么听不懂呢！”

这家伙终于暴露出刻薄的本性了呢！井崎一边在心里这样想着，一边将整个身体靠上椅背，默不作声地等待三浦进一步的动作。结果，三浦竟以近乎威吓的语气说："我想，狩野常董大概会去拜访你们一下哦。"

三浦似乎认为只要抬出狩野的名字就能吓倒井崎，这未免太可笑了。祭出高层干部的名字就能吓得对方五体投地，这种江户时代阶级制度下才可能发生的行为，的确很符合希望汽车的公司风气。不过，身为一名银行职员，哪有那么简单就被吓倒的。就像寒冷地带的汽车必须配备高储电量的电池，为了能在银行这种职场中生存下来，银行职员井崎身上可也具备了强壮的心脏，以及大胆无畏的心性。

"狩野先生要来敝行？很欢迎啊。"井崎这么说，"我们会尽量配合他把时间空下来，所以也请事先告知何时到访哦。"

"你说啥？"三浦发出几乎要抓狂的喊叫声，整个人难以置信一般愣住了，"你脑袋是烧坏了吗？他是去投诉你们的啊！"

"贵公司的融资申请案本来难度就比较高，所以一定得花上较多的审核时间才会有结果，因此，不管怎么说，都不可能轻易就得出结论。"

"你难道忘了卷田专务是怎么说的吗？"

"当然不会忘。只不过卷田先生的看法，说到底也只是他个人的看法而已。"

轻描淡写驳回三浦的抗议，井崎最后还不忘补了一句："再说，只因银行尚未通过融资评估就找上门来投诉，这未免太霸道了吧，三浦副科长！"本来井崎不是会将话说得如此直白的人，或许是接连几天接到三浦的电话骚扰，终于让他爆发了吧。

"追根究底，还不是因为贵公司的业绩目标数字大幅向下修正，才会令你们的融资申请陷入如此困难的境地之中啊！”

“那也是没办法的事啊，谁叫经济发展这么差！”

又是经济发展！井崎内心不耐地想着。这家伙也太驽钝了吧！看样子，希望汽车公司不只是经营者，就连财务单位的从业人员也是一个模子印出来的。这些家伙完全没有意识到，自己公司的问题究竟出在哪里！

“那接下来呢？究竟要我们等到什么时候？什么时候你们才会得出结论，总可以先给个大概的日期吧？”

面对死缠烂打想获得一个口头约定日期的三浦，井崎只敷衍地说了一句“请再稍候一段时间”，就单方面地挂上了电话。

希望汽车的融资审核，目前还没有做出结论。不，正确说来，是因为现在的状态，让银行无法做出任何结论。

必须先确认他们提出的事业计划书的可行性，以及——这件事井崎并未告诉三浦——必须确定他们并未隐瞒召回事实之后，才能够真正做出结论。

别小看银行了！

挂上电话后，井崎一边这么想，一边再次打开融资资料研究了起来。

一如三浦的预告，狩野果然在当天下午造访了希望银行。

“前几天请贵行提供融资支持那件事，不知道进展如何了啊？”井崎才走进会客室，就听见狩野对卷田单刀直入地问着，“已经过了一个礼拜，我想请你们给一点结论也不为过吧？”

“进展得怎样了啊，纪本副部长？”

被卷田专务这么一瞪，纪本只能苦着一张脸，清了清喉咙说：

“目前还在详细清查事业计划书的内容。”

“我知道在清查，但为什么我这边连提案书都没看到，纪本副部长？”

卷田以明显责难的口吻说着。看到一旁三浦脸上那得意的表情，井崎不由得感到一阵胃酸翻涌。

“能否再给我们一点时间？”

一听到纪本这句话，卷田马上不悦地说：“动作太慢了！”

纪本求助地瞥了井崎一眼说：“也把你这边的进展报告一下。”

“我这边同样也因为审核工作，花了不少时间……”

井崎才这么一开口，狩野马上大唱反调：“敝公司应该已经提出充分的审核资料，为何还需要这么久？”

“资料的确已经拜读了，而这份资料的问题，跟上次也是一样。”

这句话有如起了化学作用般，令现场顿时弥漫起一股紧张的氛围。在这场希望汽车企业集团高层干部与银行负责人的对峙之中，井崎的头衔只不过是区区一个调查委员，换句话说，也就是在“头衔阶级”中属于最下层的人物。希望汽车原本就是阶级意识强烈的公司，来自这种公司的高层干部，绝对难以忍受井崎这种“下等阶级”擅自发表意见。

“上一次，本行就是因为完全信任贵公司提供的资料，很快地送出提案书，顺利为贵公司提供了融资，结果贵公司的实际业绩却远远不如预期。有了上次的经验，对于这次贵公司提出的业绩目标，本行当然无法囫囵吞枣全盘接受，有必要好好加以研究理清。这点还请您务必多多谅解。”

狩野前额涨红，青筋暴现。

“真没想到竟会听到这种话！”

狩野藏在金属框眼镜后方，怒视着井崎的犀利眼神之中，更蒙上了一层超乎理智的奸险。像这类自以为精英分子的人，最容易在受到侮辱时发怒。狩野这句话看似对卷田的发言，但由他的视线可知，他的矛头其实是指向井崎。“敝公司自认与贵行一向维持深厚的信赖关系，可没想到竟会遭到这种背叛。”

接着，他又转而望向卷田：“专务，业务负责人的态度这么不友善，这可不是什么好事吧。”

“您说得是。”卷田完全朝狩野一面倒。

“纪本副部长。”板着一张脸的卷田挺了挺背脊，对着纪本训斥了起来，“你到底在搞什么鬼？这个业务负责人的教育训练得从头来过！如果真的不行就换掉他，总之以早日提出提案书为目标，听懂了吗！”

纪本只能表情凝重地抿着唇，什么都不敢说。而在旁从头到尾目睹这一切经过的三浦，则是得意地重重点了点头，跟露出冷笑的狩野一起，摆出了一副趾高气扬的样子。

2

回到营业部楼层后，听到纪本要自己“过来一下”时，井崎原以为这下铁定得挨一顿骂了。然而出乎意料的是，纪本不但没有训斥，还直接带着他来到了滨中让二部长的办公室。滨中让二是四位营业部长之一，也是纪本的直属上司。

“部长，在刚才的会议上，专务发了一顿脾气。”

正在部长办公室中翻阅资料的滨中维持着不变的姿势，只是微微抬起眼睛，望着站在桌前的纪本与井崎。听了纪本这句话后，滨中并没有马上做出回应。他支起双肘，在眼前交握起修长的手指问道：“哦，是为了什么事？”

“是因为希望汽车要求的两百亿融资，迟迟无法上呈提案书。但问题是，以该公司的业绩现状来看，实在无法如此简单给予融资。”

“因为他们又向下修正业绩目标了嘛。”

“修正业绩的事其实希望汽车还未正式公开发表，但据我推测，他们应该是想先确定取得融资之后再一并发表。”

滨中像是在沉思着什么，只见他的视线不住在空中逡巡着。办公室内陷入一阵沉默。能坐上营业部长这个职位的人，每一位都极有可能是将来银行总裁的候补人选。井崎所属的部门负责往来的客户，几乎是希望银行客户中所有数一数二的重要企业，而四位部长里，也只有滨中最为适合担任这个重要部门的领导人。滨中是天生的指挥家，面对任何情况都能保持冷静与慎重。不仅如此，他还拥有出色的洞察力与协调力，可说是个一流的银行职员，身为上司也深得部下的信赖。

“我们当然很希望能尽量朝提供融资的方向进行，不过……”

滨中打断纪本的话说道：“我明白，这的确不容易。数字方面怎么样？”最后一句是朝井崎问的。

“和上次提出的事业计划相比，连业绩底线的数字都下修了。如果前次只是暂时性的业绩不振，那问题当然不大，但是很明显地，这次的下修等于承认了上次提出的事业计划根本缺乏严谨度。换句话说，如果这次的事业计划只是拿上次提出的计划做基础修正而来的话，能够提供融资的额度，其实已经在上次都提供了……”

“然而，卷田专务却还是希望我们能够通过希望汽车的融资案。”

纪本这句话，令滨中隐隐皱起了眉头，似乎想起了去年底那场骚动。

去年年底，针对是否应该信任希望汽车提出的事业重建计划，在董事会上众人分成两派，议论得沸沸扬扬。当时滨中对于井崎所提出的那份朝可融资方向进行的提案书，就已经不表赞同。

“你真的认为希望汽车有办法达成这个业绩数字吗？”

井崎还记得很清楚，当时滨中就像这样，针对数字与细节不住地询问自己。

滨中本身就是对希望汽车抱持怀疑的干部之一。在这层意义上，他和卷田那种无条件支持的态度可以说是泾渭分明的。现在，井崎终于明白了纪本之所以带他到滨中桌前的意图所在。他再次望向滨中，观察起对方的表情。

“不仅如此，有件事也相当令人在意。”纪本继续说，“有传闻说，希望汽车似乎又发生了隐瞒召回的事实。”

滨中抿着薄薄的唇问道：“那是怎么一回事？”语气中除了焦躁，还带着一股难以言喻的魄力。滨中的焦躁不耐，当然是针对希望汽车所发的。

在纪本催促之下，井崎将从《周刊潮流》记者榎本那里听来的事向滨中报告。滨中将身体靠在椅背上一边听着，一边不时地咂舌。

“还无法确认是否为事实吗？”

“我曾不着痕迹地试着套财务副科长三浦的话，但被他否认了。虽然今天很想当面询问狩野常董，但在那样的情况下实在无法顺利开口。”

“他的自尊心的确很强。”滨中话中有话，“不过强的也就只有自尊罢了。可是也正因为这样，这个人才更不好应付。”

“关于这件事，我本来觉得在事实未确认之前，应该先静观其变比较好，可是……”

“事情已经传入卷田先生耳中吗？”

“没有。”纪本摇摇头说，“毕竟这只是周刊记者未经证实的消息。”

“也对，如果只是流言八卦，告诉卷田先生反而有可能讨骂。而且说不定他还会坚持，既然发生这种事情，更该支持希望汽车呢！”

滨中非常了解卷田的性格，分析得也很有道理，“只是，他的想法真的太欠考虑了。那是业务型的做法。”

这句话等于是在说“我们动脑型的就不会这么做”。这也难怪，因为滨中这位超级银行职员在行内是出了名的理论派，同时也是大力提倡国际观的国际派。除此之外，他的经历也很傲人，曾有一段时期被外派到IMF，做出了相当可观的实绩，并且得到“足可进入哈佛大学受聘为教授”的高评价。相较之下，卷田则是一直在国内担任业务工作，一路累积业绩晋升上来的典型业务高手。

一头半灰白的头发，加上修长的身材，滨中的绅士外表，在整个希望银行中堪称数一数二。与之相对地，卷田则是除了“矮肥秃”三字诀一字不漏之外，还戴着一副度数极深的眼镜，外表其貌不扬。

卷田靠着长年在银行内外累积的人脉，创造出傲人的业绩数字。同时他也是靠着这样的成绩，才得以爬上今天的地位。就他看来，银行的存在目的就是提供融资。而另一方面，滨中所标榜的银行业务则讲求洗练优雅的手法，甚至不惜排除不符合这个方针的对象。

有趣的是，银行就是这样一个地方。完全不同类型的卷田，过去也曾坐过滨中现在所处的营业部长位置。他和希望汽车狩野常董之间的交情，也是当时培养起来的。乡土型的银行职员与都会型的银行职员，这两人无论外表或思想都大相径庭，当然在面对业绩不振的希望汽车这张试卷时，写出的也就不可能会是相同的答案。

“我明白了。卷田专务那边就由我来跟他说。问题是提案书……”井崎全神贯注在滨中接下来要说的话上，“你们就放手去做到自己满意为止吧！我不希望送到我面前的提案书，是连你们自己都不能接受的东西。而关于希望汽车提出的事业计划书嘛……井崎。”

突然被上司点名，井崎不禁绷紧了脸部神经。

“如果不认为这份资料足以证实他们能达成目标，那就去把问题指出来。若对方拿不出能够令人信服的资料，就别写你的提案书。我没有兴趣看预先设定好结果的作文。”滨中冷酷地下达了指示。

3

“想要让不听话的银行职员动起来，唯有找上门去破口大骂最有效了，三浦。”

离开希望银行后，在往同样位于大手町的希望汽车总公司移动的车内，狩野对坐在身边唯唯诺诺的三浦这么说。

“我完全同意您的说法。不过要等被骂了才愿意做，这些人实在太过分了。还有那个业务负责人井崎，从头到尾对我们公司都抱持怀疑的态度嘛，最后竟然还追问我现在是不是还有隐瞒召回的事呢！”

部下这番话仿佛投下一颗小石子，令狩野心头微微地漾起一阵涟漪。三浦误以为是自己失言得罪上司，忙不迭以咳嗽掩饰，将没说完的话咽了回去。三年前隐瞒召回事实被揭穿时，原本担任质保副部长的狩野正好被提拔为董事兼部长，之后更是平步青云，直至坐上今日常务董事的位置。

在当时报纸与电视等媒体连日报道、大肆攻击希望汽车时，临危受命担任质保部领导人的狩野同时也奉命领导对策总部，负责一扫社内所有弊端。

因此井崎所提出“至今仍有隐瞒召回事实”的质疑，等于全盘否定狩野当年的功绩。虽说只是那个银行小职员的胡说八道，但按照狩野的性格，就算在此大发雷霆也不为过。没想到他却只是淡淡地问：

“那个叫井崎的男人这么说，难道他有什么根据吗？”

“这个……属下就不清楚了。”揣测到不会遭斥，三浦不禁松了一口气，“他只有暗示说，银行这种地方是各种消息汇聚之处，当中也会出现令人无法忽视的情报。这家伙真的太没礼貌了，所以属下也发了一顿脾气，要求他不可继续侮蔑我们公司。”

看见狩野用微笑代替回答，三浦再度露出得意的表情。只是他并不知道狩野短暂的微笑马上消失的理由，是因为心头掠过了一丝不安。

“令人无法忽视的情报”，那究竟是什么呢？

那个叫井崎的男人究竟掌握到什么情报，狩野不由得感到相当在意起来。

狩野还记得很清楚，就在今年夏末秋初，空气中还残留着炎热暑气的九月某一天，位于东京目黑区木坂的狩野自宅，收到了一封匿名信。

“老公，你有一封没有注明寄件人的信，该怎么处理？”

讶异地从妻子手中接过那个随处可见的白色信封，狩野将信拿到耳边摇晃了几下。

距离那次隐瞒召回事件至今，已经过去了三年。虽说世人几乎渐渐淡忘了希望汽车的这件丑闻，但至今依然有不少对这件事穷追猛打的偏执狂，还在试图击垮希望汽车。事实上，就在丑闻骚动最厉害的那段时期，狩野家每天都会收到抗议信，其中不乏自称政治团体寄来的夹带刀片等物的恐吓信，因此即使已经是三年后的今天，妻子还是对这类信件怀有戒心。

没记错的话，那应该是某个星期六的近午时分。当天，狩野很难得地不需要陪客户打高尔夫球，原本独自待在书房中的他接到妻子递来的信后，拿出笔筒里的拆信刀，拆开了那封信。

等取出里面折成四折的信纸，狩野带点嘲讽地说了句“是信啦”，妻子这才放心地离开了书房。

然而，当狩野摊开那封信看完后，却开始困惑并感到些许的愤怒，同时也烦恼起该怎么解决这件事。

那封信是这么写的。

致狩野威先生

身为一名热爱希望汽车的人，敝人今日必须提笔写这封信。

敝人近日获悉以质量保证部为主召开之T会议的存在，以及隐瞒召回事实的发生。

就敝人认知，本公司应该于三年前发生过隐瞒召回丑闻后，便决心洗心革面全力杜绝隐瞒召回的行为，彻底根绝不当窜改，并发誓一扫公司内歪风才是。不料，如今不仅没有做到上述要求，甚至还产生了T会议这种秘密集会，在会议上商谈如何隐匿弊端。为此，敝人甚感愤怒。

更糟糕的是，该会议竟是由三年前负责主导对策总部的您为中心运作的，听闻此事，敝人内心唯有愕然。

敝人在此代替每日为了希望汽车的形象重建而努力不懈的同

仁们向您提出请愿。

请立即中止弊端的温床T会议，并将本公司所生产之车辆的缺陷一五一十地公开吧。若有召回的必要也请立即提上日程。维护本公司的信用不该用隐匿的方式，而是该堂堂正正地公开，如此方是获得社会信任的上策。

倘若未见您采取任何行动，敝人也已经做好公开所有目前希望汽车不实弊端的心理准备。

类似这样的信只会寄出这一次。换句话说，这是最初也是最后的忠告。请不要再继续损害希望汽车的名誉了。敝人在此诚挚恳求您。

信是用打字机打出来的。短短一张信纸的内容，也没写上寄件人的姓名。

手中握着那封信，狩野脑中浮现的是质量保证部员工的脸庞，因为他直觉到寄这封信来的，绝对是其中一人。不过话说回来，尽管再怎么要求保密，T会议的存在还是有可能泄露出去，因此狩野想要锁定寄这封信来的人，几乎是不可能的。

难道这个人真打算将这件事对外告发吗?

狩野内心思忖着，如果真的被告发了，自己又将如何应对。

不过，狩野经过审慎思考之后，最后得出的结论是，就算对方真的去告发，他也无法提出任何证明。没有哪家媒体会愿意报道毫无根据的消息。更何况，T会议的内容，只要想隐瞒是绝对办得到的。真正不可告人的地下情报，只有参与T会议的二十几个成员知情，而这些成员绝对信得过，理由很简单，因为他们和希望汽车早已成了命运共同体，这些人不可能会做出损害自己利益的愚蠢行为。

这么说来，最有可能做这件事的就应该是质保部中没有参与T会议的某个人了。

平常披着服从的羊皮，却在内心对公司有所不满而寄来了这封无礼至极的信。一想到公司内部竟然有这种愚蠢无耻之徒存在，狩野就感到一阵激愤。

嘴上说着热爱希望汽车，这个男人的所作所为只不过是自以为神圣的自我欺骗，而他的正义感也只是廉价的赝品而已。

经营公司哪是那么简单的事。

所谓公司这种地方，是以追求利益为第一优先的集团。表面上当然必须做出遵守社会规范的样子，但事实上若光是顾及那种东西，马上就得面临利益的损失。公司这种组织必须面对的，就是如此严峻的现实。

嘴上说的漂亮话是无法帮公司赚钱的。尤其对希望汽车这种名门企业来说，核心竞争力绝对来自品牌形象。假正义之名打击公司形象没有任何好处，反而正是降低营业额的元凶。

目前虽然还无法追查出寄这封信的人是谁，但总有一天一定要揪出此人加以严惩。

将信再次收回信封，狩野眼中静静地燃烧着愤怒之火如此宣誓着。

那已经是三个月前的事了。

季节进入干冷冬天的大手町，已经步入夕阳只剩一丝残照的向晚时分。这一带并列着好几栋同集团企业的办公大楼，身处于此，总能令狩野以身为集团一分子而自豪。只不过，今天与这份自豪同时涌现的，还有对那名叫井崎的银行职员不逊的态度所抱持的愤怒。

“三浦，”狩野听见自己发出的声音超乎寻常地冷硬，因而感到一丝惊讶，“那个叫井崎的，究竟掌握了多少情报，为什么竟能说出那种话？你去好好确认一下再来向我报告。不管怎么说，我们都不能坐视他说出那种毫无根据的话。”

“是。”三浦简洁地回答。

“今天就去问出来，明天一早给我报告。”

“明白了。”

三浦如此回话后，看着大大颔首的狩野。不知是因愤怒使得他脸色变得苍白，还是因为此时座车正好行至大楼阴影之下，只见狩野脸上的表情融入一片昏暗之中，变得模糊难辨。

4

“刚才打扰了啊，井崎先生。”

井崎才刚从滨中那边离开不久，便接到三浦打来的电话。井崎心想，要是有公事必须谈的话，刚才就不必随同狩野离开，直接留下来谈就好了吧？不料，三浦接着开口说出的却是这件事：“上次您提到了关于隐瞒召回的事吧？”

“其实啊，我把这件事告诉狩野先生之后，他感到相当生气。”

三浦不管说什么，拿狩野当挡箭牌的意图都十分明显。

“他很想知道你到底凭什么说这种话，是不是有什么根据，要我向你问清楚然后报告上去……喂，你在听吗，井崎先生？”

“我在听。”井崎不耐烦地回答，“然后呢？”

“还问什么然后呢！对敝公司来说呢，被质疑是否隐瞒召回事实，是绝不可原谅的指控。我认为你身为银行的业务对接人，未免太欠考虑了吧！”

“啥？”听着三浦激动的语气，井崎更加厌烦了起来。

“请问你到底有什么根据说出那种话？如果不能给一个合理的交代，我们这边也是不会善罢甘休的。”

“请您等一下好吗？”

井崎按下电话的保留键，将三浦说的话转述给纪本。

“可以告诉他吗？”

纪本思考了一下说：“既然对方都特地打电话来问了，我们也不能随便找借口搪塞。就好好把话跟他说清楚吧。”

井崎解除了电话的保留键。

“不好意思。刚才您问的那件事，其实我们这边是接到了周刊杂志的采访而得知的。”

“周刊杂志？”

想必三浦原本根本不认为井崎的话真的自有其来，因而吃了一惊。

“没错。那位记者前来问我对希望汽车隐瞒召回一事是否知情，我才因而得知此事。”

“那一定是造假的消息。”

隔着电话感受到三浦爆发的怒意，井崎反而火上浇油，刻意用满不在乎的语气说：“真的是这样吗？”也算是报了刚才的一箭之仇。

“井崎先生，难道你宁可相信周刊杂志小记者说的话，也不愿意信任本公司吗？”

“听那位记者说，消息来源可是内部告发哦。”

这话使得电话那头的三浦突然静默了下来。

“那是哪本杂志的记者？”

“这就恕我无法告知了。其实，那位记者是我个人的朋友，我不希望为他带来困扰。我只能说，那是一本家喻户晓的杂志，出版社本身也很有名。”

“真的是周刊杂志的记者找上你的吗？”三浦仍然抱持着怀疑的态度。

“我有必要说谎吗？”井崎无可奈何地反问。

“谁叫你不愿意说出杂志名称，也难怪我会这么想吧。”

此时井崎也察觉到自己对榎本似乎太讲义气了。以榎本深思熟虑的性格，一定料得到情报多少会从井崎口中透露给希望汽车的相关人士才对。他一定是在考虑到这一点并判断无妨之后，才会直接前来对井崎进行采访。更说不定，榎本根本就是希望借由井崎说出这件事，来试探希望汽车的反应。

那么，就告诉三浦吧！井崎在心里这样思索着。

虽然不知道希望汽车是否有这种能力，但如果他们因此而对潮流出版社施压，企图阻止报道的话，正好也可借此确认是非黑白。

“既然您这么说，那我就告诉您吧。”

井崎改变了想法，说出《周刊潮流》的名字。

“不过那位编辑记者，也就是我朋友的名字还是不能告诉您。反正贵公司只要知道是哪家出版社就够了吧。”

“你刚才还提到内部告发，详细情形又是如何？”

“我只是听说而已，详细情形我也不清楚。只是……”这时，榎本那句令井崎想忘也忘不掉的话再次浮现脑海，“他提到，那是出了人命的事故。”

电话中的三浦惊讶地一时无有回应。

“那本杂志，竟然真打算刊登如此愚蠢的报道吗？”

三浦激动得连声音都沙哑了。

“我想只要证明隐瞒召回是事实，他们一定会刊登。目前他们正在进行采访求证的工作，说不定也已经和贵公司的公关部门接触过，只是三浦先生您不知道而已。不如您也回去问问看吧？”

“是这样的吗？好吧，我知道了，再见！”

三浦吐出这句话后，便单方面地挂断了电话。

井崎内心涌现出一股复杂的情绪。

就个人立场来说，出了一口怨气当然十分痛快，但就公司立场而言，万一希望汽车真有隐瞒召回与窜改评价的事实，银行方面必然也将蒙受不小的损失。照道理说，现在两家公司应该携手共渡难关，无奈却因对方顽固的态度与傲慢的高姿态难以协作，导致事情无法顺利发展。

“我告诉他了。”

结束与三浦的通话后，井崎前往副部长办公桌向纪本报告。

“对方有什么反应？”纪本很感兴趣地问着。

“表现得相当慌乱。”

“希望这件事能让他们态度收敛一些。不过，如果内部告发是真的，那事情可就不妙了。”

纪本说出内心真正的想法。

“到时候，事业计划书上那些数字反倒成了小问题了。”

“假设再次发生与三年前的丑闻相同的事件，那么希望汽车今后将会变得如何？”

“销售量或许会减半吧。就算希望汽车公司本身能够存活下来，经销商很可能会先撑不住。如此一来，公司经营也会变得更困难。”

井崎的说明令纪本神情严肃了起来。

汽车的贩卖，并非由制造生产的车厂直接对顾客进行销售，而是必须通过经销商。经销商虽然打着与制造公司相同名称的名号，但经营上则是完全分离的组织，本身其实是一家家各自独立的公司。换句话说，当经销商的收入来源，也就是汽车的销售有了困难，他们的经营理所当然会陷入困境，最糟的情况甚至可能破产。

销售量减半，这听起来虽然轻描淡写，其实会是一笔骇人听闻的巨大赤字。

无论什么样的公司，都会有一条赚不赚钱的底线存在，这就是所谓的损益分歧点。即便是正在赚钱的公司，其中也有不少可能正面对着"只要目前销售额减少两成，公司收入就会陷入赤字"之类的情况。几乎所有正经经营着的公司都适用这个理论，因此不可能有哪家公司在销售量减半之后还能获利的。

不管怎么讲，一旦经销商卖不出汽车，连带的作为制造公司的希望汽车业绩，也就无法避免严重的赤字。

"不知道希望汽车如今是否还有足以渡过这个难关的实力啊……"

"那是不可能的吧。"井崎答道，"没有我们银行的融资援助，那家公司毫无疑问将会走投无路。"

"《周刊潮流》？"

三浦在狩野的秘书带领之下，敲了办公室门后便喘着大气走了进来。报告完与井崎之间的对话，三浦涨红了脸喊着："怎么可能真有那种事！"

对此，狩野并没有回应。既然告发者确实存在，那么向周刊记者的密告也一定确有其事。周刊杂志的记者不是笨蛋，不可能故意去捏造这种假消息。

“我知道了，没你的事了。”

狩野这么一说完，三浦便恭恭敬敬地将双手指尖对准裤缝，深深一鞠躬后退出了办公室。

以手肘支撑着下巴，狩野就这样维持着相同的姿势好一阵子。

看来事态发展的方向有点不乐观啊。

唯有这一点是可以肯定的。

问题是，要怎么阻止事态的演变。

方法只有两种，一是继续隐瞒到底，二是放弃谎言，开诚布公地对社会大众公开。

时至今日，狩野都通过T会议下达指示，要下属推翻“确有缺陷”的评价，去做窜改与隐瞒的工作，所以一旦公开事实，只会砸了希望汽车的金字招牌。狩野绝对无法容许这种有损希望汽车形象的事发生。他忘不了三年前的耻辱，直到今天，他都还为公司在三年前选择公开隐瞒召回的事实感到愤怒。那是当时的社长田岛岩夫的严重判断错误，要是能隐瞒到底的话早就没事了。

狩野也试着思考后者的可行性，也就是选择公开轮毂的缺陷问题，并对顾客发出召回令。然而，只要一公开这件事，过去长期隐瞒轮毂缺陷、窜改并隐瞒事实的真相也定会暴露在众人面前。这对希望汽车明显不利，必然会遭到社会大众挞伐。不仅如此，过去那段隐瞒期间的责任归属问题也将受到追究，而到最后，矛头指向狩野本身的可能性相当大。

这不是开玩笑的。狩野心想。要是我下台了，公司里有太多人会受到影响。不是为了自己，而是为了这些人，我怎能在这时失势……

要控制事态的发展，只有一个办法，那就是锁定内部告发者，并且设法否定他所对外泄露的情报。

5

极秘文件

此致冈本平四郎社长

销售部客服策略科

科长泽田悠太

关于质量保证部在“T 会议”中隐瞒召回一事

如标题所述，以下为紧急报告。

今年十月于横滨市内发生的、驾驶本公司生产货车“美丽梦想家”时因轮胎脱落导致的死亡事故中，肇事者所属赤松货运公司于事后强烈要求本公司归还事故车辆的毁损零件。然质量保证部却持续指示客服策略科以“不可归还”为目标，对顾客进行交涉说服之工作。

本人所属之销售部专门专司应对顾客之责，对于质量问题堪称门外汉，然而本案件中，质量保证部一方面坚持零件不予归还，另一方面却提不出明确的理由。此外，近三年间相似的脱轮事故频发，也是已知的事实。

这些类似的事故，肇因都经由本公司判断为肇事车辆的维修不当，并将同样的结果呈报给国土交通省。唯今次经过调查，发现此一判断的事实认定有着重大疑义，特此紧急呈报。

首先，关于轮胎脱落事故之处置，质量保证部内以狩野常董为首，召开名为“T 会议”之秘密会议，在此会议上决定隐瞒车辆的重大缺陷，而缺陷的严重程度已达需要召回的地步。本人也已经取得公司内部人士证词，确定此一指令乃由狩野常董直接下达。

众所周知，本公司于三年前发生过隐瞒召回及窜改评价之丑闻，不仅重挫业绩，更大大有损公司在社会上的企业形象。为了不令相同事件再次发生，当时亦重新检视公司内部体制，员工更是经过痛切反省。在那之后，公司本该获得新生。

然而T会议却与公司原则背道而驰，不只是欺瞒一般员工，更再次抹消了本公司好不容易建立起来的信用。

虽然质量保证部内为了彻底严防T会议的秘密走漏，并未留下任何相关议事录或会议中的指示情报，但事态仍已发展至不容忽视的阶段。此一消息不止质量保证部外的部分员工早已得知，就连少数媒体也开始追查相关事实。

若就此放任T会议，令其持续进行隐瞒召回之隐蔽工作，事态很明显将会变得一发不可收拾。故恳请董事长针对本件给予适当处置。

以上。

随附资料为T会议成员一览表（个人推断）

6

小牧看完泽田写好的文章最后一段话后，一下子陷入了沉默。他皱起鼻子做了两次深呼吸，又抿了抿嘴，最后才开口问道："真的决定干了？”

“决定了。”泽田简洁回应，“现在只能行动了。不过，你别误会，这和一般的告发不同。这份资料绝对不会流到外面去。我打算以正式书面报告的方式，堂堂正正地请求社长裁决。将这份报告书提交给社长之后，剩下的就只有静观其变了。”

三年前的丑闻之后，紧急走马上任的便是这位冈本社长。他向来对公司内部的违法行为抱持严厉的态度，只要得知狩野与质保部那些人的恣意独断，相信他一定会有所处置。

“董事会里以桥爪副社长为首的反狩野集团，势力也不容忽视。”

“不过就目前看来，他们算是略逊一筹。”小牧似乎不想多做评价，只说，“无论如何，究竟会出现什么样的反应，还是很令人期待啊。只不过，万一这件事中途被压下来怎么办？可能只有你会遭到报复哦！”

“既然你这么说，要不要一起联署啊？”

听泽田这么一说，小牧忙不迭挥着手说：“别开玩笑了啦！”

“不用你说，我也打算一个人去做。害你也卷进这件事，我对你深感抱歉。”

“你真的没问题吗？一个不小心，你可能会连销售部都待不下去了。”

“那种事，无所谓了。”泽田逞强道，“反正我对金玉其外、败絮其中的营销工作也早就腻了。”

“我看哪，你不如别当什么上班族了，当个政治家或许更适合也说不定。”小牧一脸认真地说着玩笑话。

当天下午，泽田将代理部长野坂请至别室，并亲手交上那份告发资料。

野坂沉默了一会儿，才开口说："你是想叫我受理这份告发资料吗，泽田？"

"请您帮忙了，代理部长。"

面对低头请求的泽田，野坂首先询问的是情报的来源。泽田只回答了是质保部的员工后，便反问野坂："代理部长，您不也应该早就知道这个秘密会议的存在了吗？"

"私底下的确是如此。"

野坂一方面虽然爽快坦承，另一方面却拿着泽田的告发书陷入思考。最后，他终于拿起文件起身说道："这件事还是必须做一个了断。"说完之后，野坂站起身，正打算就此走出房间，忽然再次低头审视了一次文件；接着，他对泽田投以强烈的视线说："简单来说，你的目的是要狩野先生下台吧？"

"那位长官是万恶的根源哪。无论对我们公司来说，还是对销售部来说都是如此。"

野坂赞同似的轻轻点了几次头，便转身离开了。在这不久之后，泽田接到销售部长花畑召唤他到部长办公室的指示。

泽田一进入部长办公室的会客区，便见到在轻松靠着椅背的花畑身边，野坂正一脸紧张地等候指示。

没想到这么快就面临第一关了。花畑在公司内素有"蝙蝠"之称，是个靠着八面玲珑的交际手腕，使组织得以在夹缝中求生的人。这样的花畑会有什么反应，说实在的，泽田无法完全预料。

"你来啦？那边坐吧。"

维持着一贯温和的口吻，花畑先要泽田在对面沙发上坐下。

"我记得之前交给你的任务，是要你去说服赤松货运吧。这个任务真的那么困难吗？”泽田一入座，花畑便单刀直入提出问题。

“在那之前，有个更根本的问题。”泽田回答，“如果一直拒绝将零件归还给客户，连销售部都会沦为质保部不当行为的共犯。既然现在已经发现质保部有可能隐瞒召回，若还随着他们毫无理由地拒绝归还零件，恐怕日后销售部也会惹上麻烦。所以现在必须先解决的根本问题，是我们销售部该采取何种态度。”

“而你的结论就是这份报告书，是吗？”花畑说着，望向随手放在沙发扶手上的那份文件，“为什么不用电子邮件的形式呈交呢？”

花畑这么问，是因为在希望汽车内规定有此类文件提交时，必须以电子邮件方式送出。

“电子邮件有可能遭到第三者监控。再说，我不希望这件事被暗中处理掉，所以必须留下实际的书面档案，这样之后才有可能当作证据。”

“证据？”花畑歪了歪头，“什么证据？”

“万一演变成刑事案件时，需要的证据。”

泽田明显感觉到野坂僵直了身体，似乎无言地说着“没想到你已经想得那么远了”。

“情报恐怕已经泄露到公司外部了。再加上最近发生的那场车祸属于死伤事故，据我预测，警察恐怕不久之后也将介入搜查吧！”

面对仍在沉默思考的花畑，泽田又继续说道，“如果这份报告书上呈给董事长后，有任何对我们销售部不利之处，也请您告诉我，到那时候我一定会撤回这份报告书。相反地，要是现在不上呈这份报告，周刊杂志的人反而会立刻动手调查，真相也迟早会被公开。”

泽田目不转睛地注视着花畑，只见他慢慢地将文件挪向桌面中央，伸出右手拇指与食指按压着眉心。想必部长现在正在脑中演练着将这份文件放行之后的各种可能性。同样的演练，泽田早已设想过一遍。虽然得到的结果相当悲观，可是对现在的希望汽车而言，唯有放手一搏，才有机会获得重生。

“不管怎么看，都没有别的选择了。”

终于，花畑低声地说出这句话。泽田马上接着说出准备已久的台词。

“是否公开本公司产品的缺陷，我认为应该交给高层经营者去判断。如果高层判断结果为不公开，我也不会有意见。我的目的只是想向上面报告质保部的不当行为而已。”

“如果是照泽田这么想的话，我认为这件事对销售部只有好没有坏。只要泽田能掌握确实的情报，就能成为弹劾质保部的机会。质保部的问题太大了，部长。狩野先生的做法太乱来了，被他这么搞下去，整个公司都会垮掉。”

很难得听到野坂将自己的意见说得如此彻底明白。野坂对事物的见解精辟，从他如今严肃的态度可知，他也认为这是必须孤注一掷的关键时刻。

“我认为现在不该去思考这份报告书揭露了质保部隐瞒召回的事实之后该怎么做。”泽田再次强调，“当务之急，应该是先弹劾他们的不当行为，好让真相大白。狩野常董与他主导的 T 会议是万恶的根源啊，部长。”

之后，三人都陷入了短暂的沉默。

在三人浓重的鼻息声中，花畑终于再次开了口。

“我明白你想说什么。”在说出这句话前，花畑大概思考了一分钟或两分钟吧，但这短短的一段时间在泽田的感受中，却是漫长得难以忍受。

“这份报告书，就由我亲自交给董事长。还有，虽然这只是我个人的直觉，不过……”花畑忽然露出落寞的眼神望向泽田，“我想事情不会那么顺利。”

花畑就这样侧着头，维持着原来的姿势一动也不动。

7

随着门口传来的敲门声，狩野的秘书告知他柏原来访。

“不好意思，我迟到了。”

“哪里，没关系。”

柏原看样子是放下手头工作过来的，样子显得有些仓促。进入办公室之后，他来到狩野面前站住不动。

“其实，我收到了这样东西。”

狩野伸手从待裁决活页夹中抽出一份文件递给柏原。恭恭敬敬地读了一遍之后，柏原抬起头，露出惊讶的表情：“怎么会有这种事？”

“是告发书。今天早上董事长暗中交给我的，同时他也要我尽早处理这件事。写这份告发书的人，你认识吗？销售部一个叫泽田的科长。”

“是，我听过这个名字。”

柏原的外表比起上班族更像个学者，稀薄的头发梳成三七分，此时正皱紧了脸上那道颇有特色的半弧形眉毛。“这是泽田直接上呈给董事长的吗？”

“不，听说是通过花畑转交的。”

“花畑？他打算做什么？”

“花畑可是公司内出了名的‘无武装永久中立国’呢！”

狩野这句揶揄，其实是暗讽销售部部长的发言没有影响力。

“我猜花畑对T会议或许也早已知情，只是装作没看见而已。他这次的动作大概是想警告我们隐瞒也没有用，又或是打算对我们展开批判吧。只不过，他不会有太多施展手脚的余地，所以我们也无须过于理睬。问题是，那个叫泽田的科长为什么会知情？我已经那么严格要求彻底执行情报管理了，消息怎么还会走漏？”

柏原露出为难的表情，大叹了一口气。

“我也不明白。不过，单从这段文章来看，他应该还未掌握到会议的具体内容吧？”

“柏原，作为一个领导者，你不觉得自己太天真了吗？”

在狩野的指摘下，柏原略微低下头，表现出反省的态度。

“应该是部内有谁把消息泄露出去了。告发者是谁，你心里可有个底？”

想了很久之后，柏原才答道：“倒也不是没有。”

“是谁？”

“副科长杉本。”

“杉本……”

不定期举行的T会议成员之中，狩野对这号人物并没有印象。

“他是室井的副手，外表长得一副娃娃脸……”

这么说来，狩野终于想起有这么一个人，总是坐在室井后方靠墙壁的位子上。“为什么会觉得是他？”狩野问道。

“在调查电话拨出记录时，我们发现三通由质保内部打到潮流出版社的通话记录。这三次都是从平常无人使用的小会议室内分机打出去的，所以无法确定发话者是谁。不过仔细调查后发现，其中一通挂掉后不久，同一部话机马上又拨通到销售部，分析两通电话应该是由同一个人打的。经由私下询问对方部门接到那通电话的人之后，确定那是杉本打出去的。我也想过要向您报告，不过因为没有直接证据，所以就……”

“你这样还当什么部长！”狩野圆睁双眼怒斥柏原，“都已经查到这个地步了，为什么还不继续彻底调查下去？说不定背叛者不止杉本一个人啊，干脆趁这个机会重新调查质保部全体的计算机、电子邮件，揪出对部门心怀不满的人好了！”

接着，狩野又从办公桌后微微探出身子，压低了声音。

“如果证实杉本就是内部告发者，你可别直接去向他本人确认啊。”

“啊？”柏原不理解狩野此话的意图，脸上写着大大的问号。

“这又是为什么呢？”

狩野露出“你这家伙真是什么都不懂啊”的表情。

“我说你，难道想将内部告发者留在部内吗？”

“不，当然不想。所以我现在才……”

“现在的时代，企业是不能随意解雇内部告发者的。如果想炒他鱿鱼，只能利用其他理由。我想那个杉本一定对目前的工作有所不满，既然如此，就以消除他的不满为由，将他调动到完全不相干的部门去。”狩野脸上浮现出恶意的微笑，“就找那种会令他丧失斗志而想主动辞职的工作给他。不过，千万不能是停车场管理员或前台接待人员那种太明显的手段，也不能降格处分。总而言之，就是要做得不露痕迹，可是他本人却无法接受的那种调动。他辞职的理由，只能是他自己主动。”

平成十六年六月起，日本政府通过《公益通报者保护法》新法，借此保护内部告发者的权益，并限制资方事后对告发者的处分。让狩野来说的话，内部告发这种行为根本就是不可饶恕，切腹自尽都不为过；可是，现在因为有这条法律，就算好不容易找出背叛者，还必须另外想些高明的手段才能报复这些犯人。狩野正是在提醒柏原这一点。

“我知道该怎么做了。”柏原接着又说，“话说回来，泽田的情报来源又是谁，关于这一点能否去询问他本人呢？”

“如果问得出来当然最好，就怕过不了花畑那一关。”

就算表面看来温柔敦厚，花畑骨子里并不是一个好惹的人物。“再说万一一不小心，刺激了泽田也很糟糕。”

“常董，虽然您这么说，但对方不过就是个科长罢了。”

狩野在内心暗自轻蔑地咒骂着柏原。

“只要他想，轻易就能把消息泄露给公司外部的人。他之所以还没有这么做，就是还想在这个公司里往上爬。万一他发现自己已经不见容于公司了，会做出什么事，可就很难说了。对付这种人，我自有一套对付他的办法。”

“那是什么样的办法呢？”

“这种事你不必操心。”狩野苛烈的个性完全展露了出来，“你只要管好自己该做的工作就行了。”

柏原简短地回了一声“是”之后，便战战兢兢地离开了狩野的办公室。

这些人都不中用。狩野心想。每个家伙都毫无身为当事者的危机意识。

一边在心中暗骂着，狩野一边又读了一遍泽田的告发书。一想到冈本接到这份文件时那眉头深锁的懦弱表情，他的嘴里就不由得“啧”了一声。

车辆构造上的缺陷，其实一直是希望汽车历代以来的董事长与相关部门首席主管之间的“最高机密”。就连三年前被揭发隐瞒召回与不实窜改时，关于这部分也不曾深入调查。

事实上，正确来说应该是“无法深入调查”。

车辆缺陷的原因出自无法克服的技术问题。在零件的耐久度测试这方面，希望汽车直到近年为止，根本没有所谓的技术可言。当时制造生产的车辆，如今依然有许多在市面上流通、行驶。要想将这些车辆的零件全部更新，无论在执行层面或经济层面上都是不可行的。

冈本就任董事长时，也早已被告知这一点，无能为力的他，不得不接受希望汽车“黑暗的一面”。以狩野为首，质量保证部团结一致隐藏起了这个秘密，而 T 会议正是主导这件事的单位。

泽田呈上的告发书，对向来神经质的冈本而言不啻更加深了刺激，使得那个胆小鬼越发怯懦了。

“我很相信你，狩野君。你保证绝对没问题吧？”

这么问着的冈本，很明显是在害怕。他一定相当担心这件事泄露到公司外部吧。他的社长任期还有一年就要结束了，狩野心想，如果能更早赶他下台当顾问就好了。到那时候，能胜任社长职务来领导这个组织的，舍我其谁。

“真令人不愉快。”

狩野不经意地自言自语了起来。当第一眼看到这份告发书时，他马上就了解到这是一份以铲除自己为目的的文件。同时也看穿了其中隐藏的、以重建公司的大义之名，行夺取霸权之实的企图心。

忤逆自己的人会遭到什么下场，是该拿出实力让对方瞧瞧了。

8

在榛名银行蒲田分行中，赤松在与该行订定契约的一份必要文件上签下姓名，并在银行提出的融资契约书上盖下印章。

“真的非常谢谢您。”

道谢的人不是赤松而是进藤。进藤取过赤松用完印的文件，仔细地以专业的眼光确认印鉴是否正确。待进藤确认完毕后，赤松将双手放在膝盖深深地一鞠躬，也向进藤道谢：“真的很感谢贵行，将我们从危急存亡之中解救出来。”

“贵公司完全符合融资条件，我们只是做该做的事而已。这是工作，您真的不需要这么客气。如果不是赤松社长您努力维持了符合融资条件的公司，我们也不会借出这笔款项。”

接着，进藤便翻阅日程簿确认着说：“贵公司实际需要周转的时间是年底对吧？敝行会尽早在时间内汇入款项，当然同时还是必须顾及我们这边的作业程序。不知道您希望的汇款时间大概是什么时候呢？”

“那么，可否麻烦您于二十号汇入呢？”

赤松这么说。二十号是公司的发薪日，如果能在这天获得融资，除了发薪方便外，也不需要负担多余的利息。

“我明白了，那就这么办。”

在进藤的指示下，赤松于刚才签名盖章的文件上填上十二月二十日的日期。这样一来，他才总算卸下心上那块大石头。

对经营公司的人而言，最耗损神经的就是资金的周转。赤松当然也不例外，这一个月来，面对不断减少的存款余额与迟迟无法汇入账户的付款金额，赤松承受的压力无以复加，没有一天能够安然入眠。

而现在，这个状况终于能够改善了。

“有件事还想麻烦赤松社长您。”在赤松道谢之后，进藤改变了话题，“是关于事故那件事，今后若有任何变化或进展，能不能也请务必让我们知道呢？之所以会这么说，是因为总行担心贵公司的融资条件会比现状更趋恶化。我们分行当然愿意相信不会发生这样的事，但如果真有业绩极端恶化的情形，或是赤松社长您受到逮捕的情形发生的话，还是会有重新检讨融资可能性的必要。”

“这我明白。”

赤松如此答应，并将前日前往被害者法事谢罪一事，以及管辖事件的港北警察局从内部搜查后便不再有任何动作的事都告诉进藤后，便暂且离开了蒲田分行。

无论如何，这个年总算能过得去了。

这一天虽然相当晴朗，却没有一丝一毫的风。在这样的午后街角，赤松转动着僵硬的肩膀和脖子舒缓身体，感到松了一口气。公文包里放着刚签好的契约书，真想快点回公司拿给宫代看，同时也想快点告诉史绘，一切都将没问题了。

让大家担心了。

一直承受这一切的不止赤松一人。公司员工们和史绘如此，甚至家中三个孩子亦然。大家都压抑着难过的情绪，不断地忍耐。赤松好希望能早日让大家都轻松一点。

当然，只是获得银行融资不代表能解决所有的问题，不过能够慢慢累积这种正面的进展是很重要的。如果能顺着这股好转的运气，让事件真相早日大白，并且洗刷维修不当的污名，那就好了。

然而——

“社长，方便过来一下吗？”

一从银行回公司，宫代就像是一直等着赤松似的上前压低了声音这么说，并伸手指指背后的社长办公室。进入办公室后，宫代把门关紧，一脸凝重地在赤松对面坐下。

“是这样的，我这里收到了这个。”

宫代取出的是一个茶色的信封，正面除了写着公司地址与赤松货运的公司名称之外，还注明“社长赤松德郎启”。

“请看寄件人的部分。”宫代说。

赤松翻过信封，映入眼帘的是一行印刷字体：“横滨地方法院”，赤松不禁惊讶地睁大了双眼。

“法院？”

急忙从已经拆开的信封中取出里面的文件，看完之后，赤松更是说不出话来。

那是一份诉状。

原告柚木雅史，被告赤松货运公司。

望着起诉书，赤松的眼睛捕捉到文件上的“赔偿费”一词。仔细一看，这里指的似乎并非一般的赔偿费，在赔偿费前还附加了“惩罚性”这三个字。惩罚性赔偿。不过，最令赤松怅然若失的，却是明列在那之后，高达一亿五千万日元的赔偿金额。

望着哑口无言的赤松，宫代开始说明。

“我听说和保险公司交涉赔偿时遇到问题……所谓‘惩罚性赔偿’这个名词，我也是第一次听说，所以就去请教了认识的律师。这在日本并非一般的赔偿方式，不过在欧美国家似乎颇为常见。或许柚木家不满意保险公司提出的赔偿金额也是原因之一吧，但我看最根本的原因还是出在他不能接受我们公司的补救措施，甚至对我们相当反感。”

对于宫代这番说明，赤松几乎无法听进只语片言。

类似绝望的失落感掐住了赤松的喉咙，让他几乎要窒息。信封中另外还放入了抗辩书和债务催缴申辩书等文件表格。那些文件上排列的文字所传递出的只有彻底的冰冷，没有一丝温暖气息，赤松的脑袋都要无法顺利运转了。

“总而言之，只能先找律师商量对策了，社长。”

“柚木先生他……打算诉讼吗？”

“很遗憾，看来他无法理解我们的心意。”

“我真的不想事情变成这样啊。误会，他真的误会了……”赤松有如自言自语般地反复喃喃说着，“既然事情演变成这样，就无法再直接去和他沟通了。律师的说明是日后就算想和解，也都必须通过法院。”

“这样啊……”

赤松深深叹了一口气，整个办公室内陷入一片沉重的气氛之中。

“希望不要对榛名银行的融资产生什么影响才好。”宫代说得没错，“这件事不需要知会一下银行那边吗，社长？”

“让我想想。”

事情很难拿捏。不告知银行的话，对方或许也不会察觉。只是，媒体对这种事是很灵通的，这件事迟早都有可能被报道出来。即使不是刻意隐瞒，如果让银行从媒体得知后才告知，恐怕有损彼此的信赖关系。

“我想，还是知会一下银行吧。”

“毕竟瞒着他们也不好。”

大受打击的赤松，僵坐在原地好一阵子。这几天就像是搭乘云霄飞车，才以为往上爬了，又马上迅速坠落，而且这辆云霄飞车还可能随时脱轨，失去控制。

“发生了这种事啊……”联络了进藤，说明情况之后，进藤只说了这句话，就随即陷入短暂的沉默之中，“这件事由我来向分行长报告。刚才那份契约书虽然已经请您签章了，不过现在状况是这样的话……”

“我明白的。”

赤松强忍着内心的激动这么说。放下电话之后，很快就将谈话结果告知等在一旁的宫代。

“社长，其实还有一件事想和您商量。”宫代有些难以启齿的样子，“是关于年终奖金的事。”

赤松“啊”了一声抬起头。真是糟糕，这么重要的事却因为连日来的混乱给忘得一干二净了。

“已经是这时期了啊。”

宫代点点头，又问道：“社长打算怎么办？”

赤松打开手边的日程簿，一面找着黄历上十二月“大安”的日子，一面暗自责怪自己太粗心。

“就定下周五分发吧。”

宫代计算出的周转金额中，应该也包含了奖金的部分，所以不必担心资金不足的问题。令赤松没想到的是，宫代接着问了这样一句话：“真的要发吗，社长？”

宫代望向赤松的眼神很是认真。

“社长，现在公司遇到难关，员工也都明白。毕竟只是奖金，不是非发不可的东西。”

“等一下，宫老。你的意思是，今年不发奖金了吗？”赤松惊讶地问道，“这样不好吧？今年应该有好几个人达成业绩，按说可以领奖金的不是吗？”

“这样当然不好。可是公司现在这样，大家应该也愿意共克时艰吧！”

赤松不由得叹了口气。

他思索着，脑海中浮现的是维修技师门田的身影。他的孩子快出生了，拿不到奖金，一定会很失望吧！

“奖金应该算在周转金的额度里了吧？”

“是这样没错，不过现在的情况，能为公司留下多少资金就留下多少比较好。”

宫代说得也很有道理。

“的确，如果能这么做的话，公司当然会轻松些。”

赤松心痛地叹了一口气。

“就这么办吧，社长，这样比较好。部科长们那边，就由我来好好说明。”

“抱歉。”

低下头，赤松懊恼地抿紧了嘴唇。

“诉讼？”

当天晚上说明了事态之后，史绘只吐出这句，就再也说不出任何话语。

史绘站在厨房，看着回到家后正在餐桌边吃着迟来晚餐的赤松，不发一语，只有料理台的水龙头，不断传来水沫飞溅的声音。

“会变成怎样？”史绘问。

“打官司这种事，不到最后结果没办法预料啊。”

“如果输了怎么办？我们付得出赔偿金吗？”

赤松只能默然地摇摇头。

史绘关上水龙头，注视着赤松。她的眼神游移，喃喃说着“为什么事情会变成这样”，泪水从眼中滚落而下。

赤松心想，我也想知道啊！无法回答史绘，是因为自己也怀抱着相同的疑问。

难道就应该认命接受现实吗？今天这种下场并非自己造成，只是被厄运卷入，当回过神时，已经被逼入绝境。最令人难以接受的是，明明自己没有做任何坏事，却必须承受众人的指指点点。

不只是赤松，史绘和孩子们也一样。

史绘拉过一张餐椅，仿佛全身虚脱似的颓坐在椅子上，双手掩面。孩子们都睡了，寂静的家中只听得见史绘开始啜泣的声音。赤松散淡的眼神茫然望着墙壁，史绘的哭声渐渐在他心中晕染开来。

找不到借口，无法承认也无法否认什么。赤松自己也正在和内心涌现的情绪搏斗，现在除了忍耐之外别无他法。

哭了一阵子之后，史绘抬起头，擦干眼泪。

“已经到达极限了，孩子们和我都一样。”

赤松望着憔悴苍白的妻子，意识到她已经处于有些危险的精神状态，不禁倒抽了一口气。

实在无法说出“只要再忍耐一下就好”“撑过现在就会有所改善”这类泛泛之言。因此摆在眼前的现实是如此丑恶，悲惨的是除了继续忍耐之外却别无他法。

在遭遇痛苦时，只要确信痛苦总有一天会结束，就能让人坚强起来。然而，这场战斗却不知道什么时候才能终结，这令人感到绝望而无力。

即使如此，我仍然必须继续和命运搏斗下去吗？

想到这里，赤松发现他连感受情绪的力量都消失了，只留下一个筋疲力尽的空壳。

然而，不能在这里停住脚步。无论如何，都只能继续向前行。

为了家人和公司，也为了那些员工。

总有一天，这场痛苦的奋战一定会结束。一定得让它结束。所以——

所以求求你们，请跟着我走下去!

摇撼着赤松内心的无言呐喊，在空虚的家中迷失了方向。

第七章　组织剖面图

1

“科长，赤松货运来的电话。”

北村伸出圆滚滚的手指推了推眼镜，发出紧张的声音。

“说我外出不在。”泽田回答。

听了泽田的指示后，北村面无表情地对着电话重复了如下台词约莫五分钟之久：“泽田现在外出不在。对，没错。什么时候回来我不知道……是，不好意思……”放下话筒后，北村不屑地哼了一声，看样子大概是被对方单方面挂电话了吧！

泽田用一副了然于心的表情，看着北村的模样。虽然嘴上什么都没说，但从北村不时朝向这边瞥来的眼神，也可得知他内心的不满。“要拒绝的话，请您自己告诉对方。”北村一定很想这么说吧，只可惜他的立场不容许他说这种话，而泽田也不能去接这通电话。

最近几天，赤松货运的电话几乎是一天打来两次。和以前一样……不，是比以前更执拗了，不过泽田连一次都没回应过他。

就算和赤松见面，也没什么好说的。

没有让步的可能。

目前泽田必须全力应付的是“公司内部”的问题。送出揭发T会议存在的告发书后，最重要的是能否一举推翻质保部与狩野。至于只是区区一介顾客的赤松货运会变成怎样、又会做出什么举动，现在的泽田根本不放在眼里。

“他说打算采取法律行动哦，科长。”北村说。

“真的吗？”只有在听到这句话时，泽田才抬起头来看着一脸不高兴的部下，但马上就又无所谓地说，“随他去吧。”

不想也知道，赤松怎么可能会有多余心力将这件事闹上法庭呢！

"他只是想吓唬我们而已。"

赤松的事一点都不重要。无论他是不是会因警方的错误侦办而被逮捕，导致公司破产、员工流离失所，这些都不关泽田的事。不，倒不如说干脆破产还更好。那样一来，赤松再也不会来啰唆着要讨回轮毂，到最后就算他不愿意，也必然会被庞大的债务压得喘不过气，直到从这个世界上消失。

此刻正是泽田一决胜负的时刻。

这场行动的结果肯定会震撼整个希望汽车。虽然表面不动声色，但底下的暗流正实实在在地涌动着。

泽田灵敏的嗅觉，就连震度一的轻微蠕动都能敏感察觉。在他的感觉之中，暗红色的岩浆正伸出触手，抚摩这庞大组织的体内，并缓慢移动探索着。

究竟从那缝隙之中将会喷发出什么样的东西，泽田并不知道。这个组织耐震的程度有多高，他也不清楚。只是总有一天，那深层的岩浆一定会迸发喷溅，动摇这个组织，并且开始很快地吞没希望汽车这封闭世界中的森罗万象吧！泽田正在等待的就是这个。看似云淡风轻，但只要一有风吹草动，他绝不会错过。总而言之，对泽田来说，现在没有比取得这场胜利更重要的了。正所谓"天上地下，唯我独尊"，对身处于希望汽车中、充满野心的自己而言，微不足道的赤松货运，根本连一点在意的价值都没有。

当天晚上，泽田受到小牧邀约而提早收拾了工作，来到位于新桥他们常光顾的烧烤店。

"猎杀女巫行动展开了哟。"

比约定时间晚到十分钟的小牧，点了和先到的泽田一样的生啤酒后，压低声音这么说。

“听说今天一早，质保部内的计算机遭到全面检查，不只如此，在那之后每个部员还分别被约谈调查，看来是你那份告发书成了导火线啦！”

“有这个可能，不过也有可能是从上次那个周刊记者那边得到的情报。”

希望汽车这艘泥船，现在正开始出现大大小小的破洞。

“柏原部长一声令下，主导调查的想必是代理部长一濑吧？”泽田以沉稳的语气问道。

“没错。那家伙就像是绝对服从希特勒命令的盖世太保。”

小牧的说话方式还是一样夸张，不过如此形容一濑的为人还真是恰到好处。当然，将狩野形容为希特勒也是个绝佳比喻。

“还有啊，不用说，杉本当然被彻底盯上了。毕竟以他那种个性，会有这种结果也是没办法的，看来是要被调职了。”喝了一口送上来的啤酒，小牧如此说道。

“调职？调到哪儿去？”泽田放下喝到一半的酒杯问。

“例如东北分公司之类的啊。”

这当然是毫无根据的揣测。小牧想表达的只是，杉本可能遭到企业在这种情形下所惯用的、以调职为名行逼迫退职之实的待遇。理科出身又担任专业职务的杉本，若被调到工作性质受限的东北分公司，不但没有能发挥实力的余地，更可能必须从事与专业领域无关的事务性工作。这种事对理科出身的人来说，无异于自身的资历遭受否定，同时也等于是切断了往后的升迁通道。

“公司真的会这么做吗？这可是违法行为哦。”

面对冷笑的泽田，小牧不屑地丢下一句：“难道要他去向工会投诉？我们的工会可是公司御用的啊。话说回来，泽田，你的告发书真的送到董事长手上了吗？”

小牧拿起菜单点了几道小菜后这么问着。

“花畑部长应该已经亲手交给董事长了，不过在那之后，我这边倒还没有看到任何直接反应。”

泽田眼神聚焦在前方的吧台上几秒后，开口说道：“老实说，我本来还期待会有什么反应的。”

“那你怎么办？要再采取什么行动吗？”

“不……”泽田强自压抑复杂的情绪，刻意装出无所谓的语气，“我打算再观望一下。之后的事，只能顺其自然了。”

“你啊，这样真的没问题吗？”

小牧放下啤酒杯，发自内心为泽田担心着。两人是同批进公司的战友，至今也一直在同样的职场工作，交情匪浅。泽田庆幸着自己能有这样的好友，回答道：“要是没有做好心理准备，我也不会送出那种告发书了。再说，现在时代已经不像以前那么单纯，法律规定企业不能以内部告发为由，任意解雇员工或予以降职。”

泽田挪开目光，小牧也只是鼓着嘴沉默不语。

过了一会儿，小牧才又开口说道：“我听说，职业棋手总是能预设几十步后的棋路。这件事毕竟牵涉到公司内部的权力斗争，我想你也不愿意多说什么，而我担太多心也没用是吧。”

“下棋和公司是两回事。”泽田回答，“下棋时，每个棋子的移步方式都有规则可循。可是小牧，公司这种地方是没办法这样预测的。对手不是棋子，是活生生的人哪，就算是车也可能走斜的。预测棋局当然很重要，不过最重要的还是每个当下的判断力，不是吗？”

“我倒是觉得让车走斜的不是别人，就是你自己啊，泽田。”最后小牧无可奈何地问，“接下来，你打算怎么办？”

“静待狩野如何出招咯。”泽田的回答简洁扼要，“这件事就像试金石。虽然知道狩野实力不容小觑，但毕竟我从未曾在他手下做过事，所以我打算拿这件事来试探他的反应，这样一来就可以判断他的脑筋到底动得有多快，又或者发现，其实他也不过是个笨蛋。”

小牧从旁观察着泽田的侧脸。

“你又在打什么主意？”

“打什么主意？聪明反被聪明误，打太多小主意反而会绊了自己的脚。让我说的话，判断力来自洞察事物本质的能力。想达到这一点就要摒除邪念，用心来看事情，就像是在悟道一样。”

小牧望着泽田的眼神，就像看见一个远离尘世的仙人。

“不好意思哦，你这种禅的境界我实在跟不上。快告诉我吧，泽田，我该怎么做才好？”

望着眼前半开玩笑的战友，泽田开怀地笑了。

“你就好好当个观众，等着看这场猎杀女巫行动的最后结果吧。然后，如果我不幸在这场战役中战死沙场，就麻烦你带束花来祭拜我啦！”

“你还真敢说，我还真无法想象你这种人会战死沙场呢！”

小牧虽然试着打哈哈，却难掩眼神中的忧虑。察觉这一点的泽田，有些焦灼地将视线转到眼前的酒杯上。

“该死的时候都会死，谁也逃不过。”

只不过，现在泽田眼中看见的并不是属于自己的渺小墓碑，而是希望汽车的巨大坟墓。当然，他并没有将这样的话说出口，也才会引得小牧如此叹息。

2

这天，赤松一早便前往位于大田区山王的律师事务所，和律师针对抗辩书的内容开会。

事实上，赤松货运创业以来，这还是第一次被人提起诉讼，更别说赤松个人也从未有过与人诉讼的经验，对官司的各种程序完全不了解。因此，在非得找个律师了解一下相关问题的状况下，他通过熟人介绍，从昨天开始聘请这位年轻的小诸直文律师作为法律顾问。

“抗辩书是无论如何都一定要提出的。”

小诸在大致听过事情的来龙去脉后，以诚恳踏实的声音分析着。据他判断，事态之所以会演变至此，多半是因为无法获得对方谅解。

“正如您所言。”赤松不得不认同，“虽然我们已经拿出最大诚意了，但由于我绝对不承认事故原因在敝公司，所以无法取得柚木先生的原谅吧。”

一想起日前在法事上，被害者丈夫柚木那强作坚强的态度，赤松就感到内心一阵刺痛。

“毕竟我也不是这方面的专家，无法断言事故的原因，这方面还是需要交由科学方法去理清。只是可以确定的是，对赤松先生您来说，那是绝对不能让步的，是吗？”

“当然。”

“换句话说，原告之所以会提起诉讼，一定是坚信肇事原因出在贵公司。如此一来，我方无论如何都得提出抗辩书，这是无法避免的。站在我方的立场，只能尽快想办法去证明原告提出的论点是错的。”

小诸律师思路清晰，很快抓住了案件的重点。

“话虽如此，希望汽车那边却完全不予回应，打电话去也总是假装外出……”

“这样下去，问题只会胶着不前。看来需要采取一些法律手段了。”

“法律手段？”

“得和希望汽车打一场要求归还零件的官司。”

小诸的提案令赤松脸色一暗。他当然也思考过这个可能性，事实上在打往希望汽车的电话中也多次以此要挟；然而若真闹上法庭，到判决出来之前，势必得花上一段时间，而在这段时间当中，赤松货运会变成如何，谁都无法预料。

“就经验来说，其实有不少人都会在提出诉讼之后到判决出来之前的阶段中改变态度。”

小诸的说法，听来也颇有道理。

“此外，恕我讲话或许有些不妥，不过我认为这将会成为一场有趣的官司。”

“您说的‘有趣’是指？”

“记得没错的话，希望汽车前几年应该也发生过一次隐瞒召回，当时受到社会大众相当的挞伐吧。这次的官司若能多少吸引世人的目光，我想希望汽车也将不得不改变他们的态度，或许不需要等到判决出来就能看到结果。事实上，这一类的官司，许多都是在判决结果出来前就以和解解决了。”小诸说着，教了赤松一个办法，“实际展开诉讼不仅耗费金钱，也花时间，而且不能中途反悔，不如在那之前，先寄一次存证信函要求对方归还零件吧？信函里的代理人就由我来署名，注明如果无法尽快归还就提出诉讼或对媒体公开等，表达我方将采取法律途径的警告。”

原来如此，这个方法的确有一试的价值。

“那么，信函内容就由我来准备。”

赤松微微低头说声“拜托您了”之后，便结束了约莫一小时的会谈。走出室外，大街上一片冷风飕飕。从附近的停车场中取了车，赤松直接回到公司。

“宫老呢？”

他想确认自己外出这段时间，是否有来自榛名银行的电话，却不见宫代的身影。听见赤松这么问，负责接电话的秋枝便吞吞吐吐地回答：“刚才他和高岛总务科长一起进会客室了。”

“发生什么事了吗？”

秋枝反复看看会客室，又看看赤松，最后才说：“高岛科长说他要辞职。”

赤松顿时不知如何言语。

辞职？那个高岛？为什么？

正当赤松满怀疑问时，会客室的门打了开来，首先走出来的是宫代。

“社长，能请您过来一下吗？”

高岛一脸不悦地，坐在社长办公室内会客区的沙发上。平常总是将赤松货运的制服穿得笔挺好看的他，今天罕见地穿了一身西装。一看见赤松进来，那没有表情的眼神和嘴角随即扭曲了起来。

“高岛说他想辞职。”

“为什么？”

面对赤松的质问，高岛语气僵硬地回答：“理由我刚才已经告诉专务了。”

“他说已经在公司待不下去了，另外关于奖金的事似乎也有不满。”

一听见“奖金”两个字，赤松不免感到一阵心痛。

“奖金那件事是我对不起大家，公司现在状况真的不好。不过，你能不能再多考虑一下，高岛？现在你离开了，对公司来说也很困扰。”

今年三十六岁的高岛，从前任社长的时代起就任职于赤松货运。在部长和科长之中他也是最年轻的，加上乐于提携后进的作风，让他很受年轻员工们仰慕。

“真的很抱歉，不过这已经是我深思熟虑后的结果了。”

高岛冷漠的表情，让人联想起一堵水泥墙。

“我想他是很在意那场事故吧。”宫代在一旁补充。

“是这样的吗？”

赤松这么问，然而高岛坚持沉默不答。赤松不禁叹了一口气，失望地低垂下头。当他再次抬起头时，涌上胸口的是一股自责，无论是对事故后的处理，或是对奖金的事都是如此。高岛的辞职意愿，就赤松看来无异于反映了员工们对自己的评价。

“能不能请你再等一下呢，高岛？”赤松慰留着，“虽然现在的状况已经坏到谷底，能不能请你再多忍耐一阵子呢？”

“我已经忍耐很久了。”

然而高岛却这样说着，并对赤松投以厌烦的眼神。平常成熟稳重的他，这时就像是终于吐出多年积怨般，连珠炮般继续说道：“社长您虽然说，问题绝对不出在我们公司的维修不当，但事实如何根本没人知道不是吗？我认为，希望汽车既然如此坚持，就一定有他们的道理，反而是社长说的话，我实在无法苟同。”

“不是这样的。”赤松反驳，“我们的维修工作做得很到位，车子还算新，里程数也还绰绰有余。然而，以这样的车况，轮胎却脱落了，就常识来说实在是不可能的事。”

“可是，这究竟要到什么时候才能获得证明呢？”高岛神经质地皱着眉头，“究竟要到什么时候，赤松货运的嫌疑才能洗清呢？社长您也无法保证，不是吗？万一在嫌疑还没洗清前，公司就倒了怎么办？”

“喂，你说的什么话，高岛！”一旁的宫代出言训斥，但高岛却只回以轻蔑的视线。

“我只不过说出事实而已。公司现在很辛苦，所以发不出奖金这我能明白。可是，我们做员工的日子也不是那么好过啊，为了守护自己的生活，也只有选择辞职这条路了。”

“你在经济方面有困难吗？”宫代问。

“小孩子很花钱啊，我也不希望一直让家人忍耐，偶尔也想让他们过点奢侈的生活，吃想吃的东西，买想买的衣服。”

“你领的薪水应该还过得去才对吧？”宫代说。

高岛的年薪有六百万。和大型企业比起来，这样的薪资水平当然不算高，但以中小企业的员工来说，称得上是高薪了。

“是啊，只是过得去而已啊。”高岛不客气地回应，“我认为自己有资格领到更高的薪水。”

“公司也有公司的难处，高岛。这一点你应该最清楚，不是吗？”

面对宫代的指摘，高岛更加不满地瞪视着他说：“我刚才也说过了吧，我生活也有困难啊。”

的确，高岛一家四口，除了他和同年龄的妻子之外还有两个读小学的孩子。然而他们一家人却是和高岛的父母共住在大田区父母买的房子里，不需要负担额外的居住费用。如果不是过着太奢华的生活，应该不至于有困难。

“总而言之，你就是打算要舍弃公司是吗？”

宫代的语气也开始浮现了怒意。其实说穿了就是这么一回事，这时赤松总算明白了。薪水的多寡和奖金的有无都只是借口，高岛想离职的真正原因，只是他已经无心于赤松货运这家公司了。

“说什么舍弃，这家公司在我看来，只不过是一艘即将沉没的船罢了。”

高岛这个人器量小，一旦被激怒，就会不顾一切变得意气用事。现在他颤抖着声音说出的这句话，某种程度已经是在挑衅了。

“你说什么！”

“宫老。”赤松制止了站起身想理论的宫代。

高岛则继续说：“现在变成这样，害我面子上也挂不住。老婆骂我窝囊，父母也叫我不必硬待在这家公司了。”

“你好歹是个科长吧！枉费前任社长对你那么器重，事到如今，为了辞职竟然还搬出老婆和父母当挡箭牌。你自己难道就没有一点主见吗？”

被宫代这么一问，高岛一时之间虽然无法反击，却在下一秒脱口而出：“已经没救了，我们公司不可能撑得住的。”

看着高岛那张冷漠的侧脸，赤松哑然忘了自己想说的话，只能凝望着高岛。这句话狠狠地刺进赤松心底，让他的脑筋变得一片空白。

三人陷入一阵尴尬的沉默。

无法思考的赤松用力咽下一口口水，一边深深叹气，一边按压着太阳穴。他微微睁开眼睛，望着社长室窗外严寒冬日的天空。瞬间有种错觉，仿佛那干冷的空气正一股脑儿涌进胸口，紧紧钳住他的喉咙，让他几乎喘不过气。

“你离开我们公司后怎么打算？”发问的是宫代。

高岛顿了一会儿后，终于吐出一句话："接下来的去处也已经决定好了。"这句话给了赤松最后一击。

好不容易做好的心理准备，也被这句话击溃了。

"这样啊……"赤松听见自己下意识发出的声音，"这样啊……也是啦。"

接下来，赤松的视线缓缓回到高岛身上，开口说道："我明白了。"

这句话明明是从自己口中说出的，却不知为何听起来像是别人的声音，有种不切实际的感觉。

"社长！"

宫代睁大双眼想说些什么，但赤松制止了他。

"别说了，宫老。如果这就是高岛的决定，那也没办法。"

高岛不发一语地望向赤松，只有这时低下头小声地说了一句"不好意思"。

"你在我们公司几年了？"赤松问着。他感到十分讶异，自己的声音竟然很镇定。

"从老社长的时代算起，有十五年了。"

"十五年啊……"说着，赤松万分感慨地望向高岛，"谢谢你这些年来为公司的努力。"

高岛面无表情的脸，此时也不免显露讶异神情，睁大了眼睛。

"同时我也要代替我老爸谢谢你，辛苦了。"

宫代虽然不甘心，也只能凝视着这么说的赤松。

"接下来要到哪里工作？"

被赤松这么一问，高岛犹豫了一下才做出回答。那是一家赤松也曾听过、颇为知名的中型货运公司。一样是货运业，对方的规模却是赤松货运所比不上的。这一点，也令赤松痛切地感受到自己真的是被员工舍弃了。

“祝福你在新公司能够更有成就。”说着，赤松伸出右手，紧紧握住高岛迟疑的手。

高岛离开后，宫代重重地呼了一口气。

“不知道年轻员工会不会因此受到影响。我猜，那几个小伙子里，说不定会有几个人随着高岛一同离职。”

“那也只好到时候再说了，宫老。”

虽然言语上强装镇定，实际上赤松内心却正为公司的骨架松动感到不安。公司必须由人构成，一家公司真正的结束，不是失去金钱，而是失去人才的时候。

无法责备高岛。相反地，赤松更恨自己竟然让为公司工作了十五年之久的员工产生了离开公司的想法。其他的员工也不知道究竟愿意跟随自己到什么时候，一思及此，赤松就感到焦虑不已。

3

“喂，门田，你听说了吗？”

门田骏一正用专用清洁剂洗着手上的油污，就听见货运司机藤木登的声音。

一回头，身材偏瘦、穿起制服稍嫌宽松的藤木，那张轮廓细长、仿佛狐狸般脸上的小眼睛眯得更细了，望着门田露出一副神秘兮兮的表情。

“什么事啊？”

停顿了一下之后，门田又继续开始洗手，顺口问着。把去油污用的专用清洁剂涂满双手，再抹掉油污后，接着用肥皂水搓揉。手指或手背上的油污只要这么做，大致都能洗掉，但深入指甲缝里的油渍，就不是那么容易去除了。

“是有关高岛哥的事啦。”

“高岛科长？”

这天很忙，门田一整天都像只团团转的天竺鼠似的忙个不停。之所以会这么忙，主要是因为接下了儿玉通运转包的大型货物订单。午休时间，门田总是在维修科的角落独自吃着千夏准备的便当，仔细想想根本没什么机会和其他员工闲聊。

“高岛科长怎么了？”

见门田如此反应，藤木露出“你果然没听说”的表情，叉着双手说：“他要辞职了。”

“辞职？”

门田惊讶得打翻了洗手用的清洁剂，溅得满地都是。高岛哥要辞职？渐渐地，这个事实在门田脑袋里扩大开来，事态的严重令他无法思考，连藤木还在说些什么都听不进去了。

“什么时候？”好不容易，门田才回过神来。

“说是做到下个月底。不过下个月几乎把未休假都排进去了，所以实际上这个月结束后他就不会来了。”

“那他、他辞了工作要做什么？”

“你听过本桥货运吗？他好像要去那里工作。”

这家公司的确蛮有名的。

“可是，如果换了工作还是一样做货运，干吗不留在我们公司干呢？”门田问道。

不料藤木又是一脸神秘地低下头说：“不一样吧，一定不一样。”

“不一样？哪里不一样？”

此时，藤木望向门田的眼光似乎别有深意。

“你想想，高岛哥可是总务科长耶。他一定比我们知道更多公司的实情。如果公司出现危机的话，他第一个就会知道啊。”

“你等一下。”将不断出水的水龙头“叽”的一声用力转紧，门田转身面对藤木，“你倒是说说看，我们公司会有什么危机？”

“嘘，不要那么大声啦，门田。”车库那头的科长谷山正望着两人，藤木对谷山露出一个“没什么啦”的假笑，又低声对门田说，“总之，晚上你也来一下。”

藤木带门田去的，是位于东急电铁大井町线与池上线交会点的旗之台车站，站前商店街里的一家烧烤店。

狭小的店内，只有一条吧台和三张小小的四人桌，是一家老旧的小店。藤木刚一掀开门帘，店里就传来热络的招呼声，看来是他经常光顾的店。藤木也很熟门熟路地领着门田进店，并拉开吧台前的两张圆椅，将其中之一推给门田。

店里没有其他客人。门田一边环顾着墙上贴满的类似“葱烤鸡肉串一百二十日元”的脏兮兮菜单，一边瞥见藤木又保留了一个位子，便开口问道：“还有谁要来吗？”

不到十分钟，那个“谁”也在店内现身了。推测起来，他应该搭的是门田他们的下一班电车吧。

“你们来得还真早呢。”

这么说着走进来的正是高岛。他选择了靠近店后方，藤木身边的位置，点了生啤酒后，转头对两人说：“今天我请客。”

“您应该领得到退职金吧？”藤木眨了眨眼，嬉皮笑脸地说着。

“是啊。”高岛回答的模样也颇为得意，接着更说出了金额数字。

“好棒！”藤木睁大了眼睛发出惊呼。而这一连串对话，门田都只在一旁冷眼旁观。

“门田，你也别臭着那张脸了，喝酒啦！”高岛这么说着，又向店家点了一杯酒，“大姐，再给这家伙一杯。”

在公司里碍于社长和专务在场，总是表现低调稳重的高岛，一旦和后生晚辈独处，就像变了个人似的。那性格表现的落差之大，门田也曾听公司里某些人在背后揶揄。

喝了一口店员送上的啤酒，门田开口问道：“泰哥，您为何要辞职？”

在公司以外的地方，他们都称高岛为泰哥。因为高岛的本名就叫高岛泰典。

“刚好看到别家公司在征人，就去试试看，结果就被录取啦！”

“那家公司比较大，当然选那边啦。”

粗线条的藤木这么说着，门田却觉得无法接受。

“可是泰哥，你在公司领的薪水很好吧？难道那边给的条件更好吗？”

以前有次喝醉时，高岛曾炫耀过自己的年收入，门田还记得那个数字。说老实话，他当时听了还相当羡慕，同时也心想着，原来只要为公司服务够久，公司就会给予相应的高薪啊。而当时高岛那句“就算换工作，也未必能领到这么高的薪水”，门田依然记忆犹新。

高岛露出面子有些挂不住的表情说：“唉，当然不可能有那么多。比现在要少一点吧！”

藤木一脸痴呆地望着高岛，似乎不明白高岛为何这么做。“不过啊，那家公司的发展好，考虑到今后的升迁加薪，还是转换东家比较划算。”

"原来如此。"

相较于一脸佩服的藤木，一旁的门田仍然狐疑地心想：如果要说升迁加薪的话，在赤松货运只要表现好，今后也一定还有升迁和加薪的可能啊！

或许是看到门田一脸难以理解的样子，高岛这才压低了声音说："其实，还有其他真正的原因啦。"

"什么真正的原因？"门田问道。

"其实，情况有点糟啊。"

"情况有点糟，是说公司吗？"

"就是啊。"高岛喝了一口啤酒润喉，对两人问道，"我问你们啊，你们真的相信社长说的话吗？"

"社长的想法，应该是以要求希望汽车归还零件，来证明我们公司的清白吧？他想用这个说服我们继续努力，可是，就算对方真的把零件还我们好了，还得拿到其他研究机构重新展开调查，那得花多少时间才能得出结果？更何况，新的结果也未必就一定对我们有利。再说，即使得出的是有利的结果，我也不认为希望汽车会就此认错。他们一定又会拿去别的单位再次调查，直到得出他们想要的结论为止。"

虽然现在说这番话的语气有些粗鲁，不过高岛实际上的性格是细腻又神经质的。另外，门田则是不拘小节的类型。他们两人就像资优生与劣等生的对比，无论是想法或表现出来的样子，都有一百八十度的不同。

"可是，难道因为这样，你就要舍弃赤松货运吗？"门田质问。

高岛那张纤细而苍白的脸上，浮现出不愉快的皱纹。

"这怎么能说是舍弃呢？更何况在讨论这个问题之前，公司恐怕就先撑不下去了，所以我才要在事情演变成那样之前先辞职啊。"

“不愧是高岛哥，那我也得好好考虑考虑了。”

藤木附和着高岛。门田则鼓着脸瞪着眼前的啤酒杯。

“你说要辞职，社长怎么说？”门田又问。

“他就跟我道谢啊。”

听到高岛这么说，门田像是挨了一记闷棍，感到一股夹杂着落寞与不平、难以言喻的情绪。

社长竟然会对打算舍弃自己的员工道谢……不过话说回来，对于已经不会改变心意的员工，不但不恶言相向，反而为他过去的功劳道谢，这的确很有社长的风格。

“要是那时候你就那么辞职了，说不定现在会发展得比较好呢。”

此时，高岛突然说了这句话。

他指的是那场事故刚发生时的事。那时候门田本来辞去了工作，赤松却特地到当时打临时工的工地来劝自己回去。门田还记得当自己弓着身子在公园里吃便当时寂寥的心情，以及听见社长喊自己名字时的开心。现在回想起来，他都还会心头为之一热。

“我是不会离开这家公司的。”门田说，“因为社长和我约定了，要一起把公司做大。”

“你在说什么蠢话啊，门田！”藤木难以置信地说，“刚刚高岛哥不都说了吗，公司可能都快倒闭了啊。千夏快生了吧？万一孩子出世了，你工作的地方却倒闭了，那生活还要怎么过下去？预产期什么时候？”

“明年三月。”

门田回答了这句之后，便不再说话。

我一定要跟随社长到最后。就算公司会破产，不等事情真的变成那样，我也不会去找其他工作。

然而，这样的话，门田无法对眼前的两人说。他总觉得，这种话说出口有些腼腆，又有些羞耻。再说，他也不认为为了规避眼前危机而选择“狼狈离职”的高岛，以及追随高岛的无能藤木会听得进去。

“藤木，你打算怎么办？”

高岛在一旁如此问着。

藤木一边嚼着烤鸡，一边口吻轻率地说：“对哦，看来我干脆也辞职算了。反正这里薪水那么少。”

薪水多或少，生活过不过得下去，问题根本不在这里。

门田大口灌着啤酒，内心这么想。

“很好，等我到了那边公司，有机会就提拔你过来。你会来吧？”

“太感恩了，我一定去一定去。要我做什么都行。”

白痴啊。

门田终于确定自己肚子里那股怨气所为何来。

“话说回来，社长还真不愿放弃啊。”高岛说，“成天就是坚持着要讨回零件。希望汽车已经决定不拿出来的东西，又怎会因为这样就拿出来呢！这就叫作无谓的努力，是吧？门田，你也这么认为吧？”

“是这样的吗？我不知道。”门田说。

“所以就说你脑袋不灵光嘛，门田！”

高岛放声大笑，门田却抿着嘴想道：尽情嘲笑吧，总有一天，一定要让你们这些抛弃赤松货运的人后悔。

4

“高岛回去了吗？”傍晚六点过后，赤松从社长办公室中探出头来问道。

“刚走不久。”宫代回答。

“我还想找他吃顿饭哪。”

“他好像约了几个年轻人去喝一杯的样子。”

“他找了谁？”赤松有些在意地开口问着。

“我想应该是门田和藤木，他一向特别照顾他们两个。”

赤松担心了起来，仿佛探寻那应该已经不在的身影似的望向窗外。

“希望高岛不要说些不必要的话啊。”似乎察觉赤松内心的想法，宫代这么说。

虽然赤松确实是这么担忧着，不过就某种程度来说，高岛会那么不安，也是无可奈何的事情，这么一想，赤松就什么都说不出口了。

毕竟，任命他当上公司内最年轻的科长，以及鼓励他参加会议多了解公司内情的，都是赤松自己。

“不是社长您的错哦。”

宫代再次察觉赤松内心的想法。面对像自己肚里蛔虫的宫代，赤松不禁苦笑了。“宫老，您可千万别辞职啊！”听赤松这么一说，宫代豪爽地笑了。

“我要是在这时候辞职啊，肯定会被老社长诅咒，说我竟然敢在紧要关头放弃公司哦！老社长可不像您，还会对离职员工道谢呢。”

“是我太嫩了吗？”

宫代稍微思考了一会儿之后说：“这是社长您待人温柔的地方。”

“我还以为自己性子算很暴躁的呢。”赤松说。

“我认为，您和老社长的差别在于是否吃过真正的苦。”宫代说，“不管怎么说，老社长刚创业时还是一穷二白，连油钱都得跟人借来付，所有应支付的款项都得先拖欠着。我甚至听说，他曾经连香烟钱都得赊账。当然，这已经是很久以前的事了，但真亏他愿意告诉我。”

“如果是这些事，我倒是经常听他说起。老爸总说他是穷过来的。”

“与其说他是个坚强的人，不如说他是只打不死的蟑螂。”

“没错。”

被宫代这么一说，赤松这才发现比起父亲那将吃苦当作吃补的精神，自己有些地方确实还是太安逸了。好比说，在面对希望汽车那个避而不见的泽田科长这件事上，如果是老爸，或许会展现气魄，直接杀去和对方对峙吧。

“不过呢，社长，仔细想想，这或许是个好机会。”宫代突然莫名地这么说。

“您是指什么，宫老？”

赤松在办公室里缓缓踱步，最后在宫代对面的椅子上坐了下来。秋枝等几个办公室职员已经下班了，现在办公室里只剩下自己和宫代两人。

“我们公司没有所谓的升职考核，迄今为止，分配职务时多半是依据个人的经验，薪资条件也是这样决定的。但是今天面临的状况，或许正好可以当作试金石，让我们看见员工们平日看不见的另一面。”

宫代说的，确实有几分道理。

事实上，事件发生后这一片混乱之中，既出现了像门田与鸟井这样出乎意料表现优秀的员工，也有像高岛那样本来以为“靠得住”而给予高评价，却在紧要关头舍弃公司离去的员工。

公司经营面临苦境的此时，更能彰显员工真正的价值。

“一定得好好珍惜陪公司共同渡过这个难关的员工。”

“没错。等公司赚钱了，可要多给一点奖金啊，社长。”宫代说着，再度爽朗地笑了。

就在这时，传来了“不好意思，有人在吗”的招呼声。

探头一看，办公室门口出现了一个年约三十五岁的男人。

“是，欢迎光临。”

一眼就看得出来，这位来客并非推销员，或许是在找搬家公司的个人散户吧。宫代似乎也这么认为，于是走上前去迎接对方。然而正当赤松打算转身回社长室时，背后却传来宫代叫着“社长”的声音，令他止住了脚步。

回头一看，宫代一脸为难地站在原地。

“对方说想采访我们。”

“采访？”

见赤松一脸讶异，男人先微微鞠了一躬。

“冒昧前来打扰，真是不好意思。我是《周刊潮流》的记者，关于日前发生在横滨那起事故，不知社长能否接受采访？”

嘴上说得文雅有礼，男人望向赤松的眼神却完全表露出他坚强的意志。不只是表面，那双眼睛也正试图看穿赤松内心的想法。

“这段时间，我们已经被媒体批评得够惨了。”赤松说，“可以的话，请高抬贵手，放过我们吧。”

一定是听说官司的事了吧，赤松心想。虽然不知道他是从哪里得到的消息，不过这名记者显然是知道诉讼的事，所以才跑过来的。

然而，对方的回答却大出赤松意料之外：“我想采访的内容，不是关于贵公司，而是关于希望汽车。”

“关于希望汽车？”赤松惊讶之余这么问，“不知您想问关于希望汽车的什么事呢？”

记者没有马上回答。

在彼此揣测对方想法的气氛之中，记者似乎也在内心揣摩着赤松和宫代听到回答后会有什么样的反应，轮流望着他们。

“是关于日前那辆事故车的轮毂。”

赤松不发一语，注视着对方。

“轮毂？你是说轮毂吗？”宫代发出干涩的声音这么问着。面对突如其来的质问，宫代似乎也紧张了起来，喉咙里像是卡了口痰般。

“我怀疑事故原因是否真如希望汽车所说的是维修不当，所以正在着手调查。”

赤松倒抽了一口气，与宫代面面相觑。

“总之，您请先进来坐吧。”赤松说，“宫老，不好意思，能不能请你帮忙泡杯茶？”

记者的采访计划做得相当缜密。

这名叫榎本的记者首先解释自己为何不先约定时间，而是直接上门要求采访。他的理由是“若是打电话，我怕您会误解了我的意思而当场拒绝”，但赤松并不这么认为。

榎本突击上门的理由，是为了不让赤松先有心理准备，如此才能获得最真实的答案。

这个叫榎本的记者，实在是个让人莫名感到不快的人。

他将赤松说的每一句话都仔细地写下，不时思考着，像是在验证赤松所说内容的真伪。同时他在谈话过程中，也不时展现出不带感情的冷静判断。

接受采访的这段时间当中，赤松有种不断被无言质问“这是真的吗”的感觉。

虽然这场采访令受访者不愉快，但另一方面，这名记者为求真实而不惜排除一切可能影响事实的要素，试图接近真相的方法论，也的确为他的报道增添了可信度。

话虽如此，最初的二十分钟，双方还在彼此试探的阶段。

不管怎么说，对方可是周刊杂志的记者。赤松说过的话或没有说过的话，都难保他不会写进报道里，让赤松无法放下警戒心。而对方或许也会怀疑赤松，认为他可能只选对自己有利的话说吧。

然而很快地，这相互猜忌也渐渐冰释。尽管是初次见面，但采访者与受访者之间总算建立了某种程度的信赖关系，谈话内容也顺利开展了起来。

赤松一手拿着日程簿，一一忠实还原事件发生后这段时间内发生的大小事。这是因为他也本能地理解到，唯有自己越忠实、越详细地还原事件经过，才越能保证报道的真实性。

详细说明了从被希望汽车判断为维修不当后，直到要求归还零件却无功而返的这段经过之后，两个小时很快就过去了。

这时，赤松突然觉得暖气太强，这才发现原来是自己情绪高昂，连带的体温都上升了，望着榎本的眼神也充满了热切之意。

榎本按停桌上纪录采访用的录音机，深深地低下头对赤松道谢。

“赤松先生，如果您愿意的话，能否请您继续接受本社关于希望汽车这件案子的采访调查呢？毕竟，目前和希望汽车之间进行这种交涉的，就只有贵公司而已。拜托您了。”

榎本的请求，对赤松而言也是求之不得。“当然，如果敝公司帮得上忙的话。”赤松二话不说，经过一瞬间的茫然之后，爽快地做出了承诺。

“榎本先生也对希望汽车进行采访了吗？”

“这倒没有，但我确实曾试着突击式采访，找的就是那个叫泽田的科长。”

榎本的调查工作竟做得如此彻底，远远超乎赤松的想象。“不过可想而知，他完全不愿回答我任何问题。只不过……”卖了一个关子，榎本又继续说下去，“我并不认为凭那种态度，他还能撑多久。总有一天，就算不对我们说明，他们也必须给社会大众一个交代。或者说，社会大众自会有所公评。”

脸上浮现一个讽刺的微笑，榎本仰头喝下变冷的茶后就告辞离开了。

“事情开始动起来了啦，宫老。”目送着榎本离开的身影，赤松轻声对宫代这么说。

“总算是开始产生变化了。”

这段日子以来，不断持续对希望汽车提出归还零件的要求。赤松货运不断坚持，主张事故过失不在于己。然而一旦遭受“真的是这样吗”的质问时，说实话就连自己也无法完全肯定。赤松在内心深处，对自己也不免存有一丝怀疑。

但这样的怀疑，现在已有如森林大雾渐渐消散一般清明了起来。

“果然不会永远走霉运啊，有时也会有好事发生。虽然不能过于期待，但不想被希望汽车瞧不起而坚持下来的努力，也慢慢开始要有成果了。”

“我再试一次看看吧，宫老。”赤松说，“再一次去对希望汽车提出归还零件的要求，现在只能豁出去了。”

“社长，您也越来越像打不死的蟑螂了哦！”宫代笑着这么说，“剩下的就是运气了。只要好运站在我们这边，就一定会成功的。”

运气是吗？自己确实很需要呢。赤松这么想着。不过他也能感觉到，运气正逐渐朝好的方向转变。的确，赤松货运依然站在悬崖峭壁上，这一点是无法改变的事实，然而风向明显已经改变了。从海上吹来的温暖和风，正开始从背后给予赤松助力。接下来要做的，就只是乘上这股风而已。名为赤松的滑翔机，从现在开始，将要乘着风向前飞行。

5

接起桌上的专线电话："你好，我是泽田。"如此报上名字之后，话筒里传来一个陌生的声音。

"我是人事部的滨崎。"

泽田不记得自己认识这位滨崎，只能先客套着应对。对方却单刀直入地说："有些话想找您私下谈，不知您能否拨冗？如果可以的话，希望能约在晚间。"

"是关于哪件事呢？"泽田问道。

这个自称滨崎的男人说道："关于您今后的升迁，我想参考一下您个人的意见。"

一边继续着对话，泽田一边翻开手边的公司内线通讯簿，查看人事部中叫滨崎的人。果然有这么一个人，挂的头衔是人事部副部长。一直隶属销售部门的泽田，和公司内部这类总务管理部门的同事很少见面，也不相熟，不过光看头衔还是能推测出，他应该属于掌管人事异动的要员。

"我没问题，要约哪一天？"

滨崎列举了几个自己有空的日期，泽田从中选择了一天后，滨崎表示会再通知详细时间和地点，便结束了通话。

挂上电话后，泽田发现自己有点紧张。

升迁。

也就是说滨崎想和自己谈的是，有关自己的人事异动。奇怪的是，泽田从不知道公司内有这样的惯例。这表示人事是破例这么做的，为了背后的某种意图，而且一定和自己上呈告发书的事情有关。

难道他们打算将自己降职吗？

泽田警戒了起来。如果是这样的话，也该准备下一步棋了。

不久，泽田的计算机里就收到了来自滨崎的电子邮件。

约定的场所是大手町的某家鳗鱼店，泽田也去过几次，颇为有名。时间则是晚上七点。

总而言之，这件事还是需要先向野坂报告。

“真有此事？”

一听见滨崎的名字，野坂就变了脸色。不只如此，还露出凝重的表情抬头望着斜上方。

“虽然不知道对方要跟你说什么，不过还是小心为上。”

“小心为上？您的意思是？”

“我想整件事应该和那份告发书有关，因此谈话之间，务必千万小心对方挑你话里的骨头，尤其一定要避免批判性的发言。滨崎那个人莫测高深，很难看出他打的是什么主意。”

隔天，当泽田按照约定时间来到店里时，滨崎已经入座等着他了。

“不好意思啊，百忙之中还约你出来。”

滨崎直视着泽田的眼睛说。他给人的第一印象有些阴沉，穿着银行职员才会穿的那种深蓝色西装配白衬衫，还打了条朴素的领带。才刚坐定，滨崎便殷勤地帮他倒酒，泽田也只能先按兵不动，任凭对方为自己斟满一大杯啤酒。

"我是觉得用电话谈升迁太死板了。既然约你出来就放轻松点，先随便聊聊吧！"

看来滨崎已经先预约了整套全餐，泽田连菜单都没碰，各种料理就纷纷被送上来。一直到送上来的餐点吃了一半左右，滨崎还尽是天南地北地说些无关紧要的话。正当泽田失去耐性，心想是不是该由自己主动切入话题时，滨崎终于开口说道："对了，我最近听到小道消息，说你好像写了某份颇有意思的报告书啊？"

终于来了。泽田这么想着，决定先装傻。

"您指的是什么呢？"

滨崎不动声色，脸上依然挂着气定神闲的微笑，叫人根本读不出他内心的想法。泽田也因此确定了他不是个会轻易现出手中底牌的对手。

"也对，我说有意思倒是有语病呢？其实我也没看过那份报告书，只是听人家说，你在报告书里指出的确实是公司现在面临的大问题。"

泽田怀着戒心，想解读对方的表情。这个滨崎到底想要说什么？他的语气不带褒贬，实在无法判断下文。

滨崎继续说道："不过，要写出那样的报告书，你一定也下了很大决心吧？这就是我想问你的事。今天要你特地拨冗出来，也是想确认在这一点上，你真正的心意。"

"我的心意？"

泽田不由得反问了回去，换来的是滨崎难以臆度的眼神。滨崎的年纪和他作为副部长的职位相称，比泽田大上十来岁。精通人事行政，实际上也握有相当权限的他，只要有那个意思，随时都能将泽田调到任何他希望的单位。泽田认为滨崎口中的"确认心意"，是想要自己做好被贬职的心理准备，没想到接下来滨崎所说的话，却完全不是那么回事。

“对了，我记得你的专长是策划营销？你目前所属的客服策略科，当然也算相关领域，不过说起来像这次引发你写报告书的事件，可就脱离营销工作的范围，让你大伤脑筋了吧？或许是因为苦于应付这样的事例，才会迫使你不得不写下那样的报告书，那种心情我也可以想象得到。不过毕竟这只是我的推测，不知道是否正确，而这就是我今天找你来确认的原因。”

善意的解释——可以这么认定吗？

原以为这次被人事主管约谈，会因告发书一事遭到责难而满怀警戒的泽田，老实说，完全没想到事态竟会有如此的发展。

惊讶地望着对方，泽田一时之间不知该做何反应，口中嗫嚅着：“那个，的确是……”

“你的报告书中虽指出了质量保证部的问题，但我想你的目的并非是单纯的非难指责，反而该说你的出发点是为了让公司变得更好，只是在归纳法的选择下不得不采取这样的行动。我说得对吗？”

滨崎征询着泽田的同意。他的口气直率，态度也很谦和，让泽田差点卸下心防，做出“就是这样没错”的回应。

不过，泽田最后还是这么说：“有些事不能装作没看到，就算那和销售部的工作实际上没有关系也一样。”

这句话同时也暗示着泽田不可能撤回告发书的决心。

“原来如此。”

滨崎突然换上一张严肃的表情，点头表示认同。他是个很好的听众，但点头并不表示他内心一定赞同泽田的话。泽田这番话，说不定已经让滨崎取消了原本准备好的几个选项之一。即使如此，他的表情依然不为所动，果真是个不好应付的对手。

小心为上。

得知自己即将与滨崎面谈时，野坂说的那句话突然浮上心头。同时，泽田也想起野坂还说过“千万小心对方挑你话里的骨头”“滨崎那个人莫测高深，很难看出他打的是什么主意”。

这时，泽田才终于体会到野坂这么说的用意。

真的是完全揣测不出滨崎这个男人内心的想法。不知道这究竟是他用来突破泽田心防的战术，还是另有目的。表面上看似和平无害的对话，但隐藏在背后的，却是非常需要集中注意力的精神战。

“也就是说，你也是迫于无奈才决定那么做的。最令我敬佩的是，你没有匿名投书，选择站在自己的立场诚实地表达意见这一点。”

“那是因为，匿名就没有意义了。”泽田说，“不具名的投书很容易就被当作黑函销毁吧。这就是希望汽车的公司风气，发言之前得先报上自己的姓名。”

泽田半开玩笑的说辞惹得滨崎点头轻笑了起来，并投以赞赏的眼神。这一连串对话让泽田更加起了疑心。望着滨崎，泽田越来越搞不懂他的目的。他真正想要讲的，究竟是什么？泽田完全无法看穿这一点。

“可以问你一件事吗？”滨崎说，“对你而言，最理想的职场是什么样的？”

“对我来说最理想的职场？”泽田反问。

“对。也就是说……”滨崎望着桌子的另一端，思考了一番该使用何种词汇后，才接着对泽田说，“或者说，你认为工作的意义何在？我明白这次不得已写出那种报告书，并非出自你的本意。换个说法好了，对你来说，真正想做的是什么样的工作？在希望汽车这家公司之中，有你想做的工作吗？”

依旧无法看穿他的意图，泽田只能注视着滨崎的眼睛。

“我想，最能发挥自己实力的工作就是最理想的工作了吧。以我的情况来说，那就是营销。”

“这就对了。”滨崎竖起一根手指，点头说，“你觉得自己适合待在客服策略科吗？这里是你理想的职场吗？这也是我想问的。”

现在的职场很难称得上理想……

答案再明显不过了。客服策略科徒有其名，实际上已沦为整日处理客户抱怨的客户投诉中心。

但是，现在当然不能这么说。

野坂提醒的不能被挑出话里的骨头，指的就是这种情况吧。

“是不是最理想，我觉得光靠嘴巴说是没有意义的。”泽田回答，“公司有公司的策略，组织是依循公司策略建立的，随之而来的人事当然也是如此。我想，人事部也一定是考虑过每个员工的特性后，才将各人分配到最适合他的职位上的。”

这番话明明半含讽刺，但滨崎听完连眉头都不皱一下，竟然还点头赞同。这家伙真是个实力派演员。

“那以营销的观点来看又如何呢？”滨崎单刀直入地问道，“以你擅长的营销观点来看，现在的客服策略科如何？你觉得满意吗？”

硬要套话，是吧？

到此为止都尽量慎重回答的泽田，突然起了小小的恶作剧心理。他心想，既然你真的那么想听，那就说给你听吧，这只人事部的走狗。

“我个人是没有什么特别的意见的。”泽田先如此声明后才接着说，“不过……”

滨崎探出身子连连点头，眼神问着：“不过什么？”

“不过，就一般看法来说，现在我们客服策略科所做的工作内容，实在离营销有一大段距离。”

“原来如此，原来如此。”滨崎连连这么说着，表现出不具任何意义的赞同。

“那么，在我们公司里的工作，你最感兴趣的营销部分是哪一方面呢？”

滨崎这么问着，又补了一句：“当然，这只是一般意见的咨询罢了。”

没料到滨崎会这么紧咬不放，泽田认真地注视着他的表情，想从中观察出他的话里是否有深意、是否有陷阱，又或是否有恶意……然而，滨崎的表情却让泽田更加难以理清脑中杂乱纷呈的疑问。

“哎，我问的问题有那么难回答吗？”看泽田苦于应答，于是滨崎又这么说着打起圆场。

“营销的范围很广，无法一言以蔽之。只能说属于这范围内的，我都非常有兴趣。”

泽田望着对方的表情，审慎选择遣词用字。

“只不过，一般进入汽车制造公司时，表示希望从事营销工作的人，多半都是想做商品开发吧。像是设定客层，配合客层设计、命名不同的车种，最后着手广告宣传的工作。我想大多数人，一定都期待自己能从这些工作中获得营销的乐趣。”

“而你也是其中之一？”

滨崎又问。与其说是问，不如说是确认。

“那是当然。”

泽田如此回答的瞬间，两人之间的气氛突然为之一变。

发生什么事了？泽田不由得再次警戒起来，凝视着滨崎那张国字脸。这时的滨崎已经不再客套微笑，眼神也变得锐利起来。

刚才随性谈论营销时，眼前不断点头称是、装模作样的这男人，此刻突然换上一张干练人事主管该有的脸孔，目光锐利地凝视着泽田。泽田有种从游乐园里突然被放逐到荒野里的感觉。

“我想给你一个提议。”滨崎说，“接下来我对你说的话，请不要泄露出去。办得到吗？”

“那得视内容而定。”

“绝对不是会造成你困扰的话，如何？”

凝神望着对方好一会儿之后，泽田才回答：“好吧，我明白了。”

滨崎点点头，也直视着泽田。

明明已经喝了不少酒，然而当泽田回过神来，才发现滨崎看起来一点酒意都没有。他将眼前的餐碗移到一旁，双手在桌上交叠，瞬间，这鳗鱼店的小包厢在泽田的错觉里，仿佛化身成了希望汽车人事部的某间办公室。

“如果你有这个意愿的话，我打算把你调到商品开发部。”

泽田几乎怀疑起自己的耳朵，不知如何回应，只是看着对方，“同时，我也会尽早调整人事，选出适合接你在销售部职位的人。如何，你有什么意见吗？”

虽然滨崎要他发表任何意见，但泽田脑袋却是一片空白。“我想商品开发部对你来说，应该是很有吸引力的职场吧？”

“是，那当然，不过……”

滨崎的眼神严肃得可怕：“如果真的发布这样的人事命令，你愿意接受吗？”

麻痹的脑袋里，终于有个小齿轮开始运转的感觉了。

“交换条件是什么？”

泽田好不容易吐出这句话。

条件。

要滨崎进行这种人事异动，不可能没有任何条件交换。对人事部主管来说，人事异动就是他的工作。只要是工作，就必定会要求有所回报。

“我的条件，就是要你将现在手头的问题，全部留给接任的人。你不需要想太多，只要像一张白纸一样专心在新工作上就好。这不仅是为你好，也是为了公司着想。”

“你不需要想太多。”

这句话代表什么，泽田不用多问也明白，就是要他别再去想告发文中的T会议，以及质保部隐瞒召回的事。

原来是这么回事。

渐渐明白滨崎的意图后，泽田也从这次人事异动的提案里，看出了公司组织的剖面图。

眼前的滨崎，和狩野之间也有联系。答应滨崎给的提议，就等于是答应狩野开出的条件，听命于狩野。

滨崎今天演的这场令泽田出其不意的戏，如果是经由狩野安排的话，狩野的战略真可说是相当地周严。

当人事部副部长找上自己时，一般都会先认为对方将会以降职或解雇来恐吓自己，泽田当然也是这么预测。然而，狩野早一步看透这个做法对泽田并不管用。他知道如果惹恼泽田，反而会让泽田下定决心舍弃组织，展开超越内部告发的下一步行动。想必狩野也预料到下一步，泽田会将事情透露给媒体，所以在鞭子与糖果之间，他才会选择以糖果来利诱泽田。

“这是希望我和解的提案吗？”泽田静静地问。

滨崎的微微圆睁的眼里，这才首次现出讶异的神色：“你怎么会这么说？真有意思。”

“话先说在前头，这个提议的用意绝对不是想要抹消一切。人事的工作讲求适才适所，这个提议之中也包括安排另一个适当人选去解决现在你无法解决的问题。不是你，而是让别人去解决。”

没错。那个别人上任之后，一定会马上销毁报告书，让T会议再次回到黑暗的幕后。而泽田只要将希望汽车正在自取灭亡的事实忘记，快乐地去设计顾客喜欢的汽车就好了。这简直就像一艘撞上冰山即将沉没的客船，却要乘客继续在甲板上跳舞一样荒谬。

“我也把话先说在前头，就算没有我的报告书，质保部的问题也已经被内部告发，有媒体闻风而来了。昭告天下只是迟早的事。”

泽田自认为指出了最重要的问题。

“不，不会这样的。”

滨崎莫名肯定地断言，令泽田大吃一惊。

“你凭什么这么肯定？”

面对泽田脱口而出的疑问，滨崎的回答也别有深意。

“虽然我不知道是哪本周刊的记者，不过记者并不是公务员吧？”

“这是什么意思？”

“会有办法撤掉报道的。”

看着泽田半信半疑的模样，滨崎又自信满满地说，“只要你愿意接受这个安排，我们公司的问题是绝对不用担心外泄的。你就安心到商品开发部去，好好从事策划营销的工作吧。我确信这不但是对你，也是对公司最理想的安排。”

“希望一周内能收到你的答复。”滨崎留下这句话就离开了。

“谈的结果如何？”隔周的星期一，野坂将泽田叫去这么问。

“只是问了我一些告发书里写的内容而已。”泽田避重就轻地回答。

这一方面当然是因那天滨崎强烈要求不可泄密之故。

“如果这件事有第三者知情的话，人事异动这件事单凭我一人，很可能无法决定。”这是滨崎的理由。

这使得泽田陷入了两难的独自思考之中。不过，泽田还是将滨崎的提议告诉了唯一的旁人，那就是英里子。听了泽田与滨崎的谈话内容，英里子露出为难的表情，瞪着眼前的红酒杯。过了好一会儿，她才抬起头对泽田说：“那真的就是你想做的工作了吗？”

调到商品开发部——对于几乎快要接受这个提议的泽田，英里子提出的这个质问，此刻铿锵有声地落在他的心上。

质量保证部内“搜寻犯人”的行动愈演愈烈，根据一早小牧传来的消息，质保部已经对杉本做出异动的人事命令。可疑的人就该受罚——连事实真相都不去确认，只要被怀疑的不是对质保部绝对忠心的部员就一律排除。杉本的人事令让人感受到的，就是这种彻底而毫不留情的作风。

杉本恐怕会主动辞职吧，这是小牧的看法。

泽田提出的告发书，已经渐渐在公司内部引起连锁反应。要是现在泽田接受人事提议的异动，就等于逃离这个由自己率先丢出炸弹的战场。

如此一想，屈服在滨崎提案下的自己，或许会被指责为不负责任吧。

然而，进入商品开发部却是泽田进公司以来的梦想。

现在，这个梦想已经在伸手可及的地方。只要弯弯手指，就能将梦想抓在手中。

抓住吧，梦想。

泽田体内不断涌出这样的声音。

其实，泽田之所以下决心采取内部告发的行动，根本不是为了贯彻正义。对泽田而言，最重要的并非顾客，而是公司，是自己所属的部门，甚至只是为了自己。说得更明白一点，泽田的目的只是为了党派利益，提升销售部在公司内的地位，同时打击质量保证部，并且迫使狩野下台罢了。然而，现在眼前有个选择，告诉自己不必做那些事就能更快完成梦想，那还有什么好考虑的呢？

一旦接受了这个提议，今后就再也不能干涉狩野和质保部的不当行为。这点泽田也很明白。

这等于是交出自己的灵魂来换取想要的地位。可是，如果能实现自己的梦想，失去多少灵魂都不足惜。

此时，耳边突然传来部下北村的声音。

“科长，有一封从赤松货运寄来的存证信函。”

“赤松？”

泽田从漫无边际的思考中回到现实，打开北村拿来的那枚茶色信封。

6

致希望汽车股份有限公司

社长 冈本平四郎 先生

关于本公司要求贵公司归还属于本公司车辆之零件一事，始终未见贵公司拿出诚意应对，本人甚感遗憾。

本公司于十月发生的横滨母子死伤车祸之中，因蒙上加害者嫌疑而致使公司信用与经济层面遭受重大损失，因此无法再接受贵公司继续拖延归还肇事车辆零件的行为。

此外，本人曾多次致电贵公司却遭明显忽视，身为对社会具有极大影响力之汽车制造商，贵公司不单只是背离了应有的待客之道，并且将身为当事者的意识、责任弃于不顾，可说是极度不诚实之应对态度。本人在此一并强烈抗议。

贵公司不法占有的零件，乃属于本公司拥有之货车所有，该零件的所有权也理当归属本公司。

因此本人在此要求贵公司于十二月二十日前尽快归还该零件。以该日期为最后期限，若超过期限尚未归还时，本公司将以“请求归还不法占有”为由，向东京地方法院提出诉讼。特此通知。

赤松货运股份有限公司
社长 赤松德郎

代理人
小诸直文律师
大田区山王×－×－×

“赤松货运最近一次打电话来，是什么时候的事了？”泽田问还站在桌前的北村。

“两三天前有过一次电话，刚好是科长您外出的时候。因为和过去没有什么两样，所以我也没特别向您报告。下次他再打来，要我转接给您吗？”北村问。

“不用了。我自己打给他。”泽田说着，将寄来的存证信函贴上

“请紧急商讨对策”的留言，转送至代理部长野坂办公桌上。

一直希望能拖多久就拖多久的赤松这件事，终于也不得不正面解决了。一旦闹上法庭，媒体就可能闻风而来，难保不会因此让希望汽车可能隐瞒召回的事情爆发开来。

滨崎那时对于泽田担心的媒体应对问题虽然表现出一副泰然自若的态度，但事情真的能够如此简单解决吗？赤松对希望汽车心怀愤慨，由他接触媒体的话，批判希望汽车的言论不会很快散播开来吗？

等公司信用扫地才想补救就来不及了。而且万一事态真的演变成那样，一直以来负责应对赤松的泽田，在面临责任归属问题时将会首当其冲。

假使真的决定调到商品开发部，也得在离开前先解决赤松这个问题。

而且，要解决得干净漂亮。

那么，具体来说该怎么做呢？

这阵子都将脑筋花在组织内部政治运作上的泽田，再次将花费心力的对象切换为外部。

7

浴室的灯泡坏了，史绘打电话给赤松，要他如果不是太晚归的话，就去买个新的回家。

于是晚上七点半离开公司的赤松，绕远路来到国道沿线的山本电器行。这是一家平价电器用品连锁店。

店门口摆放着一棵装饰得五彩缤纷的圣诞树，从店内流泻出热闹的圣诞音乐，迎接着上门的客人。

赤松走进店里时，因为接近营业结束的时间，所以几乎没有其他客人。赤松直接走向照明设备卖场，找出和史绘所交代相同瓦数的灯泡后，便前往收银台结账。

收银台的店员看似来打工的学生，不熟练地操作机器扫描条形码后告知价钱："六百五十日元"。当赤松取出一千日元时，他不经意瞥见了后方的玩具卖场，突然想起孩子们要求的圣诞礼物。

现代的孩子向圣诞老公公请求的圣诞礼物，连长女小萌在内，三个人指定的都是电玩软件。赤松心想，如果这边的玩具卖场有卖的话，先买起来也好。就在这时，他的目光忽然注意到了某个场景——在玩具卖场入口处的试玩机前站着一个女孩，正忘我地操作着手上的游戏杆。

"那孩子，没记错的话应该是片山家的……"

接过零钱与装进袋中的商品，赤松回头环顾店内，却没看见片山太太的身影。

她把孩子丢在这里，去其他地方买东西了吗？

这时，原本播放的"圣诞铃声"戛然而止，取而代之的是"萤之光"的乐声。

关店时间到了。然而，美香——片山家的女儿应该是叫这个名字——却毫不在乎地继续着手上的游戏。从赤松站的地方看得见她正在玩的游戏画面。赤松心想，这游戏他有印象。游戏主角穿着溜冰鞋，在虚构的城市里四处逃窜。美香操纵的角色，时而从斜坡滑下，时而滑行在令人眼花的螺旋阶梯扶手上，接二连三获得了许多代表分数的金币，对于店内即将结束营业的气氛完全视而不见。赤松带点兴味地注视着，想等着看这孩子到底打算怎么办。只见店员靠近美香，说了些什么。

美香装作充耳不闻。

继续操纵着手中的游戏杆，让店员在一旁等了足足有一分钟后，她才在店员再次催促之下，不耐烦地丢下游戏杆，结束游戏。目送美香离开的店员，脸上的表情已不只是苦笑，甚至带点厌烦。与赤松擦身而过、快步离开的美香，看来是单独来这家店的。

赤松皱起眉头。放任小学五年级的小孩这个时间还在玩具卖场里徘徊，这种危险的事在赤松家简直无法想象，如果是拓郎的话早就被骂了。

然而，美香本人却很熟练地跨上停在店门外的红色登山车，一溜烟地从赤松视线中消失了。

“刚才我遇见片山家的女儿了。她一个人在山本电器的玩具卖场玩，怎么会这样啊。”

晚上吃完晚饭，孩子们都各自回到自己房间后，赤松对正在洗碗的史绘这么说。史绘停下洗碗的手回答：“这件事我也听说过。”

“那家人就是这么教孩子的啊。”

据史绘说，片山淑子从事保险推销的工作，至于她先生的工作则不清楚，只知道双亲都很晚才回家，因此独生女美香大部分的时候，总是一个人独处。

“听说那对夫妇赚了不少钱，只是回家时间总是很晚，所以那孩子每天都去不同朋友家玩，结果惹出不少问题。”

“问题？”

“第一，她到别人家玩却到很晚还不回家。过了六点还满不在乎地叨扰，结果总是吃了别人家的晚饭才回家。就算是这样，片山太太也从未因此向其他家长道过谢哦。不但如此，那个人啊，根本是毫不客气地把自己的女儿丢给别人照顾。”史绘不满地皱着可爱的鼻子说，“对她唯命是从的真下家就别说了，只要和她稍微有点交情的家长都接过她的电话，说是自己会晚归，要人家让她女儿上门边玩边等。有时候甚至是说美香在哪里哪里的公园游玩，能不能去帮她接回家之类的。听说通常这种时候，一定都是吃了人家的晚饭才回家的。”

“那还真过分呢。大家都不说什么，就这样帮她照顾孩子吗？”

史绘耸耸肩。

“因为她是‘女王蜂’啊。当然也有人直接向她抗议，像现在孩子已经不和拓郎同班的西泽太太，或是春本太太，都曾直接请片山太太不要这样。结果呢，‘女王蜂’就开始发挥本领，到处造谣生事，说人家的坏话。”

赤松瞥了一眼如此说着的史绘脸上的表情。

“我们家该不会也被利用过吧？”

“是啊，大概半年前吧。有一阵子，美香那孩子几乎每天都到我们家来。”

“男同学家也照来不误吗？”

“是啊，那孩子都来玩电动玩具。”

赤松想起山本电器行里，握着电玩游戏杆的美香身影。

“只要出了新游戏，那孩子马上就掏钱买了，所以她可受男孩子欢迎呢。听德山太太说，片山美香这孩子啊，只要是想要的东西，就非得马上买到手不可。”

“可能是常让孩子一个人看家吧，所以才会要什么玩具都买给她？”

“这也要看程度啊。那家人的程度已经超乎常情了。”史绘肚子里一定积了不少怨气，趁机一口气发泄似的继续说，“听说‘女王蜂’

还发‘薪水’给那孩子呢。”

“你说什么？”赤松愕然。

“就是零用钱啊。”史绘接着说，“听说片山家的零用钱是薪水制，有一万日元之多呢。”

“一万？才小学五年级的孩子给这么多？”赤松不禁惊讶地望向史绘。

“没错。而且全部让她自由使用。也因此那孩子总是一个人上麦当劳，也会自己去买漫画。不只这样，每个月她都会把钱花个精光。这件事你也别告诉别人，不是有个孩子叫吉原的吗？美香还曾叫吉原去便利商店买糖果请自己吃，让吉原妈妈大发雷霆呢。”

吉原的妈妈是五年级学生的家长代表，赤松也见过面。

“其实吉原太太现在对片山太太也很反感。原因就是那时，美香好像是对吉原同学说‘之后会还你钱，所以你先出钱买’，回家后吉原太太得知这事后觉得不妥，于是就打了电话给片山太太，结果片山太太却破口大骂说：‘是你家孩子自愿请客的，你计较什么啊！’很过分吧？遇到这种事，谁能不生气啊！”

史绘只要一讲起片山的事就停不下来。

“听说美香那孩子啊，和一般孩子不同，还颇有金钱观念呢。譬如巧克力不要在便利商店单个买，上超市一次大量购买比较划算，或是到处收集折价券等，比家庭主妇还精明。”

“原来如此。”赤松苦笑着说，“就是因为在店里遇见她，我都忘了给孩子们买圣诞礼物了。”

“哎呀，怎么这样。”史绘睁大双眼，接着又有些落寞地说，“你如果吃紧的话，今年别买三个，买一个就够了。”

“为什么？三个孩子不会吵起来吗？”

“你自己看，这是最近新出的。”

史绘从冰箱门上取下用磁铁贴着的一张广告宣传单，上面写着最新发行的游戏软件。“口袋机器人”，这个游戏是孩子们最近的热门话题。除了发售各种版本之外，持不同的游戏主机还可以联机对战。

赤松看了一眼广告单角落的定价，六千九百八十日元。的确，这样的价钱买三份，会有些吃紧。

“可是，我希望尽量不要让孩子感到不安。”

“这我也明白……”

低头一看，山本电器行的广告宣传单上，写着“十一月十七日发售！目前正接受预定”的宣传语句，刺激着顾客的购买欲。

“十一月十七日……”这个日期触动了赤松脑海中的某些记忆，“等等……”

“怎么了，老公？”

赤松手里拿着广告单，目不转睛地看着史绘。

“不，这个发售日……”

史绘也低头望向广告宣传单。

“这不就是发生五千日元失窃事件那天吗？”

史绘一瞬间仰头望向天花板，当她的视线再度回到赤松身上时，当中浮现了些许困惑。

8

“请问是赤松社长吗？”电话里的声音，令人联想起死硬不打开的贝壳，“我是希望汽车的泽田。”

听见对方报上名号的客套声音，赤松无言以对。

终于回电了。赤松这么想着，依然保持沉默。之前怎样都不予回应，等到收到存证信函了，态度马上一百八十度转变。这种现实的态度，让人不知道是该生气还是该苦笑好。

“前天我们收到您寄来的存证信函，也很快拜读了内容。我们讨论的结果，是希望能做出一些适当的回应。”

“适当的回应？”

这话乍听之下似乎很有诚意，但剥掉一层包装纸后，就像上面贴着其他收件人姓名，搞错对象的岁末礼物。

“能和您谈谈吗？”

“要谈什么，请通过律师吧。”

“请等一下。”电话那头，泽田发出慌张的声音。

“我们这边也会准备让赤松社长您愿意接受的条件，务必请您和我们当面谈一次。”

“愿意接受的条件？”赤松说，“我能接受的条件，就只有把零件归还而已。”

“这我明白。”泽田承认，并死命地想说服赤松，“我们辜负了赤松社长的期待。但请您大人大量，再和我们谈一次吧！”

争执的结果，决定由赤松在律师陪同之下前往希望汽车总公司。约定的时间是隔天下午两点半。本来应该由对方来访才合情理，但刚好小诸律师有事必须到邻近希望汽车的东京地检署出席，这样的安排对他比较方便。

“这次本该由我们登门拜访，却还劳烦两位拨冗前来，真的万分抱歉。”

到了希望汽车后，被带领到的是一间看似平日用来接待要人的豪华会客室。

赤松和小诸在沙发上坐定后，泽田态度谦恭地展开这段开场白。仿佛以这句话为暗号似的，门口传来敲门声，两个男人接连走了进来。其中一人是赤松见过的小喽啰员工北村，不认识的另一人则比泽田还要年长。

“初次见面，您好。我是代理部长野坂。”男人弯下腰行了一个大礼，递出名片，“百忙之中还劳烦您抽空前来，真的是非常抱歉。”

泽田一派谦恭地继续说着，“关于日前赤松先生您寄来的存证信函内容，经过敝公司内部讨论，一致为过去面对您时的不诚实态度感到万分歉意，无可推托。另外，对于您提出的零件归还要求，我们也会马上着手协调，希望能朝顺利归还的方向努力。”

“这是表示愿意归还零件的意思吗？”赤松身旁的小诸问道。

“我们是这么打算的。”泽田沉重的表情夸张得近乎作态，“只不过……”

“只不过什么？”

“只不过，真的很抱歉，二十日这个期限实在太赶了，恐怕有困难。”

泽田指的是存证信函中赤松要求的归还期限。一听见这个借口，赤松不禁有种破口大骂的冲动。

“请问，您所谓的‘有困难’指的是什么呢？”一旁的小诸代替赤松发问。

“公司内部协调需要时间。”

“那是因为你们事到如今才开始协调的关系吧？”赤松愤然反驳。

“真的很抱歉。”泽田倒是坦率地道了歉，“但是，敝公司在组织上或许有外人比较难理解的部分，我只能说内部协调不知道要花上多少时间才会有结果。”

开什么玩笑！赤松心想，瞪着眼睛怒视着泽田。此时，泽田又出惊人之语：

“虽然称不上交换条件，不过敝公司也有一个提议。”

赤松不解。到了这个地步，还能有什么提议？

“我知道现在提出需要协调时间才能归还零件一事，赤松先生您必然半信半疑。但这也是因为我们过去的表现不佳，才导致您有如此想法，只能说无可奈何，敝公司相关人员也都为此深切反省。不过，言语辩解说得再多都没有用，因此我们是想采取支付补偿金的方式，不知您意下如何？”

补偿金？没想到泽田会提出这个建议，老实说赤松是大吃一惊。

“只能提出这种替代方案，我们也觉得很惶恐。不过，真的至少希望借此表达诚意。也请赤松先生务必考虑接受。”

“补偿金的金额是多少呢？若不告知金额，我方也无从考虑起。”小诸提出他的意见。

“一亿日元。”回答的人是野坂。他直视着赤松说，“我们准备支付一亿日元的补偿金。不知您觉得怎么样？”

一亿日元。刹那间，赤松只觉得脑袋一片混乱，不知该如何反应。就连小诸也只能张口结舌地望着眼前三人，他看起来像是想说些什么，却又因无法完整表达而陷入思考，最后只是伸出苍白的手，拿起桌上的杯子，啜了一口咖啡。

“您意下如何？”泽田说，“如果愿意接受的话，这边还有一个请求。”

至此，泽田露出前所未见的严肃表情说道：“万一，公司内部协调不顺利，无法将零件归还时，请允许我们将这笔补偿金直接挪用为零件的赔偿费用。”

“也就是说，到时候我必须放弃零件是吗？”

“我知道这是个很无理的要求。”

赤松暗忖，原来是这么回事。

“还有一点，就是一旦这笔金额挪用为赔偿费时，希望您能答应配合，对这件事完全保密。”

“完全保密的范围又是哪些事？”小诸问道。

“首先，关于与我方签下补偿金契约的事。其次，至今赤松先生与本公司之间的种种交涉，以及您所调查到的关于轮胎事故的内情，都将列入保密项目。”

“这表示，你们很害怕这些情报被媒体得知吧？”

泽田避免正面回答，只说：“不只是这样的。说起来也是因为这些事情全是特例，所以站在我方立场不希望第三者得知，也不希望因为这件事开了先例。”

“关于零件究竟能否归还，你们确定会给出一个答案吧？”小诸追问。

“那当然。”

“何时？”

“会尽可能快。若您愿意接受补偿金的方式，那么我想存证信函内设定的期限二十日前就能给出答案了。”

赤松反射性地抬起头来。

这就已经是答案了。

零件不可能归还。

希望汽车这次的提议，只是以补偿金的形式模糊焦点，真正的目的还是以这笔一亿日元，买下赤松要求归还的零件。换句话说，既然愿意付出这么大一笔金额作为代价，就表示真相对希望汽车造成的损失，将远比一亿日元高上许多。

“社长，您打算怎么做？”

小诸在一旁问着。他脸上的表情写着，这并不失为一个好的交涉结果。然而，赤松无法马上做出回答。

“能请您考虑一下吗？”泽田再次拜托，“真的请您好好考虑了，社长。”

随着泽田这句话，另外两人也跟着低头请求。

一亿日元。

赤松的心不由得动摇了。

这天温暖的冬阳四射，是个温和的好天气。和来时一样在希望汽车门口与小诸律师道别后，赤松从地下停车场取了车，直接回到公司。

将车停在公司的停车场走进办公室后，察觉赤松回来的宫代立刻出来迎接。赤松默默指了指社长办公室，将在希望汽车发生的事告诉了宫代。

而现在，宫代也沉默地站在窗口，视线望向窗外的冬日晴空。

一亿日元。

这笔钱对现在的赤松货运有多重要，宫代比谁都有着更深刻的体会。

对榛名银行提出申请后，每天光是担心能否顺利获得融资就令人胃痛的那笔钱，也只不过是三千万。

要是有一亿日元的话，赤松货运应该就能重新站起来了吧。这一点宫代也很清楚。

“老实说，我当然想要一亿日元。”赤松如此直白，而宫代只是不发一语地听着，“不过，当场我没能说出口。”

宫代眯起眼睛，抿着双唇，内心明白这是一个何等痛苦的选择。

“我总觉得良心不安。一直以来，我坚持事故原因不出在我们身上，获得了儿玉通运社长的支持，还鼓励我去查明真相。今天前往希望汽车前，我背负了多少员工的支持与期待，事到临头却还是斗不过对方。更糟的是我竟然还无法当场发火，真是太没用了……”

“社长，只要是个为公司着想的经营者，无论是谁都会和你一样的。”宫代点燃一根香烟，悠悠吐出一口烟后说，“道义上的正确选择，未必是经营上真正需要的。”

这也是从希望汽车回来的路上，赤松一直在思考的事。

理直气壮的道理，有时在经营公司时却未必派得上用场。

决定一切的往往是金钱。光会讲道理又能如何？一路上赤松不断地这么告诉自己，却还是迟迟无法下定决心。

“如果榛名银行那笔融资确定能给我们的话，社长您应该就能拒绝希望汽车的提议了吧？”

宫代这么说。的确是如此。

“这决定真的很难啊。”宫代低语，“究竟该选择为了生存罔顾社会正义，还是宁可不惜一死也要将道义贯彻到底呢？这当中不只有金钱层面的问题，还有生存之道的抉择。可是话说回来，想要生存就得先有金钱……”

完全没错。宫代对着双手抱胸、仰望天花板的赤松说：“您打算怎么办，社长？”

“如果是宫老的话，您会怎么做呢？”

宫代一时之间也无法回答，只有香烟的烟雾模糊了赤松的视线。

“老实说，我也不知道该怎么决定才好。”

“如果是我父亲，他会怎么做呢？”赤松问。

“即使是老社长，一定也会像你一样因无法抉择而烦恼的，社长。”

讨论了半天，结果还是没有定论。看来只有靠自己决定了。

“给我点时间考虑。”

赤松静静地闭上双眼。没多久便听见宫代离开时轻轻关门的声音。赤松一个人陷入了思考的迷宫。现在，他感觉到强烈的懊恼。

就在这时，《周刊潮流》的记者榎本来了电话。

“前些日子谢谢您了，赤松社长。”

榎本说着，并询问在那之后是否有任何进展。瞬间，赤松本想将今天发生的事告诉榎本，不过一想起泽田开出的保密条件，就又把话吞了回去。

“不，没什么特别的进展。榎本先生那边如何？”

赤松这么回应着，同时对自己的心机感到嫌恶。

“托您的福，采访进行得很顺利，现在正在研拟刊登报道的时机。”

“决定是何时了吗？”赤松坐直了身子，“什么时候能看到这篇报道呢？”

这篇报道面世的时机，或许能成为将赤松拉出迷宫的关键。

“这几天还有几场采访必须完成，没有问题的话，应该会定于下周一发行的周刊中发表。”

赤松的视线望向桌上的日历。那天是十九日，比赤松在存证信函中默认的零件归还期限要早一天。“这可是大丑闻，肯定会有相当震惊社会的效果。”

“报道发表之后，也能洗刷社会大众对敝公司的怀疑吗？”

问周刊杂志的记者这种事情或许不妥，但现在的赤松心境却令他无法不这么问。

“会的，一定会。”榎本说，“相反地，希望汽车或许将因此篇报道而难以为继。这则报道的力道毫无疑问的，就是这么强。不过，在发表之前，请您千万必须保密。”

榎本记者兴奋激动的情绪，连在话筒这一端的赤松都能够清楚感受到。

“我知道。”赤松回答着，又突然想起一事，“对了，你也对柚木先生进行了采访吗？”

虽然只是极小的篇幅，但柚木对赤松货运提告之事也上报了。榎本应该知道这件事。

如果能通过榎本的采访和柚木对话，或许能令他考虑放弃对赤松货运的提告。或许这种想法真的太天真了，榎本的回答当然也令赤松大失所望。

“不，柚木先生拒绝任何媒体的采访，我也未能和他谈过话。只希望即将发表的这篇报道，能够让柚木先生对您误会冰释。”

“真的很希望这样。”

此时赤松脑中浮现的是，在丧礼会场与法会上见过的小男孩柚木贵史。在丧礼上那孩子哭得停不下来，然而到了法会时他却已勇敢地忍住悲伤，还亲手将追悼文集交给赤松。

结束与榎本的通话挂上电话后，赤松又不经意地想起了这件事，于是打开抽屉拿出那本追悼文集。

第一次在神社内阅读时令赤松落泪的贵史那篇文章，赤松再度从头读了一次，不禁心头一热。

“对不起，贵史。”

无关谁对谁错，赤松能对这孩子说的依然只有谢罪之词。

接着，赤松开始读起柚木写给妻子的追悼文。

标题是“永远不会风化的，关于你的记忆”。

才读到一半，泪水就已模糊了赤松的双眼。

赤松难以克制地哭了好一会儿。

好不容易停止哭泣，取出手帕将泪水擦干后，赤松留下一句“我出去一下”，便开车离开了公司。

将途中绕到花店买的花束放在副驾驶座上，他沿着环状八号线右转，行驶在中原街，穿越多摩川后继续沿着纲岛街跑了二十分钟后，抵达发生事故的现场。

温暖冬阳照射的道路上，摆放着一个小小的玻璃花瓶，瓶中的花已经开始枯萎了。赤松将带来的花束换上后，对着现场双手合十。

究竟自己像这样来过这里多少次，他已经数不清了。

柚木妙子怀抱着幸福梦想的生命，就因希望汽车那置产品缺陷于不顾的不负责任行为，而在此瞬间被夺走。

就在这样双手合十、一心不乱地为妙子祈求冥福的过程当中，赤松突然发现，自己已经找到了内心烦恼的解答。

站起身来，再度对事故现场深深一鞠躬后，赤松再次驾驶着暂停路旁的车子，回到公司。

“宫老，刚才关于补偿金的那件事，我可以拒绝吗？”

赤松这么一说，原本低头翻阅文件的宫代便抬起头来，露出微笑，表情一如赤松所预见。

“好啊，当然可以。”

“谢谢你。”

现在赤松的内心，就像外头那冬日的天空，充满着清朗的气息。

9

“不好意思，百忙之中打扰您。”

井崎一走进会客室，便看到榎本客套地站起来打招呼。

“听说你们两人是旧识？”

坐在身边的纪本开口这么问。一旁的公关部副部长长谷部范彦露出意外的表情对井崎说：“咦，原来是这样啊？”

“我们大学时同班。”忙不迭回答的是榎本。

井崎的表情像吞了虫子似的有些难看，隔着桌子望着坐在沙发上的老同学。

井崎是在昨天接到公关部的人联络，才知道《周刊潮流》申请采访的事。

“据他们说，是想了解本行在对希望汽车融资这件事上抱持的立场。如何？要接受这个采访吗？”

面对长谷部如此询问，除了回答“接受”之外别无选择。

井崎敢断言，榎本既然已经如此正式通过公关部来申请采访，就足可证明他对整件事的调查已经进入最终阶段。私下接触过井崎后，榎本究竟又做了多少采访调查，井崎虽然不得而知，不过唯一可以肯定的是，榎本这次正式采访的意图，一定是为了确认希望汽车，以及支持它的希望银行站在何种立场。

“不过，我们个人的交情就先放一边吧。今天我来，是专程来请教身为希望汽车业务负责人的井崎先生，对于这案子有什么样的意见。”

说完之后，榎本又确认了是否接下来的对话能够录音记录。

“可以吧。站在我们立场，也不乐意见到自己没说的话被写成报道。”嗅出榎本的采访颇有敌对意味，长谷部这么回答。

“谢谢。”榎本说着，将采访用的录音机放在井崎面前。

“首先我想请问的是，希望银行在对融资支持希望汽车这件事上，所抱持的是什么样的立场。”

“支持立场？”从榎本选择这么笼统的词汇来看，井崎几乎已可想见他的企图，“只是‘立场’这个词实在太笼统了，要说明实在有困难。”

榎本以试探的眼光望向井崎。

“既然如此，那我就问得具体一点：三年前，希望汽车曾经发生过隐瞒召回的丑闻，致使经营陷入危机。当时东京希望银行身为他们的主要来往银行，提供了不少融资援助吧。是哪一点让贵行做出愿意支持的决定呢？”

“出自必须巩固该公司经营基础的意识，所以决定必须给予其融资。”

井崎如此回答道。

“简单来说，就是无法坐视对方倒闭吗？”

“倒闭与否，这不是银行能决定的事。”

听见井崎这么回答，榎本接着问：“那么当初，在得知希望汽车引发隐瞒召回的丑闻时，贵行内部对此是否曾有过议论呢？”

“关于个别审查的内容，在此恕我们无法回应。”长谷部回答了这个问题。

或许这个答案早在榎本预料之中，于是他很快地换了另一个问题：

“那我换一个问题吧。刚才您提到巩固经营基础，然而，主要往来银行对因丑闻而濒临倒闭的公司提供援助，这就是您所谓的巩固经营基础吗？”

“这只不过是泛泛空论罢了，我想没必要特地回答这个问题。您可自行判断。”

面对井崎的还击，榎本眼睛为之一亮。过去和榎本喝酒时就观察到，榎本这个人相当热爱辩论。目前表面上看来或许是井崎占上风，但实际或许并非如此。井崎悄悄提醒自己，千万别被榎本牵着鼻子走。

“不过，贵行协助巩固经营基础的希望汽车，这几年的销售业绩却始终低迷，去年甚至还发表了重建计划。当时，希望银行又再度表明全面支持的立场，这表示贵行经过评估，认为该公司的重建计划可行咯？”

“可以这么说。”井崎不得不承认。

“然而金融分析师却普遍指出，那份计划中的业绩数字必须向下修正，这是真的吗？”

“这一点请直接去问希望汽车。”长谷部说。

“假设业绩真的必须向下修正，即使如此，贵行也不打算改变支持态度吗？”

“那是因为……”

井崎边说边思考着。如果在此表明不知情的话，可能会被写成银行对希望汽车的融资不透明。这种内容的报道一旦问世，东京希望银行在社会上的信用度将会受到影响。“我们银行的立场，就是以希望汽车的业绩去做考虑。”

“表态支持过去曾发生过丑闻的公司，贵行难道没有遭受股东批判吗？”

“关于这一点，我们并没有特别确认过。”

井崎如此回答着，虽然他并不知道这个答案是否确切合适。

“不好意思，容我插个话题：请问贵行是否也有合规的理念呢？”

这句话并非对井崎，而是对长谷部发出的疑问。

“当然有。”丝毫未察觉这是榎本设下的陷阱，公关部副部长自豪地说，“关于这点，敝行甚至特别设置了合规室，彰显我们贯彻企业道德的决心。”

“事实上，我听说希望汽车早在三年前，也已开始有这方面相关单位的设置。”榎本说，“但尽管如此，还是发生了隐瞒召回。隐瞒召回这种事，明显违反了合规理念吧？关于这点，希望银行方面有何看法？”

“那当然是不合规的。”长谷部板着脸这么说，“可是那和本行的融资没有关系。”

“银行支持有违合规理念的公司，难道不也是一种不合规的行为吗？”

“那么我倒想请教您，这么做违反了哪一条法律？”长谷部满怀自信地说。

“当然没有违反任何一条法律。我所指出的本来就不是这种最低层次的道德问题。”榎本冷然回应。

“您究竟想说什么？”长谷部也略动了肝火。

“我的意思是，阁下是否想说只要不违反法律，就做什么都没问题？你想只要不违法我没意见，不过就我听来是有这个意思。”

“那只是你的曲解罢了。”长谷部抗议说道。

但榎本对他视若无睹，转而对井崎发问：“照您刚才说的，今后是否支持希望汽车将视其业绩而定。那么，若再次发现隐瞒召回，是不是可以确定希望汽车的销售量将会全面下滑？”

“应该是这样，没错。”井崎无法反驳。

于是榎本从手边的公文包中取出某份资料。资料准备得很周到，影印的张数不仅够三人一人一份，榎本自己手中也留了一张。

“三位知道这是什么吗？”榎本问。

一看之下，井崎不禁觉得全身血液都为之逆流。

那是一份名单——事故的名单。

除了日期和现场位置，连受害状况都清楚列成一览表。一看到最下面一行所记载的日期“十月”与地点“横滨”，井崎就明白这是那场事故。右侧的受害状况只有一句话：“被害者死亡。”

“这是什么意思，不要卖关子了！”长谷部不耐烦地说。

“井崎先生应该知道这是什么吧？”

井崎抬头一看，正好对上榎本笑得另有深意的眼神。这是陷阱。

“这是什么，井崎？”长谷部问。

“不，我也不知道。”

井崎这么说。也只能这么说了，说什么都不能承认自己知情。

“这是从三年前开始到上个月为止，据推测因希望汽车生产的车辆在构造上的缺陷而发生的车祸事故一览表。”

长谷部露出一脸不知所措的表情望着榎本。

“关于表上那些事故的原因，希望汽车一律表示是维修不当。换句话说，就是不承认车辆在构造上有问题；然而，这根本是该公司的谎言。”

榎本既然敢如此断言，就表示他已经完成足够的搜证调查。

“谎言？”

长谷部发出毫不掩饰的讶异声音，榎本则继续说道：“希望汽车明知车辆需要召回，却不去进行。不只如此，还发生了好几件不当窜改车辆资料的事件，这很明显已经违反了法律。换言之，长谷部先生，当然也违反了你所谓的合规哦。”

榎本将视线从全身僵硬的长谷部身上转向井崎。

“那么，我想回到先前的问题：明明已经发誓再也不会发生的隐瞒召回，希望汽车却直到现在还在持续。在这种情形下，贵行还说视业绩情况仍可对该公司进行融资吗？泡沫经济之后，政府投入巨额资金挽救回来的这家银行，现在竟然大方地为公然违反社会正义的公司提供融资？明知对方是犯罪企业而进行支持的话，等于和共犯没有两样，不是吗？标榜合规的贵银行，竟然能够允许这种事发生？如何，井崎先生，让我听听你的看法吧？”

井崎没有回答。榎本便将质问的矛头转变对象。

“那，我改问长谷部副部长好了。您怎么看？如果说‘银行的合规’这种用词有些别扭的话，那我们改说‘银行的伦理观’或‘银行的道德观’吧。对于这方面，您的看法为何？”

一瞬间，平日以善辩闻名的长谷部副部长，竟也张口结舌。

“你又没有证据。”

长谷部好不容易挤出的这句话，也被榎本露出饶富深意的表情给反驳了。

“的确，希望汽车还没有承认。不过，已经有足以如此怀疑他们的证据了哦，副部长。只不过，我没办法现在拿出来给你们看。”

“那，到底是什么证据？”

毅然决然开口的是纪本，不过榎本却没有回答。

“关于这一点，就请各位期待报道内容吧。”

“不知道什么时候能看到这篇报道问世呢？”长谷部讽刺地问道。

榎本却不再挖苦，直接回答：“很快就可以看到了。”

果然如此。井崎暗自心想。榎本之所以敢如此单枪匹马找上希望汽车的主要往来银行，果然是已经搜集完足够写成报道的证据了。今天的采访对榎本来说，只不过是“最后点缀”用的采访罢了。

“最后请让我再问一个问题。”榎本说道，“尽管今天的谈话，让我不由得产生了某种程度的想象空间，不过我还是可以假设，东京希望银行应该对于隐瞒召回是完全不知情的吧？”

“那当然。”长谷部不客气地回应，“因为根本就没有那种事，你所说的根本只是想象的产物罢了。”

没想到长谷部会这么说，榎本不禁冷笑了起来。

第八章　不符经济效益的选择

1

距离约定时间还有五分钟，一辆出租车已开到赤松货运公司门外。

上次泽田来访时有经销商的益田同行，这次却是独自前来。因为这次采取的“补偿金”方式不仅毫无先例，对外也必须保密，为此，泽田的行动分外隐秘。

全身包裹在深色羊毛风衣里，身材修长的泽田走下出租车后，仿佛下定决心似的将视线投向赤松货运的办公室，接着便迎着北风朝入口走去。

一直从办公室内看着泽田的赤松，也站起身来迎接，并带他走进背后的会客室。

“感谢您今日拨冗接见。”

一进入会客室，泽田便先深深鞠躬道谢。

赤松无所谓地先劝泽田用茶，泽田则露出期待的眼光问道：“不知您是否已经充分考虑过了？”

“是啊，我已经想过了。”

说着，赤松将全部的力量，贯注到自己的眼神之中，仿佛要将近一个月来自己饱受痛苦的灵魂，以及被引发的怒气与悲伤，全部借由这个眼神传达。

看得出泽田有些惊讶。他那张端正的脸也似乎被这股看不见的气势所压倒，不知不觉中微微地向后倾，脸色更显得苍白。那是一种顿悟的表情。

“我决定拒绝贵公司的提议。”

此话一出，打碎了两人之间冰冷的空气。

刚好就在此时，一辆刚回公司的大型卡车，发出十三公升直列六气缸式引擎的巨响，遮蔽了两人的听觉。窗边院子里受到北风吹拂而晃动的枝叶，落在办公桌上的影子无声舞动，像是不断摆动的魔女手指。窗外隐约传来“好！来，再来！”的倒车引导声，点醒着两人，在这瞬间世上的一切依然运作着；然而，在泽田与赤松之间，万事万物仿佛都消失了声音，停止了动作，时间观念有如结冰一般，将一切封闭起来。

泽田开口想说些什么，却只能如一尊蜡像般，张着口发出一声无意义的“啊”。那张脸上的笑容崩塌，令人联想起沙漏里不断落下的沙，叫人担心沙落尽之后，这男人脸上是否只会剩下骸骨。

“请等一下，赤松社长。”

突然慌张地举起右手，泽田像是想阻止赤松离开似的叫唤着。

“能不能请您再考虑一下？”

赤松的回答令脸色苍白的泽田明显乱了手脚。从他的态度看来，相信他原先一定认定赤松绝对不会拒绝这个提议吧！没想到，现在他的确信完全粉碎，使得泽田看来一派手足无措。光看现在的模样，泽田比赤松还更像是个走投无路的人。明知这只是错觉，不过对于自己的回应，竟在一瞬间把泽田一直隐藏着、背负在身上的沉重责任给激了出来，赤松还是暗暗感到惊讶。

“您这么做，我会很困扰的。”泽田说着，“毕竟这可是补偿金啊！”

“不是单纯的补偿金吧。这是有附加条件的补偿金，我若是接受了，就必须连零件无法归还的事实一并接受。那是不可能的。”

换个方向思考，没有这个附加条件，就不可能有这笔补偿金。这就是希望汽车的目的，也是某种台面下的默契。

“不好意思……”泽田突然站起身，以一副即将冲上前的气势与锐利的眼神面对赤松说，“我知道问这问题很失礼，不过能不能请您告诉我，要多少金额的补偿金您才愿意接受呢，赤松社长？”

面对这意料之外的问题，一时之间赤松只能目不转睛地盯着对方看，最后全身虚脱地叹了一口气。

“你不明白吗？这不是钱的问题。”

赤松的声音疲惫但也温和。然而——

泽田依然执拗不肯放手。他一边大声说着“我拜托您了”，一边将手支在桌面上深深低下头。接下来他所说的话，都因为这样的姿势而听起来模糊不清。

“社长，我为过去对您做的事道歉，请让我就此赔罪。可是无论如何，请您务必也要接受敝公司的诚意。拜托您了！”

赤松无力地垂下头，隔了一会儿才又抬起头来望着天花板。接着，他双手抱胸，闭上双眼。短短几秒之间，各种记忆片段映入他的眼帘，最后看见的一幕，是将追悼文集递给自己的那孩子纯真无邪的身影。

是我们夺走了那孩子最重要的人。那孩子今后，再也无法和他最爱的母亲见面，也无法和她对话了。见过那么小的孩子强忍着不哭的模样，如果现在心安理得地接下这笔钱，那自己还算是人吗？赤松这么想。

察觉赤松默默从沙发上起身，泽田抬起表情僵硬的脸。赤松走到桌边，从抽屉里拿出那本有着蓝色封面的追悼文集，走回沙发将它递给泽田。

“这是追悼文集，事故被害者的。”

看泽田露出疑问的眼神，赤松这样回答：“借你看。你要好好看完它。如此一来，你就能体会我的心情了。总而言之，今后不管你们怎么说，或是再出多少钱，我都不会再响应了。你回去告诉你的上司，我记得是叫野坂先生吧，你们这种提议根本不是什么诚意的表现，说穿了只是想借此掩盖事实罢了。拿着钞票朝人脸上甩，这根本就是‘狗眼看人低’的行为。明明当时早就该拒绝的，还需要考虑的我，也真是太没用了。”

泽田不知所措地伸出手，战战兢兢地接过那本追悼文集。

“虽然你特地来这一趟，不过这就是我的结论。零件请在二十日以前归还，否则就等着法庭见吧。我不知道你怎么想，但我这人可以说一向是说到做到的。”

2

“蠢材，真是个大蠢材！”

搭乘东急大井町线电车，从赤松货运回公司的路上，泽田一边望着车窗外横跨大田区与品川区的住宅景色，一边无数次在心中这么咒骂着。

听到赤松结论的那一瞬，泽田真的感到一股仿佛被人从后脑勺打了一棍的冲击。望着赤松的脸，他的脑中一片空白，连准备好的台词都忘光了。

企图用一亿日元补偿金的方案一举逆转，这是泽田好不容易说服了公司内的反对意见，才拍板敲定的和解方案。对这张最后王牌，泽田原本是那么有自信，还以为铁定能让赤松就此放弃投诉了。

安抚赤松这件事一旦成功，泽田就再也无后顾之忧，能够安心接受滨崎的提议，进入商品开发部了——直到刚才，这都还是泽田在脑中描绘的完美剧本，现在一切却都土崩瓦解。就像船只划过海面留下的白色痕迹随波消逝一般，此刻，一切都回归到原点。

最初泽田感受到的惊愕很快地演变成狼狈，并逐渐产生其他化学反应；离开赤松办公室三十分钟后的现在，终于完全转化为愤怒。泽田无论如何都无法理解，为什么赤松要拒绝这个提议？为什么不愿接受一亿日元的资金？

据他所知，那场事故已令赤松货运失去主要客户，造成经营基础大幅动摇，想必现在公司一定正为资金周转所苦。对如今的赤松货运而言，一亿日元的价值可与平时的五亿，甚至十亿匹敌。

“既然如此，为何还要拒绝？明明是这么有利的提案！”

从终点大井町车站换乘 JR 时，泽田不由得低声自问。他真的完完全全无法理解，赤松到底在想什么。最后，在泽田的思考回路里，那种不可理解的情绪已经彻底转化为愤怒。

不过，泽田转念一想，反正像这种被赤松耍得团团转的日子，自己也不必再忍受多久了。

泽田打算明天就去见滨崎，答应接受他的提议。或许这么做正中狩野下怀，可是只要自己能掌握通往梦想的车票，那也无所谓。日积月累怀抱着细碎的不满，处理那些毫无乐趣的投诉，这种被埋没的人生，终于能够就此摆脱了。“那不是我应该做的工作。”这才是泽田内心真正的想法。今后再也无须在意公司对自己的评价，也不用再耍政治手腕了。从令人不愉快的工作中漂亮地抽身，终于能将全副精力投入自己喜爱的工作之中，身为一个上班族，没有理由不选择这样的生活。

然而，这时泽田不经意地察觉一件事。

“我和赤松真是完全相反哪。”

一如赤松获得一亿日元的补偿金，泽田则可能获得一个新的工作机会。

对泽田来说，商品开发部的工作，和赤松的一亿日元一样珍贵。一开始他当然也很困惑迷惘，但就算不谈统领公司内部的政治能力，如果结论是要尽可能掌握自己最大的利益，那么最快的方法当然是接受滨崎的提议。

然而，相较之下，赤松却拒绝了那笔资金，为了泽田所不明白的、某种莫名其妙的理由。或许是出于关心被害者的义愤，又或是为了坚守义理，随便什么都行，总而言之，赤松得出的结论，完全与泽田选择的方向背道而驰。

“你不明白吗？这不是钱的问题。”

赤松这句话突然在泽田心中响起，原本望着窗外那几条平行延伸在品川与田町之间铁轨的涣散目光，也重新聚焦在窗玻璃上。看起来相当不可思议，不过那上面映着的自己，正清清楚楚地散发出一种自私自利的气质。

“生存之道不一样啊。”

就泽田看来，赤松的生存之道再愚蠢不过了，完全就是个没前途又没才能的经营者。他之所以当上社长，靠的并非实力，只是将父亲留下的公司照本宣科经营而已。

“果然，蠢材就是蠢材。”

泽田微微掀了掀嘴唇吐出的这句话，很快消失在车轮敲击铁轨的嘈杂声响中。赤松放弃的，是一个千载难逢的机会。

“不关我的事，我也不想再搅和下去了。接下来就随他去狂吼乱吠吧！”

脑中最后恶狠狠地撂下这句话，泽田决定斩断所有关于赤松的思考。

3

目送着泽田离开赤松货运之后，赤松拿起电话，拨给榛名银行蒲田分行的进藤。

运气很好，进藤正好有空。表达想前往拜访的意愿并获得同意后，赤松马上一把抓起外套，从办公室飞奔而出。不过三十分钟，他人已经站在蒲田分行融资咨商的柜台前了。赤松迫不及待询问的，便是日前曾获得审核通过的融资案“现在的情形”。

“还有争议。”进藤毫不隐瞒地如此回答。

“那么，官司的情形如何？”进藤问。

“目前已经将拟好的抗辩书寄给法院了。”

“不过，这属于民事案件吧。”进藤接着又说，“和刑事案件不同，这部分要特别谨慎。”

听进藤的说法，他似乎站在有意支持赤松的一方。

“要求希望汽车归还零件一事的进展呢？”

多亏了进藤这么问，赤松便趁机将希望汽车提出的，以补偿金形式和解的要求告诉了他。听见一亿日元的金额时，进藤也不禁睁大了双眼惊讶地说：“这太奇怪了。”

“就算对方是希望汽车，一亿日元也绝对不是个小数目。赤松先生，对我们银行来说也是如此，我知道要赚到一亿日元有多么不容易。反过来想，希望汽车竟然提出如此庞大的金额，足可证明背后一定有蹊跷。这件事可以让我向银行总部提出报告吗？”

“当然可以。”

既然没有签下那份保密协定，这件事也就没有噤口的必要。

“还有什么其他情报吗？任何能帮助突破目前事态的材料，对促进审核通过都是有帮助的。赤松先生，您要不要再想想看？”

在进藤热切的询问之下，赤松能想到的就只有那件事了。

“其实，有件事想先请您不要声张。不久后，《周刊潮流》即将刊出丑闻报道。”

赤松将榎本采访一事告知进藤，包括十九日发行的该杂志将会刊载希望汽车隐瞒召回的丑闻。

“我要的就是这个啊，社长。有了这个就能帮助审核通过了。”

“请您务必多多帮忙。我现在能依靠的就只有榛名银行了。”

进藤挺起背脊，双唇一抿，坚定地说：“让我们一起努力吧！”

当天晚上七点过后，赤松离开了公司，前往目的地山本电器行。

一靠近明亮的店头，就能看见停在自行车道上那辆醒目的红色登山车。不知是否为错觉，但店内播放的圣诞歌曲音量似乎比上次来时还大声。一走进店内，赤松立刻直奔玩具卖场。

果然今晚美香也在。

无视于周遭、沉溺于电动玩具的身影，也和前几天没有两样。

赤松从她身旁走过，细心地从架子上拿下三张预备作为孩子圣诞礼物的电玩软件。接着他突然想起了什么，再度伸手取下一张相同的软件，并追加了一部电玩主机。

然后，他装作若无其事地，走到握着游戏杆的美香斜后方。

美香操控的游戏画面依然一如上次，移动速度快得令赤松眼花缭乱。只要看画面里穿着溜冰鞋的主角表现，就知道美香的电玩功力有多高。

“你真厉害。”

站在一旁的赤松这么说，语气中的佩服倒有半分是真。美香没有回应，不过似乎是因为受到称赞而得意了起来，开始挑战更激烈的动作。

“你有这个游戏软件吗？”

美香点点头，手中继续操控着游戏。眼神更是盯紧画面，连看也不看赤松一眼。

“爸妈买给你的啊？真好，这个很贵呢！”

“我用自己的钱买的。”

终于听见美香开口说话。她瞄了赤松手中的软件一眼说：“跟你拿的那个是一样的。”

“对啊。不过我家的孩子可没有你这么会玩。”赤松用佩服的语气说，“听说最近的小孩，还有人领一万日元的零用钱呢。”

美香点头。

“简直就跟领薪水一样嘛。”

赤松这么一说，就听见美香回答：“没错啊。”

“你也是这样吗？”

又是点头。

“真的啊？那也有固定的发薪日吗？”

“有啊，每个月二十号。”

“那你买游戏的钱就是这么来的啊？现代小孩真厉害啊，好有钱哦！”

“或许吧。”美香满不在乎地说着。

“口袋机器人”的发售日是十一月十七日，距离美香的“发薪日”还有三天。赤松注意到的就是这一点。当然，现在他还没有任何证据。

就算赤松一直站在美香身边，她仍然没有停止游戏的意思。不仅如此，她那不为所动的态度之中，透露出的更多是傲慢不逊。这孩子给人的感觉，与其说是个孩子，不如说更像是个惯于玩乐的成人。从她明明这么晚了还单独在玩具卖场游荡，却完全没有罪恶感就可以看出，眼前这个少女成长的家庭环境，和赤松家明显不同。

赤松轻吐一口气，像是想将内心深处盘旋的疑惑与愤怒全部倾吐出来。

这天赤松再次到电器行来，原本只是想来了解美香究竟是个什么样的孩子，结果不知是幸还是不幸，竟额外从她口中问出了“发薪日”的事，这倒是个始料未及的意外收获。

而现在赤松更无法按捺内心的冲动，很想当面质问美香自己的假设是否正确。不敌这股冲动的操控，赤松最后的理性瞬间崩解。

“听说你们学校里，有个孩子被偷走了很多钱。”

没有回应。美香恍若不闻，依然操纵着游戏杆与游戏搏斗。赤松无所谓地继续说了下去。

“如果偷了那么多钱，那还真的很过分吧。可是啊，事实上那钱不是被偷的，是被某位同学借走的。那个向人借钱的孩子，好像是为了要买游戏软件才这么做的；因为还没到发薪日手头没有钱，却又很想要那款软件，而那个孩子就是……”

说着，赤松眼睁睁看着美香的表情产生明显的变化。游戏画面中原本来去自如的角色也突然在毫无障碍的情况下，从扶手上摔倒在地，动弹不得。

“你真的有那么想要这个游戏软件啊？”

赤松感慨地望着手中的软件这么说。他抬起头来，正好对上美香的视线。那小小的眼眸中映出的，毫无疑问是恐惧的神色。身为家长会会长，赤松曾在全校师生面前出现过许多次，美香一定认得他，只是没想到赤松竟然认识自己吧。事实上，若不是因为她是片山家的小孩而留下一点印象，拓郎班上的同学之中，赤松能将名字和长相对照起来的还真没几人。

将游戏杆放回试玩区的架上，美香低着头，快步离开了山本电器行。

一边朝柜台移动，赤松一边还能看见跨上那辆停放在店前的红色单车远离的美香身影。

“那孩子经常来吧？”

在为商品结账时，赤松这么问道。今天收银的是来打工的家庭主妇，赤松也认识她。这位在家长会中担任学年副代表的太太叫神田恭子，她的孩子和赤松的小儿子哲郎同班。

“是啊。每次去社教馆之后她都会接着来这里，实在是叫人有点看不下去了。”

从这句话中就可明白，神田太太对美香抱持的印象也和赤松一样。

“其实我和她的家长最近有点争执，或许您也听说了吧，真是相当棘手啊。”

“又是那只‘女王蜂’吗？”

赤松以苦笑代替回答，顺便请神田太太帮忙将圣诞礼物包装起来。看来即使是不同学年的家长，“女王蜂”在家长会里都是个无人不知、无人不晓的存在啊。神田请另一位打工的大学生帮忙照顾收银台，走到旁边的桌上摊开绿色包装纸，对赤松问道："是上次那件失窃的事吗？"

"是啊。我家孩子完全被当成小偷看待了。"

"这真是太过分了，赤松先生的孩子怎么可能做出这种事呢！哲郎就真的是个好孩子，常常照顾我家和树啊。"

"应该的，应该的。"

说着说着，赤松突然对神田说道："对了，有件事想请教您。"

"十一月十七日发售的那款新游戏软件，美香是不是也当天就来买回去了呢？"

神田停下包装礼物的手，不解地望向赤松。察觉她眼神中的疑惑，赤松赶忙致歉说："啊，没什么啦，不好意思。"

"问这种问题给您添麻烦了，真抱歉。请当我没问过吧。"

然而，神田却说："这……和失窃事件有关吗？"

"我想应该有。不过，这也只是我个人的假设而已，或许有点太跳跃了也说不定，所以没关系的，请别介意。"

神田银框眼镜下的眼神严肃了起来，对赤松说："说不定查得出来哦。"

"真的吗？"赤松惊讶地问。

此时神田已动手打开收银台旁的抽屉，拿出一叠收据存根。

"收据？"

赤松讶异地问。而神田的回答更令他意外。

"那孩子，每次都会要求开收据。"

"说了是为什么了吗？"

"我不知道片山太太从事什么样的工作，不过应该是需要经常和客户应酬的类型。那种工作只要有收据就可以报交际费公账，不是吗？还有一件事我也是听来的。虽不知真假如何，据说片山太太也会花钱买下孩子带回家的收据，花多少钱买就不得而知了。”

“真是世风日下啊。”

正当赤松如此感叹时，神田太太已经熟练地翻出想要的那张收据。

“有了，果然在这里。”她边说着，边将收据存根放在赤松面前。

一看之下，那张用手写上超过六千日元购物金额的收据上，却没有标注购买日期。

“是那孩子要求的，说不要写上日期。”

除了目瞪口呆之外，赤松已不知还能做何感想。神田又接着检阅起收据存根上贴着的发票。

“刚好是十一月十七日开的收据。购买的是口袋机器人的最新版软件，购买时间是下午四点三十分……没有错。这些内容帮得上忙吗？”

“我也不知道是否真能有帮助，不过至少足以证明我的假设中没有根据的某些部分了。”

“对了，就快开班级会议了吧？”神田为赤松打气，“请加油啊，会长先生！”

“要是我一定没办法那么镇定，幸好在场的是你。”

史绘眼神空虚地望着厨房天花板。映入她视野里的既不是赤松，也不是墙壁，那双眼里根本没有映着任何东西。

厨房的电灯泡明明才刚换新，但现在赤松眼中的家，却笼罩着一层茶褐色的微暗。家里已经很久没有听见笑声了，现在更有种仿佛影子渐渐延伸，即将占领整个家的错觉。

“你打算怎么办？那个班级会议。”史绘轻声地问。

“我想想看。”

赤松如此回答，却想不出任何能带给史绘希望的回应。现在的赤松家就像是整个家都漂流在受到严重污染的海面上，其中这桩小学里的失窃事件，只不过是脏污海水里的衍生物。追根究底，造成这场灾难的还是那场意外事故。

没想到一场事故，能颠覆整个人生的潮汐。

“该怎么证明拓郎的清白呢？”

“毕竟，我们手头上的只有间接证据啊。”

发生失窃事件那天，片山美香确实在山本电器行买了新发行的游戏。而那是在她的“发薪日”前，照理说总是很快花光零用钱的她，身上的钱不可能买得起。就在这个时间点，发生了真下同学被偷走五千日元的事件，真的只是单纯的巧合吗？种种事实迹象就像拼图碎片，现在还看不出完整的意义。要让拼图完整呈现，还需要掌握其他要素才行。

但那要素究竟是什么？

“不要对学校抱太大期望。”史绘灰心地说。

赤松也有同感。就算交给学校处理，最后也只会对孩子们草草问话了事。到最后还是落得帮学校收拾残局，接受“女王蜂”怒吼洗礼的下场。

“听坂本老师转述当时问话的情形，我不认为那个叫美香的孩子说了实话。”

“那，叫真下的那个孩子呢？”

赤松没见过那个叫真下的孩子。

“我觉得那孩子不坏。他也曾经来我们家玩。不过，可能是因为两家的母亲交情好，那孩子又是那种不懂拒绝别人的软弱性格吧。以前真下同学来我们家玩时带了新的游戏卡片，别的孩子跟他要，他也不敢拒绝就那么送给别人了哟。之后还是两边家长出面协调，才把卡片物归原主，对方的家长还被真下太太抱怨了一番哦！和孩子一点都不像，妈妈霸道多了。”

“毕竟她跟‘女王蜂’是一伙的嘛。”

赤松想起和片山淑子一同出现在校长室里的真下太太那跋扈的表情，高傲、自以为是，易怒且瞧不起人，除此之外更是毫无理由地怀疑孩子。明知如此，赤松却找不出足以反驳她们的证据，只能一面倒地承受她们的栽赃。

“拓郎？”

就在这时，史绘眼神一动。拓郎不知从何时起，竟站在客厅与厨房相连的那道门旁的阴影里。他的脸上带着一脸忧郁的表情，眼神却又无比空洞。赤松心想，刚才的话他一定都听见了。

“不快去睡觉不行哦。”

听史绘这么一说，便转身消失在阴暗走廊的拓郎背影，像一条在池底翻身的鱼。

“那孩子，在学校里被霸凌了啊。”

赤松几乎无法呼吸。

“我知道。”

“那你就想想办法啊！”

胸口充满愤怒与焦躁，复杂的情绪在内心冲撞着，飘散出苦涩而令人作呕的气味。

现在的赤松对此束手无策。明知拓郎正面对着多么艰难的困境，自己却只能在一旁看着。身为父亲什么忙都帮不上，只能接受眼前的现实。

只能任凭体内涌现的那股自我嫌恶，剧烈翻腾不已。

4

“杉本终于被调职了。”小牧对泽田投以严肃的目光，“今天早上接到的消息。听说是今天一早的人事命令，被调到大阪分公司去了。”

“大阪？”

这种调动法很难说是好是坏。对出身关西的杉本来说，未尝不能解释为调回家乡。

然而，泽田这样的推测，马上被小牧给否定了。

“事情没那么简单。大阪分公司虽然也有质量保证部门，但你也知道，那里只是奉命行事的单位，根本没有设置研究中心。因此，对杉本这种研究出身的人员来说，奉调大阪除了就近返乡之外没有其他好处。这很明显是惩罚人事令，我看杉本应该会自动请辞。”

“惩罚人事令？”泽田问，“难道有证据足以证明，杉本进行了内部告发吗？”

“不……”小牧握着啤酒杯，露出义愤填膺的目光，“那倒是没有，顶多只是可疑而已。但是，‘宁可错杀，不肯放过’就是狩野的作风啊。”

“或许是这样吧，不过我认为还有别的原因。”泽田说，“就算之后查出杉本真进行了内部告发，公司也将受限于法律而不能随便将他降职。与其等到那时候，不如现在就先对他下手。如此一来，就算发生什么问题，也可以坚称不是因为内部告发而暗中惩罚。”

“原来如此，那杉本该怎么办才好啊！”

“会变成这样，都是因为他匿名告发的关系。”泽田说，“要是他当初能光明正大地具名上告，就不至于落到这般田地了。不过就算那样，以我们公司的风气，要待下去恐怕也很辛苦。”

“左右都是下地狱是吗？上班族没什么比这更悲哀的了。果然不能随便发挥正义感啊！”

“在公司这个组织里，不懂政治运作的人就像草食动物。”

“这样的话，我应该勉强算是杂食动物吧？”小牧半是自我调侃地这么说，还不忘讥讽了泽田一下，“是不是啊，肉食动物？”

这时，泽田发现近日以来自己内心浮动的某种感情，开始令人不舒服地翻涌了起来。

在希望汽车这个组织里，想要生存下去，半吊子的正义感只会碍事而已。只有能帮助自己实现自我利益的高明策略，才是唯一重要的手段。换句话说，正义和利益毫不相关。当然，泽田并不认为应该否定追求正义的行为，只是自己绝对不会为这件事全心投入。身为希望人，他在履行职务时，为的不是实现正义，而是个人利益的彻底达成。就像硬币一样，公司和工作也是互为表里的存在。像个刚踏上社会的毛头小子一样，只懂得顾及表面的人，注定永远抓不到想要的机会。

所以这次自己的选择没有错——泽田如此坚信着，不，是说服自己如此坚信。不管用什么方法下手，只要能抓住梦想就好。手段不重要，重要的是达成目标。

“喂、喂，你有没有在听啊，泽田？”

泽田沉浸在自己的思绪中，在小牧连声叫唤下才回过神来。回到现实的泽田，这才发现自己正坐在新桥的烧烤店吧台前，手里还抓着啤酒杯，正皱着眉头盯着菜单出神。

“哦，抱歉抱歉。你刚才说什么？”

“你搞什么啊？”小牧傻眼地说，“我是在问大人您送出那份告发书之后，现在进展怎么样了？有什么动起来了吗？我很在意狩野会用什么手段对付你，实在没办法坐视不管啊。”

“抱歉，害你担心了。”

一根小刺刺入泽田心中。

“那就没关系啦……现在到底怎么样了？”

“我也不知道该怎么说……”

小牧瞪大了眼睛。毕竟这么吞吞吐吐的泽田可是很少见的。

“只能说，还没看到什么动向吧。”

泽田知道自己的回答不尽如人意，但他有不得不这么做的苦衷。

“喂，你没问题吧，泽田？这样很不像你哦！你是不是被胆小鬼附身了啊？”

“没这回事，事情才正要开始。”

就连他自己都受不了这么不干脆的态度。

“没错，就是这样。对了，《周刊潮流》那边也差不多该有什么动作了吧？谣传《周刊潮流》好几次通过公关部想进行采访，通通都被拒绝掉了呢。看来，周刊那边也调查得差不多了，只差临门一脚了呢！我估计再过不久就会有丑闻爆发了。要是事态演变成那样，你那份告发书倒算是小意思了。”

“我听说，还是有办法阻止那个。”

听见泽田这句话，小牧不禁瞠目结舌。

“真的假的？有什么办法？”

“这我就不知道了，只是从某人那里听说有这可能。”

小牧眯起眼睛望向泽田。

“消息来源可靠吗？”

泽田没有回答，只是耸耸肩。当时滨崎说得的确颇有把握，但直到最后都没有亮出证据。更何况，滨崎这个人说的话本来就不能完全相信。当然，能够阻止媒体的话是最好，可是万一不能的话，希望汽车将会落入无可挽救的窘境。泽田的告发书再怎么说，都是出于改善公司内部体制的出发点，至于希望汽车全体失去社会信誉，并非他所乐见。

“那本周刊是每周一发行的吧。我看十九日也就是星期一那天，很可能会发生些什么，但也只能静观其变了。”

泽田怀抱着罪恶感，点点头表示同意。面对真心为自己担忧的小牧，他却怎样也无法说出滨崎拿人事案作为交换条件，与自己交涉的事。泽田即将背叛眼前的小牧，投入狩野麾下，这种话又怎么说得出口呢？打着派阀伦理与仁义道德的大旗，最后为的还是自己的利益。不只是小牧，泽田背叛的还有代理部长野坂，甚至是部下北村。泽田只能独自怀抱着这绝对不能说出口的秘密。

不经意地，泽田想起了和英里子之间的对话。“我决定要去商品开发部了。那里才有我想做的工作。”

当他这么说时，英里子只是叹了一口气，回了一句“是吗”。当晚，英里子陪自己喝着红酒，却不再说什么。最后还是泽田受不了无言的压力，辩解着：“一直待在客服策略科，处理投诉也不是办法啊！”

“工作看的不是表面，也不需要说漂亮话。”英里子说，“我很喜欢现在这份电台主持人的工作，这也是我一直想从事的。我希望你也能对自己的工作有这份自信，做一个这样的上班族。为此，或许你必须牺牲一些什么，或背叛某些人，可是，谁都不能责怪想要抓住梦想的人，因为努力的价值是不可取代的。所以我觉得没关系，只要那是你的决定，可是……”

英里子停了下来，凝视着泽田的眼眶里竟盈满着泪水，“可是，说老实话，我本来以为你会是个更勇于奋战的人。”

一直失眠到天亮的泽田，开始回想起进入希望汽车至今二十年间的种种。

他真的很喜欢汽车，也怀抱着总有一天自己开发的汽车能够问世的梦想，进入了这家公司。二十几岁时的自己拥有纯粹的梦想与希望，当时的他隶属于事业部，负责与国内外的经销商接洽。站在销售的最前线，每天思考的就是消费者所追求的是什么样的汽车，以及如何去满足消费者的各种需求。如今回想起来，身为汽车公司员工，那是一段多么宝贵而充实的时光。

转机在他三十岁时来临。这时，泽田隶属物流部，负责协调国内工厂的材料调度。当时是他第一次在工作上碰到障碍，不仅需要面对客户，公司内部的调度协调更让他吃尽了苦头。二十几岁的时候光想着汽车和客户的事就够了，不过此时还需要站在公司内部的角度思考，让工作变得意想不到地复杂。

对于在战前生产战车，战后由履带转为轮胎，以生产承袭战车厚重庞大印象的四轮驱动车为主，呈现出一般汽车制造厂所没有的特色，并因而博得很高评价的希望汽车而言，制造部门是最被器重的单位。毫不讳言“没有希望集团就没有员工个人”的母公司思想，在现代化公司分门别类的管理之下，就某种意义看来，结果是由制造部门继承了最纯正的传统，而隶属这部门的员工也都秉持着根深蒂固的精英意识与官僚主义。在此背景下，比起成本，骄傲的自尊心更重于一切的风气，使得泽田连一个小零件的去留都无法擅自决定。

为了在物流部门里顺利工作，他首先得说服制造部门高高在上的对接负责人，接着更得说服他的上级。这个组织就像打开之后不断出现不同尺寸玩偶的俄罗斯套娃，在这里面工作像是攀爬一道又陡又长的斜坡，需要不懈的努力与不屈不挠的毅力。眼见同时期入部的同事因为受不了这样的工作一个个遭到异动，泽田这么告诉自己：奋战的对象不是个人，而是整个组织。

这里有的是彻底的阶级意识与选民思想。在有着三万五千员工的这一大集团里，这种思想如地底水脉般不断蔓延，成为组织的血脉。面对这种思想唯有克服，而非否定。要想在希望汽车这个组织中生存下去，实现梦想，就得忍受这样的考验，并且超越它。

同时，这样的实战经验与历练也教会了泽田，想要在希望汽车这特殊的组织中生存下去，靠的绝对是长袖善舞的政治手段。之后他奉调销售部，经过组织改造之后隶属于现在的部门。直到现在，以物流部时期培养出的谋略手腕与斡旋手法为武器，泽田成了部内公认的“有为分子”，确立了扎实的基础。当他来到销售部五年后升任为科长时，也开始看见当年在物流部时所难以窥见的组织内关系图。

公司组织是个站在不同地位时，看到的东西也不同的地方。即便是身处同一个职场，科长和副科长看到的世界也不尽相同。公司里有着肉眼看不见的地图，每一次的升迁，都是在眼前展开一幅新的地图。新的地图上画着新的领域，里面有着只有在这里才能获得的特产，这是泽田所察觉到的事。而从这些地图上，泽田也清楚地看见了，是什么在阻挡着自己的梦想。

那就是狩野。与制造部直接相关的商品开发部，是与销售部有着一线之隔的神圣领域；而有如守护神般站在那领域入口的，正是狩野威这个人。

事实上，泽田之所以想借由揭发质保部隐瞒召回一事击垮狩野，背后的原因就在这里。在泽田一连串的行动下，他视线的前方永远都有着自己的梦想。那双眼睛，和孩提时代那个纯粹热爱汽车的少年，闪烁的应当是同样的目光吧！那是个拿着在调布经营洗衣店的父亲买给自己的迷你小汽车，让它绕行在洗衣机和烘衣机林立的狭窄通道之间的年代。SKYLINE、CELICA、TOYOTA 2000GT，都是少年的憧憬。玩到连烤漆都脱落殆尽的小汽车，直到如今仍在泽田心中闪耀着宛若全新的光芒。总有一天要用自己的点子开发出一部车，且让这部车也能成为风靡少年们的迷你小汽车。

这个梦想现在已经近在眼前，只要伸出手就能掌握在其中。

所以，剩下的就是伸出手了。

可是——究竟是为什么？

此刻出现在泽田心中的，却不是即将实现梦想的雀跃欣喜，而是一种砂纸颗粒般粗糙的感觉。那种感情既不纯粹也不透明，甚至难以切割……

英里子的话，更加搅乱泽田这样的心情，引诱他陷入安静却失序的混乱之中。

“喂，泽田。泽田——”

小牧的叫声再次将泽田拉回现实之中。

“你是不是身体不舒服啊？”

“抱歉。”泽田连忙道歉。

“最近流行感冒啊，我看你还是早点回家休息好了。”

“也好，等喝完这杯啤酒我就回去。”

说罢，泽田举起手中的啤酒杯一饮而尽。原本泽田的体质就不擅长喝酒，酒精一下肚，意识马上开始变得朦胧，眼角也热了起来。小牧看着这样的他，似乎想说些什么，却只化为一声叹息，最后只是举起手中酒杯，什么也没说。

第二天早上，泽田前往拜会人事部的滨崎。

一眼看见踏进人事部楼层的泽田，滨崎马上堆起满脸的笑容前来迎接。

“你终于来了啊，泽田老弟！我们到这边详谈吧。”

说着，滨崎带着泽田走进人事部内的小会议室。

“你当然是来给我好消息的吧？”

隔着会议桌相对而坐，滨崎脸上因期待而发光。到底有什么值得这么高兴，又或者有什么值得他如此期待，泽田看在眼里，却依然无法理解。

“我想了很久，”泽田说，“决定接受您前几天的提议。”

原本他还想着不知道滨崎会做何反应，没想到下一个瞬间，滨崎竟是立刻伸出右手，紧紧握住泽田的手。

“恭喜你啊。”

泽田内心仅存的一点犹豫，也因滨崎这句话而消失得无影无踪。两人握手的画面，简直就像两国元首建交般夸张。

不是道谢，而是恭喜。

这真的是那么值得庆幸的事吗？

“既然现在你的心意确定了，那事情就可以马上开始进行。快的话，或许赶得上下次发布人事命令。”

泽田拿起日程簿查看。

“我的继任人选也会同时发表吗？”

“当然。年底比较忙，这件事越早敲定越好吧。这样一来，过完年你就是属于新部门的一分子了。”

“我会挂什么头衔？”

此时滨崎的脸色第一次沉了下来。

“很抱歉，因为年资的关系，你这次无法升职，应该一样是科长职等。只是，究竟会分配到哪个科还不知道，得和商品开发部部长商量过才能决定。不过我们会尽量尊重你的意愿。”

不管哪一科，对泽田来说都没有差别。

心满意足地看着首次露出笑容的泽田，滨崎不忘再次提醒：“人事异动的事直到正式发布为止，都千万不要说出去啊。”

泽田精心策划的告发剧本以及击垮狩野的作战计划，将就此告一段落。现在，泽田就像办妥了通往崭新人生的手续，踏上通往实现梦想的快捷方式。

就在同一天，赤松也对东京地方法院提出了要求希望汽车归还零件，以及对该公司请求损害赔偿的诉状。

5

当天下午，赤松的手机接到小诸律师来电，告知诉状已顺利受理的消息。

“谢谢您，律师。接下来也要麻烦您了。”

官司终于要开打了。在这紧张的气氛之下，赤松也振作起精神，在电话里和小诸商谈了一些之后的应对之道。就在他刚挂上电话之际，马上又接到尾山西小学坂本老师打来的电话。

“事实上，拓郎同学在学校里和同学大吵了一架，我想应该要通知您……”

这刚好是赤松在山本电器行和片山美香谈过的隔天下午。

才刚回到办公室，正想好好喘口气的赤松，不由得惊讶地反问：

“我家的拓郎？”

平常乖巧听话的拓郎，从未和同学吵过架。

“我现在正带他到教师室问话，可是他怎样也不肯告诉我原因。”

“真是抱歉，老师。那拓郎是怎么说的呢？”

“不管我说什么，他都不肯回答。其实，他吵架的对象是真下同学。我想一定是事出有因。”

真下？赤松想起拓郎偷听自己和史绘谈话的事。不会吧……

“如果方便的话，能否请您亲自来学校一趟，帮忙问问拓郎呢？我想拓郎看到爸爸来，应该也比较愿意说话。”

“我明白了，现在就过去。”

赤松走出办公室，小跑步朝着学校前去。他一边跑着，一边打电话告知史绘此事，还得安慰因不安而生起气来的她。冲进学校之后，赤松随着前来迎接的坂本老师来到校长室，拓郎和吵架对象真下已经在里面了。

赤松原本预期拓郎或许会因为受到老师斥责而哭肿双眼，没想到会看到眼前拓郎因愤怒而苍白颤抖的模样。即使赤松来了，他却连看也不看父亲一眼，始终露出悲愤的表情睥睨着真下。赤松从未看过拓郎这么生气，从他身上蓝色外套的脏污程度可知，他一定和真下大打了一架。而与赤松的想象相反的是，低着头坐在对面沙发上的真下却哭肿了双眼，脸上还脏兮兮地沾着泥巴，白毛衣最上面的一颗扣子不知道掉到哪里去了。

“赤松先生，您来了。”

正在向两个孩子问话的校长仓田一见赤松便马上站了起来，露出困扰的表情看着两个孩子。

“坂本老师应该已经告诉您了吧？这两个孩子在学校里吵了起来。虽然已经放学了，他们却在操场上打了一架。问过其他目击的同学，大家都说是拓郎突然冲上去打人的。”

“真抱歉。”

低头道着歉，赤松却完全不敢相信自己听见的。看着一旁的拓郎，赤松问：“为什么要这么做呢，拓郎？”

没有回答。然而，瞪着真下的拓郎，眼中的怒火燃烧得更炽烈了。

“真下同学，为什么会发生这种事呢？你也别不说话啊！”

仓田校长也在一旁插嘴。从刚才就一直抽抽噎噎的真下不但没有回答，反而哭得更大声了。

“你说啊，真下！”

迸出这句话的是一旁的拓郎，这使得赤松更加惊讶了。此时，随着一声歇斯底里的“小彻”，校长室的门被人用力打开了。

真下的母亲穿着牛仔裤与羽绒外套，一口气冲到了儿子身边：“小彻！你还好吧？有没有受伤？”语毕，她转过身，对赤松及拓郎投以恶狠狠的愤怒眼神。

“这究竟是怎么一回事？我听说了，是你家小孩动手殴打我家小彻的吧？”

赤松一时之间不知怎么回应。

“你到底是怎么教小孩的？偷钱就算了，竟然还打人！这个坏孩子到底对我家小彻有什么不满？”

“我没有偷钱！”

以不输给真下太太音量大喊出声的是拓郎。他用与刚才瞪视真下彻一样的愤怒眼神看着真下太太，接着又转向同学真下。

“拓郎，不要这样！”

赤松慌忙阻止，却依然无法理解一向乖巧听话的拓郎为什么会这么做。即使是现在，拓郎还是以赤松从未见过的表情看着真下，一副想立刻冲上去打架的模样。

赤松用尽力气按住拓郎的肩膀，扳过他的身体。

“拓郎！有话好好说。用这种方式是无法解决问题的哦！”

“爸爸你还不是无法解决问题！”孩子一针见血的话令赤松倒抽了一口气，“我被大家当成小偷欺负，爸爸还不是帮不了我！”

“你在说什么话，老师不也说了会相信你，会找出真正的犯人来吗？”

“才没有在找呢！”拓郎很坚持，“因为害怕片山和真下的妈妈，所以老师只是装成在找的样子而已，其实根本没有去找！”

“拓郎！”赤松摇晃拓郎的身体，“可是打架就能解决问题吗？不是这样的吧？”

“他被打活该！”

迅雷不及掩耳，拓郎突然摆脱赤松，踢开沙发跑到真下身边，抓住他胸口的衣服大喊：“你说啊！真下！把事情的真相说出来！”赤松急忙和校长合力，将猛烈摇晃着真下的拓郎隔开。

而真下终于开始号啕大哭。

“你这孩子想做什么！”

真下的母亲歇斯底里地喊叫着，拓郎却对她置之不理。

“要是你不说，我就要说了哦。真下！这样也没关系吗？”拓郎叫喊着。

听见这句话，真下的母亲狐疑地望向仓田校长与坂本老师。

“你到底在说什么啊，赤松同学？”

面对一头雾水的校长，赤松不禁代替拓郎回应：“当然是有关偷钱那件事吧？

“我说得没错吧，拓郎？”

以凝重的沉默代替回答的拓郎，似乎终于再也无法忍受不断哭泣的真下，只见他毫不留情地对着真下大喊：

“那五千日元到底是到哪儿去了！是你借给片山了不是吗？真下！你敢说不是吗？”

拓郎的呐喊，几乎要把校长室里的花瓶都震出裂缝。不过，真下母亲发出的尖叫声也不遑多让。

“你不要胡说八道！”

这句话不是对自己的儿子，而是对拓郎喊的。

拓郎不为所动，以令人震慑的气势与真下母亲对峙。

“这孩子真是太坏了！真是的，你们家究竟怎么教育小孩的啊？真是有其父必有其子……”

“你到底说不说，真下！”

拓郎无视于真下太太继续逼问。

“呜……对不起！”

真下哭得更大声了，然而也正是此时，众人都听见了哭声中夹杂着的道歉。高傲的真下太太眼睛睁得大到不能再大，看起来就像是整个人都要因打击而裂成碎片一般。

“对不起……对不起！”

一边啜泣着，真下一边发出细微的声音这么说。才说到一半，他又开始放声大哭。

“这究竟是怎么回事？赤松先生，可以请你说明一下吗？”

赤松望着鼓着一张气呼呼的脸，整个人有如雕像般动也不动的真下母亲，以及哭泣不止的少年。

“就像您所听到的那样，真下同学是自己把钱借给别人的。”

“借给别人？那他为什么又要说钱被偷了呢？”

仓田校长还是完全没搞清楚状况。

“关于这一点就不是我能够说明的了。请校长先生您直接问真下同学吧。还是因为怕被妈妈骂，所以不敢说？”

受到在场所有人的注目，真下又哭了起来。真是个懦弱的孩子，就是因为这样，才会被片山的女儿给利用的吧！

“真下同学，刚才赤松同学说的是真的吗？”

真下一边哭着，一边轻轻点头承认了。

“为什么要这么做呢？”

“是片山她……她说要把钱……当作被偷的……”

接下来，真下哭着说明的事件经过，果然几乎如同赤松的猜测一样。想要游戏软件的片山美香向真下借了五千日元，拿这笔钱和自己仅存的零用钱买了新发售的游戏软件。而这笔钱则是在她的“发薪日”之后还给真下的，只不过“还钱”的方式却是放进拓郎的书包里。片山美香说服真下，只要在还钱之前把钱当作被偷，两人就都不会被骂了。

赤松只有一点不明白。

“为什么要诬陷拓郎呢？是谁提议要这么做的？”

“那是……”真下吞吞吐吐地不敢说。

“把话说清楚！”

面对发火的母亲，真下又差点哭了起来："那是片山说的啦！她说这样就可以整垮赤松了。"

整垮？这个残酷的词语冲击着赤松内心。身边的拓郎依然一直瞪着真下。

"为什么？有什么原因吗？"赤松问道。他并不打算生气，但却难掩声音中散发的怒气。

"因为片山说，她听见她妈在讲要整垮赤松同学他爸……"

赤松伸出手抱住身旁的拓郎，但拓郎却挥开赤松的手，激动地质问真下：

"她妈这样讲，是跟谁讲的啊！"

"是跟……我妈……"

真下的母亲全身僵硬，因愤怒与羞耻涨红了一张脸。她破口大骂："你这孩子在乱说什么啊！"伸手甩了真下一巴掌。站在大哭的真下身边猛烈摇晃着身体、不断喘气的真下太太，徒然地想说些什么掩饰："这、这不是真的！小彻，你到底在说什么，为什么要说这种话！"

"真下太太。"赤松强自镇定着说，"如果你们对我有什么意见，请在下次的班级会议上提出来好吗？还有，这次的盗窃事件，当然我们现在已经知道不是盗窃了，关于这方面的来龙去脉，我会一并在班级会议上向各位家长报告，到时候也请您和片山太太务必发表意见。"

双眼流露着恐惧，真下太太完全失去了回复的能力。

"对不起，爸爸。"和拓郎一起走出学校时，他这么道歉了。

"你没有必要说对不起。"赤松说，"爸爸才应该要谢谢你。"

拓郎不可思议地抬头看着赤松。

“你让爸爸获得了勇气。面对连爸爸都无能为力的事态，你却靠自己一个人勇敢去解决。老实说，爸爸之前从不认为你是一个这么勇敢的孩子，直到今天才终于发现这点。或许是因为爸爸已经失去了像今天的你这样的勇气，是你让爸爸察觉到这一点的。”

“我觉得爸爸很有勇气。”拓郎像是说着什么开心的事，“因为我只是学爸爸而已啊。”

“谢谢你，拓郎。”

摸摸长子的头，眼前浮现的泪水模糊了黄昏的景象。

6

天空是深蓝色的。前天一直下到深夜的雨洗净了空气中的尘埃，北风凛冽的街道，一片湿冷刺骨。

昨天傍晚那件事，很快地在家长间传开了。当然，赤松第一个告知了史绘，之后便一传十、十传百地扩散开来。结果，一整个晚上不断有以“赤松太太，我听说了哟”为开场白的电话打进家里。史绘连家事也无法动手，直到过了深夜十二点都还握着话筒。然而——

“真的很过分啊！”隔天一早，史绘便气鼓鼓地说，“始作俑者本人‘女王蜂’大人，竟然连一通道歉的电话都没有。明明学校已经通知她这件事了，照道理说，不是该立刻打电话给我们请罪吗？”

“可能她打了没打通嘛。昨天一整晚家里的电话都没断过啊。”

“你这么说也对啦。”

虽然史绘还是难掩内心的不满，不过对赤松来说，至少能平安度过班级会议，也算是松了一口气。最欣慰的是，经过这件事，赤松又获得了一些面对困难的勇气。

当然他也明白，要完全跨越这些艰难历练，并不是那么容易的事。

当前的赤松货运，勉强借着儿玉通运的转包工作，像一架单翼滑行的飞机暂且支撑着，但情况却依然在日渐恶化当中。在东京希望银行以合规为理由断绝融资，而救世主榛名银行的融资审核又还没通过的情形下，又发生了柚木雅史对赤松货运提告的事。若将公司看作是一个人，那么现在的赤松货运就像进了加护病房，处于必须靠维生系统保命的危急状况。

只要缺少任何一个条件，心肺功能可能就会马上停止。但即使如此，赤松仍拒绝了希望汽车那无礼的补偿金提案，且除了接受柚木的提告之外别无他法。在这四面楚歌、走投无路的困境之中，唯一的希望之光就是《周刊潮流》即将面世的那篇报道。

那已经不仅为赤松带来希望之光，甚至可说是手中最后的王牌。

当这篇丑闻报道刊登时，希望汽车的泽田将会用什么态度面对呢？那些将赤松和赤松货运当成罪犯的刑警，又会怎么说呢？他真的很想亲眼看看。

为了家人，为了员工——赤松失去的信用，能否借由这篇报道再次挽回呢？赤松相信只要能够重获清白，一定就能改善当前恶劣的情况。

“社长，刚才东京希望银行的小茂田先生来电，说十点想来公司拜访。”

一到公司，就接到宫代如此报告。宫代伸出食指抹掉鼻头上的油汗，望向赤松的表情中透露些许不安。

时间还不到上午九点。银行从未这么早打电话来过，事情不大寻常。

“八点半左右打来的，而且口气还很急。”

“有说什么事吗？”

“说分行长要来一趟。”

“这种时候？”

赤松呆了一呆，宫代的表情更是越见不安。

“我也问了小茂田究竟所为何来，但他就是不肯说，只强调分行长会直接来谈。”

宫代的口吻像是占卜到凶兆的算命师，令赤松不禁苦笑起来。

“事到如今，东京希望银行也不可能突然答应我们的融资请求吧。虽然不知道是什么事，应该不用太担心才对吧！”

“我也希望是这样，可是银行这种地方很难说啊……”

宫代似乎想起了老社长时代与银行之间的纠纷，更加皱紧了眉头走回自己的座位。

田坂分行长的座车开进赤松货运时一分不差，正好是约定的十点。银色的轿车在办公室门口放下田坂和小茂田后，便消失在停车场另一端。

“百忙之中前来叨扰，真是不好意思，赤松社长。”

引他们进会客室后，田坂先微微低头这么说。小茂田一脸紧张地候在一旁。

“别这么说，如果是要提供融资的话，我这边随时欢迎。”

赤松半开玩笑的这句话，反而让田坂变了表情。

向榛名银行提出融资申请的事，赤松已经知会过小茂田。本以为田坂是因得知此事而重新考虑希望银行对赤松货运的融资案，如今看来这个想法实在是太过天真了。

“事实上，赤松社长，我今天来的目的刚好相反。”

举起茶杯正想喝口茶的赤松停下手中的动作，朝田坂望去。

“相反？”

“是的，希望贵公司能全额返还本行提供的融资。”

一听这要求，赤松惊得完全说不出话来。

慢慢将手中的茶杯放回桌上，赤松凝视着田坂，脑中的思考在一瞬间停止，就像是被迫翻开完全空白的一页般。

“本行考虑过贵公司目前状况以及业绩情形后，判断有必要行使债权保全。因此，本行将中止贵公司融资金额的还款期限……”

“请等一下！”赤松慌忙打断，“不好意思，我实在不明白您的意思，可以说明清楚一点吗？”

“也就是说，”田坂咳了两声，对赤松投以尖锐的视线，“本行对贵公司目前如何维持信用状况抱持极大怀疑。说得更具体一点，贵公司很可能不久后就将面临破产。那么在这样的情况下，以银行的规范是有权对贵公司进行债权回收的。所以请贵公司配合，尽快将目前的融资款全数归还吧。”

“开什么玩笑！你有什么根据这么说？”赤松生气地说着。

“根据？”田坂静静回应，“事到如今还需要什么根据吗，社长？出了那么大的事，又失去了主要客户，这些损失都还没补救过来，接下来又要面对官司。再说，警方那边也还没停止搜查吧？你被逮捕的可能性还是相当高。这些不算根据又算是什么？有这些理由就很充分了。”

赤松不禁站起身来，愤怒地大声回应：“事故原因绝对不是维修不当！真相很快就要水落石出了！”

“我可不这么认为。”田坂不屑地回应。

“丑闻报道就要出来了。”

田坂和小茂田闻言，不禁面面相觑。

“什么样的丑闻？”

“《周刊潮流》。”赤松说，“下一期的《周刊潮流》将会有一篇关于轮胎脱落事故的报道。不止我们公司，还有其他一样的事故车辆，都是希望汽车生产的！而这些事故的原因，几乎都被希望汽车诬指为维修不当。”

“不过是一篇周刊杂志的报道。”田坂冷冷地回答，“首先，那种报道的可信度会有多高已经值得怀疑。再说，就算过去希望汽车曾有其他车辆发生事故，对改善贵公司目前状况也没有帮助。”

“没这回事！”赤松反驳，“只要报道一出来，社会大众对这件事的关注就会提高。如此一来，希望汽车至今一贯将事故原因推给购车顾客的态度必将问题化。这不仅对警方办案方向会产生影响，官司结果也会因而改变。”

“这只不过是你期待会有这种可能而已吧？”田坂失笑，“如果真的能如你所愿当然最好，赤松社长。但你想想这概率会有多高？我是不知道《周刊潮流》拥有多少读者，但假设这篇报道真的出得来，它造成的影响力，又真的会有社长您所说的这么大吗？我可不这么认为。话说回来，这本八卦杂志，不是常因毁谤名誉罪而吃官司吗？这种杂志的报道又怎能相信？至少我们银行的原则是不会因此而动摇的。”

“银行的原则是吧？很好啊。”赤松眼中燃烧着怒火望向田坂，在心中如此自言自语。

所谓银行的原则，换句话说就是银行通用的“常识”，也就是常被世间揶揄为“银行的常识，往往违背社会的常识”的那种东西是吧？

“你这不是在抽银根吗，分行长！”赤松抗议，“过去敝公司一次也没有延迟还款，而且和贵行往来的年数也不算短。至今只要贵行有什么要求，敝公司也都尽力配合照办，然而现在敝公司遭遇困难，贵行却马上进行债权回收，这不是恩将仇报吗？”

“那我也得不客气地说，本行从未欠贵公司什么恩情，又何来恩将仇报之说？”田坂厚颜无耻地这么说。

“你竟然敢说这种话？”赤松终于忍不住放声怒吼，“过去曾受不良债权所苦，靠政府投入公家资金才重新站起来的银行，怎么好意思说这种话！连试图理解敝公司处境的努力都不做，毫不留情地强制取消融资，你们究竟把中小企业当成什么了？”

“赤松社长，我过去是专门处理债权保全的银行职员。”田坂皱起眉头，屈身向前开始这么说，“在泡沫经济时期，我被公司托付过无数受不良债权所苦的分店，也完成了许多人都说不可能成功的融资回收。当时的经验让我学到的教训就是，绝对不借钱给可疑的公司，一发现借款对象经营出现危机，一定马上收手。”

感觉到一股气血冲上脑门，赤松觉得自己快要无法理智思考。

“你的意思是说敝公司可疑？还是经营出现危险？分行长，这只是你个人擅自揣测的吧？”

“这已经不是揣测不揣测这种程度的问题了。社长，贵公司现在是业务过失致死罪的嫌疑犯，因此导致公司经营不下去是有可能的吧？光凭这一点就够了，要是现在容许本行继续对贵公司融资，将来站不住脚的人会是我。就算不谈这点，也还有合规的问题。不用多说了，本行的结论不可能更改。”

银行一旦做出结论就不会再更改，这种高高在上的态度也令人火大。

“田坂先生，你不认为自己现在的所作所为非常不人道吗？”

“我看您似乎脑筋不清楚，那我就清楚告诉您吧。”田坂毫不客气地说，“追根究底，原因还是在你自己身上啊，赤松先生。如果不是因为维修不当引起那种事故，又怎么会遭警方搜查？又怎么会因闹上新闻而失去重要客户？不管你事后找多少借口，听起来都只会是逃避责任。如果什么事都没有，本行现在还是乐意与您合作的。可是现在不管哪里的银行对是否合规都很重视，更别说贵公司业绩恶化，那当然只有中止提供融资、回收债权一条路了。而这一切的责任，都在贵公司身上。”

明明说过许多次事故的原因根本不是维修不当，但很明显地，田坂根本不打算接受。多说无益。

彻底顿悟这一点的赤松，愤然抱着手臂，将身体深深陷进椅子当中，一双燃烧着熊熊怒火的眼睛，瞪视着眼前这两个银行职员。

“很可惜，我现在没有钱可以还给贵银行。”

“总之，我们会先寄发账单。”一直没说话的小茂田开了口。

“账单？”

“是的。之后我将会寄一封内容是要求贵公司尽快还款的信件，到时候就请多配合了。”

“没有这个必要。”赤松这么说。

小茂田露出幼稚的嚣张表情，伸出食指推了推收款机般的脸上戴着的眼镜。

“就算对贵公司没这个必要，对本行而言却是必要的。”

“这是想逼垮我们公司吗？”

"我们可没有这个意思。只是要求贵公司归还融资而已。"

"都一样吧，我看不出有哪里不同！"赤松不甘心地说，"对于看不顺眼的对象，就随便编些歪理取消融资，银行原来是这么办事的吗？"

"看来不管我们怎么说，赤松社长您都听不懂啊。"田坂露出不耐烦的表情，"总而言之，我们想说的就是因为贵公司的经营状况已经踏入警戒线了，所以希望您能归还融资。就这么简单。"

"那我也可以马上回答你，办不到！"赤松咬牙切齿地说。

然而，田坂像是看多了这种事，毫不在乎地说："不管办不办得到……"田坂的声音冷酷无比，"该还的就得还。就是这么回事，请您见谅。我要说的都说完了，百忙之中耽误您时间了，赤松社长。"

单方面地说完自己想说的话后，田坂很快地起身离开。

"他们来做什么，社长？"察觉异状的宫代很快地上前询问。

赤松整个人颓坐在椅子里，一时之间也不知该如何开口。桌上原封不动摆着办公室职员端上来的三杯茶。窗外的天空一片晴朗无云，和心情不搭调的柔和阳光，洒落在赤松的脚边。

"要我们还钱。"

"啥？"瞬间，宫代也愣住了。他不禁怀疑起自己的耳朵，于是又问了一次，"您刚才说什么？"

"要我们将融资金额全数归还，就是来说这个的。"

"这是怎么回事？"

赤松一面对宫代说明，一面感到难以遏制的怒气与悔恨。

"原本还以为事情不会更糟了，没想到我错了。"

脸色苍白的宫代，面对这突如其来的噩耗也显得狼狈不堪。

“怎么办，社长？现在银行这么做简直是——”

“这是找碴儿啊。”赤松像是说给自己听似的吐出这句话。

“整个希望集团都与我们为敌，而且还不容我们不接受。”太多不合道理的事情，令赤松无言以对，“不过只有一件事我敢肯定，那就是正义在我们这一方，你说对吧，宫老！可恶，真的太令人生气了！”

赤松想故作轻松，却反而更感空虚。在他脸上浮现半哭半笑的表情，但勉强装出的笑容很快就消失了。很快地，只剩下空无的视线，望着方才两个银行职员所在的位置。赤松就这样伫立在原地，沉默不语。

7

“那太糟糕了。”榛名银行蒲田分行的进藤科长，听了赤松叙述之后，表情严肃地这么说。

那天下午，因为刚好去拜访蒲田附近的客户，于是赤松便顺道去了一趟榛名银行，并将东京希望银行回收债权的意见告知了进藤。

宫代说这件事不能瞒着榛名银行，而且赤松也不想欺瞒对方。

虽说赤松当然明白说出这种事，对自己毫无益处。

“现在和东京希望银行中止合作关系，对于在贵行进行的融资审查，是不是会有不良的影响？”

面对无精打采这么说着的赤松，进藤却意外地提出另一件事。

“不，和东京希望银行中止合作关系的事对审查倒不至于有坏影响，只是我还担心另一件事。”

“另一件事？”

“您刚刚提到，东京希望银行说要寄出账单吧？”

“是啊，他们是这么说了。”

“可是不用说，赤松社长您并不打算按照那封账单来归还借款吧？”

“不，虽然说我对东京希望银行的做法感到火大，但要是有钱我当然愿意还。只是，巧妇也难为无米之炊啊。”

进藤点头表示明白，又再问道：“那您可知，到时候东京希望银行将会使出什么手段吗？”

“手段？”

“没错，债权回收的手段。这是我的推测，不过从对方寄出账单那一刻起，赤松先生您原本的还款期限就失效了，接下来东京希望银行所采取的手段，一定会拿您在那边户头里的存款来与融资还款额相抵。”

赤松哑口无言，望着进藤。

“相抵？也就是擅自挪用我的户头吗？”

“因为寄出账单后，赤松先生您原本享有的还款期限形同虚设，而东京希望银行又要回收这笔款项，所以他们一定会马上就这么做。我记得没错的话，您在东京希望银行户头里还有两千万日元的定存和已归还资金吧？而且到了二十日，客户那边的汇款也会进来。”

“您说得没错。”

“要是这些钱都被对方以抵账形式取走，那事情就很严重了，赤松先生。”

赤松仰天无语。

“进藤科长，能请您教教我吗？我该怎么做才好？”

进藤露出为难的表情。

“总而言之，请先将客户预定汇款的账户从东京希望银行移到其他地方。能请您改成敝行吗？”进藤说，“接下来，就只能祈祷改汇入本行的款项，不要被对方申请扣押了。”

“万一、万一对方真的那么做了，还有其他方法可行吗？希望不要影响到贵行现在正对本公司审核中的融资款，要是没有这笔钱，本公司就……”

赤松咬紧嘴唇，再也说不下去。

然而，“真的很难启齿，可是……”进藤毅然决然地望向赤松说道，“如果真的演变成那样，那一切将无法挽回。”

一阵如铅块般沉重的沉默弥漫在两人之间。最后还是进藤先打破沉默，激励着赤松：“现在只有先忍耐了，赤松社长。”

“只要等《周刊潮流》那篇爆料出来，状况一定会有所改善，而发生事故真正的过失在谁身上也能判明。只要确定问题出在希望汽车，赤松社长现在被加诸的嫌疑就能洗清了，不是吗？”

“您说得是。”

虽然难以肯定报道会对事态带来多大的影响，但赤松也只能点头同意。现在这是他唯一的希望了。

“我们就先等吧，赤松社长。”

进藤如祈祷般这么说。

“融资是否会在报道公开之后才通过？”

打从心底里涌现的不安，让赤松发出如同呻吟般的语音。那篇报道预定在下周一，也就是十九日公开，而隔天二十日就是赤松货运的发薪日。将这次的薪水发完后，赤松货运的资金也将完全枯竭。

如果无法获得榛名银行这笔融资，赤松货运在十二月三十日那天，将会面临公司创立以来第一次的跳票。一旦事情演变成那样，一切就都完了。

赤松将会失去所有财产，害员工们失业流落街头。赤松内心的危机感，有如即将炸裂的气球般不断膨胀。非得想办法不可，但他却只能焦急地等待。不管是融资也好，报道也好，所有能决定赤松命运的事物，都不在这双手能掌控的范围之内。

"报道不是决定融资与否的绝对条件。很遗憾我无法给您肯定的答案，但我保证一定会努力促成，也请您务必了解。"

"那是当然。"

说完，赤松对进藤深深一鞠躬，便离开了榛名银行蒲田分行。

8

"你要去商品开发部……"

隔着桌子，对面的小牧因这意外的消息而僵住了。接着，从他脸上显露失望的表情。

两人的对话就此中断，只有店内嘈杂的鼎沸人声仍旧流动着。桌上的餐点和酒都成了无意义的摆设，周遭的色彩瞬间转换为孤独的灰色。

受不了压在胸口的尴尬，泽田像是要摆脱束缚似的举起啤酒杯。但这只是企图化解气氛的无意义举止。

当晚，是泽田主动邀约小牧"去喝一杯吧"。小牧原本一定期待泽田即将报告关于揭发隐瞒召回一事的新进展，对于不得不说出即将奉调商品开发部之事的泽田，今晚的酒席只有痛苦可言。

小牧的反应可想而知，毕竟泽田这次的异动任谁看来都不寻常。才刚当上客服策略科科长不久，还未做出明显成绩就又调动到其他部门，就常识而论，根本是不可能的事。

“有你的人事异动令。”这么说着的野坂讶异的眼神还留在泽田脑海，还有他神情肃穆的那句提醒“你要拒绝也可以哦”。

希望你拒绝——野坂的表情告诉泽田，这才是他真正想说的话。

这时，泽田问了一句话：“花畑部长怎么说？”

“部长说，这事关乎你的将来，所以当然会尊重你的意愿。站在销售部的立场，当然不愿意痛失你这样的战力，可是也不会刻意挽留。”

罪恶感使泽田表情扭曲了。

“你真打算接受？”已从啤酒换成日本清酒的小牧，将小酒杯放在桌上这样问着。

“我要接受。”

泽田一这么回答，小牧眼中就像下起了今年冬天还未下过的细雪。在那眼神之中，映照着冰冷而毫无暖意的景色。

“你做到一半的工作怎么办？”小牧斥责道。

“就算我调到其他部门，告发书还是会留下来。不管我人在销售部还是商品开发部，这事实都不会改变，因为那份告发书是以我个人名义，而不是以销售部的名义提出的啊。”

这番话虽是对小牧说的，其实却是用来说服自己。

“你那只不过是借口而已！”小牧的指摘如针般，刺入泽田心里。

“你怎么会变得这么糟糕啊！田谷部长是狩野的亲信，你现在要去的地方，等于是狩野的掌心里。你以为到了这种地方，还能顺利推翻狩野吗？泽田！”

商品开发部的部长田谷，正是在狩野的大力提拔之下，趁三年前那场丑闻发生时坐上部长位置的。

“我又不是为了解决公司里这些内政斗争，才进希望汽车的。”

泽田豁出去，不讲理地说。这句话也不仅是对小牧，更是说给自己听的。太痛苦了！

“说不定，这正是狩野的陷阱。”小牧一针见血的这句话，令泽田顿时陷入沉默，“听我说，泽田。商品开发部说不定只是为了封住你的嘴而抛出的诱饵，简单来说就是要引诱你坠入他们的彀中。这样真的好吗？你就要这样把灵魂卖给恶魔了吗？你为什么要和自己正在讨伐的罪恶起舞呢？只要有狩野，在希望汽车就不会有将来，这不是你说的吗？”

“我说了，我还是我。就算调到商品开发部去，我也不会把良心卖掉。”

“怎么我看起来不是那样的。”小牧将苦涩的现实推到泽田眼前，“泽田啊，当你接受对方邀约时就输了啊！你真的愿意这么做吗？就这样被狩野摸摸头乖乖跟着走？不是吧？你告诉我不是啊，泽田！”

看到小牧露出恳求的眼光，泽田不禁用力握紧酒杯。低头看了一眼残余的半杯啤酒，他又将眼光放回小牧身上。

“商品开发，是我的梦想啊！”

刹那间，小牧脸上的表情完全凝固，好长一段时间，他只是愕然地望着泽田。

“是吗？梦想是吗？那还真了不起呢！”小牧自暴自弃地抛下这句话后，便举起酒杯一饮而尽。

“你听我说，小牧。”泽田忍耐着说，“我想用自己的双手，创造出新的车种。那是孩提时代以来的梦想，而现在我有机会实现了。终于可以做自己想做的工作了。不管有什么理由，我实现自己的梦想有什么错？”

小牧挑衅的视线瞪着泽田。

“我告诉你一件事，泽田。”小牧说，“梦想这种东西啊，握在手中的瞬间，就会变成现实。你或许很庆幸自己能进入商品开发部，可以从事你擅长的营销工作，可是啊，要知道希望汽车所处的立场依旧不变，只要别人一根手指就能把它推下悬崖。你想在这种摇摇欲坠、什么时候会自取灭亡都不知道的组织里追求梦想，根本是本末倒置。你所谓的梦想哪是什么梦想，只是海市蜃楼罢了。当你伸手去抓的瞬间，它就会化成泡沫消失，而当你察觉的时候，你也已经落入敌人手中了。那是诱惑你的陷阱啊，醒醒吧，泽田！”

“那你为什么不去做？”泽田没来由地感到愤怒，“既然你这么关心公司的危机与将来，你去告发就好了啊？只会说为了家室不能冒险的家伙，哪有资格说这种风凉话！”

“你说得对，我承认。”小牧也不甘示弱地回应，“就是因为我知道自己成不了大器，所以才会那么尊敬你。结果呢？你太让人失望了。什么商品开发啊！事到如今自己平步青云，还真是恭喜你哦，泽田！”

小牧说着，一口气喝干店员刚端来的酒，然后一边瞪着泽田，一边举起袖子擦干濡湿的嘴角。

9

这玩意儿未免太草率了。

隔着桌子与希望汽车的三浦对坐，井崎好不容易才忍下将这句话说出口的冲动。

三浦说，他们在一周前好不容易取得董事会的同意，促成这份重新拟定的事业计划，但井崎读完这份套句三浦的话来说，是由“各相关单位连续熬夜赶出来”的速成报告书之后，差点脱口而出的第一印象却是“这根本就是外表放大的中小企业搞出来的玩意儿”。

这份报告书的内容就是那么草率。

然而，三浦脸上却挂着自我满足的表情，仿佛说着“数字什么的，要怎么改就能怎么改”。

或许真是这样吧。

井崎听过这样一个说法：“财务上的损益，其实就看如何解释而已。”

这句话的意思是说，只要换个角度、改个解释，损益数字其实可大可小，甚至连赤字都可以调整成黑字。

更别说还只在事业计划的阶段，拟订计划的人高兴怎么写都可以。

一开始必定会拟出一份“绝对目标”的黑字计划吧；然而，当开始不确定目标是否能顺利达成时，只要改口为“部分黑字”即可，而当进一步面对落实与否的质询时，又只要再将目标改为“缩小赤字涨幅”，就能轻松过关。

现在希望汽车再次提出的这份事业计划书，正是依循此种朝令夕改的模式，完全依照结果调整目标所做出来的东西。

仔细看这份计划书的内容，原本达成黑字的时期，已从当初提出的下一季延期为再下一季，再加上毫无落实迹象的裁员方案以及所谓“具有改善效果”的成本削减额，就是这些东西而已。

“这种东西根本是垃圾吧！”可以的话，井崎还真想这么说，然后一把揉烂这份报告书。不过，最后他只是淡淡地说：“总而言之，让我们先研究一下这份计划书的内容吧。”

三浦也似乎放下了一颗心。

“那就拜托你啦，井崎先生。不然，这次的事情可已经让我们狩野先生相当火大了哟。”

狩野火大又如何！井崎强忍嗤之以鼻的冲动，故意语带讽刺地说：“没想到对目标的预测前后相差竟然这么大，真是令人相当惊讶呢。改成这样，那么最初那份计划不是白做了吗？”

“不，这一切都在预期之中。”三浦说。

“预期之中？您是说这份新的事业计划书吗？”

“是啊。上次提出的事业计划书的数字是接近预测值的上限，而这次提出的则是接近下限，如此而已。所以一切都还是在预期之中。”

“贵公司的预期数值范围还真广哪！”井崎忍不住讥讽，“不过，虽然提出的是接近下限的预测值，实际上的成绩一定不会是这样吧？相信贵公司必然会努力接近上限目标，甚至超越目标数字。只是为了实现这一点，必须拿出前所未有的崭新策略，这点不用我说吧？”

“那是当然。”三浦眯起眼睛，露出狐疑的表情，“你该不会是怀疑本公司提不出高明的经营策略吧？”

就是这样子没错——虽然很想这么说，但井崎还是忍了下来。他在心里想着，自己可真是越来越有耐性了。

“高明与否，我想不是现在能判断的。比起这个，我比较在意的是这份计划书可执行的程度有多高。”

“看来你还是不信任我们吧？”三浦露出难以置信的夸张表情。

这个白痴……井崎心想，我才难以置信呢！一再往下修正目标的计划书，还敢提什么信任与否？

于是井崎闭上嘴不再回应，低头浏览着事业计划书。

这时他突然发现，这份报告书里省略了一件足以左右经营方针的要素。

“关于那件事，贵公司打算不予置评吗？”

不知是否刻意装傻，只见三浦露出一头雾水的表情。

“《周刊潮流》的报道啊。公司内部调查结果如何了呢？”

“当然调查过了。计划书内之所以没写上，就是因为无须特别提出来。”

“无须特别提出来？”

井崎再次凝视着三浦那张平平板板、不带丝毫感情的脸。想起日前造访东京希望银行的榎本那充满自信的态度，他不禁追问：“敢问贵公司进行了哪些调查呢？”

“我们询问过各相关部门，确认了报道内容并非事实！”三浦用冷淡的语气，斩钉截铁地做出回应。

“询问？就只有这样？”对希望汽车轻忽事态的做法，井崎不由得感到惊讶，于是又问，“然后呢？至今希望汽车对这些事故究竟掌握到什么程度？发生事故的原因又是什么呢？用了哪些方法，由谁来验证过这些事故原因，这些不都应该经过更客观公正的调查吗？”

榎本手头就有他亲自调查的事件名单。一边是对自家公司生产的货车事故毫不在乎的员工，一边是对事件表现关注与执着的周刊记者。希望汽车如何能有胜算？

“不过我想，你应该没资格插嘴这些事吧？”自尊受伤的三浦对井崎提出反击。

“有没有资格还不知道吧！”井崎激动了起来，“等《周刊潮流》

的报道出来后，你要怎么提出反驳？事前明明已经得知消息，却还只是口头询问相关部门草草了事，光凭这种轻率的做法，就敢判断报道内容并非属实？你们这种态度，又要如何说服看了报道之后不再相信希望汽车的民众？”

相较于井崎的危机意识，三浦则是轻蔑地笑了起来。对井崎的怒意有如火焰般，从那双可憎的狐狸眼中喷发而出。

“那种报道，究竟能不能顺利刊登还不知道呢。”

三浦这种愚昧到无可救药的态度，令井崎不由得气急败坏，他连珠炮似的大喊：“三浦先生！请您认真一点看待这件事好吗！事故的原因出在希望汽车制造的货车上啊！为此已经死了一个人了！”

井崎忘不掉第一次读到那篇母子死伤事故报道时内心的冲击，也忘不了榎本那份名单上出现的“死亡”字样。人命究竟有多贵重，这个叫三浦的男人一点也不明白——不，不只是三浦，希望汽车公司全体都不明白。对这个眼中只有自己的自大企业来说，即使有人因此而丧失了性命，还是可以认为与自己无关而不屑一顾。

“死亡事故？哦，你是说横滨母子死伤事故啊！”三浦仿佛说着无关痛痒的小事，“那起事故的原因是维修不当哦。而且我想你应该也听说了吧，被害者正对那家货运公司提出诉讼。这责任很明显在对方身上嘛！”

当然，井崎也听说了这件事。

“会被提出诉讼也是当然的。明明就是维修不当肇事，却还为了推卸责任来向本公司要求归还零件，那个经营者根本就是流氓无赖嘛！”

那“像无赖般的经营者”也在几天前，就希望汽车针对零件归还问题提出诉讼。虽然这则新闻篇幅不大，但已经引起媒体关注也是不争的事实。

井崎的担忧不是没有道理的。

“这个事件已经引起社会关注了。不管是《周刊潮流》的报道，还是贵公司与货运公司之间的兴讼，贵公司的反驳都能确实站得住脚吗？如果没问题的话，周刊杂志就算了，为何说服不了货运公司呢？”

“因为对方是无赖啊！”三浦不由分说地回答，“公司撑不下去了，就想到把责任转嫁到本公司来。一定是这样的嘛！”

“贵公司对这家货运公司做过征信调查了吗？”

“当然。不就是位于世田谷的一家小公司吗？”三浦显露出对赤松货运完全轻蔑的态度，还顺便加了一句，“听说他们的主要往来银行还是贵行呢。”这件事井崎倒是第一次听说。

“好像是自由之丘分行吧。我是不知道和贵行的交情如何，总之是一家恶劣的公司啦。”

结束和三浦的会面后，井崎前往融资部。

找到任职于融资部的友人今中郁夫后，井崎出示手中那份归档在希望汽车文件夹里的新闻剪报。

“听说这家公司和自由之丘分行有往来，知道是谁负责对接吗？”

“自由之丘分行应该属于第三事业群……喂，玉置！”

今中对邻座的男人出声问道：“自由之丘分行是你负责的吧？这位是营业总部的井崎调查委员，他有些事想问。”

将井崎交给玉置后，今中便转身回到自己的工作上。主要负责中小企业授信工作的融资部门，就像是银行里的工厂。井崎一边感受着融资部杀气腾腾般的工作气氛，一边问玉置是否知道赤松货运这家公司最近的动向。

“哦，就是引起事故那家公司啊！”玉置马上有了反应，“那家公司应该快垮了吧？”

“这是怎么一回事？”

玉置拿出自由之丘分行的资料让惊讶的井崎看，那是自由之丘分行长的电子裁决书。一眼瞥见上方的标题写着“回收方针”和两天前的日期，井崎不禁倒抽一口冷气。

“回收……业绩严重恶化到这个地步吗？”

“听说已经无法避免赤字了。还有一个更大的问题是合规。自由之丘分行的预测是，该公司负责人即将因业务过失致死遭警方逮捕，如此一来，公司也唯有破产一途。”

“但现在应该还没被逮捕啊？”

“田坂先生做事很严格，他的原则就是回收要趁早。这我也是听来的，不过据说他在担任难波分行长时，曾有一家往来公司的社长因欺诈被捕，而在逮捕之前就曾利用本行的融资作为筹码进行欺诈。”

这件事井崎也略有耳闻。那是一家恶意不动产业主，利用向银行融资来的资金取信被害人，借以诈骗土地权状而引发的刑事案件。

“结果，虽然因为融资手续没有问题，当时的分行长田坂也不需负担刑责，可是在那之后，他对这类事情就变得非常神经质。我想，他或许也想借此证明他的工作在合规上是没有瑕疵的吧？”

“那为了分行长个人的原因而被迫还款的公司，也未免太可怜了吧！”

井崎不敢相信自己的耳朵。

“那位田坂分行长就是这种人啊。不管往来对象有什么苦衷，他都不为所动。”

“这太过分了吧……”

玉置想了想又说：“这家赤松货运，和我们有什么关系吗？”

“他们现在和希望汽车之间有点纠纷。”

井崎请玉置找出记录着赤松货运详细业绩的资料，开始浏览了起来。

关于事故的第一份备忘报告，日期是事故发生的隔天。在这个阶段的报告中，分行长就已经指出了合规的问题。从报告上追加的几点内容，井崎也得知了事故发生后赤松货运所面临的是何等苦境。

社会舆论、重要客户的背离、往来银行以合规为由拒绝融资……

虽然中小企业的经营本来就如履薄冰，但谁能料想得到十月发生事故之后，这家公司的命运竟会恶劣至此。现在的赤松货运不但失去社会信用，因融资失败而苦于周转不灵，还必须面对东京希望银行回收方针之下的催款。即使如此，赤松货运依然勇敢地面对一切。

“赤松货运这家公司，过去可曾延迟还款？”井崎问。

“没有。”玉置回答，“不过听说这个月的资金周转情形相当不乐观。事实上，他们上个月就已经很惨了，好像是往来厂商答应让他们延期付款，才总算平安度过。”

“其实我觉得再多提供一点协助给他们也无妨啊。非这么做不可吗？赤松货运只有和本行单一往来吧？”

玉置也垂下两道八字眉，苦着脸说：“是啊，我和你的看法一样，可是还必须尊重第一线分行的意见。赤松货运濒临破产也是不争的事实，如果这边提不出足够的材料，实在难以说服分行撤回回收方针。不得已也只好同意了。”

自由之丘分行判断赤松货运不合规，实在言之过早。赤松货运承受的是诬陷与冤罪，却遭受东京希望银行回收方针的对待；然而，井崎却无法对这家公司伸出援手。自己所在之处与自由之丘分行，除了公司名称之外没有任何连接点，所以井崎也只能在这里眼睁睁地看着这件事发生。

只希望真相大白之前，赤松货运可以撑得下去。然而现在看来——

有什么开始失去控制了。

回到办公桌前，井崎望着桌上的月历，最后目光猛然停在下周一，写着“19”这个数字的日期上。

这天应该就是《周刊潮流》刊出丑闻报道的日子。

究竟到了这天，事态会演变成什么样子，而希望汽车在面对社会大众汹涌而至的质疑时，又会采取何种态度面对?

榎本的报道是否真能拥有瞬间摧毁希望汽车事业计划书的威力呢?

在目睹这一切发生之前，井崎无法完成提案书，就连一行都无法下笔。

带着郁闷的情绪，井崎将那份事业计划书丢进待办事项活页夹。

10

“今天谢谢各位，牺牲难得的假日来此聚会。”

这天不巧的又是个坏天气，天空下着冰冷的冻雨。一边听着班主任坂本老师用生硬表情说着的开场白，一边朦朦胧胧地从五年级教室里望着窗外被阴郁雨云覆盖的天空，赤松心想，昨天的晴天简直就像是谎言一样。

教室里，五年级二班四十个学生的家长几乎都到齐了。或许是假日的关系，出席者当中不乏父亲的身影，使得今天的班级会议和平日的家长会弥漫着不一样的气氛。包括自己在内，身材高大的父亲们坐在小学生用的椅子上，看来真是相当滑稽，然而众人听着坂本老师报告盗窃事件始末的脸上表情，又是相当严肃。

在侧耳倾听班主任老师发言的这些家长之中，引起这场轩然大波的片山淑子也在其中。原本以为她将缺席，但出乎赤松意料，片山穿着平日在校长室见到她时一样的套装，坐在教室最后面的位置。她听着坂本的报告，不时和身边的真下太太交头接耳，她那副样子，根本看不出对自己女儿引起这次事件有丝毫的反省。

这从她在集会开始前，即使看到赤松也不低头道歉，反而视若无睹别过头去的态度亦可见一斑。

对片山和真下来说，可能根本不知道礼数是什么吧！

赤松在心里这样想着。

说起来，这天的集会原本是在片山的提议之下召开的。她的目的也很明显，绝对是为了批判学校方面调查盗窃案的做法，以及对她口中的犯人赤松公开问罪。召开这场会议的动机，除了恶意之外没有别的。

然而，就在集会开始前，校长和班主任老师却分别对赤松表示，考虑到对学童们的影响，希望不要太详细提及事件查明后的真相。事实上，就算不在班级会议上发表，根据拓郎的说法，在学校里同学们也都已经知道了真下和片山所做的事，相信家长们也都听说了。

今天的集会若只用来挞伐片山与真下不但没有意义，赤松也认为具体该做的是为了防止再次发生相同事端，最好在集会上呼吁家长们别再让孩子带巨额现金到校。

于是整场班级会议就由坂本老师简要说明事情经过与今后对策之后，再由仓田校长发表总结意见。

“那么，也请赤松会长发表意见。”

会议开始约莫一小时后，校长请赤松发言。会议过程中既没有家长提问，气氛也比想象中和谐，差不多该是结束会议的时候了。

赤松站起身来，先对全体行一鞠躬。

“就如刚才校长先生以及坂本老师所说，这次的盗窃事件详细情形以及真正的犯人在此就不公开了。只是在此敝人不以家长会会长的身份，而是想以受害者的身份说一句话。”此话一出，席间便有好几名家长颔首表示理解，“首先，我必须诚实地说，这一连串的骚动除了造成各位的困扰也令各位担心外，本人也感到不甚愉快。谁都会有产生误会的时候，我也明白身为家长想要相信自己孩子的心情。不过，当知道是自己的误会之后，是否应该对造成困扰的对象致意呢？身为一个家长，同时也身为一名社会人士，却不懂得这个道理，我觉得这是比较大的问题。”

瞥向台下家长的最后方，只见片山和真下互望了对方后，同时怒视着赤松。

“我想各位家长一定也都同意，正式向对方道歉应该是理所当然的吧？然而，这次事件发生后，肇事者不论是对学校或是对我本人都无任何表示，连一句道歉都没有。并不是钱找回来就好，更别说在这次事件中钱根本不是失窃，我认为事情应该在正式道歉与反省后，才算真正落幕。我并不强求在今天这个会场获得道歉，只是我深切认为，这次事件其实正是由家长这种不符常理的心态所造成的。相信不只是我，有相同感想的家长应该也不少吧？我只希望今后不要再发生一样的事。以上就是我对本次事件简单的感想。”

在这段简短的发言之中，赤松异于往常地对片山与真下表现了批判的态度，而从台下众多家长的表情也可看出，不少人对这番话颇有同感。可见即使没有当面明说，不满“女王蜂”作为的人还是很多。

教室里充满着一股难以言喻的气氛，到处都是轻声的交头接耳。校长清了清喉咙后，再次站起身来。

“谢谢赤松会长。那么，今天的临时班级会议就到此……”

赤松原本正望着被雨打湿的窗玻璃，听见校长的话突然中断，奇怪地转头一看，只见校长愣愣地望着教室后方。

站在那里的片山，正举手表示打算发言。

“啊，片山太太，请说。”

在校长这么一说之下，教室里全体家长都回头对片山行以注目礼。片山站起身来，赤松还以为她要趁此机会道歉。

“对于赤松会长的片面之词，我也有话要说。”

片山望向赤松的眼中燃烧着熊熊怒火。

“追根究底，这次的事件原本不过就是孩子们之间单纯的金钱借贷。据孩子们的说法，一开始谁也没朝盗窃的方向去想。那么究竟为什么事态会演变成今天这个局面呢？我可以说得更具体一点，为什么赤松先生的孩子会被误以为是窃贼而变成今天的受害者呢？会长您本身对于这一点，难道没有需要反省的地方吗？”

反省？片山出乎意料的说辞点燃了赤松胸中的怒火。

“我很意外会从会长口中听到‘不符常理’这种话。日前发生的交通事故，赤松先生的过失导致一人死亡，这件事想必各位都知道吧？警方还在搜查中，被害者家属也提出了诉讼。我想反问赤松先生，你自己的行为是不是才违反常理呢？”

片山露出令人憎恶的表情抬了抬下巴。

“说起来，这次事件的导火线，就是因为我家孩子看不过去你这种不诚实的行为。因此赤松先生，我不认为自己有必要向你道歉。相反，该道歉的人是你吧？”

全体家长的目光，此时都集中到赤松身上。其中虽然不乏同情者，但无奈的是也有赞同片山点头称是的人，令赤松倍受打击。

“今天之所以特地邀请各位来参加这场临时班级会议，其实是出自我的提议。实在是因为校长和老师、当然还有家长会会长都对事件无动于衷，我才不得已提出建言。我想说的是，事件真相如何根本不重要，问题是赤松先生这种不诚实的行为，这种会引起社会批判，甚至遭警方逮捕的人，根本没有资格担任本校的家长会会长。在此也希望各位家长好好思考这一点。怎么样？各位认为赤松先生真的适合担任本校家长会会长一职吗？”

片山顿了一顿，环顾全场后接着说：“还有三个月就是毕业典礼的季节了。在毕业生们踏出校门迎向人生新阶段这重要时刻，由赤松会长代表家长致辞真的合宜吗？有可能即将被逮捕的人，有资格站在台上对孩子们发表演说吗？至少就我的认知来看，这是不能接受的事。”

片山说完这番话后，目光再度瞪视着赤松：“赤松先生，我不想在今天的班级会议上对你的会长身份做任何评断，然而，如果你真的像你自己说的那么具备常识的话，请你立刻请辞家长会会长职位。我想在场有许多家长也都如此希望。由刑事案件的嫌疑犯担任家长会会长，想想就可怕！容许这种事发生，才真的令人怀疑有没有常识吧！我想说的话就是这些。”

语毕，片山愤然回座。

教室里弥漫着一股尴尬的空气。

赤松握拳的手因愤怒而颤抖。

这实在是太不可理喻了。虽然这么想，但环顾教室里不敢正视自己的家长们就知道，即使大多数人都认为片山说得太过分，却也无法完全反驳她。

“赤松先生，您有什么话要说吗？”校长小心翼翼地问。

“没有。”赤松摇摇头。

因愤怒而一片空白的脑袋，使得赤松一时之间不知所措，茫然中只听见校长宣布闭会的声音。

“你为什么不反驳她呢？”

史绘不甘心地皱着眉，这么质问赤松。回到家后，满心期待地说着“如何如何”追问班级会议内容的史绘，原本一定以为能从赤松口中，听到片山和真下在班级会议上被群起攻击的实况报告吧。

结果，史绘看到的是不愉快写满脸上的赤松。察觉到丈夫的异常，又听他讷讷讲完整起事件的经过后，史绘不由得咬紧了嘴唇。

“我也想反驳啊！”赤松说，“可是，就算反驳了又能怎样？现在不管说什么都不对。又没有证据，在人家耳朵里听起来只是狡辩而已。”

“可是那件事和这件事是两回事啊！你说清楚就好了呀。”史绘说，“那个女人以为她是谁啊！先是不分青红皂白地把拓郎当成罪人，现在还反过来要我们道歉？开什么玩笑，这不是本末倒置吗？”

史绘说得没错。

赤松最受打击的，其实并非片山自私的发言，而是同意她说辞的家长为数不少这件事。

“除了片山之外，还有其他家长认为我不适合任职。”

史绘默默凝视着餐桌。早上十点开始的班级会议，其实十一点多就结束了，但眼前的赤松看起来，却仿佛度过了漫长的一天，整个人筋疲力尽。

“我并不是贪恋家长会会长的位子。”赤松说，“当初也是大家拜托我才当的，如果现在大家希望我请辞，要我随时不干都可以。”

“这样怎么行呢！”史绘说，“这样绝对不行！不管‘女王蜂’说什么，如果你认为自己是清白的，就不要那么做，连想都不要那样想。我求求你，替孩子想想，他们是那么相信爸爸！”

赤松深深叹了一口气。

“赤松货运受的冤屈一定能洗清的。到时候一定要让‘女王蜂’和赞同她的家长刮目相看。后天《周刊潮流》的报道就会出来了，不是吗？把那个寄给片山太太看啊！这样才能出一口气。读了那篇报道，那个女人就会发现自己有多蠢，有多失礼！”

惊讶于史绘竟然这么生气，赤松也只能点点头。

榛名银行的融资、东京希望银行的债权回收通告、与希望汽车之间争执不下的零件归还事宜、官司……这些乍看之下各不相干的事，现在全都归纳到同一件事上了。对于这个发现，赤松甚至感到一阵畏惧。

没错。

星期一，世界就要改变了。

齿轮倒转，发出尖锐高音切换运行的轨道。这个瞬间即将到来。

而现在，只有静静等待那一刻。

听着史绘继续发出愤慨的唠叨，赤松紧紧闭上眼睛。

11

比起下着冷雨的昨日，今天有个更湿冷的早晨。

从星期六早上开始便下个不停的冻雨，一直下到星期天都没有停止的迹象，到了半夜才总算停歇。

早晨六点半，一如往常起床的泽田，离开妻子还沉睡着的被窝，和平时一样，自己用平底锅煎好火腿和鸡蛋，并用面包夹起来。

他将面包放进大盘子里，再倒上一杯冰牛奶。

说真的，他不是没有罪恶感；但是，人生中的好机会千载难逢，同样的机会不会再有第二次。不管谁说了什么，或被人怎么看待，为自己抓住这个机会并没有错——泽田这么想着，压抑住内心的情感。

他在咖啡壶里装了水，放进泽田家必备的一人份埃塞俄比亚咖啡。简单清洗了盘子和牛奶杯，从玄关拿回今天的报纸，他一边喝着热咖啡，一边浏览今天的新闻头条。泽田读报的方式是先确认是否有和自己相关的新闻事件，然后才开始挑选感兴趣的报道。

然而今天，泽田最先打开的却是社会版。

泽田的视线扫过版面的每个角落，确认是否刊载了与希望汽车相关的新闻。为防万一，同样的动作还重复了两次。没有任何相关报道。确定了这一点后，泽田才开始一如往常地喝着咖啡，随性读报，之后比平常提早五分钟离开家门。

来到附近的车站，泽田站在平常不会停留的书报摊前，口中吐出的气息化成白烟，空气冰冷得让耳朵都痛了起来。

泽田从书报摊架上取下的是《周刊潮流》。从零钱包里取出三百日元放在店员掌心后，泽田抱着杂志往检票口走去。

站在拥挤的月台上，泽田跳过一班客满的电车，怀抱些许紧张的心情，摊开刚买的周刊杂志。

同一时间，东京希望银行的井崎也在代代木上原站的月台上等待头班车。不久，银色车身漆着绿色线条的电车滑进了月台，井崎乘上电车。在电车上他读着的，也不是平常买的《日经新闻》，而是刚在车站小卖店买的最新一期周刊杂志。

望着封面文字几秒后，井崎这才急急翻开内页。这期周刊不乏令井崎在意的内容，像是采访私立小学入学考的报道，或是井崎偷偷爱慕的女明星绯闻。然而，这时的井崎无心停下目光阅读这些报道。在开动的电车中，他专心地翻阅杂志，找寻他想看的目标。

几分钟后，坐在逐渐拥挤的电车里，井崎露出了一脸茫然的神情。

昨晚，钻进棉被里好久之后，赤松都还听得见庭院里的雨声而难以入眠。其间，脑海中不断浮现各种事物。接到事故报告的那个瞬间、柚木家的丧礼、被害者的遗照、与希望汽车交手的种种过程——脑海中，许许多多的人事物和言语片段，不断浮现又消失。

怎么可能睡得着。

现在，赤松正站在人生的关卡上。

不只是赤松，史绘和孩子们、赤松货运的员工们，大家全都站在人生的交叉点上。

今天早晨发行的《周刊潮流》，究竟会刊出怎样的报道呢？尽管不论怎么想都没有答案，但赤松还是忍不住在脑中推测起那内容来。

这一期，或许会在封面上大大地以“希望汽车隐瞒召回丑闻”作为头条吧！报道中会对希望汽车投以什么样的怀疑，又会怎么描述赤松货运呢？不同程度的描写，对事件造成的影响程度也会大不相同。

只有一件事能够确定，那就是这篇报道无论如何，都不会对赤松货运带来负面影响。否定维修不当的说法，对形同孤立无援的赤松货运来说，无疑是一股强力援军。

当然，希望汽车的态度一定不会因为这篇报道而马上改变。以合规为由拒绝融资的东京希望银行也不可能马上撤回方针。被害者家属柚木雅史，是否会因这篇报道而考虑撤销对赤松的提诉也未可知。

然而，对于那些一口咬定赤松过失的人，这篇报道毫无疑问，至少会激起一点涟漪。

赤松就这样，在几乎一夜无眠的状态下，迎向令人紧张的早晨。

早晨六点天色还暗时，赤松就已经起床，摊开从玄关取回的报纸。身体的疲倦丝毫没有恢复，心情依然沉甸甸地如同铅块般压迫着胃部。隔着蕾丝窗帘望向窗外昏暗的天色，赤松自己泡了杯咖啡喝了起来。

就这样，十二月十九日的这天早晨，赤松家乍看之下与平日无异地揭开了一天的序幕。史绘叫醒了孩子，一路手忙脚乱到七点。

只是，看似平稳的外表下，依然看得见不同以往的特殊之处，好比史绘不时显露的不安表情，以及赤松眉头深锁的侧脸。孩子们敏感地察觉到这些，比平常快速吃完了早餐，便匆匆忙忙地换好衣服上学去了。

“这天终于来了。”赤松换上西装打好领带时，史绘这么说。

“总觉得好害怕。”苍白着一张脸，史绘抱住自己的肩膀说，“明明是自己的人生，却像托付给了陌生人。不是我们自己，而是别的谁。”

赤松强撑笑容。

“只是一篇周刊报道，别说得这么严重啦！”

但事实是，就连赤松自己也无法认为那“只是”一篇报道，却不得不装出轻松的语气。

“也是啦。”

史绘回答着，开始收拾起餐桌上吃剩的食物和碗盘。忽然来袭的紧张感造成胃酸翻涌，赤松用力吞了一口口水。

“不然，你陪我一起去买吧？”

对这个提议思索了一会儿，史绘最后说：“还是算了。”

“我最怕这种场面了，你知道的吧？就像看榜单的时候那样总是好紧张，紧张得肚子都痛了。你打电话给我好吗？如果报道的内容是好的，我可以告诉朋友。”

“我知道了。”

步出家门，赤松朝每天前往公司时的相反方向走去。整个东京沉浸在昨夜的寒气之中，早晨也因夜半的冷雨而持续寒冻，路面像镀上一层亮膜似的闪闪发光。

大衣加上围巾，手里提着公文包，腋下夹着《日经新闻》的赤松，沿着开始塞车的环状八号线漫步着。他的目的地是附近的便利商店，在那里买得到《周刊潮流》。

便利商店的招牌慢慢接近。

呼吸紊乱，他感觉自己的视线在重压之下，骤然变得狭窄。

又不是机器人，推开便利商店门时，手脚的动作却僵硬了起来。

杂志架在一进门口的右边，赤松咽下一口口水，站在架前。

《周刊潮流》摆在最右边，三本重叠着摆放。刚上架的杂志簇新，没有一丝折痕的封面一目了然。

一个深呼吸，赤松伸出颤抖的手，抽出最外面那本。

刹那间，他的紧张到了顶点。赤松模糊的视线望向封面头条。然而——

那上面并没有他所期待的“丑闻”大字。

没有希望汽车的名字。

没有。

无法思考，赤松不停颤抖的手翻开页面。

刊头报道是国会议员的贪污事件，接着是业绩不振的知名电机厂商的裁员风波。

每翻过一页，内心的动摇都随之加剧。到最后，当赤松停下翻阅杂志的手时，已呈现胸口起伏、呼吸急促的状态。

赤松期待的报道，翻阅整本杂志却是遍寻不着。

他的脑中渐渐明白，一定有什么预料之外的事发生了。

“为什么会这样……”

这句话从赤松口中吐出，听起来却像出自别人的低语。

衬衫口袋里的手机响了起来。

“啊，社长。我现在人在车站前的小卖店。”是宫代，“《周刊潮流》没刊出来啊，希望汽车的报道。”

“是啊，我也正在看。”赤松回答。

“这是怎么一回事，不是说会刊在今天发行的这期吗？”

姑且先走出便利商店，赤松将名片夹里《周刊潮流》记者榎本的名片取出，拨了上面的手机号。

对方没有接。

挂掉电话后，赤松想想至少应该留个语音消息，于是决定再拨一次，改用语音留言。

“你好，我是赤松货运的赤松德郎。关于希望汽车报道那件事，您上次说今天发行的……”

就在这时，一个低沉的声音在电话里响了起来。

“抱歉，我接得太慢了。”

“一早打扰您不好意思。”听对方的声音，想必还在睡梦中。赤松不好意思地道歉，“其实，我刚看了最新一期的《周刊潮流》，因为没看到榎本先生您的报道，所以我想确认一下是怎么一回事。上次听您说，应该会刊登在今天发行的这期吧？”

榎本沉默了几秒，才终于做出回应：

“关于那篇报道……”或许是刚睡醒的缘故吧，榎本的声音里带着浓重的鼻音，“那篇报道放弃刊登了。”

“放弃刊登？”

一听这话，赤松整个心都凉了。如果那篇报道今天不能刊登出来，一切就来不及了。种种思绪交错，令他有种快要陷入恐慌的感觉。

“您的意思是，改成下个礼拜刊登吗？”

好不容易，他终于挤出了这么一句话。然而，榎本的回答却出乎赤松意料。

“不，很遗憾，关于希望汽车的报道，在公司判断下决定不刊登了。不是改下次，而是作废。”

“作废……”失魂落魄的赤松口中重复吐出这个词，“为什么？您花了那么多时间心力做的采访！为什么，为什么作废了！”

陷入自己也难以控制的混乱旋涡里，赤松对着手机呐喊着。

“很抱歉，我应该早点告诉您的。难得您提供那么多协助，真的很抱歉。”

“理由是什么？为什么会这样？”赤松感觉，此刻的自己就像是一片坠入绝望深渊的枯叶。

“是上面的判断。”榎本的语气混杂着一股焦灼，“请不要再追问了。”

“怎么可以这样！我是那么期待你的报道！我的命运都赌在这篇报道上了！”

“我也很不甘心！”似乎正拼命压抑着激动的情绪，榎本压低了声音，“可是，报道就是被作废了。您提供了那么多协助，我真的很抱歉，但我也已经无话可说。抱歉。”

说着，榎本挂断了电话。

12

狩野进入办公室第一件事，就是拿起放在待裁决文件盒中的《周刊潮流》。

那是他要秘书今天一早去买来的。

慢条斯理地坐上椅子后，狩野不疾不徐地翻开杂志，看了好一会儿。

不久，狩野低笑出声，同时间桌上电话响起，是秘书打来的内线。

“质量保证部的一濑代理部长找您。”

“请他进来吧。”

放下话筒，刚好个子矮胖的一濑也跌跌撞撞地冲进来。他一边跑一边喘气，才说了“常董”两个字，就又喘得上气不接下气。狩野只好默默等他顺过气来。

“关于上次《周刊潮流》那件事……”一濑才说到这里，就一眼看见狩野桌上摆着那本杂志，“啊，常董您也看了呀！关于本公司那则报道，本来不是预定要刊登在这期吗？我想常董您一定很挂念这件事，所以……”

“我已经看了。你也辛苦了。”狩野不以为意地说着，望着疑惑的一濑。

“啊，原来是这样。预定刊登在本期的报道却没出现，会不会是延到下一期了？”

“这你大可放心，不会的。”

狩野这句话，令一濑惊讶地瞪大了眼睛。

狩野接着说：“的确，原本这期杂志预定要刊登有关我们公司的报道，不过正如你所说，报道没有出现。而且，这并不是因为刊登日期顺延。报道没有出现的理由只有一个，那就是这篇报道，已经被取消刊登了。”

“取消……”一濑一时之间愣在原地，脸上挂着一个大问号。

“没错，取消了。当然，这件事是我策划的。”

“咦？常董，这又是怎么一回事？”一濑被引起了好奇心。

“没怎么一回事啊。”狩野脸上绽开老奸巨猾的笑容，“只不过是市场原理罢了，懂吗？”

“市场原理？”

“你想想，这本周刊杂志是靠什么经营下去的？总不可能是靠人民的税金吧？光靠喝露水是活不下去的，就算写再多自以为清高的报道，没有钱还是无法生存。要维持一本杂志，光靠读者买书是不够的。”

“您的意思是……”

“当然得靠广告啊，广告！”

面对眼前脑筋不灵光的部下，狩野开始感到不耐烦。

“你知道我们一年投入广告宣传的经费规模有多大吗？其中也包括出版《周刊潮流》的潮流社和其外围媒体。而且不止希望汽车，还有东京希望银行、希望重工都包含在内，整个希望集团支付的广告费用是相当庞大的。万一拿不到这些广告费，对出版社来说可就相当不妙了。想想看，如果是你会怎么办？一篇会带给整个出版社困扰的报道，有必要坚持刊登到底吗？”

“这、这么说来……”总算搞清背后运作的一濑，吞了一口唾沫后说，“是您对出版社施压的？”

狩野没有回答，但也不需要回答了。只要看到他那游刃有余的表情，任谁都不会再怀疑这个事实。

“就是这么一回事啊，一濑。”狩野总结，“总而言之，现在你需要担心的，是怎么做好内部管理，彻底排除危险分子。知道吗？”

“是。”一濑说着，诚惶诚恐地低下头告辞。之后，狩野再次拿起桌上的《周刊潮流》端详了好一会儿，又翻了翻内页。确定没有自己想读的内容之后，他毫不犹豫地将这本杂志丢进办公桌角落的文件盒。

皮制的文件盒，表面刻着几个烫金大字。

“已解决事项”。

13

“可能不行了，宫老。”

宫代没有回应。

在社长室一片凝重苦涩的气氛之中，从老社长时代便一直跟随至今的公司元老宫代，看起来就像是突然间老了十岁。

宫代肤色黝黑的脸上镶着一双空洞的眼睛，无奈地望着虚空。

过了好一会儿，他才清了清喉咙，发出懊悔的声音说："最后的希望也断了啊。"

没错，那的确是最后的希望了。

《周刊潮流》的报道。

只要能刊登出来，只要那篇报道能……赤松紧咬双唇。

门口传来敲门声，秋枝拿着一张便条纸走了进来。明明事前已经告诉她自己在开会，不接电话了啊！

然而，一看到字条上的电话留言，赤松感到心脏像被人揪住一般用力紧缩。

那是榛名银行的来电。

留言内容是："紧急，请速回电。"

字条上注明，来电者是蒲田分行的进藤。赤松将这张纸条塞进口袋，而在他的口袋里，已经有两张相同内容的纸条了。

进藤应该也已经看了今天发售的《周刊潮流》，他的来电十之八九与此有关。事情演变成这样，榛名银行做出的结论想必会是拒绝融资吧！

赤松怀着必死的决心问宫代："还有没有别的办法可以渡过年底这一关？如果榛名银行真的拒绝融资的话……"

宫代充满血丝的眼睛几乎失去了光彩，和赤松四目相对的那几秒，仿佛时间静止一般的漫长。最后，就连这位精通资金周转的公司元老，也只能静静摇头以对。

“真的万事皆休了吗？”

赤松默默起身，隔着社长室的窗户望着冬日阳光照射下，整栋赤松货运的建筑。

这栋建筑，是父亲赤松寿郎所建立的，至今已历经了三十多年的岁月，处处都显出老朽的痕迹。

社长室从父亲生前便一直使用至今，所以赤松现在在这里见到的光景，一定和父亲担任社长的那段时光中看到的一样。

明明是见惯的光景，现在看在眼里，却呈现出一种与过去迥然不同的印象。

这些理所当然存在的人事物，即将从赤松手中溜走、消失。

闭上眼睛，赤松脑海中浮现的是父亲白手起家，一个人打天下时的画面。

父亲开的三轮货车那充满香烟味的副驾驶座。仪表盘上总是堆满了各种收据和杂物。从早忙到晚的父亲。还没上小学的赤松常常坐在副驾驶座上，跟着父亲四处去送货。

那是昭和四十年代初期，社会风气还很悠哉的时代。每到一个送货地点，卸货的男人们都亲切地欢迎他们。

“赤松先生，今天也带着小跟班哪！”

被这么一说就腼腆微笑的父亲。

赤松货运的名号，也是从这时开始使用的。渐渐地，在父亲的努力下，公司的事业开始上了轨道；有能力买货车和雇用员工之后，公司也扩展为股份有限公司。父亲买下现在赤松货运所在这块土地并盖了公司建筑，是在“越战”结束后的昭和五十年。

赤松上小学时，经常在放学之后来公司玩耍。刚盖好的赤松货运簇新明亮，地面甚至还没铺上水泥，裸露出原本的灰泥地。每当遇到下雨，总会满地泥泞，但一遇到连日晴天，又会尘土飞扬。父亲购入的中古货车开了进来，装货卸货又开了出去。每一位员工都身强体健，对年幼的赤松疼爱有加。赤松闭上眼睛，眼前浮现当年还是年轻力壮的宫代，午休时间一边抽烟，一边在仓库外陪赤松玩传接球的模样。

父亲是个顽固而令人敬畏的存在，同时也是个光明磊落、深受众人信赖与爱戴的男人。

当时帮忙公司会计工作的母亲，每天还得兼顾所有杂务，一到下午三点就泡好茶，一边说着“大家辛苦了，稍微休息一下吧”，一边发点心给大家吃。

被员工们昵称为“妈妈”的母亲，在父亲去世后的第二年，也追随父亲的脚步离开了人世。

“小德，公司就拜托你了。”这是母亲最后的遗言。

父亲和母亲过世时一定料想不到，他们胼手胝足创立的公司，竟然会在十年后陷入如此绝境。

“社长，社长……”把赤松从遥远记忆里拉回来的，是宫代呼唤的声音，“您的电话，又是榛名银行打来的。”

握着社长室里的电话，宫代一手遮住听筒，用嘴形问赤松：“怎么办？”虽然吩咐过不接电话了，但可能是因为同样的电话实在打来太多次，所以体贴的秋枝考虑到对方的状况，就将电话直接转进社长室了吧。

总不能再继续逃避下去。

赤松离开窗边，从宫代手中接过听筒。一个深呼吸后，他开口说：

“不好意思，让您打了好几次电话。刚才我一直在会议中，现在刚结束。”

“《周刊潮流》那件事是怎么了，社长？”

果然不出所料，进藤的语气听来也很迫切。事到如今也无法隐瞒，于是赤松抱定决心说：

“关于那件事，在电话里也不好说明，我现在过去拜访您方便吗？”

“好的，您来没问题。事实上，我打电话来也是有事告知：今天早上，银行总部会在相关部门的联席会议中，决定您这次融资审核的结果，我想大概今天中午之前，结论就会出来了，所以才急着打电话通知您。”

该来的终于还是来了。

“原来如此，那么我现在就从公司过去，麻烦您了。”

手还握着话筒，赤松深深地低头一鞠躬后，才将话筒放下。

“我去一趟榛名银行。”

宫代紧张地望着赤松，脸上的表情像是想说些激励的话，却又不知从何说起。

赤松给这位元老员工一个“什么都不必说”的谅解笑容后，便离开了公司。

步行到等等力车站，搭上东急线朝蒲田前进的这段时间，即使眼神看着窗外，赤松却对沿路的风景完全视若无睹。脑海中不断涌现的，只有十月发生那场事故至今，发生在自己以及周遭的各种事。

事故、守灵、丧礼。

社会舆论、主要客户的断绝往来、银行拒绝融资。

警方的搜查、被当成嫌疑犯、为了取回零件与希望汽车的周旋。

以及这段时间，发生在孩子身上的窃案风波。

认识了儿玉。起死回生般地获得新业务，短暂的希望之光。与榛名银行的相遇。

追悼文集。

在这当中，频繁在希望与绝望之间拉锯，结果赤松的命运最后还是走向毁灭。就像一辆忘了拉手刹的货车，正冲下陡峭的斜坡。

他也曾试着抵抗命运，但赤松的结论，是自己根本无力改变什么。一切都不会有任何改变，只有自己在命运捉弄下被迫改变了。

而现在，为了报告自己的挫败正前往银行的赤松内心，仿佛破了一个大洞。

到了年底，公司将会就此破产。

这句话浮上心头。他甩甩头，企图甩掉这个念头，却像是刷不干净的油渍似的，怎样也无法摆脱。这个念头一直到赤松搭的电车开进蒲田车站，都还盘踞在他的心中。

“劳您特地跑这一趟，真是不好意思。”

赤松一走进榛名银行，进藤马上这么说着迎上前来，并带领赤松走进会客室。

“不用麻烦了，科长。在这边就行了。”

赤松推辞着，主动坐在办理融资的柜台前。他振作起精神，要自己别再理会脑中杂沓的思绪，眼前必须先为《周刊潮流》的事道歉才行。

“取消报道……这样啊。”进藤露出伤神的表情，“意思是说，今后也不大可能刊登出来了？”

“是的。应该就是这么回事。”

与其说不甘愿，不如说现在的赤松内心只剩下绝望。

“这样啊……我本来还期待这篇报道出来后，能够扭转事态呢！”

“承蒙贵银行愿意鼎力相助，然而结果却如此令人失望，真的很抱歉。”

赤松深深地低头道歉。这时，进藤突然说：“对了，关于融资的事……”

赤松骤然抬起头。

“就在刚才，总部那边跟我联络了。”眼前是进藤诚恳的表情，“请让本行，提供这笔融资吧。”

赤松目不转睛地盯着进藤看了好久。

真的没有听错吗？该不会是因为打击太大脑袋出了毛病，所以连进藤说的话都听反了吧？

“您是说……敝公司能获得这笔融资了？”

好不容易挤出这句话的赤松，视野里浮现的是进藤的笑容。

“是的。这是分行长奋力争取的结果，总部那边也认为应该问题不大，所以按照前几天的合约，明天这笔融资案就开始生效。”

“但，真的可以吗？”

直到现在赤松都还难以置信。

“当然可以。确实，在审查过程中也出现担忧这次事故影响的意见，所以审核的过程并不是很顺利。不过，尽管没能看到周刊报道，但对照迄今为止希望汽车的态度，我也判断过失不在赤松货运。周刊报道被取消了的确很遗憾，但请您不要灰心，继续努力吧。至少我们银行信赖着您，支持您的立场也绝对不会改变。”

“真的……真的是太感谢您了！”

再次深深低下头，赤松眼眶一热。强忍住几乎夺眶而出的泪水，他用力握住了进藤伸出的手。同时，一直盘旋在脑中的“破产”两个字，此刻终于烟消云散。

希望的光芒再度投射到走投无路的赤松心里。

不经意地，赤松脑中响起了拓郎的话。

“因为我只是学爸爸而已啊。”

此刻，赤松终于霍然醒悟。

自己似乎过于依赖那篇报道了。不知不觉间，他放弃了靠自己的力量解决问题，只一味地期待那篇报道能为自己扭转一切。

然而，到了失去所有期待的现在，赤松终于领悟到，唯有靠自己的力量，才能渡过难关。

就算希望汽车不将零件归还，就算遭受被害者家属的误解与提告，都必须靠自己的力量，突破眼前的难关。

是的，靠自己的力量。

第九章　圣夜颂歌

1

十二月二十日，赤松来到位于神田的潮流出版社拜访榎本。

在这之前，上午十点左右，他刚确认完三千万日元融资已汇入在榛名银行开设的一般存款账户。

真的是千钧一发。

然而，即使有了这笔融资，仍然必须担心东京希望银行是否有所动作，赤松心中依然忐忑不安。

就算下定决心靠自己的力量解决，但所剩的时间并不多，这一点赤松自己也很明白。

前一天从榛名银行回公司后，他随即打电话向榎本征询，希望他能同意今天和自己见面。

“请务必和我谈谈。”

面对赤松如此请求，榎本的反应却很冷淡。

“事到如今，谈什么都没用了吧？”

那篇丑闻报道被取消刊登的事，榎本一定比谁都受打击吧，这也使得他变得有些自暴自弃。他现在消极的程度，简直和当初登门采访赤松货运时的热情有着天壤之别。惊讶着榎本前后判若两人的变化，赤松仍不放弃地说服着：

“对榎本先生您来说，或许事件在报道被取消时就已经结束了，然而我却还处在与希望汽车、与整个社会的舆论奋战之中。”

在赤松一再拜托之下，榎本才勉勉强强地答应了隔日的会面。

“究竟取消报道的理由是什么呢？”

榎本别过头，不正面回答。

“这个嘛，有很多因素。”

“很多因素是指哪些？”

“总之，出版社也是要做生意的，当然也会面对人情压力。”

“所以，是希望汽车对贵出版社施压了吗？”

“你高兴怎么想都行。”

榎本虽然没有正面回应，但赤松并未忽略他回答这个问题时那狼狈的神情。就凭这点，赤松可以确信，自己的推测是对的。

老实说，赤松很想追问榎本“这样放弃真的好吗”，也想问他“你这样还算是记者吗”。然而这样的指责，他终究还是没说出口。

“榎本先生，我很想知道您所写的那篇报道，究竟是什么样的内容。”赤松说，“可以让我拜读吗？您原本应该是想揭露希望汽车的弊端吧？我真的很期待这篇报道。如果您无法完成这件事，我也会靠自己想办法继续下去。可是，在那之前，我必须先确认您的报道内容才行，我想知道那是一桩什么样的丑闻。”

“抱歉，这一点恕难从命。”榎本强硬地拒绝了，“被取消刊登的报道，绝对不能泄露给出版社之外的人。我虽然是一个新闻从业者，但同时也是隶属于《周刊潮流》的记者，更是潮流出版社的员工。把原稿出示给公司以外的第三者，是被禁止的行为。”

“我已经一无所有了。”赤松倾诉着，“因此，我必须尽可能知道你的报道能揭发怎样的真相，又会暴露出怎样的证据。唯有知道这些，我才能证明自己的清白。”

“你是清白的，赤松先生。”榎本的语气之中带有一丝不耐，“可是我还是不能让你看原稿。”

“无论如何，请你务必帮帮忙！”

狭小的咖啡厅里，赤松的声音显得特别大。他将双手平放在桌上，深深地低下头。

“请别这样，赤松先生！”

榎本困窘地看着周遭。“你的心情我很明白。”他又加了这么一句。

“既然明白，就请您帮帮我吧！”赤松继续说，“对我而言，一切尚未结束，事件还在进行当中。在证明我的清白之前，事情永远不会结束，而我也会一直被当成嫌疑犯。甚至，我会因此被捕，你知道这是多么不公平的事吗？”

榎本没有回答，只是喝了一口咖啡，凝望着桌面沉思。

这男人内心的想法，实在令人难以捉摸。

赤松身边没有这种所谓的媒体相关人士，因此对赤松而言，实在很难揣测这类人的思考路线，也不知该如何贴近他的价值观。赤松的要求，或许在他眼中根本不值一提，而榎本也可能根本不明白赤松所为何求。

“我的报道，就是想写出你所面临的这个危机状况。”

榎本回避赤松的视线说着，内心的挣扎不言而喻。

“那就拜托您了！”当赤松再次低头请求时，在他耳边传来榎本的叹气声。

对榎本而言一定很困扰吧，还是说，他只是认为自己在浪费时间？

然而，不管他要怎样想都无所谓。赤松心想。

现在自己能做的，就只有拼命拜托榎本了。

“报道内容是绝不能让你看的。”

赤松端详着这个男人与其说是冷静，不如说是难以捉摸的表情。

榎本身上的温度已经改变了。当时造访赤松货运那位热心的记者，变成眼前面无表情的男人。当一个人失去了目标之后，竟会产生如此大的差异。

“无论如何都不行吗？我一定不会让别人看，也不会给榎本先生添麻烦，即使这样还是不行吗？”

“不是这个问题啊，赤松先生。你怎么就不明白呢？”

榎本那难缠的个性，从这样的对话中便可见一斑。

赤松反驳道：“只要你愿意把报道内容告诉我，或许能因此拯救许多人不至于露宿街头。不只如此，也能揭发希望汽车的恶行。你想借由周刊报道做的事，我能用别的方法实现。”

“别的方法，例如？”

“那是……”

赤松不禁为之语塞。瞬间，榎本被挑起兴趣的表情再度回归漠然。“你该不会以为拿那些去向警方说明，对方就会理解吧？”

赤松当然不至于做出这么天真的事。只不过，榎本果然也没认真打算接受赤松的说辞。

“我也不认为用这么单纯的方法就能解决问题。但对现在的我来说，就算再困难的事，也只能硬着头皮去做了。”

“我知道。”

“否则，我就活不下去了。”赤松打断榎本的话头，“你说你是个新闻从业者，也说你是个记者，是出版社的员工。但我想提醒你的是，在这些之前，你首先是一个人。”

榎本的视线再次回到赤松脸上，仿佛看着什么不可思议的东西。

“身为一个人，榎本先生。身为一个人，你难道能原谅希望汽车的所作所为吗？在他们的谎言之下，有多少人被诬赖，有多少家庭因此瓦解，有多少孩子的梦想被夺去，这种事不该继续下去，你不这么认为吗？”

榎本没有回应。

他只是惊讶地望着赤松。当赤松毫不畏惧地回望时，他仿佛看见记者的眼眸深处，亮起了一丝微弱的光芒。

榎本打开公文包，从中取出几张资料。

“我本来并不打算交给你的。”

“这是……”

“事故名单，是我一步一个脚印去采访、调查出的名单。这里搜集了这三年来各种希望汽车发生的事故。虽然是以新闻报道过的案件为中心，不过这份名单里还包括了各相关人士的姓名地址以及联络办法。你试着和名单上的人联络看看，或许能找出什么线索吧！”

榎本稍微沉思了一阵子之后又说：“赤松先生，你知道我为什么对你特别感兴趣吗？”

“难道不是因为横滨那场事故特别具有新闻话题性吗？”

“这一点当然也有，不过不只是这样。”榎本说，“这份名单里，所有人都接受了希望汽车‘维修不当’的说法，其中有人咬牙承受，也有人遭警方判定为业务过失罪。除了你之外，只有你对调查结果提出疑问，并且和希望汽车抗争到底。”

“只有……我……”

“没错，只有你。”榎本说着，拿起公文包起身，“至于我的报道内容是什么，已经不重要了。只要去调查那些事故的实际情况，相信比我专业的你甚至能够掌握我所不曾发现的事实。我也期待如此。还有，请不要让任何人知道这份名单是从我这里得到的。”

耳提面命之后，榎本再度换上一张面无表情的脸。

而赤松终于获得了一丝反击希望汽车的线索。

2

名单上一共记载了高达三十一起事故。

范围分布在全国各地。

三十一起当中，有八起是伤亡事故，其中包括了赤松货运和儿玉通运的名字。

从那张面无表情的脸上，实在很难想象榎本贯注了这么多的热情与毅力在追查这件事上。但毫无疑问，他做到了。

如果说那份再也不见天日的报道，是从榎本的观点重新构筑过的描述，那么这份名单就是在那之前，原原本本呈现出的纯粹事实。在赤松想来，这就像是钻石的原石一样。

能不能从这份名单中梳理、还原出真相，就看赤松自身的干劲，以及他所投入的力量了。当然，或许成功与否仍会受到运气左右，但现在赤松所能做的，就是亲自去一一验证名单上的事故，找出足以证明希望汽车企图隐藏真相的事实。

名单上的第一起事故，是发生在岐阜市内的大型货车事故。

那是一家名为各务原输送的股份有限公司，名单上注明了公司地址、电话，以及可能是榎本曾经取得联络的对象“后藤”的名字。

拿起办公桌上的电话，赤松很快地拨了这个公司的电话。

电话那头传来“这里是各务原输送”的尖细女声。

“您好，我这里是东京的赤松货运，我是社长赤松德郎，请问后藤先生在吗？”

“后藤是吗？请问您有什么事？”女性客气地询问着。

“关于两年前贵公司发生过的货车事故，有些事想请教一下。”

“事故……是吗？”

女性以困惑的声音说着“请等一下”，便按下了保留通话键。

没过多久，“我是后藤。”一个男人接起了电话。听声音，他的年纪应该在四十岁上下。

“百忙之中不好意思打扰您了，我是……”

“你想知道关于事故的什么事？”

打断赤松的自我介绍，后藤用不客气的声音问着。这也难怪，一个陌生人突然问起两年前的事故，任谁都会觉得可疑。

“能不能告诉我那场事故的详细情形呢？事实上，我公司的货车最近也遇上相同的事故，现在正和车辆制造商希望汽车公司进行抗争。”

“饶了我们吧！”后藤说，“那起事故已经是过去式了。事到如今也没有什么好说的，我想应该无法提供您什么参考。”

榎本的名单上简明扼要地记录了各务原输送的事故。一行文字“司机重伤”映入赤松眼帘，令他想起儿玉通运的事故中那位双腿截肢的司机。

“事故原因被分析为维修不当，那真的是事实吗？”

“你是从哪里得知我们公司的？”

后藤不但没有回答赤松的问题，还如此反问。

“是从一位调查这类事故的人士口中得知的。”赤松回答。

“是谁？”

“很抱歉，为了不给对方添麻烦，这个我无法告诉您。”

他遵守着和榎本的约定，绝口不提《周刊潮流》的名字。

“你这么做，我们也很困扰。”后藤的话语中，流露出明显的不信任。

“如果您愿意，请务必将那次事故的详细情形告诉我。”

“我已经说了，你这么做让我们很困扰。”后藤说，“已经都过去了。能不能请你不要再提醒我们曾经发生过这件事？”

“可是，追查这件事对贵公司是有好处的……”

“有没有好处，我们早已不在乎了。事情已经全都结束了。”

毫无商量的余地。

“可是，我认为那场事故的原因，肇因在于希望汽车的缺陷……”

赤松提出这一点，对方却回以“总而言之，那都是过去式了。抱歉，我要挂电话了”，不由分说地结束了通话。

一阵愕然。

真是出乎意料的回应。

一样是站在相同立场，既有儿玉通运这种慷慨允诺提供协助的，却也有像后藤这样完全拒绝的人。

比起追求真相，他或许更不愿意再次挖开已属过去的伤口。赤松这才察觉到其他人可能抱持的不同想法，也终于明白榎本为何会对唯一持续和希望汽车抗争的他感兴趣了。

发生事故之后，除了肇因被判断为自家公司的维修不当之外，还必须负起受伤司机的赔偿责任。

尽管如此，等到保险金下来，接受该接受的行政处分之后，这一切就算是过去了。事到如今再回头追究，比起未必争取得到的“好处”，精神上所必须承担的压力反而更大。那个叫后藤的男人之所以拒绝，也是因为背后这样的理由吧！

当然，除此之外，社会大众自然而然会相信希望汽车不可能产生缺陷，这种先入为主的观念也很难颠覆。因此，赤松所做的事，也正可说是企图侵入这难以颠覆的神圣领域。

拿起红笔，赤松画掉了名单上第一行“各务原输送”的名字。

名单上记载的事故，遍布全国各地。

第二行记载的大型货车前轮脱落事故，榎本没有留下详细笔记，只知事故现场位于冈山县内的一般道路，货车所有人是福冈市内的货运公司。确认过岛本货运与负责人岛本的名字后，赤松再次拿起电话。

对方接起电话的是一位男性职员。赤松报上姓名，说明意图。

“啊，您是指那起事故！”职员的反应听起来像是早就忘了那件事一样，“社长现在外出，等他回来后请他回电给您，好吗？”

“那就麻烦了。”赤松说。

即使愿意见面一谈，否定赤松意见的人一定还是不在少数。这次调查的结果，看起来颇为不乐观。就在赤松思考着如何有效率地探访这份遍布全国的名单时，大约一小时过后，就接到了岛本的回电。

“赤松货运，请问是日前发生横滨那场事故的赤松货运吗？”

有着沙哑嗓音的岛本毫不客气、单刀直入地问着。

“是的。我们现在正为了事故原因而和希望汽车进行抗争。”

“我记得原因判定是维修不当吗？报纸有写。”

“我不同意这个判定结果，所以开始自行调查过去类似的事故。不知能否跟您谈谈？”

“要谈谈哦……只是谈谈倒是无所谓啦，不过你在东京吧？能来福冈吗？”

“我可以过去。请告知您方便的日期和时间。”

“接下来，我可会一直忙到过完年啊。”

岛本说着，听得见他在电话那头翻动日程簿的声音，“那，明天上午可以吗？”

“明天吗？”

“明天不行的话，就得等到明年啦！”

“我明白了。”赤松说，“那么，请让我明天到贵公司拜访。”

虽然事出突然，但赤松也没有多少时间了。在九州岛发生事故的货运公司，除了福冈的岛本货运之外，在南边的熊本还有另一家公司。他很快与对方也取得联络，约定了隔日下午的会面。如此一来，此行便可一次进行两家公司的调查。

现在自己所能做的，唯有着手调查了。

如此下定决心，赤松于隔天一早搭乘七点二十五分起飞的全日空班机，前往福冈。

3

“那么接下来，请泽田科长为我们说句话。”

负责主持送别会的是部下北村。

大手町的居酒屋中，围着长条形餐桌的是泽田与客服策略科的部下们，以及销售部其他当天可以出席的同事，总共约三十人。

晚上八点开始的送别餐会，由野坂代理部长带领众人干杯后揭开序幕，气氛热络的餐会在预定的两小时后结束。

平常不擅喝酒的泽田在不断向部下同事敬酒道谢之后，带着几分醉意，在众人的注目之下站起身来。

“来到客服策略科之后，不长不短，刚好过了一年……”

这么说着，泽田却发现自己内心竟然不见任何感慨。

直到刚才，同事们都对自己调职商品开发部的事报以充满欣赏、羡慕的鼓励，然而如今，在这些人热切的目光注视之下，充满半途而废愧疚感的自己，却怎样也编不出一套充满感性的谎话来。

“还留下很多未完的工作，就请继任的长冈科长代为完成……”

坐在长桌中央，手中握着酒杯、听着泽田这番发言的长冈，脸上露出一个得意的微笑，对泽田举了举杯。在长冈视线不及的位置，送别会干事北村皱起眉头，露出厌恶的表情。

令人讨厌的家伙。

人事部选择送来客服策略科代替泽田科长职位的是一直服务于总务相关部门的长冈俊纪。

乍见这份人事命令时，泽田对长冈这个名字一点印象也没有。由于总务原本就属于公司内较不起眼的部门，所以在泽田的想象之中，长冈理应是个朴素稳重的人才对。

不料，实际见过面且经过一个星期以来的交接之后，泽田终于确信之前的想象完全错误。

简单来说，长冈就是个像条蛇一样的男人。

他的性格阴险而偏执。在和泽田进行交接的过程中，他不但对小事追根究底，在泽田说明对每个部下的评价时，长冈也以后母般的刻薄嘴脸说道：“泽田科长你太宠部下了，这种做法在总务部可不适用呢！”这一个星期以来，泽田不知听长冈说了几次这种话，每一次都令他对长冈平添一份嫌恶。当然，泽田不会笨到将内心的想法表现出来。

“这种垃圾公司，有必要应对到这个地步吗？”

这是当泽田说明针对赤松货运的应对时，长冈语带不屑说出口的话，而他望向泽田的眼神也相当轻蔑。泽田不予理会，只淡淡地说：“那，之后就交给你处理了。”

不把顾客当顾客尊重，换句话说就是官僚心态。泽田真想看看这种人对上赤松时的模样，不过也只好之后再找机会向北村探听了。

当泽田对小牧提起长冈这人时，打从得知泽田异动消息之后，关系便陷入恶化的友人只是冷冷地说："或许对公司来说，宁可丢这么一个人过去，都比留下你来得好吧！"

"抱歉。"

面对道歉的泽田，小牧又说："谁叫总务部向来是处理公司肮脏事的部门嘛！"

所谓公司的肮脏事，可不光是指应付职业股东或黑道而已。举例来说，就连公司干部在花街柳巷跟人起了什么争执，第一个赶去收拾残局的一定是总务部的人。

"干部们的丑闻都是总务帮忙擦屁股的，那些高层怎么能不善待这些人，你说是吧？"

小牧这么说着，脸上露出与北村方才一样的厌恶表情。

"到了商品开发部，我一定会秉持在销售部获得的经验，更加……"

当泽田在送别会上这么发表着最后总结的演说时，胸前口袋里的手机传来振动。姑且忽略来电，先默默接受众人鼓掌并再次答礼，最后由北村宣告散会之后，泽田才将手机打开。

是小牧打来的电话。

"喂，你的送别会差不多该结束了吧？"

回拨后，电话中小牧的声音听起来像是在某间嘈杂的居酒屋里。

"嗯，现在刚结束。怎么，你也在喝？"

"刚要开始喝，正在等空位。"小牧又说，"你那边结束了就过来吧。我也帮你开个送别会兼忘年会。反正你刚才一定没吃什么吧？"

"你在哪里？"

小牧给的地址，是位于丸之内大楼附近一栋大楼地下室内的小料理店，从泽田这边过去花不到十分钟。

“辛苦了。再陪我们喝一杯吧！”

泽田在服务生带领下进了包厢，里面除了小牧之外还有另一个人。那是质量保证部的杉本。

等泽田的啤酒送上来后，小牧说：“庆祝你光荣调职。至于杉本，我为你感到遗憾。干杯！”

干杯的声音，听起来有些空虚。

说话向来毒舌的杉本，这时却像变了个人似的寡言不语。

“别这么沮丧嘛。不过，要不沮丧也没办法啦！”看到杉本那副模样，小牧这么说。

“抱歉，小牧科长，还让你替我担心了。”娃娃脸上浮现一个死心认命的微笑，杉本发着牢骚说，“不过还真的是太过分了啊！明明没有证据，就把人下放到大阪去！”

“你真的打算去？”

听小牧这么一问，杉本就眯起了眼睛，望着桌上开始冒热气的小火锅锅缘：“我也不知道。不过因为还要处理手头的工作，所以实际调职是明年一月底的事。在那之前，多少还有点时间可以考虑。”

泽田明白了杉本的言外之意，他是打算利用这段时间，试着找其他工作机会。

“你现在几岁？”

“三十六。”

“三十六岁啊……”小牧自言自语般地低语，“继续留在我们公司，或是干脆换工作，到底该选择哪边才好呢？”

这并不是个容易的抉择。

不止杉本，社会上有许多人一方面任职于大企业，另一方面却对工作内容心怀不满。其中大多数人当然一定想过要换工作，但现实问题是新工作并不能保证会有目前的薪资水平。

不，甚至可以说，大部分都没有现在的好。

就泽田看来，换工作时薪水反而降低的上班族，绝对称不上是一个成功者。

"技术类的工作现在不好找。"杉本说，他其实已经试着接触过几家公司了，"更别说，几乎没有公司会有兴趣雇用曾在希望汽车技术部门工作的人。"

"毕竟形象不好啊！"

三年前爆发的隐瞒召回事实，不仅令希望汽车声名大坠，质量管理部杜撰调查结果一事也广为世人所知。杉本所属的部门正是质量管理部的中枢部门，究竟有哪家企业愿意雇用来自这里的人，的确值得怀疑。

"话说回来，要是去大阪做销售的工作，我应该也做不来。"

杉本驼着背，叹了一口气。

"不过，你还是先去大阪吧，等等看，说不定会有机会调到工厂那边哦。欲速则不达，比起急着换工作，这样说不定会比较顺利。"

"那也得看到时候我们公司还在不在。"

即使陷入窘境，杉本依然一眼就能看穿希望汽车的本质。

"对啊，也得公司还在才行。杉本说得没错，你说是吧，泽田？"

"别说风凉话，到时候你也一样啊，小牧。"

泽田顶了一句。他转过头又问杉本："质保部是怎么搜寻内部告发者的？"

"说起来可过分了，包括计算机到私人笔记本，全都得拿出来检查。那个地方啊，隐私权什么的道理是讲不通的，想法和一般人完全相反。”

刚才还那么沮丧的杉本，说起这件事又恢复毒舌本色。“如果告发的内容并非事实的话还说得过去，但事实摆在眼前，他们还是完全没有反省的意思。”

“是你干的吗？”泽田问，“告诉我，告发者是你吗？对《周刊潮流》投书的人。”

杉本只是一动不动地凝视着泽田。“你问这个又能怎样？”说罢便别开了目光。

“如果是你的话，我只是想好好称赞你。”泽田说着，感受到小牧投向自己的视线。

“泽田科长您不也告发了吗？”

杉本没有正面回应，但也算默认了，“你的行动也很了不起。”

“不。”泽田静静地摇头，“我完全不行。我在过程中犯了错误。”

“犯错？”杉本愕然问道，“怎么回事？”

“就像我说的，过程中犯了错误啊。”

“这家伙把灵魂出卖给恶魔了。”小牧酸不溜丢地说了一句。

知道泽田接受商品开发部异动案之后，小牧大可和泽田断绝往来。可是，小牧还是像这样邀请他来喝酒，泽田在内心默默感谢着他。

泽田的梦想。

泽田认为，小牧一定也能理解自己想追求梦想的心情。

“话说回来，《周刊潮流》还真会卖关子啊！到底要等到什么时候，我们公司那篇报道才会刊登出来啊？”

“我想，已经不会刊登了。”杉本以确定性的口吻，否定了小牧的疑问。

“这话怎么说？”

“我也是听来的。”杉本先这么声明，“好像是联合了希望汽车、东京希望银行和希望重工，一起对出版社施压。”

“撑不住压力了是吗？”泽田对杉本说，“竟然在这种地方受挫，真不知道当初究竟为了什么告发啊！”

“为了不造成误解，我必须先说。我是因为喜欢希望汽车，才进这家公司的。”

杉本说：“我不认为这家公司什么都是坏的，坏的其实只是一小部分。我一直坚信，只要匡正了那个部分，公司就会变好。为了这个目标，要我做什么，我都愿意。”

泽田能够感受得到杉本眼神之中的决心。

这个男人还没有被打倒。

他有种预感，杉本或许还会采取某些行动。只是，现在的他不但被夺走工作上的职位，还被下放到大阪，泽田实在无法想象，他还能有什么作为。然而，即使如此，在杉本内心却还没舍弃希望汽车。

不经意地，泽田察觉一直默默喝酒的小牧，正朝自己投以炽热的眼神。

或许小牧是刻意让自己见到杉本这一面的吧！泽田领悟到这一点，意气用事地举起啤酒，狠狠灌入喉咙。

4

两年前的四月二十日，晚上八点左右。岛本货运一辆从山阳高速公路冈山交流道开上国道五十三号，满载电子零件的大型货车前轮突然脱落。货车因此横向打滑，猛烈撞上路边仓库的围墙。

司机只受了轻伤，算是不幸中的大幸，但毕竟是只差一步就可能出人命的重大交通事故，警方也针对事故原因介入调查，最后判断出的结论是岛本货运的维修不当。

这一天，出了福冈机场后，赤松在上午十点抵达位于福冈市郊外的岛本货运。

而此刻，坐在办公室角落小小的会客室里，岛本正有一搭没一搭地回答着赤松的提问。

“实际上的维修状况如何呢？真的有糟到足以引起事故的程度吗？”

岛本用指尖夹着被抽到剩下一点点的香烟，皱起眉头说：

“说老实话，状况并不太好。毕竟我们只是小公司，没办法顾及每个小地方。这一点我想你也很明白吧？”

其实赤松很想回答“不，我们公司的维修做得可是很彻底的”，但和岛本说这个也没意义，于是他只是含混带过。

“那么，您在得知事故原因时，难道不觉得奇怪吗？”

“是有一点。可是，这很难说啊。”岛本没有自信地说，“更何况，就算有觉得奇怪的地方，我也拿不出证据。你不是也一样吗？”

岛本是个六十出头，个头儿矮小的男人。或许是置身于竞争激烈的货运业久了，只见他浑身上下散发出一种这个行业特有的粗犷气质。踏入停车场旁的岛本货运办公室后，赤松看得出这家公司的规模并不大，约莫只有赤松货运的一半。

“您看过希望汽车提出的事故调查报告吗？”

“不，我没看过。”岛本说，“调查书从头到尾都在警察那儿，他们既不肯让我看，我自己也没想过要看。”

“那么，您也没有提出反对意见吗？”

岛本睁大了眼睛。

“那当然啊！像我这种小人物，说再多警察也不会相信。除了行政处分的罚金之外，最糟糕的是货物的损害赔偿费。唉，最后靠着保险金，总归渡过难关就是啦！”

“其实全国各地发生过多起类似的事故，您知道这件事吗？”

“我不知道，也没兴趣。事情都过去那么久了。”

不仅是不感兴趣，对赤松的问话，岛本甚至已开始显露不耐。

办公室里除了岛本之外，只有一个看似送货员的年轻男人，以及应该是来打工的五十几岁的女职员。安静的室内，只有办公室一角的暖气，在耳边不住发出咔啦咔啦的声响。

“那么那辆事故车呢？后来怎么处理了？如果还在使用的话，可否让我看看？”

赤松提出最重要的问题，然而岛本的回答却令人失望。

“早就不在了。事故之后就报废了，公司里没有多余的空间放置坏掉的货车，当然也没理由留着。”

岛本说，那起事故之后公司失去信用，营业额锐减，直到最近才好不容易恢复业绩。

“我可真的是被那场事故害惨了哪！不过那都是过去的事了。赤松先生，你要一直执着在这上面是你的自由，但你不觉得继续这样下去，也没什么意义吗？”

“为了生存下去，这是我现在唯一能做的事。”

赤松这么说，岛本这才露出同情的表情。

“这样啊。也罢，总之我这边没什么能提供给你的。害你特地从东京跑来一趟，真不好意思。”

赤松道过谢，仰头一口气喝干冷掉的茶。

“你今天就要回东京了吗？要不要一起吃个中饭？”

岛本原本给赤松粗鲁又势利的印象，然而相处之后，赤松发现其实他人并不坏。

“不了，我现在要马上乘车赶到熊本去。没什么时间，我得先告辞了。”

“熊本？又是为了调查事故吗？是哪家货运公司？”

“是一家叫作熊八兴运的公司，位于熊本市区内。”

“哦，我知道那里。那家公司规模还挺大的。”

榎本的名单上并未注明公司规模大小。不过致电熊八兴运时，赤松的确曾留下大公司的印象。

“我想应该是熊本市内数一数二的大型货运公司哦。这么说来，熊八的确发生过事故，你调查的就是那个吗？”

“是，好像是去年发生的。”

赤松一边检视名单一边回答。这时，岛本却说出一个意外的事实：“不过，那次的事故好像不大一样哦。”

“不一样？您是指……”

“不是轮胎脱落的事故。”

“不是轮胎脱落？”赤松不禁盯着岛本的脸，仿佛要确认他所说的话似的。

“我也不记得详情了，不过熊八兴运和我这里不同，是家大公司。到了那里，对方应该会好好为你解答的啦！既然不能一起吃饭，至少让我送你到车站去，上车吧！”

说着，岛本从口袋里取出车钥匙，吆喝一声站了起来。

赤松搭上从熊本机场回东京羽田的全日空班机时，已经是晚间七点半过后的事了。原本预计七点起飞的班机，晚了三十分钟才出发。

飞机起飞后，赤松喝着机内提供的咖啡，心情复杂地思考着这一天的经过。

熊八兴运的事故，和从岛本那里听来的差不多。

事故起因并非轮胎脱落，而是大型货车在行驶中，传动轴突然脱落。那是去年十月发生在高速公路上的意外事故。

当时，长达一米的传动轴朝对向车道飞去，打中行驶中的普通轿车和另一辆载货卡车，所幸无人伤亡。

熊八兴运负责接待赤松的是总务部长冈岛。谈起这件事时语气夸张地说："哎呀，谈起那件事，当时我们可真是吓坏了呢！"

"毕竟谁也料想不到，那种零件怎么会无缘无故脱落。最初接到联络时，我真是完全搞不清楚到底发生了什么事。"

"贵公司对维修不当这个结论，没有提出反对意见吗？"

冈岛双手交叉，抱着胳膊露出为难的表情。

"想反驳的地方可多了，但问题是我们也提不出真正的原因。赤松先生，您的看法如何？"

在对方反问之下，赤松望着冈岛的眼睛想了一会儿。

"我认为，或许是希望汽车的产品本身在构造上就有某种缺陷。"

对冈岛而言，这或许是个异想天开的推论。"若果真如此，那事情可不得了啊。"沉默了很长一段时间，冈岛才如此半信半疑地回答。

熊八的这起事故，在某种层面上也令赤松的自信受到动摇。

事故发生以来，赤松一直判断希望汽车构造上的缺陷在于轮毂；然而，传动轴与轮毂却是毫不相关的两种零件。难道真连传动轴都具有缺陷吗？若果真如此，希望汽车生产的货车简直就是处处缺陷。

再怎么随便，也不太可能真的有这种事吧?

飞机内开始播放即将降落的广播，提醒乘客系紧安全带的警示灯也亮了起来。在摇晃的机舱内，赤松闭上眼睛，他的思绪不断游移，却始终得不出结论。

这一天，实在很难称得上有所收获。

不仅如此，一天下来甚至令赤松的内心感觉更加混乱。

而宝贵的一天，就这样消逝了。

不知究竟得花上多少时间调查，才能得到自己想要的结果。

“而且，公司又是否能撑到那个时候……”

这才是最大的问题。

5

“社长，公司收到这个东西。终于寄来了啊。”

隔天，一脸不悦的宫代拿着来自东京希望银行的邮件这么说。

那是一封存证信函，内容不用看就知道是日前东京希望银行的业务负责人来时提过的账单。

不单是存证信函还外加挂号证明，大费周章寄来的邮件内容，正是要求赤松货运归还现在已向东京希望银行融资的将近一亿日元的资金。这是赤松货运创业五十年来，所收过金额最庞大的账单。当然，要求还款归要求还款，现在的赤松根本不可能付得出来。

“他们还真敢寄这种东西来。”宫代心头的怒气完全在脸上表露无遗，“这种行为跟鞭尸有什么两样?根本没有大银行的风范！”

愤慨的宫代对赤松要求：“请让我负责交涉这件事吧，社长！本来公司的银行业务就由我负责，我来试着想办法拖延时间，社长您就放心去和名单上的公司接触吧！”

“那就交给你了，宫老。”

赤松说着，感觉到连向来一直鼓舞自己的宫代，恐怕都快要失去理智了。

赤松拜访位于沼津市郊的黑田快递，是在全日本到处都响起圣诞歌声的十二月二十四日，晚间七时许。

由于正逢年底，不管询问哪里的公司，得到的回答都是忙得没空协助调查事故。只能不断打电话低头请求的赤松，已经连觉得自己凄惨或是感叹现实严苛的力气都失去了。

“在这么忙的时候追问那种八百年前的事故，你这个人到底在想什么？”

黑田快递的社长最初接到赤松电话时，就是这种不耐烦的反应。

“无论如何，还请您帮这个忙好吗？”

在赤松一再请求之下，对方自己提出了指定的时间。

“如果是这个时间可能有空，想来的话你就来吧。不过啊，我可告诉你，就算你听了我们公司的事故也没有任何意义，这样你还要来吗？”

与其说是否定赤松，黑田的语气听起来倒更像是讥讽。

“不会的，请您务必告诉我当时的情形。”赤松再次郑重拜托后，才挂上电话。

根据榎本的名单，黑田快递的事故是发生在距今两年前，位于静冈县内的一般道路上，且有人因此受伤。

然而到了约定那一天，赤松依约造访黑田快递时，原本答应叙述事故详细内容的黑田却是态度大变。

“在那之后我想了很久，凭什么我要告诉你那些事？”

不知是否因为年末的忙碌使黑田烦躁不耐，他说起话来也相当不客气。

明明是他自己答应协助提供详细内容，等赤松一到却又反悔的态度，要说过分也真是很过分。

可是专程前来，总不能以吵架收场，于是赤松耐着性子，对黑田大致说明了自身的处境与问题。

然而这些话，黑田似乎都听不进去。

“我想起来了，你就是那家引起母子死伤事故货运公司的社长啊！”

黑田拔高音量，一番话引得办公室里十来个留下来加班的员工，一起望向赤松。

“没错。我的公司的确引起事故，但我不认为肇事原因出在我们身上。”

“真是大言不惭啊！”

黑田靠在高椅背的皮面办公椅上，用混浊的眼珠子望着赤松。他的年纪应该比赤松大上一轮吧，精瘦的身体给人黄鼠狼般的印象，一张口便露出发黄的牙齿。

“我说你这个人，未免太过分了吧？”

“我太过分？您是什么意思？”赤松强自压抑内心的怒气。

“难道不是吗？杀了人还想把过错推给汽车公司，没常识也要有个限度吧！你今天来，恐怕也是想要我像你一样造假，才好诬赖希望汽车吧？”

“不是这样的。”坐在黑田办公桌前的圆板凳上，赤松说，“我没有造假，今天来也只是想知道事情的真相。”

“我说啊，赤松先生。”黑田橄榄般的小眼睛发着光，“你脑袋是不是有问题啊？”

“难道我会为了开玩笑，特地从东京赶来吗？”

“这么说来，之前也有个周刊杂志记者跑来问了一样的事哪。”黑田说，“那个记者也和你一样，说什么那场事故原因不在于维修不当。虽然我的货车是被后方车辆追尾，但撞击的作用力还不至于导致后轮脱落弹起。不过，我告诉你，我们公司一向和希望汽车有交情，所有的货车都是他们生产的，过去从来没发生过轮胎脱落的事。怎么可能有啊，对方可是希望汽车啊！”

“即使如此，我还是认为我的想法正确。”

黑田没有回答，只是耸耸肩膀。

“是是是。我没时间再陪你开玩笑了，请回吧。”

“黑田先生，如果当时的事故车辆还在，能否让我看看？”

尽管满腹委屈，赤松还是拼命忍下来，低着头向对方请求。然而，他所得到的却是黑田愤怒的咆哮：

“你够了吧！如果你还有点身为专业货运从业者的自觉，就好好面对失误如何？太难看了！快给我滚吧！”

离开黑田的办公室时，黑暗的天空开始飘起细雪。

冷风刺痛肌肤，望着黑田快递外仅有的一盏常夜灯，赤松内心感到无限孤寂。紧绷的心，如今仿佛被切割成无数的细丝。

从福冈的岛本货运算起，黑田快递是赤松拜访的第七家公司。花了这么多时间与精力，目前称得上收获的就只有事故原因除了轮胎脱落之外，还掺杂着与离合器相关的原因。然而，这个发现，却将事态弄得更复杂了。

沉重阴暗的夜空，就像赤松现在的心情一样，是单调且没有声音的世界。回家路上，开着车行驶在东名高速公路上，赤松慢慢地丧失了现实感，产生一种自己正朝着异次元前进的错觉。

我到底在干什么啊？

这条道路的前方，真的会有光明的未来等着我吗？

赤松货运的最终命运，是否依然必须全盘接受事故责任，最后如尘土般从世界上消失呢？

到那时候，家人和员工，还有自己的命运又会变得如何？

赤松告诉自己，现在只有相信自己了。

然而，毫无根据的相信是如此困难。个中艰难的程度，只有愿意去相信的人才能明白。

“抗争”两个字听起来似乎很动人，但现在赤松的精神状态，其实早已一蹶不振了。此刻的他，就像个满身疮痍，徘徊于洞窟之中，却怎么也找不到出口的探险家。

从沼津交流道切入回东京的高速公路，不断升高的公路高度在过了御殿场之后开始下降。这一带地势高，风势也强劲。如果是白天经过，从右手边大概可以远眺到足柄山吧！隔着挡风玻璃遥望公路下方几户灯火通明的人家，赤松心想，只要现在将方向盘一打歪，一切就都了结了……

公路护栏的另一侧是高达几十米的断崖，从那里掉下去的话几乎不可能生还。

一被这想法支配，握着方向盘的手就开始冒冷汗。心跳加速，眼中看出去的事物竟开始微妙地扭曲。

要死只有趁现在了。

赤松踩下油门。一百二十公里的时速瞬间飙高为一百四十公里、一百六十公里。两侧的风景像麦芽糖一样扭曲了起来，飞速朝身后迸散。整辆车像是行驶在黑暗的隧道中一般。

在那数秒当中，所有思考都从赤松脑中飞走，一切都消失不见，化为一张白纸。简直就像是对迄今为止的人生按下归零按键，之后等待着他的只有一片沉默。

转动方向盘吧。

赤松睁大眼，下定了决心。

带着零零碎碎的残存记忆，赤松正将车开进自家车库。

随着引擎熄火，他叹了一口气，重重地将身体靠上椅背。

自己这样子究竟持续了多久呢？

好不容易为沉重的心情与身体补充了新鲜空气，他走出车库，朝家门前进。

离开沼津时还没八点。

看看手表，现在时针已经指着十点，这两个小时之中，赤松认为自己确实死了一次。

在静冈时飘落的细雪，已经开始变成真正的雪。

按下门铃，听见咚咚的脚步声就知道，孩子们都还醒着。今天是二十四日星期六，明天是星期天，或许因为这样，所以史绘就放任他们晚睡了吧！

“爸爸！”打开门，次子哲郎不顾寒冷，赤着脚飞奔而来，“欢迎回家！”

哲郎身后，是拓郎和长女小萌，以及史绘。家人们正展露笑容，欢迎赤松的归来。

“我回来了。”

“我帮爸爸提包包！”

“好，谢谢。今天怎么对爸爸这么好啊！”

用双手抱着赤松沉重的公文包，小萌跑进客厅。

“我们一直在等爸爸回来哦！”拓郎说。

“欢迎回家。”

从史绘的表情里能读出，她似乎很松了一口气。天生敏感的她，察觉到了什么吗？只听她对赤松说：“太好了，你平安回来了。”

当赤松一边松开领带，一边跨进客厅时，差点惊呼出声。

“砰、砰、砰”，三声拉炮声清脆响起。

“圣诞快乐！”

三个孩子齐声说着，围住正中央放着一个蛋糕的桌子。

“啊，对哦！”

赤松这才恍然大悟。说过今晚要开圣诞派对的啊，自己怎么给忘了？

“孩子们忍着不吃蛋糕，一直在等你哦。”史绘说。

“对啊。我们大家一起在等爸爸哦。”那是哲郎的声音。

“这样啊……是这样啊……”说着说着，赤松不禁感到泪水要夺眶而出。

你们都在等我啊。

太好了，没有死真是太好了。

如果当时就那么死了，拓郎、哲郎、小萌还有史绘，就将永远等待下去了。永远。

“谢谢你们。还有，抱歉，爸爸回来晚了。”

涌上心头的激动情绪，使赤松差点说不出话来。“我去洗个手。”他只说了这样一声便冲向洗手台，抓起毛巾用力抹着脸颊。

6

划一根火柴点亮立在桌子正中央的蜡烛，瞬间，排列在桌上的食物都在柔和的茶红色光线照耀下鲜活了起来。绿色的桌布，回家路上买的照烧烤鸡。本来想买烤火鸡的，可惜卖光了。

装在大盘子里的沙拉是柚木亲手做的，旁边还有装饰着草莓的圣诞蛋糕。

“好漂亮哦！”

贵史望着烛光，像是看傻了似的目不转睛。

“是啊，真漂亮。”

柚木这么说着，将装着柳橙汁的小杯子放在贵史面前。接着，他朝两个并排的高脚杯里各注入半杯红酒，将其中之一放在无人的位子前。那是四人用餐桌最靠近厨房的位子，也是妙子平日坐的位子。现在那里立着一个相框，照片中的妙子正微笑着。

“妈妈也在看吗？”

在贵史的眼光注视之下，柚木勉强挤出一个笑容。同时内心涌上的却是深切的悲伤。

“是啊，妈妈一定正从天国看着我们啊！”

“妈妈。”贵史突然朝着蜡烛上方这么呼唤。

“很漂亮吧？妈妈！”

没有回应。

对啊，小贵。好漂亮哦！

闭上眼睛，柚木仿佛能够听见妙子充满元气的声音这么说着。

然而，不管柚木父子再怎么等，怎么思念，都再也听不到妙子的声音了。

我没关系，柚木心想。至少我和妙子认识之后的这八年，各种回忆都还在心里，永远难忘。可是，贵史不一样。连小学都还没上的幼子，和妙子共度的时光，怎么说都太短了。那短暂而珍贵的记忆，今后能有多少留在贵史心中？

“妈妈一定笑着看着我们哦，爸爸！”

“是啊，一定是这样的，因为是妈妈嘛，是贵史和爸爸的妈妈啊！妈妈和贵史还有爸爸，一定会永远在一起。永远……”

你也这样想的吧，妙子。是不是……

柚木在心中呐喊着。

贵史，要像这样永远记住妈妈哦。千万不要忘了妈妈。妈妈呼唤你的方式，为你读故事书的模样，笑的方式，身上的味道，还有她的温柔。

千万不要忘了……

“我们来唱圣诞节的歌吧！”突然，贵史这么说。

“圣诞节的歌？”

“是啊。妈妈唱给我听的。妈妈送的八音盒里的那首歌！”

贵史跳下椅子跑进房间，从自己房间里取出那个八音盒。

柚木惊讶得说不出话来。那是去年圣诞节妙子送贵史的圣诞礼物。当时贵史满心喜悦地玩着收到的另一个礼物——电动游戏机，对这个八音盒表现出可有可无的态度。

没想到，贵史却把它记在心里。

那是个装饰着木雕娃娃的八音盒。眼前的贵史正拼命上紧发条，然后将八音盒放在桌上。

纯净的音色，开始在安静的房间里回荡。

枞树 枞树 总是绿油油

枞树 枞树 总是绿油油

闪亮的夏日 降雪的冬日

枞树 枞树 总是绿油油

枞树 枞树 安静的树梢

枞树 枞树 安静的树梢

无论喜悲 温柔守护着

枞树 枞树 安静的树梢

枞树 枞树 茂盛生长

枞树 枞树 茂盛生长

不惧雨 不怕风

枞树 枞树 茂盛生长

配合着从八音盒中流泻而出的乐音，贵史唱了起来。柚木也想跟着唱，却哽咽不成声，不知该拿滚滚滑落的泪水怎么办。

忽然，贵史停止了歌声，抬起头，用困惑的眼光望着柚木。

“爸爸，不要哭。”

“是啊。不哭了。爸爸不会再哭了，别担心。”柚木说，“因为爸爸跟妈妈约好了嘛。”

贵史的脸颊颤抖，眼中开始滚出大颗泪珠，沿着脸颊滑落。

“来爸爸这边。”

柚木说着张开双臂，贵史便跳下椅子，扑向柚木怀中。用力抱住那瘦小的身体，贵史像是再也无法忍耐一般，放声大哭了起来。

“贵史……贵史……妈妈她……她会一直守护着我们。一定会的。”

柚木边呜咽着边这么说，更用力地抱紧了贵史。热泪再也难以抑制，沾湿了贵史与柚木的脸庞。

从没想到，会用这种方式迎接圣诞节。从没想过……

哄贵史入睡后，柚木回到寝室，拿出藏在床底下的礼物。

第一个拉出来的是包着红色包装纸、系上绿色缎带蝴蝶结的盒子。这是柚木买的礼物，里面是贵史最喜欢的游戏软件。第二个盒子是来自柚木双亲的赠礼，里面应该是棒球手套，这也是贵史一直想要的东西。柚木将两个盒子并排在脚边，拿出第三个盒子。

大大的厚纸盒缠绕着银色的缎带。这是妙子的母亲为了贵史，昨晚特地搭电车送来的礼物。

里面装着毛衣。那不是普通的毛衣，是妙子为贵史亲手织的毛衣；因为没有织完，所以由岳母代为完成。所以，这份礼物，有一半是来自天国的妙子。

“这是妈妈送你的最后一份礼物哟，贵史。”

低声说着，柚木紧咬着自己的嘴唇，将装着毛衣的礼物盒和刚才的两个并排好。接着，他犹豫了一会儿，才将最后一个盒子拉出来。

那是这天晚上，看准柚木回家的时间送达的。柚木相当庆幸礼物送来的时候，贵史正好在洗澡。

送礼的人，是赤松德郎。

银色的包装纸绑着红色缎带蝴蝶结，这小盒子里装的是赤松要送给贵史的圣诞礼物。

“开什么玩笑！”柚木哼了一声，“杀了妙子还不肯负起责任，事到如今送什么礼物！有没有搞错！”

无人的寝室里，柚木自言自语地怒骂着。

想起法事那天为了道歉而现身的赤松，柚木内心更加气愤难平。没错，那或许是一场意外事故，或许赤松货运没有恶意。然而，对那不肯承认维修不当错误的态度，柚木实在难以接受，也无法原谅。

“说话的态度没有一丝一毫反省嘛！说什么很抱歉，心里根本不这么认为！现在竟然还想用礼物打发人，我才不会上当！”

柚木举起赤松的礼物重重朝地板摔去，再用穿着拖鞋的脚激动地不断践踏着。

每踩一次，脚底就发出塑料制品碎裂时的啪啦声。

“这种东西！算是什么意思！谁想要啊！”

包装纸破了，露出里面的游戏机与软件。即使如此，柚木仍不停止。很快地，游戏机被踩成了残骸，看不出本来的面貌，但柚木还是继续踩踏着。

终于，寂静再次降临到房里。

柚木气喘吁吁，肩膀上下激烈起伏着。

周遭的人总是说，柚木有着稳重而温厚的性格，然而，那场事故之后，包裹着柚木感情的那层包装纸也被撕破了，里头的东西像是被赤松货运的卡车碾过般发出碎裂声，被破坏殆尽。

无法原谅。无论如何。

最后，他狠狠一脚踢开地板上那看似高价的礼物，碎片碰撞发出的声音，散落在房间各处。感觉像是总算出了一口气，柚木抱起最先拿出的三个礼物走向客厅，将它们摆放在小小的圣诞树下。树上的吊饰，今年是柚木和贵史两个人一起装饰上去的。就像去年妙子做的那样。

我做得很好吧，妙子。只要有心我也办得到。

“可是……”

望着闪闪明灭的灯饰，柚木茫然地颓坐在地。“你已经不在了。妙子，好想让你看看，这棵圣诞树，好想让你也看看……”

柚木再也忍不住溃堤的感情，放声痛哭了起来。

7

这里是位于大手町的东京希望银行营业总部。从井崎的座位望出去，可以看见细雪纷飞的东京车站。本以为雪花会在昏暗的冬夜之中，呈螺旋状翩翩落下，但眼前所见，只是一片被狂风吹乱的银妆。

眺望着无声敲上窗户的乱舞白雪，井崎回想起刚才在董事办公室内的激烈辩论。

在支持希望汽车这件事上持审慎意见的滨中部长加入战局，跟支持一方进行意见交流。双方围绕着希望汽车事业计划执行的可能性进行了一番讨论，最后却依然有如平行线般，得不出一个交集。

卷田依然强硬地主张支持到底，却提不出值得这么做的根据。

“以政治思考解决这件事没有任何好处。”检讨会结束，走出办公室的滨中如此冷冷地说着。

卷田之所以如此坚持支持希望汽车，理由其实很明显。担任国内授信业务负责人的卷田，去年不顾东乡总裁反对，坚决实行对希望汽车的融资。事到如今，若他就此放弃希望汽车，无异于否定自己过去的决策。除了面子问题之外，对下任董事长宝座虎视眈眈的卷田也必须放手一搏。

“如果是过去的话，或许还可将此事交给重工处理，但这次可就不行了。”

“为什么呢？”

井崎惊讶地望着滨中。空无一人的电梯厢里铺着厚重的地毯，悄无声息地将所有杂音统统吸入其中。

“威斯汀集团，”滨中提起的是前年由希望重工出资并购的美国核能发电企业名称，“这方面的动向未定，还有很多不确定因素。”

井崎屏住了呼吸。

并购额为五千八百亿日元，是一桩令全世界为之惊愕的大型企业并购案。想必由于近年来希望重工开始对产业扩大感到极限，才会希望借由这足以改写世界核能地图，兼具冲击与好评的两极化战略来赌上企业的命运吧。

“但是，听说在资产清查时发生意想不到的重大纰漏，希望重工的经营团队正力图解决这件事，因此他们恐怕没有多余的心力顾及希望汽车。”

“这个情况，难道希望汽车的狩野常董不知道吗？”

“他不可能没有听说。也因此就狩野看来，现在只有银行能帮，也必须帮他们一把。”

“那么我该怎么做才好呢？”井崎试着询问滨中，“以目前的状况，我只能提出消极的提案书。”

“那样就行了。”滨中说，“你只要站在自己一路走来思考、判断的延长线上来应对这个问题就可以了。政治层面的判断不是你的工作，能够扭曲判断的也不会是无名小卒；会做出这种事的往往都是独裁者，即便他自己才是定下游戏规则的人。我们银行也逃不开这种自我矛盾的历史啊。”

井崎还在咀嚼着这番话，滨中又说了下去：“在银行里，规则就是一切。不管结果能获得多大利益，只要过程不正当就不可能获得好评。相反地，即使蒙受损失，只要过程符合正当手续，就不必担心责任归属。这就是银行的逻辑。虽然这种逻辑总遭受世人批评，但银行也有银行的正义存在。这逻辑的好处就是可以不受结果左右，你可别忘了这一点。我想说的，其实就只有一件事，”滨中的眼神突然严肃了起来，“那就是你无须害怕结果。只要是循正道得出的判断，就别毫无理由地去扭曲它。”

和这番义正词严相反地，滨中说完后，轻松地举起手挥了挥便转过身去。井崎对着滨中的背影一鞠躬，感到整个身体有如肾上腺素沸腾般，骤然激动了起来。

8

“这次进行得还算顺利吧？”

招待东京希望银行卷田的忘年会，于十二月三十日晚上六点，按照预定时间在向岛的料亭里展开。狩野搭着公司车，比预定时间早到了十分钟，在相熟的老板娘带领下前往地下室包厢。尽管年底持续不断的应酬令他疲惫，今晚狩野的心情却难得地不错。

卷田不愧是个银行职员，也比约定时间提早五分钟抵达。他一边在嘴上客套着，一边带着与“东京希望银行专务”这响亮头衔极不相配的乡土味现身后，便像只大牛蛙似的趴在榻榻米上，屈下身子低头称谢。

“感谢您今天的招待。”

“哪里哪里，卷田专务。”

不等他说完，狩野便堆起满脸笑容请卷田上座。自己也在对面位置上坐定后，对送上热毛巾的老板娘吩咐道：“可以开始了。”

“前几天对媒体的应对，还真是感谢您的大力协助啊。”

“不不不，这是应该的。就算是周刊杂志，也不容许他们刊出那种毫无根据的报道。”

卷田这么一说，狩野马上露出“您说得没错”的表情：“不过，真的是多亏了您的鼎力相助。”或许是心情很好的缘故，狩野难得地说了真心话。

干杯后，事先点好的料理陆续上桌，两人边天南地北地闲聊着，边尽情享用酒菜。走脚踏实地商人路线的卷田，在这种场合很懂得如何炒热气氛。只见他提供了不少在银行专务位置上得来的金融信息，令席间不见冷场。

“专务，关于融资敝公司那件事，不知进展得如何了？”

在料理上了大半，某种程度酒足饭饱之后，狩野终于切入正题。

“我一定会努力促成啦！”卷田这么说着。

狩野毕竟是个老狐狸，马上听出他话中有话。“这么说来，是有反对意见咯？”他立刻这样询问卷田。

“算是啦，少数意见。”

卷田承认，默默倒了一杯清酒。趁着卷田不经老板娘而自己倒起酒的这个机会，狩野给了老板娘一个暗示，将艺伎和老板娘全都请出包厢。

“该不会是营业总部吧？前几天他们竟然连事业计划书里变更的内容都来多嘴，实在是令人伤脑筋啊。”

“真的很抱歉。”卷田简短致歉并断言，“不过这次的事，最后一定没问题的。”

“反对或赞成，只不过是本行进行内部手续时的意见，我这边会想办法解决。”

“既然是国内授信最高负责人卷田专务说的话，那我当然放心啦！”

依狩野的看法，东京希望银行在支持希望汽车这件事上，根本没有写提案书的必要，因为这是属于希望集团的政策性融资。当然，那些调查委员、副部长等低阶人员要对此置喙，在他看来更是毫无道理。那种无礼的态度，在希望汽车是根本不容许发生的。

“也辛苦卷田专务您了。”狩野尽量把话说得听起来不带讥讽，“总之，我们已经遵照贵行的指示改订事业计划书，《周刊潮流》的事也处理好了，剩下的就靠您英明决断了。”

卷田嘴里称是，脸上却没有笑容。

“只不过，还是有些烦人的家伙啊。银行组织就是这种地方麻烦，我真羡慕贵公司呢。”

“不，任何组织都会有不识相的员工，敝公司当然也不例外。”

卷田马上明白了狩野的言外之意，停下手中的筷子问道：“您已经揪出内部告发的犯人了吗，常董？”

“是，我想应该没有错，前几天也进行人事异动了。不过因为是很微妙的处置手法，并没直接向本人确认就是了。”

“能保证那人不再度告发吗？”

“该喂的饵都喂了。”狩野说，“这次的异动，就是要让他认为只要今后乖乖听话，就还有翻身的机会。说得简单点，通常会向内部告发的人，与其说是对公司心怀不满，倒不如说是不满意自己的待遇。只要让他们认为这一点已经获得改善，之后就会乖乖听话了。这就是所谓的恩威并施啊。只不过，这次的情况该说是先施压后施恩就是了。”

“原来如此。和银行的做法大不相同啊。”卷田佩服地说，“要是银行的话，那种人是不可能有机会翻身的。”

“在我们公司一样是不可能。”狩野说着，低声笑了，“刚才我只说让他以为有翻身的机会，可没说一定有机会。现实可没那么简单啊！”

“原来如此，真不愧是狩野常董啊。”

狩野默默地喝起酒来，卷田又慎重地补上一句，“不过……”

“您进行得如此顺利，这当然是没话说的，但就怕不是事事都能称心如意。人有失手，马有乱蹄，万一哪个环节有疏漏就不好了。就拿横滨那起事故来说，警方还在追查吧？警察也不是笨蛋，真的没问题吗？”

“我自有对策。”包厢里明明没有其他人在，狩野却不由自主压低了声音，“只要没有足以推翻维修不当结论的证据，就没什么好担心的。”

“但我听说，对方已针对归还零件一事提起诉讼了，不是吗？”

“这件事您不必多虑，卷田专务。”狩野斩钉截铁地说，“零件的事，多的是办法处理。”

“这话怎么说？”

“事实上为了检验，那个零件早已切割分解了。换句话说，已经不存在的东西，想归还也还不了。既然如此，法官也无可奈何吧？”

“看来对付这种事，还是常董您有办法呢！”卷田又正襟危坐说道，“只是，无论如何，我还是要提醒您在各方面多注意，万一贵公司再发生类似的坏消息，本行也会很困扰的。听说，重工那边的三桥社长对这件事也很关心哦！”

一听见三桥的名字，狩野脸上的肌肉瞬间仿佛受到微电流刺激般抽动着。

“一如我刚才所说，都已经处理妥当了。就算受到当局搜查，谅他们也找不出任何对敝公司不利的证据。”

卷田不发一语，等狩野继续说下去。“关于T会议的资料已经全部销毁，剩下的资料，全都是维修不当这个调查结果的对外结论报告。此外，我已经彻底指示参与会议的所有成员，要他们将计算机里的相关资料销毁报废。无论谁来搜查，敝公司保证干干净净、清清白白。接下来只要把缠着不放的烦人苍蝇赶跑就行了。”

狩野曾经一度担心“烦人苍蝇”提出的诉讼可能引起社会大众注目，但现在看来，社会大众的反应远比他想象的迟钝多了。

引起死伤事故却企图将责任归咎于汽车制造商的小货运公司。一介小虾米的中小企业对上希望汽车这条大鲸鱼，世人愿意相信谁，从这件事上不言而喻。

一旦打起官司，希望汽车的委任律师必将采取持久战，提出所有可能证据来拉长这场官司。如此一来，早已苦于资金不足的赤松货运必定会拿不出足够的官司经费而败下阵来。

“关于这件事呢，我也打听到赤松货运这家公司的往来银行，是本行的自由之丘分行。而目前该分行已经对他们提出债权回收的要求了。”

听见这个好消息，狩野露出安心的表情。

“那真是太感谢了。”

卷田摆摆手：“自由之丘分行的分行长，在合规方面可是很爱挑剌的。”

狩野脸上浮现一抹轻笑。

“不愧是东京希望银行哪。托贵行如此严格的授信管理之福，我可以开心地过个好年了。来，让我们再干一杯吧！”

击掌唤来老板娘，狩野吩咐她再次送上新的酒菜，筵席又热闹了起来。

“明年也请您多多关照，卷田专务。希望明年对你我来说都会是宏图大展的一年。也希望东京希望银行和希望汽车都能事业繁盛，干杯！”

狩野心情畅快地举杯一饮而尽，脸上尽是藏不住的笑容，卷田也挂着心满意足的微笑。

没有希望集团就没有员工个人。

一边是拥有压倒性巨额资本与社会影响力的希望汽车，另一边不过是老街的小货运公司。孰胜孰败，其结果昭然可见。

只要趁着跨年，市场经济一时暂停的期间，让这场胜败如浮雕般定型下来，接下来的动静就不足为虑了。

9

对赤松来说，这是个丝毫不觉新气象降临的新年。

去年年底，赤松忙到最后，连一张贺年卡都没时间写。拜此之赐，他不得已只好把新年假期全用在写贺年卡上，连电视上那些不费大脑的贺年节目都没时间看。除此之外，就是不断等待世间恢复日常运作。

世间正沉浸在欢欣鼓舞的新年气氛之中，这件事令赤松不由得心生愤懑，因为那使得赤松更加深切地感受到，自己的精神状况正处于多么无可救药的黑暗之中。新年头三天，对赤松而言正是有如地狱般的三天。

当然，为了对抗这样的状况，赤松仍不断尝试与名单上的公司联系。然而接电话的只有两家公司，而且这仅有的两家公司也都表示负责人正在休年假，若想前往拜访只能等到年后。

幸好，这样的新年假期也还是有好处的。

马不停蹄的身体终于能够获得短暂歇息。虽然如果用计算机来比喻，就像是按下强迫关机键，不过好歹是休息了。就算是人类也需要“重开机”。和货车一样，肉身也会耗损折旧。

事故发生后，赤松那过度使用的身体耗损的程度，已经几乎可以贴上“维修不当”的标签了。

即使对学生时代靠柔道锻炼出的体能有自信，但就在不知不觉间，连这份自信也即将转变成“自信过剩”了。一旦试着放松休息，赤松才终于察觉自己有多疲倦。弹性疲劳累积成无数肉眼看不见的裂缝，遍布身体的每个角落。

领悟到这一点，赤松为了休养生息立刻采取的行动，就是尽量摄取睡眠。

总而言之，他这几天就只管吃跟睡。

就这么度过了三天，接下来的一月四日是集结公司全体员工的例行新春参拜日。向员工拜完年之后，赤松又再度投入名单上公司的调查工作。

和忙碌的年底相比，年后的拜访顺利多了。一天至少两家公司，多的时候甚至能跑三个地方。

虽然依然没有新发现，但新年假期储备的体力发挥了作用，让赤松有精力跑遍全国各地。

赤松前往拜访位于爱知县知多市的高森货运，是一月十二日下午的事。

那是一家小小的货运公司。

从停车场的大小看来，顶多拥有十辆货车吧。或许是工作量不大，停车场内还有三辆货车闲置着，车头的希望汽车标志在冬阳照映下，正闪闪发着光。

办公室内只有一位年近四十、身材瘦削的男人。略显昏暗的室内，只见他一面用电话指示着什么，一面望向走进来的赤松。电话指示的内容是配车，赤松站在原地，等待男人讲完电话。

“不好意思，我是先前打过电话来的赤松。请问社长在吗？”

“哦，您好。”男人提高声音说着，站起身来，“等您很久了，我就是社长高森。”

第十章　飞吧！赤松滑翔机

1

“很遗憾，我这边无法提供赤松先生您所想要的情报。”

听赤松说明至今发生的事件经过后，高森带点抱歉地说着，端起桌上的茶杯啜了一口。

从简单的自我介绍中，赤松得知高森和自己同样都是继承家业的经营者。两人不仅同样都从父亲手中继承规模不大的货运公司，也同样都正为经营困难所苦。然而，当赤松通过谈话，察觉两人相似的境遇，并产生身为经营者的共鸣时，他却也发现，同样面对希望汽车隐瞒召回这件事时，相对于赤松一心想找出证据的急切，高森的态度却是冷静而疏离的。

高森货运的远距离运送货车在仙台市郊外国道上发生事故，是前年九月的事。这起由于变速装置破损所引起的追尾事故，导致整辆货车在公路上翻覆。虽然这起事故引起媒体注意而上了报纸，不过实际上只有司机受了轻伤，算是不幸中的大幸。再加上当时司机是在完成送货任务，空车归返的路上，因此也避免了损害赔偿的厄运。

“敝公司的事故原因出在变速装置的皮带松弛，和赤松先生公司的事故肇因，在性质上有着根本的差异。”

也因此，高森才会说无法提供赤松需要的情报。

“您这边，是变速装置啊……”

压抑着混乱与失望的情绪，赤松深思了起来。榎本的名单只会将有采访价值的公司集合在一起，其中自然包含各种事故原因。例如，熊本那家公司发生的事故，就是由于传动轴脱落造成的。

“货车也是东西，以常理来说，东西没有绝对不会损坏的。”高森说道。这一点赤松当然也明白。“换句话说，我们必须去思考的是造成事故的损坏是否属于常识范围内的自然损坏。对敝公司来说，毕竟是意外事故，所以当时也交给希望汽车去调查事故原因。调查结果就是相关部分的皮带松弛，而且是维修不当造成的。”

“您有重新调查吗？”

高森不解地望着赤松。那副表情说明了他从未怀疑过希望汽车的调查结果，更别说重新展开调查了。

“没有。”如此回答之后，高森又补充说，“或许应该重新展开调查吧，可是一方面，我那场事故的严重程度并不高，另一方面我想赤松先生您也很清楚，经营货运公司，意外事故几乎是随附的风险。”

“我明白。”赤松沉重地点点头。高森说得很对。

说起来，拿到榎本给的这份名单时，应该至少先向他确认每家公司值得采访的程度才对，毕竟并非从所有公司都能获得想要的情报。“这家公司去了也没用”，类似这样的一句话也好，如此就能避免他像现在这样一家家到处跑，浪费多余的时间与精力了。

此外，高森这番话，也让赤松发现这份名单中的事故原因至少有三种。

首先是和赤松货运一样的轮胎脱落事故。无论前轮或后轮，总之都是由于轮胎脱落导致事故的例子。这一类的例子多半发生的事故情况都相当严重。第二种是传动轴脱落造成的事故。而高森货运这种变速装置的破损则是第三种情形。

赤松实在难以想象，要如何从这些看似毫不相关的事实中组织出事件的真相。榎本他究竟是怎么办到的呢？

“高森先生，我想《周刊潮流》的记者一定来拜访过您吧？当时他问了您一些什么样的问题呢？”赤松试着抓住最后一根稻草。

“和您问的一样哦，赤松先生。”高森回答，“不过，那位记者再三向我确认，事故原因是否真是出于变速装置皮带的松脱。”

这是怎么一回事？赤松不禁感到一头雾水。不过，榎本一定有一套自己建构起的假设，而他采访时的提问也一定奠基于这套假设之上。这么说来，难道高森货运的事故和事件真相无关吗？从高森的描述中听来，事故像是单纯的维修不当，榎本的结论也是如此吗？

“不知道，那位记者究竟想追问出什么答案呢？”

“问题就在这里。”

高森略为思考后说：“我当时也不明白，不知道他究竟想从我公司的这件事故里问出什么来。可是他来过没多久之后，我接到一通来自石川县某货运公司的电话。”

赤松猛然抬头，无言地敦促高森继续。

“原来那家公司所拥有的希望汽车制造的大型货车，在去年七月发生了一起事故——换言之，就是在赤松先生您公司的事故之前。”

“是什么样的事故？”赤松探出身子，专注倾听。

“听说是传动轴脱落造成的事故。”

那就和熊本的事故是一样的了。

“赤松先生，您似乎只专注于追查轮胎脱落的事故，但事情也许并非如此简单。”高森指出了问题所在，“若说希望汽车生产的货车真是瑕疵品的话，那么传动轴或许也有某种缺陷。石川那家公司和我联络的是他们总务部的负责人，他来找我的时候是这么问的：‘贵公司的离合器外壳没问题吗？’”

“离合器外壳？”

所谓的离合器外壳，就是包覆离合器的金属外壳。

“为什么那家公司会突然问起离合器外壳的事呢？”

“因为他们自行调查了传动轴脱落的原因。结果他们发现，起因是离合器的零件产生破损。追根究底得出的结论就是，传动轴脱落的原因或许就在离合器外壳上。而离合器外壳一旦损坏，变速装置也会连带出现破损，这就是他之所以对我提出那个问题的缘由。”

“那么，您是如何回答的呢？确认了离合器外壳吗？”

高森缓缓摇头。

“没有。当时整辆货车已经经过修理，离合器外壳也换新了。那时，希望汽车的销售负责人还对我们说明，是因为变速装置损伤时脱落的零件碰伤了离合器外壳，所以一并换上了新的。”

“问题是，究竟是离合器外壳先损坏，还是变速装置先损坏的？”

“是啊。可是事到如今已经无法确认这一点了。只是，若石川那家公司的判断正确，那希望汽车的货车可就真的充满缺陷啊。”

这句话中，依然夹带着难以置信的语气。

“您还记得石川的那家公司叫什么名字吗？”

赤松从公文包中取出那份名单。

“是一家叫作北陆物流的公司。”

在赤松找寻着名单中是否有这家公司时，高森望着他惊讶地问：“您已经拜访这么多家公司了吗？”

“是的。这里全部有三十一家公司，不过我实际上拜访到的只有二十家左右。”

这时，赤松脸上浮现讶异的神情。他从桌上拿起记事本，从头再次小心审视了一次。

“怎么了吗？”

“不，北陆物流这家公司并不在名单里面。”

“敢问您这份名单是从何得来的？”

被高森这么一问，赤松一时穷于应答。再怎样都不能说出这是榎本提供的。

“虽然不是我自己调查出来的，不过我想应该是从报纸杂志中整理出来的名单。”

“原来如此。”高森想了一会儿说，“那么，如果是不曾闹上新闻的事件，自然不会出现在这份名单中咯？”

“我想是这样，没错。”赤松望着高森的眼睛说，“您能告诉我那家公司的联络方式吗？我想务必去拜访一趟。”

“很抱歉，我和对方的联络一直是电话往来，当时抄下电话号的字条也已经丢掉了。不过，‘北陆物流’这名字是绝对没有错的。您只要上网查询，一定可以找到。那家公司的总部位于金泽市内。”

离开知多市回到公司后，赤松做的第一件事，就是上搜寻网站，输入“北陆物流”这个公司名称。

很快地，他就检索到了那家公司的网页，首页就是一张有着数辆货车并排的照片。北陆物流似乎是金泽市内相当有实力的货运公司。

2

从厕所回到座位时，桌上的待办事项文件盒里已被塞进了大量问卷。

上面还贴上代理部长写着“明天的联络会议前把调查结果分析出来”的便条纸。那可是好几百人份的问卷。

调到商品开发部后，泽田的新职称是市场开发三科科长。只不过，那是个没有半个部下的科长，因此实际上来说，比起上个职位反而是降级了。

泽田对职位虽然抱有不满，但上司“你在总部没有实际经历，无法马上派上用场，只能先这样慢慢学着做”的说法却也难以反驳。另外，现在泽田所有的工作，都是由负责监视他状况的代理部长直接指示。

打开计算机画面，确认联络会议的举行时间是在隔天早上十点后，泽田同时惊讶于问卷调查纸上的日期竟已是一个月前。

放置一个月不管的东西，到了要用的前一天才丢给自己收拾残局吗？

更何况，泽田完全不认为分析问卷该是科长的分内工作。离开办公桌，泽田直奔代理部长真锅耕太的办公室提出抗议：“真锅代理部长，这工作内容未免太奇怪了吧？你看，这日期都已经是一个月前的问卷了，为什么现在才拿出来呢？”

真锅一脸不耐烦地望了泽田一眼，又低头继续手边的工作。

“我哪知道。下面的人就是现在才交上来啊。”

说得一副事不关己的样子。

“还有，要在明天早上之前完成也太过分了吧？”

“那又如何？”真锅停下手边工作，正眼望向泽田道，“现在你能做的就只有这种事，所以才会叫你做；否则，你倒是说说自己还能干吗？”

泽田为之语塞，无法反驳。真锅露出“快去干活吧”的冷淡表情，再次回到自己的工作上。

即使有自信能完成所有交办事项，可是只要拿不出成绩，就怎样也欠缺说服力。

没办法。抱着问卷用纸返回座位，泽田打开计算机里的电子表格程序。

问卷调查的内容，是在希望汽车新发售的小型车展示会上，由几乎是被礼券吸引来的入场者填写的。问卷项目共有三十个，总计后的内容颇为可观，要分析起来更不是一件容易的事。

“你不是很擅长营销吗？”

打算集中注意力在问卷上的泽田脑中，却无数次冒出真锅的这句话。

难道真锅竟然误将“营销”与“市调”画上等号了吗？

“真是欺人太甚！”

泽田按捺住内心的怒意。好不容易调到商品开发部来了，现在意气用事是成不了大事的。努力发挥培养多年的协调感，泽田振奋起来告诉自己：“只有留在这里，才能抓住梦想。”

不要为了问卷分析这样的小事跟公司作对。

“哟，竟然完成了啊！”

隔天一早，当泽田给出分析结果时，真锅竟然以惊讶的语气如此回应。泽田心想，明明是真锅自己要求在会议前完成的，竟然还说这种话，未免太莫名其妙了吧！但他只是默默将加班到凌晨三点才完成的问卷分析放进真锅桌上的待裁决活页夹里，说声“那就麻烦您了”。

想在商品开发部里出人头地，最好不要试图对抗这些不合理的对待，只能不断努力，直到上面愿意认同自己。

会议的出席者一共有二十六人。

参加的不只是商品开发部，还包括设计室、销售部以及车辆制造等相关部门的科长与副科长级以上的人士。泽田虽然不在二十六人名单内，但想到自己身负分析问卷调查结果的任务，万一有什么疑问需要解答，还是在场比较安心，于是便自动自发地进入会议室，找了个角落位置坐下。

很多人容易忽略的是，在这种场合回答问题时的口吻与方式，往往能够影响周遭对一个人的评价。这一点和处于评价已定的销售部时大不相同。对现在的泽田来说，最重要的便是尽快获得真锅或部长，以及商品开发部其他同仁的认同。为了达到这个目的，要他做什么都愿意。没想到……

“干吗？你怎么也来了？”

会议开始前一分钟才现身的真锅，一看见泽田便露出嫌恶的表情。此时参与会议的人和分发资料的员工，也正陆陆续续进入会议室。

“基于问卷结果分析的责任，我想我有必要在场。”

“什么啊，那件事就不用了，你没必要出席。回去干活吧，泽田科长。”

“可是，真的没关系吗？万一关于问卷内容有什么问题的话……”

“没关系，你回去吧。”

在真锅的催促之下，泽田只好站起身来。此时分发资料的员工也刚好将一份资料发到他手上，带着那份资料离开会议室后，泽田很快地回到商品开发部自己的位置上。

没想到连自己的诚意都不被接受，面对这样的现状，泽田叹了一口气，将拿到的那份资料放在桌上。就在这时，他不经意地看见资料当中的某个部分，不禁发出惊愕的声音。

那份厚厚的资料之中吸引泽田注意力的，正是那份问卷调查结果分析的部分。

问题是，那根本不是泽田完成的分析结果。

确认了资料上的分析结果后，泽田茫然地抬起头。

资料右上角注明分析者属于“市场开发一科”，泽田马上抓住身边同事确认。

“请问，分析这份资料的是谁？”

被泽田凌厉的目光吓得瞪大双眼的同事赶紧确认资料。

“哦，这是冈田做的。喂，冈田！”

办公桌那头，一个戴着眼镜的瘦子抬起头来。

默默确认过资料后，冈田说：“这是委托千代田调查公司做的那份资料嘛！”

“委托千代田调查公司做的？”

泽田难以置信地重复确认了一次。

千代田调查公司属于民间调查机构，专门承包市场调查结果分析，也提供问卷设计和实地调查等服务。

“什么时候？”

“展示会结束后就马上请他们做了啊。”

“可是，真锅代理部长似乎不知道这件事。”

“那是不可能的。”

冈田笑着说，“想委托外部公司进行市调结果分析，一定得直接请示过他。而且这个案子我本来打算外包给东通资料社，但申请的结果要我改成报价更便宜的千代田，正是出自真锅先生的指示。”

“那，这份分析报告是什么时候拿到的？”

“三天前吧。我也是当天就呈报给真锅代理部长了。”

冈田露出不满的表情，像是说着“还有什么问题吗”。

泽田不禁愕然无语。他一边卷起手中那份长达数十页的分析资料，一边想找出说服自己的理由，然而却不是那么轻易能找得到的。

最窝囊的是，这份分析报告比起泽田熬夜赶出的要优秀许多。花费的时间与精力不同，当然不能放在一起比较，但简单来说，结果就是泽田的工作根本没有任何存在的意义。

真锅一定也早就明白泽田的分析报告不能用，既然如此，又何必特地叫他这么做？

“代理部长，能打扰您一下吗？”

中午过后，泽田来到结束会议的真锅桌边，尽可能压抑内心的怒气。

泽田将千代田调查公司的分析结果放在真锅桌上。真锅瞥了一眼，又装作若无其事地伸出手，整理起桌上其他文件。

“明明已经将分析工作外包了，为何还要叫我做相同的事？”

“啊，这个嘛，”真锅露出不置可否的表情说，“我觉得对方提出的内容有点问题，所以才让你也做一份来比对确认。辛苦你了。”

“请等一下！如果只是要确认的话，为什么不将对方提出的分析结果也给我一份呢？”

“想怎么确认是我的自由吧。”真锅不满，“更何况不给你资料，你才能不受先入为主的观念影响，做出客观的分析结果啊！我这么做有什么不妥吗？”

真锅的表情依然显得相当不耐烦，他开始装出忙碌的动作，无视泽田的存在。

“是这样的吗？那还真是失礼了。”泽田瞪着真锅说，“那么，我的这份报告应该也没有留着的必要了吧？”

说罢，他伸出手，从真锅桌上的待裁决活页夹抽出一份资料。

见状，真锅也变了脸色。

那份资料，正是早晨泽田提交之后，就一直原封不动丢在活页夹里的分析报告。

这里本该有我的梦想。

如此相信，或说要自己如此相信的泽田内心，开始渗入了疑问。

这里真的会有梦想吗？

这个问号像是擦不掉的污渍，一直盘旋在泽田脑中，挥之不去。

3

“临时大会？”

仓田校长软弱的脸上露出万分抱歉的表情，愁眉苦脸地从桌上的信封里拿出一封请愿书。

“一百二十名家长联署要求的。人数众多，实在是无法拒绝……该怎么办才好啊，会长？”

“这叫我怎么回答呢，校长？”赤松应了这样一句。接着他又问道，“预计什么时候召开？”

“片山太太是说，越早开越好……”

片山她们发起别让刑事案件的嫌疑犯参加毕业典礼的联署，并强迫家长们签名这件事，赤松已经听史绘说过了。当真正面对这个事实时，赤松不但对发起联署的片山等人感到愤怒，更是不满一贯无法坚定立场、不以毅然态度拒绝的校长仓田。

“既然家长们要求召开大会，那就开吧！”

赤松说着，从仓田举出的几个候补日期当中，找出自己也能参加的日子。

“决定这个日期之后，我会请书记制作邀请通知，请问新的会长候选人是哪位？”

面对赤松的询问，仓田表现出相当慌乱的模样。

“召开临时大会，不就是为了罢免我吗？既然如此，是不是应该已经推举出继任会长的候选人了？”

“是啊。”不得已回答的仓田，目光朝下缩着肩膀说道，“片山太太提名自己当候选人了。”

早料到会是如此。联署赞成召开临时大会的人数，大概就是赞成“片山会长”的票数吧。当然，这也是反对赤松继续担任会长的人数。

“难得赤松先生愿意接下家长会会长一职，事情变成这样真的很抱歉。我也感到很为难……”

听仓田说起来，就好像赤松的罢免已成事实了，

“可以的话，希望到交接之前，您都能好好完成会长的工作……”

“这段时间承蒙您关照了。”

莫名地发表了卸任感想后，走出校长室的赤松，看看手表确认时间，便从尾山西小学离开。现在刚好是上学时间，赤松一路和前往学校的孩子们擦身而过，最后来到尾山台车站搭上东急线电车，直接朝羽田机场前进。

不到中午就搭着机场巴士进入金泽市区的赤松，在车站前的餐厅随便吃了点东西当作中餐。

搭上出租车来到北陆物流，发现这里果然如同网页照片上显示的那样，是一家规模相当大的货运公司。虽说是地方性质的货运从业者，但无论是从建在广大腹地上的物流中心，或是公司大楼里的员工人数来看，这家公司的营业额，绝对高达赤松货运的几十倍。

由于彻底采取了效率化管理，这家公司的前台没有接待人员，只摆放着一部电话与一张公司内线表。拨给事前联络过的负责人后，

没过多久便走出一位穿着制服的女性员工，将赤松带到商谈用的谈话室。

谈话室在二楼，配置着饭店大厅中常见的扶手椅和桌子，整个空间布置得舒适宜人。从透过落地的玻璃帷幕，可以看见物流中心进进出出的货车。赤松怀着羡慕的心情想着，如果赤松货运也能发展成这种大规模的公司就好了。若是这样的公司，想必不用担心像赤松现在面临的那些资金周转与经营上的问题吧！尽管可能还不是上市公司，不过地方上的银行一定会争相提供融资吧。

等了约莫五分钟后。

“让您久等了，是赤松先生吧？”

赤松收回望向窗外的视线，眼前站着一位和自己年龄相近、穿着工作服的男人。

“百忙之中打扰您了，提出无理的要求真是抱歉。”

见赤松起身深深一鞠躬，这位总务科科长相泽宽久也赶紧回应：“不，请别这么说。您先请坐。”

“一如我在电话中提及的，当我前往知多的高森货运拜访时，高森社长提起了贵公司。我这趟来，是想请您多告诉我一些当时详细的情形。”

赤松在事前，已经在电话中大略提过此次来访的目的。他正在做的事，想必相泽也大致能够理解，这从相泽说着“真是辛苦您了”的语气之中，便可略知一二。

“当时联络高森货运的，其实就是我本人。没想到这次高森先生对您说了这么多，因为当时他几乎没怎么回应我呢。不过想想，只打电话和直接拜访，这热忱还是不一样的嘛，也难怪会有这种差别。”

“高森先生提到他的货车是因变速装置破损才导致意外发生的，

当时也被分析为维修不当，可是他却没有提出重新调查。另一方面，贵公司的事故原因则是传动轴脱落，能请教具体的原因吗？”

“我们这边也是被分析为维修不当。”

相泽的回答中透露着弦外之音。

“那么事实上，贵公司自己的判断又是如何呢？这正是我想请教的。”

相泽告诉赤松，自己在进入北陆物流前，曾任职于东京某大型货运公司，从事维修方面的工作。

“基于我当时的工作经验，维修不当根本是不可能的结论。不，直到希望汽车的结论出来之前，维修不当这种结论，根本就不在我们的考虑之中。”

相泽斩钉截铁地说着。同时将他所根据的理由告诉了赤松，那是一个令赤松瞠目结舌的事实。

“果真如此，那岂不是完全能够提出反驳吗？为什么没有这么做呢？”

“我当然想提出反驳……”相泽的表情蒙上一层阴霾，“但被我们社长阻止了。”

“那是为什么？”

面对赤松的追问，相泽的视线朝赤松身后游移。从他的态度之中，赤松察觉到相泽本人对公司的应对方式其实有所不满，然而身为组织的一员，相泽自己的意见一定在组织优先的情况下被牺牲了。这种事，无论哪里的企业都是一样的。

“我们社长曾经是希望汽车的员工。现在他虽然继承了家业，但年轻的时候曾以磨炼为由，进入希望汽车工作。对他而言，那家公司可能算是有栽培之恩吧，再加上那次的事故并不严重，所以……”

虽是意外事故，但并没有出现伤亡，只是货车撞上路边电线杆的程度而已。车上的货物损坏程度也不大，要说有什么大影响，充其量也只是交货延迟罢了，因此也不曾闹上新闻。榎本的名单中之所以漏了北陆物流，恐怕也是这个缘故。

“老实说，我非常不甘心。就算是小事故，也不能就这样算了啊！被指责为维修不当，就代表必须由我负起责任。我无论如何都无法接受，因此才会开始着手调查。然而到最后，社长对我下了最后通牒，要我不可以继续追究，我也只好罢手。‘与其把时间精神花费在过去的事，不如积极向前’，这是我们社长的想法。但就我个人来说，不把事情查个水落石出，实在无法跨出下一步啊！”

从这番话中，可看出相泽身为专业技师的风骨。“更重要的是，问题并不在于我能不能接受。敝公司的货车全都是希望汽车生产的，这次因为是自己人，所以才网开一面，可是真正的问题并没有彻底解决；万一相同的问题再次发生，那该怎么办？下一次很有可能就是重大伤亡了。搞不好会像赤松先生您的公司一样，发生死伤事故也说不定，到那时候再补救就太迟了。有缺陷的货车就像是跑在大马路上的凶器，放着不管岂不等同于罪犯的帮凶吗？”

从相泽激动的话语中，能感受得出他的赤诚与认真。

“去年的事故，对本公司来说已经是过去式了，现在再次追究，只会惹社长不开心。其实，今天我和调查事故的赤松先生您见面，这件事并没有告诉任何人，完全是我的自作主张，因此也请您千万替我保密。”

“没想到您还有这些顾虑，耽搁您宝贵的时间，真的很抱歉。”

听到赤松的道歉，相泽只说了声“没有关系”。在他的语气中，隐隐透露出某种决心。

“只要赤松先生能因此查明真相，我就没有遗憾了。”

“真相，是吗？”

相泽突然静默下来，对赤松投以耿直的眼神。

“我认为这一连串的事故肇因，都出自车辆构造上的缺陷。只不过，敝公司的事故或许无法直接帮助解决赤松先生您的问题。记得没错的话，贵公司的车辆应该是轮毂出了问题？”

根据赤松的调查，与希望汽车相关的事故的确存在多种肇因。除了轮毂之外，还有传动轴、变速装置……

“我认为引起事故的希望汽车缺陷可分为两种。根据我的调查，传动轴脱落的事故和高森货运发生的变速装置损坏，其实可算是同一种肇因引起的。”

“您是指离合器外壳吗？”

“没错。我推测，离合器外壳的破损才是引起其他种类事故的诱因。说起来，敝公司的事故也可归类于此。而另一种就是赤松先生您那场事故中的问题，也就是轮毂。因为种类不同，所以我这边的情报的确无法给您直接的帮助，但还是有间接帮助的可能。”

“间接帮助？这话怎么说？”

相泽暂时离开谈话室，回来的时候，他的手上抱着一沓厚厚的资料。

“这些资料请您带回去吧。说真的，我更想用自己这双手提出对希望汽车的反击，但以我目前的立场而言，那是很困难的。因此，我想将这个重责大任托付给您。”

“这些资料是……”

“这是我进行公司内部调查之后的报告，以及社长从希望汽车那里取得的调查报告书。”

说着，相泽忽然闭口不语，脸上浮现一抹寂寥的笑容。

“自从那次事故发生之后，我在公司内的地位变得很微妙。或许就是因为我太专注于追查这件事吧！”相泽落寞地说，“然而，我就是无法置之不理。就算公司里没人能了解我的心情，相信赤松先生您一定能了解。真是很可悲啊……”

相泽低垂着眉头，苦笑了起来。

“说起来，在这里对赤松先生您发牢骚又有什么用呢！但这半年来，我真的是如坐针毡。请看我的名片，您不觉得有哪里奇怪吗？”

被这么一说，赤松才第一次认真端详起相泽的名片。

“我的头衔写着总务科科长吧？但事实上不是这样的。在那场事故发生前，我其实是维修科的科长。我这样说，您应该明白我有多么不甘心了吧？真的是难以接受……”

“原来如此……”赤松努力抑制住自己脸上的神情，对相泽深深一鞠躬，“真的很感谢您。这些资料，我一定会仔细研究清楚。”

“我很期待您大展身手。”相泽这么说，“今后还有什么想了解的，您可随时与我联络。最后请让我再强调一次，在这些资料中，一点一滴都凝聚了我的灵魂。”

手中这些资料有多么沉重，赤松确实地感受到了。

4

在金泽只停留了约三小时，赤松就搭乘三点半起飞的飞机回到了羽田。当他回到公司时，才刚过下午六点。在飞机里，赤松只顾着一个劲儿地研读着相泽的资料。

相泽说，那是凝聚着他灵魂的资料。

真的完全如此。

而且不仅如此，在这份资料里，还有着一切赤松所追寻的东西。当飞机进入着陆准备，机内亮起提醒乘客系上安全带的警示灯时，赤松终于察觉到这一点。

这份资料中有一个值得注意的地方，同时也是一个决定性的事实。

受到这个事实的冲击，赤松不禁激动得呼吸紊乱，直到空服人员过来关心之前，他的眼光都无法离开那份资料。

“这趟收获如何，社长？”

一看到赤松回来，等待已久的宫代马上从座位上站起身。

因为回来得太早，只见还在加班的宫代脸上写着“大概又是空手而归吧”的表情。

“这就是今天的收获，宫老。”赤松从公文包中取出相泽给的资料，交给宫代，“你也看一下吧！”

在宫代读着那份资料时，赤松进入了社长室，疲惫地瘫在沙发上。

那场事故发生以来，有好长一段时间，赤松都觉得自己仿佛在人世间彷徨着。只要他一闭上眼睛，脑海里就会掠过这段时间发生的种种，眼皮内侧仿佛掀起无数血潮的旋涡，耳边则反复听见远处响起警笛般的声响。“或许没救了”的消极情绪，与“一定还有什么办法”的积极想法犬牙交错，令赤松烦闷不已。不过，这一切终于即将告一段落了。

不知道过了多久，社长办公室的门口传来敲门声。回到现实的赤松睁开眼睛，只见维修科科长谷山以及门田都站在门口。看样子，他们似乎是被宫代叫来的。

“这份资料，也可以让他们看看吗？”

“好，那我来泡茶吧。”

虽然宫代说着“我来就好”，赤松还是坚持自己到茶水间去泡了四人份的茶。

他把茶杯放在专心研读资料的部下们面前。

那是北陆物流这家公司发生的轻微——轻微到甚至引不起话题性——的事故报告书。然而尽管情节轻微，却依然坚持彻底查明原因的相泽，的确拥有不愿妥协的专业职人性格。

“就是这里吧？社长您所注意到的部分。”

不久，门田抬起头来一边说着，手指一边指向其中一份资料上面的“致国土交通省”这行字。

这份资料的标题是“事故原因调查报告书”。这份以希望汽车社长名义制作的资料内容，赤松根本不用再看一眼，就已经牢牢记在脑中了。

针对今年七月十五日，发生于金泽市内敝公司制造车辆之传动轴脱落事故，调查结果显示肇事原因为车辆拥有者——北陆物流股份有限公司内部维修不当所导致。经年使用的车辆发生传动轴脱落乃极为罕见之现象，由于并非常态发生，故经判断，本公司制造之车辆并无采取改善措施之必要。

“这份报告书中断言这种状况乃是非常态发生，但事实上全国各地发生过多起传动轴脱落事故，希望汽车不可能不知情。”

“他们这是企图隐瞒啊，真过分！”

门田毫不掩饰自己愤怒的表情。

“但话说回来，为什么希望汽车要针对北陆物流的事故，对国土交通省提出说明报告啊？”

“好像是因为国土交通省要求提出的吧。”

“要求提出？国土交通省连这种小事故都掌握得这么清楚啊？”

门田惊讶地问。赤松则摇头否认。

“是因为北陆的负责人联络了国土交通省，提出希望汽车构造上可能有缺陷的怀疑。”

一抵达羽田机场，赤松做的第一件事就是打电话给相泽。在电话中，他询问了为何会有这份由希望汽车提交给国土交通省的报告。

“请不要问这个了，赤松先生。”

相泽虽然没有正面回答，但这样的答案也足够了。这份报告书，是在相泽的执着精神下催生的产物。而他用尽全力冲撞、反抗之后所留下的证据，就是交给赤松的那些资料。

“希望汽车就是想把一切责任都推给使用者嘛！”

门田气得丢下这一句。四人思绪复杂，像在迷宫中失去了方向感般，带着困惑的表情沉默不语。最后是宫代的一句话，才将众人散乱的思绪集结起来。

“我们终于发现一条活路了，社长。”

如果希望汽车对北陆物流的事故调查报告中有值得怀疑之处，就表示他们对赤松货运的事故调查或许也有不值得信赖的地方。这就是相泽所谓的“间接帮助”。能够证明赤松调查结果的，也就是这一点。

“我们把这个交给警方吧，社长！”谷山激动地说。

“当然要交给警方。不过，我自己也会再亲自跑一趟希望汽车。

我想要亲手让他们看看自己的错误。”

“对方会愿意受理吗？我们正在和他们打官司啊，社长。”

宫代的提醒很有道理。

“反正都被拒绝那么多次了。”赤松说，“不只是我，还有公司员工、我的家人、被害者柚木先生，大家的人生都被希望汽车破坏了，每个人都在受苦。可是看看那些家伙，他们还不愿意面对自己犯下的错误，明明做出了有缺陷的车子，还想装作不知情，将事故原因全部归咎于维修不当……”

懊恼与不甘的情绪翻涌，赤松口气坚定地说：“警方有警方的做法，我也有我的做法。这是我们和希望汽车之间的战争。”

“真像社长您说的那样啊！”宫代发出直率的感言。

“我天生就是不会找轻松的路走，”赤松说，“所以就干脆笨到底吧！”

“都是因为有你这种社长，所以害我们公司员工也都是这个样子啦！”宫代笑着这么说。

门田也咧嘴一笑，对赤松竖起大拇指。你这家伙还真会装模作样呢！赤松这样想着，同时也对门田竖起大拇指。

“您辛苦了。”

宫代的慰劳之词，赤松也笑着收下。

“把还在加班的都叫来吧，门田。我偶尔也该和大家一起去吃顿饭吧！”

“干得好，社长！”

门田得意忘形地笑起来，把谷山也给逗笑了。眼泪突然夺眶而出的宫代，不断欣慰地点着头。

“我们不会永远挨打的。”当部下们纷纷走出社长室准备下班时，赤松独自低语，“我们也是有骨气的。可别小看老街的货运从业者！”

5

“科长，赤松货运的人要求面谈，要答应吗？”

从办公桌上抬起头，长冈看到部下北村露出困惑的表情这么问。

“要求面谈，什么意思？”长冈说。

“就是说，他想跟科长您当面谈谈。”

“拒绝掉！”

长冈斩钉截铁地说着。他那严厉的语气，一半是出自对北村的不耐烦。这部下未免太不机灵，竟然连这种小事都拿来一一请示。长冈把这归咎为前任科长泽田的管理不周，内心感叹着客服策略科的腐败。

看我怎么把这里整顿起来！

内心这么想着，长冈不禁破口大骂：“你这家伙到底在想什么！赤松货运正在和我们打官司，我哪可能直接和他们的社长见面啊！有没有一点常识啊你！”

“是，对不起。”

“再说，我们公司也没有闲工夫应付这种无聊的小公司。”

拔高声音说着，长冈神经质地举起长尺敲打办公桌。

“你去跟他说，想找我就通过律师，大家法庭见！”

“但是对方刚才有说，来的时候会请律师随行。”

“你说什么？”

长冈望着北村肥胖的脸。

“该不会是想来提和解的吧？”

和解，是吗？

一听到北村这么说，长冈便改变了想法。

泽田所无法阻止的赤松货运的反抗。连补偿金都准备了，却依然不为所动的对象，如果自己一上任就能顺利解决的话，在公司内的评价肯定能大大提升。

这是个好机会。

“和解是吧。事到如今他还真敢打这如意算盘哪，喂！”

长冈克制着不露出得意表情，摆出一副不胜其扰的语气，“那是什么时候？”

北村一头雾水地站在原地。

“我在问你，对方想要什么时候来谈！”

“啊，是……”北村慌慌张张地掏出便条纸，边确认边说，“他说希望可以尽早。明天或后天，请科长告知您有空的时段。”

“我知道了。你去联络我们的律师，把时间地点敲好。”

“明白了。”

北村一脸紧张地跑回座位。从这边可以听得见他打电话给顾问律师的声音，敲定的时间是隔天下午三点。

“我知道了。”长冈故作严肃地说，“明天你也一起出席。”

在部下面前表现一下也好，让他见识见识自己与泽田有什么不同。

看着北村鞠躬退下的背影，长冈偷偷露出微笑。

不过是个老街的小货运从业者，看我怎么收拾你！

6

“高幡哥，有个叫赤松的人来找你。”

港北警察局的高幡正坐在办公桌前一边喝罐装咖啡一边抽烟，总机这通电话完全出乎他的意料之外。

赤松？不会是那个赤松吧？

时间才刚过早上七点半。

“请他上来。”

高幡说着捻熄香烟，视线望向还未出勤的搭档座位。当他从椅子上站起身时，腰痛的老毛病再次发作，痛得表情都扭曲了。这老毛病一年比一年严重，最近只要在外面查个案子一整天下来，腰就会痛得受不了。

高幡走出办公室，在电梯前等待。

赤松究竟所为何来？

高幡板着一张脸，反复看看自己蒙尘的鞋尖，又看看电梯的楼层显示灯。不过，在他还没想出什么具体的可能性之前，电梯门就打开了。从里面走出的正是高头大马的赤松。

“不好意思，一大早就来打扰。”

一见到高幡，赤松就轻轻低下头致意。

“开车来的吗？”

或许是时间太早脑袋还不清醒，高幡一开口竟问了如此可有可无的问题。他带领赤松，走进刑警办公室。赤松不是需要在会客室招待的客人，在这里也比较好讲话。

走回自己的座位，高幡拉过一张空椅子请赤松坐下。

“要喝茶吗？”

以连自己都觉得冷淡的声音这么一问，得到的是赤松一样冷淡的“不必了”。

这家伙，到底是来干吗的？

这两个月来的种种片段景象与累积的情感碎片，在高幡的脑海里一一苏醒过来。他默默地掏出一根新的烟点燃，对赤松投以不友善的目光。他将烟灰缸朝赤松的方向推过去，赤松却摇头表示不需要。高幡这才想起发生事故后对赤松问话时，他也说过不抽烟。

“对哦。”

说着，他便拿回烟灰缸。高幡吐出一口烟，隔着烟雾看着眼前这个嫌疑犯。

“因为我听说，这个时间您多半会在署里。”赤松说。

“是啊，我上班一向很早。”

赤松不再说话，无言地凝视着高幡，眼神中透露出一股决心。刑警当久了，有时就是会遇上这样的眼神。

而遇上这种眼神时，接下来大概都会发生些什么。例如自白、抵抗，或保持缄默。会用这种眼神看人的，都会做出某些事。长年的经验累积还让高幡知道，这种人都很顽固，只要一决定的事就再难更改，想必赤松也不例外。听说，赤松货运不但经营上已开始出问题，还有好几个官司要打。他今天来，或许是因为心境产生了某种变化吧！

那场事故后，高幡曾多次前往被害者家吊唁。

每当站在死者遗照前双手合十，他总会在内心如此发誓：“你一定很不甘心吧？我绝对会帮你揪出犯人的。”高幡从柚木口中得知他已对赤松货运提出诉讼一事，就是高幡在十二月前往吊唁时，站在妙子的遗照前听说的。那张照片也曾出现在事故发生隔天的报纸上，所以高幡印象很深刻。

你们警方到底是在干什么啊！

柚木的话听在高幡耳里，让他不禁产生了这种指责的感觉。所以，当柚木告知对赤松提出诉讼时，高幡不假思索地回答了声“对不起”。说完之后仔细想想，才发现这么回答很奇怪，但这或许是高幡在不知不觉中说出的真心话。

最初，他一直认为逮捕赤松只是迟早的问题。

然而，进入赤松货运公司内部搜查的结果，找到的所有证据不但无法证明赤松货运维修不当的事实，反而证实了其维修状况的完善。

心情上很想早日逮捕赤松，现况却是无法掌握足够的证据，导致办案进度停滞不前。

此外，还有另一件一直令高幡耿耿于怀的事。

那就是赤松曾经提出的儿玉通运事故。高幡调来当时的事故调查书，出示给刚好来港北署里办事的科学搜查研究所人员看。

“如果是这种程度的零件损耗，在行驶上应该毫无问题才是。”

这句话一直停留在高幡耳边，难以忘怀。

正当高幡怀着戒备的心情等赤松出招时，赤松发话了：“请问那起事故的搜查工作，还在继续进行吗？”

这句话太过单刀直入，语气近乎挑衅。不，或许赤松的本意正是挑衅也说不定。

还在继续进行吗？当然还在继续进行啊！高幡按捺住想反驳的冲动，只淡淡地说：“这有什么问题吗？”

“事故发生之后，我们公司陷入苦境。不但重要的客户离开，还被银行取消了融资。公司里有人辞职，家人受到周遭无谓的毁谤中伤。这种状况，您能想象吗，高幡先生？”

这个混账。高幡感到内心深处有股怒气不断地慢慢涌上。

“说起来，这正好说明了那场事故有多严重吧！”

真是令人火大。一大早来，就为了说这些莫名其妙的事吗？身为嫌疑犯竟敢杀进警察局这么做，好大的胆子。

高幡叼着烟观察赤松的表情，想着该怎么回应。然而，不知是否太生气，他一直找不出适当的词汇。

“我在电话中告诉您的事，您调查过了吗？高崎那家货运公司的事。”

“查过了，那又怎么样？”

这句话毫无疑问地唤起了赤松的愤怒。

“难道你还认定事故原因在于敝公司的维修不当吗？”

赤松的语气骤然激动了起来。

高幡陷入了沉默。想了一会儿，他才回答说：“恕难奉告。”

“想必是因为搜查毫无进展吧？”赤松出言挑衅。

“是又如何？”高幡也豁了出去。

“刑警什么的听起来很了不起，毕竟也是来办公室睡睡午觉，就能领薪水和退休金的公务员嘛！”

“你可以滚了！”高幡大声打断赤松，“快走！”

他抓住赤松的手臂，想将赤松往外推，赤松却不动如山。好死不死，这时腰间又传来一阵刺痛，高幡整张脸皱成一团，发出“呜”的呻吟声。真是丢脸啊……正当高幡这么想的时候，赤松以不输给高幡的音量高声说道：

“不用你赶，我话说完自己会走！”

高幡虽然讶异，却被赤松凌厉的气势震慑而无法回应。

“你知不知道因为警察办案这么随便，害我们承受了多大损失！

难道我们这些损失，都可以向警方申请赔偿吗？”

“你别贼喊捉贼，赤松！”

突然，高幡的眼前化成一片白。

下个瞬间，高幡感觉到有什么东西用力摔到了自己脸上，然后散落一地。他痛得眼中冒出怒火，大喊：“赤松！”但赤松却无动于衷，继续说道：

“希望汽车的缺陷不只有轮毂，还有传动轴也有问题，推测应该是离合器外壳的缺陷引起的。这两个月来，我们持续要求希望汽车归还零件却都毫无回应，这一份是针对零件归还问题的诉讼资料！”

“你以为我不知道你对希望汽车提起诉讼的事吗！”

正当高幡用尽全力反驳时，“那这件事你又知道吗？”赤松又将另一份文件用力朝桌上摔去。

那是希望汽车向国土交通省提出的事故调查报告。

“用你那空洞的脑袋仔细想想这是什么吧！你们警察总是这样，不是吗？路上被拦下来的永远是小摩托车，何曾看过流氓的改造车被拦下来？只会对弱小的对象虚张声势，遇到强大的对手就怯懦了吧？别老是欺负我这小货运公司，偶尔也试着斗一斗更大的对象啊！”

“你这家伙……”

在咬牙切齿的高幡周围，听见骚动的警察同事开始纷纷朝这聚集。

然而，正当高幡的脑袋因愤怒而发涨时，赤松的一句话轰然响起，宛若给了高幡当头一棒。

“这份报告书里，藏着希望汽车意图隐瞒的过失。”

高幡不由得惊呼失声。

“偶尔也让人看看警察对社会的贡献吧。我想说的就是这些了！”

不会吧！高幡心里想着，视线落在右手按住的文件资料上。他拿起文件，目光追逐着上面的白纸黑字。等到他再次抬头时，赤松的身影已经消失在办公室的门口，再也看不见了。

7

在约定前五分钟时，赤松与小诸律师在希望汽车总公司前会合了。向前台人员告知来意后，他们被带到与之前来时一样的会客室里。

“小诸律师，百忙之中又得麻烦您了。”等待时，赤松对小诸这样说。

“别这么说。”小诸客气地回应着。

“要是没有我随行，对方一定不同意会面吧。再说，我想对方一定也会有律师陪同。这样也好，不用浪费更多时间，只不过结果如何还难以断定就是了。”

等了几分钟后，随着一阵敲门声，走进三个男人。

走在前头，体型微胖的是北村那小喽啰。后面两人之中，年约四十的男人对赤松说道：

“这位是本公司的代理人富田律师。我是泽田的继任者，敝姓长冈。”

富田只微微点头，傲慢地望着赤松。他的外表一看就是所谓的“布尔乔亚律师”，穿着高级西装与定制衬衫，袖口还用蓝色绣线刺上姓名缩写。再加上手上的金色高级手表，整体形象与其说像个律师，倒不如说更像是个靠缺德买卖发迹的奸商。

“泽田科长调职到哪里去了？”

长冈入座后，赤松这么问着。这不过是个随口提起的问题，长冈却冷冷地回了一句：“请不要干涉本公司的内部人事。”

接着他又说：“不知您今日来有何要事呢？”

“我的要求还是那些，希望贵公司能尽快归还零件并道歉，此外就是赔偿敝公司的损失。”

赤松货运对希望汽车提出的诉讼中，除了控诉希望汽车侵占属于赤松货运的汽车零件之外，还包括损害赔偿。

“这些事法庭上谈就可以了，到时候该做出什么回答，我们就会做出什么回答。”长冈一副吊儿郎当的口吻，“还有，这件事我必须事先声明，过去泽田对贵公司提出的提案，现在已经不具效力了。事到如今，若还想要我们履行，那是不可能的。”

“我今天当然不是为了这种目的而来，请放心。”赤松说着切入正题，“我今天来，是希望能找到比打官司还简单的解决办法。不过，请别就此误会。我并不是来要求和解的，这句话可得先说在前头。”

“不知道你想表达什么，可以请你讲重点吗？”

长冈一副不屑的语气，脸上带着讥讽的微笑这么说道。和那扭曲的笑容正好相反，在他望向赤松的眼神中，毫无保留地散发着强烈的敌意。

赤松视若无睹，打开公文包拿出一份文件。

“你们知道这是什么吗？”

希望汽车的三人同时望向文件，却都没有回答。

交互看了看三人的表情，赤松说：“这是事故名单。”北村眯起眼睛，长冈双手抱胸露出阴险的表情，律师则恍若未闻，毫无反应。

“这份名单上的所有事故，都是由希望汽车生产的货车与拖车引起的。”

“请你等一下。”律师富田蛮横地插嘴，“什么叫都是由希望汽车生产的货车引起的？事故原因应该出自其他地方吧？请注意你的用词！”

“不劳您操心，我当然很注意自己的用词。更何况这里又不是由偏袒大企业的法官所主持的法庭。”

“你太失礼了！”

富田脸色一沉，但让他无法继续说下去的是，赤松接下来这句话。“这份名单，是从《周刊潮流》那里获得的。”

“我亲自拜访了这份名单上大多数的公司，想查明真正的事故原因。我可是名副其实的不辞辛劳，一一实地查访哦！结果，你们知道我发现了什么吗？贵公司生产的车辆引发的事故有两种肇因，一是轮毂，二是离合器外壳。有问题的轮毂引发的事故如同敝公司，属于轮胎脱落事故，而离合器外壳引起的问题，则主要分成传动轴脱落和变速装置破损两种。不只如此，以上这些问题引起的事故种类更是五花八门，其中除了车辆损毁之外，当然也包括敝公司遇上的重大伤亡事故。然而，调查结果却显示，贵公司将所有事故的肇因一律归咎为维修不当。”

长冈有如吐着舌信等待出击的毒蛇一般，听到这里终于反击道：“你究竟想说什么？”

“原因根本就不是维修不当。”

“真是蠢话连篇。”长冈鄙夷地说，“赤松先生，我不是不能理解你的心情。毕竟被逼到快破产了，我想你一定很难受吧？我很同情你，不过你也不能因为这样，就不分青红皂白地诬赖我们啊。视情况，我们可是可以再告你一条毁谤名誉哦！”

“有意思，请尽管通过那边那位金表律师去追加控诉啊！只不过这么做，到时候吃亏的会是你们自己。”

富田眼中冒出怒火，似乎想挤出一两句话来，但最后还是没有说出口。

“你这话是什么意思？”

面对仍旧用轻蔑语气说着的长冈，赤松递出的是希望汽车提交给国土交通省的那份事故调查报告书。

“去年七月，位于金泽市内的北陆物流公司，其所拥有的希望汽车生产货车发生了传动轴脱落事故。这是当时贵公司针对此事提呈给国土交通省的事故调查报告书，在这里面，贵公司主张传动轴破损脱落属于‘罕见现象’，并以‘非常态发生’为由，断言‘不需采取改善措施’。”

“这有什么不对吗？”

面对嘴硬的长冈，赤松拿起钢笔，用力敲打着他最早拿出的那份事故名单。长冈被赤松的举动所吸引，整个人骤然变得紧张起来。

“其他事故之中不乏同样的传动轴脱落啊，长冈先生！这绝对不是什么罕见现象，然而这份报告书却隐瞒了还有其他类似事故的真相，根本就是蓄意造假！”

“开什么玩笑！”长冈也口沫横飞地反驳回去，“只不过是发生一两件类似事故，这完全属于罕见范围之内吧！希望汽车生产的货车总数可是有几十万辆，相比之下，这样的故障数量根本构不成问题。问题不在发生了什么事故，而是事故发生的原因吧？再怎么性能优秀的车，如果不好好使用保养，也会坏，这是理所当然的事。”

“你敢断言这话是基于严正调查之后的结论吗？”

“那当然。本公司的研究人员向来审慎应对，调查过程也完美无缺。”长冈骄傲地说，“只不过调查结果刚好就都是维修不当，这也是没办法的事吧。总不能说每次都是一样的结果，就要我们偶尔换换其他理由来报告吧！本公司的研究中心可不提供这种好看的优惠哪！”

长冈语带揶揄地说完后，露出得意扬扬的表情。

“哦？不过这份报告书中对于北陆物流的事故原因，做出维修不当的判断，这一点我实在无法接受。”

“你接不接受关我们什么事！”长冈提高音量，激动了起来，“维修不当就是事实。就算发生事故，我也相信维修是有维修啦。可是，赤松先生，车辆使用三五年后不免老朽化，如果只知一成不变地维修，那当然会出问题吧！在适当的时机更换新零件也是很重要的，虽然不要求永远维持着新车的水平，但总是要去保持接近新车的状态嘛！北陆物流是不是真的有这么严格地维修他们的车，你又确实调查过了吗？应该没有吧？既然没有，就请别在那里血口喷人！”

赤松拿起长冈“客服策略科科长”的名片端详了好一会儿。上一任科长泽田虽然也是个自以为是的家伙，不过这个长冈更是有过之而无不及。

“我的确没去调查那辆车。”赤松说，“不过那是因为在北陆物流这件事上，根本没有调查车辆的必要。”

长冈先是夸张地愣了一下，然后露出胜利的表情，志得意满地望着赤松。这时，正面迎向长冈的视线，赤松第一次将从相泽那里听来的事实说出口。

“那是一辆新车啊，长冈科长。”

“什么？”

长冈那高傲的眼神，一动不动地直视着赤松。面对那双眼睛，赤松继续说：“北陆物流发生事故的那辆车，当时刚买一个月，总行驶距离不过三百二十公里。”

“不……不会吧……”

长冈脸上顿时血色全失。

“这样你还敢说肇因是维修不当吗？”

8

“这份关于金泽市内事故的调查报告，可以说是一份完全造假的报告书。它故意以误导式的写法，将事故车辆描写成长年使用的旧车，但实际上那根本就是一辆新车。由此可见贵公司根本没有经过好好调查，就随便做出维修不当的结论，更别提分明发生过数起类似事故，却指称传动轴脱落属于非常态的罕见现象，分明是企图隐瞒车辆本身的重大缺陷吧。我有说错吗？”

“你……你最好等确认过事实再来说这种话……”

一改方才志得意满的骄傲姿态，赤松指出的出乎意料事实，令长冈狼狈不堪。

“官方说法就省省吧。”赤松讽刺地说，“难道说贵公司的货车，还在新车阶段就会产生维修不当的情形吗？”

“这还是要看使用情形而定吧？”此时，富田出言干涉，“你不是也承认并没有实际确认过北陆物流那辆车的使用状况吗？既然如此，那你又怎么能断言刚买的新车一定不会产生维修不当的情形？您似乎一面倒地想将责任归咎在希望汽车身上，是不是也应该怀疑一下使用者自己的责任呢？”

“你这句话，敢在所有希望汽车的使用者面前说吗？”赤松直视着富田的眼睛，“北陆物流是一家大规模货运公司，公司内部的管理营运也很有系统，究竟是一家什么样的公司，只要亲眼看过一定会明白。得知事实真相之后，我看大多数的消费者都会放弃选择希望汽车吧！”

“你这样说可就大错特错了。我们可是希望集团下的汽车公司，拥有广大忠实客户，其中不乏死忠的支持者。你说的那种事不可能会发生。”长冈大言不惭地说着，“你也不看看整个希望集团有多少企业客户，我们稳固的业务基础是不会因为这点小事就遭受动摇，失去客户的。”

“还记得三年前隐瞒召回爆发的丑闻吧？当时业绩不是急转直下了吗？事实都摆在眼前了，你还敢说出这种话吗？好歹是个客服策略科科长，怎么连这点常识都没有！奉劝你最好别看不起消费者的力量哦！”

愤怒令长冈脸色发白。

“隐瞒召回早就是过去的事了，不是吗？只有你还执着在那种八百年前的事吧！”

“你真的太小看消费者了。”赤松应道，“确实没错，或许经过了三年的岁月，社会大众关于希望汽车不正当行为的记忆已经变得淡薄，可是那并不代表这件事已被遗忘。人人都还记得希望汽车是一家干过卑鄙勾当的公司，而人人也都对希望汽车是否真已改善这种体制心存怀疑。如果现在同样的事再次被揭露，消费者的反弹可就不是三年前能比得了的。要是你们认为这样还能博得消费者的信赖，那恭喜你，你的脑袋真不是普通的有问题。”

“谁的脑袋值得被恭喜还不知道呢，等你能证明那是事实再说吧！”长冈死命维持高傲的姿态，“这就是你说的比打官司还简单的解决办法吗？你今天来就是为了说这种事情的吗？”

“接下来由我来说明吧。”一直在旁默不作声，观察事情发展的小诸律师开口了，“今天赤松社长所说的内容与提出的文件，我们打算视条件作为出庭时的呈堂证供。老实说，有这些就足以证明贵公司对赤松货运事故做出的调查报告实属杜撰，而争议焦点的零件拒绝归还，也可视为贵公司在企图隐瞒过失之下所采取的手段。”

“是吗？事实究竟如何，还是让法官来裁夺吧。”

富田表现得气定神闲，令赤松难以判断究竟他只是虚张声势还是真的有把握。然而，小诸却以和富田不相上下的悠哉口吻说：“若在官司进行的过程中，贵公司企图湮灭证据与隐匿召回事实的真相被暴露出来，那么贵公司的企业态度也就难以逃过社会伦理的检视。当事实真相被摊在社会大众眼前时，对贵公司的业绩打击可就非同小可。奉劝各位，还不如趁现在坦白承认车辆缺陷，别再企图隐瞒需要召回的事实，并向社会大众道歉，同时尽快赔偿赤松货运的损失才是上策。只要贵公司有这个意愿，我们随时都愿意接受，并撤销诉讼。”

小诸这番话都还没说完，富田便已露出失笑的表情。

“承蒙小诸律师大好的提议，不过这根本是连考虑都不用考虑的。”富田说，“说起来，打算拿这种文件指控希望汽车隐瞒缺陷根本就是太夸张。就算这份文件是事实，那充其量也不过就是敝社犯下的一点‘小错误’而已吧？如果是有重大伤亡的事故那还能理解，但那场事故如此轻微，何必为了货车翻覆的小事去杜撰不实报告呢？既没有伤亡者，损失也不大，就我看来，对方从业者会去向国土交通省投诉，基本上就是小题大做，估计只是哪个歇斯底里过头的员工，擅自夸大事态而已吧！难道希望汽车只因为没有好好调查这种小事，就得背上偷工减料的黑锅吗？”

“如果，如果你是发自内心这么想的话，那这番话就是对所有购买、使用希望汽车的公司与人最大的侮辱！”本想沉默到底的，但赤松终究是忍不住，说出了这句愤慨的话，“杜撰这份不实报告的目的只有一个，那就是提出维修不当这个结果，好防止国土交通省追查隐瞒召回的事实。一旦展开召回需要花费的金额庞大，换句话说，希望汽车借由这份假造的报告书，省下几十亿、几百亿的经费！为了这个目的，甚至不惜牺牲人命！”

富田在赤松这番话语下，完全失去了反驳的能力。

9

“致国土交通省报告书的内容外泄？”

将这件事传达给狩野的是质量保证部的一濑，在他身后站着客服策略科的长冈。即使在这大冬天里，小个子一濑的额上还冒着大颗汗珠，肩膀则是不住地上下起伏。由此可见，当他在接到长冈与赤松应对的报告后，赶到狩野办公室报告时有多么匆忙。狩野冷冷瞥了一眼心虚的长冈，才伸手取过一濑呈上的文件。

“这就是那份报告书。”

这是赤松出示的那份调查报告书复印件。听完长冈报告与赤松面谈的概要后，狩野有种前所未有的危机感。

“你这个蠢材，连一个小货运从业者都搞不定吗？”

在狩野唾骂之下，长冈整个人就像个泄了气的气球般蜷缩成一团。看见他这副模样，更增添了狩野内心的烦躁。

“到底在搞什么鬼！”压抑不住满腔的怒意，狩野破口大骂。

一旁的一濑一面谢罪，一面辩解着：“其实，北陆物流的社长过去曾到本公司服务过。事发当时他自己说，只要能随便提供一份报告书给他就行了，所以这边也没有多想，怎么也料不到，报告书内容竟会外泄，而且还这么不巧落入了赤松手里……”

“这种东西万一真被他带上法庭，事情可就难以收拾了。不能想办法拿回来吗？”

“您的意思是指，答应赤松的律师所提出的要求吗？”长冈问着。

“愚蠢的东西！”狩野尖锐地斥责，“我不是那个意思！我是说不能让他得逞！明知道这种东西不能让他拿上台面，你刚才为什么不做点退让啊！”

“真的很抱歉。”

“现在道歉能解决问题吗？”

愤怒的狩野，却难以控制内心不断扩张的不安。

万一报告书真被拿上法庭，当作呈堂证供该怎么办？

媒体一定会马上闻风而至吧。到时候还有办法再次抹消报道吗？不，如果已是官司过程的话，就连栽赃成虚构报道的可能性都没有。

媒体一介入，事情很快就会传到国土交通省耳中。

到时候，可不是耍耍小手段就能逃得掉了。

“不如，由我们这边提出修正报告如何？”这时一濑提出意见，“在事情还没闹大前，以公司内部调查发现错误为由，重新提出一份再调查后的修正报告。如此一来应该可以降低事情的严重程度，毕竟那本来就不是太严重的事故。”

狩野望着一濑，思考着这个可能性。

“我想可以找到维修不当之外的理由，只要承认的是 S2 或 S3 等级程度的失误，就可以避免召回了。”

只能这么做了。

“马上去办。还有……”狩野问道，“赤松货运现在营运情况如何？资金还周转得过来吗？撑不撑得到上法庭？”

“这个就不清楚了。因为没想到事情会是这样，所以也一直没……”

“够了。”

狩野嫌恶地打断长冈的借口。反正只要东京希望银行一开始回收融资，赤松货运再撑也撑不久了。一想到自己竟被这家快要倒闭的公司玩弄在掌心，狩野就满肚子不愉快。

“今后不必再理会赤松货运，我们只要好好应付国土交通省就没问题了。”

狩野下达了这道简短的指示后，一濑和长冈连忙低下头，然后便如同逃难似的离开了狩野的办公室。

“虽然对方一如预测，还是死咬着不放，不过可以看得出他们反应不小。”走出希望汽车大楼，小诸望着赤松这样说，“从现在开始才要一决胜负呢！”

其实只要看那个叫长冈科长的态度就知道了；那个拼命掩饰狼狈的样子真是令人难忘啊。

不过，只有这样并不算胜利。

“赤松先生，有件事我想拜托您。”小诸认真地面向赤松说，“就算赢了官司，如果赤松货运却因此倒闭，让员工们流离失所的话，那这场奋战就等于没有意义。我一定会尽全力打赢这场官司，至于赤松先生您，就请专心在维持公司运作上吧！”

“我明白。”

这场官司，希望汽车为的是金钱，赤松货运为的则是生存，不能本末倒置。

心意一决，赤松深深弯下腰对小诸一鞠躬。

“律师先生，请您多多帮忙了。”

“总之我们都尽全力吧。对了，您现在要回公司吗？”

“不，我打算去一趟潮流出版社。”

“潮流出版社？”小诸问，“取消报道的那本杂志吗？”

“嗯。我想去报告一下目前的状况。昨天我和那位记者通过电话，他也有些事想了解。”

对榎本而言，这件事本该已是过去式。然而昨天从榎本说着“请务必告诉我详细情形”的语气之中，赤松还是能感受到残存的热情。

“毕竟是牺牲过一次报道的出版社，或许还是别太指望他们会比较好。”

“嗯，这我知道。”赤松说，“我只是希望即使多一个人也好，让更多人知道我调查出的事实真相。”

说罢，小诸便挥手道别，走进地铁车站。

和榎本约定的时间是下午五点。告别律师后，赤松走到神田消磨时间，等到约定的时间才前往潮流出版社。

赤松将自己跑遍全国，拜访名单上公司的事告诉榎本。

同时他也说了在北陆物流认识相泽，以及得知传动轴脱落事故的概要。此外，赤松也将从相泽那里所获得，希望汽车对国土交通省提出的事故调查报告复印件放在桌上展示给榎本看。

榎本拿起报告书端详了好一会儿。赤松说：“北陆物流的那辆货车，是当时刚买一个月的新车。”榎本听了，表情立刻转为震惊，抓着文件的手指也开始微微颤抖。

"竟然有这种事……"

榎本低声呻吟着，无法聚焦的目光望向赤松背后的虚空，"一直到最后，我调查出来的都是些间接证据。明知相继发生的轮毂损伤事故与多起传动轴脱落事故背后一定有什么问题，但就是无法获得直接证明，无法证实希望汽车所做出的维修不当乃是不实的结论。如果有这份报告书的话，或许我早就能毫不犹豫地报道这件事了……"

"现在也还不迟啊。"

赤松试着这么说，但榎本却没有回应。

赤松并不了解杂志的世界，然而这时榎本视线传达出的信息却暗示着，报道一旦被抽掉，必定永无再见天日的一天。果然，榎本接下来便说了这样的话：

"周刊杂志这种东西，永远都在追求最新的消息。"

"直到现在希望汽车都还在进行这种不当行为啊，榎本先生！"

赤松的反驳，只令榎本露出沉郁的表情。

"总之，那件事请不要再提了。"

"好吧……"深深吸了一口气，赤松也不再多说。

"接下来，您打算怎么办？"

正当赤松打算结束话题时，榎本这么问。与潮流出版社相距不远的这家咖啡厅，正是两人上次见面谈话的地方。赤松望着榎本好一会儿才开口，用果断的口吻这么说：

"我当然打算抗战到底。我早已下定决心要这样做了，不是吗？"

走出店外时，天色已经全黑了。或许是相对于白天的好天气，入夜后感觉室外特别地冷。寒气侵袭而来，渗入骨髓。

"祝您旗开得胜。"

握住榎本伸出的手，赤松说：“如果您改变心意的话，请随时写出那篇报道吧。”说罢，他笑着朝榎本挥了挥手。

隔着一层薄雾，夜空中连一等星的光芒也模糊难辨。回头一看，已不见榎本的身影。赤松拉紧外套，快步走向地铁车站。

10

就在赤松与榎本会面的同一时间，港北警察局会议室中也正如火如荼地召开起搜查会议。

这次的会议并非例行会议。在高幡的提议下召开的这场会议，参加者包括搜查总部的八名刑警与科长。事故刚发生时高达二十名的搜查人员，在搜查发展渐趋低迷后，也因支持其他案件而慢慢缩编，到事故发生两个月后的今天，只剩下八人小组的阵容。

“其实今天早上，赤松社长带了这份资料来找我。”

以此为开场白，高幡详细说明了赤松带来的名单代表的意义，以及如何获得报告书的过程。

其间没有人发出质问。高幡认为，与其说是大家没有疑问，倒不如说是因为事态的发展太出乎意料了吧！搭档吉田也露出难以言喻的表情沉默着。看样子，大概也是因为眼前的事实几乎推翻了至今的搜查方向，使他大受打击了吧。

“我们一直以来都朝着赤松货运过失致死的方向进行侦办，但在公司内部搜查之后，却依然找不出决定性的证据。老实说，或许那时我们就该察觉有异，发现真正应该搜查的对象另有其人。”

“这种复印件报告书真的能相信吗，高幡哥？更何况这是嫌疑犯提供的资料吧？”

开口的是多鹿路雄。今年四十岁的多鹿和高幡相差将近十岁，在刑警当中是个年轻的理论派。外表潇洒、毕业于公立大学的他，和一般刑警的形象截然不同。然而，能言善辩，有时甚至强词夺理的多鹿，在高幡看来，颇不讨人喜欢。

这个多鹿在本案上打从一开始，就主张对赤松货运发出逮捕令。一直无法顺利逮捕赤松的原因，本应出于没有确实证据。但就多鹿看来那并非没有证据，而是负责现场搜证的高幡方法有问题，才导致证据不足。在搜查会议上，两人多次为此起过激烈争执。

“我已经向国交省确认过啦。这份文件是真的，而且报告书上记载的车牌号也查过了，确实有这辆车。北陆物流在事故发生前一个月购买了这辆新车，并登记了车牌号。其他的我不敢说，但希望汽车针对这起事故所提出的调查报告书，内容确实存在造假。”

“维修不当啊。”

突然看着报告书冒出这么一句的是科长内藤哲治。众人的眼光立时集中到双手环抱胸前、陷入沉思的内藤身上。然而向来作风谨慎的内藤并未发表意见，反而要高幡继续说下去。

“目前的疑问一共有四点。”高幡说，“第一点，写下这份报告书前，希望汽车到底采取什么态度来调查这场事故。如果按照正常程序调查，不应该犯下如此粗浅的错误。第二点，这份报告书中指出传动轴脱落并非常态，但事实却是同时发生了多起类似事故。明明存在类似事故，他们却主张这并非常态，其根据究竟何在？第三点，这也是关乎事件整体的疑问，那就是这份报告书究竟是出自希望汽车意图诱导而写下的，还是只是单纯的错误？”

“如果是意图诱导，那是为了什么理由呢？”多鹿问道。

“那当然是为了隐瞒产品缺陷啊。这家公司三年前可是因隐瞒召回的事实被揭发而吃了不少苦头呢！”

“我的意见刚好相反。”多鹿提出反驳，“希望汽车好歹也是上市大企业，怎能容许再次发生和三年前一样的丑闻？我不认为有这种可能。”

“我一开始也不认为啊。”高幡粗鲁地回应着，“可是，这不就正是你常强调的，不可秉持先入为主的观念吗？”

看到多鹿闭上嘴，高幡又继续说：“第四点疑问，我想大家也都知道了吧，那就是除此之外，是否还存在同样不实的报告书。换句话说，我们在查的这起案子，是不是也牵扯到这种事。”

高幡指出的，正是横滨母子死伤事故中，希望汽车提出的“维修不当”调查报告究竟是否真实。

“既然发生过这么多事故，其他搜查单位都未曾怀疑希望汽车的产品是否有所缺陷，那不就是清白的最好证明了吗？没什么好怀疑的。”

不出所料，多鹿果然提出反对意见。

“我们过去还不是完全相信希望汽车的调查结果？”

听高幡这么一说，“请等一下”，多鹿又再次提出异议。

“要想证明希望汽车是否有所缺陷，就表示得把他们列为搜查对象。那么大的企业，光靠这里几个搜查员怎么可能应付得来？想确立证据，我看比登天还难吧！更何况，之前大费周章对赤松货运展开内部搜查，如今却要放弃这条线？当初提议搜查赤松货运的可是高幡哥你啊。你的自尊心到哪儿去啦？”

多鹿说的话一字一句，都像刺进高幡的心脏。平日的高幡，或许早已和多鹿争得差点大打出手了吧，这一点从吉田在一旁紧张的样子就知道了；然而此时，高幡却死命地咬着嘴唇，克制自己颤抖的身体。

不过他并不是气得发抖。

而是因羞耻而颤抖。

“自尊这种东西，我老早就舍弃了！”

听见高幡如此宣告，全体搜查员都望向悲愤莫名的他。惊愕、狼狈、哑口无言。周遭的警察们露出各种表情望着他。“我的自尊，那种东西一点都不重要。”

“不能忘记的，应该是被害者的痛苦才对吧！”

不能亲眼看着幼小孩子长大的母亲内心的怨恨，以及被留下的家人的痛苦悲伤。

在宝贵的生命之前，区区自尊又算得了什么！

抱着这样的信念瞪视多鹿，高幡又转身面对始终抱着双臂闭上眼睛，不发一语的内藤说：“请让我再次调查这份名单上的所有公司吧，科长！”

“都已经查到这个地步了才改变侦办方向，会让人笑掉大牙的。我看，还是继续从赤松货运维修不当的方向着手吧！希望汽车的报告书绝对具有可信度，只要有他们做后盾，以后不管怎样都不会出问题。”

“喂，多鹿！”高幡不由得激动了起来，“你当真这么认为？”

多鹿露出警察官僚般的冷漠视线望着高幡。

“警察不是像你这样当的吧，高幡哥。都已经查赤松查两个月了才改变方向，世上没有这种道理的。”

“这是根据搜查结果做出的结论。”

“赤松正对希望汽车提出诉讼哦。你竟然用这样的赤松所提供的情报做根据查案，如果什么都查不出来，我们署就等着在其他署前面子扫地好了！”

“你是为了谁当警察的！如果为的是出人头地，那不如离开现场侦办工作，到警察总部去吧！”

高幡怒吼着，接着又对内藤大喊“科长”，一拳捶在会议桌的廉价桌面上。

“老高啊，不要这么大声啦，我还没到要装助听器的年纪啊。”

好不容易，内藤终于开了口，结果却是这么一句让人无力的话。

“喂，多鹿。你呢，就去查查这份名单上的事件，看关于其他事件，希望汽车是否也对国土交通省提出了报告。”

“科长！这样真的妥当吗？”

多鹿露出不服的表情，大声抗辩着。看到多鹿露出这般表情，内藤气定神闲地说：“也没什么不好嘛！”

“我都不顾面子了，你们也别顾什么颜面了。无法不顾面子的人，现在可以提出，今后可以不用再负责这件案子了。不过，退出的话，事后也不准再啰唆。”

内藤说着，八名搜查警察都默不作声。多鹿咬着牙，看似想退出搜查，没想到最后还是留了下来。

“除了多鹿这组之外的六个人，就前往各县警局询问这份名单上的事故详情。如果还有哪里留下当时事故的破损零件等证物，就把东西借调回来。”

“科长，请让我去希望汽车一趟。我想去查查赤松货运的轮毂，是不是还在他们公司里。有的话，我打算收押回来。”

高幡提出要求。然而一番思考过后，内藤拒绝了他：

“不行。”

“为什么？！”

“如果想揪出希望汽车的小辫子，就不能打草惊蛇。让对手失去戒心才是上策。”

此话一出，全体警察都感受到内藤办案的决心。仿佛引擎重新发动般的跃动感，再次振奋了搜查总部。“解散！”内藤一声令下，警察纷纷起身，心不甘情不愿的多鹿也离开了会议室。

“我绝不会再让轮胎脱落了。”

一边步出会议室，高幡一边这么自言自语。紧张感使他全身颤抖了起来。无论什么时候，眼里所看到的都该是事物的本质。不受外在形式与主观偏见左右，才不会迷失了那样的本质。只有看似简单但错误的结论，才会悬挂在随手可及的地方。

我真是个笨蛋。现在我终于发现了这一点，而让我察觉这一点的偏偏是那个赤松。在这层意义上，这起事件里不止柚木，赤松也是受害者。

等着吧，我一定会替你讨回公道。

仿佛想找寻柚木妙子的身影，高幡环顾港北警署单调无味的办公室。突然，在他的视野里，浮现了早晨来访的赤松。当时没能对他说的话，此刻高幡终于低声说出口：

“可恶啊。虽然不想承认，但还是多亏了你。”

11

泽田做了一个梦。

一个策划书通过了的梦。

“谁都会遇到逆境啊，不管是什么时候，在什么样的公司都会遇到。说实在话，你啊，一路走来就是太顺遂了啦！”

被真锅设计而感到愤怒，大受打击的那天晚上，英里子却这么说。

“我哪有走得很顺遂啊！”

英里子还想说些什么，但最后或许是觉得反驳也没有用，于是只说了句“或许吧”。

泽田觉得自己算辛苦过来的，尝过的苦楚也不只有一次两次。虽然称不上遍布荆棘的道路，但至少也是经过一番迂回曲折，才好不容易从销售部脱颖而出，最后获得商品开发部科长这个职位——至少他自己是这么想的。

“所谓的上班族，就是一门建构在主观与客观平衡上的生意哦。”

泽田这样说着。英里子虽然再次投以质疑的目光，不过却依然什么都没有说。泽田感觉到隐藏在自己内心那一点难以形容的不安情绪，如旋涡般卷了上来。

主观与客观。这两者未必能取得一致，就像现在的泽田一样。隐藏在调动至商品开发部这个客观成功背后的是，无法放手去做自己想做工作的主观不满。客观上看似心满意足，主观上却还有所欠缺。唯有主观与客观获得兼顾，才能实现梦想。或者反过来说，想实现梦想就得兼顾主观与客观。泽田是这么认为的。

“我想你可能需要什么契机，才有办法被认同。”

“哪可能有那种东西。”

“没有的话，自己创造不就好了？”

这么说，也是有道理的。

不过，没有那个必要了。隔天，当泽田整理旧邮件时，他发现一封由商品开发部部长名字发出的“募集新型车辆策划”部内公告。

发信日期是去年底，泽田还没调到商品开发部前的事。看来是总务负责人设想周到，将与泽田工作上有关的部内公告都一起转发到他信箱来，这就是其中一封。泽田为一直没发现这封部内公告的自己感到火大。

截止日期是下周五。还有十天的时间。虽然想从零构思出一个完整的策划案，只有十天绝对不够，可是泽田早有腹案。只用十天，勉强可以将这份策划整理出一个样子来。

只要在商品开发部内举行的比稿上，泽田的策划能够获得认同，说不定就能有机会负责一个新型车款的开发小组。

机会不会随时都有。当机会来临时如果不捉住它，说不定永远不会再遇上第二次。泽田心想，现在呈现在眼前的，正是这样的机会。

泽田马上着手准备新策划的撰写，并很快地投入其中。他将概念整合出来，并规划出开发新车款所需的费用与时间，以及人力。

虽然一开始只是个为了让商品开发部认同自己的策划案，然而一旦投入之后，不知不觉中，泽田内心便充满了对梦想的热情。

好想自己做出一辆车。

泽田的梦想就是如此简单、纯粹，除此之外就没有别的了。身为汽车公司的员工，怀抱的却是如此理所当然的“梦想”，就连他自己都觉得滑稽。但，这份心情却是真实不虚的。

在这份策划中，泽田提出的是开发迷你跑车风格的面包车。那是以小型车体搭载高性能引擎，兼具四轮驱动车 BAROQUE 坚固性能的家庭房车，目标客户是年收入约六百万日元的上班族家庭。三十几岁，有两个小孩的小家庭，住在郊区贷款买的独栋透天厝内，平日开这辆车上下班、接送小孩、购物，周末则可载着全家人到处兜风，可说是一辆全方位的车子。安全又舒适，拥有坚固的车体，然而在开上高速公路时，却又有着如同跑车般的加速性能。

孩提时代，泽田一心向往的就是拥有一辆跑车。然而到了三十几岁时，在他脑海中所描绘出的理想车，却是和日常风景融为一体，受到全家人喜爱的车。

泽田的策划书用了三十页报表纸。在这短短的三十页里，贯注了泽田对汽车最深的感情。这份策划书可以称得上是泽田的一切。

现在，当泽田看完整个策划书，又印出一份来再读了一次并修改之后，他将策划书寄给商品开发部负责人，总算完成了所有作业。

内心感到微微的激动。这份激动像小小的火星，很快在泽田胸中引起熊熊大火，燃烧不灭。

他坐在晚上八点过后的办公室内，感受着一整天下来的疲劳。

杉本的电话就是在这时打来的。

“我现在刚结束送别会。泽田先生，若是时间方便的话，能否见一面呢？百忙之中打扰您，真不好意思。”

电话那头传来餐饮店内的嘈杂声。

“我没问题哦，你现在人在哪里？”

杉本说出位于神田的串烧店名。

“要不要我也约小牧科长和北村一起去？”

“不了，可以的话，我希望和泽田科长您单独谈谈。”

杉本说，自己正要从烧烤店离开，搭上往新桥方向的出租车。

“我请司机开到公司楼下接您吧？”

“那就麻烦了。”泽田说着，开始整理凌乱的桌面。然后，他披上大衣外套，走向一月寒风凛冽吹袭的大手町办公街。

“明天，我就要前往大阪赴任了。在那之前，我无论如何都想向您道谢。”

“道谢？”

杉本害臊地低下头。

“真的谢谢您和我站在同一边，成为我的战友。”

“战友……”

突然有种从来没有过的痛苦感觉，让泽田难以置信。

“都是托了泽田先生的福，我才能够获得勇气。我真的很感谢您，谢谢。”

“别这样，说什么感谢，结果我什么都没能办到啊！”泽田用焦躁的语气说着。

“不，对我来说，只要知道有人和我抱持着一样的想法，并且愿意付诸行动那就够了。自己不是孤军奋战，能知道这点让我很高兴。”

泽田默默地喝着啤酒，啤酒的味道从未如此苦涩过。

“我啊，根本什么都做不到。”

低声说出的话，像是从泽田内心深处喷出的有毒气体。刚才还沉浸在策划书中的激动早已消失，只剩下满腹的罪恶感。

“不能改变就没有意义了。你不这么认为吗？我和你都输了。”

杉本抿抿嘴，对泽田说：“我想应该还没有输。”

“是吗？”泽田落寞地回答。

受到诱惑接受商品开发部科长职位的自己，现在等于是任人宰割的鱼肉。另一方面，杉本则是被下放到大阪分公司。结果，他们的这场“抵抗运动”根本是彻底失败。

没想到杉本却这么说：“泽田科长，你听说了吗？赤松货运的事。”

“赤松？赤松怎么了？”

杉本将赤松在律师陪同下出示了报告书一事告知泽田。

“竟然有这份报告书的存在……那份报告书是谁写的？”

“是室井科长。”杉本又说，“我也是在赤松揭发这件事后才知道的。北陆物流的经营者听说跟我们公司关系良好，所以室井科长或许是以为不管内容怎样写都没关系吧。然而，不实内容就是不实内容，一旦受到指摘，唯有承认。若这件事遭到公开，将会彻底颠覆希望汽车调查报告的可信度。就算没有《周刊潮流》的揭发，媒体也将蜂拥而至，到时候一个应对失误，就可能造成整个公司彻底信誉扫地。”

“赤松他是怎么得到那份报告书的？难不成是你？”

杉本摇着手否认。

“不是我。听说是赤松货运自己追查出来的。”

泽田感到内心一阵不安。他回忆起与赤松交手时，从对方身上感受到那种难以言喻的魄力。

“不过就是个老街的小货运行罢了……”

这曾经是当赤松提出投诉时，泽田对赤松货运的印象。

好像被风一吹就会垮掉的中小企业，凭什么对抗营业额两兆日元的希望汽车？不自量力、碍眼、狡猾——这样的形容词，不时浮现在泽田心头。

然而现在，泽田发现这些形容词中，没有任何一个符合赤松的行为。他并不是在赞美赤松，而是从赤松的身上感受到威胁。或许要形容一脚踢开一亿日元补偿金提议的赤松，最适合的应该是“冥顽不灵”这个词吧！他冥顽不灵的程度，已经到了让人恐惧的程度。

“赤松不是个能够简单对付的敌人。”

想必长冈是小看了他，泽田这么想着，转而又问：“质保部怎么应对的？”

“柏原部长好像下令重新调查，但我想多半是出自狩野先生的指示。”

“重新调查？他们想怎么做？”

“应该是认为承认某种程度的过失也无妨吧，只要这么做能避免展开召回的话。”

这的确很像凡事以成本为重的狩野会采取的行动。

“如果这已经是现在能采取的最好对策，那情况真的很不乐观啊。而且也改变不了对国交省提出不实报告的事实。万一这份报告书被赤松货运当成证据在法庭上提出的话，判决结果会如何可就很难说了。”

用忧心忡忡的目光望着居酒屋的桌面，泽田想了想，又叹了一口气。

“或许真的应该趁事态还可收拾，撤回赤松货运维修不当的事故调查报告。不管怎样都必须试着跟赤松货运和解，只有这条路可走了，不，搞不好已经太迟了……”

最后这句话，一半是泽田说给自己听的。

“狩野先生不可能和赤松货运和解。别说和解了，他想要的是毁掉赤松货运。”

没料到杉本会这么说，泽田抬起头。

“他想用拖延战术，耗尽赤松货运的弹药吗？”

赤松货运肯定没有足够的周转资金，因此着急的应该是他们。破产的公司是没办法打官司的，就跟死人不会说话一样。

“对那个人来说，看不顺眼的人就要彻底击溃，毫无例外啊。”

这句话残酷地刺进泽田心中。

毫无例外。

这表示泽田也不会是那个例外。

调到商品开发部，说不定只是为了断送泽田的生路。正当泽田皱着眉头思考时，杉本突然从脚边的背包里取出一台笔记本电脑。

“您能否帮我保管这台计算机呢，泽田先生？”

“这是？”

“这台计算机里留下了有关 T 会议迄今为止的相关记录。我尽可能收集了被隐藏的具体资料和数据。”

泽田惊愕地望向杉本。

“质保部的计算机不是全都经过检查了吗？”

“其实这台计算机，在三个月前因故障而遭到了废弃处分。因为它无法启动，所以我申请了新的计算机，没想到之后却找到故障原因，并修复了它。”

“换句话说，这是一台名义上不存在的计算机对吧？”

原来如此，难怪能成为质保部内部检查的漏网之鱼。

“真的只是一个巧合。”

杉本咧嘴一笑。是否真为巧合实在值得怀疑，或许一开始就是他为了留下记录而安排的。泽田决定不再去问。

“我不知道这台计算机会在何时、用什么样的方式派上用场。本来我想将它带到大阪去，不过仔细想想，带去那里或许没有机会发挥作用。”

“所以才把它交给我？”

“我能托付的人就只有您了。”

杉本露出少年般纯真执着的表情。

“就算是交给我，也不保证能派上你期待的用场。这样也没关系吗？我可能比你认为的更加老谋深算哦！”

“是吗？”杉本质疑着，“我倒是认为泽田先生您不如自己想的那么老谋深算呢！”

“你太抬举我了。”

“不，没这回事。我想我没有看走眼。”杉本那张娃娃脸认真地看着泽田，“如果我真的看走眼，那我愿意就此放弃，反正我看人的眼光本来就不算是很神准嘛！总而言之，请您收下这台计算机。”

“好吧，既然你这么坚持。”

泽田不再多言，将杉本的笔记本电脑收进自己的公文包。

12

东京从下午开始，下起了名副其实的雪。雪片从飘浮在市中心上空宛若巨大鲸鱼腹部的巨大雪云里飞舞飘落，将四周染成一片枯凉的冬季景色。当井崎撑着伞走出同样位于大手町的客户公司时，他不禁惊讶于城市街景在短短三小时之内，便已摇身一变成为一片银白。

走在雪上踏出一个一个鞋印，雪一落地就成了雪泥飞散。在雪地里走了二十米左右，井崎走下地下道的阶梯，再从东京希望银行入口旁的出口上来。

他拿出手帕，将沾了雪的裤腿擦干净，很快地回到营业总部自己的座位上。接着，他打开笔记本电脑连上融资管理系统，调出希望汽车的最新提案书档案。

电脑画面上出现的是这几天井崎不眠不休赶出来的提案书。关于希望汽车融资案件的提案书已经完成。

井崎做出的结论是“否决融资”。

特地写一份提案书否决融资提案，这还是他银行职员生涯当中的第一次。不管是进入东京希望银行之前还是之后，他都从来没有做过这样的案子。

这么做是对的。井崎一边暗暗告诉自己，一边按下“送出”键。画面上的沙漏图示很快消失，告知着档案已离开井崎手中。

送出的提案书将很快进入银行内部的裁决系统，和一般案件一样通过纪本副部长、滨中部长的裁决之后，进入董事会接受质询。

如果他们真想把黑的说成白的，那就请便。若这份否决的提案书最后被推翻，那也无妨。井崎嘲讽地想着，如果最终还是必须由政治主导一切，那么身处审查第一线的本行营业部，其存在根本就毫无意义。

剩下的，就只能靠银行从业人员的良心了。

脑中浮现卷田那张油腻腻的脸，井崎用力将它甩掉。现在真正面临考验的或许不是希望汽车，而是东京希望银行。

警车的挡风玻璃上堆满了积雪。接近零摄氏度的低温再加上饱满的水汽，使得附着在雨刷上的雪片凝冻，几乎快要无法摆动。在车头灯的照映下，中央自动车道的道路标志浮现眼前。

“到休息站了。”握着方向盘的吉田说，“要绕进去吗，高幡哥？”

“好啊。”高幡回应。

吉田开的这辆小型货车闪着左方向灯，缓缓开上进入休息站的匝道。停进停车场后，他打开车门。

也不知道是今天的第几次了，高幡一边帮着去除雨刷上碍事的冰块，一边长长地叹了一口气。

“这雪下得还真夸张啊，听说都内都积雪了呢！”

一样站在雪中去除驾驶座那侧雨刷上的冰块，吉田皱着眉说。之后，他绕到小货车的货台，检查承载货物的状况。

"没有异常。"

两人再度启程。吉田转动钥匙发动引擎，货车再次回到限速五十公里的中央自动车道上。不久，视野又被雪花遮蔽，进入灰白混杂的世界。

今天早晨会议上的对话，在高幡的脑海里苏醒过来。

"这一年间，希望汽车提出给国土交通省的调查报告书共有十二份，北陆物流的调查报告书就是其中之一。十二份报告书中，以维修不当作为结论的有十份，车辆本身有其他问题兼维修不当的则是两份，两件的程度都属轻微不至于需要展开召回。此外，赤松货运事故则包含在那十份维修不当的报告当中。"

早晨的会议上，多鹿首先报告了他昨天一天下来调查的成果。对此高幡提出了疑问："问题是，那些事故原因究竟是否真的都是维修不当。"

科长内藤默默听完报告后，对多鹿问道："你怎么看？"

"很难断言。"多鹿冷静地说，"如果事故车辆都能交给科警研检验的话，就能分辨这些报告书的真伪，问题是重要的证物都没留下。只有间接的状况证据，并不能指控希望汽车有罪。"

多鹿完全站在否定的出发点，与高幡针锋相对。

"可是，和其他厂牌相比，希望汽车的事故次数特别多。这一点要怎么说明？难道只有购买希望汽车的人特别容易怠忽维修吗？"

虽说是会议，但也只是刑警们坐在办公室里自己的位子上简单交换意见，并非正式会议。然而，过去有许多侦办方向都是在这样的讨论中厘清的。

“对手可是希望汽车啊，”多鹿说着，“不是光凭直觉就能出手查处的对象。若是毫无根据就采取行动，结果什么都查不出来，那一定会变成笑柄的。”

“那又怎样？变成笑柄还不是什么都无妨！”高幡出言驳斥，“毫无疑问，希望汽车制造的车辆一定有某种问题，这一点就算是多鹿你也无法否认吧？”

“事故原因究竟为何，现在说什么都只是推测，我们需要的是证据啊。”多鹿露出挑衅的眼神望着高幡。

一番讨论之后，高幡和吉田前往此行目的地，位于甲府市的兵藤货运。

这家公司在距今约半年前的六月，于中央自动车道上发生了两辆车追尾的交通事故。该公司行驶于超车道上的大型货车翻覆，造成另一辆行驶于一般车道的汽车因闪避不及而撞上，酿成一场两人重伤的重大事故。

出发前，高幡请山梨县警方协助提供当时的调查内容，得知事故原因是兵藤货运的货车超速行驶加上维修不当造成的。县警作为调查佐证提出的，正是希望汽车的事故调查报告书。事故现场是中央道上一处缓弯道，据说当时该公司的货车，正以将近一百五十公里的时速行驶。

高幡所锁定的这家兵藤货运是赤松之前所没有调查到的，原因就在于兵藤货运的社长对于不认识及不相关的对象，一律拒绝回答有关车祸的事。而这些在昨天高幡致电给该公司时也一概确认过了。

高幡之所以关注这起事故，原因是调查书中货车司机的证词。他是这么说的：“就在我驾驶的过程中，方向盘突然不受控制，一眨眼车就打横翻覆了。虽说是缓弯路段，但称不上是需要特别注意的弯度。”

这实在不合常理。

这位货车司机是有三十年资历的老手。尽管货车司机这个行业，经常全国四处换老板的大有人在，但这位司机将近二十年来都在兵藤货运服务，甚至在公司附近买了房子定居。同时，也从未在出车时发生过这么大的事故。

虽然，当时他的车速的确超过限速。

然而，这位司机是在这条路段上跑车将近二十年的老手，这样的司机判断弯得过去的缓弯道，货车却竟然翻覆了。事故发生在六月中旬，当天天气良好，也没有足以导致车辆翻覆的横风。

“真的只是车速的问题吗？”

这是高幡抱持的最大疑惑。而幸运也降临在这样想的高幡身上。昨天他打电话询问兵藤货运时，得知当时的事故车辆还留在公司内。

“你们警察有时不是也会把事故车辆留在道路上，当作对其他司机的警示吗？就跟那个一样啦！”

这是今天高幡前往兵藤货运，询问兵藤社长为何还留着货车不予处置时，他半挖苦地回答。虽然是个说话刻薄的老板，但也拜他所赐获得了证物。

关于这场事故，希望汽车也提出事故调查报告给国土交通省了，但县警调查之后，认定肇事主因是违反限速，因此该报告书中也只以“维修不当”做总结。当时提供给希望汽车进行检验调查的车辆与裁断的零件，事后原封不动归还给了兵藤货运。高幡心想，要是当时兵藤一如赤松对调查结果提出怀疑，或许希望汽车的应对将完全不同吧！希望汽车之所以会对兵藤货运掉以轻心，大概是因为县警已经做出违反限速判断了吧。

无论如何，终于在这里找到了足以验证希望汽车事故真相的重要线索。

高幡看看手表，确认了时间是下午六点二十分。

货车正朝位于千叶的科学警察研究所前进。他已经通知了准备接应的负责人员，自己会比预定时间晚到一点。

接下来进行的检验，或许将成为突破案情的关键。

背负着这样的期待，货车在看来不可能解除限速的车道上缓缓向东前进。

13

“因为是卷田专务您我才明讲，可能出了一点问题。”

昨天卷田刚结束为期一周的国内各据点视察，回到东京就接到狩野希望能紧急会面的联络。

在他脑中最先浮现的，是关于希望汽车申请融资的案件。如果是那件事的话，还需要一点时间才能解决。卷田暗忖，难道是希望汽车出现急需周转资金的状况了吗？

没想到从狩野口中说出的，却是意料之外的事实。谈话进行之间，卷田的脸色越来越沉重，一直到狩野说完，他好一阵子都还不知该如何回应。

重新调查并再次对国土交通省提出更正报告，确实是目前所能采取的最佳对策。可是如果没有处理好，反而可能会让政府对希望汽车公司内部体制产生疑问。特别是赤松货运接下来的动作，也会增加这件事的可能性，因此一定得在火势还没蔓延开来前，先动手扑灭这个火苗才行。

“还有很多说不清楚的小细节，所以想先和卷田专务您谈过再决定。”

说完这句话后，狩野保持沉默地朝卷田半满的酒杯里注入啤酒，也为自己斟了一杯后一饮而尽。

这家经常光顾的餐厅包厢里，此时正弥漫着一股毒气般的沉重气氛。

“事到如今，我这么说可能是马后炮，但要应付一般消费者真的不容易。”卷田低语，“有过瑕疵的信用想再次复原，恐怕需要很长一段时间。”

“只是个小失误而已。”

狩野虽然这样说，但卷田似乎并不这么认为。

“或许是吧。但问题不在究竟是失误还是别的，而是社会大众的想法啊，狩野先生。”

卷田一反常态的严厉意见，令狩野开始将矛头对准三年前揭发并关注隐瞒召回事件的媒体与群众。

“那些媒体明明什么都不懂，却还装出一副专家口吻胡乱批评。自以为站在消费者立场，又不够专业的评论家最让人头痛了。更卑劣的就是在网络上匿名毁谤中伤的那些人。这种事如果是东京希望银行碰上了，恐怕也会大伤脑筋吧？”

“那些人就别去理会了。”卷田斩钉截铁地说，“现在的问题是，调查部门会不会因为什么原因展开搜查。”

狩野脸上浮现老奸巨猾的笑容。

“这次的事说到底就是个失误。我至今也和国交省相关的负责人有过几次讨论，所以这并非我方单方面认定的结论。如果是国交省执意追查的案子也就算了，不过整体说来，这样的调查报告没有被质疑的空间。就算他们找上门来，我们这边也一定会摆出强硬态度，拒绝到底。”

“请您一定要这么做，否则我也会很困扰的。贵公司和我是从营业部长时代开始的老交情了，我也是赌上了身为银行职员的职业生涯，为贵公司促使融资成功，现在可不能为了一点小事而全盘皆输啊！”

卷田的话里听得出一丝危机意识。

在对国土交通省提出“汽车事故报告书”后与国交省调查员的几番议论之中，狩野都成功回避了展开召回的可能性。然而，与此同时，卷田也知道狩野在报告书中使用的资料，未必都是正确的东西。这也是横滨那起母子死伤事故发生时，卷田马上怀疑起肇因是否真为维修不当之故。默认这件事，无异于卷田自己也认同希望汽车文过饰非的体制。

卷田毫不怀疑自己这样做是否正确，毕竟他正是属于所谓战后婴儿潮世代中，历经学生运动的“挫败”而再度回归组织，成为体制中温驯企业战士的一员。

“贵公司对国交省提出的报告中那些资料，没有问题吧？”

突然感觉不安，卷田再次确认。

“您不必担心。”狩野悠哉地说，“调查报告中那些动过手脚的资料，其原始资料都由质保部和研究中心严密保管，绝对滴水不漏。这一点请您放心。”

卷田此时才终于露出放心的表情。

“那就没问题了。对了，这次贵公司的融资案，负责的调查委员还是提出了否决提案书。不过我一定会在董事会上予以推翻，让融资案通过。我想应该万无一失，不过还是要请贵公司这边也多加注意。”

“明白了。卷田先生不愧是银行人，行事果然相当谨慎。”

狩野笑着，再度朝卷田杯中注入啤酒。

14

正当卷田与狩野在料亭密会时，位于横滨市港北区港北警察局内的搜查总部，也开起了紧急会议。

参与会议的有全体搜查员和港北警署及神奈川县警局负责本案的干部，而会议形式也和一般会议大不相同。向来坐在中央正前方的干部群退到两侧，取而代之的是投影机与不知从哪个仓库里拖出来的讲台。

一手拿着光笔，站在映出计算机画面的投影屏幕旁的是科警研派来的秋山秀记，是个三十出头、学者模样的男人。

晚上七点举行的这场会议，一开始就由秋山针对鉴定结果进行报告。秋山首先针对现在投影在屏幕上的大型货车零件剖面图做重点的比对，并对几个在意之处做更深入的探讨。

“科警研对兵藤货运的货车零件进行鉴定时，视为重点的部分是事故车辆的轮毂磨损量。”

画面上放大的轮毂，形状就像一顶短檐帽。如果不经过说明，恐怕少有人能当场判别出这是某种汽车零件。就连高幡也是经由这次的查案，才知道连接车轴与轮胎的零件名称叫作“轮毂”。

秋山散发着和剑拔弩张的搜查总部格格不入的气质，淡然地握着手中的麦克风继续说明：

“以结论来说，磨损量低于标准的轮毂破损的原因必然在于其构造上的缺陷。反过来说，只有磨损量超过标准时，才能追究问题是否出在使用者的维修不当上。但在我开始详细说明前，有一点必须事先声明，轮毂这种零件性质特殊，一般都不认为它属于消耗品。也就是说，在整辆汽车数以万计的零件中，轮毂并非以必须更新为前提而使用的零件，甚至可以说在一般的认知里，算得上是永久性零件。换句话说，轮毂这东西本来就没有维修的必要，更谈不上维修不当。这次贵署委托鉴定的这起事故中，最大的争议点虽然在这里，但我也必须说明，轮毂的更换与否，和持续使用磨平的轮胎或松弛的刹车盘这种状况是不能相提并论的。”

搜查员中，一位名叫南田的资深警察举手提问：

“希望汽车将甲府的事故与这次的横滨母子死伤事故的肇因，都归咎于维修不当导致的轮毂破损。然而，您刚才提到轮毂属于永久性零件不需更换，希望汽车不可能不知道这点吧？假使明知它有这种性质，却依然做出维修不当的结论，那么在何种情况下，这样的结论才有可能成立呢？”

“超载或超过行驶里程数吧。装载的货物超过法定承载量，或是里程超过几十万公里的老旧车体，理所当然地都会造成轮毂磨损严重的情形。这种情形下，轮毂自然是有可能断裂的，毕竟任何有形的物质，都会有损坏的一天。”

“甲府的兵藤货运在事故当天有这样的情形吗？”

干部之一如此发问，高幡便代替秋山站起来回答。

“超载和超过行驶里程数的情形都没有发生。该车辆负责运送的是县内的中距离路程，总里程数是五万七千公里。附带一提，赤松货运那辆事故车的总里程数大约是八万公里。”

听完高幡的报告，干部再次朝秋山投以询问的目光。

“如果是这种程度的里程数，绝不可能导致轮毂断裂；应该这么说，轮毂这种零件绝对不容许在这种条件下断裂，这完完全全是一般常识。”

瞬间，搜查总部的空气产生了一阵骚动。一般常识终归是一般常识，无法拿来当作警察查案的有力佐证。但，即使如此，高幡还是感觉到事情的真相正一步步将希望汽车逼进死角。希望汽车这部大型货车，此刻正面临轮胎脱落的窘境。

“请各位看这个。”

在秋山的指示之下，众人目光聚集的焦点是一幅轮毂剖面图。“这是本次科警研鉴定的结果，该车辆的轮毂磨损量为零点四三毫米。”

秋山面对聚集在剖面图前的四十名警察说：

“一般来说，这种磨损量的轮毂是没有必要更换的。”

“请等一下。”举起手来的人，是多鹿。

“这不对吧？关于这件事故，希望汽车提交给国土交通省的调查报告书中指出的轮毂磨损量是零点九五毫米。两次检验的数字相差零点五以上，这实在让人难以理解。”

“您说得没错。姑且撇开希望汽车的报告书中所提示的数字是否意图造假的问题，零点九五毫米这个数字绝非事实。”秋山继续说，“一如您所指出的，该报告书的理论构成，除了超速驾驶外，就是因维修不当，导致磨损量高达零点九五毫米所造成的轮毂断裂。如果按照本次科警研鉴定的数据，维修不当的结论就不成立了。”

“难道不会是科警研的鉴定出错吗？”

多鹿的质问，任谁听了都会生气，不过秋山却依然气定神闲地回答：

“那是不可能的。至少我可以确定这次的鉴定完全按照一般标准手法进行。事到如今这一点毋庸置疑。只不过……”

秋山在全体注目之下顿了一顿。

“关于希望汽车提出的调查数字，与事实不符的还不止这一件。”

在倒抽了一口气的众人面前，秋山切换投影屏幕上的画面，指着一张新的图表。

“这是去年十月贵辖区内发生母子死伤事故时，希望汽车应国土交通省要求下，提出的轮毂强度比较一览表。比较对象有日南汽车、东京迪赛尔汽车以及产日自工三家公司。资料中针对各公司生产车辆的轮毂大小、材质和强度进行比较。根据这份资料，希望汽车制的轮毂强度在四者中排行第二，第一名则是日南。日南的轮毂强度比希望汽车强了百分之二十。另外，东京迪赛尔和产日自工的轮毂强度则各比希望汽车弱了百分之二与百分之七。以上是希望汽车提出的报告内容；然而，请看这里。”

画面再次切换，屏幕上呈现一张新的图表。

“这张则是科警研针对各家生产的轮毂所做的强度鉴定报告，从资料可知与希望汽车的报告差异相当大。本所的鉴定结果显示，希望汽车在报告中虽声称产日自工的轮毂强度不如该公司制品，但其用来比较的零件型号却是产日的旧制品。若拿现行制品进行比较，则产日的制品强度还要比希望高出百分之二十七。至于东京迪赛尔则比希望高出百分之二十一，更不用说日南制的轮毂，在强度上更比希望汽车高出百分之七十八。这份鉴定结果和希望汽车自行提出的报告内容差异实在太大了。附带一提，希望汽车从一九九〇年起共生产了A型到F型等六种轮毂，这次调查中针对的是发生多起事故的D型。”

当搜查员们仔细端详秋山出示的图表时，高幡在一旁补充说明：

“再补充一点，赤松货运和兵藤货运的事故货车都采用了D型轮毂。根据调查，除了F型之外所有种类的轮毂都发生过事故。不过其中采用AB两型的车种已经不再生产，难以回溯追查。”

“可以问一个问题吗？”

举手发问的是高幡的搭档吉田。

“强度鉴定可能发生的误差上下范围是多少？科警研和希望汽车的调查结果产生的矛盾，是在误差范围之内吗？”

“虽然不知道希望汽车具体采用何种调查法，所以难以断言，但至少可以肯定他们使用的不是一般的强度测试，否则不可能产生这么大的误差。”

紧绷的气氛使得全员默然不语。主持会议的内藤科长在此时点名高幡。

“你的意见如何？”

高幡起身回答：“我认为这不是失误，而是人为操作的结果。北陆物流、兵藤货运和横滨母子死伤事故的调查报告都很有可能是造假。希望上头能准许我调查希望汽车。”

“只不过是违反《道路运输车辆法》，有必要这么大阵仗吗？”

看似欲提出反对的是刑事部部长长濑俊朔。他难得出席这类搜查会议，今天却出席了，高层对这次事故的重视程度可见一斑。

对国土交通省提出不实报告，顶多违反《道路运输车辆法》，不须负担刑事责任。这类判决由简易法庭审理，三年前隐瞒召回时也是如此。当时，简易法庭裁决希望汽车社长必须支付的罚金是二十万日元。仅仅二十万日元而已。比起罚金，社会大众的舆论制裁才是更严重的。

“难道因为罪小就不追究吗？”

坚持不退让的高幡，在长濑说出下一句话后才明白自己误会了。

“你没想过用业务过失致死伤罪办他们吗？”长濑这么说。

高幡像被人从屁股踢了一脚。

原本面色凝重、全部像冻结了一样的搜查员，此时脸上又都充满了生气。仿佛就在这一瞬间，一条无形的绳索，将全体团结一致牵系了起来。

“动机呢？”到这一步依然坚持谨慎态度的多鹿说，“希望汽车三年前就犯过一样的错，当时也受到充分的社会力量制裁。即使如此，还让他们犯下相同过错的理由是什么？”

“理由在于召回经费。”高幡说。

“使用那种轮毂，需要列为召回对象的大型货车总数为十一万两千辆。平均一辆的修改费用是六万，光是这样就需要花费六十九亿日元。若再加上北陆物流事故中发现的离合器外壳破损，需要列入召回的对象势必扩大。假设不止货车，而连一般家用车都在召回范围内的话，经费可能超过百亿。”

不管是十亿还是百亿，这都是令人难以想象的庞大金额，高幡光是说出口，都觉得不真实得像是一场纸上游戏。然而，对希望汽车而言，那不仅不是游戏，还是现实之中非支付不可的成本。

“这种程度的金额，对希望汽车这样的上市公司来说，轻易就拿得出来吧？比较起来，隐瞒召回引起的丑闻风险还更大。即使如此，他们还是会选择前者吗？”多鹿再次提出异议。

“会。”高幡说，“只要曾经提出一次这种不实报告的企业，就一定会有下次。染上的恶习是很难戒除的，这个道理不管是个人也好法人也好，我认为都是一样的。而且……”

高幡直视刑事部长：“明知已引起事故却还放置缺陷于不顾，在已造成多起死伤的现状之下，我认为可以对希望汽车追究业务上过失致死伤害的刑事责任。用不实报告还是什么当契机都可以，搜查的主要目的是逮捕母子死伤事故的真凶。”

安静的室内，只有干部交头接耳的声音。最后，打破沉默的是长濑。

“去准备希望汽车内部搜查的搜查票吧！”

长濑这句指示一出，紧接着是内藤一声简短的应答：“是！”

瞬间，会场充满了生气，搜查员们摇身一变，成为战舰中准备出征的战士。

柚木女士，只要再忍耐一下就好了。赤松，等着我吧。高幡在心中这么说。

真相只有一个。

而那唯一的真相，就由我现在去证明。

15

上午八点。

位于大手町的希望汽车总公司前，聚集了三十辆由神奈川警局警车做前导的白色面包车。

为了防止湮灭证据，有关希望汽车的内部搜查行动，事前的准备完全是秘密进行。穿着自己最好的西装和白衬衫，系上领带的高幡打开紧跟着前导警车的第二辆面包车后车门走下来，按照事前的演练，直接从正面入口快步朝希望汽车迈进。

此时，从各警车上一起冲下车的警察多达一百四十名，在高涨的紧张感中，众人抿着嘴唇，跟在高幡身后一同走进希望汽车。

设计前卫的玄关自动门打开后，两名警卫慌慌张张地跑上前来。高幡将查票高举到他们面前后，便不发一语地直闯了进去。

正面玄关、建筑物两旁以及后门都派了制服警察看守。这是事前调来建筑平面图研究的成果，绝对不让对方有一丝脱逃的空间。搜查员从电梯和楼梯兵分三路，各自前往分配的搜查区域——质量保证部、制造部以及董事所处楼层。

高幡前往的是位于十二楼的董事楼层。他快步通过有如高级饭店般的走廊，经过一扇扇用高级橡木制成的门扉，最后在会议室前停下脚步。根据事先调查，每周三的早上，也就是现在这个时刻，希望汽车董事会都会在此举行例行会议。

高幡和身后的吉田对看了一眼。吉田的背后是二十名屏气凝神的搜查员。

压下门把，率先进入室内的高幡高声喊道：

“神奈川县警港北警察局！”

眼前的会议瞬间鸦雀无声。围着椭圆形会议桌的男人们齐齐转头，露出僵硬的表情。

坐在正中央位置上的正是社长冈本平四郎。高幡睥睨着他，高高举起搜查票。

“依违反《道路运输车辆法》嫌疑，现在开始对希望汽车总公司与研究中心进行内部搜查。请各位不要动，不要离开这张桌子。在搜查员表示许可之前，请不要离开这间会议室。”

“请等一下。”

此时，随着桌边传来不耐烦的声音，一名董事站起身来，用犀利的目光审视着高幡与屋内开始行动的搜查员。

“您刚提到违反《道路运输车辆法》，请问具体犯罪事实是？”

“不实报告。”高幡回答。

“没有这种事。”对方反驳。

“如果有异议的话，请之后再讲吧，狩野先生？”

狩野眯起眼睛，被指名道姓令他脸上蒙上一层淡淡的恐惧。

高幡会认出狩野是理所当然的。这两天，搜查总部做了充分的事前准备。狩野不但负责与国交省交涉，也是希望汽车质量保证领域的第一把交椅，可以说是整起事件的关键人物，当然也是今天搜查行动的重要目标之一。不只是过去的经历，连他的长相都已透过杂志剪报，深深烙印在高幡的脑中。

“视搜查情况，我们有可能会传唤各位进行问话，所以请不要随便离开。”

“我们可是很忙的。”狩野毫不掩饰内心的不悦，“我可以回办公室吗？警察想随便提出搜查票是你们的自由，但我不允许你们妨碍这段时间敝公司的机能运作。”

狩野正想起身，却被身边的搜查员一把按了下去。

“你们做到这种地步，如果查不出任何东西，神奈川县警这个脸可就丢大了。你可有这个思想准备？”

那是当然的，浑蛋！高幡真想对着狩野那傲慢的表情这么说。这次的搜查赌上的不只是警察的自尊，更是身为刑警的魂魄。你们这些家伙顶多赌上金钱与前途，我是不会输给这种东西的。如果查不出任何东西，我宁可不干刑警了——高幡便是怀着这样的心思，迎向这天早晨的。

宛如柴刀般锋锐的视线一闪，高幡耳边的无线对讲机传来“多鹿小组进入质量保证部搜查”的报告，低声应答后高幡也转身离开。他所前往的目的地是狩野的办公室。无视于一旁怯懦的狩野秘书，高幡和吉田相继进入。

一决胜负的时候到了。

16

东京希望银行的井崎，是从办公楼层架设的新闻快报机第一时间得知消息的。

神奈川县警与港北警察局本日上午，以违反《道路运输车辆法》嫌疑，对希望汽车展开内部搜查。

井崎很快采取行动。他先向副部长纪本报告此事，接着再联络希望汽车财务部的三浦。

电话响了有平日的两倍之久，好不容易才有财务部的人接起。井崎在传达了“请接三浦先生”之后，又等了将近一分钟。

“让您久等了。”电话那端是三浦强作镇定的声音。

“我刚看到贵公司的新闻了，那是怎么一回事？”

“就如您所见的那么一回事。”

一反平日高傲的态度，三浦此时的语气听来有点自暴自弃。井崎追问了违反《道路运输车辆法》的具体内容后，得到希望汽车对国交省提出不实报告的信息后，不禁愕然失声。

“为什么要做这种事？”井崎口中吐出疑问之词。他完全没有多加思索，就只是单纯感到疑惑，“为什么要做出那种不实报告呢？有必要做这种事吗？”

“那种事，我哪知道为什么。”

身为公司的财务负责人，三浦却说得一副事不关己的模样。

“不要以为说不知道就能了事！”井崎说，“你早就知道这件事了吗？不实报告的事，公司内部的人都知道吗？”

“怎……怎么可能呢！”三浦声音颤抖着说，“我怎么可能知道呢！这次的事情一定是有谁擅作主张。总之，我们也都很讶异。”

三浦的软弱无能，透过模糊的电话传送过来。“倒……倒是井崎先生，敝公司的融资案就拜托你了。这种时候要是贵行不好好做，我们可是会很困扰的。”

三浦的话令井崎叹息，心想这家伙真是无可救药的笨蛋。

“在谈什么融资之前，还有更重要的事得解决吧，三浦先生？你到底在想什么啊？港北警察局之所以展开内部搜查，和横滨那起事故有关吧？”

“你别太过分了，井崎！我哪知道那么多，我也伤透了脑筋呀！”

“那要找谁才会知道？”井崎问，“狩野先生吗？既然如此，请你去向狩野先生确认行吗？”

“不可能的。他现在正在接受警方侦讯。”

“侦讯？”

“不用担心，我们狩野先生不会被这种小事打倒的。会为这种小事大惊小怪的，只有媒体和你们银行而已。”

三浦恢复了自信，斩钉截铁地说着。

“违反《道路运输车辆法》顶多罚个二十万日元嘛，就是如此轻微的小事而已。为了这种事找上门来，根本是看我们希望汽车弱小好欺负嘛！真令人受不了！”

井崎由于太过气愤，握住话筒的手不禁颤抖了起来。

“因为这件事已经出人命了啊，三浦先生！而你竟然还说这是小事？”

“死掉的人是很可怜没错啦……”

“说这种话的人，根本没资格制造跟贩卖汽车！”

井崎明白，自己的脸正因愤怒而变得苍白。

“轮不到你来教训我们！”三浦轻蔑地回嘴，“银行只要默默借钱出来就是了。同为希望集团，胳膊肘不要往外拐！”

说完，三浦便挂上了电话。

17

对赤松而言，这一天本该只是周间平淡无奇的一天。

早上六点半醒来，赖床赖了三十分钟后于七点起床时，妻子已经做好早餐，孩子们也换好衣服，坐在开了暖气的客厅里了。

没有重大事件发生的平凡早晨，连 NHK 的晨间新闻也给人几许温暾的印象。打开报纸，上面尽是些无关紧要的新闻。

没有任何预感。既没有事前的预兆，也没有好心人事先联络。赤松感受到的，只有不知何时才能将事态解决的胶着感。这种胶着感打从事件发生以来，便如影随形地跟着赤松，像一扇生了铁锈而推不开的大门。

这几天如果说有什么变化，顶多就是东京希望银行一如预测，开始拿赤松货运的存款和融资金进行抵销。不过事到如今，这种程度的事已经吓不倒赤松了。

在世人的想象之中，债权者在要债的时候，或许会如同地下钱庄一样紧紧地盯人催缴吧！但当银行身为债权者时，采用的方法却连一通电话的直接联络都没有，只有擅自执行定期存款抵销，以及有如百货公司的过度包装般，寄上一份毫无意义的挂号证明邮件通知而已。

事先将收款户头改到榛名银行的战术奏效，拜此之赐，收入还不至于一并被东京希望银行抵销。如果没有这样做的话，赤松货运这个月底早已面临周转不灵的窘境了。

希望汽车毫无联络，所以也无从得知他们是打算视若无睹还是正在商量对策。

同样地，港北警察局的动向也完全不曾传入赤松耳中。在那之后高幡采取了什么行动，完全未曾告知赤松。

“专程把名单和不实报告书交给他，该不会什么都不做吧？”

想起高幡的无动于衷和对赤松的不信任，正喝着史绘泡的咖啡的赤松不禁皱起眉头。虽然仔细想想，高幡也不是那种会来一一报告搜查进度的人就是了。

这是个所有期待都完全落空的早晨。

早上八点半步出家门的赤松，先到附近的客户那里处理完工作上的事，才在将近中午时进公司。

等着赤松的只有一封邮件。

寄件人是横滨地方法院。打开一看，内容是通知柚木提诉案的开庭日期。无法对提出诉讼的柚木生气，赤松的心情像是跌入感情的深海一般沉甸甸的。

不管展现多少诚意，在顽固的柚木面前都像黏土捏的一般，软弱无力且歪斜不成形。

究竟该怎么做才好？

再怎么懊恼也得不出结论，赤松握住拳头抵着自己的额头，发自心底深深叹了一口气。这时，社长办公室门口传来一阵敲门声。

宫代探出头说：“社长。”

“怎么了？”

见到宫代微妙的表情，赤松不禁这样问着。这位元老员工欲言又止却说不出话。赤松还来不及反应，宫代便急急忙忙地跑进来，打开办公室里的电视。

电视里正在播放NHK的午间新闻。

旧型的显像管电视开始播放影像。

“请……请看这个，社长！”

宫代嘴边还沾着米粒，可想见他刚才应该正在吃便当吧。此时，电视上传来主播说“希望汽车……”的声音。赤松不由得惊讶地望向画面。

画面中是那栋赤松熟悉的建筑，希望汽车总公司大楼。镜头拉近，成群的搜查警察正抱着纸箱从里面走出来。

“本日上午，神奈川县警与港北警察局，依违反《道路运输车辆法》嫌疑，对希望汽车进行内部搜查。搜查行动仍在持续进行中。”

赤松只觉得有什么从内心里迸裂开来，眼前化为一片雪白，连声音也消逝无踪。等那无数的微粒子以高速交错闪过之后，电视里主播的声音与画面才再度回到赤松面前。

“警方怀疑希望汽车捏造该公司制造车辆之事故调查报告与杜撰数据，并对国土交通省提交不实报告书。去年十月发生于横滨，由希望汽车制造的大型货车轮胎脱落酿成母子死伤的意外事故，其事故原因为轮毂构造上的缺陷导致。警方拟以希望汽车隐瞒该事实并提出不实报告为由，朝业务过失致死伤害罪方向侦办。”

“社长，社长……”

随着呼唤自己的声音渐渐进入耳中，赤松才好不容易回到现实。此时的他不知道该如何思考、如何反应，布满血丝的双眼，只能愣愣地看着眼前宫代那张满是皱纹的脸。

宫代正在说着话，但泪水与哽咽，让人根本听不出他到底说了什么。

办公室门打了开来，员工一拥而入。

围着赤松的男人之中，突然有人大喊了一声“太好了”，那是门田。

因为感到茫然而无法思考的赤松，内心突然热血沸腾了起来。难以克制的情感如万马奔腾，只能鼓着脸颊，用力咬紧双唇。

被泪水渐渐模糊的视野里，看得见员工们的笑容。

“谢谢，谢谢大家。”赤松好不容易才挤出这句话，“你这家伙，有什么好哭的啊，门田！”

大家都笑了起来。哭的不只是门田，还有宫代，以及号啕大哭的维修科科长谷山。刚吃过饭赶回来的鸟井也红了眼眶。

“社长！”脸上还挂着大颗泪珠的门田突然大喊，“社长你自己也在哭嘛！”

“你啰唆什么！”赤松说，“我没有哭，我是在笑啦！能和你们在一起让我太开心了，所以才……”

因为喜欢社长，所以大家才会留在这里。

曾几何时，宫代说过的这句话突然浮现心中，令赤松再也克制不住泪水。

抬起模糊的泪眼，墙上挂着的骤逝父亲寿郎和母亲并排的遗照，似乎也正俯瞰着大家。

老爸，老妈，让你们担心了。

赤松在内心道歉。不过已经没事了。我会和这些家伙一起奋斗的。

赤松转身面对员工们。

“我从心底里为能和你们一起工作感到骄傲。大家，谢谢你们！”

第十一章　可笑的合规

1

“内部搜查之后，现在情况如何？”

卷田搭着公司车，匆忙赶到这家位于日本桥的小料理店。一进入店里，他便向已等在里面的狩野打过招呼，开口第一句便是这样问着。这时就连小菜都还没上。即便是平时与公司干部聚餐时自诩能言善道的卷田，遇到这种情况也提不起闲情逸致闲话家常了。

纵使在某种程度上已经预料到事情可能发生，但遭内部搜查的打击依然不算小。希望汽车的股价创年初以来的新低，电视新闻与报道节目连日来不断报道，列举出种种违反《道路运输车辆法》与业务过失致死伤害的可能证据，其中除了已经列出的事项之外，也包括不少臆测之词。

“什么都没查到。”

狩野在担忧的银行理事面前，露出的还是那老奸巨猾的微笑。

“来内部搜查时，我也跟那刑警这么说了，根本没有什么不实报告。很快地，神奈川县警就会因为承认误查而宣告落幕了。”

“今后的脚本该怎么走？”卷田问。

就算躲得过这次神奈川县警的内部搜查，希望汽车的根本问题还是没有解决。品牌名声受损，顾客背离的严重情形都不是轻易能解决的。更重要的是，警方的搜查失败，不代表使用问题轮毂的车就不再行驶于公路上。同样的问题，不知道什么时候还可能再次发生。

“说得专业一点，从A型到最新的F型轮毂，强度上有问题的只到D型而已。而其中使用A型到C型轮毂的车辆都已面临淘汰，使用的数量也不多。D型也只要再过几年就会被全面汰换，至于离合器外壳，后期的新型车都没有这个问题。”

“也就是说，贵公司的技术一直在进步之中是吧？”

“没错。”狩野点头，“要解决现在面临问题的最好方法，就是什么都不要做。有形的事物会随着时间渐渐消灭，货车也一样。使用D型轮毂的车辆就算不会完全从市面上消失，总会经年老旧。老旧车辆的问题就不能全归咎于车辆构造了，而这段时间之中，本公司的体制也会越来越完善。时间能解决一切问题。”

“那么，具体大概需要几年时间呢？”

“三年。只要给我们三年，这个问题就再也不是问题了。到时候本公司将排除一切障碍，未来一片晴空万里。”

“这真是令人安心。那就万事拜托了，狩野先生。对本行来说，也希望贵公司尽快回到轨道。如您现在所说的光明未来，也会对融资的进展大有帮助。”

“其实，我也正想提融资这件事。”

狩野单刀直入地切入正题。

“这次的内部搜查带来的影响虽然只是一时，但业绩确有下滑。而业绩的恶化又是导致股价低迷的主因。因此当务之急，是必须尽快对外强调敝公司财务无虞，关于这一点，能否请贵行再加强支持呢？同样的请求，我已经对重工和商事那边都提过了。”

卷田表情僵硬了起来。

“需要加强到什么程度呢？”

“两千亿日元。”

卷田默不作声地望着狩野。翻滚金融界多年的卷田，见识与经历过的大风大浪绝不算少，甚至可以说没什么事能吓得了他。但如今就连这样的卷田，也惊愕得说不出话来。

“吓到你了吗？”

“不，没这回事。”不服输的卷田马上否认，“我只是在想，要怎样才能让这件事实现。如果是由希望汽车对三家公司个别提出要求，我想是可行的，当然，这会在重工的主导之下进行吧？”

“这是集团内的协调支持请求。刚才提出的周转资金不只是对银行，而是对集团其他公司共同提出的总额。如此一来，卷田先生您要取得行内意见一致，应该就比较容易了吧？”

“您说得没错。”卷田压低了声音说，“那么支持比例又是如何呢？”这件事势必理清。

由东京希望银行内部来看，只是两千亿日元的十分之一金额的支持提案书都会有争议了，这场协调融资最大的问题，必定会落在负担比例上。

“这一点虽然要和各家公司协商后才能决定，不过我个人倾向重工负担一半，剩下的一半则由银行和商事平均分摊。”

那就是五百亿日元。

卷田思索着。五百亿日元。这么大笔的融资金额，只是用协调支持的方式，真的能在行内通过审议吗？在这里需要的不只是授信知识，还有政治判断力，而且狩野一定也明白这绝对不简单。卷田敏锐地察觉，狩野口中虽然说着“只是一时的影响”，但希望汽车眼前业绩的恶化程度，事实上已经到了极恶劣的程度。

“业绩滑落程度的预测如何？”

“大概会比前期掉三成吧。”

卷田几乎暂停呼吸。竟然滑落这么多！瞠目结舌的卷田难以继续直视狩野的眼睛，将目光转向反射着天花板光线的餐桌。

“请务必赞同集团协调支持的请求。”

“是，这是当然。”

卷田一面想着“总不能让希望汽车破产啊”，一面如此回答。

三年前那件丑闻发生后，对希望汽车的融资授信，可说赌上了卷田的银行职员人生。

然而，以东乡总裁为首，董事们对希望汽车的重建计划都抱持着一丝不安，这也是不争的事实。这一路走来，靠的都是卷田国内授信负责专务的头衔与成绩，以及高明的协调手段，才得以坚持下来。

反过来说，万一希望汽车的重建不如预期，导致债权回收出现困难时，向来积极推动希望汽车融资的卷田立场将会岌岌可危。

已经出航的船，不能让它停在这里。

“不论发生什么事，集团企业都会秉持共存亡的立场相互支持。”

卷田像要说服自己似的这么说着。然而面对志得意满的狩野，卷田的眼神却与表情相反，不带一丝生气。

2

“三家公司合出两千亿？”

这天，当井崎得知东乡总裁拜会希望汽车冈本平四郎董事长的理由时，难掩内心惊讶地说。

“由此可见内部搜查对希望汽车的打击有多大吧。不过只要有两千亿资金，还是可以再站起来的。”

东乡总裁前往拜会希望汽车的冈本与狩野时，偕同出席的有卷田理事与滨中部长以及纪本副部长。协调支持要求的梗概便是由纪本那里得知的。

“在和重工及商事的首脑会谈中，已经大致决定支持方式了。之后的事务性手续就由我们银行紧急办理。”

“在之前连两百亿的融资金都有争议的情形下？”

井崎不假思索地将自己的不满脱口而出，却换来纪本一句“现在是紧急事态啊”。

“总不能让希望汽车破产吧！”

话虽如此，井崎也没想到支持金额竟会膨胀至此。内部搜查后的业绩下滑，由媒体与三浦那里都可察觉出来，而井崎也已经掌握到下滑幅度超乎预期的事实。希望汽车提出的金额，一定是连未来数年的资金周转都包含其中。这样下去真的没问题吗？

“这件事就交给你了。要是协调融资是属于政治判断的话，那就没有我们提出异议的余地了。你只要彻底办好事务手续就好，井崎。”

井崎连提出反对意见的力气都消失了。默默从纪本面前退下后，他拨了一通电话给三浦。

“哟，是井崎先生啊。如何？敝公司的协调融资申请，是否正在积极处理中？”

从三浦明朗的语气中，完全感受不出“紧急事态”何在。

“事情我已经听说了。等大方向的决策下来了，就会尽快开始处理细节。”

“对对对，就是该这样嘛。这才是银行本来该有的态度，而不是跟客户作对。”

三浦大放厥词。一提起内部搜查的话题，他更是露出轻蔑的语气说道：

“怎么会有什么事呢，尽是些令人困扰的说法罢了，真是的。警方什么都查不到，不是吗？由此可见本公司完全是清白的。我们狩野常董也说了，根本应该要向神奈川县警要求赔偿才是呢！”

说着说着，三浦也没忘了挖苦井崎一番：“井崎先生也曾经当我们是犯罪企业，不过真是可惜啊，事情并不如你所想的那样。现在你应该明白了吧？你说的那些，完全是无凭无据的栽赃之词啦！”

难道事情真的会就此结束吗？结束与三浦的通话，井崎不愿相信这个事实，犹豫了一会儿，还是忍不住打了榎本的手机。

“有什么事吗？”

手机的铃声响了好久，就在差点转入语音信箱时，榎本终于接起电话。

“抱歉，打扰你工作了吗？”

“不会，请说。”榎本冷淡地回应。

“如果有不方便透露的地方，那你不说也无妨，不过能不能告诉我，关于希望汽车那件事，现在神奈川县警的动向。”

过了几秒之后，榎本才做出回应。就在内部搜查的隔周，《周刊潮流》抽掉了原本的头条，换上希望汽车隐瞒缺陷的丑闻报道。这篇报道的内容八成便是以榎本的采访为基础构成的，当期杂志的销量更是快速攀升，从井崎跑了三家书店都买不到的情况来看，就知道卖得有多好。《周刊潮流》现在成了挞伐希望汽车的急先锋。

“老实说，警方的侦办目前并不顺利。”榎本回答。

“因为找不到线索吧？不是收押了很多物证吗？”

“的确很多，大批警察带回计算机等各种证物，但都没有收获。”

“怎么会这样？”

“被捷足先登了。”榎本压低音量，“希望汽车内部湮灭证据的动作更快更彻底。我想应该是狩野常董暗中主导的，这人果然不好对付。”

“有可能这样什么都查不到就结束吗？”

“这我也不知道，但是老实说，有这种可能性。”

连榎本都这么说了，可见搜查工作确实走入了死胡同。

“你那边又有什么情况？不要只会问人，拿点情报来交换吧！”榎本反问着。

“没什么特殊情况。”井崎含糊其词。

站在不同利害关系立场的两方人马，又怎么可能互换利益情报？

榎本以沉默代替回应，想必对井崎的回答心有不满。

“一定有什么吧。等到可以说的时候，一定要第一个告诉我。答应我。”

说罢，榎本便挂了电话。

3

内部搜查所收押的文件与计算机等证物，把搜查总部堆得满满像是仓库一样。坐在堆满证物的总部一角，高幡难掩内心的焦躁。

为了以违反《道路运输车辆法》将希望汽车送检，至少必须找出有组织且意图下令做出不实报告的证据才行。只要能将组织性的隐瞒工作与导致重大事故的缺陷连接起来，同时查明如何做出对国交省的不实报告，就有可能以业务过失致死伤害罪侦办柚木母子的事故。

那么大的组织，原本以为只要对董事层、质量保证部、研究中心甚至制造部都进行内部搜查，一定很容易掌握某些证据，但高幡直到现在才慢慢发觉，这个想法实在是太天真了。

不仅如此，这次的内部搜查还让高幡发现了一个冲击性的事实。

对搜查总部而言最大的焦点，也就是母子死伤事故，在这场事故中，足以证明希望汽车嫌疑的最大证据——赤松货运的轮毂，已经报废不存在了。

将正在进行官司的相关证物报废，就一般常识来想根本是不可能的。希望汽车之所以这么做，很明显是为了湮灭证据。假设即使在与赤松的官司中败诉，但却可以避免背负母子死伤事故的责任，那么这样判断的话，确实还是“划得来”。

侦讯过数名研究人员，确定报废已是既定事实后，刚才高幡已经打电话通知赤松了。

赤松所受的打击有多大，高幡隔着话筒都能感受得到，但却找不出任何能安慰他的话语。

只要找得出任何一点线索，或许自己在面对赤松时就不会这么痛苦了。然而，出动全体搜查员押回的东西之中，至今却还未发现任何有关车辆缺陷或不实报告的证据。

“不可能会这样。一定在哪里还找得到。擦亮你们的眼睛从头找一次！”

这是今天早上，开完毫无线索的搜查会议之后，长濑盛怒之下的一句话。尽管警察们再次上紧发条，改变方法与目标再次开始搜证，但搜查总部内还是充满了令人无力的焦躁感。

就在打开一台收押回来的计算机，等待开机时，高幡在搜查笔记上前一位搜查员的签名旁签上自己的名字，突然想起与狩野之间的对话。

展开搜查不久后，高幡进了狩野的办公室。面对高幡“不实报告”的指控，狩野从头到尾坚持主张“只是失误”。即使面对的是警察，狩野依然正面反驳。

他那傲慢的态度、坚不认罪的狡猾和不耐烦的神情，一再激怒着高幡。高幡好几次都在内心想着，“一定要让这家伙好看”。

“你知道为何遭到内部搜查吗，狩野先生？”

面对高幡的质问，狩野不置可否。他坐在待客用的扶手椅上，隔着中央的桌子与高幡、吉田对峙。桌上放置着北陆物流的那份调查报告书。

狩野看了却连眉毛都不动一动。

“这是去年八月十日贵公司提交给国土交通省的报告书。贵公司扭曲事实，不但隐瞒应着手改善的问题，还为此做出不实报告。”

“开什么玩笑！”狩野皱着眉，露出嫌恶的表情反驳，“关于这份调查书我也有收到报告，内容上有一点小失误罢了。现在我们也已经准备提出修正报告了，警方无视这点，又是怎么回事？”

“修正？”高幡眯起眼睛，“敢问您是何时得知内容有误的？”

“上个月吧。负责人亲自来向我报告的。”

“负责人是哪位？”

“调查报告属于质保部管辖，应该是一濑部长之类的。我公务繁忙，这种东西哪记得了那么多！”

这种东西。在狩野眼中，那份报告书或许真是如此微不足道。

“那请您说说内容是如何失误，失误原因又是什么？”

“我并不需要清楚这些细节。”狩野不耐烦地说，“我可是很忙的。有多忙，可能你根本想象不到。也因此，我必须将一部分工作委任部下处理。有系统的组织都是这样的，一意孤行的警察想必很难体会吧！”

“您知道报告书中的哪个部分造假吗？”无视狩野的挖苦，高幡问道。狩野没有回应。

“事故车辆根本不是行驶有年的旧车，而是刚买不久的新车。狩野先生，再怎么说，犯下那种失误也太离谱了。你们是心知肚明，如果连新车都发生这种事故的话，肯定得展开召回，所以才伪造那份不实报告，不是吗？”

“这只不过是你的猜测罢了。”堂堂希望汽车质量保证领域的龙头大佬，睁眼说瞎话地否认着。

“只要是人，再离谱的失误都有可能发生。再大的企业，报告书也是人写出来的。既然如此，某种程度的失误也是没办法避免的。”

“以失误来说，这份报告书未免太不自然了。”高幡继续说着，“不只是车体状况而已。你给我听好了，贵公司主张传动轴脱落属于罕见事故，这也是个大谎言。希望汽车生产的货车早已发生过多起同样事故，我可不相信你们对此毫不知情。”

“或许传动轴脱落情况的确发生了，但问题在于传动轴为什么会脱落。报告书里的意思，就是那些传动轴脱落事故责任归属不在本公司，连这都看不懂，只能说是理解能力的问题了。咦？对刑警要求理解能力太强人所难了哦？但是被警方拿公权力欺压，这我也绝对不能接受。”

不管怎么问，狩野都不为所动。不只如此，他还反过来羞辱了高幡一场。当时高幡心底燃起的怒意非同小可，直到现在依然持续燃烧。

高幡从质量保证部的人员名册中确认过计算机所有者的名字后，便睁着因用眼过度而发疼的双眼一一阅览起计算机里的档案。搜查一部计算机里所有档案所需的两三个小时很快就过了。等浏览过所有文件夹名称后，再着手输入“轮毂”“缺陷”“国土交通省”“国交省”“报告书”“磨损”“事故”“维修不当”等数十个关键词详细检索。这一连串的作业令高幡肩膀僵硬，腰痛更加恶化。

“高幡老弟，你那边进行得如何？”

正当高幡一边揉着充血的眼睛，一边紧盯着计算机画面时，科长内藤从身后发出声音问着。

高幡摇摇头代替回答。

内藤拉过一把无人的椅子弯身坐下，从衬衫内袋取出香烟。他点燃香烟后，将桌上的烟灰缸移到面前。烟从鼻孔和嘴里呼出，朦胧的视线望向搜查总部天花板。

“太干净了。”内藤的话一针见血，“看这情况，对方早有准备，湮灭证据的工作也早就完成了。”

高幡不愉快地沉默着。

“脸色别这么吓人啦，高幡。”

内藤笑着说，满布鱼尾纹的眼神中却不带丝毫笑意。那双眼睛透过高幡，紧盯着希望汽车不放。

“只要是人干的事，就一定会有漏洞。”

然而，直到那天结束，整个搜查总部还是毫无斩获。隔天也是。之后的每一天都一样。

沮丧取代了焦躁，搜查员们脸上都失去了活力。眼前只剩下无止境的搜查工作与沉重的气氛，以及极度的疲劳。

什么都好，快出现吧。证据。

然而，那“什么都好”的证据，却怎样找也找不出来。

如果希望汽车早已做好应付内部搜查的万全准备——以棒球来比喻，就是满垒战术。若真是如此，现在这战术果然已奏效，直接将搜查总部逼上两好球无坏球、毫无退路的局面。

4

赤松愕然地挂上电话，身体深深陷入社长室的办公椅，无言地望着天花板。

“高幡刑警怎么说？”宫代问。

“我们的轮毂，已经报废丢弃了。”

瞬间，宫代脸上浮现出震惊与愤怒的表情。

“希望汽车竟擅自将顾客要求归还的零件报废丢弃吗？”

“因为足以构成证据吧，当然要湮灭掉它。”

这位公司元老气得板着脸说不出话。赤松站起身，也坐上宫代坐的沙发。

过去累积的努力，似乎都在这冲击下瓦解了。

自己那么努力，为的到底是什么？

与希望汽车无数次的交涉。无论被忽视、愚弄还是被瞧不起，赤松都不放弃，为了公司、员工与家人的名誉一路坚持到现在。经历不知何时会遭逮捕的恐惧、客户的背弃、公司的破产危机，还有最后那段一步一脚印走访名单上全国各地货运公司的日子。

明明做了那么多，结果却是这样子。

“希望汽车到底在想什么，太过分了！”

宫代的脸色因愤怒而苍白。

“理由是研究中心的员工没接到通知，就按照一般程序报废处理了。”

“警方竟连这种理由都相信吗？”宫代感到难以接受。

“当然不相信吧。”赤松无力地说，“只是，拿不出反驳的证据，他们也没有办法。”

“真是岂有此理！”宫代双手抱着头，一动也不动。

“现在说这些虽然于事无补……但内部搜查真的太迟了。”

这一点赤松也对高幡说了。

太迟了啊，高幡先生。赤松这么说了之后，高幡没有给出回答。

他的沉默说明了一切。

“可是，就算我们的零件拿不回来，警方还是可以继续搜查隐瞒零件缺陷的事吧？这一点高幡先生怎么说？”宫代眼中露出一丝曙光，抬头问道。

赤松一边看着墙上的日历，确认从上周的内部搜查之后又浪费了几天。

“他就只说还在调查中。”

“如果从希望汽车收押的证物中真的找不出任何线索，社长，到时候怎么办？”

赤松摇摇头。不知道。或许这个问题的答案，连高幡自己都不知道。

“我们已经毫无努力的余地了吗？”宫代苦恼地说着。

赤松同情地看着比自己还要沮丧的宫代，低声说：“做什么都没有用了。该做的我们都做了，宫老。”

接下来能做的只有期待警方了。

“真的只能这样了吗……”

宫代望着脚下的地毯，社长室陷入一片有如千钧般的沉默。

赤松倚靠着椅背，抬头望向墙上父亲的遗照。

给我力量啊，老爸。

肃然闭上双眼，赤松在心中祈祷。

“回来啦？结果怎样了？”

在门口迎接的史绘，一看到赤松的表情，脸上立刻蒙上一层阴影。

“我们那起事故，或许无法举证了。”

“为什么？”

听完赤松转述高幡说的话，史绘双手掩嘴皱着眉头，脸上写满悲痛。

赤松走向厨房，从冰箱里拿出啤酒拉开拉环，也不拿杯子就直接喝了起来。原本期待酒精能多少改善沉重的身体，却什么也改变不了。

“虽然现在不该提这件事，但你还记得明天的事吧，老公？”

“嗯。”赤松简短应了一句。史绘指的是临时召开的家长大会。片山太太发起的这次会议，预定星期六早上十点在尾山西小学的体育馆举行。

警方进入希望汽车展开内部搜查时，赤松喜悦之余也曾因想到“如此一来也可以熬过临时家长大会了”而感到放心，然而现在……

“明天的临时大会，女王蜂打算出来竞选下任会长。”

虽然是早已料到的事，史绘的语气还是充满了不甘心。“这样啊。”赤松说，“也就是说，她已经写好罢免我的剧本了吧！”

“你打算怎么办？”

赤松吃着迟来的晚餐，涣散的视线望向虚空。

“还能怎么办？站在保护学生的立场，家长们不希望牵涉刑事案件的人继续担任家长会会长，这也是可以理解的。”

领悟到赤松的心意，史绘流露出悲伤的眼神。

“我不希望你辞掉会长。而且大家一定也都明白，让女王蜂当会长，问题才更大啊。”

赤松放下筷子，食欲都没了。

“无论如何，还是必须尊重家长大会表决的结果。目前已经有一百多人联署了，女王蜂获得多数票的可能性很大。”

“不会这样的。”史绘的话令赤松大感意外，“大家联署不是为了否决你，更不是为了选出‘女王蜂’，而是想知道事实的真相。只要你好好说明事故发生的经过，大家一定会理解的。很多人都这样告诉我，所以你一定要明白，联署绝不是因为对你不满。”

赤松吐出带着酒气的叹息。

如果人生是一场不带航海图的航行，自己此刻就是一艘即将触礁的船。

这十年来，身为社长，赤松拼命工作，不，该说是奋战才对。他不再拥有在大企业工作时身边张起的防护罩，直接承受着世间险恶的波浪与强风，从大型客船改搭上这艘小帆船。生存就是这么一回事。正因体会到眼前的艰苦险恶，所以他才会连自怜自艾的闲工夫都没有，每天只能不顾一切地扬帆前进。

结果却是这样。人生真是太空虚了。

打开体育馆的暖气，赤松亲自和聚集而来的家长会干部们一起布置起会场。

大会开幕十五分钟前，家长们陆陆续续到场。人数大幅超过预估，准备好的三百把椅子很快就坐满了。虽然又紧急追加了五十把椅子，不过到最后还是有些家长无法入座，真可说是“盛况空前”。

当校长仓田站在最前方的麦克风架前宣布大会开始时，已是上午十点五分。这场质疑赤松是否适任的临时家长大会，结果是晚了五分钟才开始。

坐在家长席最前排的，是穿着醒目黄色套装的片山淑子。在校长的开会宣言结束后，她像是迫不及待似的上前抢过麦克风。

“我是片山。首先感谢各位响应我的提案，前来参加本次临时大会。过去，我毫不放弃地要求了无数次，今天这场大会才终于得以开成，现在本人内心充满了感动。另外或许也该谢谢赤松会长，毕竟他在高达一百二十位家长联署的情况下，还愿意负起责任参加这场大会嘛。”

女王蜂以一副胜利者的神情睥睨着赤松。

“我想应该没有必要再次说明我们要求召开本次临时大会的主要目的。身为孩童守护者代表的家长会会长，竟然面临必须负起刑事责任的局面，这种事实在是骇人听闻，也有必要改善。这就是今天会议的目的。各位有什么意见吗？”

片山回到座位，对她身边响起的掌声露出满意的微笑。

“那么接下来，事件的来龙去脉也不好让赤松会长自己来说，就让我们请真下太太来为各位做一个整理报告吧。”

真下略显紧张地站到前台。

接下片山手中的麦克风，真下开始照本宣科地宣读起手中的报告。报告内容为自去年十月发生的母子死伤事故开始至今的过程，其中包括希望汽车做出的维修不当肇因判断，警方对赤松货运的内部搜查以及柚木对赤松提出的诉讼。

报告中唯独遗漏日前警方对希望汽车展开的内部搜查。片山和真下似乎打算只列出对自己有利的事实，排除会影响自己论点的部分。

之后片山再次上台，发表了激昂的演说。她说，要是让刑事案件的嫌疑犯担任家长会会长，不仅没法和自己的孩子解释，更经不起社会舆论的检视。

临时大会会场弥漫着片山散发的毒气，成了片山一枝独秀的独角戏。整个会场没有任何人出言阻止她对赤松的批判。

片山的演说大约持续了十五分钟。趁着她好不容易放开麦克风的空当，一脸同情的仓田校长赶紧站起来对赤松说："那么赤松会长，请您发表意见。"

环顾台下，有的母亲三五成群皱着眉头讨论，也有抱着手臂以检视目光看着赤松。毕竟会前已召集了一百二十位家长的签名联署，其中自然有不少对赤松持批判态度的人。尽管已有心理准备，但是直接面对众人时，赤松还是不好受。

更难过的是，赤松一眼就望见了站在会场最后方的史绘。

明明要她别来参加的！亲眼看着丈夫被罢免，只会让自己感到悲伤而已啊。

史绘正双手环抱在胸前，露出忧心的眼神望向赤松。

赤松花了二十分钟，平静地叙述了事故发生时的状况与之后的种种交涉，以及目前的情况。

绝非对会长职位还有留恋，只是受到一股"听了这些各位还会当我是犯人吗"的冲动驱使，让他做出这样的一场演说。

仓田脸上明显露出困惑。或许他原本期待赤松会对片山的说辞一一提出反击吧。赤松当然不是没想过反击，但是在这个会场主张自己无罪又怎么样？这里不是法庭，更重要的是，赤松也无力再忍受或执着于这种争辩了。

仓田的视线回到场上。

"那么，关于刚刚赤松会长的发言，各位有任何疑问或意见吗？"

鸦雀无声的会场中，有人举起手。

是片山。

“会长难道没想到在进入表决之前自行辞职吗？”

片山身旁的真下等人大点其头。

“我不会自己提出辞职。”赤松说，“在这次的事故后续处理之中，我是为了保护公司、员工和家人的尊严而奋战，且至今仍然在这么做。各位表决的结果，如果认为我不适任、希望我辞职，那么我会照办，但是，我不会自己主动提出辞职。为站在支持我、相信我的那些人的立场着想，我不能够这么做。”

片山语调尖锐地提出反驳。

“你给在场的各位带来那么多麻烦，辞职是理所当然的吧！”

仓田再次介入，请求赤松发言。赤松却只是轻轻摇头表示拒绝。

“说那么多，还不是眷恋会长的职位，哼！”

片山高声批评，并转向会场所有家长，“各位认为呢？”

原本她期待会场响起的是代表同意的拍手声，但家长们零零落落的反应却大出片山预料，会场顿时呈现一股尴尬的气氛。赤松突然想起史绘的话。今天来场的人，并不全然是为了反对赤松而来，这一点或许正是片山的误算吧！

“我能说句话吗，校长？”

举手的是从刚才就一直以严肃目光望着赤松的某位父亲。

“我是六年一班的家长，敝姓小村。我也参加了号召这次临时大会的联署。当时，我并不清楚事件的始末，只是一味地将赤松先生看作想逃避交通事故责任的人。可是老实说，现在我对他的印象已经改变了。稍早真下太太也报告过事件经过，但她却独漏一个重要的部分，那就是日前警方也对希望汽车展开的内部搜查。赤松会长发言时，或许因为那不是发生在自己公司的事，所以也客气地避过不谈。

不过，我想或许会场有些家长不知道这件事，所以在此特地补充说明一下。”

真下慌乱地站起身，还没来得及说什么，麦克风就被片山一把抢了过去。

“小村先生，我们是针对赤松先生的责任问题做讨论，和希望汽车不相关。再说，就算警方对希望汽车进行了内部搜查那又如何？难道能凭这样就说希望汽车一定有责任吗？别忘了赤松货运也遭到警方内部搜查哟。”

得意扬扬的女王蜂说完后，小村再次举手。

“照您的理论，那也不能说赤松先生一定有责任啊？否则你不是自相矛盾吗？”

小村的质疑，让会场响起热烈的掌声。

被指出逻辑矛盾的片山，恼羞成怒面红耳赤，一副就快歇斯底里似的模样。

“你是六年级的家长，难道你愿意让可能是交通事故杀人凶手的人在孩子最重要的毕业典礼上致辞吗？”

“你说的话根本毫无根据！”小村露出厌烦的表情，“至少到目前为止，还没有任何证据能证明事故原因与肇事责任在赤松先生这边。我想，同意我说法的家长一定也不少。”

片山执拗地反驳：“你的意思是说，愿意接受刑事案件嫌疑犯担任家长会会长这种异常事态吗？请为孩子们想想好吗？那起交通事故夺走的，是和我们一样为人母者的性命。没有勇气承认这一点的人，却妄想霸占家长会会长的职位，这种事我可不知道该如何对孩子说明呢！我想在座各位一定也同意我的说法吧，从没听过这么过分的事！”

在片山疯狂反驳下，一阵骚动的会场最后方，一位家长默默举起了手。那是二年级的家长副代表神田恭子，也就是在片山女儿频繁出没的那家山本电器行打工的太太。

“我是学年副代表神田。从去年四月起，我就和赤松会长一起参加家长会的活动，他是一位非常值得信赖的对象。我想和我有一样想法的家长及家长会成员一定还有很多，各位，是不是？”

会场响起掌声。各位，谢谢你们！赤松在心中默默道谢。在这个时刻能感受到家长会成员的温暖，着实令人欣慰。

“虽然有部分家长对赤松会长提出超乎必要的批判，但请容我提醒大家。平常不管工作多忙，赤松会长都一定抽空优先参加家长会的活动。他真的很可靠，也是值得信赖的人。发生了那样的事故固然令人悲伤，但不能因此就将责任归咎在赤松先生个人身上。关于事故原因，赤松先生也说了并非维修不当。或许有人会说，这是不愿负起责任的脱罪之词，但在希望汽车遭到警方搜查的现在，摸着良心，你们还说得出这种话吗？赤松先生绝对不是毫无根据地逃避责任，这一点我们家长会成员最清楚。抱歉，我的意见很凌乱。”

“你怎么想一点也不重要。”片山再次起身，恶狠狠地握住麦克风瞪着神田说，“你给我听好了，现在赤松先生可是遭到被害家属提出诉讼的身份哪！如果他真如你所说，是个这么值得信赖又充满诚意的人，怎么会发生这种事呢？更何况媒体也报道，就是因为他太没诚意，所以被害者家属甚至对他提出惩罚性赔偿的要求。这种人怎么可能适合担任家长会会长！”

之后又有几个人提出疑问与意见，也都一一被片山加以反驳。面对女王蜂火力全开的指控，赤松心想关于诉讼的事，在这里澄清什么都没有意义，于是便始终默默承受。

“片山太太，”仓田站起来，对一直握着麦克风不放的片山说，“您的看法想必大家都相当了解了，我想可以不必继续下去。”接着，仓田转身面对会场全体，“那么接下来我们开始表决。之前我们已经获得来自八十七位家长的委任书，表示同意今天本会场的表决结果。表决采取信任投票制[1]，刚才各位入场时都领到了无记名投票券，请赞成赤松社长续任的打圈，反对的打叉后，将票券投入前方的投票箱。投票结束之后当场开票。”

投票开始进行，会场开始发出交头接耳的嘈杂声。坐在家长席旁的家长会成员席，赤松双手环抱在胸前，闭上双眼。

接下来面对的审判，或许没有法律效力，某种程度却可以解释为舆论。舆论怎么看待赤松，从这场投票中可以略知一二。

投票约十五分钟结束。除了赤松之外的五名家长会成员将投票箱回收，开始进行开票作业。一个投票箱里约有一百张票，花了十分钟便统计完毕。过程顺利。

此时会场忽然安静了下来。

统计结果被送到仓田面前。仓田打开记录纸，凝视了好一会儿，侧脸看来似乎有点紧张。

“那么，现在开始公布开票结果。”

体育馆内鸦雀无声。仓田默默确认着全体目光是否已朝讲台集中。难以预测开票结果，赤松再度闭上眼。

“赞成赤松会长续任的有三百二十一票，反对的有一百七十票。根据此结果，请赤松会长继续担任家长会会长一职。以上，谢谢

1　针对单一对象进行的投票，只有“信任（赞成）”与“不信任（反对）”两种选项，无法选择投票对象以外的人选。

各位。”

掌声响起。

赤松抬起头，望着体育馆单调乏味的天花板。

这数字很难解释。

有这么多赞成票当然很高兴，但高达一百七十张的反对票该如何解释，又是另一个问题。

不鲜明的投票结果，正说明了赤松如今身处的立场。

会场前方的片山极度不悦地望着前方。

“那么，赤松会长。今后也请您多多指教。”

正当仓田对赤松这么说时，又有人跟校长提出了意见。

是真下。

“我认为这么做有点问题。”

仓田露出困惑的表情。

“请问有什么样的问题呢？”

“难道不奇怪吗？或许少数确实应该服从多数，赞成赤松会长续任的结果，可是无视于一百七十人的意见，这难道就没有问题吗？”

会场某处有人鼓掌。形形色色的感情如江水奔流，最后都落入赤松心里的大洞。

“那么您想怎么解决？”仓田不解地问。

“我认为应该兼顾反对赤松会长的意见，成立另外一个机制。”

真下似乎对自己的点子感到相当得意。隔壁的片山则板着一张脸坐回自己的椅子上。

“另外一个机制？”

“没错。”真下点头继续，“赤松先生自己也说了，事件还没解决。因此我们也不能排除赤松先生真的遭到逮捕的可能性吧？所以我认为家长会应该设下据点，随时监视赤松先生与搜查动向，同时监督会长是否正当执行职务。”

顿时，场内议论纷纷。

“不好意思，真下太太，”难以理解真下的提议，仓田侧着头说，“所谓的监视据点，具体来说是怎么样的机制呢？”

“设监察使。”真下说，“监察使的任务就是监督赤松会长与现行家长会，若认为有争议时，可以有权召开今天这种临时大会。”

真下的目的很清楚。

她们是想让片山担任监察使，好干涉赤松的会长工作，甚至以故意刁难的方式，迫使赤松主动辞职。

仓田考虑了一会儿，提出质疑：“但设监察使事关整个家长会的组织架构……”

“没错，在如今的异常事态下，这么做是不得已，但也是有必要的。就当作本年度的特别措施，不知各位意下如何？”

场内响起零零星星的掌声。

“我提议由片山太太来担任监察使，她是最佳人选。”

赤松睁开眼，凝视着正努力克制笑意，假装出一副严肃表情的片山。仓田校长说不过真下，只好妥协着说：

“既然真下太太如此提议，那么本提案就交由各位判断吧。有异议的家长请举手。没有的话，我们以举手进行表决。请赞成设置监察使的家长举手。”

赤松望着脚上的拖鞋，感觉得到场内骚动的气氛。

再次抬起头，首先吸引了赤松视线的是穿着鲜黄色套装、举手赞成自己的女王蜂。而她身旁的真下则像个体操选手般手举得笔直，正站起身环顾身后的家长们。

一、二、三……仓田低声计算的声音通过麦克风传入全场。身边的家长会成员们也都站了起来。自己好歹是刚通过信任表决而续任的家长会会长，这时当然不能逃避现实，必须亲眼确定表决结果。为了确认赞成人数，赤松将目光转移至家长席。

令人惊讶的结果。

举手的人，甚至不到二十名。

原本确信将获得胜利而满脸喜色的真下，表情如结冰般当场僵硬。那表情让人联想起瞬间萎缩的果实。

“总共是十六名。”

仓田沙哑的声音点醒了她。

“大家是怎么回事！”真下一面小心翼翼看着片山的脸色，一面喊着，“刚才投反对票的一百七十个人呢？快站起来抗争啊！”

没有反应。

尴尬的气氛在会场里流动着。当赤松确实听见了有人说出“再怎样也不会是片山”时，片山也用力推开椅子站起身来。

片山凶狠的目光对着的并非那些没有举手赞成的家长，而是真下。真下怯生生地不知所措，仓田则突然慢悠悠地开了口：

“这是我个人的意见，不知道对不对，不过刚才反对赤松会长续任的家长，反对的应该不是赤松先生本人吧？或许各位的意见是希望赤松先生能在澄清嫌疑之后继续回来担任会长，又或是不想劳烦赤松先生在这么重要的时期，分心在会长事务上吧？各位，我说得对吗？”

仓田的发言引发场内如雷的掌声。

片山的五官因屈辱而扭曲。

“那么，您也看到了，真下太太。”仓田用轻飘飘的语气说着，“难得您提出监察使的提案，不过很可惜表决不通过。”

这时，片山用力踹开了座椅。

那披头散发的模样，连为了会长就任演说准备的鲜艳套装和浓妆都掩饰不了。歇斯底里的女王蜂怒气冲冲地离开会场之后，真下也失魂落魄地颓坐在椅子上。

“以上，临时大会到此结束。辛苦各位了。赤松会长，今后也请多指教。”

赤松对再次鼓掌的家长们轻轻一鞠躬，回到座位。他“呼”地吐出一口长气，感觉全身的力量都虚脱了。

5

榛名银行的进藤，是在隔周一的早上，赤松刚结束朝会开始办公时打电话来的。

“有些话想跟您谈谈，不过电话里不太方便。”进藤是这么说的。

“若您方便的话，不知今天之内能否拨冗面谈呢？”

于是赤松和他约定了下午三点见面。赤松虽表明拜访之意，不过进藤也不肯让步，坚持要到赤松货运来。

“不知道是什么事？”

宫代露出不乐观的表情。

“好像是有关融资的事。”

宫代的眼神之中，不安如烛火般摇晃着。

“融资……”

“其实，榛名银行原本是很期待的。”赤松说。

希望汽车遭内部搜查后，榛名银行一定和赤松一样期待他的嫌疑能受到洗清。然而现在对方一定已经发现，事态的进展并不如预期般顺利。不止这件事，还有赤松货运的业绩问题。

赤松货运的业绩仍在恢复当中，但尚未回到发生事故前的水平。失去相模机械的缺口，尽管有了儿玉通运的协助，依然无法完全弥补。

榛名银行是否已失去耐心了呢？

身为经营者，赤松总是预先设想最坏的打算，这也是从十年社长经验中学到的教训之一。唯有做好最坏的打算，才能尽可能做好准备。然而，赤松无法想象，万一连榛名银行这个救世主都放弃了赤松货运，今后还能怎么走下去。

在东京希望银行的回收攻击之下，还想找到新的融资银行，根本是不可能的任务。

到了约定的时间，进藤一个人来了。

他总是只带一本日程簿。赤松不知道融资科长是否都是如此，但进藤的确给人一种不像银行职员的印象。换句话说，和进藤的会面总是只有谈话就结束了。

带领进藤进入社长室后，首先提起的是内部搜查的事。

“听到零件报废时，老实说我也大受打击。”进藤直言不讳，“官司进展如何？”

“还在继续，但因为提起诉讼的关键证物已经不存在了，所以应该会改为请求赔偿损失的形式。”赤松轻叹，“这实在非我所愿。”

“原来如此……我们本来也相当期待的，真可惜。”进藤感慨地说，“对了社长，今天来是有件事想和您商量。”

进藤的单刀直入，令赤松不安地皱起眉。这样的表情似乎令进藤感到意外。

“没什么，只是听到银行职员这么一说，总会觉得有些不安。”

“这也难怪，毕竟您之前经历了那些事。东京希望银行近来有什么动作吗？”

“不，什么也没有。”

进藤看着赤松的眼睛说：“我想，他们应该也不能再采取什么行动了哦。”

“为什么？我除了公司之外，连房子都押在东京银行做担保。什么时候会被拿去拍卖都不奇怪啊！”

“那是不可能的。如果今天赤松货运经营不善面临破产还有可能，但现在公司运作既正常，还款也没有延滞，在这种情形下，无论如何，银行都无法将担保品拿去拍卖。”

“原来是这样啊。”

银行的想法和做法，对赤松而言就像是某个不可思议国家的风俗习惯，令人费解。

“现在东京希望银行能做的，就只有将存款拿来与借款相抵，等待融资余额自然减少而已。而我今天来的主要目的就是……”

隔着桌子，进藤向前倾了一倾，“本行在严苛的商业环境里，并非经营相当顺遂的银行，这一点赤松先生想必您也明白。”

赤松全身僵硬。他几乎已经认定，进藤下一句要说的就是“所以请您将至今的融资金额归还”了。

“这次我们当然也希望能继续支持赤松先生，毕竟金融环境的变化刻不容缓。”

“呃，进藤先生。”赤松按捺不住，终于开口说了，“您就直说了吧，是不是需要我们归还融资呢？”

进藤脸上呈现大大的问号，不解地凝视着赤松："并不是这样的，赤松先生。事实上正好相反。"

"相反？"

这次轮到赤松不解了。

进藤一脸认真，挺直了背脊。

"赤松先生，我与分行长商量过后，决定今日来拜托您。我想请问的是：可否由本行全额代垫贵公司在东京希望银行的融资借款呢？"

赤松眼前一片空白。

好一段时间，他什么都说不出口，只有沉默持续着。赤松脑中不断闪过该说的片断词汇。

"代……代垫，科长，那些全部加起来将近三亿元啊！"

"我们明白。反正贵公司也不可能再向东京希望银行重新申请一笔新融资，那不如就改为向本行融资，然后再向本行偿还这笔代垫的借款。"

"这当然没问题。可是真的可以吗？"凝结在喉头的紧张溶解，落入腹中，"如果榛名银行不介意的话，我当然希望能这么做。可是真的没问题吗？"

"条件是，解除您在东京希望银行的担保，更改设定移至本行担保。包括利息在内，完全相同条件的转移。"

"太谢谢您了！"赤松说，"这是塞翁失马，焉知非福啊！"

"我们只是做对银行有利的事而已。"进藤笑着，但露出认真的眼神说，"我听银行同行说，东京希望银行那位自由之丘分行长，过去曾遇上企业犯罪吃过苦头。或许是一朝被蛇咬吧，使他反应过度，结果反而忘记银行的本质了。"

赤松还是第一次听说田坂有这样的过去。“我们预测赤松货运不久就会恢复原本的业绩水平，也期待贵公司今后的成长。这笔资金就当作对贵公司将来的早期投资，您愿意接受吗？”

赤松抬头挺胸说：“当然。请多多指教。”

进藤安心地吁了一口气。

“太好了。东京希望银行那边，可否由赤松先生您提出申请呢？我们这边的资金下周就可准备好了。对了，”进藤压低声音，“您可听说希望汽车的最新消息了吗？”

“没有。”赤松摇摇头。

“他们在遭内部搜查之后，业绩受到相当大打击的事，您应该知道吧？”

“是，不过我知道的，也只是从电视和报纸杂志中看到的程度。”

“事实上有传出希望集团将全面支持希望汽车的消息。融资规模高达数千亿日元。”

“数千亿日元！为什么这么多？”

“榛名银行和希望汽车也有极小程度的往来，是从那边的负责人那里得来的情报。目前东京希望银行和希望重工以及希望商事三巨头正在进行暗中协调。不过这话请别告诉别人，我也是靠关系得知的。”

赤松顿失言语。

“大企业还真是令人羡慕啊！”最后，他只能吐出嘲讽的言语，“即使面临破产也会有人伸出援手。难怪什么都不怕。”

赤松回想起过去交手过的希望汽车员工。对照那些家伙的混吃等死与自己的拼死拼活，这中间的落差令人唏嘘。

“不好意思，说这些话让您不舒服了。”进藤露出抱歉的表情说着。

希望三巨头，正聚集商谈对希望汽车投入两千亿日元融资！

下周一，进藤的消息就获得了证实。希望集团对希望汽车的支持计划，虽然还未正式发表，不过当天发刊的《周刊潮流》便已做了追踪报道。

6

“喂，泽田，你看这个！”

漫不经心操作着手机的小牧，对泽田出示屏幕上的新闻页面。

希望汽车可望获得两千亿日元融资。

分不清此时的情绪是惊是喜，泽田安心地叹了一口气。

星期一早晨，在例行科长联络会议开始前，他和小牧总会一起在休息室喝杯咖啡。

“太好了……”

泽田口中也不由自主地吐出这句话。

“一直担心事情到底会如何演变，不过还真不愧是希望汽车啊，就算被消费者唾弃了也还有集团伸出援手，日系企业就是这副德行啦！”

内部搜查以来，希望汽车的销售状况只有“惨淡”两字足以形容。

消费者对三年前隐瞒召回与窜改事实的过去记忆犹新的程度超乎想象，因此引发的排斥效应也比预期的大上许多。希望汽车各地经销商都叫苦连天，在车辆销售总数与前年相比大幅滑落、本年度业绩肯定恶化的情势之中，集团伸出的援手实时修补了船底的破洞。

“对了，我又听说内部人事异动的消息了。这次是室井那家伙要被下放咯。听说他被调去冈崎工厂当科长，理由是为那份不实报告，哦不，是‘失误’报告的内容负责。”

“真可怜。”

在赤松货运事故这件事上，泽田虽与室井多次针锋相对，但做梦也想不到他竟会因那份提交国土交通省的报告书而遭贬职。

“看来警察这次应该要徒劳无功了吧？”

内部搜查不仅仅针对董事楼层和质量保证部，连制造部都搜了。小牧若有所思地摇摇头，皱着眉头说：“目前看来是没什么收获。不过话说回来，计算机什么通通都被带走了，还真是妨碍工作啊。”

警方在带走计算机前，只允许持有人将硬盘备份。小牧花了一个晚上熬夜加班，好不容易备份完，计算机就被警察带走了。上班族一向依赖计算机工作，如此一来办公室机能几乎完全瘫痪，直到现在都还未恢复正常。

“你觉得这次躲得过吗？”

“谁知道呢。”小牧歪着头说，“不过希望汽车的确有着不死之身啊。不管是遭到内部搜查，还是受到媒体挞伐，甚至有人被逮捕或消费者因而流失，只要身为希望集团的一分子，这家公司就不会倒。无论做了什么事，都不怕活不下去。”

小牧拍拍泽田的背：“很好，不是吗？这下你也可以安心写你的策划书，一定会通过的。”

“我可不觉得事情会那么顺利。”

嘴上虽这么说，泽田内心其实颇有自信，内心充满正朝着梦想一步步前进的充实感。公司的确遇上危机，需要集团倾注巨额经费救援，但那都不关自己的事。毕竟对希望汽车这个组织来说，对于这种受到大众瞩目的状况也早有应对准备。

泽田确信自己站在商品开发部这个舞台上，一定能提出被认同的策划而受到赞赏。对泽田而言，离开熟悉的销售部来到这里就是个赌注，而现在他已看出自己将如何赢得这场赌注。

“不用谦虚啦。总之这次希望汽车能渡过危机也算好事一件，希望集团万岁啦！”

小牧轻浮地说，“要是能有两千亿，你打算怎么用？”

7

选择在这个星期一前往东京希望银行自由之丘分行，是进藤的意思。

“因为是大吉之日。”这是他的理由。

在这个黄道吉日里，最适合结束与东京希望银行的往来，转为与榛名银行正式合作。进藤的说法，让赤松意外地再次见识到银行职员不为人知的另一面。

上午九点，赤松与进藤约在自由之丘车站检票口会合后，便一同前往位于站前黄金地段的东京希望银行。

要做的事很简单。首先全额归还向东京希望银行借来的融资金，并请对方解除借款担保，归还担保用的不动产抵押书等资料。归还用的资金这天一早已在榛名银行办好融资手续借得，并且汇入赤松货运户头了。

“有钱能还真是好事呢。”

田坂一进入会客室，就面露不悦地对赤松这么说。进藤起身自我介绍之后，田坂又无礼地直盯着进藤的名片和表情。

“没想到榛名银行竟然愿意代垫这笔融资，贵行真是了不起啊。”

面对田坂讽刺的语气，进藤完全不为所动。他连一句反讽的话都没有，只从公文包中取出一张榛名银行的存款支票放在桌上。

票面金额是三亿日元。

“还款就用这张支票支付。”

小茂田接下支票，对田坂确认：“这样真的没问题吗？”

闻言，田坂狡猾的眼神中瞬间闪过一丝犹疑，赤松并未遗漏他的这个表情。想起先前进藤曾分析，田坂之所以对赤松货运提出融资回收，最大的目的其实是在银行内表现自己，想塑造出重视合规的形象，以掩饰过去犯下的失误。换句话说，他这一连串的债权回收动作，并非经过对赤松货运业绩审慎评估后的判断，只是提升自己在银行总部内形象的公关手段。

赤松对银行职员的这种精神构造实在难以理解。

原本对进藤的分析多少存有怀疑的赤松，在看见田坂眼中闪过的犹疑时，就明白了进藤的推测肯定八九不离十。

按照田坂脑中的脚本，在内部搜查之后，身为赤松货运经营管理者，也是公司社长的赤松，一定很快就会遭到警方逮捕。到那时候，事前以合规为由拒绝融资的判断，等于证明了他身为分行长坚毅的授信态度和先见之明，足以提升银行总部对他的评价。

没想到现在出乎意料的事态发展，使得他本该受到“先见之明”评价的债权回收动作，变成一场过犹不及的闹剧。

虽然嘴上逞强地讥讽，不过田坂眼中闪过的犹疑，正好可说明他对判断失误招致顾客流失的下场，确实地感到后悔了吧？

田坂无言点头。小茂田确认过上司许可后，便取出文件夹里的文件交给进藤。

“麻烦请确认。”

分行长办公室里的会客区中，只听见进藤熟练地翻动文件的沙沙声。数分钟后完成查收，进藤的“确认无误”传进闭目等待的赤松耳中。

从这一刻起，赤松货运与自上一代创业初始便始终维持往来的东京希望银行之间的关系，就此画上休止符。

赤松睁开眼，正好看见田坂望着天花板，脸上写满懊恼与愤恨的表情。

“我想，赤松社长您做出这个决定一定也是万分不得已。可惜本行终究必须顾及合规的问题，还请您务必谅解。”田坂装模作样地说。

“田坂先生，我想你可能有所误会。我一点都不觉得可惜。”赤松说，“和贵行这种银行继续合作，那才叫万不得已。”

“是吗？”田坂露出傲慢的目光，“那现在可以说是皆大欢喜咯！反正，本行也不想再遇到像你这种官司缠身的客户了。”

“又是因为合规吗？”赤松不禁失笑，自言自语地说，“真是受够了。”

“你说什么？”田坂没放过这句话，对赤松怒目相视，“我是苦口婆心，奉劝你还是多学点社会经验吧，赤松社长！”

“那我倒想请教您，为什么贵行就能对希望汽车提供融资呢？”

田坂一时为之语塞。赤松又说：“对方不是和我们一样遭到内部搜查的企业吗？既然因此而用合规拒绝了我们，为何却又积极支持希望汽车呢？这太不合理了吧！”

“关于个别融资案的内容，恕我不便作答。”田坂搬出老套的银行逻辑来搪塞自己的矛盾，“再说，希望汽车和贵公司企业规模相差太大，怎可同一而论呢！”

“我看是因为对方和贵行同属希望集团，所以只好对合规问题睁一只眼闭一只眼吧？”

“我可没这么说。更何况你也不想想，希望汽车得养活几万名员工呢！”

“难道我公司就不用养活员工吗？分行长，你说这话未免太过分了吧！我倒想知道，贵公司的客户里有多少企业是拥有几万名员工的？只因为是中小企业，就该被你轻贱愚弄吗？”

“事到如今，我也不必向你说明这么多了。”田坂开始将矛头指向进藤，“话说回来，榛名银行还真敢提供融资啊。真令人羡慕，小心玩火自焚哟！”

“您真的这么认为吗，田坂分行长？”

面对进藤的冷静反问，田坂竟无以回应。

“你之所以回收对赤松先生的融资，目的只是保身吧？无视客户利益而以保身为重的银行职员，往往容易迷失自己应尽的本分，就像你这次一样。”

“你懂什么？”田坂嗤之以鼻。

“没错，我是不懂你在想什么。我只知道自己绝对不愿成为像你这样的银行从业人员。正因为有你这种人，人们才会对银行抱持误解。我们走吧，赤松先生。”

进藤正气凛然地说完后，便转身面对赤松。

“区区一个科长，你这是什么态度！”

见田坂如此狂妄，赤松再也忍受不住。

“我是不知道区区东京希望银行的分行长有什么了不起啦，不过这位科长的所作所为，可远比你高尚多了！”

田坂脸上顿失血色，小茂田更是呆若木鸡。

“托您的福，害我跟人大吵了一架呀，科长。”走出银行大楼后，赤松半开玩笑地对进藤说。

“这一架吵得挺有架势的啊，社长。”

“科长您也不差啦！”说着，赤松伸出右手，“今后也请您多多指教。”

进藤回握的手力道之强，让赤松露出今天首度会心的一笑。

8

《周刊潮流》发行当天下午，井崎和上司纪本一同被叫到部长滨中的办公室。

“报道的事，让卷田先生气得跳脚呢。”

滨中一开口就是这句话。不同于说话的内容，他的口吻倒是相当镇静。井崎与纪本都不知该如何响应，沉默地等着滨中继续说下去。

台面下的支持协商，都还没有个定论。

话说回来，这本来就不是件轻易能得出定论的事。

卷田的希望是在支持案尚未得出定论前秘密进行此事，没想到出现周刊报道的煽风点火，要他不跳脚也难。三家公司也都不可能不受报道影响。

“这件支持案牵涉到集团三家公司，相关人士众多，想找出是谁泄露情报相当困难。”纪本说。

“专务的意思是想从《周刊潮流》下手，打探出究竟是谁泄密。井崎，你觉得有可能吗？”

“那是不可能的。”井崎不假思索地回答，“对手可不是那么好应付的。”

“我看也是。”滨中说着，双手在膝上交握。

“不过，专务竟对此事神经质到这个地步，是发生什么事了吗？”纪本终于开口。

关于支持案的动向，详细情形除了三巨头的首脑之外，像纪本或井崎等级的第一线职员都不得而知。尽管频繁地被上级要求制作资料，也被严格要求数据根据，但首脑会议中最重要的判断与解释，对他们而言依然如在五里雾中。

《周刊潮流》的报道中也只提及支持方向正在研议中，至于详细内容则一概未加披露。

“希望重工还在推托。”滨中说出了令人惊讶的事实。

井崎还来不及提出疑问，滨中便像看出他眼中的问号似的继续说了下去：“听说是公司内部有人提出质疑。虽然正努力敉平异议，不过没那么容易解决。”

“重工推托的理由是什么？”纪本问。

滨中思考了十秒才回答。他的沉默，也象征了希望三巨头目前面临的抉择究竟有多沉重，又有多令人彷徨不定。最后滨中说出口的答案，完全说明了近日重工为何会有如此表现。

“为了威斯汀集团。”

资产清查时出现缺漏一事，井崎也听说过。

“两千亿日元协调支持案被曝光后不久，重工才发现威斯汀集团出品的核能设施出现失误，需要支付高达数千亿日元的补偿金。再加上并购金额，重工砸在威斯汀上的经费已高达一兆日元。这种情况下，对希望汽车的支持无异于加重了重工的负担。”

“那么，重工方面的意思是……不打算提供支持了吗？”纪本提出疑问。

“不。当初的提案是在两千亿日元中，由重工负担一半，也就是一千亿资金，现在重工则提出替代方案，以当保证人的支持形式取代直接出资。”

“保证人形式？那……”

由纪本的反应可知，这个替代案执行的可能性多么低。

“重工的提案是请商事援助五百亿，剩下的一千五百亿由银行以提供融资或接受公司债的方式予以支持。这一千五百亿中的一千亿，由重工全额保证。希望汽车的新任社长也不从重工任命，而是从银行指派。”

“换句话说，就是让银行来主导希望汽车的重建工作吗？”井崎开口问道，“我们要接受吗，这样的条件？”

滨中没有回答，思索的视线越过井崎头顶，无力地飘散在虚空之中。

如今，希望汽车即将失去希望重工无条件的庇护，面临在同集团中受其他企业操控的命运。

“还有面对金融厅时的问题吧。”

纪本的低语正是银行方面的真心话。

就算接受巨额融资的提案，金融厅也会将希望银行对希望汽车的融资归类为不良债权，如此一来将会直接打击东京希望银行的业绩。

东京希望银行好不容易才解决过去的不良债权，经营政策正步上积极正轨的此时，若再接受希望汽车这一千亿的不良债权，等于再次被套上行动不便的脚镣。更何况，重工在怀抱业绩不安定问题的情况下，根本无法提供值得信赖的保证。

难道没有其他解决方法了吗?

井崎满怀疑问地望着滨中。

然而看到滨中苦恼的神情，井崎再也说不出任何言语。

“再说，警方的搜查结果也还很难预测。很有可能必须要想出一个颠覆原案的全新方案。”

滨中的发言令井崎瞠目结舌，因为这个提案完全推翻了卷田的意向。

熟知希望汽车内情的卷田，正极力主张希望汽车即使经过内部搜查，警方仍提不出有利证据，也不可能进行逮捕的看法。同时狩野在希望汽车依然不动如山的地位，也间接证明着卷田的主张。只要接受金融支持，虽然需要一段时间，但希望汽车一定能渡过难关——卷田始终坚持着这种说法。

对此，滨中很难不提出质疑。

任谁都感觉得出，滨中与卷田两人之间的温差。

“如果有人被警方逮捕，那协调支持案当然就难以推行了。只能祈祷事情不要演变成那样吧！”

井崎敏感地听出这番话其实是对卷田的嘲讽，有些坐立不安。

对希望汽车的支持一事，致使各干部之间的权力平衡产生了微妙的龟裂。

向来对支持希望汽车抱持保守态度的总裁东乡，对上了积极派的卷田。卷田从三年前的丑闻之后，一直对融资希望汽车抱持积极态度。然而在这次的支持中，他是否真能将积极的立场贯彻到底值得怀疑。当他无法坚持立场时，不仅对希望汽车的融资形同触礁，卷田个人在行内的责任问题也将受到追究。

“现在的状况，已经不能光靠预测贸然行事了吧？”

从纪本的话中，听得出他打算暂时静观其变，而他的说法也获得了滨中无言的认同。

“这并非单纯对希望汽车的问题，也是贯串整个希望集团的问题。究竟要不要伸出援手？若答案是否定的，那集团的存在意义何在？”

“部长，能请教您一件事吗？”井崎提出疑问，“刚才您提到需要一个从根本颠覆的新方案，这也包括拒绝支持的提案吗？”

“不包括。”

井崎感到脑袋一片混乱。除了目前提出的支持方案之外，还有什么是能颠覆原案的全新方案，实在叫人难以想象，但滨中似乎无意具体说出他的想法。

“部长想表达什么，我完全不明白啊。”

离开部长室，一起等待电梯的纪本也抱持着相同的疑问。

滨中构想的究竟是什么样的方案，不管怎么想也想不出答案。或许根本就没有那种东西吧！一定是部长弄错了，井崎在内心如此断定。

9

在秘书带领下走进室内的狩野，神情从容不迫。正独自面对办公桌思考的卷田，赶忙起身请他入座，自己也从办公桌转移到会客用的扶手椅上。

“重工的提案商讨得怎么样了，专务？”

狩野的语气一派轻松。事实上在狩野到来之前，这正是令卷田陷入思考的问题。穷于应答的卷田踌躇着。

“光有重工的保证可能还不够吧。”

此时，狩野才露出不以为然的表情，投出一颗牵制球。

“我知道。”

要统一银行内部言论并不是一件简单的事。不，别说统一行内言论了，就连是否能获得董事会支持都很难说。

“如果只是当初预定的五百亿日元，可能还有办法……”

此言一出，狩野立刻脸色一沉，点起香烟望着卷田。

“另外，商事那边也提出将两千亿分期提供的意见，或许可以作为参考。”

“但是两千亿的数字已经泄露了，如果正式发表时的数字比这个低，世人会怎么看？太没面子了！”

这次，狩野就连语气也表露出不满。

就是因为这样，《周刊潮流》的报道才令人火大。虽然不知道是谁泄露的，不过一旦金额与支持比例已为外人所知，接下来的行动必然会受到微妙的限制。

“姑且不管金额的问题，至少希望集团也算表明了对希望汽车支持的决心，您说是吧，常董？”

卷田说着口是心非的借口，喝了一口茶装傻。今天的会面很明显话不投机，更别说令狩野心服口服了，但除此之外也别无他法。

“事实上今天，国土交通省开始介入调查了。”

卷田挑了挑眉，脸上不自觉露出不安的神色。难道又发生其他问题了吗？

“当然，我们在查不出问题的状况下将他们请回去了。”狩野说。

卷田紧张的情绪化为一声叹气。

“我想明天的报纸应该就会出来了，国交省调查的结果，希望汽车毫无过失的报道。接下来就等着看神奈川县警面子扫地吧。如此一来，消费者再也不会怀疑希望汽车了吧？银行这边究竟要到何时才能做出结论？”

卷田无意识地望向墙上的日历。

“希望是这几天能敲定下来。我会尽力去推动的。”

狩野这才露出微笑。

“那就拜托你了，卷田专务。我很期待你的表现哦，下任总裁。”

留下这句令卷田不由得内心暗喜的话，狩野很快地告辞离去。

这男人被称为王子，果然有他的道理。面对警方的搜查时能保持如此无动于衷，需要极强大的精神力量。不只如此，他更拥有足以掌控局面的能力。

比起说好听点是稳健派，说难听点就是无能的冈本董事长，现在正是狩野施展铁腕的时候。

既然如此，那我也不能输给他！

卷田如此激励自己。就算眼前事态不见好转，但不是还有一项不容忽视的武器吗？

那就是时间。

内部搜查至今，随着时间的流逝，搜查总部的立场就越是站不住脚，而希望汽车的嫌疑也越来越淡，一如人们的记忆般。

如果警方已经掌握证据，那理当已采取行动才对。

然而，他们却迟迟没有动作。

警察出乎意料地挺无用的嘛！卷田一方面乐观地这么想，另一方面也发现自己在不知不觉中已经变得胆小许多。

希望重工要是有意见，想只挂保证不出钱，那就随他们去吧。要是无论如何都不答应的话，也可以答应重工，等他们业绩恢复后再提供支持。没有什么好怕的。

10

“泽田科长。”

泽田抬起头，德永真治站在桌前。

德永是商品开发部的中枢——策划科的年轻员工。他过去待过销售部，在商品开发部内是泽田少数的旧识之一。

“这个……”

德永递出的是泽田提出的那份策划书。泽田抬起头，不解地望着德永脸上莫名抱歉的表情。

“这是要退还给您的。”

“为什么？”泽田的声音嘶哑。

“刚才第一次评选结束，很遗憾您的策划没能通过。”

胃里挤出某种硬块般的东西，脑中涌现的意识如浊流般交错，最终冲刷出一股难以言喻的不安。

“科长……”

听到德永的声音，泽田才发现自己不知何时闭上了眼睛。

蓝色隔板隔开了办公室内每个人的座位，奶油色的墙上挂着圆形时钟，指针指着下午两点四十分。桌上放着一台笔记本电脑，待办事项活页夹里只有一份无关紧要的文件。在这个空间里，没有任何一样事物能带给泽田满足。泽田甚至开始觉得只要继续待在这里，或许永远无法得到满足。

“这样啊，落选是吗？真可惜呢。”

与苦涩沉重的心境对比，泽田的口吻显得一派无所谓的轻快。他挤出了个淡淡的微笑，对德永说：“我自己还觉得是个挺好的策划呢。”

“我也认为那是一份很出色的策划。”

德永的口吻带着超乎必要的认真。

“能不能请你以策划科前辈的身份教教我呢？我的策划，究竟是哪里不合格？我认为还是蛮有竞争力的啊。”

仿佛难以启齿似的，德永默不作声。

然而，此时泽田突然明白了。德永其实是特地来告诉他这难以启齿的事实，带着根本没必要退还的策划书。

“你就直说吧。”泽田知道自己的笑容扭曲了。

“其实……这份策划书第一个就被刷下来了。”

一把透明的刀刃刺进泽田的心脏。

“是我们科长的判断，只说了一句‘这个不行’。”

“理由呢？”

“哪里会有什么理由呢，泽田科长。”

德永双手搭在桌上，用真诚的目光望着泽田，“或许不该由我来说这种事，但我可以告诉您，不管您写出多么优秀的策划案，以现状来说都不可能获得采用。这无关策划内容，而是政治上的考虑。”

泽田对德永投以空虚的视线。

“那么，这个现状，不可能修复了吗？”

“我不知道。”

打开策划书，第一页上被人以红色签字笔画上一个大叉。下一页也是，再下一页也是……

“谢谢你告诉我这件事。”

德永轻轻点头便离开了。

失去全身力量，泽田就这么一直瘫坐在位子上直到五点，望着一份谈不上紧急，也一点都不重要的文件。

商品开发部，泽田原本是为了追寻梦想才来到这里的。

然而，泽田追寻的梦想早就不在这里了。

这里有的，只是一份策划书，以及无法公正评价这份策划书的腐败组织。

泽田眼神涣散地望着办公室天花板，而后停留在桌上书挡里夹着的一本册子上。

是向赤松借来的那本追悼文集。

书封上的标题映入了泽田的眼帘。

《纸飞机》。

泽田慢慢地伸手翻开它。

11

当天夜里，港北警察局的高幡有了一位访客。

“希望汽车的员工？”

接到总机的联络，高幡从计算机画面上抬起布满血丝的双眼，发出不可思议的声音，又看了身边的吉田一眼。

“我知道了，请他上四楼来吧。”

对总机下达指示后，高幡留下一句“我去见见他”，便起身朝电梯走去。在警察陪同下，男人被带进了会客室。其间高幡暗自观察这个男人，只觉他的态度在沉着之中，却有如罹患绝症的病人般带着一股悲痛。

“我是商品开发部的员工，敝姓泽田。”

落座前，泽田先取出希望汽车的名片，并礼貌地自我介绍。高幡身上没带名片，只简单说了“我是搜查总部的高幡”。

“请问，日前的内部搜查是否完全找不出证据？”泽田问道。

“由于搜查还在进行之中，这一点恕难奉告。”

高幡正踌躇着该怎么回答，泽田又出言打断。

“那是因为狩野早就指示员工将证据销毁了。”

高幡脸颊抽动，这一瞬间他明白了男人前来的目的——内部告发。

泽田继续说。

“我虽然并非质量保证部员工，但也听说了彻底销毁证据的指示。我想您一定也发现了吧，狩野早就拟定了万一警方进入搜查时的对策。”

泽田取出公文包中的物事，放在桌上。

“这是？”

“请您查查这台计算机吧，如此一来就能知道事情真相了。”

高幡望着泽田取出的笔记本电脑。

“你为什么会拥有这个？”

“别人交给我保管的。”

“保管？谁交给你的？”

泽田将杉本的名字说出来后，高幡马上以会客室内的电话联络吉田。之后也从吉田拿来的员工名册中，证实了杉本的确是曾隶属质量保证部的员工。

“前几天他被调职了吧？”

“这是他托付给我的。”

于是泽田说明了杉本将计算机交给自己的始末。

“打开看看。”

高幡说着，吉田便开启了计算机。

很快地，高幡目睹了计算机的内容，并惊讶得说不出话来。

接着他立刻请来科长内藤，其他数名搜查员也纷纷闻风赶到。

众人兴奋不已。

原本如一座死城般的搜查总部再次恢复了生气。高幡甚至感觉到那股生气通过血液循环，温暖了冰冷的手脚。

仿佛落入沼泽底部的沉重疲倦感，此时也一扫而空。

“马上准备拘票！”

随着科长一声令下，整个搜查总部内的激昂情绪也达到最高点。

第十二章　紧急避难计划

1

电话铃声响起时，赤松看了一眼时钟。

差五分钟凌晨十二点。

内心闪过不好的预感。

从经验得知，这种深夜或清晨打来的电话，内容多半没什么好事。不是有人死了，就是发生事故，尽是些诸如此类的噩耗。

电话是史绘接的。

“是、是……”

史绘用手遮住话筒。“承蒙您照顾了。”听到这句话，赤松心想应该是生意上往来的对象吧。

“老公，是港北警察局的高幡先生。”

出乎意料的对象。

“这么晚了，打扰您了。”高幡一开口就是低声道歉。

“哪里哪里。”隔着电话听得见他背后嘈杂的声音，赤松心想应该是从搜查总部打来的吧。

“其实是有件事，无论如何想立刻告诉赤松先生您。”先顿了一顿，又清清喉咙，高幡才说，“造成柚木妙子与贵史一死一伤的事故，已经证明贵公司并无过失。”

什么？赤松讶然失声。

“怎么会？敝公司的轮毂不是已经被报废了吗？”

“轮毂本身的确已遭报废，然而刚刚我们从证物当中找到窜改前的鉴定数据。根据这份原始资料，赤松先生那辆事故车的轮毂磨损量只有零点二毫米，这个磨损量的轮毂根本不需要更新。除此之外，车辆也没有其他异常。”

高幡继续说："搜查总部的结论是，轮毂损坏的原因并非维修不当，而是来自车体构造上的缺陷。请原谅我至今对您的无礼，还有……"停顿了片刻后，高幡才说，"谢谢你，赤松先生。"

赤松的情感就像突然涨潮的海面，将他整个包围在其中。这道海浪把他从现实世界推上高昂的精神状态，又落入欢喜的海底。

"洗清嫌疑了？"

结束电话后，史绘这么问。赤松激动得只能点头，连一句好听的话都说不出来。

"太好了！"

眼泪立刻从史绘眼中滚出来，沿着脸颊滑落。

紧紧拥抱哭泣的妻子，赤松自己也忍不住哭了起来。

"是不是有什么好事啊？"

隔天早晨，敏感的孩子们很快察觉到家中气氛的变化。听完史绘的说明后，孩子们雀跃地大喊大叫着"万岁、万岁"。拓郎、哲郎和小萌，三个孩子都高兴得在屋里跑上跑下。

"大家安静。"

就在这时，史绘的声音吸引了全家人的注意力。

赤松全家停止了动作，转过头注视着电视上的新闻画面。

"稍早，神奈川县警总部以违反《道路运输车辆法》及业务过失致死伤害罪嫌疑，将希望汽车董事长冈本平四郎、常务董事狩野威、质量保证部长一濑君康以及该公司研究中心所长等共七名嫌疑犯逮捕移送法办。"

屏幕上切换了画面，映出港北警察局的建筑。

赤松目不转睛地凝视着画面。

孩子们的欢呼声喧腾于耳边。

哲郎扑进了赤松的怀里。

脚步虽踉跄了一下，赤松还是稳稳接住了他。史绘在眼前笑着。小萌也来了。拓郎站在相隔一段距离的地方笑看着家人。

“过来，拓郎。”

一把搂过有点害羞的长子，同时也牵起史绘的手。这就是我一心守护的家人，赤松心想。是我最重要的家人。像是不让眼泪滚落似的，他仰头望向天花板。

在遗照前双手合十，忍不住夺眶而出的眼泪。

柚木没有伸手去擦。他泪眼模糊地抬起头，看着眼前仍旧展露微笑的妙子。

都结束了，妙子。

柚木对妙子报告着。

不，应该说要重新开始了。

订正后再重新报告了一次。

“好想跟妈妈说哦。”

身旁一起双手合十的贵史说着。

“说吧，妈妈一定听得见。”

“听得见就太好了。”

看着专心合起小小手掌的贵史，柚木心想，你看见了吗？

请你一定要一直看着我们。

没错，我们，我们会一直和你在一起。

2

"我也很同情被害者，但并不认为自己做了任何应当被逮捕的事。"

审讯室中，狩野厚颜无耻地这么说，看来就像是完全不能理解自己为何遭到逮捕。

早上六点，面对闯进家门对自己高举拘票宣读的高幡，狩野只露出蜡像般冷淡的表情。

在狩野指示下进行的灭证工作，的确是道固若金汤的城墙。然而泽田的到来，却帮警方在城墙上凿出了一个大洞。

"就是T会议啊，狩野先生。"

狩野转动着褐色眼珠，注视着高幡。

"我不记得了，那是什么？"

"是您亲自主持的会议啊。可别告诉我您已经老得这么健忘了。"

狩野眼中的表情消失了。看样子他应该很不安，即使那不安是在高幡看不见的地方累积着。这份不安，想必是来自担心同遭逮捕的冈本以及董事们是否能坚守秘密吧！

"那份不实调查报告，也是出自你的指示吧。你既然都当上希望汽车这么大一家公司的常董了，就别再扯那些见不得人的谎言吧！"

"请你不要含血喷人，我哪里说谎了？"狩野反驳着。看样子是伤到他的自尊心了啊。

"你们公司制造的货车杀了人哪，狩野先生。"高幡再问一次，"关于这一点，你怎么想？"

"关于这一点，我觉得很同情。不过这只是一般社会大众泛泛的观感，我们公司毫无过失可言。"

狩野的语气不像个人，却像个机器人般毫无起伏。

“至今发生过数次轮胎脱落事故，传动轴脱落事故也不少。你们明知这些都是出自车体构造的缺陷，却恶意置之不顾，结果就是造成柚木太太的死。这早已构成犯罪事实了啊！”

“我们做的都是该做的事，也没有触犯法律。”

高幡盯着眼前的对手。穿着衬衫没打领带接受审讯的狩野，有着傲人的家世，亲戚里甚至有人是银行总裁。这个从小优秀、受周遭逢迎谄媚的男人，一定比任何人都懂得如何合理化自己的行为，并且早已将身为一个人最重要的事给遗忘了。

高幡对一旁的吉田打了个暗号。

吉田起身，很快从审讯室外带来一台笔记本电脑。他打开上盖按下电源键，在开机画面出现前，高幡都只是默默地听着硬盘转动的声音。

这段时间里，狩野也依然不动如山，神态威严，一如遭人俘虏的将军。

他的态度让高幡感受到被视为下等人的嫌恶情绪。算了，反正我就是一介平民。如果没有这次的刑案，或许一生都不会跟这种人有交集吧！这种卑微的念头，令高幡不禁皱起眉头。

不过，既然今天狭路相逢了，我就绝对会跟你周旋到底。

吉田等开机结束后，便将计算机画面转向狩野。

画面上是已开启的电子邮件软件。事实上，对操作计算机并不熟悉的高幡，移动鼠标打开其中一封信并朗读出声。

“标题，关于T会议的举行。如题，本会议将于以下时间召开，请相关人士出席。时间，十月二十日。地点，第四会议室。”

狩野睁大眼睛，像是忘了怎么眨眼似的凝视着计算机画面。

高幡移动鼠标，吃力地打开其他档案夹。

“T会议记录。日期，十月二十日。标题，确认本公司对轮毂损坏一事之处理方针。出席者，狩野常董、柏原质量保证部长、一濑代理部长等共二十名。会议中指示事项为：一、如标题，关于本公司轮毂引发事故之原因，一律以维修不当办理。二、对国交省提出之轮毂强度比较鉴定结果，本社轮毂数据需再调整后，才对国交省提交报告。三、如遇顾客对轮毂提出投诉，则修改数据以期回避召回。诸如此类的内容还有很多，要多少有多少。”

高幡继续朗读邮件内容。

“标题，熊本案。关于熊本市内发生之本公司车辆事故调查报告，无须言明离合器外壳缺陷，只须针对传动轴脱落部分提出说明即可。此外，针对使用相同离合器外壳之车种，请通过经销商于定期维修时改订数据，以上为来自质量保证部之指示——这部分是不实窜改吧？还有，这里是质量保证部内的邮件往来内容——关于日前报告过的儿玉通运‘轮切’事故，接获警方委托鉴定，鉴定结果确定为磨损量零点五毫米之D型轮毂损坏，想请问该如何与警方应对。这封信的回信是同一天收到的，寄件人是一濑代理部长，收件人是杉本元。关于该事故之应对，如日前T会议中指示，尽可能以‘维修不当’响应，若对象车辆的轮毂磨损量低于本公司轮毂更新标准值零点八毫米，则以此标准值为数据进行报告书记载。”

高幡一边朗读，一边听见嗒嗒嗒嗒的噪声。

原来是狩野的手指敲击审讯室桌面的声音，简直就像是被谁摇晃着身体般，只见狩野的视线失去了焦点，游移不定。

“你一定很想知道警方为什么会有这台计算机吧？毕竟这是一台不可能存在的计算机。因为你早在一月十五日下达密令，要求质量保证部及研究中心的所有计算机，将必要数据备份之后一律系统初始化。初始化完的计算机须经各部门负责人检阅才能重新安装必备软件，同时部内所有纸本数据一律销毁作废。以上一连串作业务必于二十日前完成，并向一濑代理部长报告。”

高幡又打开一封保存的邮件。日期是去年十月，发生母子死伤事故隔天早晨，寄件人正是狩野。

“这封信的内容要求部下调查前日发生的横滨死伤事故，并紧急向你报告。在那十天后，你在再度寄出给质保柏原部长的信中，要求他将该事故调查结果数据重新调整，并作为调查报告书附件提出。”

高幡打开档案夹，调出关于赤松货运事故车辆的调查报告书。此时狩野脸上已毫无表情，只是木然凝视着画面。

“关于赤松货运的轮毂并无任何异常，除了强度不足的缺陷之外。这里有一封两周前的电子邮件，内容指示部下将赤松货运的轮毂裁断报废，寄件人正是你。能请你解释一下吗，狩野先生？”

“你太不讲道理了！”狩野的声音狼狈不堪，“那是谁的计算机？警方怎可拿一台来路不明的计算机做出这些指控！”

高幡将笔记本电脑翻转，露出贴在底部的卷标，显示该计算机为希望汽车的财产，以及油性笔写上的登记编号。

狩野一看到这景象，整个人变得更加狼狈了。

“这台计算机原本的持有人隶属质量保证部，狩野先生。这里面收集了所有你明知车体构造有缺陷，却还恶意下令隐瞒的证据。你很早就知道车辆有所缺陷，并做出不当窜改的指示，这些事在董事干部之间已是众所皆知的事实。冈本就任社长时，将这方面的事情全都以极机密的方式处理掉了。然而，有关这些事的证据，全部留在这台计算机里。狩野先生啊，事到如今你还想狡辩，只会让自己更难堪而已哦。”

高幡又说：“你们希望汽车是知名企业吧，但你听好了，弄脏这个知名企业名声的，不是召回，而是不当行为。你还不知醒悟吗？”

眼前的狩野再也无法做出任何辩驳，只是低着头默默望着桌面。

那张脸有如毫无血色的人偶，天气并不热，但他却已是满头满脸汗水淋漓，在日光灯照射下发出油光。

高幡大大地叹了口气，从口袋中拿出一根香烟，并且点燃了它。

“可别小看警察了！”

高幡眼中看到的狩野，脸上布满了蜘蛛网般的裂缝，身体不断颤抖。不久，他就像颈骨被人折断般，颓丧地垂下了头。

这就是自诩精英、曾操纵整个希望汽车的男人屈服的瞬间。

这个男人，很快就会招了。

高幡如此确信，边慢条斯理地抽着香烟，边等待狩野吐实。

3

“站在希望重工立场，审视公司内部情由后，本次做出不对希望汽车直接融资的结论。虽然银行这边提出要求，不过本公司经过再次审议，结论依然不变。一如刚才说明过的，本公司目前的业务经营必须以解决大型并购案所引起的诸问题为优先，这一点也已取得董事会一致认可。”

希望重工社长三桥善保牛山濯濯的头顶，在会议室灯光的照射下闪闪发光。身材矮小不起眼的三桥，外形上怎么看都不像是个大企业领袖。然而他身为希望集团核心企业领导者的威严，从他看着银行与商事代表的强硬眼神中表露无遗。

对于三桥的发言颇为期待的东京希望银行东乡直弼总裁，此时也叉着手沉思着，一丝银发垂落在额前。坐在潇洒的东乡身后，卷田正屏气凝神地注视着事态发展。商事社长谷川市郎依然维持一贯的随性沉着，视线望向自己放在桌上的手，看不出他内心的想法。

会议室内弥漫着窒人的沉默，越来越沉重的空气压迫得人难以呼吸。

已没有议论的余地。

三桥的发言，就等于最终结论。

卷田的视线从几位不发一语的首脑身上，转而注视着三桥对面一把空着的椅子。

那把椅子直到昨天，都还是另一位与会者的席位。

希望汽车董事长冈本平四郎。

而总是坐在他身后的狩野，就像操纵傀儡般指示着他。

然而现在，那两人都已不在这里。

这是一场主角——希望汽车首脑缺席的支持会议。

早晨，在家看新闻得知希望汽车高层经营者遭逮捕时，卷田仿佛全身受到高压电击般。手中的筷子掉落，打翻的味噌汤洒在膝盖上，烫到了皮肉又弄湿了裤腿，他却都毫无所觉。整个人像是后脑勺被人打了一记闷棍。

而如今，在这场会议上成为旁观者的卷田，所感受到的危机也非同小可。

他想起前几天还嗤笑过警察无用的狩野，以及思考那男人口中复活之道的自己。眼前急转直下的事态，就像攀升到顶点的云霄飞车开始向下俯冲。

环顾气氛沉重的会议室，三桥再度开口：

“因此，我想请银行和商事这边考虑一下之前重工提出的间接支持方案。”

卷田紧张地看着东乡，东乡却以沉默作答。

“重工提的方案我们这边可以接受，不过银行那边是否负担过大？”商事的谷川如此发言，“能不能由银行融资两千亿给重工，再由重工将这笔资金投入希望汽车呢？”

“从财务的观点来看会有问题。”三桥毫不退让，“重工这边不考虑间接支持之外的做法。”

从卷田的位置只能看到东乡的侧脸。那颗条理分明的脑袋里，毫无疑问一定正思索着各种可能性。其中大多数卷田自认为也都思考过，但却得不出一个结论。

难不成，东乡打算在此拒绝融资吗？

卷田心怀忧虑地凝视着东乡。

如果事情真如此演变，那支持希望汽车一事形同触礁。

事实上，三桥的提案与发言都在卷田意料之中。

卷田的希望是在此先不做出决议，而将重工的提案带回行内讨论。如此一来，身为国内授信最高负责人的自己，才有发言的余地。

然而，若东乡在此拒绝，则会议将立即停止，而对希望汽车的支持案也将化为泡影。同时，过去强硬主张支持希望汽车的卷田也必将面临责任归属问题。

希望重工并非表态不支持希望汽车，基本上重工的意愿还是朝支持方向进行的。卷田真想立刻这么说服东乡。然而就在此时，东乡抬起头说：“换句话说，假使本行不接受这个条件，重工也不打算直接支持希望汽车，是吗？”

会场弥漫着一股难以言喻的气氛。

东乡提出这个问题的意图为何？卷田揣测不出他的真意。

三桥似乎也一样不明白，用疑惑的眼光望向东乡。

“如果有能力支持，我们不惜一切也会支持的。”

“那么商事呢？应该也没有意思代替重工负担支持比例吧？”

谷川沉吟后回答：“商事能提供的支持，顶多四五百亿。”

希望汽车原本就是从希望重工独立出来的公司，就集团内的常识而言，由重工负起支持责任也是理所当然。

“那么，若本行也只能负担与商事同额的支持，在希望汽车高层经营者遭到逮捕的现在，很明显这笔支持金额依然不足，这一点各位没有异议吧？”

会场众人完全没有异议。

东乡确认完席间反应后说：“既然如此，关于对希望汽车支持一事，本行想提出一个颠覆原案的全新方案。”

全新方案？

卷田瞠目结舌地望着东乡，而后者正等着三桥与谷川的回应。

过了好一段时间，对方才做出回应。

“商事没有意见。”谷川说。

“已经有腹案了吗？”三桥半信半疑。

“有的。”

当东乡如此肯定回答，会议室中满满的与会者开始面面相觑，交换着困惑的表情。

这是怎么一回事，我可没听说啊！

卷田心想，露出讶异目光紧张地看着东乡。

该不会是东乡临时想出的权宜之计吧？

有这个可能性。

不，一定是这样没错。

“董事长，董事长……”

三巨头会议散会后，卷田追在快步离开会场的东乡身后。

“您的全新方案是什么，我怎么没有听说？”

卷田理所当然地认为，只要与支持希望汽车相关的事，都属于自己管辖的范围，必须提醒东乡这一点才行。

然而，东乡却完全没有回过头。

正当卷田心觉有异时。

“卷田。”东乡看也不看卷田一眼地说，“你已经和这件事无关了。”

卷田一惊。

“您这话是什么意思？”

停下脚步，东乡总算正视卷田说道：

“关于希望汽车的支持方案，今后没有你插嘴的余地。”

“为什么？”

卷田狼狈地问着。再怎么说，就算对方是总裁，也不能阻止身为国内授信最高负责人的自己提出意见吧？

“希望汽车是我一路支持过来的公司，事到如今叫我不要插嘴，这是怎么一回事？难道这件事不归我负责了吗？”

“没错。”

东乡严厉的目光投向卷田身上。

“等下回银行后我会立刻召开董事会，我打算提出解除你国内授信最高负责人身份的提案。把事情交给你，只会越来越荒唐。”

你到底在说什么啊，总裁？在这种时候……

正当卷田混乱地想着事态究竟为何如此发展时，他突然感觉到不远处的视线。他猛然回头一看——

抱着资料，一脸若无其事走出会议室的，正是营业部部长滨中。原来是他在背后策划的吗？！一定发生了什么事，总裁才会在自己毫不知情的状况下，说出全新方案那番话。

“听说你擅自将希望重工提出的支持方案内容告诉其他董事，而且还笃定本行一定会依照该方案内容提出支持是吗，卷田？”

东乡的话令卷田回过神来，只见眼前这位银行最高指导者的眼神冷冽如冰。

“我告诉你，不管你跟狩野常董之间有什么样的私人交情，我都不允许你因此令本行陷入危机。你的意见已经没有参考价值了。”

“总裁！”

卷田似乎还想追上去说些什么，却遭东乡伸手制止。刚好此时电梯也到了，和其他公司首脑一起，东乡率先进入电梯，转身面对卷田时已是面无表情。电梯门就这样，在愕然的卷田面前关了起来。

4

东京希望银行总行营业部的会议室内，弥漫着一股紧张感。围着会议桌的每个人都是一脸凝重，看起来一副陷入困局的表情。被召集来参加这场会议的，包括了所有负责希望汽车、重工与商事等集团企业的副部长及调查委员。

正午逮捕报道出现之后，银行这边便决定召开紧急会议，不过之后又传来希望汽车社长以下人士全面吐口的消息，于是三家公司的首脑会议提早进行，结果原定举行的董事会只好一延再延。

预定八点半开始的会议，由于主角迟到了将近三十分钟，众人聚集的会议室像一艘触礁的船般动弹不得。

“还没来吗？”

正当井崎低头查看手表时，会议室的门被用力打开了，滨中与纪本匆匆忙忙走了进来。

“先从结论开始说。”

滨中将手里的资料放在桌上，手指撩起灰白夹杂的头发，全身散发出一股刚从战场生还归来的凛冽气氛。在众人注目之中，滨中第一句话就跌破了所有人的眼镜。

“重工、商事、银行三方共同支持的方案，已经正式取消了。”

会议室的气氛瞬间为之冻结。

“虽然会议上曾提出由本行主导支持的方案，但现实不可能办到。再加上希望汽车正被警方以违反《道路运输车辆法》及业务过失致死伤害罪嫌疑起诉，以现状来说，即使对希望汽车提供融资，支持的效果也是极其有限。”

所有参加会议的人都呆若木鸡，万万想不到银行竟推翻了集团大佬希望重工的提案。

事态至此，希望汽车的命运完全悬在半空，结局完全无法预料。井崎也和同事们一样，望着比平日严肃许多的滨中，等待他继续往下说明。

滨中话中重要的部分现在才正要展开。望着滨中散发危险光芒的眼神，井崎感到背后流下一道冷汗。

拯救希望汽车的方案此刻如同走进死胡同，究竟该怎么找出另一条活路呢？井崎如此自问着。

“于是为了改善现状，本行提出支持希望汽车的全新方案，也可以说是紧急避难计划。”

井崎已无法自行思考，只能目不转睛地看着滨中。不止井崎，在场所有人都是如此，满怀疑问的眼光集中在这位营业部部长身上。

“考虑到希望汽车的现状与社会舆论的反弹，再加上该公司的企业管理机制，我们判断，光靠集团支持难以重建希望汽车。即使投入救援资金勉强让财务安定下来，也无法挽回消费者的信赖。要想恢复希望汽车的社会信用，需要相当长的时间，而且还不保证一定能恢复。若最终无法恢复，对希望汽车的授信融资就将转为不良债权。很遗憾的是，本行并未拥有消化如此庞大债务的实力。”

众人围着会议桌，专注聆听着滨中这番话的后续。

“毫无疑问，对希望汽车的援助是本行目前面临的最大课题。然而援助理由并非单纯为了希望汽车，同时也是为了本行资产的健全化。在这个基础上，本行洽询某企业，商讨了援救希望汽车的可能性。”

原本鸦雀无声的会议室里，顿时出现了议论纷纷的声音。

“请问部长，这件事卷田专务知情吗？”有人如此出言确认。

滨中扼要回答：“不，卷田专务将不再参与本案件。有关这点，东乡总裁已经取得了其他董事的共识。”

室内的气氛变得更加骚动不安了。卷田本是国内授信的最高负责人，他将不参与此事，意味的又是什么？

“这样没问题吗？”

“没问题。”滨中斩钉截铁，“因为卷田专务，已经不再负责国内授信业务了。”

瞬间，全体人员皆倒抽了一口气。随着希望汽车的穷途末路，卷田的命运也到此为止了吗？滨中的话背后，正暗示着这个事实。

然而，真的会有企业愿意出资两千亿支持希望汽车吗？在一片疑惑与惊愕的声音之中，井崎终于忍不住提问。

“请问，商讨支持希望汽车的是哪个企业？”

滨中凝重的视线望向井崎。

“是中央汽车。”

这一刻，会议室中全体都因这出乎意料的答案而惊愕失声。井崎自己也讶然无语，甚至差点忘记呼吸，只能目不转睛地看着滨中。

“怎么会向对手中央汽车提出金融援助的要求呢？”

难以置信。

“错了。”

当所有人又一致望向滨中时，从他口中吐出惊人的一句，

“对中央汽车提出的是援助并购的提议。”

5

希望汽车上下犹如经历了一场大地震。泽田被干部遭逮捕的消息弄得措手不及，连早餐都来不及吃便匆匆赶往公司，但身为震央的希望汽车总公司早已是人仰马翻。指挥系统的崩坏使组织机能完全瘫痪，不满、无力与焦虑，各种情感充斥在公司内部。

和三年前一模一样。泽田心想。

三年前，希望汽车已经下过一次地狱，就跟现在一样。

骚动之中，只有泽田一个人冷静地看着职场上的同事们。

有如彷徨于泥淖之中。打从将杉本托管的计算机交给警方之后，泽田的疲劳感用这句话来形容恰到好处。这段时间，泽田的人生就像在荒凉的海面上漂流。

到最后，泽田还是亲手破坏了希望汽车。他一直以来的信念，都是没有公司就没有自己，现在却似乎有必要打破这个迷思。

一点都不后悔。

只是有点失望。

对希望汽车这个组织的失望。同时也是对一直以来，将人生赌在这个组织的自己感到失望。

而那些都已经成了过去，现在该想的是如何走出这片混沌，活出崭新的未来。

“首脑人事的命令，好像不大对劲呢！”

就在干部被逮捕的几天后，小牧现身商品开发部，约泽田到公司外的咖啡厅。

前一天发表的人事令中，公布由副社长桥本大佑暂时担任代理社长。桥本出身销售领域，是反狩野派的第一人。他的出线表明过去以质量保证部为中心的冈本—狩野体制正式崩解。一并公布的董事人事令中，销售部长花畑升任统领销售部门的常务董事，这个消息也令人惊讶。一向被讥为蝙蝠的他，正可说是发挥了真本事。可以预感今后的组织重建将会以桥本和花畑为中心，而销售相关部门在公司内部的地位也将随之跃升。

“为什么是代理社长而不是社长？”小牧在意地问，“不，不是社长就算了。为什么不是由重工派人过来就任社长？两千亿的支持金怎么不了了之啦？我问过财务的三浦那家伙，再这样下去，公司的资金只够撑几个月了。”

在连珠炮似的发问后，小牧一边在红茶里倒入大量蜂蜜，一边露出百思不解的表情。

这一切的确令人难以理解。然而，就算担心也改变不了什么。

“我还听说一件令人在意的事。谣传对于出资支持的事，重工方面并不赞同。”

“不会吧？”

泽田猛然抬起头，看见小牧眼中也充满不安。

“可能干部遭逮捕的事也有影响吧。”

“这么说来，接下来会怎样？”

泽田问着，但这一大半是问给自己听的。接下来会怎么样，不要说小牧，整个希望汽车恐怕都没人知道。

这总销售额两兆日元的上市企业，难道就将这么失去方向吗？

“别问我啊。”

小牧别开脸，同样像是说给自己听似的说着，“不过，我们可是希望汽车啊。希望集团的其他企业应该不会置之不顾吧？我想争执点应该在支持比例的分配上，但他们还不至于让希望汽车破产，毕竟是希望集团一分子啊。你说是吧，应该没错吧？”

泽田只是沉默不语。

“你倒是说点什么啊，泽田！”

小牧无助的声音，如荆棘般刺痛泽田的心。

“到底会有什么下场啊，希望汽车。”小牧喃喃自语。

“不管会有什么下场，我们小小上班族都只能接受了啊。”

“你倒好，如果出了什么事只要辞职去做你想做的工作就好了吧？”小牧瞪着泽田说。

“不，我不会辞职的。”泽田斩钉截铁地应道，“我已经做好心理准备，不管发生任何事，我一定会留在这组织里，并且为了生存用尽全力抵抗，直到退休，或是这个组织消失为止。虽然我绝对不希望它就此消失。”

小牧抬起头，忘了自己要说的话，只是凝视着泽田。

同一时刻，井崎正在东京希望银行总行营业部自己的位子上等待一通电话。

那是来自中央汽车主要往来银行——中京第一银行应对业务负责人的电话。

这天下午一点召开的中央汽车董事会中，出台了一项重大决议。

现在时刻已是下午四点二十分。每次抬头看墙上的时钟，井崎的胃都会因紧张而抽痛。虽然力图镇定，却是难以办到。

桌上的电话响起。

慌忙接起电话，另一头传来的声音却不是井崎一直等待的对象，而是希望汽车三浦那大言不惭的声音。

“井崎先生，我想请问一下，可不可以透露一下那两千亿日元支持的下落啊？我不会告诉别人的。贵行该不会也站在反对支持的立场吧？”

“怎么可能呢！”井崎一口否定，“不过，现在这些事情已经不是我们做业务的人所能过问的了。”

“你那边都没听到什么消息吗？”

三浦拼命想问出一点与支持动向相关的情报。毕竟身为财务，就算不想知道，也得被迫面对希望汽车目前的窘境。连日来营业额的惨淡加上固定支出的费用，只要打开计算机，点开财务报表，就可以清楚看见巨额的资金正在流出希望汽车。更别说干部被逮捕之后不过短短几天，希望汽车的股价已然暴跌。再这样下去，毫无疑问，希望汽车将被迫从股票市场退市。

滨中口中的企业合并案正在水面下默默进行，但也为了不使这个方案功败垂成，上头命令彻底严守情报管理。所有参与的相关工作人员都被下了封口令，合并案的进展犹如罩上了一层厚厚的帷幕。所有信息只限相关人士之间流通，即使是对行内人员也一律三缄其口，对希望汽车员工更务求保密。之前被《周刊潮流》擅自报道的两千亿支持情报，正好拿来当作障眼法，同时更为了混淆视听，现阶段刻意不公布未来的希望汽车董事长人选。滨中的囊中之计可说天衣无缝。

与中央汽车的合并案，在那之后加入双方主要往来银行，又召开了几次秘密会议，逐步取得合并条件的共识。井崎现在就是在等待共识之下的最后决议。

“我说啊，井崎先生，都是你们不快公布支持方案，害得我们就快倒闭啦！”

丝毫未觉井崎的不耐，电话那头的三浦还在发牢骚。

也不想想原因究竟出在谁身上，竟还说得出这种话！井崎内心虽然这么想，嘴上还是应付着说：“请再稍待一段时间。”

“成天稍待、稍待的，究竟是要稍待到什么时候啊？真是的，银行根本一点也没把我们公司的死活放在心上嘛！”

本来就是这样。

井崎内心低语。这就是商场啊。

支持希望汽车只有一个理由，那就是为了保全东京希望银行的债权。当时的会议上，滨中就是这么说的。以后，希望集团这块大石将会分崩离析，迎向新时代的开展。

“再说，现在股价一直滑落，不想想办法的话，最伤脑筋的还不是你们银行？”

“银行没什么好伤脑筋的。”井崎忍无可忍地嗤之以鼻，“别说这些了，我倒想反过来问问贵公司，隐瞒召回事件的真相，到底查明了没？”

事件后，希望汽车于五天前表示将会以律师为中心设置“查明真相委员会”，着手厘清关于隐瞒召回一事的真相。没想到，该委员会的律师却遭指摘同时也兼任狩野被告的代理人，矛盾之余只好走马换将。希望汽车无可救药的腐败体制，又让人看了一次笑话。

“不用你说，隐瞒召回的事情我们委员会都有交代了。”三浦露出自尊受伤的语气，愤愤不平地说着，“那些媒体也真是叫人火大，明明就只是给国土交通省提了个不实报告，结果报道得简直像是犯了什么滔天大罪似的！当然啦，业务过失致死伤害罪是很严重，可是其他车厂还不是一样有这类事故发生，老实说，真的会觉得为什么只有我们被揪出来鞭啊？太不公平了嘛！”

井崎仰天无语。泡在希望汽车这盆温水里，误以为自己是精英分子的这群笨蛋，看样子根本就没办法让他们认清事实。

“我奉劝你，现在也该醒醒了吧！”

说罢，井崎便单方面挂掉了电话。他不想再听三浦的反驳，就让那些无意义的辩解，消失在大都会的噪声之中吧。

“井崎调查委员。”

一回头，部下正紧张地报告，“您的电话，中京第一银行打来的。”

“快转过来！”

瞬间井崎绷紧神经，调整呼吸做好准备。

6

正当井崎等待中央汽车董事会决议的这段时间，赤松搭着电车来到了霞关。从地铁车站的出口一上来就是东京地方法院，赤松紧张地伫立在门口。

他站在那里，目送了好几个不知是原告或被告，甚至也有可能是律师的人，带着心头沉重的表情走进那栋四方形建筑物。到了约定的时间，小诸律师快步现身，找到赤松后便小跑步到他身边。

“今天也请您多帮忙了。”

赤松低头这么一说，小诸也笑着回应：“彼此彼此。”接着，他更以激励的语气一边说着“我们进去吧”，一边推开了玻璃门。接受警卫搜身检查之后，两人搭着电梯来到十二楼，进入和解室。这是位于法官办公室旁的一间小房间。

进去之后已有三人在场，其中包括希望汽车的律师富田，以及泽田的继任者长冈。除此之外还有一个素未谋面的男人，一看到赤松便站起身绕过“ㄇ”字形的会议桌朝赤松靠近。

“我是希望汽车的常务董事，敝姓花畑。这次事件带给您莫大的困扰，特别在此向您致歉。”

“我是赤松。”只回以短短的一句自我介绍，赤松便和小诸一起坐在对面的位子上。才一坐定，仿佛算准时间似的，另一个男人也走了进来。

“大家都到齐了吗？”和双方律师打过招呼后，男人自我介绍道，“我是负责本次和解的本村。”

本村法官表示，自己是负责本次东京地方法院审理中，赤松货运对希望汽车提出关于零件归还及损害赔偿之讼件，并简单说明了一下和解交涉的来龙去脉。

希望汽车是在社长以下干部遭到逮捕之后，对法院提出和解申请的。在社会大众对事件大为关注的现在，之所以提出和解，或许是想借此防止世人加深《周刊潮流》中所描写的、希望汽车面对赤松货运时的态度所给人的恶劣印象吧。

接到和解要求通知时，小诸也劝告赤松："不管对方的理由是什么，与其没完没了地打官司，有时接受和解，或许才是现实的解决之道。"

之后经过代理律师之间的两次交涉，终于获得赤松首肯而有了今天这场最终谈判。

至今在面对所有交涉时，赤松货运的立场都是毫不让步。这也是赤松开给小诸的条件。毕竟打从事件之初，不管是赤松货运蒙受的经济损失，或是来自希望汽车的恶意对待，赤松都不认为有任何转圜让步的余地。

"这次本院判断以希望汽车提出的和解内容看来，赤松货运或有可能接受，故请双方聚集在此商议。现在请希望汽车先提示和解条件。"

木村说完开场白后，富田介绍起和解提案的内容。

"首先针对损害赔偿部分。关于原告提出因受事故影响导致主要客户流失，营业额下滑，同时争取到的新客户亦未能填补营业额缺口，造成财务损失，故请求赔偿一亿六千万日元的部分，本公司经商议的结果，愿意全额支付。这是第一点。"

难以置信。

曾经对赤松货运如此轻蔑、不可一世的希望汽车，竟然这么简单就答应了这项和解条件。真令人难以置信。

富田又继续说着："此外，关于请求归还零件的部分。一如先前通知，该零件已经遭裁断销毁作废，因此事实上已不可能归还，但原告提出零件归还的本意，乃是为了借由重新调查并恢复公司名誉，因此今日接下来要讨论的，便是代替零件归还的补偿方案。关于该事件，本公司业已对外承认维修不当实属错误判断，同时也发表了关于构造缺陷的声明。故此，除了刚才的补偿金之外，将另外再支付八十万日元作为补偿金，不知您意下如何？”

赤松脸上顿时失去表情。

八十万是吗……根据日本司法的判断，赤松至今所承受的痛苦，竟然只值这种程度的赔偿？

全额答应赤松提出的一亿六千万补偿金，以及承认过失另行支付补偿金的做法，表面上看来并无任何令人不满的地方，但令人难以信任的是，既然能够这么轻易承认事实的话，过去希望汽车的主张又算什么？

“富田先生，你现在的发言听起来似乎是想表示零件报废的事是这几天才发现的，但具体情形究竟如何？”赤松提问。

“具体时期我也无法确定……”富田推托着。

“律师先生不明白的话，长冈先生应该知道吧？”赤松瞪着坐在富田身旁的长冈说。

“我只负责交涉，关于这件事我也不……”

每个人都只想推卸责任。

“身为交涉负责人，却连零件什么时候废弃都不知道，你这话是认真的吗？”在赤松诘问之下，长冈只是抿着嘴无言以对。

“东西是什么时候报废，又是受到谁指示这么做的，现在警方正展开调查。即使现在说谎蒙混，也很快就会被拆穿。奉劝你还是说实话吧！”

“赤松先生，不好意思。”富田插嘴，“您现在提起的与和解案没有直接关系，是否能让我们回公司调查后，过几天再向您报告结果呢？”

“不行。”赤松说，“之所以提出诉讼，起因就来自你们这种不把客户当一回事的无礼态度。都到这地步了还不知悔改，只想着自己方便的话，和解案我也没什么好接受的。你还是老实说吧，是不是明知实情却恶意撒谎？”

长冈狼狈不堪。被赤松看穿的他，只不过是个在诘问之下拼命找寻借口企图逃脱的卑鄙小人，长冈脸上已找不出丝毫那自以为精英分子的嚣张态度。

“如果事情真如赤松先生所指，那你最好现在承认。”本村法官在一旁这么说。

“真的很抱歉……”一阵尴尬的沉默过后，长冈才终于开口道歉。

“长冈他也是因为自身立场而不得不采取那种态度，能不能请您就别再追究了？”代替低头不语的长冈，富田出言相救。

“事到如今还想说谎，可见你们毫无反省，只想和解了事。做人再自私也要有个限度吧！”愤怒令赤松声音颤抖。

“真的很抱歉。我代他们道歉，请您先息怒。”

富田似乎担心因触怒赤松导致和解提案破灭而弄巧成拙，只好一直谦卑地致歉。这时，花畑站起身，出面缓解道：

“对于至今敝公司对赤松先生的种种无礼与恶意，真的是万分抱歉。现在本公司正洗心革面，决定从零出发，努力让今后不要再有一样的事发生，也希望能获得您的谅解。”

花畑伸直双手贴紧裤缝，深深弯下腰对赤松一鞠躬。

赤松只是冷冷地看着他。

“你可知道现在贵公司在外头的展示中心，变成什么样子了吗？”

花畑抬起头，不明白赤松说这话的意图。

“就算在这里骗了我，也骗不了消费大众，因为你们已经对社会撒下难以挽回的漫天大谎。长冈先生，你太小看这个社会了。以为自己是希望汽车，就什么都不怕？因为是精英分子，就能目中无人？我老实告诉你，对社会上一般人来说，希望公司的名头根本不代表什么，充其量只是一家汽车公司罢了。没有哪个消费者会因为你们是希望汽车就不予追究，以为能获得原谅的，就只有你们自己而已。”

花畑目不转睛地看着赤松，富田则咬紧了嘴唇，长冈则是仰起头、眼神涣散，无言以对。

“您说的每一点都很有道理。”富田终于开口了，“关于隐瞒召回一事，正如您所知，现在警方正在搜查中。对此，本公司也提供了全面的协助，包括今天在此和您之间的协议，都会一五一十地告知警方。我们真的是从内心感到抱歉，或许还有不够妥善的地方，就不能请您谅解吗？”

这家伙，竟说得如此简单。

赤松抬起头仰望着天花板。

自从去年十一月发生事故之后，在赤松身边发生的各种事纷纷涌现脑海，心头涌现出一股仿佛胆汁翻涌的苦涩滋味。

这种痛苦，他真的明白吗？

这种哀伤，他又真能体会吗？

年幼的孩子失去母亲的悲痛与不甘，被夺走了母亲的孩子依然不屈不挠地努力，读了追悼文集而落泪的心情，你们这些人真的懂吗？

“怎么可能谅解。”赤松不屑地说了这么一句。

在拼命想说服赤松的富田身边，花畑与长冈两人脸上失去了血色，默默地站在原地。

最后打破沉默的是本村法官。

“赤松先生，您的心情我能体会。不过，如果不接受和解的话，官司势必继续打下去。到最后，您是否能获得刚才提及的补偿金额就很难保证了。包括这一点在内，请您与律师审慎评估。我从事这份工作很久了，看过很多和解案。这次被告提出的内容，就我的经验来说算是相当实在的。”

“这不是钱的问题。”

赤松这句话，令对面三人同时深吸一口气。

“总而言之，”为了不让局面当场决裂，小诸开口缓和气氛，“我方已经很清楚贵方提出的和解内容了，至于接不接受，待我方经过审慎评估后，会再择日告知。”

会谈就此结束。

“您认为接受比较好吗，律师先生？”

结束会谈后，赤松与小诸走进法院旁律师会馆里的咖啡厅。

“是啊……我不想勉强您，不过或许接受真的比较好。”

“律师先生，您很诚实。”赤松说着。

“那么社长，您的想法又是如何呢？”

“我不知道。只是真的很生气，又觉得很空虚。”

小诸一边喝着热咖啡，一边从杯子后面望着赤松。

“简单来说，那些人脑子里只想着自己公司的利益，只想用金钱让人闭嘴。”

“不过，这或许就是现实。”小诸从世俗的角度提出感想，“如果这是小说，主角一定会不顾补偿金额拒绝和解，最后在法庭上获得胜利吧。然而，现实世界却不一定会这么顺利。和希望汽车这种公司打上官司的话，一定会耗费相当长的时间。与其如此，倒不如选择改变想法，接受补偿金。”

赤松沉默着，一边往杯里倒进牛奶，一边拿着小汤匙搅动咖啡。杯中的旋涡像是赤松心境的投影，等待着现实融化在自己心中。然而，赤松还是办不到。

“我还是不能谅解，也放不下。”

赤松挤出了这样一句话。

然而，当天傍晚发生的事，却让赤松的心境产生了变化。

“社长，有您的客人。”

回到公司，正在检视维修管理表的赤松，听见职员太田秋枝的声音，一抬起头来，不禁为之一惊。

伫立在办公室入口处的男人，竟是柚木雅史。赤松忍不住怀疑起自己的眼睛。

“柚木先生！”

赤松几乎踢翻椅子，猛力站起身来，随即他也看见了柚木手中牵着的男孩。

他快步朝办公室门口跑去，开口招呼对方：“贵史也来了啊！你好啊，欢迎你来！”

“突然造访，打扰您工作真抱歉。”

柚木表情僵硬地站在原地说着。

“别这么说，快请进。”

领着柚木父子进入会客室后，在外面的宫代察觉事态，也跟着赶了过来。秋枝很快地端上了茶和柳橙汁。

“不好意思。”柚木尴尬地说着，然后将双手放在膝上对赤松说，“其实，今天我是来道歉的。”

赤松愣愣地看着柚木。

“明明至今您一直展现诚意，我却对您做了很多过分的事。真的很抱歉，请您原谅。”

柚木说着低下头。

“刚才我已经和我的律师谈过，将取消对您的诉讼。”

赤松抬起头，正好和宫代四目相对。

“这样啊……谢谢您。”

“我太丢脸了。”柚木说，“打从一开始，赤松先生您就一直强调肇因不在维修不当，然而我却根本不愿意接受，只盲目地相信希望汽车的调查结果。一直到日前希望汽车社长与干部遭到逮捕之后，才发现一切都是我的误会。赤松先生您也是受害者，我完全搞错了。”

接着，柚木也缓缓道出事故后警方的应对与父子的生活。至今柚木给赤松的印象都是一个坚强的男人，但现在眼前的他，也只是一个普通的三十几岁上班族，一个平凡的父亲。这个认知令赤松心痛。希望汽车就这样剥夺了一个平凡家庭的幸福。赤松不得不再次体会，一条生命被夺走是多么沉重的事实。

“您接下来打算怎么办呢？”赤松问道，“应该会对希望汽车提出诉讼吧？”

“不，我不打算提出诉讼。”

柚木的反应出乎意料。

“为什么呢？”

“我想早日走出这件事的阴霾。”

柚木谈起了希望汽车为事故真正原因前来致歉，以及提出补偿与慰问金的事。

“他们愿意付给我的慰问金是五百万日元。”

赤松哑然。

竟然这么少……

难道在他们眼中，一条人命只值这么一点钱吗？

“我知道，您一定觉得太便宜了。可是比照司法上同类事故过去的判例，也差不多就是这样了。我决定接受。”

赤松无言以对，只是凝视着柚木。

“您不争取吗？不和那家公司抗争到底吗？”

“我不会原谅他们，永远不会。”

此时柚木脸上，又出现了一直以来的坚毅表情。

“可是，我一直在思考着什么才是对我们最重要的。过去已经无法改变，既然如此，只好改变未来。我已经不想再让希望汽车任意捣乱我的人生，如果继续和他们对抗下去，总觉得连过去和妙子的美好回忆都会被扭曲。我认为还有更多值得我去做的事，为了这个孩子，我想我太太她一定也希望我这么做。”

命运是如此地残酷。

又是如此地令人悲伤。

然而，被留下来的人只有继续生存下去，超越悲伤生存下去。

柚木的话，仿佛为赤松赶走了心魔。这时，他第一次看到悲伤的另一端，出现了一丝光明。

“其实，我正在犹豫是否应该接受希望汽车提出的和解。”赤松坦然对柚木倾诉，“就我个人来说，我当然是倾向继续打官司，在法庭上了结这件事，而思考迄今以来所发生的种种，我也不认为应该妥协。”

“要不要接受和解，就交给赤松先生您自己判断，但如果是在意我们父子的想法，那我可以告诉您没有这个必要。”柚木坚定地说，“就算和希望汽车斗到最后，也只会徒留空虚。比起这么做，更重要的是不让这件事随时间风化。这和法律或金钱都无关。”

赤松凝视着柚木下定决心的表情，弯身一鞠躬：“谢谢您。托您的福，我心里已经有个底了。”

“还有一件事想拜托您。”柚木抱起身旁的贵史说，“能不能请赤松先生将您这段时间的调查结果告诉我们呢？我想知道希望汽车究竟做了什么，还有我的妻子究竟为何牺牲。”

“说来话会很长哦。”

赤松说着，娓娓道来事件的始末。

终章　说来总是容易被遗忘的，我们的幸福论

“你说，变成中央汽车的员工之后，薪水会不会调高啊？”

位于新桥的烧烤店中，小牧半是自我调侃地说着。

“要是会调就好啦！”泽田随口应道。

“怎么可能会调啊！”

“那你就别问啊！”

连酒量一贯很好的小牧都喝醉了，不胜酒力的泽田却还清醒着。

“这样一来，我们也成了全日本最大车厂的员工了呀。”小牧又开始自我揶揄，“我好开心，开心得都快哭了。”

要哭就哭，哪来这么多啰唆话好讲！

我可不会哭，会一直往前走。不管遇到什么样的逆境，也不会低头，一定要抬头挺胸往前走。

随着两家公司的合并案发表，公司也成立了合并委员会。不知何故，小牧与泽田都被选为委员。

杉本也被选为大阪总公司的合并委员，或许是他对希望汽车保持的危机意识受到好评了吧。虽然不知道猜得对不对，不过泽田私下认为，这道人事命令是出自花畑常董之手。

对手是中央汽车。在援助并购的名义下合并的希望汽车力量薄弱，然而，对于自己今后将在一张这样的组织构图之下工作，泽田也早已心知肚明。他试着在脑中勾勒着未来，无论这张组织结构何时会

产生何种变化，都令人相当期待啊。

很有意思的工作，不是吗？

英里子如是说。

谢谢，你永远都是我的太阳。

“人生总会发生各种事，就去享受吧！”

你说得有道理。

合并委员会设置后，人事便暂时冻结了。当新公司正式开始运作之际，从希望重工独立出来的希望汽车短短三十年的历史，也从此落幕。这也同时意味着，这家公司将不再是希望集团的一分子。

在这个全新的公司里，究竟能胜任何种任务，泽田现在还无法想象。

说不定哪天会被裁员。

也说不定真的能从事商品开发相关的工作。

无论如何，只要还有一份工作在，就放松心情干下去吧，各位上班族！这就是泽田现在的心境。

“你可真好，竟然还能这么轻松。”小牧又发起牢骚。

“这就是上班族的特权啊，轻松一点又有何妨？”

泽田摘下领子上的三椭圆社徽，塞进口袋。

早上十一点开始举行为时一小时的营业总部内会议，会议按照预定计划一结束，井崎便走出银行大楼。

三月的阳光清朗炫目，料峭的空气也让人感受到春天已来临，大地一片难以言喻的祥和。

待在银行这样的组织里，很容易忽略了四季变化，过着索然无味的日子。杀气腾腾的职场生活中，偶尔能像这样感受到季节变换时，井崎总是很开心。

希望汽车与中央汽车发表合并案已经半个月了。现在，井崎每天都为合并衍生的种种事务忙碌，过着深夜才能搭出租车回家的日子。

这段时间，周遭也起了种种变化。

首先是卷田专务在被解除国内授信最高负责人的职务之后，又接到借调到子公司的人事令，调职为集团内信用卡公司的社长。其次，由于提出受到银行高层高度评价的中央汽车援助合并策划案，并主导整起事圆满落幕，因而获得董事长深厚信赖的滨中部长，则升格为常务董事，等下任董事人事令发布后立即生效。

这次的事件在银行内部也引发了各个层面的连锁反应。自由之丘分行长田坂不仅在事后接到人事部长的斥责状，而且马上遭到降职。新职位是运筹中心的部长，无论谁来看都是一份可有可无的闲差，此后恐怕再无升迁之日。除了以降职惩处田坂对赤松货运采取超乎常情的金融回收政策外，新任分行长也亡羊补牢地向赤松货运表达了谢罪之意。

希望汽车的三浦为了商谈资金周转事宜，昨日难得到总行来拜访。

“老实说，我也不知道自己还能负责这个业务到什么时候。”

三浦颓丧地说着，脸上不见昔日的志得意满，整个人散发出不得志的中年上班族的悲哀。与中央汽车的合并将于明年四月正式实施，目前两家公司正进入合并前的准备阶段，为了提高经营效率而着手整顿机能重复的部门，其中三浦所属的财务部，正是最可能被资遣的部门。

来到银行之后，三浦只顾不断重复着充满自尊的员工因合并遭到的打击有多大，更表示自己正考虑着是否该在合并前自行提出辞呈。

“我劝你还是不要这么做比较好。”井崎给了他一个忠告。

像三浦这样的人，就算有其他公司愿意雇用他，薪资至少会被减半。井崎心想，如果是这样，你还想顾全所谓的自尊，那就辞职好了，但前提是你真有这份胆识……

希望汽车终于发布代理社长桥爪正式就任末代社长的人事令，同时他也兼任合并委员会委员长，在他的主导下，公司体制亦逐渐定型。

桥爪一方面整顿公司内部的混乱，另一方面接受日前设置的查明真相委员会报告，罢免前董事长冈本以及前常董狩野，并提出诉讼具体求偿。而狩野等人被以违反《道路车辆运输法》及业务过失致死伤害罪名起诉后，也将战场转移到法庭。穷追不舍的媒体揭露，他们企图推翻曾经一度承认的犯罪嫌疑，上演了一出为求保身不择手段的闹剧，再次引发世人挞伐。无论如何，这些人已经都没有未来可言了。

走过从东京车站通往八重洲的联络通道，井崎走出地下商店街。他穿过一群从大厦里钻出来、四处彷徨找寻餐厅用餐的午餐难民身边，走进了位于八重洲的某中华料理店。

报上预约者名字后，他被侍者领进二楼包厢。一走进去，榎本已经等在里面了。

榎本向送茶来的侍者点了两人份套餐后，一边说着“承蒙照顾了”，一边取出三本《周刊潮流》递给井崎。

其中一本的封面上，希望汽车案的标题赫然跃入眼帘。

“多亏了你，让我写出了一篇好报道。”榎本说着。

“那当然，我给的可是机密情报啊！不过话说回来，你还真写出了一篇完全符合我期待的报道呢。”

“总编一看到这份情报，眼睛都亮了。别的不说，一知道是来自希望汽车授信负责人的情报，就知道情报内容一定可信。”

榎本说着，用饶有兴味的眼神望着井崎。

“说真的，井崎，你为什么愿意告诉我那么机密的情报？”

“是你自己要我‘如果知道什么就告诉你’的啊？”井崎故意装傻。

“我是说过，我的确那么说过。但是，你这么做真的没问题吗？擅自泄露这种程度的机密，你会被怀疑吧？”

“这倒是不会。参与这件事的人太多了，里面不看好的人所在多有。”

“我猜你的目的是那个吧？”榎本问，“你是想破坏对希望汽车的协调支持吧？”

“随你怎么想。不过，就算没有这个，希望重工的三桥社长，打从一开始就没有出手支持的意思。”

“这话怎么说？”榎本被挑起了兴趣。

这是前几天井崎偶然得知的事实。会这么推测，是因为某天他无意间从希望重工的业务负责人那里，看见了业绩结算预测表。

从表上数字看来，威斯汀集团带给希望重工的损失并没有想象中大。发现这一点后，井崎终于察觉事实真相。

威斯汀集团只不过是三桥在不损及希望集团表面团结的情况下，为了拒绝融资希望汽车而使用的借口。真正的原因是重工早已想切断与丑闻不断的希望汽车之间的关系，而威斯汀集团正好在此刻派上用场。

“没想到，”榎本愕然望向井崎，“这件事太有意思了，能让我写成报道吗？”

“请写。毕竟这并非泄密，只是解释方向的问题，要说是穿凿附会也可以。不过，如果要报道，请在重工发表结算预测之后，否则银行内部将会第一个遭到怀疑，毕竟，能在事前得知结算预测的人可不多呢！”

“这我知道。改天让我好好谢你。”

井崎尝了一口麻婆豆腐。麻辣的花椒香气在口中扩散，也刺激着脑部。这个滋味正好与井崎心境成了绝妙的搭配，令他不由得笑了起来。榎本在一旁观察着井崎这副模样。

“我说井崎啊，我听说因为这件事，你们行内原本国内授信的最高负责人卷田，因此被借调了，是吧？这该不会就是你一开始的目的吧？赶走主张全面支持希望汽车的卷田？”

井崎瞪大眼睛望着榎本。

“你还真有想象力啊，榎本。”

“我猜对了吗？”

井崎只是耸耸肩，并不回答。

你就别再追究了吧！他在内心对榎本这样说着。

井崎心想，人事对银行职员来说，可是这杀戮战场上最有趣的事了，也是组织里的一大娱乐啊。

尽情享受这个娱乐，又有哪里不对呢？

相模机械物流科的平本致电表示“有事商谈”，是三月中旬时的事。

“事到如今，不会还来提出赔偿要求吧？”

当赤松告知宫代隔天将前往相模机械时，宫代狐疑地说着。

“您真要去吗，社长？是对方先单方面中止契约的，如果有事商谈，不是应该主动上门拜访才合礼数吗？”

这么一说倒也有道理，但赤松也无法再开口要求对方来了。

隔天，赤松按照约定时间到达相模机械。他在等候室里等了大概五分钟，平本才轻浮地说着“哎呀呀，百忙之中请您大驾光临真是不好意思啊，赤松社长”，并且将他带进会客室。

“在那之后，不知贵公司的情况如何？”

睽违四个月的平本，不知是否有些尴尬，始终不敢正眼望向赤松。

“托贵公司的福，还过得去。”

相模机械突然中止契约留下的大洞至今还未完全填满。不过，在儿玉通运的介绍之下，赤松货运慢慢地也开始拓展新的客户，扩大业绩规模。此外，榛名银行的支持也帮助公司巩固了恢复的基础。财务方面又有了希望汽车的和解金，资金周转上暂时不成问题，这让赤松比什么都安心。

“这样啊，那真是太好了。是这样的，实在很难说出口，不过打从那起事故之后，我们客户就一直来抱怨。”

赤松皱眉。难道真被宫代说中了？

相模机械，又要来要赔偿金了吗？

一脸不悦的赤松说：“科长，事故发生至今已经四个月了，您该不会到现在才要我们追加赔偿金吧？那可能有困难哦。”

“您先别生气啦！”

平本打圆场的语气，就是个小主管阶层特有的样子。

“说是抱怨，却不是您想象的那种抱怨。”

“那又是什么样的抱怨？”

赤松一问，平本便露出一副困扰的样子。

“为了代替赤松货运，我们委托了其他货运公司，结果他们却做得很差。如果只是搬运机械等重物还好，但卸货和装设就需要技巧。说来惭愧，如果没有经过这件事，我们还真不知道这其中差这么多呢。”

平本这番话，让赤松暂且收起怒意，盯着这位负责货运业务的科长。

“然后呢？您想表达什么？”

平本皱着眉，突然举起手来拍打着自己的额头。

“真的很抱歉。”

微微一低头，平本抬起眼睛看着赤松。

“不知贵公司是否还有空车？”

“啥？”赤松一时无言以对。

“喂喂，不要让我说得那么明白嘛。”

赤松默不作声，双手环抱在胸前睥睨着平本。

拜你们所赐，我们不知道吃了多少苦！赤松真想这么说。毫无预警地单方面中止契约，一旦自己遇上麻烦了，竟又这样若无其事提出要求。

“请别摆出那么可怕的表情嘛。如果可以的话，希望能按照从前的数量配车给我们，一切就恢复成跟以前一样。”

“那不可能。”

平本惊愕地睁大眼睛。看样子，他一定是没料到竟会遭拒绝吧。

“车辆调度不是那么简单的事。”赤松说，“过去配给贵公司送货的那些货车，现在都得出车去载别家的货。”

“不能帮帮忙吗？一定多少还有空车吧？”

“就算有，接下来也都排定班表了。”

赤松的回答毫无商量余地，平本扭曲了表情。

“所以就是没车能让我们用对吗？”

“没有。更何况我也不敢接随时有可能消失的工作。”

“这样我可就伤脑筋了呢……”

听了这话，赤松不禁为之一怒。

“请别开玩笑了！是贵公司突然中止契约在先，还使得敝公司差点为此濒临破产，结果现在只因为平本先生您会伤脑筋，就要求恢复契约，不觉得太过分了吗？”

“抱歉，过去是我误解了。”

平本头低得额头都快贴在桌面上了。

望着平本微秃的头顶，赤松突然发现这个男人其实也只是个上班族。

时而扮演公司的一分子，时而扮演自己，直到退休为止，上班族都必须如此巧妙地求生存。

“真的很抱歉，我求您了，赤松社长！”

望着拼命道歉的平本，赤松突然觉得为这种事争执太愚蠢。

“我了解了，平本科长。”

平本抬起头。

“您愿意接受了吗？”

“我会考虑看看。”

“那一切就拜托您了。”平本带着依然有些轻浮的语气，送赤松到门口。走出相模机械，赤松才发现手机里竟有七通未接来电。皱着眉一看，有两通来自公司，两通来自宫代，还有三通来自门田。

发生什么事了？

直觉马上如此推测。

和那时候一样。那起事故发生的时候也是这样。

心脏开始狂跳，赤松用发抖的手指，回拨了宫代的手机。

“宫老，出什么事了吗？”

脑中闪过不安的既视感，赤松声音嘶哑地问。会是事故吗？拜托，千万别是。然而——

“事情不得了啦，社长！”宫代语气也少见地急促，“门田他，门田他……”

“门田他怎么了？”

赤松对着手机大喊，对宫代接下来说的话，一时之间竟无法理解。

“门田他当爸爸了。”

“你说什么？”说着，赤松不禁当场愣在原地。

“生出来了啊，婴儿！”

赤松迅速理解了宫代这句话。

“什么，当爸了吗！太好了，真是太好了。是男孩，还是女孩？”

“听说是个女孩。门田那家伙已经冲去医院了。”

接着宫代将位于大田区的妇产科名称告诉赤松。

“宫老，我这就绕路过去。”

“去看看他吧，社长。”

钻进车里，放下手刹后，赤松将车慢慢驶出停车场开上国道。通过塞车路段进入第一京滨线时，晴朗的春阳透过挡风玻璃照进车内，让车子里变得一片温暖。赤松踩下油门，提高速度。

车载电话突然响了起来。

“啊，社长。刚才是我打的电话，我……”

从扩音器中传出门田沙哑的声音。这家伙在慌什么啊！赤松心想，不由得笑了起来。

“镇定点，门田。我现在正要过去你那边，小千呢？身体还好吧？”

“报告社长，母子都很平安！”

前方路段空旷，赤松握着方向盘的手一使力，心想：“这就来了，等我啊。”

当爸爸了啊。

赤松望向挡风玻璃外万里无云的天空，找寻着父亲的身影。

能当社长实在是太好了。

虽然辛苦，虽然总是遇到不如意，但都撑过来了。老爸，老妈，我很努力地活下来了。

赤松忍住胸口涌上的激动情绪，定定地看着前方。

谢谢你们，公司的大家。

谢谢你，史绘，还有孩子们。

你们大家，都是我珍贵的宝物。

文治
磨铁图书旗下子品牌

更好的阅读

出 品 人 沈浩波
特约监制 潘 良 于 北
产品经理 单元皓
特约编辑 胡瑞婷
版权支持 冷 婷 郎彤童
营销支持 金 颖
装帧设计 瓜田李下Design

关注我们

官方微博：@文治图书
官方豆瓣：文治图书
联系我们：wenzhibooks@xiron.net.cn

图书在版编目（CIP）数据

飞上天空的轮胎 /（日）池井户润著；邱香凝译
. -- 杭州：浙江人民出版社，2020.6
ISBN 978-7-213-09703-4

Ⅰ．①飞… Ⅱ．①池… ②邱… Ⅲ．①长篇小说—日本—现代 Ⅳ．① I313.45

中国版本图书馆 CIP 数据核字（2020）第 049295 号

浙江省版权局
著作权合同登记章
图字：11-2019-317 号

飞上天空的轮胎

FEISHANG TIANKONG DE LUNTAI

[日]池井户润 著　邱香凝 译

出版发行	浙江人民出版社（杭州市体育场路 347 号　邮编　310006）
责任编辑	钱　丛
责任校对	姚建国
封面设计	瓜田李下 Design
电脑制版	李春永
印　　刷	天津旭丰源印刷有限公司
开　　本	880 毫米 ×1230 毫米　1/32
印　　张	20
字　　数	480 千字
插　　页	4
版　　次	2020 年 6 月第 1 版
印　　次	2020 年 6 月第 1 次印刷
书　　号	ISBN 978-7-213-09703-4
定　　价	75.00 元

如发现图书质量问题，可联系调换。质量投诉电话：010-82069336